Esta novela obtuvo el Premio Planeta 2016,
concedido por el siguiente jurado: Alberto Blecua,
Fernando Delgado, Juan Eslava Galán, Pere Gimferrer,
Carmen Posadas, Rosa Regàs y Emili Rosales.

Dolores Redondo
Todo esto te daré

Premio Planeta 2016

Planeta

© Dolores Redondo, 2016
  www.doloresredondo.com
Publicado de acuerdo con Pontas Literary & Film Agency
© Editorial Planeta, S. A., 2018, 2020
  Avinguda Diagonal, 662, 6.ª planta. 08034 Barcelona (España)
  www.planetadelibros.com

Adaptación de la cubierta: Booket / Área Editorial Grupo Planeta
Fotografía de la cubierta: © Cover Kitchen
Fotografía de la autora: © Alfredo Tudela
Primera edición en Colección Booket: noviembre de 2018
Segunda impresión: diciembre de 2018
Tercera impresión: enero de 2019
Cuarta impresión: marzo de 2019
Quinta impresión: abril de 2019
Sexta impresión: julio de 2019
Séptima impresión: julio de 2019
Octava impresión: octubre de 2019
Novena impresión: diciembre de 2019
Décima impresión: febrero de 2020
Undécima impresión: octubre de 2020

Depósito legal: B. 22.079-2018
ISBN: 978-84-08-19644-0
Impresión y encuadernación: Rodesa, S. L.
Printed in Spain - Impreso en España

Biografía

Dolores Redondo (Donostia - San Sebastián, 1969) escribe desde los catorce años y es la autora de la Trilogía del Baztán, el fenómeno literario en castellano más importante de los últimos años. Las tres entregas de esta trilogía, *El guardián invisible*, *Legado en los huesos* y *Ofrenda a la tormenta*, han llegado a cientos de miles de lectores fieles. Además, hoy son ya más de treinta las editoriales de todo el mundo que han publicado su obra. Tras la aparición de *El guardián invisible*, la crítica la saludó como una de las propuestas más originales y contundentes del *noir* en nuestro país, y ha seguido elogiándola por cada nueva obra. La adaptación cinematográfica de *El guardián invisible* se estrenó en marzo de 2017, dirigida por Fernando González Molina, con guion de Luiso Berdejo y protagonizada por la actriz Marta Etura. La autora ha sido galardonada por los libreros italianos con el reconocido Premio Bancarella por *Todo esto te daré* (Premio Planeta 2016), lo cual la convierte en la primera escritora española en recibir dicho galardón.

Para Eduardo, siempre.

A mi padre, un gallego en todos los sentidos.
A mi madre, y al amor de ambos contra los deseos
de la familia, que fortaleció en mí el orgullo
por los míos y la fe en el amor invencible.

La mayoría de la gente se preocupa de qué dirá el vecino; pero los vagabundos y los aristócratas no. Hacen lo que se les antoja sin molestarse en pensar qué consecuencias tendrá. No me refiero a la alta burguesía, a los que derrochan su fortuna en fiestas, sino a los que durante generaciones se educaron despreciando la opinión ajena.

AGATHA CHRISTIE, *El secreto de Chimneys*

Prácticamente todos en la casa pueden haberlo hecho.

AGATHA CHRISTIE, *La casa torcida*

Michael Corleone había tomado precauciones contra todas las eventualidades. Sus planes eran perfectos, y sabía ser paciente y meticuloso; esperaba disponer de todo un año para preparar las cosas, pero el destino intervino, y no de forma favorable. El tiempo se acortó debido a un fallo. Y el fallo fue el padrino, el gran don Corleone.

MARIO PUZO, *El padrino*

A tu lado vivirán, y te hablarán, como cuando estás conmigo.

ISOLINA CARRILLO, *Dos gardenias*

SALVAVIDAS

La llamada a la puerta sonó autoritaria. Ocho golpes seguros, rápidos, de quien espera ser atendido con diligencia. El tipo de requerimiento que jamás podría confundirse con la llamada de un invitado, de un operario o de un repartidor. Más tarde, pensaría que al fin y al cabo es así como uno espera que llame la policía.

Durante un par de segundos observó pensativo el cursor parpadeante al final de la última frase. La mañana se le estaba dando bien, mejor que en las últimas tres semanas, porque, aunque odiaba admitirlo, escribía más a gusto cuando estaba solo en casa, cuando trabajaba sin horarios, liberado de las rutinarias interrupciones para la comida o la cena, y simplemente se dejaba llevar. En aquella fase de la escritura siempre era igual, *Sol de Tebas* estaría terminada en un par de semanas, quizá antes si todo iba bien. Y hasta entonces aquella historia sería lo único en su vida, su obsesión, lo que le ocuparía día y noche, lo único en lo que pensaría. Lo había experimentado con cada novela, una sensación a la vez vital y demoledora, como una inmolación que adoraba y temía experimentar a partes iguales. Un acto privado que, por experiencia, sabía que en esos días no le convertía en la mejor compañía. Levantó la vista para dirigir una rápida mirada hacia el pasillo que separaba el salón donde escribía de la puerta de entrada, y de nuevo al cursor que parecía palpitar cargado ya de las palabras que tenía que escribir. Un engañoso silencio se apoderó de la estancia creando por un instante la falsa esperanza de que el intempestivo visitante se hubiera rendido. Pero no lo había hecho; percibía la presencia de su energía imperativa y quieta al otro lado de la puerta. Volvió la mirada de nuevo hasta el cursor y acercó las manos al teclado decidido a terminar la frase. En los segundos que siguieron llegó incluso a contemplar la posibilidad de no hacer caso a la llamada que, insistente, retumbaba de nuevo en el pequeño recibidor.

Irritado, no tanto por la interrupción como por el desconsiderado modo de llamar, se dirigió a la entrada y abrió la puerta tirando del picaporte con rabia mientras farfullaba una maldición dirigida al portero de la finca, al que ya había advertido en más de una ocasión de lo poco que le agradaban las interrupciones mientras trabajaba.

Dos guardias civiles, un hombre y una mujer, de uniforme, retrocedieron un paso cuando él abrió la puerta.

—Buenos días, ¿es éste el domicilio de Álvaro Muñiz de Dávila? —preguntó el hombre consultando brevemente una pequeña tarjeta que desapareció en el hueco de su mano.

—Sí —contestó Manuel olvidando de inmediato su enfado.

—¿Es usted un familiar?

—Soy su marido.

El guardia civil dirigió una rápida mirada a su compañera, un gesto que no pasó inadvertido para Manuel, pero su natural paranoia ya había alcanzado en aquel momento cotas suficientes como para restar importancia al gesto.

—¿Le ha ocurrido algo?

—Soy el alférez Castro, y ella es mi compañera, la sargento Acosta, ¿nos permitiría entrar? Hablaremos mejor dentro.

Era escritor, podía desarrollar la escena sin demasiado esfuerzo; dos guardias civiles uniformados pidiéndole entrar en su casa para hablar con él no podían ser portadores de buenas noticias.

Manuel asintió y se echó a un lado. En el estrecho recibidor los guardias se veían inmensos con sus uniformes verdes y sus botas militares. Las suelas chirriaron sobre el barniz oscuro del parquet como si fueran marinos borrachos intentando mantener el equilibrio en la cubierta de un barco demasiado pequeño. Los guio a través del pasillo hacia el salón, donde tenía ubicada su mesa de trabajo, pero en lugar de conducirlos hasta los sofás se detuvo bruscamente, se giró, casi chocando con ellos, y obstinado repitió:

—¿Le ha ocurrido algo?

No era una pregunta, en algún momento entre la entrada y el salón había dejado de serlo para convertirse casi en una plegaria, una retórica machacona que su mente repetía insistente: «Por favor, no; por favor, no; por favor, no». Y lo hacía aunque de sobra sabía que la rogativa no servía de nada. No sirvió cuando el cáncer devoró a su hermana en apenas nueve meses. Ella, enfebrecida y agotada pero determinada como siempre a infundirle valor, a consolarle, a cuidar de él, bromeaba con el rostro ya preso de la muerte sepultado en la blandura de la almohada. «Tardaré lo mismo en irme del mundo que lo que tardé en llegar a él.» Siguió rogando, humillado, a un poder superior e inútil, para el que recitó la vieja fórmula mientras caminaba, arrastrando los pies como un lacayo servil, hasta aquel despacho pequeño y caldeado donde el médico le dijo que su hermana no pasaría de aquella noche. No, no servía de nada, aunque decidido a resistir había enlazado las manos en muda súplica mientras escuchaba las palabras, una sentencia ineludible para la que no se esperaba la llamada de ningún gobernador.

El alférez se entretuvo admirando la magnífica biblioteca que cubría por completo dos de las paredes del salón, echó una ojeada a la mesa de trabajo de Manuel y después posó de nuevo la mirada en él.

—Quizá debería sentarse —dijo el guardia haciendo un gesto hacia el sofá.

—No quiero sentarme, dígamelo ya —insistió mientras se daba cuenta de que había sonado un poco brusco; después, para suavizarlo, dejó escapar un suspiro y añadió—: Por favor...

El guardia vaciló incómodo, desvió la mirada hacia un punto por encima del hombro de Manuel y antes de hablar se mordió el labio superior.

—Se trata de... su...

—Se trata de su marido —interrumpió la mujer haciéndose cargo de la situación mientras advertía de reojo el alivio mal disimulado de su compañero—. Lo lamentamos pero tenemos malas noticias. Sentimos tener que comunicarle que el señor Álvaro Muñiz de Dávila ha tenido un grave accidente de tráfico esta madrugada. Cuando llegó la ambulancia ya había fallecido. Lo siento mucho, señor.

El rostro de la sargento dibujaba un óvalo perfecto remarcado por el modo en que se había peinado recogiendo el cabello en la nuca, en un moño del que algunos mechones comenzaban a escapar. Lo había escuchado perfectamente, Álvaro había muerto; sin embargo, durante unos segundos se sorprendió pensando en la serena belleza de aquella mujer de un modo tan absoluto que a punto estuvo de verbalizar la turbadora percepción que ocupaba por completo su mente. Era muy bella, aunque parecía no ser consciente de la prodigiosa simetría de sus facciones, y eso la tornaba más hermosa aún. Volvería a pensar en ello más tarde, impresionado de cómo su cerebro había encontrado una salida de emergencia en un intento de salvar su cordura, y de los segundos que pasó refugiado en el trazo exquisito del rostro femenino, que, aunque entonces aún no lo sabía, constituyó el primer salvavidas al que aferrarse. Fue sólo un instante, precioso, pero insuficiente para impedir la avalancha de preguntas que ya se formaba en su mente. Sin embargo, sólo dijo:

—¿Álvaro?

La sargento lo tomó por el brazo, más tarde pensaría que lo había hecho del mismo modo en que agarran a los detenidos, y le condujo sin resistencia hasta el sofá, le empujó levemente por el hombro y cuando estuvo sentado ella se acomodó a su lado.

—El accidente se produjo de madrugada. El coche se salió, por lo visto, en una zona recta y con bastante visibilidad, no parece que haya ningún otro vehículo implicado, y, según los compañeros que nos han informado desde Monforte, todo apunta a que pudo quedarse dormido al volante.

La escuchaba con atención haciendo un esfuerzo por atender a los detalles de su explicación e intentando no oír el coro de voces que cada vez más alto gritaba en su interior: «Álvaro ha muerto», «Álvaro ha muerto», «Álvaro ha muerto».

El hermoso rostro de la mujer dejó de ser suficiente. Con el rabillo del ojo veía al alférez entretenido en ojear los objetos que invadían la superficie de su mesa de trabajo. Un vaso con restos de café y la cucharilla reposando en su interior, la invitación para asistir a un prestigioso premio literario, utilizado como posavasos, el teléfono móvil con el que había hablado con Álvaro hacía unas horas y el cursor parpadeando anhelante al final de la última línea que había escrito aquella mañana en la que había pensado, pobre imbécil, que se le estaba dando bien. Y entonces concluyó que ya no importaba, nada importaba si Álvaro había muerto, y debía de ser así, porque aquella sargento se lo había dicho y el coro griego que se había instalado en su cabeza no dejaba de repetirlo en ensordecedor *crescendo*. Entonces, llegó el segundo salvavidas.

—¿Ha dicho Monforte? Pero eso está en...

—Monforte, en la provincia de Lugo. Es ahí donde está el acuartelamiento desde el que nos han llamado, aunque realmente el accidente se produjo en un pequeño municipio perteneciente a la localidad de Chantada.

—No es Álvaro. —La rotundidad de su afirmación atrajo la atención del alférez que, perdiendo el interés por los objetos del escritorio, se volvió hacia él desconcertado.

—¿Cómo?

—No puede ser Álvaro, mi marido viajó anteayer por la tarde a Barcelona para reunirse con un cliente. Se dedica al marketing empresarial. Ha trabajado durante semanas en un proyecto para un grupo hotelero catalán, tenían previstos varios actos promocionales y esta misma mañana, a primera hora, tenía fijada la reunión para la presentación, así que es imposible que estuviera en Lugo, debe de tratarse de un error. Hablé anoche con él y si no lo hemos hecho esta mañana es porque, como he dicho, tenía una reunión a primera hora y yo no me levanto temprano, pero voy a llamarle.

Se puso en pie y avanzó pasando junto al alférez mientras hacía caso omiso a la carga de indulgencia que pesaba como plomo en el cruce de miradas que intercambiaron los guardias. Cuando alcanzó el escritorio buscó con manos torpes entre los objetos que poblaban la superficie de la mesa, haciendo tintinear la cucharilla contra el borde del vaso donde los restos de café ya habían dibujado un cerco indeleble. Tomó el móvil. Pulsó un par de teclas y escuchó sin dejar de mirar a la sargento, que le observaba con rostro abatido.

Manuel esperó hasta que la señal de llamada se extinguió.

—Debe de estar en la reunión, por eso no lo coge... —trató de explicar.

La sargento se puso en pie.

—Se llama usted Manuel, ¿verdad?

Él asintió como si aceptase una carga.

—Manuel, venga aquí, siéntese a mi lado, por favor.

Él regresó al sofá, con el teléfono aún entre las manos, e hizo lo que le pedía.

—Manuel, yo también estoy casada —dijo mientras dirigía una breve mirada al oro casi mate de su alianza de boda— y sé por experiencia, sobre todo por mi trabajo, que nunca tenemos la absoluta certeza de lo que está haciendo nuestra pareja. Es algo con lo que uno debe aprender a vivir sin torturarse a cada segundo por la incertidumbre. Seguramente habría una razón para que su marido estuviese allí y para que no se lo hubiera contado, pero estamos seguros de que es él. Si nadie ha contestado al móvil es porque lo tienen en custodia los compañeros de Monforte. Han trasladado el cuerpo de su marido al Instituto Anatómico Forense del hospital de

Lugo, pero además tenemos la identificación positiva de un familiar. Sin lugar a dudas se trata de Álvaro Muñiz de Dávila, de cuarenta y cuatro años.

Había ido negando con la cabeza cada argumento de la sargento Acosta mientras achacaba su error respecto a Álvaro al brillo extinto de aquel anillo que la obligaba a establecer absolutos sobre las relaciones de pareja. Apenas habían transcurrido unas horas desde la última vez que había hablado con Álvaro y estaba en Barcelona, no en Lugo, qué demonios pintaba Álvaro en Lugo. Manuel conocía a su marido, sabía dónde estaba y desde luego no era en una maldita carretera de Lugo. Odiaba los absolutos sobre parejas, odiaba los absolutos sobre todas las cosas y comenzaba a odiar a aquella sargento listilla.

—Álvaro no tiene familia —rebatió.

—Manuel...

—Bueno, imagino que tiene familia como todo el mundo, pero no mantenía ningún tipo de contacto, cero relación. Es algo que ya era así desde mucho antes de que Álvaro y yo nos conociéramos, cuando él era muy joven y se independizó. Están ustedes equivocados.

—Manuel, su nombre y su número de teléfono aparecían como referencia Aa en el móvil de su marido —explicó ella paciente.

—La referencia Aa... —musitó.

Lo recordaba, hacía años que venían haciéndolo. La referencia Aa, «Avisar a», una recomendación que se había lanzado desde la DGT para establecer a quién querías que se avisara en caso de accidente. Pulsó la tecla de la agenda en su móvil y vio su propio Aa, Álvaro. Permaneció unos segundos repasando cada una de las letras que componían su nombre mientras sentía cómo la mirada se le nublaba por el peso de las lágrimas que comenzaban a agolparse en sus ojos. Entonces, llegó otro salvavidas.

—Pero nadie me ha llamado... Tendrían que haberme llamado, ¿no?

El alférez casi pareció satisfecho al poder tomar la palabra.

—Hasta hace un par de años lo hacían así, se avisaba por teléfono a la persona indicada y, si no la había, al teléfono marcado como «casa» o «padres» y se les daba la noticia... Pero era muy traumático y en más de una ocasión estas llamadas provocaron ataques cardíacos, accidentes o... reacciones indeseadas... Intentamos mejorar. Ahora el protocolo exige una identificación positiva, se avisa al cuartel más cercano al domicilio del finado y acudimos siempre dos guardias, uno de los cuales es un alto mando, como en este caso, y comunicamos la noticia personalmente o le acompañamos para la identificación.

Así que todo aquel baile de siéntese y estese quieto no tenía otro fin, era un protocolo establecido para dar la peor noticia del mundo. Un protocolo que sólo dos de los tres presentes conocían y para el que, ahora lo sabía, no había cabido recurso alguno desde el principio.

Durante unos segundos se quedaron inmóviles y en silencio, hasta que el alférez hizo un gesto apremiante a la mujer.

—Quizá quiera llamar a algún familiar o algún amigo para que le acompañe... —sugirió ella.

Manuel la miró, aturdido. Sus palabras apenas le alcanzaban, como si hablase desde otra dimensión, o bajo el agua.

—¿Qué tengo que hacer ahora? —preguntó.

—Como le he dicho, el cuerpo permanece en el Anatómico Forense del hospital de Lugo, allí le indicarán qué pasos debe dar y le entregarán el cadáver para que pueda enterrarlo.

Fingiendo una entereza que en absoluto poseía, se puso en pie y caminó hacia la entrada forzando a los agentes a seguirle mientras les prometía que llamaría por teléfono a su hermana en cuanto ellos se hubieran marchado. Consciente de que si quería deshacerse de los guardias tenía que parecer sereno, les estrechó la mano y sintió la escrutadora mirada de los agentes, que no se correspondía con los gestos amables con que se despedían. Les dio las gracias una vez más y cerró la puerta.

Esperó unos segundos apoyado contra la cálida madera, seguro de que ellos también escuchaban al otro lado. Observó desde aquel ángulo, en el que probablemente nunca se había detenido lo suficiente, el modo en que el pequeño pasillo se abría al salón como un ramillete apretado en los tallos que explotaba de luz al otro extremo. El hogar que compartía con Álvaro desde hacía quince años y que, visto desde aquel observatorio ignorado de su propia casa, se le antojó inmenso. La luz que entraba a raudales por la ventana desdibujaba los ángulos de los muebles licuando su blancura hasta diluirlos con las paredes y el techo, y en aquel instante, aquel territorio amado, conocido, dejó de ser su hogar y se convirtió en un océano de sol helado, una infernal noche islandesa que le hizo sentirse huérfano de nuevo, como aquella otra noche en el hospital.

Llamar a su hermana. Sonrió amargamente al pensarlo, ojalá hubiera podido. Sintió el mareo escalándole el pecho como un animal caliente e indeseable intentando apostarse en su regazo, y los ojos se le llenaron de lágrimas al darse cuenta de que las dos únicas personas a las que hubiera querido llamar estaban muertas.

Conteniendo las ganas de llorar, regresó al salón, se sentó en el mismo lugar que había ocupado antes y tomó de la mesita el teléfono. Al activar la pantalla, el nombre de Álvaro apareció como opción de llamada, lo miró durante unos instantes, suspiró y buscó un nuevo nombre en la agenda.

La voz femenina y dulce de Mei respondió al otro lado. Mei Liu era la secretaria de Álvaro desde hacía más de diez años.

—Ah, hola, Manuel, ¿cómo estás? ¿Cómo va tu última novela? Ya estoy mordiéndome las uñas de impaciencia. Álvaro me ha dicho que será increíble...

—Mei —cortó su retahíla—, ¿dónde está Álvaro?

Al otro lado de la línea se hizo el silencio durante un par

de segundos y Manuel supo entonces que le mentiría, y hasta tuvo uno de esos flashes de clarividencia en los que uno es capaz de ver, por un instante, la tramoya que mueve el mundo y que, piadosamente, permanece oculta a nuestros ojos durante casi toda la vida.

—¿Álvaro? Pues... Está en Barcelona.

—No me mientas, Mei —pidió con rudeza, aunque casi susurrando.

El silencio en la línea le trajo la certeza de su desazón y el modo en que ella aprovechaba la pausa para buscar desesperada un subterfugio que le proporcionase unos segundos más para pensar.

—No te miento, Manuel... ¿Por qué iba a mentirte? —Su voz era ahora más aguda, como si estuviese a punto de llorar. Disculpas, preguntas... Todas las evasivas posibles para eludir una respuesta directa—. Está... está en Barcelona, en la reunión con los directivos de esa cadena hotelera catalana.

Manuel apretó el teléfono en su mano hasta que los nudillos se le blanquearon, cerró los ojos y con gran esfuerzo contuvo el deseo de lanzarlo lejos, de destrozarlo, de romperlo en mil pedazos y acallar las mentiras que le llegaban a través de la línea. Habló procurando controlar el tono lo suficiente como para no ceder al deseo de gritar.

—Dos guardias civiles acaban de salir de mi casa después de decirme que Álvaro no estaba en Barcelona, que se mató anoche en un accidente de tráfico y que ahora está en el depósito de cadáveres de Lugo... Así que de una puta vez dime, porque es imposible que tú no lo supieras, ¿dónde estaba Álvaro? —Arrastró las sílabas de cada palabra susurrándolas para contener la ira.

La voz de la mujer se quebró en un aullido que apenas le permitió distinguir qué decía.

—... Lo siento, Manuel, lo siento.

Colgó el teléfono, y Mei, que pudo haber sido el tercer salvavidas, nunca llegó a serlo.

EL SOL ISLANDÉS

La sala de espera olía a tristeza. Dos hileras de sillas de plástico enfrentadas dejaban apenas sitio a un estrecho espacio común en el que los alientos y los turbios humores corporales flotaban en una nube de vapor hediondo que desdibujaba los rostros dolientes de los que esperaban. Consternado, se volvió de nuevo hacia el pasillo y al celador que desde el mostrador le había seguido con la mirada, y asintiendo volvió a indicarle que era allí donde debía esperar. Descartó cruzar el estrecho espacio hasta el único asiento libre, lo que habría supuesto sortear las rodillas y los pies de los que esperaban y musitar un rosario de disculpas para avanzar entre aquellos huesos. Optó por quedarse en pie, y, para dejar de ser el centro de las miradas, se apoyó en la pared, lo suficientemente cerca de la entrada como para garantizarse una porción de aire respirable, aunque tuviese que pagar el precio de seguir bajo el control de la adusta norma del celador.

Como si de una extensión de aquella sala se tratase, el cielo de Lugo le había recibido velado como agua clorada. Una fría acogida secundada por los escasos veinte grados que, en contraste con el bochorno y la luz cegadora de los primeros días de septiembre en Madrid, le pareció casi orquestada, como un recurso literario destinado a crear un ambiente opresivo y deprimente.

Lugo no tenía aeropuerto. Había contemplado la posibilidad de volar hasta Santiago de Compostela, el más cercano, y después alquilar un coche para llegar hasta allí, pero lo que había en su interior, eso que aún no era capaz de nombrar, no podía esperar las dos horas que faltaban hasta el próximo vuelo y no cabía en la cabina de un avión.

Lo más difícil había sido abrir el ropero y sacar de entre los trajes de ambos una pequeña bolsa de viaje en la que atropelladamente había ido arrojando lo imprescindible, o eso había creído. Más tarde comprobó que había arrastrado en su huida cuatro prendas inservibles olvidando casi todo lo necesario. La sensación de fuga se vería acrecentada al repasar mentalmente sus últimos minutos en la casa. La rápida consulta a los vuelos que salían de Madrid, la bolsa preparada con prisas y la negativa a dedicar una mirada a la foto de ambos que descansaba sobre la cómoda y cuya imagen ahora no podía quitarse de la cabeza. La había tomado un amigo común durante un día de pesca el verano anterior. Manuel contemplaba distraído hacia la superficie plateada del mar, Álvaro, más joven, delgado, el pelo trigueño aclarado por el sol, lo miraba a él y sonreía con aquella sonrisa suya, secreta y pequeña. Álvaro la había enmarcado, pero a él no terminaba de gustarle. Ante aquella imagen tenía la sensación de ser, como siempre, demasiado despistado, de haberse perdido un momento precioso y cargado de significado que ya nunca podría recuperar. Aquel pequeño instante que había captado la cámara constataba su sospecha de no haber estado nunca del todo presente en su propia vida, y hoy era casi una sentencia.

La inmovilidad de la espera en aquella sala le producía la impresión de una brusca frenada en contraste con la precipitación con la que se había lanzado a la carretera, como si un minuto más o un minuto menos hubiera podido cambiar el hecho de que Álvaro estuviese muerto. Había recorrido la casa como en sueños, deteniendo la mirada en cada habitación, en una rápida constatación de la presencia de las cosas que habían sido de Álvaro, que de algún modo eran él; sus libros de fotografía, sus cuadernos de dibujo sobre la mesa, el viejo jersey que colgaba del respaldo de una silla, el que se ponía para estar en casa y se negaba a tirar a pesar de que estaba descolorido y raído en los puños. Contempló cada objeto casi extrañado por el hecho de que siguiesen allí ahora que Álvaro ya no estaba, como si hubiese sido admisible que, al faltar él, hubieran dejado de existir o se hubiesen volatilizado. Echó un vistazo rápido a la superficie de su propia mesa arrastrando en un acto reflejo su cartera, el móvil y el cargador del teléfono. Quizá lo más sorprendente era la certeza de que no había guardado *Sol de Tebas* y el trabajo de aquella mañana —la que creyó que se le estaba dando bien—. Luego, la carga ominosa de introducir el nombre de aquella fatídica ciudad en el navegador de su coche. Casi quinientos kilómetros de silencio recorridos en apenas cuatro horas y media, sólo interrumpidos por las insistentes llamadas de Mei que había dejado perderse sin contestar. Ni siquiera estaba seguro de haber apagado todas las luces.

Escuchó azorado el llanto de un hombre. Escondía el rostro en el cuello de la que debía de ser su esposa y susurraba palabras que le resultaron ininteligibles. Observó el gesto cansado con que la mujer le acariciaba la nuca y las miradas de algunos de los pobladores de la sala que apretando los labios respiraban profundo, jadeando, como niños conteniendo el dolor.

Él no había llorado, no sabía si eso era normal o no. Hubo un instante, justo cuando los guardias se fueron, mientras veía ante sus pávidos ojos desdibujarse las líneas que habían configurado los límites de su hogar, en el que había estado a punto de hacerlo. Pero se necesitaba calor para llorar, o al menos alguna clase de apasionamiento; el frío ártico que había inundado su casa le había congelado parcialmente el corazón. Habría deseado que lo congelara del todo, que el fantasma gélido que había invadido su hogar hubiera sido capaz de quebrar en su avance las fibras del músculo dudosamente útil que latía en su pecho. En lugar de eso, había sustituido el flujo de su sangre por una suerte de letargo químico bajo el que aún era capaz de oír el sorber lento en el que se había transformado su latido; un miserable hilo de vida cargado de mezquindad por el que ahora mismo navegaban más dudas que certezas.

Dos hombres con traje de impecable factura aguardaban junto al mostrador. Observó cómo uno de ellos se quedaba rezagado unos pasos mientras el otro musitaba unas palabras en voz tan baja que obligó al celador a inclinarse hacia delante para oírle. Asintió y sin disimular su interés por los visitantes indicó la sala de espera.

El que había preguntado al vigilante intercambió unas rápidas palabras con el otro y ambos se dirigieron hacia la sala.

—¿Manuel Ortigosa?

El tono educado y los trajes caros habían captado toda la atención de los que esperaban en la sala. Asintió mientras pensaba que iban demasiado bien vestidos para ser médicos o policías.

El hombre que había hablado le tendió la mano.

—Soy Eugenio Doval, le presento al señor Adolfo Griñán —dijo.

Este último le tendió también la mano y tomó la palabra:

—¿Podríamos hablar un instante?

La presentación no le aclaraba nada, sólo constataba que, tal como había sospechado, no eran médicos. Manuel hizo un gesto hacia la sala y hacia sus convecinos invitándolos a entrar.

Pasando por alto el descaro de las miradas, Griñán elevó la vista por encima de la nube vaporosa hasta detenerla en una mancha amarilla y de bordes oscuros que ocupaba buena parte del techo.

—¡Por Dios! Aquí no. Lamentamos no haber llegado antes y que se haya visto obligado a pasar por este trance usted solo, ¿le ha acompañado alguien? —preguntó, aunque tras el primer examen a su lúgubre compañía pareció que daba por sentado que no.

Manuel negó con la cabeza.

Griñán volvió a dirigir una mirada hacia la mancha del techo.

—Salgamos.

—Pero me han dicho que espere aquí... —objetó Manuel.

—No se preocupe por eso, estaremos muy cerca y quizá podamos informarle de algunos aspectos que debe conocer —dijo Doval tranquilizándolo.

La promesa de respuestas venció su reticencia y salió de la sala tras ellos, sintiendo resbalar por su espalda las húmedas miradas de esos pobladores mientras se preguntaba quién demonios eran aquellos dos hombres. Como por un acuerdo tácito, caminaron en silencio pasando por el control desde el que el celador seguía sin quitarles ojo hasta alcanzar el final del pasillo, donde el espacio se abría en un hueco en el que habían embutido una máquina de refrescos y otra de café. Doval hizo un gesto hacia esas presencias luminosas.

—¿Le apetece tomar algo?

Manuel negó con la cabeza, girándose intranquilo hacia la sala.

El llamado Griñán se colocó ante él.

—Soy notario, me ocupaba de los asuntos de su marido y además soy su albacea testamentario. —Miró gravemente a Manuel como si acabase de recitar sus honores de guerra.

Manuel se quedó desconcertado. Durante unos segundos estudió al hombre que seguía observándole impertérrito. Dirigió entonces su mirada hacia Doval esperando hallar en él una respuesta o, tal vez, un atisbo de burla que dejase de manifiesto que estaba siendo víctima de una broma.

—Sé que todo esto es una sorpresa para usted —concedió Griñán—. Como responsable de la gestión patrimonial de don Álvaro, estoy al corriente de las circunstancias de su relación.

—¿Qué quiere decir? —preguntó suspicaz.

El notario aceptó paciente su recelo.

—Sé que estaban casados desde hace varios años y que llevaban muchos más de convivencia. Lo que trato de decirle es precisamente que estoy al corriente de que cuanto tengo que explicarle ahora es nuevo para usted.

Manuel suspiró y cruzó los brazos sobre el pecho en clara defensa. Aquél no era su mejor día ni muchísimo menos. El poco aguante que podría quedarle tras recibir la noticia de la muerte de Álvaro lo había perdido en la conversación con Mei, pero estaba dispuesto a un armisticio con cualquiera que pudiera arrojar un poco de luz a la razón por la que su marido yacía muerto sobre la mesa metálica del depósito de cadáveres de un lugar apartado del mundo. Se giró un instante para mirar hacia el mostrador, al celador que seguía oteando desde lejos y de nuevo hacia los dos hombres.

—¿Puede decirme qué hacía Álvaro aquí?, ¿qué hacía en esa carretera de madrugada? ¿Puede contestar a eso?

Griñán miró brevemente a Doval, que con cara de circunstancias dio un paso para colocarse a su lado.

—La razón por la que Álvaro estaba aquí es que éste es el lugar donde nació y aquí está su casa familiar. No sé adónde se dirigía cuando tuvo el accidente, pero como le habrá dicho la Guardia Civil no parece que haya ningún otro vehículo implicado y todo apunta a que pudo haberse quedado dormido al volante. Es una lástima, cuarenta y cuatro años, toda la vida por delante, era un chico encantador y yo lo apreciaba muchísimo.

Manuel recordó entonces vagamente haber leído en el DNI de Álvaro su lugar de nacimiento. Un lugar al que jamás le había unido vínculo alguno. No le sonaba que lo hubiera nombrado nunca. Pero ¿por qué iba a hacerlo? Cuando se conocieron le había dejado claro que su familia no aceptaba su condición de homosexual y, como tantos otros, desde que llegó a Madrid y comenzó a vivir su libertad había roto cualquier ligadura con el pasado.

—Pero se supone que tenía que estar en Barcelona, ¿qué hacía aquí? Hasta donde yo sé no tenía relación con su familia desde hacía años.

—Hasta donde usted sabe... —musitó Griñán.

—¿Qué significa eso? —preguntó ofendido el escritor.

—Mire, Manuel, ¿puedo llamarle Manuel? Siempre aconsejo a mis clientes que sean sinceros, sobre todo con sus esposos o esposas, al fin y al cabo es con ellos con los que han de compartir la vida y son ellos los que han de bregar con los padecimientos de la muerte. El caso de Álvaro no fue una excepción, pero yo no soy quién para juzgar las razones y los motivos que le movieron a obrar como lo hizo. Asumo mi condición de cartero del zar y el hecho de que ser portador de la información que traigo para usted no me va a acarrear sus simpatías, pero éste es mi trabajo, me comprometí con Álvaro y lo cumpliré hasta el final. —Hizo una pausa dramática y continuó—: Álvaro Muñiz de Dávila era el marqués de Santo Tomé desde hace tres años, cuando falleció su padre, el anterior marqués. Este marquesado es uno de los títulos más antiguos de Galicia, el pazo de su familia dista pocos kilómetros del lugar donde se produjo el accidente y, aunque en esa ocasión yo no sabía que se encontraba aquí, puedo asegurarle que nos visitaba con asiduidad para encargarse de sus obligaciones.

Manuel, que había escuchado cada palabra alucinado, no pudo evitar esbozar una mueca burlona al decir:

—Me está usted tomando el pelo.

—Le aseguro que cada palabra que le he dicho es cierta y le presentaré pruebas de cualquier cosa que dude.

Manuel se giró nervioso y miró al celador y de nuevo a Griñán.

—Así que me está diciendo que mi marido era un noble, ¿qué me ha dicho, un marqués? Con fincas, pazos y una familia de la que yo no tengo noticia, sólo falta que me diga que tenía mujer e hijos —dijo irónico.

El hombre alzó las manos indignado.

—¡No, por el amor de Dios! Como le he dicho, Álvaro heredó el título de su padre cuando éste falleció hace tres años. Yo le conocí entonces, cuando comenzó a ocuparse de los asuntos de la familia. Ha de entender que un título nobiliario es una obligación que debe ser atendida, y Álvaro lo hizo.

Manuel tenía el ceño fruncido. Lo notó cuando se llevó la punta de los dedos, helados, hasta el centro de la frente con intención de mitigar el incipiente dolor de cabeza que comenzaba a martillear detrás de los ojos y se extendía por el cráneo como lava caliente.

—Los guardias civiles me dijeron que un familiar reconoció el cadáver.

—Sí, fue su hermano Santiago, es el mediano de los tres. Álvaro era el mayor. Francisco, el pequeño, falleció poco después que el padre; cayó en una depresión y tenía por lo visto problemas con las drogas, una sobredosis. La mala suerte ha golpeado duramente a esta familia en los últimos años. La madre todavía vive, aunque está muy delicada.

El dolor de cabeza iba en aumento.

—Es increíble... ¿Cómo es posible que me haya ocultado todo esto durante tanto tiempo? —susurró sin dirigirse a nadie en concreto.

Doval y Griñán se miraron afligidos.

—No puedo ayudarle, no sé por qué Álvaro decidió obrar de este modo, pero dejó disposiciones bien claras sobre lo que debía hacerse si él fallecía, como por desgracia ha ocurrido.

—¿Qué quiere decir eso? ¿Insinúa que de algún modo Álvaro pensaba que iba a morir? Por favor, sea claro, hágase cargo de mis circunstancias, acabo de enterarme·de que mi marido, que acaba de fallecer, tenía una familia que yo no conocía, no entiendo nada.

Griñán asintió apesadumbrado.

—Me hago cargo, Manuel, ha de ser un terrible trago para usted. Me refiero a que no solamente existe un testamento en el que están reguladas sus últimas voluntades, que por otra parte es algo acostumbrado en alguien de su posición, se hace por seguridad. Redactamos el primer testamento en cuanto asumió sus obligaciones, y en estos años el documento ha sido modificado en varias ocasiones con arreglo a sus circunstancias patrimoniales. Álvaro dejó especificados otros detalles relativos a cómo deseaba que se hicieran las cosas tras su muerte. Por supuesto, cuando llegue el momento se hará la lectura del testamento, pero dejó dispuesto que a las veinticuatro horas de su fallecimiento se leyese una carta aclaratoria con sus últimas voluntades, lo que, si se me permite decirlo, facilita mucho las cosas a los herederos y familiares, ya que en esta lectura previa tienen conocimiento de sus disposiciones antes de que el testamento se haga público, que según la cláusula que lo acompaña será dentro de tres meses.

Manuel bajó la mirada en un gesto que era una mezcla de desconcierto e impotencia.

—Nos hemos permitido reservarle una habitación en un hotel en la ciudad, imagino que aún no habrá tenido tiempo de coger ninguna. He convocado a toda la familia mañana por la mañana en mi despacho para la lectura de este documento, enviaremos un coche a recogerle a su hotel. El entierro será pasado mañana en el cementerio familiar del pazo As Grileiras.

La cabeza iba a explotarle.

—¿Cómo que el entierro? ¿Quién ha decidido eso? A mí nadie me ha preguntado. Algo tendré que decir al respecto, ¿no? —dijo alzando un poco la voz y sin importarle que el celador pudiera oírle.

—Es la tradición de la familia... —comenzó a explicar Doval.

—Me importa tres cojones la tradición, ¿quiénes se han creído que son...? Yo soy su marido.

—Señor Ortigosa —interrumpió Griñán—, Manuel —dijo conciliador—, ésa es una de sus disposiciones, era deseo de Álvaro ser enterrado en el cementerio de su familia.

Las puertas oscilantes, que habían permanecido cerradas a espaldas de Griñán y su secretario, se abrieron casi de modo violento, provocando que los hombres se volvieran a mirar. De nuevo, dos guardias civiles. Esta vez, dos hombres, uno era apenas un chaval, el otro bien pasados los cincuenta. El joven, muy delgado; el mayor, podría haber sido la parodia de un guardia civil. Apenas mediría un metro sesenta y cinco, quizá reminiscencia de otros tiempos en que la benemérita no era tan exigente con la talla de sus miembros, aunque también dudaba de que la prominente barriga que ocultaba a duras penas bajo la marcial presencia del uniforme perfectamente planchado le hubiera permitido superar hoy las duras pruebas de acceso a la Academia de Úbeda. Para rematar, lucía sobre el labio superior un bigote en el que comenzaban a apreciarse numerosas hebras blancas, lo mismo que en las sienes y en las patillas que llevaba recortadas, probablemente a navaja, por un barbero que no había renovado su muestrario de cortes desde hacía mucho tiempo.

Dirigió una mirada despectiva hacia los caros trajes de Doval y Griñán, y más que preguntar casi afirmó:

—Teniente Nogueira, Guardia Civil, ¿familiares de Álvaro Muñiz de Dávila?

—Somos sus representantes legales —informó Griñán extendiendo una mano que el guardia pasó por alto—. Manuel Ortigosa —dijo indicando con la misma mano— es su marido.

El guardia no reprimió su gesto de extrañeza.

—¿El marido de...? —dijo levantando el pulgar sobre su hombro y señalando un hipotético lugar a su espalda. Dedicó una mirada asqueada al otro guardia, del que, entretenido en buscar una página limpia en su pequeña libreta de notas, no obtuvo el respaldo deseado. No pareció afectar a su ánimo—. Lo que me faltaba por oír —masculló.

—¿Tiene algún problema con eso? —preguntó Manuel alzando el mentón.

En lugar de contestar, el guardia buscó de nuevo la complicidad de su compañero, que esta vez se encogió de hombros al no entender demasiado bien de qué iba todo aquello.

—Tranquilícese, aquí el único que tiene problemas es el

que está sobre la mesa de la forense —dijo, provocando el disgusto de los abogados y que la mirada de Manuel se clavase aún más en la suya—. Tengo que hacerle unas preguntas.

Manuel asintió.

—¿Cuándo fue la última vez que le vio?

—Antes de ayer, última hora de la tarde, cuando salió de viaje. Vivimos en Madrid.

—En Madrid... —repitió el teniente mientras se cercioraba de que el joven iba tomando notas.

»¿Cuándo fue la última vez que mantuvo contacto con él?

—Ayer por la noche, hacia la una, me llamó por teléfono y hablamos durante diez o quince minutos.

—Ayer..., anoche... ¿Le dijo dónde estaba o adónde se dirigía?

Manuel se demoró unos segundos antes de contestar.

—No, ni siquiera sabía que estaba aquí, se suponía que estaba en Barcelona para mantener una reunión con un cliente. Es... era publicista, había desarrollado una campaña para una cadena de hoteles y...

—Con un cliente.

El modo cansino en que repetía algunas de sus palabras le resultaba feroz e insultante, aunque de algún modo entendía que no se debía tanto al tonillo burlón del guardia como a la declarada crueldad de la evidencia que ponía de manifiesto que había sido engañado.

—¿De qué hablaron? ¿Recuerda qué le dijo?

—De nada en concreto, me dijo que estaba muy cansado y que tenía ganas de regresar a casa...

—¿Notó si estaba especialmente nervioso, irritado, enfadado?

—No, sólo cansado...

—¿Le dijo si había discutido con alguien?

—No.

—¿Su... marido... tenía enemigos, alguien que se la tuviera jurada?

Manuel miró desconcertado a los abogados antes de responder.

—No. No lo sé. No que yo sepa. ¿A qué viene esta pregunta? —contestó extenuado.

—No que él sepa... —repitió el teniente.

—¿No va a decirme nada? ¿Por qué me pregunta por sus enemigos? ¿Acaso cree que...?

—¿Hay alguien que pueda corroborar que en efecto ayer a la una de la madrugada estaba usted en Madrid?

—Ya le he dicho que vivía con Álvaro, y se supone que él estaba en Barcelona. Vivíamos solos y ayer no salí, ni estuve con nadie, así que no, no puedo justificar que estuviese en Madrid, aunque sus compañeros podrán decirle que sí que estaba esta mañana cuando acudieron a darme la noticia, pero ¿a qué viene todo esto?

—Hoy en día podemos establecer la situación de un teléfono en el momento en que se cruza la llamada con otro, con un error más o menos de cien metros, ¿lo sabía?

—Me parece muy bien, pero no entiendo a qué viene esto, ¿puede decirme qué pasa? Sus compañeros me dijeron que Álvaro se quedó dormido al volante, que se salió en una recta y que no había otros vehículos implicados. —Su tono rozaba la desesperación, la negativa del hombre a responderle más que con nuevas preguntas le volvía loco.

—¿Cómo se gana usted la vida?

—Soy escritor —respondió cansado.

El guardia inclinó la cabeza a un lado y sonrió levemente.

—Una afición muy bonita, ¿y cómo se gana la vida?

—Se lo acabo de decir, soy escritor —insistió perdiendo la paciencia. Aquel tipo era idiota.

—Escritor... —repitió—. ¿De qué color y modelo es su coche, señor?

—Es un BMW azul, ¿va a decirme si hay algo sospechoso en la muerte de mi marido?

El guardia esperó a que el muchacho hubiera terminado de tomar la última nota antes de contestar.

—Cuando alguien fallece en accidente de tráfico, el juez decreta el levantamiento del cadáver en el mismo lugar, no se realiza una autopsia a menos que existan indicios suficientes para sospechar de otras causas. La parte trasera del coche de su... marido —suspiró— presenta una pequeña abolladura reciente con una transferencia de pintura de otro vehículo y...

Las puertas oscilantes se abrieron a su espalda y otro guardia uniformado irrumpió paralizando su exposición.

—¿Qué se supone que está haciendo, Nogueira?

Los dos guardias civiles se irguieron de modo perceptible.

—Mi capitán, Manuel Ortigosa es un familiar del fallecido, acaba de llegar desde Madrid. Estaba tomándole declaración.

Avanzó un paso, superando a los dos guardias, y tendió una mano firme ante Manuel.

—Señor Ortigosa, lamento su pérdida y las molestias que el teniente Nogueira haya podido causarle con su precipitación —añadió dedicando al guardia una rápida mirada cargada de reproche—. Como le han informado los compañeros, no cabe ninguna duda de que el fallecimiento de su marido fue accidental y no hubo ningún otro vehículo implicado.

Aunque estaba parcialmente oculto por la ancha figura de su superior, Manuel pudo ver el gesto de contrariedad que se dibujaba bajo el bigote de Nogueira.

—Pero el teniente acaba de decirme que si no hubiera nada sospechoso no lo habrían traído aquí...

—El teniente ha llegado a una conclusión equivocada —dijo sin dignarse siquiera a mirar esta vez al aludido—. Lo trasladaron aquí por deferencia a su posición y a su familia, una familia muy conocida y apreciada en toda la comarca —explicó el hombre.

—¿Van a hacerle la autopsia?

—No será necesario.

—¿Podría verle? —rogó Manuel.

—Por supuesto, yo le acompañaré —concedió el capitán.

Poniéndole una mano sobre el hombro y empujándole levemente lo guio pasando entre los cuatro hombres hacia las puertas oscilantes.

La habitación del hotel era blanca. Media docena de almohadas se extendían hasta casi la mitad de la cama. Toda la variada colección de luces puntuales, cenitales y de ambiente estaban encendidas, haciendo resplandecer el lecho y provocando una sensación rayana en el espejismo. Una extensión dolorosa del sol islandés que había tomado su casa por la mañana acompañándole, cegador, durante los casi quinientos kilómetros hasta Lugo. Allí, el cielo turbio había dado una tregua a sus ojos y a la sensación, propia de una migraña, de estar viendo el mundo a través de un prisma de cientos de faces, todas desdibujadas, todas falsas.

Apagó casi todas las luces, se quitó los zapatos y, tras inspeccionar el escaso minibar, pidió una botella de whisky al servicio de habitaciones. No se le escapó el tono de disgusto del camarero cuando rechazó su ofrecimiento de acompañar la botella con algo sólido para comer, ni el gesto con el que el hombre inspeccionó la habitación por encima del hombro cuando vino a traer el whisky, con el ojo experto del que sabe que un cliente dará problemas.

La incesante perorata de Griñán tratando inútilmente de compensar todos los vacíos, todas las carencias, todo lo que debía saber y Álvaro no le había contado, había continuado durante el trayecto en que el albacea había insistido en acompañarle entre el hospital y el hotel. Había custodiado sus pasos hasta la recepción, donde Doval, que ya se había ocupado de todo, los esperaba. Aún se demoraron un rato frente a los ascensores, hasta que de pronto Griñán pareció tomar conciencia de lo cansado que Manuel debía de estar y de que seguramente querría quedarse solo.

Se sirvió una ración doble del líquido ambarino y arrastrando los pies fue hasta la cama. Sin abrirla, colocó todas las almohadas formando un grueso respaldo, se recostó encima y bebió el contenido del vaso en dos sorbos, como si fuera una medicina. Se incorporó, fue de nuevo hasta el escritorio y se sirvió otra copa. Antes de regresar a la cama lo pensó mejor y se llevó también la botella. Cerró los ojos y maldijo. Aun con los párpados apretados, continuaba distinguiendo aquel maldito sol nocturno, la huella de una quemadura en la retina, brillante y desdibujada como la presencia de un ectoplasma indeseable.

Su mente se debatía entre la necesidad de pensar y la firme decisión de no hacerlo. Llenó el vaso y lo vació con tanta rapidez que le produjo una arcada que a duras penas logró controlar. Cerró los ojos y comprobó aliviado que el fulgor solar comenzaba a desvanecerse. Como contrapartida, el eco de todas las conversaciones mantenidas durante aquel día volvían a resonar en su cabeza, entremezclándose con recuerdos reales y otros que iban formándose en la medida en que docenas de pequeños detalles sin importancia, que en su momento había pasado por alto, o quizá no, cobraban ahora sentido. Los tres años transcurridos desde la muerte del padre de Álvaro, el fallecimiento de su hermano menor a los pocos días...

Hubo un septiembre, tres años atrás, en que había creído que el mundo se acababa, en que había llegado a estar seguro de que había perdido a Álvaro para siempre. Podía revivir cada minuto con todo detalle; su rostro demudado, delator de una carga que pesaba como el mundo, y la discordante serenidad con que le había comunicado que debía marcharse por unos días. La templanza imperturbable mientras doblaba cuidadosamente las ropas que iba colocando en la maleta. «¿Adónde vas?» El silencio ante cada pregunta, el gesto pesaroso y la mirada lejana traspasando la presencia del hombre con el que compartía su vida. De nada habían servido los ruegos, las exigencias o las amenazas. Ya en la entrada se había vuelto hacia él. «Manuel, nunca te he pedido nada, pero ahora necesito que confíes en mí. ¿Confías?» Había asentido sabiendo que se precipitaba al concedérselo, que no era un sí sin reservas, que no era del todo sincero al hacerlo. Pero ¿qué otra cosa podía hacer? El hombre al que amaba se iba, se diluía entre sus dedos como sal mojada. No había otra certeza en aquel instante, excepto la de saber que nada lo retendría, iba a irse de cualquier modo y el compromiso de aceptar un trato establecía el único vínculo con el que podía amarrarle, arriesgándose a que la cadena de libertad y confianza que le tendía fuese lo único que siguiese uniéndole a él.

Álvaro salió de casa con una pequeña maleta y dejó a Manuel sumido en una violenta tormenta de emociones en las que se mezclaban la preocupación y el miedo, la certeza de que no regresaría. El repaso enfermizo de sus actos en los últimos días buscando el instante frágil en que el equilibrio se había roto, sintiendo el peso de los ocho años de diferencia entre ellos, culpando a su exagerada querencia por los libros y por la vida tranquila que quizá había sido demasiado para alguien más joven, más guapo, más... Y maldiciendo la incapacidad que le había impedido ver cómo se derrumbaba el mundo a su alrededor. Álvaro estuvo fuera cinco días de escasas llamadas nocturnas, precipitadas, de explicaciones eludidas y amparadas en la promesa de confianza que le había arrancado en el último momento.

A la incertidumbre le siguieron la frustración y el dolor, que se alternaban por momentos y le arrastraban a un estado de descontrol emocional del que, tras la muerte de su hermana, se había creído a salvo para siempre. La cuarta noche esperó inconsolable, sin atreverse a soltar ni un instante el teléfono, preso ya de la desesperación, en ese punto en que todo se da por perdido y uno ofrece el cuello para que lo rematen.

Fue consciente del ruego en su voz cuando contestó a la llamada.

—Dijiste un par de días... Hoy es el cuarto.

Álvaro suspiró antes de contestar.

—Ha pasado algo, algo que no esperaba, y las cosas se han complicado.

Se armó de valor y susurrando preguntó:

—Álvaro, ¿vas a regresar? Dime la verdad.

—Claro que sí.

—¿Estás seguro?... —Dobló su apuesta sabiendo que podía perderlo todo y le concedió una baza—: Si es porque estamos casados...

Al otro lado de la línea, Álvaro tomó aire y lo dejó escapar sonora y lentamente, infinitamente cansado. ¿O acaso era irritación?, ¿contrariedad por verse obligado a afrontar y resolver algo que le resultaba molesto e inoportuno?

—Regresaré porque ése es mi lugar, porque es lo que quiero hacer. Te quiero, Manuel, y quiero estar contigo. Quiero regresar a casa más que nada en el mundo y lo que ocurre no tiene nada que ver con nosotros.

Había tanta desesperación en su voz que le creyó.

LA SECA

—

Regresó una mañana de mediados de septiembre, pero durante semanas fue como si no lo hubiera hecho. Parecía que una suerte de *jet lag* hubiera dejado atrás su esencia a kilómetros de allí, y a casa tan sólo hubiera llegado el envoltorio del alma, sin aliento, sin latido. Aun así, abrazó el cuerpo que era su patria, besó aquellos labios sellados y cerrando los ojos dio las gracias en silencio.

No hubo explicaciones, ni disculpas. Ni una palabra de lo que había sucedido en aquellos cinco días. La primera noche, después de hacer el amor, cuando yacían abrazados, Álvaro le dijo: «Gracias por haber confiado», y con esas palabras sepultó cualquier posibilidad de obtener una justificación por haberle hecho visitar el infierno. Lo aceptó, como se acepta una caricia sobre la carne viva, y tan agradecido y aliviado que, avergonzado, reconoció el agravio de la humillación combinado con un sentimiento cercano a la euforia del indultado. En silencio, volvió a dar las gracias por aquel milagro que había conseguido aplacar la arcada que atenazó su estómago en los últimos días. El estigma en forma de náusea regresó, como un patético recordatorio, con su infame carga de pánico cada vez que se separó de él en las semanas siguientes. Tardó meses en desaparecer, y en todo aquel tiempo no escribió una palabra.

A menudo lo observaba en silencio mientras veían una película o cuando dormía, intentando hallar el vestigio de la traición, la impronta indeleble que la relación con otro ser humano nos deja en la piel, sutil e imborrable. Habían corrido ríos de tinta sobre la evidencia de su existencia y la ceguera del interesado para verla. Y así emprendía, a instantes robados, la búsqueda de la señal que le destrozaría el corazón.

Había algunas. Álvaro estaba triste, tanto que no podía disimularlo. Comenzó a llegar más temprano a casa y en un par de ocasiones delegó en Mei la presentación de proyectos fuera de la ciudad. Rechazaba, con la disculpa del cansancio, sus sugerencias de salir al cine o a cenar. Y Manuel las aceptaba porque Álvaro realmente parecía cansado, casi extenuado por la vida, como si llevase un gran peso a sus espaldas o cargara con una terrible culpa. Se iniciaron las llamadas. Siempre las habían atendido con normalidad, con la excepción tácita del tiempo que llamaban «el nuestro», mientras comían o cenaban. Álvaro comenzó a salir de la habitación para contestar al teléfono. El agravio quedaba compensado por el evidente desagrado que apenas lograba disimular cuando las recibía, pero el demonio de la duda regresaba para torturar a Manuel, que en esas noches no lograba dormir de puro pánico.

Se convirtió en aquel tiempo en un paranoico intentando descubrir en los más mínimos detalles la señal inequívoca de la perfidia. Obsesionado, analizaba el más pequeño gesto con que Álvaro se relacionaba con él. Su afecto no había disminuido, ni aumentado, lo que habría sido a su parecer más sospechoso. A menudo el arrepentimiento va unido a un intento de compensación destinada a restablecer el equilibrio de enmendar la vergüenza con una especie de resarcimiento. No lo halló. En las pocas ocasiones en que salió de viaje, no pasó nunca más de una noche fuera y, si fueron dos, fue porque el propio Manuel insistía: «No es necesario que te des esas palizas al volante. Duerme allí y regresa por la mañana».

Y mientras Álvaro no regresaba, Manuel se sometía a largas y agotadoras caminatas que a veces le ocupaban toda la jornada y estaban destinadas a restar ímpetu a su deseo, a sus ganas de correr tras él, de perseguirle y de presentarse en la ciudad lejana en la que Álvaro estaba... Y a dominar la desesperación de su abrazo de bienvenida que, a veces, contenía tanta ansiedad que hasta le dolía físicamente. En apariencia, todo parecía estar en su lugar, todo continuó como siempre. Álvaro intentaba sonreír, y en las ocasiones en que lo conseguía su sonrisa era pequeña, melancólica, pero cargada de una ternura que era la razón para que Manuel mantuviera la esperanza de que Álvaro siguiera allí, llegaba a percibir al hombre que amaba tras el gesto, y eso era suficiente para sustentarle durante días. Sólo hubo una señal, un único indicio nuevo y que, sin embargo, no supo cómo interpretar. A menudo tras su regreso sorprendió a Álvaro mirándole en momentos en los que él leía sin atención o se sentaba ante su mesa fingiendo escribir. Le miraba y sonreía seguro, con su sonrisa de chico listo, y cuando le preguntaba al respecto, sacudía la cabeza con una tímida negativa a contestar y entonces le abrazaba con tanta fuerza como un náufrago a su tabla de salvación, sin dejar espacio entre ellos, sellando cualquier resquicio por el que la duda pudiera penetrar y provocando que los latidos en el corazón de Manuel sufriesen un colapso momentáneo que quería traducir como alivio pero no se atrevía.

Dejar de sufrir es una decisión. Las llamadas de su editora eran cada vez más frecuentes, habían dejado de funcionar las excusas sustentadas en presuntas dolencias, gripes y pruebas médicas que, por honradez, era incapaz de exagerar y, por lo tanto, de mantener en el tiempo. Aquélla, que en pocos meses se convertiría en un gran éxito, sería su mejor novela.

La lectura había sido un refugio a lo largo de su vida, cuando su hermana y él se quedaron huérfanos siendo apenas unos críos, en los años en que convivieron con una anciana tía hasta que su hermana cumplió la mayoría de edad y se lo llevó a vivir con ella a la casa que había pertenecido a sus padres y que estuvo cerrada hasta ese momento. Leer fue la fortaleza en la que defenderse mientras se batía en una guerra perdida contra el instinto exultante de su sexualidad. Leer era una defensa, un escudo con el que armar de recursos su timidez para relacionarse. Pero escribir era infinitamente más que eso. Escribir era el palacio interior, los sitios secretos, los lugares más bellos formando parte de un conjunto de ilimitadas estancias que él recorría, riendo, corriendo descalzo, deteniéndose a acariciar la belleza de los tesoros que allí albergaba.

Buen estudiante, recibió una oferta en cuanto acabó la carrera para dar clases de historia de España en una prestigiosa universidad madrileña, y jamás en todos sus años de estudio y en su escaso tiempo de docencia sintió el deseo de escribir. Para escribir tuvo que abrazar la tristeza inmensa.

Existe una tristeza vista, pública, de lágrimas y luto, y otra inmensa y silenciosa que es un millón de veces más poderosa. Estaba seguro de haber experimentado la tristeza vista, la rebeldía ante la injusticia de perder a sus padres, todo el miserable frío de la soledad infantil, el luto público y negro que los distinguía como apestados con la marca de la desgracia, y todo el miedo a que volviera a suceder, que noche tras noche le hizo llorar de puro pánico, mientras abrazado a su hermana le arrancaba la promesa de que nunca le abandonaría y de que aquel sufrimiento era el precio que pagaban para ser invulnerables.

Sabía que de algún modo ambos habían llegado a creerlo. Y mientras se hacían mayores la seguridad de que ya nada malo podía pasarles se afianzó en sus vidas y les permitió experimentar una temeraria felicidad. A veces imaginaba que era algo así como la osadía del último soldado, como el valor del único superviviente. De alguna manera habían llegado a pensar que su cupo de calamidades estaba ya copado con la muerte de sus padres, que tanto sufrimiento debía de servir para algo, que en algún lugar había un contador en el que las desgracias y el dolor puntuaban hasta alcanzar un nivel en el que era imposible ir más allá. Pero se había equivocado, y el destino golpeó en su único factor vulnerable.

Una de las últimas tardes en el hospital ella le dijo:

—Tienes que perdonarme por traicionarte, siempre creí que tú eras mi factor vulnerable y que el único dolor que podría destruirme debía proceder de ti, y va a resultar que yo termino siendo el tuyo.

—¡Cállate! —le había rogado llorando.

La voz de su hermana resultaba inaudible entre los sollozos de Manuel. Esperó paciente a que se calmase y con un gesto le pidió que se acercase, hasta que con los labios agrietados le rozó la piel del rostro.

—Por eso cuando me vaya debes olvidarme, debes evitar pensar en mí, torturarte con mi recuerdo, porque cuando cierro los ojos vuelvo a verte de nuevo con seis años llorando desconsolado, roto y atemorizado. Tengo miedo de que al dejarte solo de nuevo comiences a llorar como cuando eras un niño, entonces no me dejabas dormir, ahora no me dejarás descansar... —Él intentó apartarse, huir de lo que venía después. Pero ya era tarde, ella lo había aprisionado con sus delgados y largos dedos—. Prométemelo, Manuel, prométeme que no sufrirás, no me conviertas en el factor vulnerable en tu vida, no dejes que nadie lo sea jamás.

Abrazó la promesa como un juramento de armas. Y cuando ella cerró los ojos, la tristeza fue inmensa y silenciosa.

Docenas de veces le habían preguntado por qué escribía, y tenía un par de buenas respuestas, parcialmente sinceras, que utilizaba según la ocasión. Tenían que ver con el placer de comunicar, con la necesidad de llegar hasta otro ser humano... Pero no era la única verdad, escribía para tener una tregua, un armisticio que duraba el tiempo en que era capaz de volver al palacio, el único lugar en el que la inmensa tristeza no podía entrar y en el que, sin embargo, no traicionaba su promesa. No hubo una decisión, no fue premeditado, no fue la culminación de un deseo que hubiese albergado siempre. Nunca soñó con ser escritor. Un día se sentó ante la página en blanco y comenzó a escribir. Las palabras brotaban como agua fresca de un lugar espectral al que muchos libros después seguía sin poner nombre y sin saber dónde se hallaba, un lugar que cambiaba en su imaginación constantemente y unas veces era como la superficie tormentosa del mar del Norte, otras como una sima en las Marianas, y otras como una civilizada fuente morisca en un soleado patio andaluz. Sabía sólo una cosa, que aquel mar, aquella sima o aquella fuente se encontraban en algún lugar de su mente. Así descubrió el palacio. Regresaba allí con sólo desearlo, y aquel remanso de felicidad, de perfección, le inspiró y cuidó de él proporcionándole aquel manantial quizá inagotable de palabras nuevas.

Cuando las ventas de su primera novela alcanzaron el nivel en el que era imposible no seguir adelante, presentó su renuncia en la universidad y la solicitud de dos años de excedencia que, aunque nadie lo dijo, todos intuyeron que serían perpetuos. El rectorado y los profesores organizaron una fiesta. Olvidaron de pronto el fastidio que para muchos habían supuesto los constantes reportajes y fotografías por todo el campus con que los dominicales y las secciones culturales se empeñaban en retratar al joven profesor que era número uno con su primera novela. Encantadoramente preocupados por su futuro, se acercaron en grupos o en solitario para desearle buena suerte y advertirle piadosamente de los sinsabores del fracaso y las crueldades de un mundo editorial que jamás habían degustado, ni querían, porque lo suyo era la docencia, un lugar seguro y acogedor en el que todos le esperarían con los brazos abiertos cuando regresase, porque regresaría, después de vivir su aventurilla con la gran prostituta de la literatura que era la novela.

El dolor es una decisión. Supo que se había estado mintiendo, diciéndose a sí mismo que no podía escribir, que estaba sufriendo demasiado como para poder lograr el estado de gracia necesario. Era mentira, porque era justo al revés. El palacio era el sacramento de expiación, el lugar que sanaba, que curaba las heridas, y en su masoquista obstinación en no retornar se había desgastado como un ángel durmiendo a la intemperie del paraíso. Su alma estaba sucia y desgreñada; su ropa, hecha jirones, y su piel estaba surcada de arañazos que se apresuraba a restañar en un momento para flagelarse al instante siguiente abriendo de nuevo en su carne sendas sangrientas por las que pasear su pena.

La decisión siempre es urgente. Su editora reclamaba una promesa, una fecha aunque fuera aproximada, algo... Y Álvaro seguía allí. Los meses habían transcurrido sin que la amenaza que sólo Manuel parecía percibir se manifestase. La vida había continuado después de todo. Álvaro volvía a sonreír. Los momentos de tristeza se diluyeron en la plácida invariabilidad de lo cotidiano. Cesaron las llamadas que tanto le importunaban. Lo que fuera que había pasado, lo que fuera que había estado a punto de desmoronar su mundo, había quedado atrás, y lo supo en cuanto regresó al palacio y volvió a escribir.

FENG SHUI

Había leído en algún tratado sobre *feng shui* que es un grave error colocar un espejo que refleje nuestra figura mientras se está en reposo o se duerme. Unos principios que el decorador de aquel hotel parecía desconocer por completo. A pesar de la tenue iluminación de la estancia, percibía con claridad sus rasgos. Ni siquiera la postura, un poco recostado sobre la pila de almohadas, y los whiskies que había bebido conseguían que pareciese relajado. Su cuerpo se veía tenso, y el rostro pálido, unido al modo en que con ambas manos sujetaba el vaso casi vacío sobre el pecho, le hacía parecer un cadáver expuesto en un velatorio. Pensó en Álvaro sobre la mesa de acero. Nada más verlo había tenido la certeza de que no era él. Fue tan fuerte la sensación que llegó a volverse para decírselo al capitán de la Guardia Civil que, respetuoso, se mantenía un par de pasos a su espalda junto al técnico que, seguramente más solemne que de costumbre por la presencia de la autoridad, había deslizado la sábana que cubría el cuerpo y la había doblado sobre el pecho como un embozo, y que después retrocedió hasta situarse junto al guardia.

El rostro de Álvaro aparecía céreo y, no supo si por efecto de la luz, un poco amarillento, como una máscara del hombre que había sido. Se había quedado allí, detenido, consciente de la presencia del capitán a su espalda y sin saber qué hacer. Estuvo a punto de preguntar si podía tocarlo, pero supo que no lograría hacerlo, ya no podría volver a besar jamás aquel rostro que se había transformado en una burda copia del que amó y comenzaba a desaparecer ante sus ojos. Aun así se forzó a mirar, consciente de que su cerebro se negaba a reconocerlo en un obstinado intento de rebatir su muerte. Algo no funcionaba. No lograba ver lo que estaba ante su vista y, por defecto, se revelaban ante él los detalles con una crudeza extraordinaria. Su cabello, un poco largo, mojado y peinado hacia atrás. ¿Por qué tenía el pelo mojado? Las pestañas curvadas y salpicadas de gotas, pegadas entre sí por la humedad. Los labios pálidos y un poco entreabiertos. Un pequeño corte sobre la ceja izquierda cuyos bordes aparecían limpios y demasiado oscuros. Y nada más. Le torturaba la monstruosidad de la perversa anomalía que le mantenía impertérrito como un observador ajeno, aunque consciente de la presión sobre sus pulmones, que cada vez era mayor y más difícil de soportar.

Deseaba llorar. Sabía que en algún lugar en su interior las compuertas que retenían el llanto estaban resquebrajadas, que en cualquier momento las sólidas paredes que contenían toda aquella angustia se desmoronarían. Pero no podía. Y eso le desesperaba, era como querer respirar sin pulmones boqueando litros de oxígeno que no tiene a donde ir. Quería romperse, quería morir. Pero allí estaba, detenido como una estatua incapaz de encontrar en su interior la llave que abría la celda donde duerme el dolor.

Entonces vio la mano de Álvaro. Asomaba bajo la sábana que lo cubría dejando a la vista los dedos largos, morenos y fuertes. Las manos de los muertos no cambian. Yacen llenas de las caricias contenidas, entreabiertas, desmayadas, como en reposo. La tomó entre las suyas para percibir el frío que desde la mesa había trepado por las puntas de los dedos dejándolos ateridos. Aun así era su mano. Un lugar amado. Sintió la suavidad de la piel, que contrastaba con la de las palmas, sorprendentemente curtidas. «Debes de ser el único publicista con manos de leñador», solía decirle. Y mientras le alzaba la mano para llevársela a los labios sintió cómo la compuerta del dolor explotaba en pedazos tan pequeños que nunca podría recomponerlos, y la riada, como un tsunami de barro y piedra, se abría paso arañando los estrechos límites de su alma. Llegó a rozar la piel helada con los labios, reparando entonces en la marca blanquecina que delataba el lugar en el que durante tantos años había llevado la alianza. Se volvió hacia el funcionario.

—¿La alianza?

—¿Perdón, señor? —El técnico se adelantó un par de pasos.

—Llevaba una alianza.

—No, señor. Yo me encargo de esas cosas antes de que llegue la forense. No llevaba ninguna joya, excepto el reloj. Está junto a sus pertenencias. ¿Quiere verlas?

Dejó con suavidad la mano de Álvaro bajo la sábana y la cubrió para no verla.

—No —respondió mientras rebasaba a los dos hombres y salía de la sala.

Vertió una nueva ración de whisky, se llevó el vaso hasta los labios y el olor de la bebida fue suficiente para asquearle. Lo devolvió a su lugar sobre el vientre y se miró en el espejo por encima de los bordes de cristal del vaso.

—¿Por qué? —preguntó al hombre del espejo.

El tipo no respondió, aunque conocía la respuesta.

Tres años atrás. La muerte del padre y a los pocos días la del hermano. La tristeza de Álvaro y las llamadas que no podía contestar delante de Manuel. Cinco días de infierno, un regreso de vacío, las náuseas, el insomnio, la seca, durante meses... Y todo sustentado en una mentira que ni siquiera había llegado a serlo, porque él, con su estúpida promesa, le había proporcionado la coartada para no tener que falsear la verdad. Alzó de nuevo el vaso y, apresurado para contener la arcada, apuró el contenido, miró al hombre del otro lado y preguntó:

—¿Confías?

Esta vez el hombre del espejo le miró con infinito desprecio. Alzó el vaso y se lo arrojó, rompiendo su mueca en afiladas astillas.

Apenas cinco minutos más tarde llamaban a la puerta. Era de esperar, el estruendo de los cristales rotos había sido tremendo y no estaba tan borracho como para no darse cuenta ni como para no arrepentirse inmediatamente de haberlo hecho. Lo más probable era que le invitaran a marcharse. Fue hacia la puerta, acordándose de abandonar por el camino la botella que llevaba en la mano y dándose tiempo para inventar una excusa plausible mientras maldecía el modo urgente y descortés con que todo el mundo llamaba ese día a su puerta.

Abrió sólo una rendija, lo suficiente para ver al camarero y al recepcionista del hotel, y para evitar que ellos vieran el interior de la habitación.

—Buenas noches. ¿Se encuentra bien, señor?

Manuel asintió esperanzado, después de todo era un hotel de cinco estrellas.

—Los huéspedes de las habitaciones contiguas se han quejado de un fuerte estruendo.

Manuel apretó los labios compungido.

—Sí, me temo que he tenido un pequeño accidente doméstico con el espejo de la habitación. Es por el *feng shui* —inventó sobre la marcha mientras se daba cuenta de que estaba muy borracho.

—¿El *feng shui*? —preguntaron los empleados a coro.

—Es una doctrina oriental sustentada en lograr el equilibrio del hombre y su hábitat —dijo mirándolos muy serio.

Los dos hombres le observaban desconcertados. Tuvo que reprimirse para no sonreír.

—No puedo dormir con un espejo entorpeciendo el fluido de mi energía, es realmente nocivo, me sorprende que en un hotel como éste no lo tengan en consideración. Intenté desplazarlo de su sitio para dejar fluir las potencias vitales y... No pasa nada, correré con los gastos de su restitución, pueden cargarlo a mi cuenta.

—Por supuesto —asintió el recepcionista de modo áspero.

—Si me permite, mandaré a alguien a limpiar —dijo el camarero adelantándose un paso.

Manuel aseguró la puerta.

—Miren, estoy muy cansado y ya me estaba acostando...

—Se ha cortado en el pie —dijo el hombre, y señaló hacia el suelo.

Bajó la vista y vio que en efecto tenía un corte en el talón que manchaba la moqueta.

—Pues me haré la cura y me acostaré.

—Está manchando la moqueta. —El recepcionista señaló lo obvio.

—Pues pagaré también la moqueta —respondió brusco.

—Por supuesto —añadió el recepcionista.

Cerró la puerta ante su cara. Accionó el interruptor general de la luz y miró al interior de la habitación. Un sendero de huellas sangrientas dibujaba el torpe recorrido de sus pies descalzos desde el montón de cristales a los pies de la cama hasta la entrada, y un oscuro panel era ya el único recuerdo en la pared donde antes estaba el espejo.

—*Feng shui* —murmuró—, qué puta mierda.

Una fuerte náusea le sacudió el estómago, entró en el baño manoteando el interruptor de la luz y resbaló en el suelo cerámico, sobre su propia sangre, se torció el tobillo y se precipitó al suelo. Vomitó.

EL FACTOR VULNERABLE

—

Tenía treinta y siete años y seis novelas publicadas cuando conoció a Álvaro. Promocionaba *Lo entregado al no* y, durante los tres fines de semana de la Feria del Libro de Madrid, que se prolongaba desde finales de mayo hasta mediados de junio, estuvo firmando ejemplares.

La primera vez que le vio ni siquiera se fijó en él. Le firmó el libro un sábado por la mañana y cuando por la tarde regresó y Manuel abrió por la página donde tenía por costumbre poner su dedicatoria sonrió sorprendido.

—Pero si ya te lo he firmado...

El joven sonrió también sin decir nada, y Manuel reparó por primera vez en él. Pensó que aparentaba menos de treinta, el pelo castaño le caía ladeado sobre los ojos grandes, brillantes, de chico listo. La sonrisa pequeña, educada, el gesto prudente. Le tendió la mano sólo para sentir la suya, firme y morena, y quedó atrapado en el modo en que musitaba un «gracias» que se dibujó en su boca húmeda y apenas en su voz, que se perdió entre el barullo de la megafonía de la feria y los otros lectores que le apremiaban a avanzar. Cuando regresó el domingo por la mañana le miró sorprendido aunque no dijo nada, pero cuando por la tarde volvió a dejar el libro frente a él la sorpresa inicial se tornó en sospecha. Debía de tratarse de una broma, una cámara oculta con el propósito de reírse de él. Firmó el libro muy serio y se lo tendió escrutando en su mirada para hallar la señal de la burla.

Mañana y tarde cambiaba de puesto de firma bajo el auspicio de distintas librerías, y en cada una Álvaro volvió a visitarle con su libro bajo el brazo. En cada ocasión el humor de Manuel experimentaba cambios que iban de la sorpresa inicial a la sospecha, de la curiosidad a la diversión del juego que le mantenía en vilo, esperando a la vez que regresase y que no lo hiciese más. Transcurrió lenta la semana en la que en más de una ocasión se sorprendió pensando en el insistente afán de aquel lector, pero para el siguiente sábado había olvidado el percance y cuando le vio de nuevo frente a él quedó mentalmente aturdido.

—¿Por qué? —acertó a preguntar mientras sostenía el libro que le tendía.

—Porque quiero que me lo firmes —contestó como si fuera obvio.

—Pero ya te lo he firmado —dijo confuso—, ésta es la quinta vez...

Álvaro se inclinó hacia él para evitar que los que esperaban en la cola pudieran oírle. Sintió cómo los labios de aquel chico le rozaban levemente el pelo.

—Soy yo —dijo—, por eso a mí tendrás que firmármelo una vez más.

Manuel se separó, turbado, y le observó el rostro tratando de recordar cuándo se habían conocido.

—¿Tú? —preguntó desconcertado mientras leía su nombre de nuevo—. ¿Álvaro?

Él asintió sonriendo y se alejó tranquilamente.

Manuel no era ningún monje. Su decisión de no dejar que nadie fuera tan importante como para que le doliera no era estorbo para tener relaciones, amigos de ida y vuelta, gente que jamás se quedaba a dormir, que jamás se quedaría a vivir. Al día siguiente junto a su firma escribió su número de teléfono.

Pasó toda la semana esperando la llamada que no llegó. Mientras, todo tipo de teorías se mezclaban entre las posibilidades; que de algún modo se hubiera sentido ofendido, que ni siquiera mirase las dedicatorias que le escribía cada vez que acudía a las firmas, que como parte del juego cerrara el libro sin siquiera prestarle atención.

Sin conseguir sacarlo ni un momento de su mente aguardó ansioso la llegada del sábado. Comenzó a las doce una firma que duraría hasta las dos, los lectores se iban sucediendo ante él, uno tras otro, escribía dedicatorias o posaba para fotos que nunca llegaría a ver y esperaba... A última hora de la mañana levantó la mirada y le vio en la fila. Su corazón casi perdió un latido. Cuando Álvaro llegó hasta él, Manuel apenas podía disimular su inquietud. Había decidido ya que iba a decirle algo, a proponer un café o una cerveza tras la firma, allí mismo, en uno de los atestados bares del caluroso recinto de la feria, pero cuando Álvaro estuvo a su lado apenas podía disimular su nerviosismo y en lugar de hablarle se quedó mirándolo. Álvaro llevaba una camisa blanca que había remangado hasta la mitad del antebrazo, haciendo resaltar más aún el bronceado de su piel y la fortaleza de sus brazos. Tomó el libro que le tendía y torpemente buscó la siguiente página en la que escribir una nueva dedicatoria. Reparó entonces en la nota de su teléfono y en la caligrafía firme y segura de Álvaro, que bajo la sucesión de números había escrito «Aún no».

Sin preocuparse por que alguien pudiera oírle buscó sus ojos y preguntó desesperado:

—¿Cuándo?

Álvaro esperó en silencio sosteniéndole la mirada hasta que Manuel, vencido, la bajó, garrapateó una firma y le tendió el libro, desencantado y un poco enfadado.

Le gustaban los juegos tanto como a cualquiera, la seducción aplazada tenía una esencia de taoísmo, de placer en reserva, que le atraía de un modo extraordinario. Pero la actitud de Álvaro le desconcertaba. No había en su proceder avance alguno. Cada mañana, cada tarde, se limitaba a guardar cola, esperar paciente como cualquier otro lector para llegar hasta él con el único objetivo de obtener una firma.

Decidido a no seguirle el juego, el resto del fin de semana se limitó a estampar su rúbrica cada vez en una página distinta y a tenderle el libro con la misma amabilidad de la primera vez, con la misma sonrisa que tenía para cada lector, sin dejarse enredar en su juego. Al final de aquel domingo ya había decidido que sólo era una especie de acosador, un fan loco o un coleccionista de autógrafos.

El último fin de semana casi alcanzaba mediados de junio, la avenida central del parque del Retiro se derretía bajo los pies de los visitantes, que no cesaban. Firmó toda la mañana y toda la tarde del sábado sin que Álvaro apareciera. Cuando al final de la mañana del domingo estuvo seguro de que tampoco vendría, una oscura sensación de vacío comenzó a crecer en su estómago. La editorial había organizado una comida de despedida en un restaurante cercano al parque, y Manuel apenas pudo probar bocado mientras trataba de seguir las conversaciones que en su mayor parte eran anécdotas de las firmas de los otros escritores. La responsable de prensa se le acercó al final de la comida.

—Manuel, tienes mala cara, ¿estás demasiado cansado? Has firmado todos los fines de semana. —Sacando un inmenso pliego de papel consultó—: Te toca firmar en la librería Lee. Si te encuentras mal, te disculparé, son muy majos y lo entenderán, es tu última firma y ya sólo quedan los rezagados.

Acudió a la firma. El calor de la tarde de junio aplastaba las casetas metálicas. Los libreros dejaban las puertas traseras abiertas en un intento infructuoso de crear alguna corriente que permitiera respirar. Pero el calor no parecía afectar a los visitantes de la feria, que, como una gran criatura viva, reptaban entre las casetas arrastrando su algarabía y su calor. A las ocho parecía que el parque explotaría de gente y a las nueve apenas quedaba nadie. La gente fue de pronto sustituida por montones de operarios que desmontaban los bares y cargaban las máquinas expendedoras en las traseras abiertas de camiones y furgonetas. A diferencia de los demás días, los libreros no habían bajado las persianas de sus puestos y alrededor se apilaban docenas de cajas de cartón en las que se afanaban en recoger la que había sido una extensión de su tienda mientras había durado la feria.

Se rezagó despidiéndose de sus anfitriones, felicitándose por la buena marcha de la feria, que por tercer año consecutivo batía sus marcas de ventas... Después ya no le quedaron excusas para continuar allí. Salió de entre las casetas y buscó el banco más cercano desde donde pudiera seguir contemplando el pasillo central y la actividad de los que desmontaban los puestos.

Álvaro se sentó a su lado.

—Temí no llegar a tiempo —se disculpó sonriendo—. Es una suerte que todavía estés aquí.

El corazón le latía tan fuerte que sintió la sangre agolpada en su cuello y no estuvo seguro de si la voz le saldría.

—Espero a mi jefa de prensa —mintió.

Álvaro se ladeó para mirarle a los ojos.

—Manuel, tu jefa de prensa se ha ido hace rato, me crucé con ella y con un grupo de autores que salían del parque cuando yo llegaba.

Manuel asintió lentamente y sonrió.

—Es cierto.

—¿Y la verdad es...? —Sus ojos conservaban toda la frescura del chaval que había sido, del reto y la seguridad de un chico cuya mirada reconocería muchos años después en una foto.

—La verdad es que esperaba volver a verte —admitió.

—¿Me lo firmas? —dijo tendiéndole de nuevo el libro.

Manuel le miró sonriendo. Ya estaba. ¿Qué propósito tenía aquello? Se lo preguntó.

—Tendrás que seguir firmándomelo hasta que vuelvas a escribir otro como éste.

IMPASSE

La notaría ocupaba toda la planta de un suntuoso edificio en el centro de la ciudad. Tal como prometió Griñán, un coche le recogió en el hotel para llevarle un corto trecho hasta el despacho del albacea. Doval le había acompañado hasta una salita anexa, a otra más amplia e, insistiendo, había colocado ante él un café que iba sorbiendo con esfuerzo y una bandeja de pastelillos que no iba a tocar. Pensar en comer le ponía enfermo, a pesar de que la última comida decente que había ingerido fuera el desayuno del día anterior, antes de que el alférez y la bella sargento llegaran a su casa para darle la peor noticia del mundo.

Se puso en pie y emitió una leve queja al apoyar la parte herida en el suelo. Era un corte no demasiado profundo, pero que cubría casi toda la superficie del talón, una incisión longitudinal que se produjo, sin duda, al pisar de lado uno de los cantos afilados en los que había terminado convertido el espejo. Lo del tobillo no era grave, le había dolido un poco al despertar, pero la molestia había ido remitiendo tras la ducha y al calentarse al caminar. La cabeza estaba bien. Ya se lo había dicho la vieja dama que le enseñó a beber whisky: «El whisky es perfecto para un escritor, te permite pensar mientras estás borracho y no deja resaca, con lo que podrás escribir al día siguiente».

La anciana señora no había dicho nada del estómago. Después de arrastrarse hasta la cama, tuvo que desandar su camino en un par de ocasiones que, habría jurado, le habían dejado tan vacío como si le hubiesen vuelto del revés. Despertó sintiéndose aceptablemente bien, pero en cuanto se incorporó su organismo le demostró que aún quedaban ingentes cantidades de alcohol en su sangre.

Caminó hasta las puertas acristaladas que separaban las salas, atraído por el trajín de sillas y la evidente incomodidad de Griñán, que observaba la disposición de los muebles con una pesadumbre impropia de su talante afable, como si en lugar de mandar disponer asientos fueran féretros lo que ordenaba. Le vio a través de los cristales, sonrió y saludándole se dirigió hacia él.

—Señor Ortigosa, tiene un aspecto horrible.

No pudo más que sonreír ante la sincera expresión de una realidad de la que era consciente.

—Llámeme Manuel, por favor —dijo como respuesta.

—Llamé esta mañana al hotel para interesarme por cómo había pasado la noche y me informaron de su pequeño percance.

Manuel iba a explicarse, pero Griñán no le dejó.

—Culpa mía, debí prever que en su situación tendría dificultades para dormir. Es lo normal. Mi esposa, que es médico, me ha dado esto para usted —dijo, y le tendió un diminuto pastillero metálico—. Me hizo prometer que me aseguraría de preguntarle si está bien de la tensión o si ha tenido algún problema cardíaco.

Manuel negó mientras observaba que las medidas de seguridad de la señora de Griñán iban mucho más allá de los desórdenes cardíacos o la tensión. El cofrecito sólo contenía dos pastillas. Los espejos rotos tenían ese efecto.

—Tómeselas antes de acostarse y dormirá como un bebé. Y no se apure por la nadería del hotel. El director es cliente mío y me debe un par de favores. Está todo solucionado.

La nadería le había llevado una hora de recoger cristales, que había ido dejando apilados en un rincón, todo el papel higiénico para limpiar los vómitos y una toalla arruinada tras frotar infructuosamente las huellas de sangre de la moqueta con el gel de cortesía, aunque, para su desesperación, sólo había conseguido extender más las manchas. Tras ducharse y afeitarse se puso la menos arrugada de las camisas que aún permanecían enredadas en el interior de la bolsa en la que las había embutido la mañana anterior, hacía mil años. Dejó la ventana abierta para intentar rebajar el acre olor del vómito, que parecía fijado a la estancia. Salió como un proscrito cruzando la antesala del hotel apresuradamente y agradeciendo al dios de los borrachos su suerte al no encontrarse con el recepcionista de la noche anterior. En su lugar había una mujer joven que, entretenida con unos clientes recién llegados, no reparó en él cuando le dirigió el rutinario «buenos días» destinado a cualquiera que cruzase el vestíbulo del hotel. Sin confiarse, contestó escueto al saludo y salió hacia el coche que le aguardaba.

Griñán cerró las puertas que les separaban del despacho contiguo.

—Usted esperará aquí. Creo que es lo mejor. Doval se encargará de ir acomodando a su familia política; con las persianas bajadas, lo que hay en esta sala resulta invisible. Cuando estén todos sentados le acompañaré a su sitio y comenzaremos. Creo que de este modo será menos violento que si usted está en la sala mientras van llegando. —Encendió una lamparita que estaba sobre la mesa y fue bajando las persianas mientras dirigía hacia él pensativas miradas. Por fin se sentó a su lado—. Hay una cosa que debe entender —dijo inquieto—. Del mismo modo que para usted, para ellos ha supuesto una conmoción enterarse no tanto de su existencia, que podrían suponer, como del hecho de que estuviesen casados.

—Lo entiendo —contestó Manuel.

Griñán negó con la cabeza.

—Los marqueses de Santo Tomé son una de las familias de más antiguo linaje del país y sin ninguna duda la más importante de Galicia. Para ellos su apellido es su honor. El viejo marqués, el padre de Álvaro, era un hombre muy estricto para el que preservar la distinción de su apellido estaba por encima de cualquier consideración, cualquier consideración —remarcó—. La homosexualidad de Álvaro le resultaba inaceptable, y era consciente de que el título recaería en su hijo mayor, pero aunque padeció una larga enfermedad no consintió en que se avisase a Álvaro hasta después de que hubiera muerto. Esto le permitirá hacerse una idea de cómo se las gastaba el señor marqués.

—Si tanto detestaba a Álvaro, ¿por qué no cedió el título a otro de sus hijos, por ejemplo, al que lo heredará ahora?

—Habría supuesto un escándalo que desheredase a su primogénito. Para él esa opción estaba fuera de lugar, y a mi parecer acertadamente... Bueno, ya los irá conociendo. —Se puso en pie y apagó la lamparita—. Venga —dijo mientras se acercaba a la puerta acristalada—. Lo que pretendo decirle es que son de otra pasta.

—¿Intenta advertirme de que serán hostiles?

—¿Hostiles? No. Serán de hielo. Como agua y aceite, no se mezclan, y no debe ofenderse, no hay en su proceder nada personal. Comencé a ocuparme de los asuntos de Álvaro desde el momento en que heredó, mi notaría cuenta con un servicio jurídico de asesoría y con un contable que se ocupa de que cuadren los números, impuestos, contribuciones... Hasta entonces había sido el padre, con la ayuda de un viejo abogado amigo de la familia, el que había llevado sus negocios. Durante ese tiempo han podido verme a menudo por el pazo y por las haciendas, y en más de una ocasión he tenido que ocuparme de asuntos de índole más doméstica, y todavía cada vez que me los cruzo tengo la sensación de que no soy para ellos más que un sirviente, como un lacayo, ya lo verá —dijo, y se encogió de hombros—. Es el modo que tienen de dirigirse a los demás.

—¿Álvaro también se comportaba así?

Griñán se volvió a mirarle desde la puerta.

—No, por supuesto que no. Álvaro era un hombre de negocios, tenía los pies bien asentados en la tierra y un montón de ideas de negocio, que me temo que en más de una ocasión no llegué a entender y que siempre acababan sorprendiéndome con sus resultados. En tres años, la cuenta Muñiz de Dávila se ha convertido en la más importante de cuantas gestionamos. —Sonrió confiado—. Y espero que así siga siendo. —Dirigió una mirada a la sala contigua y con un gesto le apremió a acercarse.

Manuel suspiró hastiado y fue a reunirse con el grupo.

Varias personas tomaban asiento en la sala contigua. Una mujer mayor, de musculatura consumida y toda vestida de negro, a la que calculó unos setenta años, iba acompañada por un hombre que identificó sin ayuda como el hermano de Álvaro, más bajo que él y también más fornido, de rasgos más bastos, aunque su cabello era castaño y sus ojos verdes, como los de Álvaro. Un vendaje le cubría la mano derecha.

—La anciana es la madre y, como habrá supuesto, el hombre es el hermano de Álvaro y ahora el nuevo marqués. La que los acompaña es su esposa, Catarina; procede de una familia noble venida a menos, apenas si conservan un pazo, eso sí, un apellido insigne.

Un niño de unos tres años entró corriendo en la sala seguido de una joven muy guapa y muy delgada. Zigzagueó entre las sillas y se abrazó a las piernas del hombre, que lo alzó por encima de su cabeza provocando la risa del chaval. La anciana lanzó una mirada adusta a la joven, que se sonrojó.

—La chica es Elisa, era la novia de Fran, el hermano menor. Era modelo o *miss*, o algo relacionado con la moda, y el niño es el pequeño Samuel, hijo de Fran y único vástago de la familia, de momento —dijo haciendo un gesto hacia Catarina, que contemplaba embelesada al niño y a su esposo, que sin hacer caso del duro gesto de la anciana hacía cosquillas al pequeño, que chillaba y se retorcía en sus brazos—. Aunque no estaban casados, Elisa vive con ellos en el pazo desde que Fran falleció, por el crío.

—¿Saben que estaré hoy aquí?

—Dadas las circunstancias, he tenido que informarles de

su existencia del mismo modo en que le informo a usted, así que lo saben, aunque no para qué...

—¿Y para qué estoy hoy aquí? —preguntó Manuel mirándole inquisitivo.

—Lo sabrá enseguida —contestó, volviendo la vista hacia la sala en la que Doval ya había ocupado su lugar junto a la mesa. Y abriendo la puerta dijo—: Estamos todos. ¿Vamos?

Ocupó el asiento que Griñán le había reservado en la parte trasera de la sala, que le proporcionaba la ventaja de ver a todos sin sentirse observado. Agradeció en aquel instante su precaución, que fue, sin embargo, insuficiente para contener la náusea que trepaba desde el nudo que ocupaba su estómago y el incipiente sudor frío que le cubrió las palmas de las manos. Las frotó infructuosamente intentando secarlas contra las perneras de sus pantalones mientras volvía a preguntarse qué demonios hacía allí y cuál sería la reacción de aquella gente cuando tuviera que mirarlos de frente. El albacea avanzó entre las sillas sin decir una palabra. Ceremonioso, se situó tras la mesa y comenzó a hablar.

—En primer lugar, tanto el señor Doval como yo queremos expresarles nuestro más sentido pésame por la terrible pérdida que acaban de sufrir. —Hizo una pausa que aprovechó para tomar asiento mientras Doval extraía de un lujoso portafolio un sobre y se lo tendía—. Como saben, me encargaba de los asuntos de don Álvaro Muñiz de Dávila, marqués de Santo Tomé, y soy su albacea testamentario —explicó mientras sacaba del sobre un pliego de documentos—. Los he convocado aquí para dar lectura a las últimas voluntades de don Álvaro Muñiz de Dávila antes de la entrada en vigor de las disposiciones testamentarias, que como les he informado previamente llevarán algo más de tiempo por todas las complicaciones derivadas de la cantidad de propiedades objeto del legado. Lo que voy a leerles no tiene valor testamentario, pero sí informativo, aunque me permito adelantarles que es fiel reflejo de lo que aparece en el testamento, pero era deseo del señor marqués que se leyese inmediatamente tras su fallecimiento si se producía, como así ha sido. —Se puso unas gafas, que habían reposado sobre la mesa, y los miró buscando cualquier señal de discrepancia. Al no hallarla, continuó—: Antes de proceder a su lectura he de ponerles en antecedentes de algunas circunstancias que, me consta, desconocen y que son de su interés. No les resultan ajenas las condiciones en las que quedó el patrimonio de la familia tras el fallecimiento del anterior marqués. Una serie de malas decisiones e inversiones habían dejado su fortuna más que mermada y una sucesión de hipotecas y pagarés a punto de ejecutarse sobre todas las propiedades, incluidas el pazo de As Grileiras, la casa de verano de Arousa y las bodegas de la Ribeira Sacra.

La anciana carraspeó molesta.

—No creo que sea necesario que se extienda en detalles, conocemos la situación en la que nos dejó mi esposo —dijo con aspereza la mujer, dirigiendo una dura mirada al niño, que balanceaba aburrido las piernas, que le colgaban de una silla demasiado alta para él.

Griñán asintió mirándola por encima de las gafas.

—Bien. Durante estos tres años, don Álvaro hizo un colosal esfuerzo arriesgando su fortuna personal, tengo que decir que en contra de mi consejo, para impedir el desastre al que estaban abocados. Compró todos los pagarés, renegoció las hipotecas, las saldó y regularizó todos los pagos en una gestión magistral. Hoy, la familia no tiene ninguna deuda pendiente, y, como don Álvaro hizo en los últimos tiempos, ha dejado dispuesto que sigan recibiendo la retribución mensual que les asignó. Así como un fondo destinado a los estudios del pequeño Samuel. —Hizo una pausa—. Si les he explicado todo esto es para que entiendan que don Álvaro compró, saldó y pagó las deudas de la familia con su dinero.

Tanto la anciana como el nuevo marqués asintieron.

—... Y que, por lo tanto, todas las propiedades pasaron a ser suyas.

Madre e hijo se miraron mientras los demás se removían incómodos en sus sillas.

—¿Qué significa esto? —preguntó él.

—Significa que todas las tierras e inmuebles que eran de los bancos o de acreedores externos pasaron a ser propiedad de su hermano.

—Bueno, ¿y?

—Pensé que debían saberlo antes de leerles este documento. Es muy breve, incluye un apartado con las asignaciones detalladas, que si quieren después les leeré, pero principalmente dice: «Nombro como único heredero universal de todos mis bienes a mi amado esposo, Manuel Ortigosa Martín». —Hizo una pausa—: No dice nada más.

Hubo un par de segundos de silencio en el que todo quedó como en suspenso. Hasta que, usando las hojas que tenía en la mano como batuta, Griñán señaló hacia donde se sentaba Manuel.

Todos se volvieron a mirarle, y el niño comenzó a aplaudir. La anciana se puso en pie, avanzó hasta el pequeño y le dio una bofetada.

—Deberías educar a este niño o acabará como su padre —espetó a la joven.

Sin añadir nada más, abandonó la estancia. El niño, que había ido formando una mueca con los labios, rompió a llorar, y la chica, abochornada, se apresuró a abrazarlo. El nuevo marqués se puso en pie y, quitándole el niño de las manos, lo abrazó besando el lugar enrojecido en su mejilla.

—Lo lamento —dijo sin dirigirse a nadie en particular—, han de perdonar a mi madre, está delicada de salud.

Salió llevándose al pequeño, que no dejaba de llorar, seguido por su pálida esposa. Sólo la joven se volvió un instante para murmurar una breve despedida antes de abandonar el despacho, dejando en Manuel la sensación de que algo extraordinario, que escapaba a su entendimiento, acababa de representarse ante sus ojos.

Griñán se quitó las gafas y le miró mientras soplaba dejando salir el aire lentamente.

—Para esto estoy aquí —dijo Manuel entendiéndolo todo.

Griñán asintió.

Regresó al hotel. Al cruzar el vestíbulo, un hombre, que se identificó como el director, le estrechó la mano y se deshizo en disculpas por la torpeza del decorador al colocar un espejo frente a la cama; incluso le ofreció la posibilidad de que fuera a una mutua médica concertada donde se encargarían de las curas necesarias para su pie, por supuesto por cuenta del hotel, así como la opción de cambiar de habitación a una suite superior. Se lo quitó de encima como pudo minimizando las consecuencias de una herida que casi había olvidado, y subió a la habitación, en la que ya no había rastro del espejo, del amargo olor a vómitos ni de las manchas de sangre que le habían parecido imposibles de quitar.

Había rechazado el coche para volver. Decidió que le vendría bien caminar, pensar, bajo aquel cielo extraño surcado de nubes preñadas de lluvia, en todo lo que le había dicho Griñán.

—Tal como le dije, no se mezclan, y no se alarme por su reacción, era de esperar; como le he explicado, al igual que para usted, todo esto les supone una sorpresa, pues Álvaro les ocultó muchos aspectos de su vida, y quizá un sobresalto por el asunto del dinero, pero no vaya a pensar que nada más allá. —Ladeó la cabeza antes de añadir—: Quizá, para la única que suponga un problema asumir que no tendrá fortuna propia sea para la anciana señora, aunque ha vivido así la mitad de su vida gracias a las «habilidades» de su marido —dijo haciendo una mueca—. Los demás no le darán problemas, nunca los han dado. Álvaro los caló enseguida, mientras tengan el dinero de sus asignaciones para hacer lo que les apetezca estarán felices, y en este sentido Álvaro ya estableció un aumento anual que los dejará más que satisfechos. Por supuesto, los gastos de mantenimiento del pazo de As Grileiras y de la casa de Arousa están incluidos.

Se puso de pie, le tendió los documentos a Doval, que esperaba paciente y que se apresuró a hacerlos desaparecer en el portafolio. Griñán salió de detrás de la mesa y sorteando las sillas giró una y se sentó ante Manuel.

—Me consta que para ellos ha constituido toda una sorpresa saber que Álvaro estaba casado, pero, una vez sabido, entenderán que es lógico que le legue su fortuna a usted y más si partimos del hecho de que el dinero con el que se sanearon las cuentas y se pagaron las deudas de la familia era de Álvaro y procedía de su fortuna personal y del gran éxito que desde hace años fue cosechando a través de la publicidad. A cualquier persona con cuatro dedos de frente le parecería lógico que el dinero que Álvaro hubiera obtenido durante su matrimonio le fuese legado a su cónyuge. Claro que una cosa es la lógica y otra la inmensa rabia que debe de producirles que alguien ajeno a la familia, y entienda que digo ajeno desde su punto de vista, vaya a ser la persona de quien dependan. Pero se acostumbrarán, ya se vieron obligados a hacerlo cuando el padre legó a Álvaro los negocios aunque se suponía que estaba desheredado. Quizá Santiago se sienta un poco decepcionado, hereda el título nobiliario, pero sin patrimonio, pero le garantizo que no le traerá complicaciones, no tiene ni ha tenido jamás interés alguno por los negocios. Por eso le decía que quedaba fuera de toda consideración la posibilidad de que el viejo marqués se los hubiese legado a él.

—Parece que sean muy ricos... —planteó.

—Bueno, ahora lo es usted —contestó consecuente el albacea.

—Me refiero a que no todos los nobles son ricos... ¿De dónde procedía la fortuna de esta familia, a qué se dedicaba su padre?

—Ya le he dicho que es una de las familias más importantes de Galicia, su historia se remonta cientos de años atrás e inicialmente está ligada a los poderes de la Iglesia. Son grandes terratenientes y poseen un importante legado en arte.

—Como casi todas las familias nobles del país —observó Manuel—, normalmente se muestran reticentes a deshacerse de sus obras de arte, y un montón de tierra entre Lugo y Ourense puede suponer más gastos que ingresos si no se gestiona adecuadamente.

Griñán le miró de modo apreciativo.

—Olvidaba que era usted historiador. En efecto, muchas familias nobles se han visto en apuros económicos debido a estas razones, pero el padre de Álvaro tuvo en su juventud mucha suerte en los negocios y obtuvo concesiones, tierras, comisiones... Por desgracia no se le dio tan bien conservar su fortuna como hacerla...

Manuel observó a Griñán con interés renovado; aunque era normal que un hombre de su posición no se arriesgase a hacer una afirmación de aquel calado, era evidente a qué se refería.

—Los negocios de los que habla tuvo que hacerlos en las décadas de los cuarenta, cincuenta, sesenta, en pleno régimen franquista... —Griñán hizo un leve gesto de asentimiento, y Manuel continuó—: Y es sabido que en esos tiempos a los nobles que siguieron fieles a la corona en el exilio no les fue demasiado bien.

—Llegó a amasar una importante fortuna, pero los tiempos cambian... Derroche, mala gestión de los negocios, juego, es por todo el mundo sabido... Corría el rumor de que tenía al menos un par de amantes a las que les mantenía pisos de lujo en A Coruña. Puede que no poseyese un ojo avezado para sus inversiones en los últimos años, pero no era ningún imbécil y siempre encontró la manera de seguir proporcionando a su familia la situación acomodada a la que estaban acostumbrados. Aunque las clases altas siempre lo hacen, ¿verdad?

Manuel pensó en la reacción de la familia en la sala.

—Podría entender que Santiago se sintiese ofendido...
—valoró Manuel.

El notario hizo un gesto de desdén con la mano, restándole importancia.

—El viejo marqués sabía que su hijo mediano era una nulidad. Se cuentan historias terribles sobre las humillaciones públicas a las que le sometía... Es verdad que no toleraba la condición de Álvaro, pero sabía que cuidaría de su familia y que tenía en una uña más talento que todos ellos juntos. Una cosa no quita la otra, pero ya le he dicho que para aquel hombre lo primero era preservar el honor de su apellido o lo que, traducido, es preservar el modo de vida de su familia. Para ello estaba dispuesto a cualquier cosa, incluso a dejar todo en manos de Álvaro. Sabía lo que hacía, el viejo zorro. En tres años, Álvaro consiguió no sólo sanear las cuentas, sino reflotar un negocio ruinoso en el campo y en la bodega, logrando cuantiosos beneficios.

—Lo que no entiendo es cómo gestionaba esos negocios desde Madrid —dijo casi para sí mismo, negando incrédulo con la cabeza.

—En la mayoría de las ocasiones, por teléfono. Álvaro tenía claros los cambios que había que llevar a cabo. Desde mi despacho le proporcionamos un equipo de asesoría legal, administración y gestión a través de socios satélite que a menudo trabajan con nosotros, un equipo de profesionales. Todo el mundo sabía lo que había que hacer, y en caso de que hubiera que tomar una decisión importante o vinculante, únicamente yo le llamaba por teléfono. Ni siquiera el administrador lo tiene. Yo era el canal de comunicación.

—¿Y la familia? —preguntó Manuel haciendo un gesto hacia la sala que habían ocupado.

—Únicamente yo —remarcó Griñán—. Álvaro fue muy claro en cuanto a sus deseos desde el principio.

Una sombra cruzó el rostro afable del notario suscitando la curiosidad de Manuel, que iba a preguntar cuando Griñán se puso en pie.

—Y por hoy ya está bien, el coche le devolverá al hotel. Tómese las pastillas y duerma, lo necesita. Mañana pasaré a recogerle para acompañarle al entierro y después ya tendremos tiempo de hablar, pero créame si le digo que para todos es un alivio no tener que preocuparse por llevar las riendas de la empresa, jamás ni uno solo de los que ha visto hoy aquí ha dado un palo al agua, ni ha mostrado el más mínimo interés por los negocios. No trabajan ni han trabajado nunca, a menos que quiera catalogar de trabajo criar gardenias, cazar o montar a caballo.

Salió de la notaría anhelando el aire dulce del exterior, pero, en cuanto llegó a la calle, el frescor extraño del septiembre gallego le bañó de una realidad tan desoladora que, lejos de hallar la templada quietud que añoraba para pensar, le hizo sentir cansado, hambriento y herido en los ojos con aquella refulgencia de entre nubes, huérfano, como un transeúnte ajeno a la ciudad que no lo quería en sus calles. Huyó a esconderse de la luz, de las voces, del coro griego que seguía tañendo en su cabeza.

Se tragó con media botella de agua las dos pastillas que le había dado Griñán y fue despojándose de toda la ropa mientras observaba por la ventana de su habitación las fachadas de los edificios cercanos, deslustradas por la dominante tiranía de luz desde el cielo gris e hiriente del mediodía. Corrió las cortinas y se metió en la cama. Tardó segundos en dormirse.

Soñó con un niño de seis años que no dejaba de llorar, su llanto le despertó y en la penumbra tardó unos segundos en acordarse de dónde se encontraba. Volvió a dormirse. El cielo estaba completamente oscuro cuando despertó. Pidió al servicio de habitaciones una ingente cantidad de comida que devoró frente al televisor mientras veía los informativos nocturnos. Se acostó de nuevo tras la cena y volvió a dormirse. A las cinco de la madrugada abrió los ojos y vio a Clint Eastwood que desde la pantalla del televisor le apuntaba con un dedo que simulaba una pistola. El efecto era igual de amenazante.

Se sintió lúcido. Por primera vez desde que la bella sargento le dio la noticia en Madrid, conseguía superar el estado de confusión y torpeza con el que se había arrastrado como un alma en pena. Una suerte de sosiego se había adueñado de su interior calmando al fin la loca psicofonía de fantasmales voces que habían resonado sin tregua en su cabeza desde el momento en que la bella sargento le había comunicado la muerte de Álvaro. Reconocía aquel estado de quietud como su hábitat natural. Su mente lúcida y templada no era amiga de desórdenes ni ruidos. Suspiró y en el silencio de la noche supo que estaba solo. Completamente solo. Miró alrededor.

—¿Qué estás haciendo aquí? —susurró.

Nadie contestó, aunque Eastwood le lanzó una acerada mirada que contenía un mensaje claro: «Lárgate, no te conviene buscarte problemas».

—Eso haré —contestó al televisor.

Ducharse, afeitarse y recoger sus escasas pertenencias le llevó cuarenta minutos. Se sentó ante el televisor y esperó paciente a que dieran las siete. Entonces tomó el teléfono, que había mantenido silenciado desde el día anterior, decidido a llamar a Griñán. Tenía cuarenta y tres llamadas perdidas, todas de Mei. Mientras lo sostenía en la mano, el aparato comenzó a vibrar. Pensó en no contestar, pero sabía que Mei no se rendiría. Descolgó y escuchó en silencio, demasiado cansado para hacer nada.

Ella comenzó a llorar antes que a hablar.

—Manuel, lo siento tanto... No puedes imaginar cómo estoy sufriendo, han sido los dos peores días de mi vida. Yo le quería, Manuel, lo sabes.

Cerró los ojos y siguió escuchando sin responder.

—Sé que tienes razones para estar enfadado, pero debes comprender que yo hice lo que él me pedía, me dijo que era por tu bien.

—¿Por mi bien mentirme? —explotó—, ¿por mi bien engañarme? ¿Qué clase de personas sois? ¿Qué clase de persona puede justificar algo así por mi bien?

Al otro lado de la línea, Mei redobló su llanto.

—Lo siento, lo siento tanto... Si pudiera hacer algo...

La sumisa aceptación de Mei sólo conseguía enfurecerlo más. Se puso en pie incapaz de contenerse.

—Ya puedes sentirlo. Entre los dos me habéis jodido la vida, la que me queda y toda la que he vivido, porque he descubierto que todo lo que creía sólido era una sarta de mentiras, y yo el único imbécil en esta historia que ignoraba la verdad. Espero que os hayáis divertido.

—No es así —chilló Mei sin dejar de llorar—, no es así en absoluto. Álvaro te quería y yo también, y lo sabes, nunca te habríamos hecho daño conscientemente. Álvaro me dijo que debía ser así, que quería mantenerte a salvo.

—¿A salvo?, ¿a salvo de qué, Mei? ¿Qué mierda me estás contando? —gritó. Tomó conciencia de donde estaba, desesperado se pasó una mano por el rostro mientras bajaba la voz. Casi susurrando dijo—: He conocido a su familia. No son monstruos, Mei, no tienen dos cabezas, no se comen a los niños. Lo que he encontrado es a unas personas tan sorprendidas y espantadas como yo por lo que está pasando. El único que se mantuvo a salvo en esta historia fue Álvaro, a salvo de dar explicaciones, a salvo de una vida conmigo de la que se sentía avergonzado, a salvo para poder vivir dos vidas distintas siendo un noble de España y mariconeando a escondidas.

—¿Qué es eso de un noble de España? —reaccionó Mei, parecía auténticamente sorprendida.

—Me extraña que no lo supieras. La familia de Álvaro es por lo visto grande de España, él tenía un título nobiliario.

—No sé qué has imaginado, pero la verdad es que yo no sabía apenas nada. Él me dijo hace tres años que su padre había muerto y que tenía que hacerse cargo de las empresas familiares, y que a partir de ese momento atendería esos asuntos desde el despacho. Me dijo también que su familia era horrible y que, excepto los negocios, no tenía otra relación con ellos, me advirtió de que eran muy destructivos y que quería mantenerte al margen de su influencia y, por tanto, jamás debías saber nada de ellos y yo debía evitar comentar nada relativo a esos negocios delante de ti.

—¿Y a ti te pareció normal?

—Manuel, ¿qué querías que hiciera? Me lo pidió, me hizo jurarlo. Y no, no me pareció tan raro, muchos homosexuales viven de espaldas a su familia. Lo sabes.

Manuel se quedó en silencio, incapaz de contestar.

—Manuel, voy a ir, tengo los billetes y salgo hoy a mediodía...

—No.

—Manuel, quiero estar contigo, no voy a dejar que pases tú solo por esto.

—No —negó obcecado.

—Manuel —rompió a llorar de nuevo—, si no me quieres ahí, deja al menos que avise a algunos de vuestros amigos...

Se sentó. Agotado dejó escapar todo el aire de sus pulmones.

—¿Y qué vas a decirles, Mei? Si aún no sé bien qué hago aquí y qué ha pasado... ¿Qué hacía Álvaro tan lejos de casa? Sólo quiero que todo esto acabe y regresar.

Ella se deshacía en llanto al otro lado de la línea, la escuchó consumido, sintiendo una especie de justificable envidia por su facilidad para llorar. La angustia atenazó su voz al punto de desgarrarla, vomitó toda su ansiedad en un caudal de hiel y resentimiento.

—Tengo cincuenta y dos años, Mei, me prometí no volver a pasar por esto, nunca creí que fuera Álvaro quien pudiera volver a hacerme sentir así... No entiendo nada, llevo dos días aquí, dentro de dos horas asistiré a su entierro y aún no he podido llorar... ¿Y sabes por qué? Porque no entiendo nada, porque nada encaja, es de locos, como una puta broma de mal gusto.

—Deja de luchar, Manuel, llorar te hará bien —susurró ella.

—No llevaba la alianza, Mei. El hombre que murió aquí ya no era mi marido. No puedo llorar por él.

El albacea Griñán contestó enseguida.

—Tengo que hablar con usted. He tomado una decisión.

—Dentro de media hora, en la cafetería de su hotel —fue su respuesta.

Cuando cerró la puerta de la habitación lo hizo llevándose la bolsa con sus cosas: no pensaba regresar.

Griñán llegó puntual. Pidió un café y antes de sentarse reparó en el escaso equipaje.

—¿Se va?

—En cuanto termine el entierro.

Griñán le miró valorando su determinación, y Manuel preguntó:

—Corríjame si me equivoco: ahora usted es mi representante legal, ¿verdad?

—A menos que decida poner sus asuntos en manos de otro profesional...

Manuel negó.

—Quiero que comunique hoy mismo a la familia de Álvaro que renuncio a la herencia, que no tienen de qué preocuparse porque no quiero nada. No quiero saber una palabra de este asunto. Prepare todo para firmar la cesión cuanto antes y envíemelo a mi casa. Creo que conoce la dirección.

Griñán sonrió.

—¿Qué le hace tanta gracia?

—Que Álvaro debía de conocerle muy bien. Puedo comunicárselo a la familia si lo desea, pero su marido incluyó una cláusula que no le permite renunciar a la herencia hasta que hayan transcurrido tres meses desde su fallecimiento o, lo que es lo mismo, cuando se haga oficial.

Manuel le miró resentido durante dos segundos, después se relajó, al fin y al cabo el responsable de todo aquello era Álvaro.

—Es increíble —dijo hastiado—. Está bien, pues comuníqueselo a la familia y ya me enviará los papeles en diciembre.

—Como usted diga —respondió—, así dispondrá de ese tiempo para pensarlo.

Miró a Griñán decidido de nuevo a contenerse, pero esta vez le falló el temple.

—No hay nada que pensar. Álvaro me ocultó quién era, me ocultó su vida. Descubro que he pasado casi quince años de mi vida con un hombre que no conozco, que tiene una familia que ni siquiera sabía que existiese y me encuentro siendo heredero de una fortuna que ni quiero ni me pertenece. Ya está pensado y no voy a cambiar de idea.

El albacea bajó los ojos, impasible, y tomó un sorbo de su taza de café. Manuel miró alrededor, se encontró con el torpe disimulo de los pocos clientes del local y supo que había hablado demasiado alto.

Condujo su coche durante cuarenta minutos por una autovía y otros quince más por una comarcal siguiendo al Audi de Griñán. La amenaza de lluvia que habían pronosticado los meteorólogos se había quedado en un cielo de nubes batidas hasta formar una capa suficiente para tamizar la luz solar y rescatar de la paleta colores más sólidos y definidos. La ciudad no había durado. La zona rural se apoderaba inmediatamente del paisaje en una sucesión de vecindarios arracimados junto a la carretera y un rosario de granjas dispersas a los lados, aunque siguiendo la línea de la carretera o de la vía del tren. Tras el desvío, las granjas comenzaron a distanciarse dejando a la vista vastos campos de un verde esmeralda festoneados de muros de piedra antigua y vallados tan artísticos que habrían hecho las delicias de cualquier fotógrafo. Le sorprendió la belleza de los bosquecillos artificiales de árboles entre verde y plateado que supuso que eran eucaliptos, el casi negro de las árgomas que aún conservaban sus distintivas flores amarillas contrastando con el brezo rosado que crecía al borde de la carretera. Griñán giró a la derecha en una pista hacia el bosque y cien metros más adelante detuvo el coche frente a una colosal verja de hierro que permanecía abierta de par en par. Bajó del vehículo y se acercó al albacea, que le esperaba junto a la reja con aire cercano al entusiasmo.

—Podíamos haber entrado en coche —explicó mientras avanzaban—, pero no quería que se perdiese la impresión de verla por primera vez.

La avenida custodiada por árboles centenarios aparecía cubierta de pequeñas agujas, y aquí y allá se veían piñitas abiertas como rosas de xilema, algunas aún prendidas a su ramita. El terreno se inclinaba levemente hacia una planicie de césped muy cuidado y un edificio de piedra de una sola planta y arcos de medio punto en los que aparecían encastradas dos magníficas puertas de madera.

Manuel miró a Griñán, que expectante esperaba su reacción.

—Es muy hermosa —hubo de reconocer.

El albacea sonrió complacido.

—Lo es, pero eso son las dependencias del servicio, debajo están las cuadras. La casa está ahí —dijo deteniéndose y señalando a la derecha—. Señor Ortigosa, el pazo de As Grileiras, la casa donde nació su marido y residencia de los marqueses de Santo Tomé desde el siglo XVII.

El edificio triplicaba en tamaño al anterior, de planta rectangular y pequeñas ventanas sepultadas profundamente en la piedra de color marrón claro. Quedaba elevada sobre una leve loma que dominaba toda la propiedad y que contrastaba con la profunda hondonada que se extendía en la parte trasera y la planicie del terreno frontal falsamente limitado por un tupido bosquecillo de olivos viejos que impedía ver más allá a nivel del suelo, y que, estuvo seguro, no estorbaría la vista desde la planta superior del palacio. Había una hilera de farolas de forja y pilas de piedra repletas de flores dispuestas frente a la fachada principal al estilo del Vaticano y rodeada de un seto de hojas brillantes y flores blancas, y tan fragantes que percibió·el aroma en la distancia.

—Son gardenias. As Grileiras posee la mayor plantación de estas flores de Europa, seguramente del mundo. Catarina, la esposa de Santiago, es una experta; desde que se casaron ella se ha venido ocupando de su cultivo y ha llegado a ganar los más prestigiosos concursos del ramo. Junto al estanque hay un magnífico invernadero en el que ha logrado cultivar algunos híbridos realmente interesantes. Si quiere, luego podemos ir a verlo.

Manuel se acercó al seto exterior y admiró las flores cremosas y mates, con sus pétalos como de cera. Arrancó una cercenando el duro tallo con la uña. La encerró en el hueco de su mano y aspiró el perfume que se colaba entre sus dedos. Las explicaciones de Griñán con todo aquel baile de hermanos y cuñados, una familia con graduaciones que jamás habría concebido, le resultaba hostil y artificiosa, y le producía una humillante sensación de vergüenza, que casi le impelía a huir; ni siquiera la necesidad de respuestas era suficiente acicate para motivar que se quedara ni un minuto más de los necesarios en aquel lugar. Aun así, y correspondiendo a la amabilidad del albacea, preguntó:

—¿Qué significa As Grileiras? Suena a grilleras.

—Sí, pero no tiene nada que ver —dijo sonriendo—, As Grileiras o *herbameira* son hierbas mágicas con maravillosas propiedades curativas, casi milagrosas, que según la leyenda crecen a la orilla de los estanques, de los lagos y de las fuentes. El término procede de la palabra *grilo* o *grelo*, que significa «brote», por los brotecillos con los que aparece.

Aspiró una vez más el aroma de la flor y la deslizó en el bolsillo de su americana antes de seguir a Griñán.

—El cementerio está como a doscientos metros, junto a la iglesia del pazo.

—¿Tienen cementerio y una iglesia?

—Realmente está entre una iglesia pequeña y una capilla grande. Hace unos años un rayo alcanzó la torre de la parroquia del pueblo y la familia cedió el uso de este templo durante unos meses hasta que se restauró la otra. El párroco estaba encantado, oficiaba misa diaria y también la de los domingos, y yo creo que cuando se celebraba aquí venía más gente, ya sabe, por el gusto de entrar en el pazo de los marqueses, aquí la gente sigue siendo muy de esas cosas.

—¿De qué cosas?

—Ya sabe, la masa es muy clasista, y cuanto más humildes, peor. Los marqueses de Santo Tomé han sido los señores de estas tierras durante siglos. La mitad de las familias de la comarca ha trabajado para ellos en algún momento y perdura ese sentimiento feudal de protección que se le supone a un noble, y haber trabajado para él, o que tu familia lo haya hecho en el pasado, parece una especie de honor o distinción.

—Distinción de ignorantes.

—Bueno, no vaya a pensar —discrepó Griñán—. Aunque la mayoría de los nobles de este país es hoy en día extraordinariamente comedida; excepto cuatro que salen en las revistas del corazón, los demás viven con discreción, pero entre ciertas clases todavía se considera un privilegio ostentar la amistad de un noble; su recomendación o apadrinamiento para los negocios o puestos diplomáticos continúa siendo una ventaja a la que pocos renunciarían.

Muchos pueblos tenían iglesias más pequeñas que aquélla. Un calvero dibujando un círculo perfecto, en el que desembocaron a través del túnel natural entre los olivos centenarios, se había reservado para el templo y el camposanto. El ingreso estaba situado al frente aunque tenía una puerta lateral, custodiada por dos estrechas ventanas emplomadas y tres escalones incómodos y empinados.

La brisa que, contenida por los árboles centenarios a duras penas había arrojado las piñitas al camino de entrada, corría osada por la explanada yerma que rodeaba el templo por tres de sus lados, en el otro estaba el cementerio. Calculó una veintena de cruces, sencillas, de piedra, entre la hierba corta y cuidada. Y nada más, excepto un siniestro montón de tierra reservado junto a una fosa recién abierta, ni siquiera una cerca que lo delimitase, pero ¿para qué?, si todo era su propiedad.

Allí era donde Álvaro deseaba ser enterrado. No se lo reprochó, al fin y al cabo ¿qué le habría dado él?, un velatorio en el tanatorio de la M-30 y un nicho en el atestado cementerio de la Almudena, no recordaba que jamás hubieran hablado del tema. A pesar de la innegable belleza del paraje y de la pulcra sencillez de las piedras antiguas, había algo de desolador en aquel lugar, pero ¿acaso no era propio de todos los cementerios? Rendido ante la evidencia, admitió sus prejuicios; por alguna razón había esperado un gran panteón.

—Son católicos muy practicantes, como la mayoría de los nobles, y como muchos de ellos adoptan para la otra vida la mesura y la austeridad que no tuvieron en ésta —explicó Griñán mientras se dirigían a la entrada del templo, en la que se había congregado mucha gente, quizá más de cien personas.

Notó que susurraban encogidos abrigándose con sus chaquetas oscuras del viento que arreciaba en el claro frente a la iglesia. Nadie se acercó aunque muchos se volvieron a mirarle. El servicial secretario Doval, que esperaba pegado a la pared en un intento de guarecerse del frescor matinal, salió de su cobijo para saludarlos. Manuel reparó entonces en que los dos hombres vestían impecables trajes negros. Se sintió fuera de lugar con su americana azul y su camisa arrugada, taladrado, juzgado y condenado por las miradas que desde los rostros desconocidos le asediaban con una mezcla de curiosidad y morbo. Se sintió reconfortado por la piadosa mano de Griñán, que colocada sobre su hombro le condujo hacia la entrada, librándole del inquisidor examen de los vecinos, que quedaron a sus espaldas.

—No hay mucha gente, claro que a estas horas... —justificó el secretario.

—¿Que no hay mucha gente? —dijo Manuel sin volverse a mirar pero consciente del rumor ascendente tras él, y de que el número de personas concentradas frente al templo se había doblado en el tiempo que llevaban allí.

—La familia lo ha llevado con reserva —aseveró Griñán—. Al tratarse de una muerte inesperada... Quiero decir que si hubiese sido de otro modo...

Manuel le contempló con una expresión de tristeza, y el notario desvió la mirada eludiendo extenderse en farragosas explicaciones. Doval salió en su auxilio.

—Podemos entrar, la familia llegará enseguida. Perdón —dijo exageradamente alarmado—, quiero decir el resto de la familia.

La iglesia estaba atestada. Ya le había parecido muchísima gente mientras creyó que los que se agrupaban fuera eran los únicos asistentes; al traspasar la puerta se dio cuenta de que sólo eran los que no habían podido entrar. Bajó la cabeza, abrumado, mareado, agradeciendo como un niño perdido la tutela en su hombro de la mano firme de Griñán, que le guio hacia el altar por el paso central entre los bancos. Oyó un lamento profundo a su paso, y al alzar la mirada buscando el origen de los sollozos quedó sobrecogido. Un grupo de mujeres enlutadas se sostenían unas a otras mientras lloraban, su quejido se elevaba por la nave abovedada amplificándose en sus oídos. Las observó impresionado. Entre todas las cosas que había imaginado para aquel día no contó con ver a alguien deshacerse en llanto por la muerte de Álvaro. ¿Qué hacía toda aquella gente allí? ¿Quiénes eran? Le resultaba inconcebible aceptar que siguieran celebrándose funerales como aquél. En las escasas ocasiones en que había asistido a alguno, los asistentes eran familiares y un par de docenas de amigos y conocidos del fallecido; en muchos casos, un leve responso en el mismo tanatorio antes de la incineración. Y nada más. ¿Qué era todo aquello? En silencio maldijo el folclore de aquella tierra, el gusto paleto por los funerales en el pazo y aquel servil respeto que Griñán parecía apreciar y que a él le resultaba bochornoso. Pero también se dio cuenta de que aquellas personas, agrupadas, compartiendo su dolor, le hacían sentir más solo, abandonado y ofendido. Desde el principio, Álvaro y él habían formado el tipo de pareja que se sostiene el uno en el otro sin dar demasiada cabida a la vida social. Los largos períodos de recogimiento a los que obligaba la escritura y el gusto por estar en casa tras completar las giras de promoción les habían llevado en los últimos años a reducir un círculo amistoso que nunca fue demasiado amplio. Tenían algunos amigos, por supuesto, pero había descartado la idea de Mei de avisarlos. La posibilidad de que alguien le acompañase ante una situación que le resultaba tan denigrante que sólo quería que terminase de una vez era ridícula, pero lo era más imaginarse explicando a sus amigos una circunstancia que ni él mismo podía entender. Avanzó entre los bancos y vio a varios hombres, algunos muy mayores, con los ojos húmedos y los pañuelos planchados con mimo, seguramente por una mujer, estrujados en el hueco de la mano. Las miradas crispadas por el dolor confluían en el ataúd oscuro y brillante, que parecía triste y de agua, como los ojos de un perro. Soltándose de la reconfortante guía del albacea, y atraído por su presencia, caminó hasta el féretro agradeciendo que estuviera cerrado. Hechizado por la cadencia de los llantos femeninos y por el brillo de la madera pulida, extendió la mano para tocarlo en el momento en que un rumor creciente interrumpía la mágica harmonía de los sollozos quedos y se extendía por el templo como el avance de una plaga: la familia hacía su entrada. Echó un vistazo alrededor y vio que únicamente los dos bancos delanteros permanecían vacíos. Se dirigió al de su derecha y se sentó. El rumor creciente cesó de pronto. Se volvió para mirar y vio que la anciana señora apoyada en el brazo de su hijo había detenido su avance, vestía de riguroso luto y susurraba algo al oído de Griñán, que vino hacia Manuel, apresurado, y se inclinó para hablarle al oído.

—No puede sentarse aquí, es el banco de la familia —casi riñó el albacea.

Levantándose azorado, dio dos pasos hacia el pasillo dispuesto a irse, pero se detuvo de pronto mientras la inicial sensación de torpeza daba paso a la indignación.

—Yo soy la familia. Si no se mezclan es asunto suyo. El hombre que está en ese ataúd es mi marido y si no me equivoco de momento este banco es mío, de mi propiedad. Dígales que pueden elegir sentarse aquí o en cualquier otro banco de la iglesia. No me moveré.

Griñán palideció mientras Manuel volvía a sentarse, tan furioso que apenas podía controlar el temblor de sus manos. Le oyó susurrar en el absoluto silencio en el que se habían sumido los habitantes del templo, y al momento los pasos hacia el altar se reanudaron dirigiéndose al primer banco de la izquierda.

Evitó mirarlos durante todo el funeral.

El oficio duró casi dos horas. Una misa funeral por un solo difunto oficiada por un cura, que rondaría los cuarenta años, y que denotaba cierta confianza con la familia. Dedujo, por su más que probable auténtica tristeza, que había conocido a Álvaro. Le asistían una cantidad inusitada de sacerdotes, hasta un total de nueve llegó a contar, todos mayores y distantes, que en un curioso ritual se mantenían en respetuoso segundo plano actuando como asistentes dispuestos en semicírculo alrededor del altar y acompañando al cura más joven en el ceremonial.

Manuel permaneció sentado todo el tiempo, sin prestar atención a las indicaciones del cura, abatido por la resaca del enfado y la delirante marea emocional de los asistentes al funeral, a los que oía gemir a su espalda. En pie, sentados, de nuevo en pie, sentados... Levantó un instante el rostro y encontró los ojos curiosos de varias mujeres que esperaban su turno para comulgar. Se escondió, fue consciente, bajando la mirada mientras luchaba contra la creciente y angustiosa necesidad de salir de allí.

Terminado el funeral, algunos de los hombres de manos duras y pañuelos planchados alzaron el ataúd y lo llevaron hasta el cementerio. Agradeció la brisa que iba templándose según avanzaba la mañana y el sol que conseguía asomarse entre el batido de nubes bajas.

—Ya he comunicado al marqués su decisión —le susurró Griñán junto a la puerta del templo.

Asintió como toda respuesta, preguntándose cuándo se lo podría haber dicho y llegando a la conclusión de que tuvo que ser durante el funeral. Al fin y al cabo, como ya le había comunicado Griñán, la cuenta Muñiz de Dávila era una de las más importantes de cuantas gestionaba, y, para asegurarse de seguir siendo el administrador, el notario no mostraba escrúpulos al ponerse cuanto antes al servicio de los nuevos propietarios de la fortuna. Se rezagó dejando que el grupo se adelantase rodeando la sepultura. Los observó desde el límite del camposanto sin atreverse a acercarse más. La energía consumida en el pulso por el banco de la iglesia le había dejado extenuado e incapacitado para un nuevo lance.

En contraste con el eterno funeral, el entierro fue rápido. Un responso junto a la tumba. Ni siquiera pudo ver, obstaculizado por los cuerpos apiñados, cómo descendían el ataúd. Los asistentes comenzaron a marcharse. Los curas saludaron cumplidamente a los miembros de la familia y se dirigieron a la puerta lateral de la iglesia, seguramente a la sacristía. Sintió entonces una mano pequeña deslizarse en la suya y al mirar descubrió al niño de la familia. Se inclinó para hablarle y entonces el pequeño le echó los brazos al cuello y le besó en la mejilla. Después salió corriendo hacia su madre, que le esperaba a cierta distancia, y sonrió antes de encauzar la vereda que llevaba a la casa.

—Señor Ortigosa.

Se volvió y vio que Santiago, el nuevo marqués, se había detenido frente a él.

Unos metros más atrás, Griñán le hizo un gesto afirmativo mientras emprendía el camino hacia la casa acompañando a las mujeres.

—Soy Santiago Muñiz de Dávila, Álvaro era mi hermano

—dijo tendiéndole la mano, parcialmente oculta por un vendaje.

Manuel le contempló desconcertado.

—No se preocupe, no es grave, un accidente con un caballo, un dedo fracturado y unos cuantos arañazos.

La estrechó con cuidado percibiendo bajo la venda la rigidez de la escayola.

—El señor Griñán me ha comunicado su decisión y no puedo menos que darle las gracias en mi nombre y en el de la familia. Quiero también disculparme si le hemos parecido fríos o maleducados, los acontecimientos de los últimos días —dijo volviéndose un instante para mirar hacia la tumba— nos han superado.

—No tiene que disculparse, sé cómo se sienten.

No dijo nada más. El hermano se despidió con una leve inclinación de cabeza y apuró el paso para alcanzar a su esposa, a la que sustituyó cediéndole el brazo a la madre.

El sacerdote más joven se le acercó cruzando el cementerio, en el que ya no quedaba nadie excepto el enterrador, ayudado por una cuadrilla de peones que fumaban agrupados al abrigo de la pared lateral de la iglesia.

—Me gustaría hablar un rato con usted, soy amigo de Álvaro desde la infancia, fuimos juntos al colegio. Tengo que quitarme esto —dijo tocando la casulla que lo cubría—; si me espera, me cambio en un minuto.

—No sé —respondió Manuel evasivo mirando hacia el camino—, la verdad es que tengo un poco de prisa.

—Será un minuto, lo prometo —dijo echando a correr hacia la puerta lateral de la iglesia.

Dedicó una mirada a los operarios que fumaban y charlaban entretenidos en sus cosas, pero vio que el enterrador, el único que no vestía mono de trabajo, le observaba sin perderle de vista; casi tuvo la sensación de que saldría del grupo y se acercaría a decirle algo, al final optó por saludarle inclinando la cabeza levemente y caminó hacia la tumba abierta. Fue sorteando las cruces mientras leía las inscripciones al pie. Quizá Griñán tenía razón. En las leyendas aparecían tan sólo los nombres y las fechas del nacimiento y el fallecimiento, sin rastro de título u honores. Algunas de las tumbas se remontaban hasta el siglo XVIII, y la única diferencia con las más recientes era el color de la piedra que conformaba las cruces. Junto a la fosa abierta, vistosos ramos y coronas que más tarde la cubrirían, festoneados de cintas, que como clamorosos gallardetes distinguían su procedencia y precio se amontonaban como una pira perfumada. Instintivamente se llevó la mano al bolsillo y sacó la gardenia cerosa, que había recogido por el camino, ocasionando que el perfume se expandiera hasta eclipsar el de las otras flores. Se adelantó un paso para poder ver el ataúd ahora deslustrado por el polvo de la tierra oscura que la familia había arrojado sobre él durante el responso. No había flores. Quizá Griñán estaba equivocado: después de todo, el lucimiento de esas caras coronas se reservaba como alarde para la superficie de la tumba, donde todo el mundo pudiera verlas.

Miró de nuevo la superficie ahora mate del ataúd y el crucifijo con el Cristo famélico y agonizante. Alzó la flor hasta sus labios, aspiró el aroma, depositó sobre ella un beso y extendió la mano sobre la fosa. Cerró los ojos intentando encontrar en su interior el reducto donde se defendía el dolor, pero no lo halló. Sintió una presencia a su espalda y cerrando el puño protegió la flor.

Se volvió hacia el sacerdote que lo esperaba unos pasos más atrás y que le pareció más joven vestido de calle, aunque vio que había conservado el alzacuellos.

—Si necesita más tiempo...

—No —respondió caminando hacia él mientras devolvía la gardenia al bolsillo de su americana—. He terminado aquí.

El sacerdote alzó las cejas sorprendido por su brusquedad. Manuel vio su gesto y atajó cualquier posibilidad de una probable manifestación de compasión.

—Como le he dicho, no dispongo de mucho tiempo

—dijo apremiante. De pronto la influencia melancólica del cementerio le resultaba insoportable. Quería huir de allí.

—¿Dónde tiene el coche?

—Junto a la verja de la entrada.

—Pues le acompaño, yo también me marcho, he de regresar a mi parroquia.

—Oh, pensaba que... —dijo haciendo un gesto hacia la iglesia.

—No, hoy estoy aquí como invitado, por mi amistad con la familia; el responsable de la parroquia más cercana es uno de los sacerdotes que me han asistido en la celebración. Este templo realmente no tiene párroco asignado, es de uso privado, sólo se abre al público para las celebraciones especiales.

—Oh, al ver a tantos sacerdotes he supuesto...

—Sí, supongo que resulta chocante para alguien que no esté acostumbrado, pero es una tradición en la zona.

—Folclore —susurró despectivo entre dientes.

No estuvo seguro de que el cura lo hubiera oído hasta que percibió su tono mucho más frío cuando replicó:

—Su manera de honrar a los muertos.

Manuel no dijo nada. Apretó la boca y miró anhelante hacia la vereda que le sacaría de allí.

Comenzaron a caminar.

—Me llamo Lucas —dijo de nuevo amistoso el sacerdote tendiéndole la mano—. Como le he dicho, fui con Álvaro al seminario, bueno, con todos los hermanos, sólo que los otros son más pequeños y coincidimos menos...

Manuel se la estrechó sin detenerse.

—¿El seminario? —preguntó sorprendido.

—Sí —dijo sonriendo—, pero no se haga ideas raras, en esa época todos los chicos ricos de la comarca estudiaban en el seminario. Era el mejor colegio de por aquí; además, los marqueses siempre han sido benefactores del centro, era lógico que los chavales estudiasen allí, no tenía nada que ver con la vocación.

—Parece que sí, en su caso.

Rio divertido.

—Pero soy la excepción, de toda mi quinta fui el único en tomar los votos.

—¿También es rico?

Rio de nuevo.

—En eso también fui una excepción, soy uno de los beneficiados de las becas para chicos pobres y prometedores del señor marqués.

Le costaba imaginar a Álvaro en un seminario. En alguna ocasión le había contado anécdotas acerca de su paso por la universidad, el internado en Madrid, el colegio mayor, pero jamás sobre la escuela de su infancia, una infancia en aquel universo bucólico le resultaba contradictoria, en comparación con aquella otra que él había supuesto para Álvaro. Sentía la grava crujir bajo sus pies mientras avanzaban. Las prolongadas pausas y los silencios entre ambos, lejos de incomodarle, le sosegaban. Guarecidos del viento por los árboles, el sol de mediodía comenzaba a templar su espalda haciendo presente el perfume de las gardenias, que se propagaba por el aire desde los setos que rodeaban la casa.

—Manuel, ¿podemos tutearnos?, tengo cuarenta y cuatro años, la misma edad que Álvaro, se me hace raro hablarle de usted.

Manuel no contestó. Hizo un gesto ambiguo que no determinaba nada. Por experiencia sabía que a menudo esta propuesta solía ser la coartada para otro atrevimiento.

—¿Cómo te encuentras?, ¿cómo estás?

La pregunta le cogió por sorpresa no tanto por su naturaleza, sino porque era la primera persona que se interesaba. Ni siquiera la dulce Mei con su carga de culpa y arrepentimiento se lo había preguntado. Y aunque él le había escupido a la cara su dolor y desconcierto, la verdad era que no se había parado a pensarlo. ¿Cómo estaba? No lo sabía, intuía cómo habría esperado estar: destrozado, abatido, hundido, pero estaba apático y profundamente decepcionado, en parte afrentado por todo lo que se veía obligado a soportar. Nada más.

—Bien —respondió tras pensarlo.

—Bueno, los dos sabemos que eso no puede ser verdad.

—Pues lo es, no siento otra cosa que lástima y decepción por todo lo que ha pasado, sólo quiero salir de aquí, recuperar mi vida y olvidarme de todo esto.

—Indiferencia —sentenció el sacerdote—. En ocasiones es una de las fases del duelo que trae la muerte, viene justo después de la negación y antes de la negociación.

Iba a discutirlo, pero se vio a sí mismo rebatiendo cada argumento de la sargento Acosta cuando le comunicó la muerte de Álvaro, negándose a aceptarlo, buscando un salvavidas, rechazando ofuscado lo que no quería admitir.

—Se diría que eres un experto en el tema —comentó displicente.

—Lo soy, trato a diario con la muerte y el desconsuelo, aparte de otras enfermedades del alma. Es mi trabajo, pero además era amigo de Álvaro. —Hizo una pausa y miró a Manuel esperando su reacción—. Probablemente, una de las pocas personas que mantuvo el contacto con él en estos años y conocía la realidad de su día a día.

—Pues ya sabías más que yo... —susurró disgustado.

El sacerdote se detuvo y le observó muy serio.

—No seas tan duro en tu juicio; si Álvaro te ocultó lo que tenía que ver con la familia no fue porque se avergonzara de ti, sino porque se avergonzaba de ella.

—Eres la segunda persona que me dice algo parecido, pero no sé qué quieres decir. Los he conocido y no parecen tan terribles.

El sacerdote sonrió en un gesto de contención.

—Álvaro no tuvo relación con nadie de su casa desde que se fue a estudiar a Madrid siendo apenas un crío. En cada ocasión en que regresó, el rechazo de su familia fue en aumento, hasta que un día no volvió más. Su padre falleció sin acceder a verle, aunque eso no impidió que Álvaro heredase las obligaciones. Regresó, tomó la rienda de los negocios, asignó una paga a sus familiares y desapareció de nuevo. Creo que, excepto su albacea, sólo yo sabía cómo localizarle —dijo reanudando sus pasos hacia la vereda—. Sé que era feliz con su vida, era feliz a tu lado.

—¿Y cómo puedes estar tan seguro?, ¿también eras su confesor? —dijo ofensivo.

Lucas cerró un segundo los ojos y tomó aire profundamente, casi se diría que el golpe le había alcanzado en el pecho como un puñetazo.

—Algo así, pero sin seguir el protocolo. Hablábamos mucho de ti, de todo... —respondió recuperada la calma.

Manuel se detuvo. Volviéndose hacia el sacerdote sonrió sarcástico y razonó desganado:

—Vamos a ver... ¿Qué pretendes al contarme todo esto? ¿Acaso no ves lo absurdo que resulta que un cura pretenda consolarme del hecho de que mi marido homosexual me haya ocultado su vida? ¿Cómo pretendes que me sienta al saber que tenía más confianza contigo que conmigo? Lo único que me queda claro es que no conocía al hombre con el que he compartido mi vida, que todo ese tiempo me engañó.

—Sé cómo te sientes...

—No sabes una mierda —escupió.

—Puede que no o puede que sí, lo que sé es que ahora mismo eres impermeable a cuanto te diga, pero sé también que dentro de unos días las cosas serán distintas, ven a verme entonces —dijo, y le tendió una tarjeta en la que se indicaba la dirección de un santuario en Pontevedra—. La persona que en verdad era Álvaro es la que tú conocías. Todo lo demás —añadió haciendo un gesto envolvente hacia la majestuosa avenida dominada por la verja de entrada— era artificio.

Estrujó la tarjeta y a punto estuvo de arrojarla a sus pies. Casi por impulso, la deslizó en su bolsillo junto a la fragante flor que era lo único que, furtivamente, se llevaría de allí.

Traspasaron la verja y salieron al camino en silencio.

Al verlos venir, un hombre que había permanecido apoyado en el maletero de su coche se irguió y dio un par de pasos hacia ellos antes de detenerse.

Había en su figura algo familiar que no supo identificar hasta que estuvo casi a su lado. Era el guardia civil con el que había hablado en el hospital hasta que su superior le había relevado. No recordaba su nombre, aunque sí su evidente desprecio homófobo y la panza cervecera que sin duda el uniforme disimulaba mejor que los pantalones de pinzas que llevaba casi en la pelvis y el fino jersey de pico que marcaba los botones de su camisa como una hilera de remaches resaltando sobre la piel.

Con los años había desarrollado un radar para los cafres y estuvo seguro de que aquel tipo iba a causarle problemas; aun así, casi le sorprendió más la reacción del sacerdote, que susurró:

—¿Qué hace éste aquí?

—¿Manuel Ortigosa? —preguntó el hombre aunque era obvio que lo sabía—, soy el teniente Nogueira de la Guardia Civil —dijo mostrando brevemente una identificación que hizo desaparecer en su bolsillo—. Nos conocimos anteayer en el hospital...

—Le recuerdo —contestó prudente Manuel.

—¿Va a alguna parte? —dijo haciendo un gesto hacia la bolsa de viaje visible en el asiento trasero del coche.

—Regreso a mi casa.

El guardia negó con la cabeza. Parecía contrariado.

—Tengo que hablar con usted —dijo como si se convenciera a sí mismo.

—Hable —respondió displicente.

El guardia civil dirigió una torva mirada al sacerdote.

—En privado —advirtió.

Por lo visto, la animadversión de aquel hombre no se limitaba a los homosexuales. Eso, o eran viejos conocidos.

El cura no se dejó intimidar.

—Si quieres que me quede... —se ofreció mirando a Manuel y desdeñando la expresión poco amistosa del otro hombre.

—No será necesario, gracias —contestó tajante.

Era evidente que tenía gran interés en quedarse. El guardia civil no le parecía de fiar, pero entre dos extraños optó por el segundo.

El sacerdote aún se rezagó un rato demorando su partida. Se despidió tendiéndole la mano sin mirar al guardia antes de subirse a un pequeño utilitario gris que estaba aparcado detrás de ellos.

—Ven a verme.

Manuel le vio marchar y se volvió hacia el guardia.

—Aquí no —fue su respuesta—. Hay un bar en el pueblo, justo antes de salir a la general. Se puede aparcar en una explanada a la entrada. Sígame.

Iba a protestar, pero decidió que después de todo, si aquel tipo quería hablar, mejor que fuera en un lugar público que en el solitario acceso a As Grileiras donde tan sólo quedaba el Audi de Griñán.

INERCIA

##

Contrastando con el frescor del exterior, el sol del mediodía había templado la chapa del coche hasta hacerlo parecer un horno. Aparcó en una planicie de tierra prensada junto al viejo BMW del guardia civil y media docena larga de polvorientas rancheras. Bajó del coche y antes de cerrar la puerta lanzó al interior la americana. Enfilaba hacia la entrada del bar cuando el guardia le detuvo.

—Aquí estará bien, espere —dijo parándose en la terraza de mesas de plástico y sombrillas ajadas.

Regresó al momento con dos cafés solos y unos platillos repletos de lo que parecía guiso de carne, que dejó sobre la mesa. Antes de comenzar a hablar encendió un cigarrillo. Aquello explicaba que hubiera elegido el exterior.

—Se va muy pronto... —dijo mientras removía en el café una ración doble de azúcar.

—El funeral y el entierro han terminado, no tengo nada más que hacer aquí —dijo con sequedad.

—¿No se queda unos días con su familia?

—No es mi familia, sino la de mi marido —dijo «marido» con toda la intención, pero en esta ocasión al guardia pareció pasarle inadvertido—. No la conocía antes... antes de esto.

—Es verdad, lo dijo en el hospital —murmuró pensativo—. ¿Le han llamado desde el cuartel para darle alguna explicación?

—Sí, esta mañana, para decirme que todo estaba en orden, que podía pasar a recoger sus efectos personales y que me enviarían el informe por si tenía que presentarlo para el cobro de algún seguro.

—¡Hijos de la gran puta! —espetó el guardia—. Lo han hecho, lo han hecho otra vez. ¡Con dos cojones! —dijo apuntándole con el extremo humeante del cigarrillo.

—¿Que han hecho otra vez el qué?

En lugar de contestar el guardia inquirió.

—¿Qué le ha parecido su familia política?

Respondió evasivo:

—No he tenido tiempo de formarme una opinión —mintió. Si tenía una impresión sobre ellos, desde luego no estaba dispuesto a compartirla con él—. Apenas hemos cruzado dos palabras.

—Ya imagino...

—¿Va a decirme a qué viene todo esto?

Nogueira dio una profunda calada a su cigarrillo apurándolo hasta llegar al filtro con un desagradable sonido de succión, lo arrojó bajo la mesa y lo aplastó con la puntera de su zapato, a pesar de que había un cenicero dispuesto sobre la mesa. Le miró disgustado mientras acercaba uno de los platillos de carne y pinchaba un trozo con el tenedor.

—Todo esto va de que Álvaro Muñiz de Dávila no tuvo un accidente, o al menos no únicamente un accidente. —Se metió el trozo de carne en la boca ante la estupefacción de Manuel, que esperó sobrecogido y ofuscado hasta que el guardia terminó de comer y reanudó su explicación—: Su coche se salió en una recta y es verdad que no había en la calzada señales de frenada ni nada que delatase la presencia de otro conductor implicado, pero, como le estaba diciendo hasta que mi superior nos interrumpió en la morgue, el vehículo presentaba un piloto quebrado que no llegó a romperse y una transferencia de pintura blanca.

—Sí, se lo pregunté al capitán cuando me llamó esta mañana; él cree que pudo deberse a un pequeño incidente aparcando, sin ninguna conexión con el accidente, incluso puede que ocurriese días antes.

—Sí, claro, ¿y qué explicación le dio para la incisión que el señor Muñiz de Dávila tenía en el costado? —dijo mientras engullía un nuevo trozo de carne.

—¿Una incisión?

—Profunda y fina. Una punzada que causó una herida externa muy pequeña, lo suficiente para permitirle subir al coche y huir de su agresor, pero no tanto como para que la hemorragia interna no lo debilitase. Quizá fue lo que le mató antes de que el coche se saliera, y eso si no le ayudó alguien.

—Pero el capitán no dijo nada de una puñalada.

—Claro que no, los nobles no mueren apuñalados, eso es para los yonquis y las putas... Pero el caso es que Álvaro Muñiz de Dávila presentaba una punción en el costado derecho, en el bajo vientre. La forense lo observó en su inspección preliminar en el lugar del accidente. Es amiga mía; si se lo pido, accederá a verle, a ella también le asquean estas cosas.

—¿Estas cosas? Pero ¿qué me está diciendo? ¿Está hablando de una agresión o de una lesión compatible con los traumatismos del accidente?

El hombre miró prudente alrededor antes de hablar, aunque no había nadie más en la terraza.

—Al menos de una circunstancia muy sospechosa en su muerte.

—¿Y por qué me cuenta todo esto? ¿Por qué me han dicho esta mañana que fue una muerte accidental? ¿Y por qué no lo están investigando?

—Es lo que trato de explicarle. Hay una serie de concurrencias más que sospechosas en esta muerte que no se investigarán. Y no será la primera vez, porque es un Muñiz de Dávila y a la familia de terratenientes a la que pertenece hay que mantenerla limpia a cualquier precio, cuando son ellos los que la cagan y la mierda les salpica. Una vieja y vergonzosa tradición —dijo amargamente.

Manuel sopesó sus palabras tratando de comprender.

—Me está diciendo...

—Lo que le estoy diciendo es que desde que el mundo

es mundo ha habido clases: los desgraciados, como la mayoría que se deja la vida trabajando para llegar con suerte a una jubilación de mierda, y luego están ellos, los señores de la tierra, los príncipes del mundo que han vivido de nuestro sudor durante generaciones y que siguen haciendo lo que les place sin que nada de lo que hagan tenga consecuencias.

—Pero Álvaro ni siquiera vivía aquí, él no era...

—Era uno de ellos —cortó el teniente—. Usted reconoce que ni siquiera sabía de la existencia de su familia, y algo sí que puedo decirle y es que por lo poco que he podido averiguar Álvaro llevaba una doble vida, aún no sé en qué andaba metido, pero en más de un aspecto no era en absoluto lo que aparentaba.

Manuel se quedó en silencio durante unos segundos mientras intentaba asimilar lo que acababa de oír. Miraba a aquel hombre y, a pesar de que se esforzaba en entender de qué iba aquel juego, no lograba empatizar con su indignación. No le revelaba nada que no hubiese sospechado en las últimas horas en las que los presagios de traición habían cobrado cuerpo mortal, un proceso que le había costado parte de su salud mental hasta que decidió seguir el consejo de Clint Eastwood. Álvaro le había mentido, le había engañado como a un crío enamorado, todo era mentira, un montón de mierda de tamaño descomunal y sí, él era el imbécil que se había tragado aquel engaño, lo más duro había sido tener que admitir que era idiota, pero ya lo había hecho. ¿Qué se esperaba que hiciera a continuación?

—Y ahora, ¿qué va a pasar? —preguntó desganado.

El guardia le miró de hito en hito, hasta abrió las manos a los lados como signo de incredulidad.

—¿Qué pasa, que no ha escuchado lo que le he dicho?

—Le he escuchado perfectamente.

El hombre resopló impaciente antes de volver a hablar.

—Yo le diré lo que va a pasar. No va a pasar nada, le darán carpetazo; de hecho, ya se lo han dado. Oficialmente, Álvaro Muñiz de Dávila ha fallecido en un accidente de tráfico sin otras implicaciones.

—Pero usted no está de acuerdo con esas conclusiones, seguirá investigando...

Encendió un cigarrillo con otra de aquellas ruidosas caladas como de succión y siguió hablando.

—Ayer era mi último día, estoy jubilado —dijo apartando la taza con los restos del café, como si el recipiente contuviese una idea que le resultaba ofensiva—. Tengo un mes de vacaciones y luego pasaré a la reserva.

Manuel asintió, entendía ahora que no hubiera venido de uniforme. Oficialmente, ya no era teniente de la Guardia Civil, aunque cuando se le había acercado junto a su coche se había presentado con su graduación y le mostró brevemente su identificación, muy brevemente... Lo que daba paso a la duda: ¿qué hacía entonces aquel hombre allí? Ya había dejado claro cuánto le repugnaba la familia de Álvaro y no ocultaba su homofobia, entonces..., ¿qué quería? Se irguió en su silla separándola un poco de la mesa para poner de manifiesto que la conversación tocaba a su fin.

—Teniente Nogueira —concedió cauto—, le he escuchado, le agradezco su preocupación, pero si, como usted admite, el caso está cerrado y es el único que parece no estar de acuerdo contra el criterio de sus mandos, dígame, ¿por qué me cuenta todo esto? Si no ha sido capaz de convencerlos, ¿qué podría hacer yo?

—Mucho, usted es un miembro de la familia.

—No es verdad —negó amargado—. No soy de su familia y parece que nunca lo he sido.

—Y sin embargo lo es, de pleno derecho —rebatió Nogueira vehemente—. Con su ayuda podríamos avanzar en la investigación que ha quedado suspendida.

—Acaba de decirme que ya no es guardia...

Una nube oscureció la mirada de Nogueira durante un segundo, suficiente para obtener la certeza de que aquel hombre podía llegar a ser muy duro. Sin embargo, se dominó y lo hizo a conciencia porque lo que dijo a continuación debió de costarle un gran esfuerzo.

—Era su... su marido, usted incluso podría solicitar una autopsia.

Manuel le miró sorprendido y comenzó a negar con la cabeza antes de pronunciar las palabras.

—No, no, no, usted no lo comprende, acabo de enterrar a ese hombre, ese hombre que ha compartido conmigo casi toda la vida que recuerdo. Sé que a usted esto le trae sin cuidado, pero junto a él he sepultado lo que representaba nuestra vida en común... No me importa nada, me da igual en qué estuviera mezclado, o con quién pasó sus últimos momentos, todo me da igual. Sólo quiero irme de aquí, regresar a mi casa y olvidar todo esto —dijo poniéndose en pie—. Gracias por sus desvelos, pero yo no tengo fuerzas para más. —Le tendió la mano, pero el guardia la desdeñó y sin dejar de mirarle a los ojos se encogió de hombros y se giró hacia el aparcamiento.

—Álvaro fue asesinado —dijo Nogueira a su espalda.

Manuel se detuvo sin volverse.

—No fue un accidente, fue asesinado... Y, si no hace nada, su muerte quedará impune. ¿Podrá vivir con eso?

Se quedó inerte. Por un momento comprendió que no importaba lo que sintiera o lo que quisiera hacer, que daban igual las circunstancias que le rodearan porque una fuerza aterradora e inexplicable le proyectaba contra la realidad. La inercia le estampaba contra la realidad, sin apasionamiento ni cargo, y le llevaba en la dirección que marcaba el universo. Todo a su alrededor era hostil, debería seguir el consejo de Eastwood y no buscarse problemas. Sin embargo, allí estaba aquel tipo odioso arrojando sobre él el peso del mayor de los ultrajes. Sintió cómo la onda expansiva de la bomba que acababa de soltar le alcanzaba, le sacudía las entrañas y a punto estuvo de derribarle. Quizá tardó un minuto en volverse, quizá un par de segundos. Desanduvo el camino y lentamente se sentó de nuevo en la silla que había ocupado.

Si Nogueira se sintió satisfecho con su regreso lo disimuló a la perfección. Continuó fumando lenta y profundamente hasta que Manuel preguntó:

—¿Qué quiere hacer?

Nogueira arrojó al suelo el cigarrillo que había apurado hasta el filtro y se inclinó hacia delante apoyando ambos brazos en la mesa. De entre sus manos surgió una pequeña agenda negra que abrió por una página cubierta de prieta caligrafía.

—Lo primero que haremos será ir a hablar con la forense para que no le quede la menor duda de lo que le he contado, y después el objetivo es reconstruir todo lo que Álvaro hizo en los dos últimos días: dónde estuvo, con quién, a quién vio y, si fuera posible, también lo que hizo en sus anteriores visitas, cuál era su rutina cuando estaba aquí, adónde iba... Yo le dirigiré, pero casi todo tendrá que hacerlo usted. Nadie sospechará, está en su derecho y es perfectamente normal que un familiar se interese por las circunstancias en las que murió un ser querido y, bueno, si alguien se molesta tendremos algo con lo que trabajar. Pero antes de nada he de advertirle que puede que lo que averigüe no le guste en absoluto. A menudo cuando se investiga un asesinato termina por salir a flote mucha porquería que permanecía anclada en el fondo.

Manuel asintió.

—Cuento con ello —aceptó apesadumbrado.

—Y una cosa más: usted puede salir perjudicado por lo que descubra, porque tengo el presentimiento, y no suelo equivocarme, de que Muñiz de Dávila andaba de mierda hasta la cabeza, pero si trasciende que estoy tras sus acciones puede buscarme un serio problema. Llevo demasiados años trabajando para quedarme ahora sin pensión, me consta que esto sólo lo sabremos usted y yo, bueno, y la forense, pero en ella confío ciegamente, así que si alguien más llega a enterarse sabré que ha sido por usted, y si eso ocurre le encontraré, le llevaré al monte y le pegaré un tiro, ¿lo ha entendido?

—Lo he entendido —dijo sabiendo que era perfectamente capaz.

Nogueira consultó su reloj.

—La forense es una gran profesional con muchos años de experiencia. Terminaba su turno a las tres y ya habrá llegado a casa. Nos estará esperando.

—¿Cómo estaban seguros de que aceptaría?

Nogueira se encogió levemente de hombros en un gesto de obviedad.

—Lo raro habría sido que no lo hiciera, y bastante sospechoso también —añadió mirándole de lado—. Deje su coche aquí, iremos en el mío. En esta fonda alquilan habitaciones, puede quedarse aquí de momento. Necesitaré tener acceso a la información de las cuentas bancarias y de los extractos de los últimos movimientos de... su... familiar, estaría bien saber si tenía deudas. Su padre, el viejo marqués, se labró una reputación por sus marrullerías con prestamistas y gente del ramo, aunque parece que en los últimos años habían levantado cabeza, nunca se sabe. De cualquier modo, estaría bien saber quién hereda, aunque imagino que es demasiado pronto. Quizá ese notario que le acompañaba el otro día pueda decirle algo si es usted hábil y juega bien sus cartas, al fin y al cabo era su... familiar. Debe pasar por el hospital y el cuartel, y reclamar sus objetos personales cuanto antes. Ofelia necesitará revisar su ropa de nuevo, también inspeccionaremos su teléfono móvil, cerciórese de que está entre sus cosas. No estaría mal que fuese solicitando a la compañía telefónica con la que operaba la víctima un extracto de llamadas, hágase pasar por él y remóntese todo lo que sea posible, si le ponen trabas amenace con devolver la última factura.

—No será necesario —interrumpió—, tengo acceso a todas nuestras facturas por internet, puedo ver los consumos y la factura detallada con todas las llamadas.

Nogueira le miró magnánimo y de pronto la compasión del guardia le ofendió más que la duda o la mofa. Bajó la mirada y enrojeció de vergüenza. Sólo le había faltado añadir que no había secretos entre ellos. «Soy un imbécil», pensó.

Nogueira continuó enumerando los elementos de su lista.

—Cuentas, agendas, llamadas, efectos personales... Reclame también el coche, estará en el depósito del cuartel, me gustaría echarle una ojeada... Y creo que para empezar eso es todo. —Hizo desaparecer la agenda dentro de la ropa y se recostó hacia atrás mientras encendía un nuevo cigarrillo.

Manuel se inclinó hacia delante imitando a Nogueira, y ocupando con sus brazos el espacio sobre la mesa que el teniente había dejado.

—Dos cosas. Primero: yo soy el heredero de todos los bienes de Álvaro Muñiz de Dávila; el notario nos leyó ayer una especie de adelanto del testamento, las cuentas están saneadas, de hecho presentan una excelente salud. Esta misma mañana he dado orden al albacea y he comunicado a la familia que renunciaré a esos bienes en cuanto el testamento se haga firme en un plazo de tres meses.

Nogueira levantó las cejas sorprendido, y Manuel supo que no era un gesto habitual en él.

—Bueno, pues eso le sitúa como el principal sospechoso y en el mismo acto le exonera... Al menos del móvil económico. —Sonrió un poco, disfrutando de una broma privada.

Manuel le miró con dureza.

—Y segundo: Álvaro no era mi primo, ni mi cuñado, era mi marido. Si esa palabra le resulta tan ofensiva que no puede pronunciarla, refiérase a él como Álvaro, pero no vuelva a llamarlo «su familiar» y mucho menos «la víctima».

Nogueira arrojó la colilla del cigarrillo que había estado fumando y se puso en pie.

—Me parece bien —dijo emprendiendo el camino hacia el coche después de dedicarle una lastimera mirada al otro platillo de carne que había quedado intacto sobre la mesa.

Aunque el BMW de Nogueira era un modelo antiguo y la pintura presentaba un aspecto apagado, incluso en el techo se observaban las delatoras marcas blanquecinas típicas del deterioro por humedad, el interior estaba impoluto. Las tapicerías se veían recién aspiradas, y el cuero del salpicadero se había lustrado hacía poco. De las rejillas del aire acondicionado colgaba un ambientador. Era evidente que el teniente Nogueira era de esos raros fumadores que no han sucumbido al hábito de fumar en el coche. Condujo en silencio mientras Manuel lamentaba que ni siquiera hubiera encendido la radio para disimular el tenso silencio que se palpaba entre ellos y que en el pequeño espacio amplificaba las respiraciones de ambos evidenciando aún más lo paradójico de su presencia allí.

La carretera era una sucesión de curvas y cambios de rasante por la que Nogueira conducía manteniendo la velocidad en el límite legal. Tomó un desvío reduciendo considerablemente la marcha y aprovechó para sacar un cigarrillo que no encendió, pero mantuvo colgando de la comisura de los labios hasta que unos kilómetros más adelante detuvo el coche frente a la verja de una casa. Cuatro perros de diverso tamaño y pelaje los recibieron ladrando nerviosos. Nogueira bajó del coche, encendió el cigarrillo, introdujo la mano a través de la verja, hizo saltar el pestillo y avanzó rechazando a manotazos los infructuosos intentos de los canes por darle la bienvenida y que le sustituyeron como objeto de sus atenciones en cuanto repararon en Manuel.

Del costado de la casa asomó una mujer de unos cincuenta y cinco años, seria, delgada, con una melena corta que no le llegaba a los hombros y retirada del rostro con una banda elástica de tela que le hacía de diadema. Riñó a los perros sin demasiadas esperanzas, saludó a Nogueira con dos besos y mientras los guiaba al interior de la casa tendió a Manuel una mano libre de anillos o pulseras, fuerte y acompañada de una sonrisa que hizo que le cayese bien de inmediato.

—Soy Ofelia —dijo limitando la presentación al nombre, ni cargo, ni profesión, ni apellido.

Como había anunciado Nogueira, los estaba esperando. Procedente de la cocina flotó hasta ellos el aroma de la comida de la que seguramente acababa de dar cuenta, pero había dispuesto en la sala un mantel blanco, tres tazas de café, vistosas pastas de té y una botella de moscatel que les ofreció en pequeñas copas.

—Me alegra que se haya decidido a escucharme, no estábamos seguros de cómo reaccionaría.

Manuel asintió apático.

—Como podrán imaginar, jamás pensé en tener que reaccionar a una noticia como ésta. Espero que entiendan que es demasiado..., demasiado... —repitió incapaz de hallar la palabra.

—Le comprendemos perfectamente —dijo ella dejando su taza sobre el platillo—, e imagino que el teniente Nogueira le habrá explicado también las consecuencias que para ambos podría tener si llega a trascender que le revelamos aspectos relativos a una investigación, o no investigación, o como demonios quieran llamar a esto.

Manuel asintió.

—Tienen mi palabra de que nadie lo sabrá —dijo recordando la advertencia de Nogueira, que carraspeó clavándole la mirada.

—Yo estaba de guardia en la madrugada del pasado sábado al domingo. A la una y cuarenta y cinco me avisaron de Guardia Civil; un tráfico. Una ambulancia se había trasladado hasta allí, pero ya no pudieron hacer nada. Tardé unos veinte minutos en llegar. —Suspiró y luego continuó—: Lo que voy a contarle puede ser muy doloroso. Si no puede soportarlo, dígamelo y me detendré.

Manuel asintió lentamente.

—El coche se salió en una recta, no había huellas de frenada ni en la calzada ni en el prado. Avanzó unos cincuenta metros a campo traviesa y se detuvo al chocar contra un murete de lindes. Su marido estaba muerto, presentaba un corte sobre la ceja, probablemente causado por el golpe contra el volante al impactar contra el muro, y tanto la posición del coche como los escasos daños en el muro y el hecho de que el *airbag* no saltase nos llevó a pensar que estaba inconsciente cuando el coche se salió de la calzada y había dejado de acelerar. Me llamó la atención que apenas había sangrado por la herida de la ceja, por lo general estos cortes son muy escandalosos. Reparé en la lividez que presentaba, busqué otras heridas y aprecié que la zona abdominal aparecía inflamada de un modo delator en las hemorragias internas. A primera vista no se apreciaba ninguna herida, pero cuando lo pusimos sobre la camilla hallé un pequeño corte en la camisa que se correspondía con una laceración penetrante de unos dos centímetros de ancho y más de quince de profundidad. A mi parecer esta herida era incompatible con las condiciones del accidente y no encontré en el vehículo nada con lo que se la hubiera podido causar. En los accidentes de tráfico en los que está clara la causa del fallecimiento no se realiza autopsia, certifico la defunción y punto. La razón por la que pedí que su marido fuera trasladado al Anatómico Forense del hospital fueron las sospechas fundamentadas de que la muerte hubiera sido la causa de que se saliera de la carretera, y no al revés. Ya me di cuenta cuando encontramos su documentación y vimos de quién se trataba de que el rumor de que era un Muñiz de Dávila se extendería entre los presentes como una plaga. Lo trasladamos, y cuando me disponía a comenzar con la autopsia recibí la recomendación de anularla, había trascendido la identidad del fallecido y se me aconsejó no alterar más a la familia con el padecimiento de una autopsia cuando era evidente que la muerte era accidental. Protesté, por supuesto, pero me dijeron que la «petición» venía desde arriba y que no admitía discusión.

—¿Le ordenaron detener la autopsia? —preguntó incrédulo Manuel.

La forense sonrió con amargura.

—Aquí todo se hace de manera más sutil, me recomendaron ahorrarle el sufrimiento a la familia.

—En contra de su criterio —señaló Nogueira.

—Así es —corroboró ella.

—¿De dónde provenía esa recomendación? ¿Acaso la familia...? —preguntó Manuel.

—No lo creo —intervino Nogueira—, pero tampoco sería necesario. Es lo que trataba de explicarle antes. La familia Muñiz de Dávila lleva siglos ejerciendo su poder en esta tierra, primero, imagino que como señores feudales; más tarde, como terratenientes y en un lugar en el que desde siempre las condiciones de vida no han sido precisamente fáciles, excepto para ellos... Lo que ha de entender es que existe una especie de sentimiento de absurdo respeto hacia lo que son y lo que representan, y durante siglos los abusos, los escándalos, los desenfrenos, incluso los pequeños delitos de estas familias se han pasado por alto en una especie de exención tácita, sumada a todos sus otros privilegios y sin que ellos tuvieran que pasar siquiera por el bochornoso contratiempo de pedirlo.

Manuel expulsó poco a poco todo el aire de sus pulmones mientras entrelazaba las manos e intentaba pensar.

—Doctora, ¿usted cree que Álvaro fue asesinado?

—Estoy segura. Esa clase de herida no pudo ser autoinfligida, fue apuñalado con un objeto largo y estrecho, como un estilete o un punzón alargado; tuvo fuerzas para subir al coche, pero se desangró rápidamente, fue una hemorragia interna, por lo que no había sangre visible, excepto en la herida de la ceja. Perdió el conocimiento y por eso se salió de la carretera. No sé adónde se dirigía, quizá fue consciente en algún momento de la gravedad de su herida y buscaba ayuda, el hospital comarcal está a unos cincuenta kilómetros en la dirección en la que iba, o quizá sólo huía de su agresor. No tenemos modo de saber dónde se produjo el ataque, ni cuánto tiempo condujo antes de desmayarse.

Manuel se cubrió el rostro. Notaba cómo la fiebre que

había estado yendo y viniendo en los últimos días ardía reavivada en el interior de su cabeza, las manos frías sobre los ojos le supusieron un temporal alivio. Estuvo así hasta que notó sobre su rodilla la mano fuerte y pequeña de la doctora. Se descubrió para poder verla y encontró en su mirada firmeza, quizá esperanza.

—¿Sufrió mucho? Quiero decir... una herida tan profunda parece... terrible. ¿Cómo pudo conducir después?

—Apenas una punción, un instante de dolor intenso que cesaría casi de inmediato. Este tipo de heridas, aunque mortales casi siempre, no son necesariamente muy dolorosas. Una de sus características es que el herido no suele tomar conciencia de la gravedad de lo que le ocurre hasta que le acomete una gran debilidad debido a la hemorragia interna cuando ya es demasiado tarde. Las heridas romas no sangran como un corte hacia fuera, la postura natural del cuerpo tiende a cerrar la incisión y la lesión externa es apenas un poco mayor que un picotazo de insecto. El dolor del primer momento cesa al extraer el punzón y queda tan sólo una molestia tolerable. Hay muchos casos documentados, porque es un tipo de lesión común en las cárceles, donde las armas se fabrican a partir de objetos cotidianos, simplemente afilándolos hasta obtener un punzón. En el transcurso de una pelea alguien puede recibir un pinchazo y morir horas después tumbado en su celda sin haber llegado a imaginar la gravedad de su herida. No es raro que a la mayoría les pasara desapercibido, pero el teniente Nogueira vio lo mismo que yo y trató el asunto como una investigación por homicidio, hasta que recibió la misma recomendación. Cuando supimos de su existencia pensamos que quizá quisiera conocer la verdad.

—¿Y cree que el motivo de que le «recomendaran» detener la autopsia era en el fondo un intento de obstaculizar la investigación de lo que podría ser un asesinato?

La doctora le miró con desdén y permaneció en silencio unos instantes antes de responder:

—Sinceramente, no lo creo. Sí que de algún modo somos víctimas de una actitud de pliegue ante el caciquismo que está más enraizado en nuestra sociedad y nuestras costumbres de lo que quisiéramos admitir. Una suerte de *influenza* por la que aceptamos que algunas cosas han de seguir siendo como han sido siempre. Creo que igual que a los hijos de los alcaldes nunca les llegan las multas de tráfico, y que conductas de desobediencia civil, que a cualquiera le costaría acabar detenido, les son toleradas a políticos o dirigentes sociales, alguien reconoció el apellido y actuó para eliminar cualquier sospecha que pudiera ensombrecer el buen nombre de la familia.

Asombrado, Manuel preguntó:

—¿Aunque eso suponga dejar impune un asesinato?

—No llegarían tan lejos si hubiera sido evidente, pero como le he dicho, me costó encontrar signos de violencia. Álvaro llevaba una camisa negra, el corte resultaba invisible en el tejido y no había signos de hemorragia externa que delatasen la herida, la leve inflamación abdominal que me hizo sospechar de una posible hemorragia interna era inapreciable para un lego, no había señales que sugiriesen pelea o defensa y se había salido en una recta... El teniente Nogueira también vio algo raro, pero para alguien con menos experiencia era simple; un conductor que se duerme al volante, olía levemente a alcohol, es imposible a esas horas eludir la sospecha de que hubiera bebido de más, el tipo de escándalo que en este país se les evita a las familias como la de su marido. Para cuando iba a comenzar con la autopsia ya circulaba una versión oficial que hablaba de accidente, y si algo sé es que hay pocas cosas más difíciles de detener que los engranajes del sistema cuando ya están en marcha.

—Sólo una cosa más: ¿por qué hacen esto? Ya sé que es lo correcto y todo eso, pero usted misma admite que puede traerle muchos problemas y aun así...

Ella contestó de inmediato.

—Ya sé que sonaría a tópico decir que es mi obligación porque es mi trabajo, pero así es. Cada vez que tengo a una víctima sobre la mesa siento que adquiero un compromiso con ella, que si no lo hago yo nadie lo hará.

La doctora tenía razón, era muy creíble como tópico. Manuel asintió y pudo ver el gesto asqueado de Nogueira, que chascó la lengua con desagrado. Pero si no era la obligación contraída con la víctima, ni el cumplimiento del deber, ¿qué movía a aquel tipo? Aún no lo sabía, pero debía de ser una poderosa razón si era capaz de tragarse su repugnancia a las clases sociales superiores, su homofobia y esa especie de indocilidad que le llevaba a cuestionar lo establecido. Esperó que además de poderosa no fuera una oscura razón.

—¿Nada más? —insistió Manuel.

Ella asintió.

—Eso y que no me gusta que nadie interfiera en mi trabajo ni menoscabe mi autoridad, decidir si se hace una autopsia o no es por una parte una cuestión de protocolo de actuación, pero una vez que está en mi mesa es asunto mío. No me gusta que me mangoneen —dijo mirando a Nogueira, que esta vez sí asintió a sus palabras.

Ofelia sirvió otra ronda de cafés, que bebieron casi en silencio, ya habían dicho lo que tenían que decir y la reunión comenzaba a evidenciar la incomodidad insalvable entre las personas que apenas se conocen y han sido convocadas por el destino o las circunstancias. Estrechó la mano de la doctora agradeciéndole una vez más su colaboración y se adelantó hacia el coche, observado por los perros que, amodorrados por el sol de la tarde, dormitaban tumbados en el porche y parecían haber perdido todo el interés que mostraron cuando llegó. En la entrada de la casa, Nogueira se despidió de la mujer con un rápido beso en los labios y una suave palmada en el trasero. Ella sonrió antes de cerrar la puerta. Manuel se preguntó si aquellos arrumacos entre ellos podían ser una de las razones que habían pesado en la decisión de la doctora... Dedujo que sí, al menos en parte; lo que seguía sin estar claro era qué movía al teniente, pero algo le hacía pensar que no era nada bueno.

SECRETO JARDÍN

—

Despertó muy temprano. El televisor estaba encendido. La noche anterior, y tras dos intentos, se había rendido a la evidencia de que no dormiría en el silencio ajeno del hostal que activaba en su mente una psicofonía de ecos de conversaciones vividas e inconclusas, y el llanto lejano de un niño de seis años que no dejaba de llorar. Había bajado el volumen hasta que resultó tolerable y lo dejó de fondo como un cordón umbilical con lo trivial que le trajera rápidamente de vuelta al mundo si el dolor lo acechaba en un sueño. En las últimas horas el peso de la sentencia de Eastwood lo había sustituido una especie de encargo mental que le había proporcionado sentido a su presencia allí. Cinco horas de descargo y descanso traducidas en un sueño profundo y huero del que, afortunadamente, no se había traído recuerdo alguno. Se duchó y se afeitó, optó por ponerse su última camisa limpia, que tenía un aspecto tan deplorable como la del día anterior y que con la americana puesta le pareció pasable. Echó una última mirada a la lista que había elaborado antes de acostarse, dobló el papel junto a la factura del teléfono de Álvaro que el dueño del hostal le había permitido imprimir en su equipo y, al meterlos en el bolsillo de la americana, notó la presencia suave y lacia de la gardenia que se había llevado de As Grileiras. Dejó la flor marchita sobre la mesilla y en un último instante, antes de cerrar a su espalda la puerta de la habitación, regresó y la empujó dentro del cajón.

Vio el Audi de Griñán parado en la entrada de As Grileiras. Iba a detener su coche justo detrás, pero el albacea asomó un brazo por la ventanilla y le indicó que le siguiera al interior. Aparcaron en el camino principal paralelos al seto que guardaba la casa.

El hombre bajó del vehículo y se apresuró para abrir la portezuela del de Manuel. Una sonrisa de satisfacción se le dibujaba en el rostro y, aunque la noche anterior no había hecho comentario alguno cuando Manuel le comunicó por teléfono que había decidido quedarse unos días y que deseaba volver de nuevo a As Grileiras, limitándose a fijar la hora del encuentro, Manuel casi había percibido el arco de su sonrisa al otro lado del aparato. Odiaba ser previsible, pero sobre todo odiaba parecerlo, aun así en esa ocasión entendió que los vaticinios de Griñán quizá le proporcionaban una coartada para hacer lo que tenía que hacer y terminar con todo aquello cuanto antes.

—¿Así que finalmente ha decidido quedarse? —Su tono evidenciaba la satisfacción del pronóstico cumplido.

—Creo que eso es mucho decir, pero lo cierto es que siento curiosidad por el lugar donde Álvaro pasó su infancia.

Griñán le miraba de hito en hito, y para escapar de su escrutinio Manuel comenzó a caminar hacia la vereda.

—¿Sólo eso?

—Y quizá tener la ocasión de conocer un poco más a su familia...

—Oh, me temo que eso será más difícil —se lamentó el notario—. Santiago y Catarina salieron de viaje esta misma mañana, y la señora marquesa se encuentra indispuesta desde el funeral.

Manuel la evocó abandonando el cementerio cogida del brazo de su nuera, erguida como si no la necesitase y caminando hacia la casa sin dignarse siquiera a dirigirle una mirada. Su incredulidad debió de manifestarse en su gesto porque Griñán se apresuró a explicar:

—Ayer, cuando usted me comunicó su intención de visitarlos hoy, los llamé para anunciarle, espero que no lo tome a mal; lo hice con la intención de evitar un encuentro casual que habría podido ser violento para ambas partes. El señor marqués me pidió que le transmitiera sus saludos y que le disculpase ya que el compromiso de hoy estaba cerrado por agenda desde hacía tiempo.

Así que el bueno de Griñán con sus guiños y lisonjas ya había elegido señor al que servir. No había perdido el tiempo ni la ocasión para ser útil a su nuevo amo, que había pasado en apenas unas horas de ser simplemente Santiago a ser el señor marqués, y que oportunamente hoy no se encontraba en la casa. Y lo peor era que no tenía nada que reprocharle: cuando le avisó anoche no pidió una cita para ver a la familia, pidió ver As Grileiras, y allí estaban.

Al costado de la casa destinada a los guardeses, el camino se abría a una plazoleta con forma de herradura donde se ubicaban las cuadras resguardadas bajo un soportal de piedra desde el que se accedía al interior del establo principal. Dos hombres inspeccionaban las patas traseras de un hermoso caballo de brillante pelaje.

—Es el veterinario —explicó Griñán—. El último caballo que compró Santiago no ha dejado de dar problemas desde el día en que lo trajo.

—¿Una mala compra? —sugirió Manuel.

Griñán estiró el gesto y ladeó la cabeza a medio camino entre la concesión y la duda, pero no contestó.

—El hombre que le acompaña es Damián, el guardés, hace un poco de todo: mozo de cuadra, jardinero, pequeños arreglos y mantenimiento, cierra los accesos al pazo por las noches y los abre por la mañana para que entre el personal externo. Vive aquí con Herminia, su esposa, que ejerce de ama de llaves y cocinera. Crio a todos los chicos cuando eran pequeños y sigue dirigiendo la casa.

—¿Cuántas personas trabajan en el pazo?

—Bueno, eso depende del momento. Los guardeses que viven en la casa de servicio y Estela, que es la enfermera de la señora marquesa; aunque usted la ha visto en un buen momento, padece una terrible artritis que en ocasiones la tiene postrada durante semanas, y la enfermera es suficientemente fuerte como para cargarla en brazos. Tiene su habitación en las dependencias de la señora marquesa por razones obvias. Y luego están Sarita, que viene todos los días y ayuda a Herminia en las labores de la casa; Vicente, que trabaja con Catarina en el tema de las gardenias, y Alfredo, una especie de mayoral. Le vería ayer en el cementerio, también ejerce de enterrador, pero sobre todo se ocupa de la contratación temporal de personal para llevar a cabo trabajos de labranza, mantenimiento del jardín, poda... Hay también un hombre que viene de vez en cuando a atender los frutales y un pastor que se encarga de las vacas. En un día normal puede haber entre ocho y diez personas haciendo distintas labores. Se recogen castañas, patatas, manzanas, olivas. Estos pazos fueron concebidos para ser totalmente autónomos. Ya vio que tiene su iglesia y su cementerio, como un pequeño pueblo independiente. As Grileiras cuenta con sus propios pozos de agua, tierra de labranza, vacas, cerdos y ovejas en una granja aledaña a unos dos kilómetros, un molino de agua y hasta su propio trujal.

Percibió el modo en el que los dos hombres se erguían y detenían su charla cuando los vieron venir.

Griñán le presentó por su nombre y no dio explicación alguna que justificase su presencia allí.

Un fuerte apretón de manos del veterinario y uno más débil y tembloroso de Damián, que, además, se quitó la gorra inglesa que le cubría la cabeza y la estrujó entre los dedos, delgados y secos como sarmientos. Todavía percibió a su espalda la mirada húmeda del hombre mientras se alejaban.

—No parecen muy sorprendidos de verle por aquí —observó Manuel.

—Tenemos un contable en la notaría que se ocupa de los pormenores del funcionamiento del pazo y de la actividad diaria. Mis competencias como albacea son más generales y no me obligan a tanto, pero me gusta venir de vez en cuando. Me encanta este lugar.

Caminaron en silencio sobre la crujiente superficie de grava que les brindaba el camino arbolado hasta la iglesia. Al llegar a la rotonda, Griñán se detuvo, dudó e hizo un gesto señalando hacia el cementerio.

—¿Quizá quiera...? —dijo dejando la frase sin acabar.

—No —contestó Manuel, evitando siquiera mirar en aquella dirección.

Superaron la puerta cerrada de la iglesia y Griñán explicó:

—La puerta siempre permanece cerrada. Es una tradición de la familia que cada uno de los miembros varones custodie una llave que se le regala al nacer. Aunque en efecto sirve para abrir y cerrar la puerta del templo, lo cierto es que más que otra cosa es una curiosa joya que forma parte de la tradición y que se remonta a los tiempos en que los miembros de esta familia eran importantes valedores de la Iglesia: descienden, por una de sus ramas, de un religioso muy poderoso en su tiempo. Cuando desean entrar en la iglesia, cada uno debe usar su llave. En las ocasiones en que un sacerdote oficia aquí, es siempre un varón de la familia quien se encarga de abrir y cerrar la iglesia, aunque eso no evitó que en un descuido, hace poco, desaparecieran unos candelabros de plata antigua del altar. Santiago removió cielo y tierra hasta encontrar unos similares. Ahora sólo se abre para ocasiones, por desgracia tan tristes, como..., bueno... —Dejó de nuevo su frase sin terminar.

En el lateral derecho del templo, el sendero se inclinaba dibujando una curva descendente y estrecha que obligó a Griñán a rezagarse mientras maldecía lo inadecuado de sus zapatos. Manuel aprovechó para adelantarse, poco, apenas un par de metros, que le permitían librarse de la influencia del notario, que se había apostado a su lado desde que llegaron al pazo y le producía la sensación constante de estar bajo custodia, como un preso trasladado o un visitante en el que no se confía plenamente. A su espalda oyó la voz agitada por el esfuerzo de seguirle.

—As Grileiras no siempre se llamó así. En el siglo XVII se conocía como pazo Santa Clara, y se sabe que era propiedad de un rico abad antepasado de la familia que había obtenido los favores del rey. A su muerte se la legó a su único sobrino, el marqués de Santo Tomé, que estableció su residencia de invierno en la finca y la llamó As Grileiras, cosa que imagino habría hecho revolverse en su tumba al abad, ya le dije que el nombre proviene del folclore.

Terminando el empinado trecho, Manuel descubrió con deleite un semillero antiguo, con sus sarcófagos de piedra dispuestos en escalera para captar la mayor cantidad de luz y calor del sol. Se extendía a continuación una planicie en la que alguien había trazado un jardín de líneas rectas en el que quedaban pocas rosas y comenzaban a reinar los crisantemos de flores enormes y estrelladas que se abrían en pompones morados, rosados y violetas, y que, sin embargo, se veían deslucidos por estar atados en haces que los mantenían erguidos y apretados entre sí. Sin esperar al albacea, optó por seguir un camino de tierra en el que, como en un túnel, la vegetación había cerrado el techo confiriéndole un carácter entre legendario y uterino, que desembocó en un bosquecillo aún sometido por el hombre. Se disponía casi en forma circular en torno a una alberca redonda en la que apenas se distinguía el agua entre las hojas de nenúfar que cubrían casi por completo la superficie.

La grava, que había conformado el camino y los paseos entre los cortes perfectos del jardín de crisantemos, se diluía en un mantillo arenoso y apretado que amortiguaba el rumor de los pasos y aparecía húmedo en los lugares en los que la vegetación se abría lo suficiente para dejar pasar la lluvia. Las enredaderas que tapizaban el suelo amenazaban con invadir el camino en un calculado descuido que le pareció encantador.

De modo inconsciente ralentizó su paso, casi se detuvo a

escuchar el murmullo del viento mientras alzaba la vista para buscar con la mirada el final de las altas copas de los eucaliptos, que, alternándose con ficus, castaños, robles y helechos arborescentes a menor altura, lograban convertir el cielo en una presencia que se adivinaba, pero que apenas podía verse. El terreno seguía descendiendo y en varios lugares vio escaleras de piedra oscurecidas por la humedad e invadidas por el liquen, que se internaban en sombríos y prometedores parajes. Las fuentes surgían de las laderas de caños de hierro antiguo que asomaban entre los carrillos hinchados de los angelotes o de las fauces de gárgolas de ojos ciegos. Siguiendo un impulso ascendió por uno de aquellos estrechos tramos y recorrió el sendero umbrío que olía a tierra y trazaba una curva que le impedía ver lo que había más allá. La senda terminaba en el lugar en el que el cielo se abría un poco, suficiente para arrojar su luz de septiembre sobre una laguna de faz quieta y verde donde la tersura de los miles de diminutos brotes que asomaban del agua atrapaban la luz plateando la superficie. Los árboles antiguos y cansados habían cedido en sus raíces inclinándose aquí y allá sobre el perímetro del estanque, y en algunos lugares las ramas casi tocaban el agua. Caminó con dificultad entre las abultadas raíces que escapadas del suelo habían logrado desnivelar los vetustos bancos de piedra que rodeaban en el pasado la laguna y que ahora asemejaban panteones torcidos y abandonados. Conmovido por la belleza de aquel lugar se volvió buscando al albacea, que apenas podía seguirle.

—Este lugar es... increíble.

—Un jardín atlántico de inspiración inglesa, por lo menos una docena de paisajistas de todos los tiempos han contribuido, cada uno en su época, a embellecerlo. —Resoplando estudió con disgusto el asiento cubierto de liquen y finalmente se dejó caer—. Y pensar que mi mujer se preocupa por su corazón..., más le valdría preocuparse por el mío.

Manuel ni siquiera se volvió a mirarlo; arrobado por la potencia quieta del jardín, miraba fascinado a todos lados.

¿Cómo era posible que un lugar así existiese dentro de una casa?, ¿que fuese el jardín de alguien? Se sorprendió pensando en la suerte de Álvaro al pasar su infancia allí, y sin querer el recuerdo de la niñez sospechada de su marido le trajo el de la suya propia.

El silencio de la casa de la anciana tía de su madre que los había acogido cuando un accidente de tráfico acabó con la vida de sus padres. Las manías de la vieja, que apenas podía tolerar la presencia de los chicos en casa. El olor de las verduras hervidas que, con los años, parecía haber penetrado en las paredes de las habitaciones hasta formar parte de ellas. Las conversaciones susurradas en el balcón del piso, que era el único lugar donde su hermana y él podían hablar, y las puestas de sol de los veranos en Madrid, que eran poco más que una luz rojiza reflejada en el edificio de enfrente y que habían llegado a parecerles hermosas.

Un ficus centenario dominaba el plano frontal de la laguna, sus hojas de dos tonos brillaban formando una peculiar cascada, y las raíces venosas y vivas le conferían un aspecto majestuoso y móvil, como si obedeciese a sus deseos y no a la mano del hombre que se hallase allí y pudiese, si así se le antojaba, abandonar aquel lugar con sólo desearlo.

Atraído por la majestuosidad del árbol avanzó hasta poder tocar su corteza, que era fina y cálida como la piel de un animal. Se volvió de nuevo hacia Griñán, probablemente sin verlo, y sonrió tomando conciencia de que era la primera vez que lo hacía en días. Miró hacia el sendero que continuaba y que permitía vislumbrar un molino de agua, y partió hacia allí casi reprimiendo el deseo de correr. Bajó una escalera custodiada por dos leones de arenisca que por el desgaste del tiempo aparecían redondeados como los dibujos de un niño pequeño y rodeó el edificio de teja antigua guiado por el quebranto del agua al pasar por la noria. Los helechos crecían en la escalera, que formaba balsas comunicantes que iban descendiendo la ladera por la que la vegetación se hacía más y más profusa. Cada vuelta del camino se abría a otros, que como en un laberinto le hacían desandar sus pasos, sólo para descubrir nuevos rincones, nuevas fuentes, otros pasajes... Sonreía arrobado, admirando a cada paso el desorden preciso con que había sido concebido el jardín, la serena y caótica belleza, la doma asilvestrada de la floresta. Pensó en lo feliz que habría sido su infancia en un lugar así... Y de pronto los recodos y las vueltas dejaron de ser presente para pasar a ser suyos. Tocó el agua que brotaba del ánfora de un ángel aguador y casi pudo oír, mezclada con el rumor de la fuente, la risa de su hermana, que salpicaba gotas heladas que le alcanzaban como cristalitos brillantes perdidos de un collar. Imaginó los juegos, las carreras, los gritos, los escondites y las emboscadas a los que se prestaba el paisaje. Continuó avanzando, girando en cada recodo del camino, seguro de que si lo hacía una décima de segundo antes aún alcanzaría a verla escabulléndose entre los helechos, muerta de risa y con el flequillo pegado a la frente sudada. Cerró los ojos para retener la imagen y el sonido de su risa, que le llegó tan claro como si la tuviese a su lado. Siguió caminando sin dejar de sonreír, coleccionando las huellas de su hermana, las suyas propias y la impronta que habrían dejado en el aire al jugar allí. Deseó haber tenido aquella infancia y lo hizo sin carga, sin amargura ni rencor, fue más bien melancolía, nostalgia de algo que no había sido y que ya no podría ser, pero tan hermoso...

Descubrió que sus pasos le habían llevado de vuelta a la fuente de los nenúfares. Se sentó a esperar a Griñán mientras pensaba que era la primera vez desde que su hermana había muerto que era capaz de pensar en ella sin dolor, que era capaz de recordarla en una infancia feliz, aunque tuviera que ser imaginaria, y concluyó entonces que al fin y al cabo eso era la fe, y deseó con todo su corazón que hubiera un cielo para ella, para los dos, y que fuera aquel jardín, un paraíso en el que un día pudieran reunirse para jugar sin preocupaciones en un trozo salvaje del edén.

Oyó a Griñán antes de verlo. Venía jadeando por el camino, se había quitado la americana y la traía cuidadosamente doblada en el brazo.

—¿Se encuentra usted bien? Creí que se había perdido.

—Necesitaba estar solo, pero me encuentro bien —contestó Manuel, y mientras lo decía supo que, además, era verdad.

Griñán hizo un gesto de comprender y farfulló algo que resultó ininteligible.

Dejó un hueco en el banco para permitir que el albacea se sentara a su lado y, compasivo, esperó un par de minutos, hasta que el hombre hubo recuperado el aliento, y se puso de nuevo en pie.

—Por la izquierda —indicó el albacea, resuelto a que Manuel no se le despistase de nuevo—. Hacia el invernadero.

Docenas de robustos arbolitos de diverso tamaño rodeaban la construcción. Sujetos de las ramas o clavados al pie de los arbustos con afilados punzones, había carteles que señalaban la especie, edad y variedad de cada una de las matas. En algunos podían verse flores en distintos estadios, desde los gruesos y prietos botones, como pequeñas bellotas verdes, hasta las perfectas gardenias de pálidos pétalos, abiertas hasta casi darse la vuelta. Por alguna razón, seguramente influido por la inspiración británica del jardín, había esperado un invernadero de madera, con arcos ovales o incluso una construcción pentagonal. La edificación, que se apoyaba por uno de sus lados en la ladera de la colina, era de piedra gallega, de color gris y con su característica veta brillante que era más oscura en algunas partes. Las particiones que sujetaban los cristales eran blancas, con el tejado a dos aguas también de cristal. Era imposible ver el interior: hasta la altura de un hombre, los vidrios aparecían salpicados de barro y polvo.

—El viejo marqués lo hizo construir para Catarina como regalo de boda cuando Santiago y ella se casaron y se vino a vivir al pazo. Le había oído decir que echaría de menos el invernadero que tenía en casa de sus padres y levantó éste, diez veces más grande y más moderno. Tiene riego desde el techo, calefacción por chorros de aire, equipo de sonido. Así era él, todo a lo grande.

Manuel no respondió. Los derroches faraónicos no le impresionaban, a menudo las personas acomodadas en situaciones de poder tenían tendencia al despilfarro y al exceso, estaba harto de verlo; aun así debía reconocer que el jardín del pazo denotaba intuición para la belleza, el gobierno sereno del medio mostraba una paciencia extraordinaria, la vigilada anarquía con que crecía la foresta controladamente indomable quizá también revelaba el espíritu del hombre que lo había ordenado.

Griñán empujó la puerta, que no estaba cerrada. Una campana tintineó sobre sus cabezas y desde el interior les llegaron las notas de una canción que sonaba con gran calidad.

—Imagino que Vicente estará trabajando —argumentó como explicación.

Mezclado con la música llegó el aroma intenso, casi mareante, de los cientos de flores que abrían sus pétalos forzadas por la cálida atmósfera recreada en el interior. Cinco hileras de mesas de trabajo se extendían desde la entrada y sostenían cientos de macetas. Había otras especies; reconoció algunas, aunque no pudo recordar sus nombres, pero sobre todo había gardenias en todas las etapas del crecimiento imaginables, desde pequeños brotes con el cepellón envuelto en arpillera hasta arbolitos tan grandes como los del exterior.

Un hombre joven y bastante alto venía por el pasillo central llevando en las manos lo que parecía un pequeño saco de tierra, que abandonó por el camino al verlos, se quitó los guantes y tendió una mano fuerte mientras hablaba.

—Hola, imagino que vienen a ver a Catarina. Lo siento, hoy no está, pero si puedo ayudarlos en algo...

—Sólo estamos dando un paseo para que Manuel conozca el pazo.

Vicente pareció sorprendido, aunque lo disimuló enseguida.

—¿Ya ha visitado la laguna? Es un lugar extraordinario...

—Todo el jardín lo es —respondió Manuel.

—Sí... —dijo vagamente el hombre mientras su mirada se perdía hacia el fondo del invernadero—. Es una pena que Catarina no esté, estoy seguro de que le habría encantado mostrarle lo que hacemos. En los últimos dos años hemos conseguido progresos notables en el campo de la botánica. —Avanzó, y con un gesto los invitó a seguirle—. Catarina tiene una mano extraordinaria para las gardenias; a pesar de no haber estudiado botánica, posee una rara habilidad para saber lo que la planta necesita en cada momento. En el último año ha sido reconocida en importantes publicaciones como una gran criadora: la revista especializada *Life Gardens* la calificó como la mejor productora de gardenias del mundo —dijo señalando una planta de apenas medio metro repleta de flores tan grandes como manos abiertas—. Hemos obtenido importantes resultados no sólo en el tamaño y en la duración de la floración, sino también en el aroma. Dos laboratorios perfumistas de París se han interesado por nuestras flores para sus creaciones.

Manuel le escuchaba hablar fingiendo interés, aunque, más que lo que decía, le llamaban la atención sus gestos, el modo en que su lenguaje corporal había cambiado en cuanto comenzó a hablar de Catarina. Dejó que se adelantase para constatar que sus pasos desgarbados por la altura se habían acortado y producían la sensación de deslizarse entre las mesas. Extendía las puntas de los dedos y los pasaba sobre las hojas duras y brillantes de las plantas, casi había acariciado las gardenias mientras refería la destreza de Catarina y le había visto limpiar de una hoja una mancha blanquecina de cal pasando suavemente la yema de su dedo. Había admiración en su voz.

No podía compartir la fascinación del hombre por el crecimiento o la resistencia a las plagas, pero era cierto que la belleza irreal, masculina y recia de aquellas extrañas flores conseguía atrapar su mirada y hacía casi irresistible el deseo de tocarlas, de acariciar en los pétalos mates y pálidos la fragilidad de su existencia.

Vino a su memoria el tacto ceroso de la flor que había estado a punto de enterrar con Álvaro y que finalmente había portado durante todo el día en el bolsillo. Había algo adictivo en la tibia textura de aquella especie de dermis lechosa que invitaba a tocarla, a sentir su entidad efímera, como piel humana. Inconsciente, elevó las manos y acarició los pétalos abiertos sintiendo su suavidad entre los dedos. Se inclinó con ceremonia y aspiró el aroma que como por ensalmo le trasladó a la tumba de Álvaro, al momento en que sostuvo la flor, que era una despedida, sobre la sepultura abierta, al momento en que miró hacia el féretro en el que enterraba su corazón. Todo se volvió borroso, abrió los ojos y apenas logró discernir las vagas formas del invernadero. Como si una irresistible fuerza centrífuga lo sometiese, su cuerpo trastabilló dos pasos antes de caer al suelo. No llegó a desmayarse. Percibió movimientos apresurados de los hombres que venían hacia él y notó una mano fría en la frente. Abrió los ojos.

—Es por el calor y la humedad —explicaba Vicente—. No es el primero al que le pasa, hay por lo menos doce grados de diferencia con el exterior y la humedad dificulta un poco la respiración si tiene problemas de tensión, más el perfume de las flores...

Exhausto y avergonzado, dejó que le ayudasen a ponerse en pie mientras sacudía de su ya maltrecha ropa la arena del suelo y pensaba en el deplorable aspecto que debía de tener.

—¿Qué ha desayunado? —le interrogó Griñán.

—Un café.

—Un café —repitió el albacea negando con la cabeza como para constatar lo ridículo de la respuesta—. Vamos a la cocina a que Herminia le dé algo de comer —dijo empujándole hacia la salida sin soltarle del brazo.

La fachada del pazo se abría en dos arcos simétricos. Uno era la entrada principal; el otro, supuso, habría sido en tiempos el acceso al patio de carrozas y ahora permanecía cerrado. A su lado, un gato gordo y negro custodiaba una puerta partida con el ventano abierto a través del cual llegaban aromas de comida que le llevaron a reconocer que quizá Griñán tenía razón.

Dos mujeres, una mayor y otra joven, se afanaban ante los fogones de la moderna cocina en la que, sin embargo, reinaba un hogar de leña.

—Buenos días —voceó Griñán desde fuera llamando la atención de las mujeres, que se volvieron expectantes—. Herminia, mire a ver si tiene por ahí algo que darle de comer a este hombre, que lo tenemos desfallecido.

Secándose las manos en el delantal, la mujer se acercó a la puerta. Abrió la parte inferior y se quedó allí detenida observando fijamente a Manuel y sonriendo. La recordaba del funeral, lloraba desconsolada junto al grupo de mujeres. Tras unos segundos se inclinó hacia delante y tomándolo de la mano le condujo al interior de la cálida estancia sin prestar ninguna atención al notario. Dirigiéndose a Manuel y a la muchacha alternativamente, le guio hasta la amplia mesa de madera.

—Ay, hijo mío, no puedes imaginar cuánto he pensado en ti estos días, ¡lo que debes de estar pasando! Sarita, despeja la mesa y saca un vaso de vino para Manuel. Y tú, siéntate aquí, dame tu chaqueta —dijo colgándola en el respaldo de la silla— y deja que Herminia te cuide. Sarita, parte un trozo de empanada de maíz.

Abrumado, se dejó llevar por la mujer mientras percibía a su espalda la presencia jocosa de Griñán, que dijo:

—Herminia, voy a ponerme celoso, todas las atenciones para Manuel y a mí nada.

—No le hagas caso —respondió ella pasando de él aposta y dirigiéndose a Manuel—. Es tan lambón como ese gato gordo, e, igual que el gato, a la que me descuido lo tengo en la cocina comiéndose todo lo que pilla. Sarita, pon también un trozo de empanada para el señor Griñán.

Sarita puso sobre la mesa una empanada tan grande como una bandeja y comenzó a partir los trozos bajo la atenta mirada de Herminia.

—¡Más grandes, mujer! —dijo arrebatándole el cuchillo de la mano y partiendo dos trozos que dispuso en recios platos de loza blanca frente a los hombres.

Manuel la probó. La cebolla había actuado como cama para la carne aromática y tierna, y el pan de maíz le daba un aroma nuevo y la consistencia suficiente para comerla con la mano.

—¿A que te gusta? Come, come más —dijo la mujer poniéndole otro trozo en el plato. Cambiando el tono y bajando la voz se dirigió a Griñán—: Sarita tiene un recado para usted. Sarita, ¿qué tienes que decirle al señor Griñán?

—La señora marquesa quiere verle, me pidió que le avisase en cuanto llegase —dijo tímidamente la chica.

El albacea se irguió en la silla y dedicó una lastimera mirada al pan amarillo y aún caliente y al relleno de cebolla y carne que asomaba.

—Primero la obligación —dijo poniéndose en pie—. Guárdemelo, Herminia, no deje que se lo coma el gato —añadió, y se dirigió a una puerta interior que daba a la escalera.

Al abrirla, el pequeño Samuel entró corriendo seguido de su madre y fue a enredarse en las piernas de Herminia.

—Pero ¿quién está aquí? —exclamó la mujer al verle—. ¡Pero si es el rey de mi casa! —dijo intentando alzarlo.

Pero el niño había reparado en la presencia de Manuel y se mostró vergonzoso, corriendo a esconderse tras Elisa, que sonreía sin ocultar su orgullo maternal.

—Mamá... —reclamó mimoso.

—Pero ¿qué te pasa, no sabes quién es? —le reprochó ella con cariño.

—Sí, el tío Manuel —respondió el niño.

—¿Y no vas a saludarle? —insistió Elisa.

—Hola, tío. —El pequeño sonrió.

—Hola, Samuel —respondió Manuel abrumado por la inocencia del pequeño y por el peso del vínculo que encerraba una sola palabra.

El niño echó a correr hacia la puerta.

—Hoy tiene mucha energía, vamos a ver si consumimos un poco —dijo ella a modo de despedida mientras salía presurosa tras él.

Herminia los vio salir y se dirigió a Manuel.

—Elisa es una buena chica y una madre ejemplar, era la novia de Fran, el hermano pequeño de Álvaro. Él murió cuando ella estaba embarazada.

Manuel recordó que Griñán se lo había comentado: una sobredosis.

—No llegó a conocer a su hijo —continuó Herminia—. Elisa vive aquí desde entonces, y de Samuel qué te voy a decir —dijo sonriendo—, ya lo has visto, es un sol pequeñito. Ha logrado traer un poco de alegría a esta casa, que falta hace.
—Su rostro se entristeció con las últimas palabras.

Sarita, a su espalda, suspiró y le apoyó una mano en el hombro, que la mujer se apresuró a cubrir con la suya mientras ladeaba la cabeza en un gesto de agradecimiento y cariño.

Griñán regresó muy serio. No probó la empanada, apenas se mojó los labios con el vino. Consultó su teléfono móvil.

—Vaya, lo siento, Manuel, ha surgido un imprevisto en la notaría y he de regresar a Lugo. —La mentira en su voz era tan evidente que las dos mujeres bajaron la mirada y empezaron a ocuparse de cualquier cosa para evitarle.

—No se preocupe, yo también tengo cosas que hacer —mintió.

Manuel se puso en pie tomando la chaqueta de la silla y, antes de que pudiera despedirse, Herminia lo estrechó en sus brazos obligándole a inclinarse sobre ella y reteniéndole, hasta que, incómodo con aquella excesiva muestra de afecto y seguro de que jamás le soltaría, él mismo fingió un abrazo.

—Vuelva por aquí —le susurró al oído.

Se puso la chaqueta y alcanzó al albacea, que se había detenido a esperarle en el camino.

—¡Tío! —Oyó a su espalda la voz aguda del niño.

Manuel se giró y le vio venir corriendo de esa manera torpe que tienen los niños pequeños, que parece que en cualquier momento se precipitarán al suelo. Las mejillas coloradas por el frescor de la mañana y los brazos abiertos en un requerimiento irresistible que le hizo sonreír y abrir los suyos para recibirle. Lo alzó del suelo conmovido por la atención del pequeño. Sintió contra el pecho el cuerpo del niño firme e ingobernable como un gran pez, los bracitos como pequeños brotes de zarcillo se ciñeron a su cuello con fuerza y le dio un beso que le dejó en la mejilla la impresión húmeda y fría de su boca. Lo sostuvo, abrumado, sin saber muy bien qué hacer mientras esperaba a Elisa, que venía corriendo tras los pasos de su hijo.

—Creía que estaba en forma —bromeó jadeando. Abrió los brazos y recibió al pequeño, que se lanzó hacia ella—. Vuelve a vernos, a los dos nos gustaría...

Asintió antes de reunirse con el albacea, que le acompañó en silencio hasta el lugar donde habían aparcado. Al llegar junto al coche se volvió a mirar y vio que madre e hijo seguían allí, detenidos. Saludó con la mano antes de meterse en el vehículo, y ellos le devolvieron el saludo.

LOS TRABAJOS DEL HÉROE

—

Se diría que le estuvieran esperando. En cuanto se identificó como familiar de Álvaro Muñiz de Dávila, para ir a recoger sus pertenencias, le hicieron pasar al despacho del capitán. Reparó nada más entrar en que había sobre la mesa un ejemplar de una de sus anteriores novelas. Disimuló la sorpresa y estrechó la mano del capitán, que, tras darle el pésame de nuevo, puso ante él una caja de cartón que abrió mientras enumeraba los objetos de una lista que fue leyendo.

—Cartera, ochenta euros en metálico, dos juegos de llaves, documentación, dos teléfonos móviles y la bolsa que contiene la ropa, cinturón y zapatos que le fueron retirados en el hospital tras su... —Carraspeó incómodo—. En el momento de su ingreso.

—¿Dos teléfonos? —preguntó sorprendido.

—¿No es correcto? —se extrañó el capitán.

—Supongo que sí —admitió, concediendo que después de todo Nogueira tenía razón, ¿y por qué no?, dos juegos de llaves, dos teléfonos, dos vidas...

—Lo siento, la alianza no ha aparecido —lamentó el guardia.

Manuel asintió sin saber qué decir y se puso en pie.

—Necesitaré también las llaves del coche.

—Sí, tendrá que firmar este documento, es rutina de conformidad con lo que se le entrega —dijo tendiéndole un bolígrafo y girando la posición del impreso hacia Manuel.

Manuel garrapateó una firma y el capitán le tendió las llaves, pero no llegó a entregárselas, las retuvo un instante más mientras decía:

—Señor Ortigosa, ¿me lo firmaría para mi mujer? —dijo haciendo un gesto hacia el libro y visiblemente nervioso, en contraste con la seguridad con la que se había manejado hasta aquel instante.

Manuel miró la portada, recordaba haberla elegido con Álvaro entre las dos opciones que le propuso la editorial, eran los días en que cada cubierta, cada traducción en otro país aún constituían una novedad maravillosa que celebraban con cava. El rosario de disculpas del capitán le rescató de sus recuerdos.

—Ya sé que no es el momento más oportuno y quizá..., si no le apetece..., no debería habérselo pedido.

—Claro que sí —dijo guardándose las llaves y tomando el libro—. ¿Cómo se llama su mujer?

Colocó la caja en el maletero del coche. Por la noche se la entregaría a Nogueira para que la doctora pudiera examinar la ropa, pero antes guardó los dos teléfonos en el bolsillo de su chaqueta. Buscó en el aparcamiento el coche de Álvaro. Estaba estacionado al fondo, entre dos vehículos de patrulla, y desde lejos no parecía que hubiese sufrido un accidente. No iba a llevárselo, para hacerlo tendría que dejar su propio coche y lo cierto es que no había pensado en ello. Se acercó y haciendo visera con las manos miró dentro. El interior se veía limpio y ordenado, tan sólo unas pequeñas gotas de sangre seca manchaban el asiento y el volante. Accionó el mando y lo abrió.

Y él estaba allí. Sintió su presencia como si lo tuviese a su lado; el aroma de su piel, la huella de su existencia, su esencia misma... Y fue tan física y real como si su espectro precediese a su llegada o acabase de estar allí. Golpeado por la sorpresa de hallarlo, de pronto retrocedió mareado por el perfume que le inundaba las fosas nasales, sintió cómo el corazón se le desbocaba por la impresión, y los ojos se le llenaron de lágrimas mientras las rodillas se doblaban incapaces de sostener su peso. Retrocedió apoyándose en el vehículo contiguo y dejando que la espalda resbalase sostenida contra la carrocería del Patrol verde. Jadeó asustado por la fuerza de la presencia ligada a la fragancia que parecía haber quedado atrapada en el pequeño cubículo como un perfume aprisionado en una ampolla de fino cristal que hubiera explotado de pronto. Cerró los ojos para concentrarse en captar hasta la última nota del aroma que se diluía rápidamente mezclado con los vulgares efluvios que procedían del resto del mundo y que le robaban por momentos el milagro de tenerle un instante más. Impotente, negó con la cabeza mientras mentalmente le maldecía por todo el sufrimiento, por hacerle aquello. En un postrero intento por retenerle, por impedir que lo poco que quedaba de él se perdiera para siempre, cerró la puerta del coche y quedó así, huérfano de su aroma, roto de su ausencia y con el rostro surcado de lágrimas de pura rabia. Fue consciente entonces de la presencia de un joven guardia que le observaba preocupado e indeciso, sin atreverse a acercarse.

—¿Se encuentra bien, señor? —preguntó con tono formal.

Manuel le miró desde su posición y casi rio. Estaba sentado en el suelo contra un Patrol de la Guardia Civil, llorando desesperado, y el chaval preguntaba que si se encontraba bien.

Sí, estaba de puta madre, pensó.

Se palpó los bolsillos buscando un pañuelo que sabía que no tenía y notó la presencia ominosa del otro teléfono, de la otra vida, y su tacto fue suficiente para exorcizar la imagen de Álvaro dejando tan sólo el recuerdo de aquel extraño que una vez creyó conocer y cortando el flujo de su llanto desecado como por ensalmo por el peso de una sospecha tan ignominiosa que era suficiente para impedirle llorar. Dirigió una nueva mirada a la puerta del coche y accionó el mando de cierre mientras se ponía en pie y se sacudía la ropa y contestaba:

—Sí, no se preocupe, estoy bien, me he mareado un poco.

El joven no dijo nada aunque asintió apretando los labios, comprensivo.

Permaneció inmóvil tras el volante de su coche, demasiado cansado para conducir, demasiado confuso para decidir. Sostenía en la mano un iPhone del último modelo que no había visto jamás y lo observaba cargado de aprensión, negro y brillante como un escarabajo repulsivo que, sin embargo, guardase en su interior un secreto vital para la humanidad. Accionó el encendido y la pantalla de inicio le mostró que la batería estaba a punto de agotarse. Lo conectó en su propio cargador al adaptador del coche y desde su teléfono llamó a Mei.

—Manuel...

—Mei, Álvaro tenía un móvil de empresa, un teléfono distinto al habitual.

Mei no contestó enseguida provocando la indignación de Manuel.

—Por el amor de Dios, Mei, no te lo estoy preguntando, lo tengo en la mano. Álvaro está muerto, no tiene sentido que sigas encubriéndole.

—Perdóname, Manuel, no es eso, es que aún no me hago a la idea... Sí, tenía otro móvil.

—Supongo que las facturas llegarían a la oficina, porque yo no sabía de su existencia.

—Sí, llegan aquí, con cargo a la cuenta de la empresa.

—Bien, necesito las facturas detalladas de este teléfono.

—Si tienes el teléfono, puedes entrar en la aplicación de consumos y verlo tú mismo..., aunque si prefieres que yo te las envíe no hay problema. Dame tu dirección.

—Estoy en un hostal, te la envío por WhatsApp cuando cuelgue. Necesitaré también su agenda, con las reuniones y los viajes.

—La tienes en el iPhone, pero te enviaré también la física.

Accionó la pantalla y fue recorriendo iconos hasta que encontró la agenda. El calendario aparecía lleno de notas y colores que indicaban plazos de entrega, trabajos, reuniones, un galimatías de datos y fechas entre los que no halló el elemento esclarecedor que esperaba.

—Necesito que me ayudes, Mei, ¿cómo depuro un dato en particular de entre todos?

—Pues no lo sé, ¿qué buscas?

—Los viajes a Galicia. Su albacea dice que venía cada poco tiempo, tienen que estar en la agenda.

—Cada dos meses —respondió ella apocada, presintiendo su enfado.

Quería a Mei y sabía que ella le quería a él y había adorado a Álvaro. Superado el primer momento de estupor y furia, podía ponerse en su lugar y admitir que él también hubiera hecho cualquier cosa que Álvaro le hubiese pedido y que seguramente lo estaba pasando fatal, pero aún estaba demasiado enfadado para admitir que podía perdonarla. Con voz neutra contestó:

—No veo en la agenda nada que lo indique.

—Son las reuniones con The Hero's Works...

The Hero's Works era uno de los principales clientes de la agencia, no recordaba a qué se dedicaba concretamente, le sonaba algo químico, pero el nombre era tan chocante que se le había quedado grabado. En los últimos años las reuniones periódicas con The Hero's Works habían formado parte del calendario de Álvaro, dos o tres días, cada dos meses.

—¿Aprovechaba las reuniones para venir?

—Manuel, The Hero's Works era de Álvaro.

—¿Quieres decir...?

—Esa empresa era de él.

La humillación ardía en su rostro. En su interior, la ignominia hacía hervir las lágrimas destinadas a llorar por él, evaporándolas. Dominándose a duras penas susurró:

—Cada dos meses, desde hace tres años... —Antes de colgar preguntó—: ¿A qué se dedica The Hero's Works, Mei?

—Es una empresa matriz, tiene otras asociadas, pero fundamentalmente a la elaboración y exportación internacional de vino.

La estrechez de la bañera apenas le dejaba espacio para moverse, la cortina de plástico grueso cuarteado se adornaba con un festón de moho que recorría la parte inferior como un dobladillo inmundo. Venciendo la repugnancia logró pegarla con agua a las paredes de la bañera decidido a controlar la inercia que la arrastraba contra su cuerpo. Del difusor de la ducha brotaba un chorro grueso y potente que le obligaba a contorsionarse para conseguir mojarse por completo. Era casi doloroso contra la cabeza, aun así lo abrió del todo, cerró los ojos y dejó que el agua caliente resbalase por sus agotados miembros golpeándole los hombros como puños invisibles y, sin embargo, reconfortantes. Le dolía la espalda, le dolían las manos, las piernas, percibía un fuego constante ardiendo detrás de los ojos y en los riñones. Se sentía casi enfermo y sabía que la razón que le sostenía, el pequeño y feroz cimiento que le sustentaba, era la ira. La sentía hervir en su interior a fuego lento, destilándose amarga por un alambique de frágil cristal que la condensaba en gotas de puro veneno que pugnaban por convertirse en el único alimento para su alma.

La ira era necesaria, la necesitaba para no huir, para no ceder al impulso de subir al coche y escapar de aquel lugar, de las mentiras, del dolor y del estúpido compromiso adquirido con aquel guardia civil que despreciaba su existencia y detestaba todo lo que él representaba.

El resto de la habitación era aceptable. Las toallas y las sábanas estaban limpias; los muebles, escasos y anticuados; y el suelo de madera crujía en algunos lugares. En una de las paredes se veía una puerta cerrada con un pestillo que seguramente comunicaba con la habitación contigua y que justificaba el tamaño de la cama individual que aborrecía. El colchón, demasiado blando, dejaba adivinar los muelles del somier metálico, pero sobre todo porque le recordaba al lecho de insomnios y desesperanza que ocupaba en la casa de la tía cuando era un crío. Ahora aparecía cubierta de las bolsas de las compras que había hecho antes de ir a la comisaría. Dos americanas, tres pares de pantalones, media docena de camisas, calcetines y calzoncillos. Eligió las prendas que iba a ponerse, colocó el resto en el armario, y sobre la mesilla dejó el libro que había comprado en la librería del mismo centro comercial. Era un firme defensor de las librerías tradicionales, pero no tenía tiempo ni ganas de arriesgarse a ser reconocido por un librero, así que optó por la amable sonrisa de un muchacho que habría reconocido antes a un *youtuber* que a un escritor. Desencantado, había recorrido los estantes pensando que estaba demasiado confuso para una novela o un ensayo, y en un arrebato se había decidido por un libro que le había sorprendido hallar allí, que ya había leído y que, como cuando estaba inmerso en la escritura, le pareció buena idea releer. Una edición reducida de cuentos de Poe que incluía «El corazón delator», «El gato negro» y «El cuervo».

Había comprado algo más. De modo mecánico lo había colocado sobre el oscuro escritorio, el lugar más lógico. Había evitado mirar hacia allí mientras ordenaba la ropa, decidía qué ponerse... Dos paquetes de folios y uno de bolígrafos. Había titulado así uno de sus primeros artículos y el único que había escrito sobre creación literaria. A los pocos meses de publicar su primera novela y cuando las ventas ya rondaban el medio millón de ejemplares, una afamada revista literaria logró convencerle de que hablase de su método, de su laboratorio de alquimista, de cómo lograba la magia. Dos paquetes de folios y uno de bolígrafos, así había resumido todo lo que un escritor necesitaba para crear una novela. Lo había dicho porque lo creía, porque él mismo lo había experimentado, porque sabía que escribir surge de la necesi dad humana, de la penuria del alma, de un hambre y un frío por dentro que sólo se calman, temporalmente, escribiendo. Las críticas por parte de sus compañeros de profesión habían sido descarnadas. ¿Cómo se atrevía un recién llegado, el burrito que tocaba la flauta por casualidad, a dar consejos? ¿No era acaso el número de ejemplares vendidos la prueba irrefutable de que no era más que un compositor de pastiches vendibles?

Muchos libros y entrevistas después, había adornado su relato con paredes tapizadas de libros, una mesa de cristal, luz sesgada desde el ventanal, orquídeas blancas y silencio. Había alrededor del oficio un halo de artificiosidad repugnante que había llevado a ensalzar las más miserables ruindades como métodos creativos, el alcoholismo y las drogas, la violencia o la experimentación de todo tipo de depravación como filones para la creatividad. Creía en el poder del desamparo, en la inspiración del infortunio, en el orgullo del despreciado, en el acicate de los desaires y en la resurrección de los olvidados como poderosas armas, como internas fuentes de donde beber, pero creía también que sólo eran valiosas mientras fueran secretas, ríos subterráneos de aguas frescas o de lava candente que arrasaban por dentro al autor, y que mostrarlas era tan obsceno como pretender que un luminoso despacho, un equipo informático o un doctorado en Filología podían por sí solos hacer escritor a cualquiera. Era cierto que como un sultán había ocupado siempre con su ordenador y sus papeles la mejor estancia de la casa, que había una hermosa mesa, excelente luz y casi siempre orquídeas, que la presencia silenciosa de Álvaro leyendo mientras él escribía se había convertido en el talismán, en el ideal de perfección y felicidad que en ocasiones le distraía robándole la inspiración cuando levantaba la mirada y observaba el escenario de su hogar, pero también sabía que nada de todo aquello era necesario.

Con la mirada perdida en la blancura de las hojas se preguntó en qué momento lo había descuidado, había olvidado que la escritura nace de la pura miseria, del dolor inconfesable, de los secretos que morirán con nosotros, porque la magia consistía en insinuarlos sin mostrarlos jamás, sin dejar que la desnudez del alma se convirtiese en pornografía de las emociones. Avanzó hacia el escritorio sintiendo cómo su cuerpo perdía el calor de la ducha envuelto en una toalla que comenzaba a quedarse fría. Extendió la mano y con las yemas de los dedos llegó a acariciar el suave envoltorio que cubría las hojas. Dos paquetes de folios y uno de bolígrafos, nada más. Suspiró y huyó de allí.

Frotó con una toalla la superficie empañada de vaho del espejo del baño y terminó de abotonarse la camisa frente a él. Era casi la hora. Se puso una de las chaquetas nuevas y bajó el volumen del televisor, que, ya por costumbre, dejaba encendido. Antes de salir tomó la americana sucia, sacó de los bolsillos la cartera y los teléfonos y al hacerlo reparó en que había algo más en el interior. Supo lo que era con sólo tocarla, aunque necesitó verla para estar seguro. Evidenciaba las horas pasadas en el bolsillo, pero aun así estaba tersa, firme y exhalaba su aroma masculino y elegante. Una gardenia. La sostuvo en la mano durante unos segundos, miró la chaqueta y de nuevo la flor preguntándose cómo había llegado allí. Perplejo, abrió el cajón y comprobó que allí estaba, maltrecha pero inconfundible, la flor que aquella misma mañana él había empujado a su interior. Las alineó sobre la superficie mate de la mesilla y estuvo observándolas mientras llegaba a la conclusión de que debía de haber sido cuando se mareó en el invernadero; estaba admirando las gardenias y, al caer, quizá una flor... La explicación era absurda, las flores del invernadero doblaban en tamaño a aquéllas... y sin embargo... Había sido un día raro, un día raro que sigue a otro día raro, todo había sido tan extraño en los últimos días que le costaba establecer el orden en que el caos se había adueñado de su vida. Quizá en un acto inconsciente la había arrancado y se la metió en el bolsillo como el día anterior.

Los golpes en la puerta le sobresaltaron. Abrió esperando encontrar a la esposa del hostelero que, quizá inquietada por su aislamiento, llamaba a la puerta con asiduidad para ofrecerle comer algo, toallas limpias, o para avisarle, aunque ya le había advertido que no le gustaba demasiado, de que daban fútbol por la tele. Mei Liu, con el rostro demudado y marcado por la fatiga, estaba frente a la puerta con un gesto entre el temor y la disculpa.

—¿Qué haces aquí, Mei?

En su pregunta no hubo reproche, tan sólo una resignada mezcla de genuina sorpresa y tolerancia. Abrió los brazos y recibió a la mujer, que rompió a llorar. Mientras la sostenía vio diluirse todo el enfado, que en las siguientes horas regresaría con fuerza, pero la presencia cálida de su cuerpo le reconfortó de un modo que no había esperado, que incluso creyó no necesitar y que le hizo tomar conciencia de que, desde la despedida de Álvaro antes de su partida, no había vuelto a abrazar de verdad a nadie, a nadie excepto al pequeño Samuel.

Le llevó un buen rato conseguir que Mei se calmara lo suficiente para que los pañuelos de papel que le iba tendiendo lograsen contener el llanto. Entonces echó una primera ojeada a la habitación. Debió de parecerle lóbrega, porque con voz entristecida preguntó:

—Pero ¿qué haces aquí, Manuel?

—Yo estoy donde tengo que estar, pero tú, ¿qué haces tú aquí?

Mei se soltó de su abrazo y caminó hacia la ventana mientras dejaba el bolso y se quitaba el abrigo ligero que la envolvía. Miró brevemente hacia fuera y de nuevo hacia el interior de la habitación. Manuel observó que reparaba en la blancura de los folios apilados sobre el viejo escritorio. Los observó en silencio durante unos segundos, casi como si de ellos extrajese las palabras que iba a decir.

—Ya sé que me dijiste que no vinieras y he intentado respetar tus deseos, pero... Manuel, no espero que me perdones, pero me gustaría que entendieras mi posición. Álvaro me pidió que mantuviese estos asuntos aparte desde el instante en que tuvo que tomar las riendas de los negocios de su familia, y lo cierto es que desde su planteamiento jamás se me ocurrió pensar que fuera algo que pudiera herirte tanto, si no de ninguna manera me habría prestado a ello. Parecía algo puramente comercial que le hubiese venido impuesto, simplemente una parte del negocio de la que no se hablaba.

—Vale, Mei, supongo que tienes razón e imagino que aunque me lleve tiempo terminaré por entenderlo, tú no tenías la culpa, pero todo esto ya me lo has dicho por teléfono, ¿por qué has venido?

Ella asintió y hasta sonrió levemente reconociendo su intuición.

—Porque hay algo que tengo que contarte, algo que recordé cuando me llamaste para preguntarme por el otro teléfono de Álvaro...

Manuel la miró con interés.

—Ese iPhone solía estar sobre su mesa. En las escasas ocasiones en que llegaban llamadas, las respondía él, pero en alguna ocasión también lo había hecho yo. Todas las veces que respondí al teléfono hablé con el mismo hombre, con marcado acento gallego y que hablaba un castellano perfecto, muy educado y comedido, ese tipo de cosas que se perciben en la voz. Era el señor Griñán. Imagino que le habrás conocido.

Manuel asintió ante la descripción del notario.

Mei continuó:

—El viernes, Álvaro y yo estábamos trabajando en su despacho. Por la mañana había recibido una llamada de Griñán, sé que era él porque le oí saludarle, pero por la tarde recibió otra. La persona que estaba al otro lado de la línea gritaba lo suficiente como para que yo pudiese oírle y, aunque no pude entender lo que dijo, se notaba que estaba muy enfadado. Álvaro me hizo salir, pero ya sabes que el despacho de Álvaro y el mío están tan sólo separados por una cristalera. Escuchó durante un rato, habló brevemente y colgó. Cuando salió del despacho estaba preocupado, yo le conocía lo suficiente como para saberlo. Murmuró una disculpa sobre salir a tomar un café o algo así y se fue.

»Entonces el teléfono volvió a sonar. Quiero que entiendas que yo tenía autorización para cogerlo, te aseguro que sólo eran recados del tipo, «dígale a Álvaro que me llame», o «dígale a Álvaro que le envío por correo los documentos para la firma», a lo que yo respondía, «sí, se lo diré» o «en este momento está reunido», quiero decir que aunque Álvaro procuraba contestar, tampoco había nada en su comportamiento respecto al teléfono que sugiriese algo raro... —Mei se mordió el labio inferior visiblemente nerviosa—. Cuando el teléfono sonó, esperé un momento antes de cogerlo. Me llamó la atención que el número que aparecía en la pantalla era muy raro, tres o cuatro cifras. La notaría tiene muchas extensiones y a veces el número desde el que llamaba Griñán no estaba registrado a su nombre. Respondí y, aunque hacía años que no lo oía, al descolgar reconocí el característico sonido de las monedas cayendo en un teléfono público. La persona que estaba al otro lado no era Griñán. Era un hombre. Estaba muy nervioso, no me dio tiempo ni a contestar, en cuanto descolgué me dijo: «No puedes ignorarlo, ¿me oyes? Tiene las pruebas, sabe que le mataste y va a contarlo si no haces algo».

Mei se quedó en silencio, su cuerpo se desmadejó, como el de un títere al que le han cortado los hilos, hasta tuvo que apoyarse en el quicio interior de la ventana para no perder el equilibrio, como si lo que acababa de decir la hubiese vaciado por completo.

Manuel la miró asombrado.

—¿«Sabe que le mataste»? ¿Estás segura?

Mei asintió y cerró los ojos durante un par de segundos. Cuando los abrió de nuevo, su mirada apareció empañada de tristeza.

—Colgué sin decir nada. El teléfono volvió a sonar inmediatamente. Supongo que el hombre de la cabina creyó que la llamada se había cortado. No lo cogí. Fui a por un café, como disculpa para huir de allí. Cuando regresé, Álvaro ya había vuelto. No llegaron más llamadas, aunque más tarde volví a verle hablando por ese teléfono. Cuando terminó, salió y me dijo que tenía que adelantar la reunión con The Hero's Works y que saldría de viaje de inmediato, y que «oficialmente» pasaría el fin de semana en Barcelona en la convención de Condal Hotels.

Manuel permaneció en silencio, no habría sabido qué responder. Tenía la constante sensación de haber dado el salto a través del espejo hacia un mundo paralelo y desconcertante en el que todo escapaba a la lógica. «Sabe que le mataste.» ¿Quién lo sabe? ¿Que mataste a quién? Se llevó las manos, heladas, a la frente y la sintió, como en los últimos días, ardiendo con una fiebre interna que le consumía. Mei había bajado la mirada pero aun así vigilaba sus gestos. La decepcionó, como a todos los que esperaban su arrebato de dolor. Y lo supo por su sorpresa ante su siguiente pregunta.

—Mei, ¿tú sabías que Álvaro tenía tanto dinero?

Ella le miró y la estupefacción se dibujó en su rostro.

Manuel supo que tenía que explicarse.

—Me refiero a que... Bueno, yo sabía que en los últimos años firmasteis contratos importantes, con firmas deportivas, farmacéuticas y... bueno, aquel contrato con Chevrolet y esa otra firma japonesa... ¿Cómo se llamaba? ¿Takensi?

—Takeshi —corrigió ella.

—Sí, ésa. Pero su albacea habla de mucho dinero, muchísimo...

Mei se encogió de hombros.

—Sí, se podría decir que era muy rico.

—Bueno, yo sabía que las cosas nos iban bien, pero nunca imaginé...

—Bueno, Manuel, tú estabas a otras cosas, los viajes, tus libros...

A otras cosas. ¿Había un reproche velado en las palabras

de Mei? ¿Era posible que hubiera vivido tan de espaldas a la realidad?, ¿tanto como para que todos los que le rodeaban hubieran asumido su ignorancia del escenario de su propia vida como un rasgo de su carácter? ¿Eran sus viajes y sus libros coartada suficiente para desconocer algo como aquello?

Intentaba pensar, pero notaba que su mente se había sumido en una especie de letargo defensivo ante el exceso y la brutalidad de lo que Mei le contaba.

—Manuel, debería irme ya.

Levantó la mirada y vio que Mei había vuelto a ponerse el abrigo y buscaba algo en el interior de su bolso. Le tendió una agenda mediana de tapas negras que él ojeó rápidamente y relegó sobre la mesilla para no tener que ver la letra de Álvaro.

—Ya la he revisado —dijo ella haciendo un gesto con la barbilla hacia el dietario—. Aparece lo mismo que en la del teléfono, pero si no te fías quizá quieras repasarla tú.

No había reproche en su voz, más bien una sumisa aceptación de culpa que a la vez le rompía el corazón y le enervaba de un modo que resultaba insoportable. El rostro inclinado sobre el bolso que seguía revolviendo, ahora sin objeto. Al percatarse de que la observaba se volvió levemente hacia la ventana mientras con la punta de los dedos contenía una lágrima, casi como si quisiera empujarla de nuevo a su lugar natural. Manuel advirtió entonces que ni siquiera sabía dónde se hospedaba o cómo había llegado a Galicia.

—¿En qué hotel estás?

—En ninguno, me vuelvo a Madrid.

Manuel miró la hora en su móvil.

—Pero es muy tarde. Si sales ahora, no llegarás antes de las dos de la mañana.

—Después de hablar contigo me quedé muy mal, pensé en volver a llamarte para contarte todo esto, pero supe que debía venir a hablar contigo, a decírtelo en persona, porque quería a Álvaro y te quiero a ti, Manuel, y no soporto que creas que soy una traidora.

La miró conmovido, sin embargo siguió inmóvil donde estaba, sentado en la cama, viéndola perder el tiempo revolviendo dentro de su bolso, una justificación para seguir allí. Quiso ponerse en pie, volver a abrazarla, pero no lo hizo, aún no estaba preparado para perdonarla, aunque sí le dijo:

—No creo que seas una traidora y te agradezco que hayas venido a decírmelo.

Rendida a la evidencia de que si llegaba a haber perdón absoluto por parte de Manuel no sería aquel día, Mei cerró lentamente la cremallera de su bolso y se lo colgó del hombro.

—Pues entonces me voy.

Manuel sintió lástima por ella.

—¿Por qué no te quedas esta noche y vuelves con tranquilidad mañana por la mañana?

—No le he dicho a nadie que venía, ni siquiera a mi marido, fue... un impulso. Al colgar el teléfono supe que tenía que venir a verte.

Mei se dirigió hacia la salida y sólo entonces Manuel se puso en pie para seguirla. La alcanzó cuando ya tocaba el pomo de la puerta.

—Mei, ahora mismo no puedo pensar con claridad, pero no creas que no te lo agradezco... Ya hablaremos, quizá más adelante, ahora... no puedo.

Ella se alzó de puntillas y él se inclinó para que pudiera besarle. La abrazó brevemente como despedida y cerró la puerta tras ella.

Álvaro leía con los pies descalzos y los pantalones remanga-dos, recostado en el sofá. Era un lector rápido, había comen-zado a primera hora de la mañana y a mediodía ya amonto-naba a su lado poco menos de la mitad de las cuatrocientas páginas que tenía la novela.

Manuel cocinaba. Normalmente era Álvaro quien se ocu-paba de la comida, pero, en los días en que leía sus novelas, intercambiaban papeles y era Manuel el que cuidaba de que todo fuera perfecto a su alrededor para que pudiera leer sin interrupciones.

Volvió al salón y durante unos minutos fingió consultar en la biblioteca un pesado libro de cocina italiana mientras con el rabillo del ojo vigilaba a Álvaro. Los gestos en su rostro, la avidez con la que devoraba página tras página, cualquier pe-queño indicio que delatase las emociones que estaba viviendo.

—Me distraes... —susurró Álvaro sin levantar la mirada de las hojas mecanografiadas.

Como si en lugar de un reproche hubiera sido una invita-ción a acercarse, Manuel abandonó el pesado tomo que le había servido como coartada y se aproximó a él; se sentó de medio lado en el apoyabrazos del sillón.

—Dime sólo qué tal vas... —rogó.

—Bien, pero tienes que dejarme leer hasta el final —con-testó Álvaro sin hacer caso de su ruego.

—Ya sabes que el final aún no está escrito, lo terminaré cuando tú hayas acabado de leer, como siempre...

—Sabes perfectamente a lo que me refiero y que no te diré nada hasta llegar a la última página escrita, ahora vete y déjame leer.

Cocinaba ñoquis, sobre todo, por lo laborioso de la receta. Pelar y cortar las patatas, hervirlas, pasarlas por el pasapuré, hacer la masa, las tiras y los trocitos, la salsa... Una receta fácil, pero suficientemente laboriosa para mantenerle ocupado durante horas. Aun así, le sobraba tiempo; observaba desde la terraza a los gatos sobre los tejados de Madrid, ordenaba sus jerséis, ojeaba sin interés la prensa o abordaba, sólo para abandonarla, la lectura de uno de los muchos libros que aguardaban en cola para leerlos en cuanto terminase de escribir aquella novela. Alternaba todos sus intentos de evasión con furtivas miradas hacia el salón donde Álvaro leía. Le encantaba verle así. Descamisado y relajado mientras la luz de aquella jornada iba haciendo un recorrido a su espalda, reflejándose en su cabello castaño, un poco largo, en su rostro sereno, concentrado. Iba volviendo página tras página colocándolas boca abajo a su lado en una pila que ya superaba lo que le quedaba por leer. La última luz de agosto se extinguía cuando volvió sobre el montón el último folio escrito.

Manuel había dispuesto una botella y dos copas de vino sobre la mesa, las llenó con cuidado y le tendió una.

—¿Y bien...?

Álvaro estiró la mano derecha y la colocó sobre las páginas que acababa de leer.

—Es muy buena, Manuel...

—¿En serio?

—A tus lectores les encantará...

Manuel dejó su copa sobre la mesa y se inclinó hacia delante.

—¿Y a ti? ¿Te encanta a ti?

—Es muy buena...

—No es eso lo que te he preguntado... ¿Te encanta?

Manuel no se perdió el gesto con que Álvaro apartaba de

sí las páginas leídas utilizando la mano como un crupier. También se inclinó hacia delante para mirarle a los ojos.

—Si te refieres a si es como *Lo entregado al no*, entonces no, no lo es.

—Acabas de decir que es buena.

—Sí, y que a tus lectores les encantará...

—¿Y por qué a ti no?

—Manuel, escribes muy bien, eres un profesional, pero esto no es... No es sincero, no tiene lo que tenía *Lo entregado al no*.

Manuel se puso en pie y caminó hacia el centro de la sala dándole la espalda.

—Te lo he dicho mil veces, no puedo escribir otra novela como *Lo entregado al no*.

—¿No puedes o no quieres?

Manuel volvió a su sitio en el sofá y se sentó girándose de lado para verle de frente.

—Escribí *Lo entregado al no* en un momento en que era eso lo que tenía que contar, fue una necesidad, una expiación y para contarlo tuve que beber del dolor y de los recuerdos; mi infancia, cómo quedamos huérfanos, la experiencia de vivir con la anciana tía que nos odiaba y después el tiempo en que creímos que ya nada malo podía pasarnos porque ya todo nos había ocurrido, hasta que mi hermana murió.

—Es tu mejor novela y ni siquiera concedes entrevistas para hablar de ella.

—Era mi vida, Álvaro, mi vida real, cuántas vidas horribles hay que pasar para poder escribir algo así... No quiero escribir sobre eso, no quiero volver a revivirlo —dijo, y se puso de nuevo en pie.

Álvaro le siguió.

—No se trata de que vuelvas a vivirlo, Manuel, estás a salvo, yo estoy contigo, ya no eres un niño de seis años. *Sol de Tebas* es una buena novela, a tus lectores les encantará, pero no es sincera; y si no quieres mi opinión, no deberías pedírmela.

—Claro que quiero tu opinión, escribo para ti, pero también espero que me entiendas. Creo en la literatura que bebe de la realidad, pero no en la exhibición del dolor.

—Es ahí donde te equivocas. No se trata de hacer exhibición, nadie tiene por qué saber de dónde bebes, excepto tú. Pero cuando eres sincero, de una manera indirecta lo perciben todos los que te leen. ¿Por qué crees que *Lo entregado al no* se sigue considerando tu mejor novela?

Manuel se sentó y apoyó la cabeza entre sus manos, dejando que los dedos se deslizasen por el pelo.

—No lo sé —respondió.

Álvaro se acercó hasta tocarle.

—Sí lo sabes, Manuel. Sé que en alguna parte de ti todavía hay un niño de seis años que se despierta llorando. Sé que ese niño sigue echando de menos a sus padres y a una hermana que ya no está para consolarle. Sé cuánto te duele la realidad y sé que probablemente por eso eres un magnífico escritor, por tu capacidad de esconderte en ese palacio infinito y de sacar de allí una historia tras otra. Pero hubo un hombre que se enfrentó a ese dolor, que consoló a ese niño y enterró a sus padres y a su hermana y lo hizo con un libro. Yo me enamoré de ese hombre, no puedes pedirme que deje de admirar esa fortaleza y renuncie a lo mejor que me ha pasado en la vida.

Manuel le miró negando, obstinado.

—No te das cuenta de que llevo toda mi existencia intentando huir de esa vida, intentando olvidar aquello. Tengo éxito, miles de lectores, dinero, esta casa, suficiente para una vida y, como dices, a mis seguidores les encantará *Sol de Tebas*, es lo que quieren. ¿Por qué tendría que sufrir para escribir si puedo ser feliz?

—Porque es la verdad.

Sin poder contenerse, Manuel se puso de nuevo en pie.

—No quiero la verdad, Álvaro, ya tuve suficiente verdad durante toda mi infancia, durante toda mi vida hasta que llegaste tú. Quiero lo que tenemos —dijo inclinándose y tomando el montón de hojas mecanografiadas. Las apretó contra su pecho—. Ésta es toda la verdad que quiero y que puedo soportar.

Álvaro le miró muy quieto durante unos segundos. Después cerró los ojos y suspiró. Se puso en pie y se acercó a él.

—Perdóname, tienes razón —dijo, le quitó el manuscrito de las manos y le abrazó.

—Perdóname tú a mí, Álvaro, pero es que no sabes lo que es pasar por una infancia como la mía.

—No, no lo sé —susurró él.

LA RED

Dos docenas de parroquianos animaban el bar del hostal. Entre ellos y apoyado en la barra distinguió la figura del teniente Nogueira. Masticaba un trozo de tocino frito que había envuelto en varias servilletas de papel que se volvían transparentes empapadas de grasa. Empujó lo que quedaba con un trago de cerveza y tomó del dispensador dos o tres servilletas más con las que se limpió minuciosamente la boca y el bigote.

—Será mejor que hablemos fuera —dijo a modo de saludo.

Manuel asintió. Y vio cómo Nogueira hacía una señal al camarero para pedir bebida e indicar que estarían en la terraza.

El teniente encendió un cigarrillo en cuanto traspasaron la puerta. Aspiró una profunda calada con el deleite propio de los fumadores empedernidos, y con un gesto le indicó la mesa más oscura y alejada de la entrada.

—¿Cómo le fue en As Grileiras?

—No demasiado bien. Griñán llamó anoche a la familia para avisar de nuestra visita, con lo cual hoy la madre estaba indispuesta, y Santiago y Catarina de viaje. Sólo he visto brevemente a Elisa, la mujer de Fran, que andaba por allí con el niño, pero apenas hemos podido saludarnos.

Nogueira chascó la lengua en señal de fastidio.

—Ese Griñán no me gustó desde la primera vez que le vi en el hospital.

—No sé, creo que sólo hace su trabajo —le defendió, a pesar de que él mismo pensaba que el notario se había dado demasiada prisa en ponerse al servicio del nuevo marqués.

No podía reprocharle nada, pero debía reconocer que sus lisonjas del primer día, mientras le suponía heredero, se habían diluido con demasiada rapidez para parecer auténticas. Le fastidiaba la sensación de haber sido cándido. En un primer momento le había caído bien, su admiración y su respeto por Álvaro parecían genuinos, y aún le costaba admitir que sus atenciones sólo estaban motivadas por el interés que despierta una jugosa cuenta. Aun así, no lo admitiría ante Nogueira.

—Me acompañó a visitar toda la finca... El jardín es un lugar increíble.

—Sí, es realmente precioso —estuvo de acuerdo el guardia.

Manuel le miró extrañado: la expresión «realmente precioso» habría encajado con cualquiera menos con Nogueira...

Consciente del escrutinio, Nogueira endureció el gesto mientras apuraba el cigarrillo.

—Pero no confunda una visita turística con colaboración, primero advierte a la familia y luego le lleva a ver el jardín para despistar.

—Bueno, he conocido a algunas de las personas que trabajan en la casa, al guardés y al veterinario, al ayudante de Catarina con la cría de gardenias, a Herminia, la guardesa que lleva toda la vida en la casa, y a Sarita, que la ayuda en las tareas.

—¿Ha podido hablar con ellas?

—Un momento con Herminia, apenas unos minutos. Se mostró muy cariñosa —dijo recordando el abrazo excesivo—. Durante el resto de la visita, Griñán no se separó de mí —admitió Manuel— y, pese a sus esfuerzos por minimizar el impacto de mi presencia en el pazo, creo que a la señora marquesa no le sentó nada bien. Le hizo llamar a «sus aposentos» y cuando regresó le entraron las prisas y puso una mala excusa para que nos fuéramos. Hasta Herminia se dio cuenta.

Nogueira negó con la cabeza.

—También estuve en el cuartel —continuó Manuel—. Tengo en el coche la caja con la ropa y los objetos personales.

—Bien, se los llevaré a Ofelia.

—El coche continúa allí, para traerlo tendría que haber dejado el mío, mañana iré en un taxi.

—Debí haberlo pensado —dijo con fastidio—. Deme las llaves y le pediré a un guardia amigo que lo acerque hasta aquí y que deje las llaves en el bar. Yo me encargaré de llevármelo.

Manuel desvió la mirada un instante, tomó aire y lo dejó salir lentamente antes de hablar. Le costaba admitir parecer un idiota.

—Me entregaron dos teléfonos móviles. Uno es el que yo conocía, no sabía nada de la existencia del otro. Por lo visto es con el que llevaba los asuntos de sus negocios aquí —dijo, y sacó de su chaqueta el iPhone y lo depositó sobre la mesa, sin poder evitar imaginar a Mei respondiendo a aquella llamada—. Un entramado empresarial en el que aglutinaban todas las propiedades, las fincas, la ganadería y la producción agrícola, que no es nada desdeñable. —Manuel empujó el móvil hacia el guardia—. En la agenda aparecen todas las visitas bajo el título «reunión con The Hero's Works».

Nogueira tomó el aparato sin dejar de mirar a Manuel, que siguió hablando.

—The Hero's Works es la firma tras la que se agrupan todas las anteriores, más dos bodegas y una exportadora internacional de vino gallego. Las facturas de este teléfono se remitían a su oficina, así que yo nunca llegué siquiera a sospechar, y eso —añadió sonriendo amargamente— que supe de todas y cada una de las reuniones con The Hero's Works. La secretaria de Álvaro las disponía en el calendario de reuniones de trabajo mezcladas con las de los demás clientes. Cada dos meses puntualmente, Álvaro se ausentaba un par de días para reunirse con este cliente vip, que era él mismo. Cada dos meses desde hacía tres años...

La llegada del camarero con las bebidas le sumió en un silencio oscuro en el que resonaban las palabras de Mei: «Sabe que le mataste». Tomó su cerveza y desdeñó el inevitable plato de comida que parecía acompañar en aquel lugar todas las consumiciones.

Se preguntaba si debía contarle al guardia lo que le había dicho Mei. No estaba seguro. Sabía que era importante, pero por otro lado se daba cuenta también de que para el teniente aquel retazo de conversación sería suficiente para condenar a un Muñiz de Dávila sin más contemplaciones. Alzó la mirada y le observó. Nogueira estudiaba con atención la agenda del iPhone, deslizando los dedos por la pantalla. Miró a Manuel, se puso en pie y empujó la silla hasta colocarla a su lado.

—Fíjese en esto —dijo mostrándole la pantalla—. Como dice, las reuniones con The Hero's Works han sido periódicas y puntuales, dos días cada dos meses, excepto en los meses de septiembre, en que las reservas en la agenda ocupan hasta cinco días, ¿ve?, siempre en las mismas fechas o con muy poca diferencia. La última reunión se produjo entre los días 2 y 3 de julio... Pero la siguiente estaba programada para finales de esta semana...

—Griñán me informó sobre la rutina de las reuniones periódicas, también me dijo que no tocaba que estuviera aquí y que desconocía que hubiera llegado.

Nogueira suspiró profundamente. Dejó un momento el teléfono mientras daba cuenta del contenido del platillo en dos bocados y apuraba un trago de cerveza. Miró el otro platillo.

—¿No va a comerse eso?

Manuel negó con la cabeza mientras el teniente engullía lo que parecían macarrones con tomate y carne. Sólo quedó satisfecho cuando encendió un cigarrillo con una de aquellas profundas caladas.

—¿Ha conseguido las facturas de este número? —preguntó.

Manuel tomó el aparato, encendió la pantalla y buscó entre los iconos.

—No es necesario, el teléfono tiene una aplicación de consumos en la que aparecen todas las llamadas realizadas y recibidas, aunque se borren del registro.

En el último mes se habían efectuado unas cuantas llamadas desde aquel teléfono, aunque había recibido muy pocas; tres seguidas desde un número de cuatro dígitos, el número raro del que le habló Mei, y otras dos desde el mismo número, una sucesión de cifras sin identificar. Todas del día en que Álvaro salió para Galicia.

Manuel levantó la mirada de la pantalla.

—¿Qué opina?

—El número de cuatro cifras es de una cabina telefónica —dijo confirmando la corazonada de Mei—. Aunque pudiéramos localizarla no serviría de mucho, pero lo intentaremos porque la zona podría ser una pista. El otro procede de un teléfono fijo y el prefijo es de esta zona...

Nogueira había sacado su libretita y garrapateaba los números en una hoja. Extrajo su teléfono y comenzó a marcar. Se lo llevó al oído y tras unos segundos se lo pasó a Manuel, que aún tuvo tiempo de oír parte del mensaje: «... el horario de la notaría es de ocho de la mañana a cuatro de la tarde. Si desea pedir cita previa, deje su número después de la señal y nosotros le llamaremos».

Manuel apartó el teléfono en el instante en que sonaba el familiar pitido. Nogueira apretó la tecla y colgó.

—Notaría Adolfo Griñán. ¿No le parece demasiada casualidad que el albacea le telefonease precisamente el día que decide salir de viaje? Y, según él mismo, era el único que podía ponerse en contacto con Álvaro a través de ese número. Si Álvaro estaba aquí fue porque Griñán le llamó, quizá también lo hizo desde una cabina...

Manuel pensó en la otra llamada, en la voz del otro hom-

146

bre, de la que Mei estaba segura de que no era de Griñán, y en lo que había dicho: «Sabe que le mataste». Pero contárselo a Nogueira suponía arrojar sobre Álvaro una acusación que decantaría la opinión del guardia sin dejar opción a nada más. Aún no.

—Así que mañana a primera hora, sin avisar —dijo con vehemencia Nogueira—, quiero que se presente en la notaría, interrumpa lo que quiera que esté haciendo nuestro amigo el albacea y le pida explicaciones. No le dé opción de réplica, dígale simplemente que sabe que Álvaro estaba aquí porque él le llamó, y a ver con qué le sale esta vez... Ya le dije que no me gustaba un pelo.

Manuel asintió pensativo. No era un triunfo como pensaba Nogueira, pero sí un buen farol.

—Y vuelva por As Grileiras, ¡qué cojones! Tiene todo el derecho; al fin y al cabo, es legalmente el dueño. Seguro que sin el fantoche de Griñán de por medio alguien se mostrará más comunicativo.

Entregó a Nogueira las llaves del coche de Álvaro junto a los teléfonos y el resto de sus cosas, y lo vio marchar mientras pensaba en Griñán y en aquel servilismo acostumbrado del que la forense le había hablado. Pensó también que no le disgustaría volver a As Grileiras.

La recepcionista de la notaría sonrió al verle. Él le devolvió el gesto y enfiló el pasillo que llevaba al despacho de Griñán. Fue saludando a derecha e izquierda a distintos pasantes, secretarios, asesores. El rumor de que era un conocido escritor había corrido por la oficina, despertando la curiosidad de todos y ocasionando la aparición de aquellas miradas que ya había visto otras veces, las sonrisas tímidas, la admiración... Doval le interceptó junto a la puerta del despacho.

—El señor Griñán no me dijo que vendría esta mañana —dijo sonriendo.

—Eso es porque no sabe que estoy aquí.

Doval le miró perplejo, aunque se rehízo enseguida.

—Oh, entonces, si tiene la bondad de esperar en la sala, le diré que está usted aquí.

—Pues no, no tengo la bondad, creo que toda la que tenía se me ha terminado —respondió rebasando al secretario y llegando a tocar la puerta.

—Pero... no puede... —dijo a su espalda poniéndole una mano en el hombro.

Manuel se detuvo soltando el pomo de la puerta y girándose levemente.

—No me toque —le advirtió.

Doval apartó la mano como si hubiera tocado un cable eléctrico.

La puerta se abrió de pronto y se encontró ante el albacea, que no pudo disimular la turbación en su rostro.

—Señor Ortigosa, no le esperaba, ¿qué puedo hacer por usted?

—Oh, puede empezar por dejar de mentirme —contestó Manuel mirándole con dureza.

El rostro de Griñán, de natural afable, se descompuso. Miró al secretario, que Manuel percibía apostado a su espalda, y dijo:

—Doval, yo me ocupo, había olvidado que tenía algo pendiente por tratar con el señor Ortigosa. Tráiganos café.

Se apartó para dejar paso a Manuel y cerró la puerta a su espalda.

—No le he mentido —afirmó gravemente Griñán mientras aseguraba la puerta.

—Álvaro vino a Galicia porque usted le llamó —espetó sin darle tiempo a refugiarse tras la seguridad de la mesa.

Griñán bajó la mirada y guardó silencio. Cuando volvió a hablar su voz se reveló arañada por una profunda tristeza que a Manuel le pareció sincera.

—Y me arrepentiré el resto de mi vida de haberlo hecho... Pero no le mentí, no sabía que estaba aquí, me enteré cuando me avisaron.

—¿Para qué le llamó? —preguntó sin abandonar la severidad de su tono.

Griñán arrastró los pies hasta su sillón y haciendo un gesto invitó a Manuel a que se sentase.

—Por una cuestión económica... Santiago necesitaba una cantidad de dinero, vino a pedírmela y yo se lo comuniqué a Álvaro. Como albacea tengo una disponibilidad mensual para gastos extraordinarios de hasta diez mil euros que puedo autorizar al administrador de las fincas, es una cantidad que tiene la finalidad de poder atender de inmediato una eventual emergencia, pero la cantidad requerida superaba ampliamente la disponible.

—¿Cuánto le pidió?

Griñán lo pensó un segundo.

—Trescientos mil euros.

—¿Le dijo para qué era el dinero?

Negó con la cabeza.

—No quiso decírmelo, pero tenía prisa y, fuera lo que fuese, para él era muy importante. Llamé a Álvaro y se lo dije. Nada más. No le mentí, no supe que había venido hasta que Santiago me comunicó su muerte.

Cuando salía se cruzó con Doval, que traía el café en una bandeja plateada. Manuel se volvió hacia el albacea.

—Griñán, esta vez no avise a As Grileiras, no olvide que sigo siendo el dueño.

El hombre asintió abatido.

ARISTAS

La luz sucia procedente del cielo clorado de los últimos días había sido sustituida por otra más definitoria que permitía distinguir a los lados de la carretera el azul plateado de los eucaliptos nuevos y el verde y negro de las árgomas. Los muros de piedra antigua cubiertos casi por completo de liquen, los precarios vallados de madera, las casas que iban escaseando según se alejaba de la ciudad. Todo parecía bañado por una pátina nueva. Se inclinó hacia delante para ver el cielo a través del parabrisas delantero del coche. Nubes azules parecían pintadas al óleo con una paletina que hubiera estirado el trazo hasta agotar la pintura en los únicos lugares donde aparecía el blanco. Haría viento allá arriba, pensó. A ras de suelo no se movía ni una hoja, sin embargo, la humedad ya preñaba el aire con su peso, no tardaría en llover.

Aparcó en el mismo lugar donde lo había hecho el día anterior en su visita con Griñán, el coche podía verse desde cualquier lugar de la casa, pero no le importaba. Como había dicho Nogueira, aquélla no era una visita de cortesía, tenía preguntas y venía a por respuestas.

Un Nissan rojo se acercaba por el camino hacia la entrada levantando la grava. En el puesto del conductor creyó reconocer el rostro de un hombre que recordaba de entre los que estaban en la iglesia durante el funeral. El vehículo aminoró la marcha hasta casi detenerse a su lado. El conductor no disimuló la extrañeza en su mirada. Pero cuando Manuel estuvo seguro de que se detendría y le diría algo, aceleró y salió del pazo.

Cerró la puerta del coche y se detuvo unos segundos, atraído por la blancura de las flores que hacían que el lustroso verde del seto se viese casi negro. A su mente acudió la imagen de las dos gardenias que había vuelto a empujar al interior del cajón de la mesita de noche antes de salir del hostal. Atraído por la pálida lisura de los pétalos, elevó la mano y llegó a rozar la corola de la flor en el momento en que, probablemente alertada por el ruido del coche, Herminia se asomaba por el ventano de la cocina y le hacía señas para que se acercase.

Apostado ante la entrada vio al gato negro y gordo que montaba impertérrita guardia. Sonrió al ver cómo Herminia lo espantaba.

—¡Fuera, demonio! —le espetó pateando el suelo.

El animal se alejó apenas un metro, se sentó y para demostrar su aplomo comenzó a atusarse la cola, fingiendo no prestarles atención.

—Pasa, *fillo*, entra que te vea —exclamó arrastrándole al interior de la cocina—. No te me vas de la cabeza, no pienso más que en lo que estarás pasando. Siéntate y come algo —dijo poniendo ante él una gran hogaza de pan gallego y partiendo una rebanada oscura y olorosa que acompañó de chorizo y queso.

Manuel sonrió.

—De verdad, no tengo hambre, he desayunado en el hostal.

—¿Prefieres algo caliente? Te hago un par de huevos en un momento.

—No, de verdad... No tengo hambre.

Ella le miró compungida.

—¿Cómo vas a tener apetito, criatura, con lo que estás pasando? —Suspiró—. ¿Y un café? Un café sí que tomarás.

—Está bien —consintió, seguro de que, de no hacerlo, Herminia no dejaría de ofrecerle comida en todo el día—.

Acepto el café, pero antes tengo que tratar un asunto con Santiago.

—Aún no regresaron, pero llamaron esta mañana y dijeron que llegarán por la noche.

Manuel asintió pensativo.

—La que sí está es el Cuervo.

La miró sin entender.

—El Cuervo —repitió la mujer haciendo una señal hacia el techo—, ella siempre está aquí, vigilando.

Manuel hizo gesto de comprender mientras a su mente acudían las siniestras palabras del cuento de Poe que había comprado la tarde anterior: «Nunca más». Obediente, se acomodó mientras la mujer disponía unas pastas de té en un platillo cubierto por una servilleta.

—También están en el pazo Elisa y el niño —dijo cambiando el tono—. Estarán en el cementerio, seguramente. Elisa siempre está allí.

Dispuso el café, que vertió en dos tazas desde una marmita que permanecía caliente sobre la cocina de leña, se sentó junto a él y le miró con ternura.

—*Ay, neno!* No estás bien por más que digas, ya sé que piensas que yo no te conozco, pero te conozco bien porque conocía a Álvaro y sé que la persona que eligió mi niño tiene que tener un enorme corazón.

—¿Te hablaba de mí?

—No hacía falta, por supuesto yo sabía que había alguien, se le notaba en la sonrisa, se le notaba en la mirada. He criado a los niños de esta familia desde que nacieron, los he visto crecer y convertirse en hombres, y los he querido más que a nada en el mundo. El corazón de mi niño no tenía secretos para mí.

—Para mí, sí —susurró Manuel.

Ella extendió la mano y la puso sobre la de Manuel. Estaba seca y caliente de sujetar su propia taza.

—No seas tan duro con él. No está bien que lo diga porque los he querido a todos, todos fueron buenos a su manera, pero Álvaro fue siempre mi favorito. Desde que era pequeño se le notaba que tenía una fuerza y un valor superiores a los demás. Por culpa de ese carácter tuvo tantos enfrentamientos con su padre.

—Griñán me lo explicó, por desgracia hay padres que no aceptan a sus hijos como son.

—¿Te ha dicho que el problema para su padre era que fuera homosexual?

—Sí... —respondió confuso.

Ella se puso en pie y abrió un armario del que sacó su bolso, buscó la cartera, la abrió y extrajo una foto que dejó sobre la mesa frente a Manuel. Estaba bien conservada, aunque las esquinas se habían curvado adoptando la forma de la cartera, en la que había permanecido, seguramente, durante años. En ella aparecían tres niños. Sólo uno de ellos miraba a la cámara, los otros dos le miraban a él.

—El más alto es Álvaro, su amigo Lucas, el cura, y su hermano Santiago. Aquí tendría unos diez años, y Santiago, ocho.

Manuel extendió un dedo y acarició la superficie de la fotografía. Era la primera imagen que veía de Álvaro en su infancia. «Tuviste que ser un niño guapísimo», le había dicho más de una vez. «Del montón», replicaba él. Pero el chico de pelo castaño, a mechones aclarado por el sol, y ojos grandes que tenía ante él era cualquier cosa menos «del montón». Sonreía abiertamente al objetivo y con camaradería dejaba descansar la mano sobre el hombro de Lucas. Santiago, medio escondido tras su hermano, casi colgaba de su brazo izquierdo en un gesto parecido a la dependencia o el ruego.

—Mi marido tomó esta foto aquí mismo, frente a la cocina, con la cámara que acababa de regalarle por su cumpleaños. Siempre he pensado que esta fotografía, que no es nada del otro mundo, es el mejor retrato de mis niños de cuando eran pequeños.

El liderazgo del chico que miraba al objetivo desde el centro de la fotografía era evidente. Lucas sonreía divertido con la adoración propia del que está dispuesto a seguir a su amigo a donde sea. El crío más pequeño parecía enfurruñado, y había en el modo en que colgaba del brazo de su hermano un excesivo celo, como si temiese que la fotografía le robase de algún modo el poderoso magnetismo de su Álvaro.

Herminia observaba conmovida la reacción de Manuel ante la imagen.

—No creo que tuviese nada que ver con la homosexualidad, no voy a decirte que eso ayudara, pero quizá, si Álvaro hubiera tenido una forma de ser más guiada, las cosas habrían ido de otra manera. Los conflictos con Álvaro comenzaron mucho antes, cuando era un niño muy pequeño. Es como si lo estuviera viendo ahora mismo, apenas levantaba dos palmos del suelo y ya se enfrentaba al padre, discutiéndole, llevándole la contraria, sosteniéndole la mirada de un modo que al marqués le sacaba de quicio... No creo que haya querido a nadie en toda su vida, pero a Álvaro lo aborrecía y, a la vez, le admiraba. —Hizo una pausa y le miró con gravedad—. No sé si sabes de lo que te estoy hablando, pero era esa clase de hombre que aprecia la valentía por encima de todo, aunque sea la del enemigo.

Manuel asintió.

—Sí, comprendo lo que dices, pero me cuesta entender que el choque de caracteres pueda llevar a alguien a apartar a su hijo, así, del resto de la familia.

—La cosa era bastante más fuerte que un simple choque de genios. El padre de Álvaro siempre fue un hombre muy dominante, y en esta familia todo el mundo bailaba al son que él tocaba, menos Álvaro, y eso para él era algo intolerable. Recuerdo una ocasión —continuó ella—, Álvaro tendría ocho o nueve años; Santiago, que tenía dos menos y ya era un crío muy inquieto y caprichoso, cogió un mechero del despacho del padre y se le ocurrió hacer fuego en una pila de paja en las cuadras. Lo dejó mal apagado y cuando ya se había ido aquello comenzó a arder. Gracias a que uno de los mozos le vio andar por allí y se le ocurrió ir a ver qué podía haber estado haciendo, pudo apagarlo enseguida. Cuando el padre se enteró salió con el cinturón en la mano a buscar a Santiago, que le tenía un miedo terrible y se había escondido. Entonces Álvaro se le cruzó delante y le dijo que había sido él. No se me olvidará cómo le miró el padre, fue como si de pronto lo que había pasado hubiera perdido importancia, centrándose sólo en el niño y en sus palabras. Se quedó muy serio y le dijo: «¿Sabes qué creo? Creo que me estás mintiendo, creo que quieres engañarme y no voy a consentir que te burles de mí». Lo tuvo ahí mismo: frente a la puerta de la casa, de pie, durante todo el día, sin dejarle sentarse, comer o ir al servicio. A media mañana comenzó a llover y aun así no le dejó entrar. Cada dos horas salía bajo su paraguas negro y le preguntaba: «¿Quién ha sido?», y él contestaba: «He sido yo, padre».

Manuel escuchaba las palabras de Herminia y no le costaba imaginar al niño de cabellos claros y mirada altiva que había sido Álvaro retando a su padre, manteniéndose firme.

—No recuerdo exactamente cuándo fue, pero era invierno, hacía frío y a las cinco y media de la tarde comenzó a anochecer y estalló una tormenta, truenos, viento y tantos rayos que la luz se fue a las seis de la tarde y no volvieron a darla hasta el otro día. A la hora de la cena, Santiago estaba tan asustado que llorando le confesó a su padre que había sido él. El marqués ni le miró, se dio la vuelta y le ordenó que se fuera a la cama. Todos se fueron a acostar, menos el marqués y yo. Tampoco me dijo nada, pero ni loca iba a marcharme dejando al niño allí. A la una de la mañana bajó aquí, a la cocina, y eso era raro, porque ellos, los padres, nunca entraban aquí. Hoy es el día en que ella aún no entra. Traía una vela en la mano y así, en la oscuridad, alumbrado por la luz de la candela, aún parecía más feroz. Se paró junto al ventano y dijo: «Ese crío tiene más cojones que todos los hombres que conozco juntos». Había orgullo y admiración en su voz. Me ordenó esperar a que se hubiera acostado antes de dejar entrar al chaval. Después, con los años, vi esa mirada otras veces, odiaba a Álvaro, pero había algo en la manera en que el chaval le retaba que a la vez le gustaba. Pero no lo confundas con cariño, no ha querido a ninguno de sus hijos mayores, a Álvaro le ha odiado directamente, y a Santiago le ha humillado desde que nació, y el *pobriño* le fue toda la vida detrás como un perrito, intentando lamerle las manos en busca de un poco de cariño y no obtuvo más que desprecio. En la vida le he visto mirarle con el respeto que tenía para Álvaro...

—¿Qué tal se llevaban Álvaro y Santiago? —preguntó Manuel, intrigado por la actitud posesiva del niño pequeño en la imagen.

—Bien, muy bien, se querían muchísimo. Santiago, además de ser menor en edad —dijo señalando la fotografía—, era más bajito y un poco gordito. Los otros críos se metían con él y Álvaro siempre le defendía. Cuidaba de él, le llevó de la mano desde que comenzó a caminar y de alguna manera no le soltó nunca, y Santiago le adoraba, besaba por donde él pisaba, todo lo que hacía Álvaro estaba bien. Santiago siempre ha sido el más sentimental de los tres, el más sensible. Cuando murió su hermano Fran, quedó destrozado, pero nunca le he visto tan desesperado como la noche en que se nos fue Álvaro, estaba como loco, pensé que podía llegar a hacer alguna tontería.

Manuel pensó en el par de veces que había visto a Santiago en los últimos dos días.

—No sé, parecen muy diferentes...

—Y lo eran, pero estaban unidos, aunque de una manera rara; era una especie de obligación para Álvaro, como si se sintiese responsable de su hermano. Él tenía muchos amigos fuera del pazo, pero a Santiago le costaba un poco más relacionarse. Si no hubiera sido por él, el pobre niño habría pasado toda su infancia solo.

—Se llevaban bastantes años con el pequeño, ¿no?

—Álvaro tenía once y Santiago nueve cuando nació. Con él también se entendía bien, claro que convivieron muy poco, fue al poco de nacer Fran cuando cambiaron a Álvaro al internado de Madrid y luego sólo venía en vacaciones...

Y cuando pudieron tener más relación fue a partir de la muerte del padre y Fran le sobrevivió dos días. ¡Pobre pequeño mío! Es el único a quien el marqués quiso a su manera y, ya ves, lo echó a perder a base de mimarle y consentirle. —Compuso un gesto de profundo pesar—. Aunque tengo que reconocer que todos lo hacíamos... Quizá por la diferencia de edad con Álvaro y Santiago, se convirtió para todos en un juguete, era una monada, siempre estaba riendo, cantando, bailando, tenía un carácter alegre y zalamero, aún me parece estar viéndole; entraba aquí, me abrazaba, me besaba, me desataba el delantal, me pedía dinero y yo se lo daba —asintió repetida y pesarosamente aceptando su parte de culpa.

Manuel la miró sorprendido.

—Le malcriaron... —dedujo.

—Sí, bueno, yo, el hermano, todos le dimos dinero en algún momento. Como te puedes imaginar, nunca les faltó de nada. A su tiempo tuvieron su carnet de conducir, su buen coche nada más cumplir la edad, viajes, equitación, esgrima, polo, caza, lo que quisieran... El padre les llenaba la cartera porque los hijos del marqués no podían ir sin dinero por ahí, pero Fran... —Hizo un gesto de profundo dolor mientras negaba con la cabeza—. Fran nunca tenía suficiente, no lo quisimos ver hasta que fue demasiado tarde. Un día fui a entrar al baño de su habitación y vi que estaba cerrado. Nadie contestaba, y al final mi marido y otro hombre echaron la puerta abajo y ahí le encontramos, tirado en el suelo con una jeringuilla colgada del brazo. Era drogadicto, él y la novia, Elisa.

—¿Nadie se había dado cuenta?, ¿no habían notado nada?

—¿Has oído alguna vez eso de los ciegos que no quieren ver? Se montó una buena, todos lo sospechaban o lo habían pensado en algún momento... Era evidente que el chico iba de mal en peor. El padre le buscó una clínica muy buena y muy cara en Portugal, y Fran sólo aceptó ingresar si Elisa iba con él. Estuvieron fuera casi un año, sólo venían en ocasiones señaladas, la Navidad, el cumpleaños del padre, y enseguida tenían que regresar para seguir con el programa de la clínica. Y ni siquiera entonces cambió la relación del padre con él, siempre fue su ojito derecho, la madre casi no podía soportar ni mirarle, no hay más que verla a ella para estar seguro de que alguien con una debilidad como la de Fran le parecía poco menos que un tarado; pero con el padre fue distinto, como si aquel hombre tan malo se diera cuenta de que su hijo estaba hecho de una pasta especial, y yo también lo creo. Hay gente como Álvaro capaz de soportarlo todo y hay otros como Fran que son demasiado frágiles para este mundo.

—Y Fran murió durante una de esas visitas —dedujo Manuel.

—El padre lo mandó llamar cuando se dio cuenta de que se moría. Cáncer, llevaba varios años enfermo, pero con el tratamiento había conseguido mantenerlo a raya y llevar una vida bastante decente, hasta que de pronto el bicho se avivó y la enfermedad se extendió por todos los órganos, provocando un fallo que ya no tenía vuelta atrás. Sufrió como un perro, y eso que duró apenas dos meses y que, hacia el final, estaba siempre drogado con morfina. Fran regresó a casa para estar con él, no se movió de su lado durante días, aunque el viejo tampoco quería ver a nadie más, ni siquiera a Santiago. Y Fran se portó como un hombre, apenas dormía; le sostenía la mano, le limpiaba las babas, le hablaba, siempre los dos solos... Hasta que murió.

La mujer se detuvo rememorando y negó repetidamente con la cabeza como si quisiera espantar un recuerdo indeseable.

—Nunca he visto a nadie llorar así. Se quedó allí de pie aferrado a la mano del padre hasta que resbaló de entre las suyas y entonces comenzó a llorar de un modo que rompía el corazón. Todos los que entramos en aquella habitación, desde la familia hasta el médico, desde el cura hasta el de la funeraria, todos acabamos llorando y te aseguro que las únicas lágrimas que se vertieron en aquel cuarto por el muerto fueron las de Fran. Lloraba como un niño pequeño, sin esconder la cara. Las lágrimas le corrían por el rostro y él parecía no enterarse, como un chiquillo perdido... Debimos de darnos cuenta de que era eso exactamente, un niño extraviado en la oscuridad, muerto de miedo. Nunca olvidaré la cara de su madre cuando entró en la habitación y le vio llorando así: el más absoluto desprecio, ni un rastro de piedad o consideración en ella. Apartó la mirada, asqueada, y salió de allí para no verle. El día después del entierro le encontraron muerto por la droga, tirado sobre la tumba de su padre.

Herminia se detuvo, suspiró y durante unos segundos Manuel esperó paciente a que reanudase su relato. Al mirarla vio que había cerrado los ojos, apretándolos con fuerza, como si se negase a dejar salir las lágrimas que, sin embargo, habían conseguido escapar bajo sus párpados y rodaban plenas por su rostro.

La mujer permanecía inmóvil y no emitió ningún sonido hasta que suspiró y se cubrió la cara con las manos.

—Lo siento —acertó a decir con voz rota.

Mientras, Manuel, violentado por el dolor de la situación, se debatía entre el impulso de abrazarla y la sensación de intrusión en un sufrimiento que le era ajeno. A medio camino, extendió la mano hasta tocarle el brazo y apretó levemente para hacer constar su amparo. Ella reaccionó y le cubrió la mano con la suya. Estaba de nuevo sosegada.

—Perdóname —dijo enjugando sus lágrimas y recobrando la compostura—, primero Fran, ahora Álvaro... —añadió ella extendiendo su mano hacia la fotografía que reposaba sobre la mesa.

—No tienes que disculparte, Herminia... —contestó Manuel arrastrando la estampa sobre la mesa hacia ella.

Ella le miró entrañable.

—*Pobriño*, yo debería estar consolándote a ti. Puedes quedártela, *fillo* —dijo cubriendo con su mano la de él.

Rehuyendo una piedad que no deseaba apartó brusco la mano.

—No, Herminia, es tuya, la has guardado todos estos años...

—Quiero que te la quedes —insistió ella.

Abatido, miró directamente a los ojos al chico de la foto, y su mirada pura le traspasó desde la distancia y el tiempo como un puñal de certeza que le alcanzó casi de un modo doloroso. Disimulando su desazón tomó la fotografía y evitando un nuevo encuentro con aquella potencia la deslizó en el bolsillo interior de su americana mientras intentaba reconducir la conversación, consciente de la mirada de Herminia.

—¿Y Elisa?

—A Elisa la salvó su hijo. Ya estaba embarazada, de poco tiempo, pero fue suficiente para no volver a recaer. Se mantuvo limpia y está por completo recuperada, es una chica maravillosa, y el niño, ¿qué voy a decirte yo que le quiero como si fuera mi nieto?, es listísimo. Tiene tres años y ya sabe leer. Elisa le enseñó, y a veces dice unas cosas que parece un hombrecito, claro que todo el día con adultos, aquí en el pazo...

Manuel compuso sin querer un gesto de desaprobación que pareció alentar a Herminia a ahondar en el tema.

—No digo que esté mal, es un buen sitio para educar a un niño, pero no ha ido a la guardería, y Elisa no quiere ni oír hablar de salir de aquí. Dudo que nunca le haya llevado a un parque. Los niños necesitan estar con otros niños, si no se vuelven raros...

Manuel la miró con sorpresa, pero ella eludió sus ojos.

—Antes has dicho que siempre está en el cementerio...

—Todos los días, por la mañana y por la tarde. En verano está allí hasta que se pone el sol. Juega con el niño en la explanada frente a la iglesia, pero da no sé qué verla, siempre sola con su pequeño jugando entre las tumbas.

—¿Cómo la trata la familia?

Ambos se volvieron al oír entrar a Sarita.

Traía en las manos varios trapos y productos de limpieza. Herminia cambió el tono.

—Sarita, por favor, limpia ahora la ventana del estudio de don Santiago.

—Antes me dijo que limpiara la nevera —contradijo la joven.

—Ya lo harás luego —contestó Herminia.

—¡Es que si no, no doy acabado hoy! —protestó la muchacha.

—Pues ya darás mañana —replicó con sorna Herminia—. Haz ahora el estudio.

La chica se volvió hacia la escalera y cerró la puerta a su espalda.

Herminia permaneció en silencio un par de segundos con la mirada fija en el portón y luego explicó:

—Es buena chica, pero no lleva el suficiente tiempo aquí... Lo mismo que Griñán; ni Sarita ni yo nos creímos ayer la disculpa que puso para irse.

—Hablábamos de Elisa —le recordó él.

—Sí, la familia la trata bien, muy bien, claro que es por el niño. Santiago y Catarina le adoran, ellos aún no han tenido hijos así que están como locos con Samuel, que es un cielo, ya le has visto, cariñoso, risueño, siempre está de buen humor. Álvaro le adoraba, se pasaba horas hablando con él y hacía gracia ver a Samuel explicándole las cosas con tanto aplomo como un adulto.

—¿Y...? —dijo señalando al techo y bajando la voz—. La vi en la notaría un momento y no parecía muy amable con ella, ni con el niño.

—El Cuervo. —Negó con la cabeza—. Ella no es amable con nadie, pero ese niño es hijo de Fran y nieto suyo, lleva la sangre de los Muñiz de Dávila por más que ella maldiga esa unión y se esfuerce en no quererle; es un Muñiz de Dávila y de momento el único heredero mientras Santiago no tenga hijos. Para todos ellos, incluso para ella, eso está por encima de cualquier consideración.

Siguió la senda entre los árboles reparando en que bajo el cielo cada vez más plomizo, la escasa luz que solía filtrarse entre las copas de los árboles se había extinguido, y los parches de sol que se dibujaban en el suelo el día anterior habían sido sustituidos por grises retazos del reflejo del cielo. El túnel bajo los árboles se había tornado oscuro, y la promesa de luz al final había desaparecido; y aunque en aquel túnel natural gozaba de protección frente a las rachas de aire, sintió la piel erizada por el descenso de temperatura. La lluvia caería pronto, se dijo. Y pensó también en aquella tristeza que todos esperaban de él, Griñán, Herminia... Incluso él mismo.

Estaba triste, sí, pero no como había supuesto. Si se hubiera planteado la sola posibilidad de perder a Álvaro un mes atrás, habría estado seguro de no poder soportar el dolor, de no haberlo resistido. Lo sabía porque ya lo había vivido. Recordaba el tiempo en que murieron sus padres, su hermana colándose cada noche en su cama para abrazarlo porque no podía dejar de llorar, su falta a cada instante, el salvaje y cruel fantasma de la orfandad de los niños solos, a los que no ama nadie... Y durante años, después de que el cáncer se llevase a su hermana, creyó que no volvería a amar a nadie, hasta que llegó él.

La negativa de los últimos días a llorar por Álvaro era la negativa a admitir su traición, la dificultad para entender qué estaba ocurriendo, quién le había asesinado y por qué, y, sin duda, la distancia que había logrado establecer con el dolor le permitía ver los hechos desde una perspectiva que le mantenía a salvo. Pero hoy había ocurrido algo, algo que había viajado en el tiempo y en el espacio a través de una vieja fotografía para alcanzarle con todo el ímpetu de aquellos ojos que conocía, de aquella mirada confiada en su fuerza, resuelta y segura, que había amado desde el principio y olvidado en los últimos días, la mirada del valor, la mirada del héroe.

Elevó la mano para palpar a través de la tela la presencia evocadora de la fotografía de bordes curvados, que como garfios se incrustaban en la suave tela del forro de su chaqueta y en la superficie de su corazón.

Los oyó antes de verlos. La inconfundible risa de Samuel animado por el juego, que lanzaba torpe un balón contra la puerta de la iglesia. Elisa apostada frente a la entrada fingía defender una portería que el balón traspasaba una y otra vez para júbilo del niño, que celebraba cada gol abriendo los brazos y simulando volar mientras, corriendo, trazaba un círculo entero.

Al ver a Manuel, el niño vino hacia él, pero, en lugar de lanzarse a sus brazos como había hecho el día anterior, le tomó de la mano y tiró de él gritando:

—¡Portero!, ¡portero!, ¡ponte de portero! —decía mientras le guiaba hacia la puerta de la iglesia donde la madre los esperaba sonriendo—. Mamá no para ningún gol, ponte de portero —rogó.

Elisa se encogió de hombros divertida, fingiendo su derrota y, recogiendo una chaqueta que había dejado en el escalón de la entrada, le cedió su puesto.

Manuel se quitó la americana y la depositó en el mismo lugar junto a la puerta.

—Lo llevas claro, chaval, soy un portero imbatible —dijo al niño, que corría ya hacia el medio de la plazuela con el balón bajo el brazo.

Durante un cuarto de hora jugó con el crío, que gritaba como loco cada vez que Manuel detenía el balón, y que celebró aún con más alegría los goles que se dejó marcar. Elisa los observó durante unos minutos sonriendo y animando a su hijo; después el niño comenzó a dar señales de cansancio y oportunamente aparecieron por el camino cuatro gatitos de apenas unas semanas que terminaron por captar por completo su atención.

Dejó al niño jugando con los cachorros y se acercó a Elisa.

—Ha sido una suerte que llegaras, yo ya estaba agotada y

el pobre se aburre de jugar siempre conmigo —agradeció ella.

—De nada, ha sido un placer —dijo volviéndose a mirar al niño y sonriendo al reparar en que los cuatro gatitos eran negros.

—¿Cómo estás? —preguntó Elisa estudiándole con auténtico interés. No era una cortesía, ni un saludo.

—Bien —respondió.

Ella le observó, inclinando levemente la cabeza hacia un lado. Conocía el gesto, era incredulidad, la mirada escrutaba buscando el signo, la señal de que mentía. Ella volvió la vista hacia las tumbas e inició un lento paseo en aquella dirección. Él la siguió.

—Todo el mundo te dirá que termina por pasarse, que con el tiempo se lleva mejor. No es verdad.

No contestó, porque eso era exactamente lo que esperaba, que todo aquello pasase, terminar de esclarecer las circunstancias de la muerte de Álvaro y que llegase piadoso el olvido, el orden, la paz. Entonces se dio cuenta de que Elisa hablaba de su propio dolor.

—Lo siento —dijo haciendo un gesto vago hacia las tumbas—. Griñán me contó lo que ocurrió, hoy Herminia me ha explicado las circunstancias...

—Pues entonces no sabes la verdad —contestó brusca. Suavizó el tono antes de volver a hablar—: Herminia no tiene mala intención, me consta que quería de verdad a Fran; pero ni ella ni Griñán saben lo que pasó. Ninguno lo sabe, creen que sí, pero nadie conocía a Fran como yo. Su padre le mimó y le sobreprotegió durante toda su vida, para todos en esta familia fue siempre el niño pequeño, así le trataban y así esperaban que se comportase. La única que vio al hombre que era Fran fui yo, y no era un suicida —remató sus palabras con una mirada que buscaba en la suya cualquier signo de discrepancia.

—Herminia dijo que nunca había visto a nadie tan desolado.

Elisa suspiró.

—Y tiene razón. Yo también llegué a asustarme al ver su estado. No hacía más que llorar. No hablaba, no quiso comer, a duras penas logramos que bebiese un poco de caldo, pero se mantuvo firme, veló a su padre toda la noche, cargó su ataúd hasta la iglesia y lo acarreó junto a sus hermanos hasta la tumba. Estaba aceptando la pérdida. Cuando descendieron el ataúd dejó de llorar, se sumió en un silencio sereno... Quería estar solo, nos echó a todos, se sentó sobre la tierra blanda de la sepultura y pasó ahí todo el día, sin atender a razones, mirando al enterrador, hasta que al oscurecer Álvaro le convenció y entró en la iglesia. Ya por la noche, antes de acostarme, vine a verle y le traje algo para comer. Estaba tranquilo. Me dijo que no me preocupase, que todo iba a arreglarse y que con la muerte de su padre se había dado cuenta de muchas cosas. Me pidió que le esperase en casa, necesitaba un poco más de tiempo porque había quedado con Lucas. Dijo que tenía que hablar con él y que después vendría a la cama.

—¿Lucas, el cura?

—Sí, es el que ofició el funeral de Álvaro, es amigo de la familia desde que eran pequeños. Fran, bueno, toda la familia es católica, para mí es un poco delicado de entender porque no soy creyente, pero para Fran era importante, le sirvió de gran apoyo durante la rehabilitación, y a mí, claro está, cualquier cosa que le ayudase o le fortaleciese me parecía bien... Aunque es difícil aceptar que tu pareja prefiera hablar con un cura que contigo...

Manuel asintió dándole la razón, casi se sentía dueño de aquellas palabras.

—Lucas me contó lo mismo que a la policía; que escuchó a Fran en confesión y que luego charlaron durante una hora, que cuando se fue estaba sereno y que nada apuntaba a que tuviera intención de suicidarse. Ésa fue la última vez que le vi con vida. Cuando desperté por la mañana y me di cuenta de que no había regresado volví aquí... Y le encontré. —Se giró un poco para evitar que Manuel pudiera ver sus lágrimas.

Manuel se detuvo rezagándose aposta para darle espacio, se volvió y observó a Samuel. El niño seguía entretenido con los gatitos. Al cabo de unos segundos, ella regresó y se detuvo a su lado. Parecía más serena, aunque tenía los ojos húmedos.

—Elisa, ¿tienes amigos, familia, alguien fuera de aquí?

—¿Lo que estás preguntando es por qué no me voy, por qué sigo aquí? Mi madre se pasa casi todo el año en Benidorm, con sus hermanas. No nos llevamos bien y cuando murió mi padre ella se fue a la costa. Hablamos en Navidad, en los cumpleaños, ella cree que mi vida es maravillosa. Se lo dice a todo el mundo. —Soltó una risita triste—. Tengo un hermano, un hombre decente, está casado y tiene un par de niñas, pero bueno, en el pasado cometí muchos errores, hace años que no nos hablamos... No tengo a nadie más, nuestros amigos de aquella época están muertos o casi... No hay nada para mí ahí fuera... Y además aquí Samuel tiene a su familia.

Recordó la observación de Herminia respecto a que quizá no fuera bueno para un niño tan pequeño crecer únicamente rodeado de adultos.

—Samuel podría visitar a su familia aunque vivieseis fuera del pazo.

—Ya... Pero no es sólo eso, no puedo irme —dijo pasando una mano por la arista que dibujaba la cruz que llevaba el nombre de Fran—. Aún no. Hasta que no esté segura.

—¿De qué?, ¿qué crees que pasó?

—No lo sé... —susurró ella cansada.

—Herminia me ha dicho que el médico certificó una sobredosis.

—Me da igual lo que dijera el médico, yo le conocía, Manuel, le conocía mejor que nadie en el mundo y no me mandaría sola y embarazada a esperarle en nuestra cama si no pensaba volver.

Manuel se detuvo al darse cuenta de que se hallaba junto a la tumba de Álvaro. Las flores traídas en el funeral se veían lánguidas dentro de sus envoltorios de celofán, sólo los claveles de las coronas conservaban algún carácter.

Él también creyó conocer a un hombre mejor que nadie en el mundo.

Se volvió para evitar leer su nombre escrito en la piedra.

Sarita, la sirvienta de la casa, venía por el camino. Se detuvo a saludar al niño unos instantes y después enfiló el sendero del cementerio.

—¿Pasa algo, Sarita?

—Elisa, la señora marquesa me ha pedido que le diga que le lleve usted al niño, que quiere verle.

—Ya... —contestó la joven levantando la mirada hacia las lejanas ventanas de la casa grande.

Apostada en el mirador del segundo piso se distinguía una figura oscura, y Manuel casi pudo oír a Herminia diciendo: «Ella siempre está ahí, vigilando».

Cogido de la mano de Sarita, Samuel caminó hacia la casa sin despedirse de Manuel, que le miró alejarse abatido a medias por la pena y por la sorpresa de sentirse desolado por su marcha. Vio la sonrisa contenida de Elisa, que le observaba.

—Es muy especial, ¿verdad? —dijo.

Asintió mientras preguntaba:

—¿Por qué se llama Samuel?

—Imagino que lo que realmente estás preguntando es por qué no se llama como su padre.

Manuel ladeó la cabeza.

—No se nombra a un niño en honor de un muerto, porque no es un honor, sino una ofensa —dijo gravemente, aunque de inmediato y para suavizar la contundencia de sus palabras añadió sonriendo—: Bueno, todos los nombres han pertenecido antes a alguien, alguien que ya ha muerto lo llevó primero... —su rostro volvió a ensombrecerse—, pero Fran murió de modo violento, antes de tiempo, cuando aún no le tocaba. Mucha gente cree aquí que no debe ponerse el nombre de alguien muerto violentamente a un niño o el difunto se lo llevará con él.

Manuel la miró boquiabierto. La condición de no creyente no la eximía, por lo visto, de dejarse atrapar por la influencia del carácter local. Estaba tan impactado por esas palabras que al momento no supo qué decir, y cuando fue a hacerlo ya era tarde: Elisa enfilaba el sendero bajo los árboles tras los pasos de su hijo.

—Elisa —la llamó.

Ella se volvió sin detenerse e intentó despedirse con una sonrisa. No lo logró.

Permaneció solo en el cementerio mientras sentía cómo el viento que había revuelto el cielo en altura por la mañana descendía desordenándole el pelo, deshojando los claveles mustios que dejaban a la vista la estructura de paja que unas manos hábiles habían cubierto de hojas de esparraguera y ganchos de alambre para mantener las flores ancladas en su sitio. Cientos de pequeños pétalos rojos volaron hasta quedar esparcidos sobre las tumbas como escandalosas gotas de sangre. La visión de los alambres para sujetar flores decapitadas le hizo pensar en cómo en los últimos días parecía haber conquistado un puesto en la atalaya desde donde se percibe la parte falsa del mundo, los alambres, las cordadas, los contrapesos del decorado, el polvo de las candilejas, las quimeras que se creen y las que necesitamos creer.

—Todo es mentira —susurró al cielo.

Recogió su chaqueta del escalón de la iglesia justo cuando comenzaba a llover, iba a apresurarse hacia el camino, pero mezclado con la lluvia le llegó el rumor de un quebranto, un quejido ronco y visceral, el inconfundible llanto de un hombre. Reparó entonces en que la puerta de la iglesia que había creído cerrada tan sólo estaba entornada. Del interior brotaba el olor a cirios y a madera que recordaba, mezclado con aquel llanto desgarrador, el dolor y la profunda pena abandonada a la desesperación. Llegó a rozar con una mano la madera pulida y barnizada de la puerta y el remate en metálico que como una punta de lanza parecía asomar atravesándola desde dentro, como el dolor de aquel hombre. Se contuvo, respondiendo con lo que le había contado Herminia a la pregunta de quién lloraba, el que lloraba siempre. El hombre de la mirada dura, el salvaje visceral de corazón tierno que había adorado a su hermano como sólo un niño puede adorar a otro. El único que tenía edad y honores para poseer una llave de aquel lugar. Santiago. Así que estaba en el pazo. Herminia le había mentido o desconocía que hubiese regresado. Empujó levemente la puerta, que se desplazó un par de centímetros sin hacer ruido. Tres docenas de cirios ardían impetuosos en un atril metálico a la derecha del altar, arrojando sobre el hombre una luz que permitió identificarle con claridad. Santiago, de rodillas en un reclinatorio, lloraba con el rostro sepultado entre las manos, apretando contra la cara una prenda con el fin de ahogar sus sollozos. Manuel sintió una mezcla de vergüenza y de profunda pena hacia aquel hombre y, sobrecogido ante la crudeza de aquel dolor, agradeció por primera vez no poder llorar, o al menos ser capaz de mantener el llanto a raya sin dar opción a que el dolor le dominase de aquel modo. Corrió hacia su coche bajo el aguacero.

La lluvia y la temperatura en descenso parecían haber acobardado a los habituales parroquianos del bar, que esa noche eran más escasos, claro que también era más tarde que el día anterior. El teniente Nogueira había insistido en que se encontrasen después de las once. A Manuel le daba igual. Tras regresar de As Grileiras había tomado la sopa y el filete del menú del hostal y había dormido durante toda la tarde amodorrado por la escasa luz de aquella jornada lluviosa, que casi se extinguía cuando despertó. Volvió a cerrar los ojos para retener un instante más el recuerdo del sueño en que su hermana le abrazaba recostada a su lado. Era inútil, se había ido. Miró por la ventana hacia el exterior de piedras oscurecidas por el agua y árboles empapados que resistían pacientes, empachados de lluvia. Todo parecía triste y detenido allí como los domingos de su infancia en el piso de su tía. Abrió la ventana y respiró profundo el aire cargado de humedad y los aromas de tierra y piedra que también el silencio contribuía a dar importancia. Pensó de nuevo que era el clima perfecto para escribir y hasta volvió la cabeza buscando... Desde la superficie del lóbrego escritorio clamaba la blancura de las hojas aún en su envoltorio de celofán transparente. De un modo visceral, entendía que su resistencia a escribir era ridícula, que en su negativa residía un extraño placer por sufrir, por prolongar aquella tortura de su alma. Volvía a ser un ángel necio durmiendo a la intemperie, negándose por orgullo a entrar en el paraíso. Regresó a la cama y se arrebujó entre las mantas, dejó la ventana abierta y una mano fuera para sostener los oscuros cuentos de Poe, esperando a que llegara la hora para su cita con Nogueira.

El guardia hacía tiempo ante una cerveza. A su lado, un plato con lo que supuso serían los restos de una tapa de la que ya había dado cuenta. Pidió una caña y estaba a punto de rechazar el trozo de tortilla que la acompañaba.

—¿Le apetece a usted?

Nogueira asintió sin dar las gracias, sólo añadió:

—Debería de hacer aprecio, hombre, no está el mundo para tirar comida.

«Bueno, para eso ya le tenemos a usted», pensó mientras dedicaba una mirada al abultado vientre del teniente que el fino jersey apenas llegaba a cubrir.

—¿Recuerda lo que le dije el primer día?

—¿Que me llevaría al monte y me pegaría un tiro? Claro, cómo olvidarlo.

Nogueira se detuvo con el tenedor a mitad de camino y le contestó sin rastro de humor.

—Hoy está gracioso, ¿verdad? Pues más le vale recordarlo porque hablaba totalmente en serio. Nos jugamos mucho con el asunto este.

—Lo sé.

—Pues no lo olvide. Hoy vamos a hacer una visita a una amiga mía que tiene algo que contarle.

—¿Ofelia?

Bajo el bigote de Nogueira se dibujó media sonrisa.

—No, una amiga de otra índole, pero le advierto que es probable que lo que va a oír no sea de su agrado.

Manuel asintió.

—Está bien.

El teniente pagó la cuenta y salió del bar, pero sólo para resguardarse bajo el tejadillo de la entrada, donde encendió un cigarrillo que fumó con fruición.

—Ya tenemos localizada la cabina, la del número de teléfono raro desde el que llamaron a Álvaro. No es que sirva de mucho, está en Lugo; claro que quien le llamó pudo hacerlo desde su barrio, o buscar precisamente una cabina urbana para despistar más.

Manuel asintió sin decir nada.

—¿Qué le ha dicho el notario?

—Reconoció haber hecho la llamada, aunque mantiene que se enteró de que Álvaro estaba aquí cuando Santiago le avisó del accidente. Dice que Santiago necesitaba urgentemente una gran cantidad de dinero de la que él no podía disponer.

—¿Cuánto?

—Trescientos mil euros.

—¡Uau! —exclamó Nogueira animado—, ¡eso huele a problemas! ¿Le dijo para qué era el dinero?

—No quiso decírselo, pero le dio a entender que era urgente.

—Y suficientemente importante como para hacer venir al hermano desde Madrid cuando no le tocaba y para no poder esperar una semana hasta que llegase su visita programada —concluyó Nogueira—. ¿Qué le ha dicho Santiago?

—Aún no había regresado de su viaje, lo hará esta noche —mintió, mientras lo evocaba en la iglesia, cubriéndose el rostro para ahogar un llanto tan amargo que había logrado sobrecogerle.

—¿Está seguro de que Griñán no le ha advertido?

171

Pensó en el rostro abatido del notario mientras abandonaba su oficina.

—No lo ha hecho, ni lo hará.

—Bueno —el guardia suspiró—, al menos ha adelantado algo. Sólo hay una cosa que no me encaja: ¿por qué no llamó Santiago directamente a Álvaro?

—No tenía su número de teléfono, la única manera que la familia tenía de comunicarse con Álvaro era a través de Griñán.

Nogueira pareció cavilar unos segundos tras los que descartó el pensamiento.

—Vamos en mi coche —dijo, y apagó la colilla del cigarrillo en un contenedor de arena dispuesto en la entrada y salió bajo la lluvia hacia el vehículo aparcado.

UN MUNDO RARO
—

El limpiaparabrisas, en su velocidad más lenta, barría las gotas del cristal emitiendo un siseo suave que era el único sonido que se oía en el coche. Esperó hasta que estuvieron en la
carretera general para hablar.

—Hoy sí que he podido pasar un rato con Herminia y con
Elisa. Las dos me hablaron de Fran, el hermano pequeño.

Nogueira asintió dando a entender que sabía quién era.

—Herminia me contó algo parecido a lo que me dijo Griñán en su momento, que Fran cayó en picado al morir su padre y que se suicidó con una sobredosis de heroína. —Hizo una
pausa mientras él mismo valoraba lo que iba a decir—: Pero
Elisa está segura de que Fran no era un suicida y de que estaba
desintoxicado. Habló con ella y la convenció de que todo se
arreglaría, claro que en un suicida la ambigüedad de esas palabras no está libre de sospecha.

Nogueira no contestó, puso el intermitente de la derecha
y salió hacia una explanada, donde detuvo el coche. A través
de los cristales empañados, Manuel distinguió las parpadean-
tes luces de un bar y algunos vehículos aparcados.

—Ésa es la clase de mierda a la que me refería el otro día
—dijo irritado el guardia volviéndose hacia él.

Manuel esperó en silencio.

—Ya le dije que no era la primera vez que se arrojaba tierra sobre un asunto penoso para la familia Muñiz de Dávila.
Yo estaba al mando del equipo que llegó a primera hora de la
mañana a As Grileiras aquel día y lo que nos encontramos fue

a un joven toxicómano muerto sobre la tumba de su padre, con una jeringuilla colgando del brazo. Tanto la familia como los guardeses relataban lo mismo: el padre había fallecido dos días atrás y lo habían enterrado la mañana anterior, Fran continuaba muy afectado y tras el entierro dijo a todo el mundo que quería estar solo. Según lo que se deduce del relato de todos los familiares, debía de estar muy deprimido. Tras pasar un año de rehabilitación con su novia en una clínica para adictos, había regresado para acompañar a su padre en sus últimos días. Todos recalcaron que estaban muy unidos y advertí que daban por hecho que no había podido superarlo y que lo había solucionado así, de la peor manera. Sólo a la novia le costaba aceptarlo. Yo hablé con ella y me dijo lo mismo que a usted. Me pareció una reacción normal, cuesta aceptar que alguien haya hecho algo así, pero cuando movimos el cadáver estuve de acuerdo con ella.

Manuel le miró sorprendido.

—Aparte de la jeringuilla colgando del brazo, el chico tenía un fuerte golpe en la cabeza y las punteras de los zapatos arañadas, como si lo hubieran arrastrado. Comenzamos el protocolo habitual y, al igual que ahora, recibimos la sugerencia de no hacer sufrir a la familia prolongando la investigación cuando ya se conocía la causa de la muerte del chaval. Por supuesto, se le practicó una analítica y ésta constató que el fallecimiento se había producido por sobredosis de heroína. En el interior de la iglesia se hallaron los elementos necesarios para la preparación de la dosis, por lo que se estableció que se chutó allí y luego salió tambaleándose al cementerio. Que al caminar a oscuras entre las sepulturas tropezó y se golpeó en la frente. Un buen golpe, que le aturdió, pero no lo suficiente como para impedirle arrastrarse hasta la tumba del padre, donde perdió el conocimiento y le sobrevino la muerte.

Manuel se encogió de hombros.

—¿Y qué es lo que no le cuadra?

—Lo que no me cuadra... —El guardia suspiró sonoramente antes de volver a hablar—: Lo que no me cuadra son las rozaduras en las punteras de los zapatos; ya sé que podía explicarse con el hecho de que tras golpearse se arrastrase hasta el lugar donde le encontramos, pero las perneras de los pantalones estaban limpias, húmedas, porque estuvo lloviendo durante la noche, pero limpias. Si uno se arrastra o camina de rodillas por el césped húmedo de ese cementerio es imposible que sólo se rocen las punteras de los zapatos. El golpe que tenía en la frente era romo, redondeado, había aplanado la zona del impacto sin levantar la piel. Tuvo que ser producido por un objeto oval y de superficie tan suave y pulida que no ocasionara ni un pequeño corte en la piel. Examiné una a una todas las cruces y las lápidas del cementerio, y la herida no se correspondía con la forma de ninguna de ellas.

Manuel le escuchaba con atención mientras su concepto de aquel tipo ganaba puntos por momentos.

—Y luego está lo de la llave... Existe una tradición en esa familia: los varones reciben al nacer una llave de la iglesia. Es una llave de plata, con forma de cruz e incrustaciones de piedras preciosas. Es un símbolo que recuerda su tradición como dirigentes activos del clero: por lo visto provienen de una larga estirpe de mandatarios religiosos, el propietario original del pazo fue un ilustre prior de la zona...

»Aquella mañana, la iglesia estaba cerrada. Me llamó la atención que, dado el estado que se le suponía al chico cuando salió de allí, se hubiese entretenido en cerrar la puerta con llave, pero resulta que cuando registramos el cuerpo no la encontramos. Recorrimos minuciosamente todo el camino desde la entrada del templo hasta el lugar donde apareció el cadáver, incluso utilizamos un detector de metales para buscarla entre la hierba. No estaba.

—Alguien cerró la iglesia y se llevó la llave.

—Los hermanos quedaban descartados. No necesitaban coger la llave: cada uno tenía la suya, con sus iniciales grabadas, como una joya, y no tuvieron inconveniente en mostrárnoslas.

—Y sólo había tres...

—Cuatro. El viejo marqués fue enterrado con la suya, otra de sus tradiciones de mierda. Imagino que el crío pequeño recibiría la suya al nacer, pero entonces sólo existían las de los hermanos. Hablamos también con su amigo el cura, que se supone que fue el último en verlo con vida. Nos dijo que le escuchó en confesión y después charlaron un rato. Se acogió al secreto y se negó a contarnos la naturaleza de la conversación, pero dijo que no pensó en ningún momento que fuera a suicidarse... Y así es como oficialmente el chico murió de una sobredosis al no poder soportar la pena por la muerte de su padre..., poniendo de nuevo de manifiesto el trato de favor a los Muñiz de Dávila en un asunto que, cuando menos, arrojaba bastantes incógnitas y en el que una vez más se optó por dejar las cosas como estaban.

—¿Y por qué? ¿Qué objetivo tendría que alguien hubiera trasladado el cuerpo después de muerto? ¿Cree que quizá quisieron enmascarar el modo en que murió para lavar la imagen del hijo drogadicto?

Nogueira no tuvo que pensarlo.

—No, qué va. Lo de que Fran era toxicómano lo sabía todo el mundo en la comarca y créame que era algo que de algún modo los humanizaba.

Manuel hizo un gesto de no entender.

—Mire, en los años ochenta y noventa, miles de jóvenes gallegos cayeron en la droga. Los clanes de narcos eran los dueños de Galicia. Era rara la familia que no tuviera un hijo metido, incluso más de uno... Fue una auténtica tragedia que aún perdura. Todos los días encontrábamos a chavales muertos de sobredosis, esa mierda estaba por todas partes, como una plaga, y un chico rico, vividor como Fran, era una mina para un camello. El hecho de que uno de los hijos de los marqueses también hubiese caído en la droga les granjeó las simpatías de muchos, esa especie de consuelo de pensar que el dinero no te libra de la desgracia; ya sabe, los ricos también lloran: una especie de justicia divina que compense un poco las cosas.

Manuel asintió.

—¿Entonces?

—Está claro que el chaval seguía en la mierda por mucha clínica de rehabilitación que pagasen, estaba pasando un mal momento y recayó. Pero coincidía con la novia en que no iba a suicidarse. Lo más seguro es que sólo buscase un poco de evasión, hacía tiempo que no se chutaba y se le fue la mano. Probablemente murió dentro de la iglesia. Se inyectó y se desmayó. La superficie torneada del reclinatorio de los bancos encaja bastante mejor con el golpe que presentaba en la frente... Y después, vaya usted a saber, puede que un familiar, aunque lo más probable es que ni siquiera tuviera que mancharse las manos, o un empleado, puede que el guardés, alguien de confianza, encontrara el cuerpo, y entonces supo lo que había que hacer.

—Pero ¿por qué?, ¿para qué?

La rabia en la voz de Nogueira rompió definitivamente las barreras que la contenían.

—Ya se lo expliqué, porque en su puta familia no hay yonquis, ni puteros, ni violadores y, si los hay, procuran que las cosas se vean siempre desde el lado más bonito, y lo peor es que ni siquiera tienen que pedirlo; ha sido así durante siglos y así continúa. Son los Muñiz de Dávila, hay que hacerles el favor, hay que evitarles el dolor, la ignominia y la vergüenza, por no hablar del sacrilegio que supone encontrar al hijo drogata muerto de sobredosis dentro de una iglesia. Ésa es la clase de cosas que a ellos no les pasan; sin embargo, el hijo destrozado por el dolor, muerto sobre la tumba del padre, tiene algo de poético, y ellos son así, poseen esa rara habilidad para salir relucientes de entre la mierda que nos sepultaría a los demás.

Manuel desvió la mirada hacia las luces que, tras los cristales, se veían desdibujadas por la incesante lluvia. Mientras, pensaba que había aterrizado en otro mundo, un mundo raro y desconocido. Un mundo en el que normas distintas regían los comportamientos, las reacciones y las alianzas. Asistía a la representación del caos, incapaz de reaccionar, como el asistente inmovilizado ante una pesadilla. Era consciente, sin embargo, de que aquella suerte de anestesia para los sentidos le proporcionaba la perspectiva necesaria para reflexionar, para analizar cada palabra de Nogueira y asistir al anárquico espectáculo que se representaba ante él, con la frialdad propia del que observa a distancia sin perder la cordura, sin dejarse arrastrar por la pasión que le destruiría. Bendijo aquella atmósfera.

—¿Cree que pasó lo mismo con Álvaro? —preguntó volviéndose hacia Nogueira.

Esta vez, el agente tampoco tuvo que pensar la respuesta.

—En parte sí, ya se lo dijimos, pero hay una diferencia, y es que esta vez los intentos por salvaguardar la imagen de la familia están contribuyendo a encubrir algo más grave que un suicidio disfrazado de sobredosis accidental. Esta vez se trata de un asesinato.

Manuel iba a preguntar algo, pero Nogueira le cortó.

—Vamos —dijo haciendo un gesto hacia las luces del bar—, es aquí.

Los neones rosas y azules, que el vaho del interior del coche había aminorado, brillaban con fuerza en la fachada del edificio. Manuel se volvió hacia Nogueira y le interrogó con la mirada.

—Sí, es un puticlub —contestó—. Imagino que nunca ha estado en uno, al menos no de esta clase.

Un fulano engominado, y de pelo tan claro que era casi blanco, custodiaba la puerta. Llevaba botas de vaquero y una camisa azul marino con flecos en la más pura estética de un cantante country. Parodió una especie de saludo militar con dos dedos y sonrió mostrando una dentadura que refulgió bajo la luz azul de los neones. Debía de medir dos metros.

El local pretendía ser elegante, pero olía a humedad disimulada con ambientador barato y perfume caro. A pesar de la escasa luz del interior, distinguió los desconchones en la pintura en algunos lugares cerca de la línea del suelo. La alta temperatura reinante en el club no conseguía paliar la humedad que, desde fuera, se colaba por los muros e impregnaba el ambiente de un modo invisible, pero palpable, y que pesaba sobre el cuerpo de Manuel como un sambenito desde que había llegado a Galicia.

Una docena de hombres repartidos por los sillones de cuero de imitación y otras tantas meretrices en distinto grado de aproximación. Dos tipos más en la barra, que pagaban copas a las chicas que hablaban acercándose para susurrarles al oído. Nogueira pareció satisfecho al encontrar libre la esquina de la barra. Se sentó y le indicó a Manuel que hiciera lo mismo mientras miraba con descaro a los usuarios del local.

Un barman de unos cincuenta años acudió presuroso desde el otro lado del bar.

—Buenas noches, teniente, ¿qué le apetece tomar?

—Tomaré un gin-tonic, y... —dijo señalando a Manuel.

—Una cerveza.

—Una cerveza —se burló Nogueira—, ¡tome una copa, hombre!

—Una cerveza estará bien —dijo Manuel dirigiéndose al barman, que asintió mientras comenzaba a servir las bebidas.

—Y, Carlos, avisa a Nieves de que estamos aquí.

El hombre hizo un gesto hacia la planta superior.

—Está ocupada, pero ya no tardará.

Puso sobre la barra las bebidas y dos cuencos con patatas fritas y frutos secos.

Manuel sonrió.

—Ni en un puti son capaces de servir la bebida sin poner comida también.

Nogueira dio un trago a su copa y le miró suspicaz.

—¿Por qué le molesta?

—No me molesta, sólo me llama la atención. En Madrid

por la tapa de tortilla que me han puesto antes con la caña no cobrarían menos de dos euros.

—Porque son gilipollas por pagar esos precios —dijo categórico el guardia—. Ya lo ve, así somos aquí, no nos gusta que nos timen y queremos recibir todo lo que vale nuestro dinero. Si un bar no pone tapa con la consumición, ya puede ir echando el cierre, no irá nadie.

De la escalera de destino incierto que había al fondo del local surgió una mujer. Manuel reparó en las recelosas miradas que algunas chicas le dedicaron y en la corriente de inquietud que las hizo erguir la espalda de forma notoria.

Nieves tenía una edad indefinida que podría rondar entre los treinta y los cuarenta años. Llevaba el pelo rubio con un corte recto sobre los hombros, era baja de estatura y sin demasiadas formas. Los ojos, bastante separados, podrían haber sido azules, aunque de esos que con poca luz se ven oscuros. Un gesto duro en la boca la dotaba de la crueldad necesaria para ser la gobernadora de aquella casa. Nogueira la saludó con dos besos y Manuel le tendió la mano.

La mujer pidió una copa, que Nogueira se apresuró a pagar, y Manuel pudo ver cómo se impacientaba mientras ella se tomaba su bebida a pequeños sorbos.

—Cuéntanos de nuevo lo que me dijiste ayer.

—¿Todo...? —contestó insinuante.

—Ya sabes a lo que me refiero —dijo él procurando disimular la sonrisa que se dibujaba bajo su bigote.

La mujer los miró por encima del borde del vaso fingiendo un recato del que carecía.

—Bueno, que conste que esto lo cuento como favor al teniente —dijo muy digna—, porque si algo caracteriza mi casa es la discreción.

Nogueira asentía impaciente mientras ella hablaba.

—Aquí viene gente muy importante, ¿sabe? —explicó desmintiendo su anterior afirmación—, jefazos militares, directivos de empresas, alcaldes...

La exasperación de Nogueira iba en aumento, y delicadamente la apremió.

—Vamos, Nieviñas, *que non temos toda a noite.*

Ella le miró disgustada.

—Como le dije ayer al teniente, don Santiago es cliente habitual de mi casa. Viene al menos una vez cada quince días; a veces cada semana y en alguna ocasión le acompaña el hermano.

Nogueira sacó el móvil y le mostró una foto de Álvaro.

—¿Cuándo fue la última vez que estuvo?

—Con el hermano hace bastante, más de tres meses; y don Santiago hará quince días. Sí, éste —dijo golpeando con una uña postiza la pantalla del teléfono—, no sé el nombre, pero es éste, el guapo.

Manuel miró incrédulo la pantalla del móvil y de nuevo a la mujer.

—¿Está segura?

—Completamente, solía irse con la Niña. No es ninguna niña —se apresuró a explicar—, tiene diecinueve años, pero la llamamos la Niña porque es la más jovencita y la que menos cuerpo tiene. Ahora está ocupada —dijo haciendo un gesto hacia una de las chicas que se sentaba a horcajadas sobre las piernas de un cliente.

Sí que parecía joven. La melena larga y oscura le tapaba la espalda, pero las piernas se veían morenas y delgadas. Se intuía la fuerza en su cuerpo, en el modo en que se tensaba la musculatura bajo la piel acompañando sus movimientos. Manuel inclinó un poco la cabeza y pudo vislumbrar sus facciones, pequeñas y femeninas. Sin quererlo quedó atrapado por la harmonía de esos movimientos, por el aleteo de sus manos. De lejos oyó a la mujer que decía:

—Don Santiago suele irse con Mili, aunque no le hace ascos a cambiar de chica. Hoy Mili no está. Su madre se está muriendo, por segunda vez en este año —añadió maliciosa—, así que si palma estará aquí dentro de un par de días, y si es una falsa alarma de nuevo, regresará mañana. Porque ya la he avisado: más vale que su madre se aclare y se muera o no se muera. Pero de una vez.

—Bueno —contestó Nogueira—, al menos podremos hablar con la otra.

—Pues tendrás que esperarte, ahora está ocupada y me parece que va a estarlo durante un buen rato —respondió la *madame*.

Como acompañando sus palabras, la chica se puso en pie y caminó guiando al cliente hacia la escalera al fondo del local. La joven volvió el rostro hacia Manuel y por un instante sus miradas se cruzaron, después continuó su camino, al parecer ajena al oscuro abismo que sus oscuros ojos le habían abierto en el corazón. La siguió con la mirada hasta que se fundió en las sombras. Entonces, como si acabase de despertar de un sueño, se volvió hacia Nogueira y le rogó:

—Vámonos.

—Tenga paciencia, hombre, no va a tardar mucho, a pesar de lo que diga Nieviñas, un buen rato aquí no pasa de media hora.

La mujer les dedicó una sonrisa torcida y salió de entre los taburetes en los que se sentaban los hombres, deteniéndose únicamente para volverse a mirar a Nogueira. No dijo nada, tan sólo inclinó la cabeza levemente en un gesto rápido y apremiante que el guardia obedeció de inmediato. Musitó un «No tardaré» mientras arrojaba sobre la barra un billete de cincuenta euros y le hacía al barman la conocida seña de que mantuviese bien surtido a su invitado.

Desconcertado y sintiéndose por completo fuera de lugar, dejó que el camarero sirviese con ceremonia y en una copa una cerveza que habría preferido beber de la botella. Sin atreverse a levantar la cabeza, dio un trago que, con un premonitorio siseo, se mezcló en su boca con el sabor del ambientador que un difusor disparaba desde la parte superior de la barra. Observó la espuma que rápidamente se descomponía sobre la superficie ambarina de su copa. La dejó sobre la madera pulida del mostrador y salió del local.

La lluvia se había reducido hasta alcanzar un ritmo que invitaba a suponer que caería durante toda la noche. Maldijo de inmediato su falta de previsión al no llevar su propio coche y miró apesadumbrado el viejo BMW de Nogueira. Aún conservaba en su interior el calor suficiente para mantener empañados los cristales, e iluminado por la enloquecedora luz de los neones parecía algo salido de una atracción de feria. La temperatura había descendido en las últimas horas, y la presencia casi física de la humedad era como un sudario mojado pegado al cuerpo, aun a cubierto. Salió bajo la lluvia y caminó hasta el borde de la carretera, que se abría en dos ramales de incertidumbre que apenas permitían distinguir el fulgor de la pintura de las rayas discontinuas en los escasos metros en que la luz procedente del aparcamiento del club era engullida por la oscuridad. No se apreciaba ninguna señal que indicase alguna presencia humana. Por el contrario, la carretera registraba un tráfico rápido y fluido, a pesar de la constante precipitación, como para cegarle cada pocos segundos con la proyección de un efímero halo de luz huidiza recortado de lluvia.

Descartó caminar por la carretera y se volvió hacia el aparcamiento, consciente de lo absurdo de su situación. No quería estar allí. No podía irse. Miró alrededor. Una decena de coches se repartían por la explanada y ningún conductor al que pedir que le llevase hasta la bifurcación. Reparó en que el *cowboy* había abandonado su banqueta de escay junto a la puerta y le observaba con curiosidad asomado al porche. Resignado, regresó a la entrada deseando al menos haber sido fumador, así habría tenido una buena disculpa para estar fuera. Palpó desesperadamente la chaqueta buscando su móvil mientras se dirigía al vaquero.

—Creía que había perdido el móvil...

A lo que el hombre respondió regresando a su banqueta con un gesto que daba a entender que, entonces, cualquier comportamiento quedaba explicado. Manuel completó la pantomima sacando su teléfono, que arrastró desde el bolsillo una pálida flor que cayó al suelo como una mariposa muerta. Olvidando al vaquero y su torpe coartada, se agachó e incrédulo tocó la flor con la punta de los dedos. Bajo la luz de los neones, la gardenia proclamó su belleza perfecta y mancillada por la suciedad húmeda del suelo, que había manchado un pétalo. Con suavidad limpió el barro con los dedos sintiendo la firme delicadeza de la flor, se la llevó a la cara y cerrando los ojos, aspiró su perfume.

La puerta se abrió dejando que hacia el exterior escaparan la música, la tibieza y el tufo del puticlub. El vaquero emprendió una animada charla con el cliente que había salido a fumar. Manuel manipuló el móvil fingiendo escribir un mensaje y se alejó por el porche hasta el lateral de la casa. Encontró un refugio en el saliente de la fachada y allí se cobijó los siguientes minutos. La mirada perdida en el mundo irreal en que se había convertido el aparcamiento empapado bajo la luz de reclamo del puticlub, con el móvil en una mano, atendiendo a que la luz de la pantalla no se apagase y dejase de suministrarle la coartada que mantenía a raya los ojos vigilantes del vaquero. La otra mano, en el interior del bolsillo de su americana, deslizando los dedos por la lisura de los suaves pétalos que dejarían en su piel un aroma que reconocería muchas horas después.

Nogueira apareció de golpe en la entrada, se colocó entre los labios un cigarrillo que el vaquero se apresuró a encender, miró a los lados y al verle exclamó:

—¡Joder, qué hace ahí! Creí que se había largado.

Manuel no contestó. Guardó el móvil en el bolsillo y rebasando al guardia caminó bajo la lluvia hacia el coche.

Nogueira se le quedó mirando unos segundos, masculló una maldición mientras arrojaba a un charco el cigarrillo recién encendido, abrió el coche y ambos se sentaron, aunque no arrancó. Permaneció unos segundos en silencio antes de dar un manotazo al volante.

—Se lo advertí. Ya le dije que cosas de este tipo podrían pasar, que mucha porquería iba a salir a flote. Se lo advertí —repitió exonerándose de cualquier consecuencia.

—Me lo advirtió —reconoció Manuel.

Nogueira resopló.

—He hablado con la chica... Ha dicho...

—No quiero saberlo —cortó Manuel.

El guardia civil le miró frustrado.

—Agradezco lo que está haciendo y es verdad que me advirtió, pero no quiero saberlo... Porque ya lo sé, ¿de acuerdo? Puede ahorrarse los detalles.

Nogueira arrancó el coche.

—Como quiera, sólo le diré que lo ha confirmado.

—Vale... —dijo cortante.

Nogueira negó con la cabeza. Enfiló hacia la carretera y se detuvo como si de pronto hubiera recordado algo. Se estiró y se echó hacia atrás lo suficiente como para introducir una mano en el bolsillo de sus pantalones. Extrajo un anillo de oro que se colocó en el dedo. Las luces del puticlub apenas arrancaron brillo al metal casi mate de la alianza de boda.

Los dos hombres se mantuvieron en silencio durante todo el trayecto. Nogueira ya le había dado las instrucciones de lo que quería que hiciese al día siguiente y Manuel se sentía demasiado descorazonado para decir nada. Como entre dos nortes magnéticos, sus pensamientos iban de la gardenia que guardaba en el bolsillo al brillo mortuorio del anillo de boda de Nogueira. Le pareció imposible que un hombre así tuviera a alguien esperándole en algún lugar. Había algo realmente corrupto en su gesto al volver a ponerse en el dedo la alianza que se quitaba para ir de putas. Intentó recordar si la llevaba puesta el día que visitaron a Ofelia y se despidió tan cariñosamente de ella. Se preguntaba si Álvaro también habría hecho eso aquella noche, si era la explicación de la ausencia del anillo, acaso una práctica común entre puteros. Nogueira también debió de percibirlo porque vio cómo al menos en dos ocasiones miraba el anillo o lo toqueteaba con el pulgar de la misma mano como si, consciente de pronto de su presencia, le causase alguna clase de eritema insoportable. Miró su propia alianza aún en el dedo y se encontró preguntándose por qué no se la había quitado. Un grueso suspiro le brotó de dentro con la consiguiente carga de vergüenza y resignación. Cuando bajó del coche ante el hostal, sólo murmuró un «buenas noches» al que Nogueira respondió con cortesía, por primera vez.

Las bombillas de ahorro de las lamparitas se encendían con una luz tenue que iría ganando intensidad según pasasen los minutos. Permaneció de pie en la puerta de la habitación mirando la cama estrecha de monje que le traía una y otra vez recuerdos de las noches en vela de su infancia. Caminó hasta el escritorio, desencajó de entre sus patas la incómoda silla y se sentó.

Abrió el paquete de folios y sin extraerlos del envoltorio aspiró su olor, del mismo modo que procedía cuando comenzaba a leer un libro. Olía sutilmente a blanqueante de papel, un perfume inconcluso que sólo alcanzaba su madurez cuando se fundía con el aroma inconfundible de la tinta. A su memoria regresó como por ensalmo la presencia impresa de cuatrocientos folios apretados contra el pecho. *Sol de Tebas*, la novela que estaba a punto de terminar cuando le comunicaron que Álvaro acababa de morir, dormía a quinientos kilómetros de allí. Un par de capítulos cortos, quizá veinticinco páginas, le separaban del final de aquella novela que encantaría a sus lectores, que era buena, pero no tan buena... «No puedo escribir otra novela como *Lo entregado al no* —le había dicho a Álvaro—. Ésta es toda la verdad que quiero y que puedo soportar.»

Extrajo un buen taco de hojas y lo colocó enfrente apartando el resto a un lado del escritorio. Tomó un bolígrafo del paquete de cinco y en la parte superior de la página escribió el título.

La llamada a la puerta sonó autoritaria. Ocho golpes seguros, rápidos, de quien espera ser atendido con diligencia. El tipo de requerimiento que jamás podría confundirse con la llamada de un invitado, de un operario o de un repartidor. Más tarde, pensaría que al fin y al cabo es así como uno espera que llame la policía.

Durante un par de segundos observó pensativo el cursor parpadeante al final de la última frase. La mañana se le estaba dando bien, mejor que en las últimas tres semanas, porque, aunque odiaba admitirlo, escribía más a gusto cuando estaba solo en casa, cuando trabajaba sin horarios, liberado de las rutinarias interrupciones para la comida o la cena, y simplemente se dejaba llevar. En aquella fase de la escritura siempre era igual, Sol de Tebas *estaría terminada en un par de semanas, quizá antes si todo iba bien. Y hasta entonces aquella historia sería lo único en su vida, su obsesión, lo que le ocuparía día y noche, lo único en lo que pensaría. Lo había experimentado con cada novela, una sensación a la vez vital y demoledora, como una inmolación que adoraba y temía experimentar a partes iguales. Un acto privado que, por experiencia, sabía que en esos días no le convertía en la mejor compañía. Levantó la vista para dirigir una rápida mirada hacia el pasillo que separaba el salón donde escribía de la puerta de entrada, y de nuevo al cursor que parecía palpitar cargado ya de las palabras que tenía que escribir. Un engañoso silencio se apoderó de la estancia creando por un instante la falsa esperanza de que el intempestivo visitante se hubiera rendido. Pero no lo había hecho; percibía la presencia de su energía imperativa y quieta al otro lado de la puerta.*

HUMO

Nogueira fumaba mirando a la oscuridad, en camiseta y calzoncillos. Las farolas junto al camino que llevaba a su casa estaban tan distantes entre sí que sus haces se dibujaban en el sendero como círculos anaranjados, independientes y aislados que jamás llegaban a tocarse. Había dejado encendida una lamparita que apenas derramaba su luz rosada en el interior de la habitación, e imaginó que desde fuera su silueta se recortaría perfecta contra las paredes del dormitorio infantil. Mantenía el cigarrillo colgando por fuera del quicio de la ventana, y cada vez que tenía que dar una calada asomaba el cuerpo por la abertura en un intento de evitar que el humo entrase en el interior. Ella odiaba el humo. Y él odiaba tener que fumar así el último cigarrillo del día, que tantas veces le permitía un momento de discernimiento en el que las piezas encajaban, y últimamente se convertía en la justificación para no tener que pensar en otras cosas. La luz exterior era insuficiente para arrancar destellos de su anillo de bodas pero su presencia quemaba en el dedo como si estuviera candente. ¿Cómo es posible que algo que está a la vista llegue a ser invisible a nuestros ojos y sólo con la mirada de otro vuelva a ser? Como si recuperase una materia que se había ido desgastando hasta tornarlo incorpóreo y esa mirada le devolviese toda su esencia. Observó el anillo en su dedo y sacudió la cabeza para librarse de la fuerza de aquel pensamiento, que esa noche, ya lo sabía, no le dejaría dormir.

Dio una última y profunda calada aspirándola con fuerza

hasta notar el calor en el fondo de sus pulmones y expulsó el humo dirigiéndolo lo más lejos posible de la casa. Apagó el cigarrillo contra la pared exterior y depositó la colilla en una bolsita de plástico que ya contenía otras. La cerró y la colocó plegada en el alféizar de la ventana, que aún dejaría abierta un rato más para estar seguro de que todo el olor a tabaco desaparecía. Volvió la vista hacia el interior y torció el gesto sin corresponder a la sonrisa de Minnie Mouse que le miraba desde la superficie del cobertor. Apartó uno a uno los peluches que descansaban sobre la almohada, separó el edredón y se deslizó en el interior de la cama. Apagó la luz de la lamparita de las princesas Disney.

QUEBRAR LA CORTEZA

Manuel abrió los ojos a la oscuridad que reinaba en la habitación y se dio cuenta de que en algún momento durante la noche y de modo inconsciente había apagado el televisor. En su sueño había oído llorar al niño y ella de nuevo vino a consolarlo... Salió de la cama y, a tientas, fue hacia la ventana delatada por la fina línea de luz que se colaba entre la hoja y la contraventana. Debía de haber dejado de llover horas atrás, porque, aunque quedaban charcos, el suelo aparecía ya seco en muchos lugares, pero calculó por las sombras proyectadas que el sol aún no estaría muy alto. Buscó sin éxito el mando del televisor entre las sábanas revueltas y, rendido a la evidencia de que no lo encontraría, rodeó la cama y abrió el cajón de la mesilla. Del interior tomó su reloj evitando las gardenias que clamaban en distinto estado de marchitez. Lo cerró apresuradamente; aun así, no pudo evitar que, imperando sobre el olor de madera vieja y naftalina de arcón de sacristía, le llegase el aroma de las flores y la mirada confiada del niño de la foto, que rodeada así, de flores marchitas, tomó más que nunca carácter de foto de difunto.

Estudió su propia mirada en el espejo. Su rostro se veía gris, delator del insomnio que le había mantenido escribiendo hasta la madrugada. Se giró para ver por encima de la espalda los folios llenos de su caligrafía que cubrían la superficie del escritorio; algunos se habían deslizado como en un alud desde la mesa, cubriendo una porción del suelo como si dibujasen un sendero níveo que se extendía hasta debajo de la cama. Los contempló embobado durante un par de segundos, antes de regresar a su imagen en el espejo. Los ojos, tan turbios como el cielo gallego de las primeras horas, cubiertos con una pátina de pálida tristeza que devoraba su brillo. Se pasó una mano por el rostro esforzándose en deshacerse de la pereza, se peinó con los dedos los cortos y oscuros cabellos y observó que las escasas canas sobre sus sienes parecían haberse multiplicado en los últimos días. La barba incipiente en la que aparecían cada vez más pelos canos, y los labios, en contraste, muy rojos, pero desmayados como la boca de un payaso triste. Intentó sonreír pero sólo un leve temblor recorrió la máscara en la que se había transformado su cara, como si un dentista borracho le hubiera inyectado demasiada novocaína o una bacteria botulínica hubiera paralizado su musculatura facial.

—No puedes continuar así —dijo al hombre del espejo.

Dejando a un lado las flores, rescató del fondo del cajón la tarjeta que el cura le había dado en la puerta del pazo y, en un arrebato, antes de cerrarlo, tomó la fotografía y la deslizó en el bolsillo interior de su americana, sintiendo cómo las esquinas curvadas arañaban el satén del forro afianzándose en él como una criatura viva.

Salió al pasillo del hostal y localizó a la señora de la casa guiándose por los montones de sábanas que, tiradas en el suelo frente a una habitación abierta, delataban que estaba haciendo las camas. Canturreaba bajito; aun así, su voz casi de niña, que contrastaba con la anchura de su cuerpo, le hizo sonreír.

—¿Puede decirme cómo llegar hasta aquí? —le pidió tendiéndole la tarjeta desde el pasillo y sin dar un paso más.

La mujer estudió la cartulina con un interés que cuando levantó la mirada se había multiplicado.

—Allí quitan *o meigallo*, ¿lo sabía?

—¿El qué? —contestó confuso.

—*O meigallo*, el demonio, el mal de ojo y *las compañías*.

Manuel abrió los ojos sorprendido por su revelación. Estudió la expresión de la mujer buscando la delatora sonrisa que acompaña a la broma, a la tomadura de pelo. La mujer no sonreía.

—A ver... Explíqueme eso, si es tan amable.

—Claro que se lo explico —respondió solícita ella, y abandonó su labor para colocarse a su lado con la tarjeta aún en la mano—. Mire —dijo señalando la cartulina—. Este santuario ha sido desde tiempos antiquísimos un lugar de peregrinación y uno de los lugares santos de Galicia donde se acude para quitar *o meigallo* o *demo*.

Se inclinó para poder ver su rostro, buscando aquella señal, que casi necesitaba, para asumir lo que ella le estaba contando.

La mujer debió de notarlo, porque a su vez le dedicó una mirada severa mientras decía:

—Mire que le estoy hablando completamente en serio.

Manuel asintió sin atreverse a decir nada.

—Que el demonio existe está tan claro como que existe Dios, y que a veces inducido por los que nos desean mal, o por propia voluntad, se cuela en nuestras vidas llegando a hacer insufrible la existencia.

Manuel extendió la mano hasta tocar la tarjeta con la intención de recuperarla. No iba a seguir escuchando a aquella mujer. Pero ella la había asido con fuerza y, sin soltarla, fue retrocediendo un paso mientras con gesto adusto le increpaba.

—Ya sé lo que pasa, usted es uno de esos que no cree en nada, ¿verdad? Pues deje que le cuente una historia.

Manuel miró hacia el pasillo que se abría ante él mientras se le antojaba la idea de marcharse y dejarla allí, con su historia, pero pensó que al fin y al cabo la mujer del hostelero había sido amable y solícita con él desde que estaba en su casa. Era escritor, nunca decía que no a una historia. Se encogió de hombros y la escuchó.

—Tengo unos sobrinos en A Coruña. Bueno, realmente

el sobrino es él; es profesor de matemáticas en un instituto, y ella, una chica muy maja, es trabajadora social. Llevan casados ocho años y tienen una niña que ahora tiene cinco. Pues bien, hace un año, cuando la niña cumplió cuatro, comenzó a tener pesadillas por las noches. Se despertaba chillando aterrada y decía que había gente en su habitación, gente mala, gente horrible, que la despertaba y la asustaba. Al principio sus padres no le dieron importancia, pensaron que se trataba sin más de pesadillas causadas por algo que le ocurría en el colegio, quizá un niño que le pegaba... Ya sabe, esas cosas. Pero las pesadillas continuaron, la niña gritaba, los padres corrían a su habitación e intentaban despertarla, pero incluso con los ojos abiertos la nena seguía diciendo que veía a aquellas personas allí. Señalaba hacia las paredes detrás de sus padres, y el terror en su rostro y en sus gestos era tal que incluso llegó a asustarlos.

»La llevaron al pediatra y les dijo que se trataba de terrores nocturnos, un tipo de pesadilla muy vívida en la que los niños incluso con los ojos abiertos siguen viendo las imágenes de su sueño. Les dio unos cuantos consejos: evitar el estrés, los juegos muy activos antes de acostarla, las cenas copiosas; recomendó un baño, un masaje... Las pesadillas continuaron exactamente igual. Desesperados, consultaron con otros médicos y al final les remitieron a un psiquiatra infantil. Después de valorar a la niña, el médico les dijo que estaba perfectamente, pero que en ocasiones los niños con mucha imaginación pueden llegar a creer que ven lo que imaginan. Como explicación no estaba mal, pero a los padres esto no los consolaba, así que el psiquiatra le recetó un somnífero, uno muy suave, según él, pero al fin y al cabo una droga para niños.

»Se puede imaginar usted la preocupación, volvieron a casa desolados y se lo contaron a mi hermana, que ese día se encontraba en casa con una amiga suya muy querida. Fue esta amiga la que les aconsejó. Les dijo: «Mirad, ¿y por qué no la lleváis al santuario?». Ellos le contestaron: «Ay, mire, es que nosotros no creemos en esas cosas, y la verdad, no nos imaginamos llevando a nuestra niña a un exorcista». «Seguramente tampoco imaginasteis que tendríais que llevarla a un psiquiatra y darle drogas con sólo cuatro años», les respondió ella. «Llevadla, hombre, sois católicos, la niña está bautizada y vosotros os casasteis por la Iglesia, y al fin y al cabo nada perdéis por ir a escuchar una misa.»

»Todavía tardaron unos días en llevarla, y hasta creo que comenzaron a darle las drogas que le había recetado el médico, pero de nada sirvieron, así que desesperados se presentaron en el santuario coincidiendo con un día de celebración. Después de escuchar misa con la niña, el padre se acercó al cura y le explicó cuál era la razón que les había llevado allí. «Ahora sacarán a la Virgen de su altar y la portarán dando vueltas alrededor del templo. Coge a tu pequeña de la mano y pasa de un lado a otro bajo las andas», le dijo el sacerdote. «¿Nada más?» «Nada más.»

»Esperaron fuera entre la gente, mirando cómo más de uno hacía lo mismo que el cura le había explicado al padre: pasar de un lado a otro bajo la Virgen. Les pareció que ningún daño podía hacer eso a su hija, así que el padre la tomó de la mano e intentó acercarse. La niña comenzó a gritar como una loca, se clavó en el suelo gritando, jadeando, chillando «¡No, no, no!». Los padres se arrodillaron en el suelo a su lado, descompuestos, sin saber qué hacer, alucinados por lo que estaba ocurriendo, superados por el horror de lo que estaba sufriendo su niña. Entonces el cura llegó corriendo, tomó en brazos a la pequeña, que no dejaba de gritar, y rápidamente se precipitó pasando bajo las andas.

»Puede usted creerme o no, pero cuando salió por el otro lado la niña había dejado de chillar, estaba completamente calmada como si nada le hubiera pasado y no recordaba una palabra de todo lo ocurrido.

Manuel tomó aire.

—Qué quiere que le diga —suspiró la mujer tendiéndole la tarjeta—. No sé si mis sobrinos son más creyentes ahora que antes, pero el caso es que la niña no ha vuelto a tener pesadillas, y cada vez que hay celebración regresan con ella a pasarla bajo la Virgen.

Condujo los casi cincuenta kilómetros por la general pasando por varias localidades importantes y una ciudad pequeña mientras la historia que la hostelera le había contado daba vueltas en su cabeza. Un par de veces atisbó en la vía principal postes que señalaban el lugar como de interés turístico o arquitectónico; después tomó un desvío y las señales se esfumaron durante kilómetros. El navegador seguía indicando que avanzase, aunque Manuel estuvo seguro de haberse perdido. No le importó: la belleza del paisaje conseguía amplificar la liberadora sensación de huida y desobediencia de aquella mañana.

Media docena de casitas humildes rodeaban la iglesia y los edificios colindantes que formaban parte del templo. Dio toda la vuelta a la construcción, impresionado por el tamaño del aparcamiento, que estaba desierto, y regresó a la entrada principal, donde aparcó bajo un emparrado de plátanos de sombra que aún conservaban casi todas las hojas verdes. Bajó del coche y observó la escalinata de dos ramales que ascendía hacia el templo.

Oyó un rumor y vio a un par de hombres mayores que, sin prestarle atención, se introducían en un portal de aluminio que sólo identificó como un bar por la descolorida publicidad de Schweppes troquelada sobre una chapa por la que habrían sacado un buen dinero en un anticuario. Antes de encaminarse al templo, se acercó al ceniciento tronco del plátano de sombra y arrancó una escama de buen tamaño que dejó al descubierto la mancha irregular y amarillenta que en pocos días se igualaría con el resto de la corteza. Su hermana adoraba hacer aquello. En sus paseos por los parques madrileños, competían desnudando a los plátanos de sus conchas escamosas. En ocasiones, hallaban uno casi intacto, con la corteza resquebrajada y combada como si desde dentro el árbol se sacudiese para liberarse de ella. Con auténtico placer despegaban las placas escamosas; el reto era arrancar el trozo más grande sin que se rompiese. Sonrió. Y sonrió otra vez al darse cuenta de que en aquellos días inciertos el recuerdo que tanto tiempo había sido sometido al exilio, por doloroso, había pasado a convertirse en el único capaz de rebajar su tristeza.

Envolvió con la mano la escama de corteza y ascendió la escalera que llevaba al templo. Supuso que la puerta de la fachada principal debía de estar cerrada, aunque rehusó empujarla y prefirió rodear el templo reparando en los arañazos con dibujos de cruces que presentaban las piedras desde el suelo hasta donde alcanzaba la mano de un hombre alto. Una mujer con el cabello muy corto salió de la puerta lateral tirando exageradamente de su chaqueta de lana para envolverse con ella en un gesto que tenía más de manía que de frío. Se le quedó mirando y le dijo:

—La iglesia está abierta, pero tendrá que entrar por aquí; si quiere comprar velas u objetos litúrgicos, voy a abrir ahora —añadió señalando una caseta de piedra donde un cartel rezaba «Recuerdos de la Virgen».

—No —contestó quizá demasiado brusco Manuel—, la verdad es que vengo a ver a Lucas, pero ni siquiera sé si es un buen momento. Quizá tendría que haber llamado por teléfono antes de venir...

La mujer sustituyó su primera reacción de decepción por otra de extrañeza, aunque de pronto pareció comprender y al fin contestó:

—¡Ah! Usted viene a ver al padre Lucas; claro que está, entre y llámelo, que está trabajando en la sacristía. —Y sin prestarle más atención sacó del bolsillo de su deformada chaqueta un mosquetón del que pendían más de veinte llaves y se dirigió a la tosca puerta de la tienda de recuerdos.

El sol de media mañana, que había conseguido templar el exterior, se colaba en la nave de la iglesia por las altas ventanas y dibujaba caminos de polvo en suspensión y de una luz tenue que le obligó a detenerse hasta que sus ojos se acostumbraron a la penumbra.

Varias personas, casi todas mujeres de pie o de rodillas, ocupaban los primeros bancos y, a pesar de que formaban un grupo homogéneo, había suficiente distancia entre ellas como para evidenciar que iban solas. Caminó hacia la entrada principal rodeando las bancadas para evitar pasar frente al altar y junto a ellas.

La imaginería de los retablos era tosca y colorida, y apoyados en algunos vio anacrónicos exvotos con partes del cuerpo humano, cabezas, piernas, brazos, incluso representaciones de bebés u hombres de cera amarilla que le produjeron gran aversión. Los dispensadores de velas con monedas habían sustituido a los cirios que seguramente arderían allí en otro tiempo. La ranura reclamaba cincuenta céntimos, que deslizó por el gusto de ver encenderse la candelita de plástico que brilló bajo la tapa de metacrilato como un moderno contador de tantos para los santos. Enfiló hacia la sacristía rebasando a las feligresas y percibiendo el siseo de sus intensas plegarias susurradas. Siguiendo la dirección de sus miradas, elevó la vista hacia el altar, donde una Virgen sorprendentemente joven y feliz sostenía en los brazos a un niño de un año y medio. Ambos sonreían, y tanto el color del manto como los aderezos manifestaban alegría y celebración. La observó calibrando el hecho de que tras visitar la página web del santuario había bosquejado en su mente a una Virgen doliente, abrumada por el peso de la carga, sumida en una tristeza inconsolable, y concluyó que lo había hecho influido por la antigüedad del templo y por el peso de las oscuras tradiciones que lo rodeaban.

Al traspasar la puerta de la sacristía vio a una mujer que

podría pasar por hermana de la anterior. Se sentaba tras una mesa de conserje y ordenaba tacos de octavillas, seguramente destinadas a ser repartidas durante la misa del domingo.

—Hola, busco a... al padre Lucas —dijo llamando su atención.

En la habitación contigua se oyó el arrastre de una silla, y de la puerta surgió el sacerdote. Al verle, sonrió y fue hacia él tendiéndole la mano.

—Manuel, cómo me alegra que te hayas decidido a visitarme.

Le devolvió el apretón, aunque no dijo nada.

Sentada tras la mesa, la mujer tenía un aire de maestra de primaria acrecentado por la mirada valorativa con que le estudiaba, mezcla de duda y de certeza. En el más puro gesto de estimular su memoria, se rascó la parte superior de la cabeza sin dejar de mirarle.

—¿Quieres pasar? —dijo Lucas señalando hacia el despacho del que había salido, pero debió de notar la incomodidad de Manuel y de inmediato propuso—: ¿o prefieres que demos un paseo y te enseño todo esto? Hace un día precioso después de lo que cayó ayer.

Sin decir nada, Manuel se volvió y salió cruzando la nave hacia la salida mientras el sacerdote se inclinaba unos segundos frente al altar y hacía una genuflexión. Le alcanzó una vez pasado el grupo de feligresas.

El sol le pareció más brillante y el aire más fresco cuando abandonaron la iglesia. Respiró profundo y en acuerdo tácito comenzaron a caminar siguiendo el muro exterior.

—Manuel, qué alegría, de verdad que esperaba que vinieras, aunque no las tenía todas conmigo. No sabía si aún estabas aquí o si te habías ido... ¿Cómo estás?

—Estoy bien —respondió demasiado rápido.

El cura apretó la boca e inclinó la cabeza a un lado en un gesto que ya se había acostumbrado a ver en la reacción de los que hacían aquella pregunta. Manuel se mantuvo en silencio, esperando. Sabía que Lucas no se rendiría, nadie lo hacía y ya había comprobado tras el entierro que él como sacerdote se sentía aún más legitimado para seguir escarbando en su reserva que los demás.

—¿Qué te parece el santuario? —preguntó Lucas alzando la mirada hacia el campanario.

Manuel sonrió sin dejarse engañar: el cura abordaba la conversación desde otro ángulo.

—Desde lejos es bastante impresionante —concedió.

—¿Y de cerca?

—No sé... —lo pensó con cuidado—, produce una sensación un poco... No me malinterpretes, es... íntimo, pero de una manera menesterosa, una sensación parecida a la que produce un viejo hospital, un sanatorio mental o un geriátrico...

Lucas pareció reflexionar sobre ello.

—Sé a lo que te refieres y tienes razón. Este lugar ha sido refugio para los males de la humanidad durante siglos. No está pensado para hablar de la gloria de Dios, sino de la superación del pecado.

—El pecado... —murmuró malicioso Manuel—. ¿Es verdad que aquí se hacen exorcismos?

El cura se detuvo obligándole a hacerlo a él también.

—La gente viene aquí a por todo tipo de alivio para su sufrimiento, pero tú no has venido a eso, ¿verdad? —dijo cortante.

Manuel se arrepintió de su osadía. Dejó salir el aire lentamente mientras se preguntaba qué razón le impulsaba a ser cruel con aquel hombre. Las palabras de Elisa le sacudieron con fuerza: «Es difícil aceptar que tu pareja prefiera hablar con un cura que contigo». Sí, quizá había algo de eso, pero de todas maneras Lucas no era el culpable de aquella situación. Reanudó el paseo, al que el sacerdote, aún ofendido, tardó unos segundos en unirse. Intentó ordenar sus pensamientos antes de hablar, pues no había sido del todo consciente hasta llegar allí de que había acudido con un fin. Sintió la presencia del trozo de corteza en la mano y lo apretó un instante, como un talismán reencontrado. Mientras caminaba, de modo inconsciente, fue guillotinando con la uña del pulgar porciones de madera que cercenaba sintiéndola quebrarse con un crujido inapreciable y que no necesitaba oír porque guardaba su registro grabado en la memoria, y comprobó que, aunque parecía haberlo olvidado durante años, éste permanecía intacto.

Fue el cura el que habló primero.

—Mira, Manuel, yo era amigo de Álvaro, lloro su pérdida, la lloraré el resto de mi vida, sé cómo te sientes, y me alegra que hayas decidido venir, que aún estés aquí, pero, si vas a quedarte, abandona esa actitud de intelectual de vuelta de todo y ten respeto. Aquí mucha gente quería a Álvaro, que no supieras de su existencia no hace menos importantes sus sentimientos. No iba ni a mencionártelo, porque no creo que vayas a valorarlo, pero si había nueve curas en el funeral de Álvaro fue por Herminia. La familia me avisó a mí y yo al cura de la parroquia; recibí el encargo de la marquesa de celebrar un funeral discreto. A los demás sacerdotes los pagó Herminia de su bolsillo. Una media de cincuenta euros por cura para honrar a un hombre que quería como a un hijo, para que no fuera menos, para impedir que su familia le enterrase rodeado de silencio y vergüenza. Fue ella la que avisó a todo el pueblo, fue ella la que cuidó de su honra en un lugar en el que en cualquier funeral hay al menos cinco curas, y menos se considera un insulto.

Manuel le miró impresionado.

—Sí, Manuel, esa costumbre paleta, ese folclore del que te mofas es respeto, es amor puro, el mismo por el que los trabajadores de la bodega han pagado una novena de misas aquí, en el santuario. Sinceramente, no puedo imaginarme un acto de amor más grande hacia alguien que ha fallecido que seguir ocupándote de su bienestar más allá de la muerte. Creo que eres un buen hombre, herido, doliente, pero eso no te da derecho a burlarte, así que dime, Manuel, ¿a qué has venido?

Manuel suspiró, apretó los labios y alzó las cejas aceptando el rapapolvo. «Merecido», pensó.

—He venido por Elisa.

—Elisa... —repitió en voz muy baja el sacerdote, sorprendido pero cauto.

No quería explicarle las verdaderas razones que le habían llevado a decidir quedarse en Galicia, aunque tampoco deseaba mentirle. Se sentía avergonzado por su engreimiento y deseaba con todas sus fuerzas poder confiar, pero aún era pronto para abordar el tema de frente.

—Ayer regresé a As Grileiras a visitar el cementerio —mintió a medias— y la encontré allí. Está realmente obsesionada con la idea de que su novio no se suicidó.

Lucas continuó paseando en silencio, mirando al suelo y sin dar muestras de que aquello le sorprendiese lo más mínimo. Manuel decidió soltar un poco más de carrete. Si Lucas estaba dispuesto a abordar las irregularidades en torno a la muerte de Fran, quizá también lo estuviese para hablar de Álvaro. Como él mismo había señalado, era la única persona de su pasado con la que había mantenido contacto más allá de los asuntos de negocios.

—¿Recuerdas al guardia que me esperaba tras el funeral? Pues él también insinuó que había aspectos que no cuadraban alrededor de la muerte de Fran.

El cura alzó esta vez la cabeza y le miró a los ojos. Sabía que le escrutaba, valorando cuánto sabía y cuánto ocultaba.

Manuel le dio un poco más.

—Me dijo que te interrogó al respecto, pero que no le contaste nada.

—Era secreto de...

—Sí, secreto de confesión, me lo dijo, y me dijo también que no creías que se hubiera matado.

—Y lo sigo pensando.

—Y si lo crees así y hay algo sospechoso en su muerte, teniendo en cuenta que Fran está muerto y el dolor que le causa a Elisa, ¿por qué no contarle la verdad?

—Porque a veces es mejor callar todo que mentir en parte —contestó el sacerdote.

Sintió crecer la ira de nuevo en su interior, sus reservas de autocontrol comenzaban a hacer agua.

—Y dime una cosa, cura, ¿a mí también me mentirás en parte o me dirás la verdad? Lo digo sólo para no perder el tiempo; estoy un poco harto de que todo el mundo me mienta: Álvaro, su secretaria, Herminia..., y además —dijo volviéndose levemente hacia el valle— tienes razón, hace un día precioso y se me ocurren un millón de cosas que hacer en lugar de estar aquí escuchando embustes.

Lucas le miró con dureza durante cinco o seis segundos, después empezó a caminar de nuevo.

Manuel fue consciente de que había alzado la voz. Estaba furioso. Vació todo el aire de sus pulmones y en dos zancadas se colocó de nuevo junto al cura. Le oyó decir algo, pero fue tan bajo que tuvo que acercarse hasta rozarlo para escuchar sus palabras.

—No puedo contarte lo que me explicó bajo secreto de confesión —dijo con firmeza—, pero te contaré lo que vi, lo que sentí y mi conclusión.

Manuel no contestó. Presentía que cualquier cosa que pudiera decir sería inadecuada, incluso podría hacerle cambiar de opinión y sumirlo de nuevo en el mutismo.

—Yo oficié el funeral del viejo marqués en la iglesia del pazo. Todos estaban afectados, aunque de distinta manera. Álvaro al frente, muy serio, se adivinaba ya el peso de la responsabilidad que heredaba. Santiago avanzaba en el duelo a otro ritmo. Estaba frustrado, enfadado, como si su padre al morir le hubiera decepcionado gravemente. He visto antes esa respuesta: muchas veces los hijos creen que sus padres estarán siempre ahí y las reacciones son de lo más variopintas. El enfado es común. Y luego estaba Fran... Puede que Santiago necesitase a su padre, pero Fran le amaba, y ese dolor es indescriptible.

»Se notaba que todos estaban preocupados por él, quizá

porque de algún modo admitían que su sufrimiento era el más legítimo de todos. Después del funeral, Fran no quiso entrar en la casa y se quedó solo junto a la tumba de su padre. Álvaro me acompañó hasta la salida y me dijo que estaba muy preocupado por su hermano. Le tranquilicé; yo sabía que era normal, un dolor por el que tenía que pasar, el precio que hay que pagar por amar —dijo ladeándose para mirarle—. Aun así le insté a que me llamase si creía que podía ser conveniente para Fran, pero únicamente si él accedía a verme. Como tú mismo has podido experimentar, se produce una especie de rechazo hacia cualquier ofrecimiento de ayuda por temor a que tras él se oculte lástima sensiblera o un juicio encubierto. Fran me llamó a última hora, sobre las diez de la noche, y me pidió que fuese a verle. Debían de ser más de las once cuando llegué. La puerta de la iglesia estaba entornada, la empujé y le encontré allí, sentado en el primer banco, con un bocadillo y una Coca-Cola intactos a su lado e iluminado sólo por la luz de las velas del funeral de su padre. Me pidió que lo escuchase en confesión y fue la suya la confidencia de un buen hombre, no la de un niño caprichoso. Tomando conciencia del dolor que había causado, arrepentido de sus fallos, con firme propósito de enmienda. Le di la absolución y la comunión. Cuando terminamos regresó al banco, sonrió y se comió el bocadillo. «Estaba muerto de hambre», me dijo. —Se detuvo y miró a Manuel de frente—. ¿Entiendes lo que significa eso? Se había mantenido en ayunas para la confesión y la comunión. Hacía años que no se confesaba, pero no había olvidado el camino. Un hombre que observa las reglas así jamás se habría suicidado; ya sé que es difícil de explicar a un agnóstico o a un policía, pero créeme, es así: nunca, nunca se suicidaría.

Manuel lo sopesó mientras emprendían de nuevo el lento paseo y sin que le pasase inadvertido que Lucas se había referido a él como un agnóstico. Entonces vio que, delante de la puerta lateral de la iglesia, se hallaban detenidas las dos mujeres que había tomado por hermanas. El gesto delataba que estaban esperándolos: las sonrisas nerviosas, los ojos abiertos y los inquietos codazos que se propinaban la una a la otra revelaban su agitación en una actitud casi de niñas.

Lucas las miró en un primer momento alarmado, pero entendió enseguida lo que estaba pasando y susurró una disculpa dirigida a Manuel.

La que había ocupado el lugar tras la mesa habló primero.

—Eres Manuel Ortigosa, ¿a que sí?

Manuel sonrió y asintió levemente. Ser reconocido por la calle aún le causaba una mezcla de agradecimiento y sorpresa que no podía explicar.

—Cuando has entrado, me he dicho: «A este hombre le conozco de algo», pero no podía recordar de qué. Luego, cuando he oído que el padre Lucas te llamaba Manuel..., he salido corriendo a ver a mi prima. —La otra mujer sonrió retorciéndose las manos en un gesto nervioso—. Ella fue la que descubrió tus libros y la que nos ha hecho leerlos a todas, las del grupo de catequesis, la asociación de mujeres rurales, todas las primas...

Manuel tendió una mano que ambas se apresuraron a estrechar entre risas y el manifiesto atropello de sus movimientos. La que había permanecido callada apretó los labios en el inconfundible gesto de contención del llanto. Conmovido por aquel arrebato de cariño sincero, la abrazó mientras ella rompía a llorar.

—Pensarás que soy tonta —acertó a decir ella entre hipidos.

—Claro que no, mujer, de hecho estás consiguiendo emocionarme a mí también. Muchísimas gracias por leerme y por recomendarme.

La mujer redobló su llanto sostenida por la prima, que no dejaba de hablar.

—Es una pena que no supiéramos que ibas a venir, si no habríamos tenido aquí todos tus libros para que nos los firmaras, pero quizá vuelvas otro día...

—No sé... —contestó Manuel evasivo mirando a lo lejos.

Lucas salió en su auxilio.

—Ya está bien, dejad ya de molestarle, que me lo estáis mareando y Manuel no ha venido aquí a firmar libros —dijo tomándolo del brazo y empujándolo levemente hacia delante.

—No me molestan —rebatió Manuel, provocando de nuevo las sonrisas en las mujeres.

—Al menos podríamos hacernos una foto... —propuso la que había hablado menos.

Sin hacer caso del fingido gesto de fastidio de Lucas, se colocó entre las dos mujeres y con el móvil de una de ellas él mismo hizo la foto, pues con los nervios las mujeres no atinaban con el botón.

Se despidió y las dejó sonrientes y cogidas del brazo, detenidas en el mismo lugar, viendo cómo los hombres se alejaban. Caminaron en silencio hasta que estuvieron seguros de que ya no podrían oírlos. Manuel fue el primero en hablar.

—Lo he pensado y tienes razón en que es normal que Nogueira no considerase ningún descargo el comportamiento de Fran aquella noche, ni el hecho de que se confesara, incluso él podría decir que hizo todo eso para ponerse en paz antes de matarse; es sabido que los suicidas a menudo dejan solucionados los asuntos antes de dar el paso.

Lucas asintió.

—Pero no lo es que se preocupen por otras personas. Los suicidas carecen de empatía suficiente como para «quedarse» a aguantar por los demás, y buena parte de lo que le atribulaba tenía que ver con su familia, algo de lo que de alguna manera se sentía responsable. Fuera lo que fuese lo que le preocupaba y le ocupaba, no es la actitud de alguien que busca soslayar un problema; estaba intentando solucionarlo. Por desgracia he conocido a personas que decidieron poner fin a su vida voluntariamente y jamás, ni en uno solo, vi una actitud semejante... Pero además pasé la siguiente hora hablando con él. —Hizo una pausa rememorando—. Sobre todo de su padre, de sus hermanos, de la infancia cuando aún los recuerdos eran felices, incluso nos reímos recordando alguna travesura. Me dijo que al morir su padre se había dado cuenta de la importancia de tener a alguien que cuide de ti en la vida, que en el momento que la mano de su padre soltó la suya supo que ya no era el hijo de nadie, estaba solo... Entonces vio a Elisa a su lado y su vientre abultado con el hijo que crecía dentro y comprendió que habían girado las tornas y que a partir de ese instante le tocaba a él ser el que sostuviera la mano de su hijo.

»Cuando me fui, había devorado el bocadillo y tenía en la cara esa expresión del que empieza una nueva vida, no del que la termina.

—Entonces, ¿cómo te explicas lo que pasó?

—Desde luego, no con la teoría de un suicidio.

—¿Y algo accidental? —sugirió Manuel recordando que era la hipótesis de Nogueira—. Búsqueda de alivio, consuelo, un paliativo de la tristeza con el que se le fue la mano...

—No, tú no le viste, Manuel, pero yo sí. Me despidió y dijo que se quedaría un rato más a apagar todo y a cerrar.

—¿Sugieres que alguien...?

—Yo no puedo decir eso —dijo gravemente. Y añadió—: Pero sí que lo que me contó en confesión pudo ponerle en peligro.

—¿Te refieres a eso que le preocupaba relativo a su familia?

El sacerdote asintió.

—¿Te dijo si lo sabía alguien más?

—No, pero puede que la persona o las personas implicadas estuvieran al corriente de que él lo sabía.

—Persona o personas —repitió Manuel perdiendo la paciencia—. ¿Quién era?

—No te lo diría aunque lo supiera. ¿No comprendes que no puedo revelar un secreto de confesión? Pero lo cierto es que no me lo dijo —respondió ofendido el cura.

—Creí que se había confesado...

—Una confesión no es como un interrogatorio policial, hay que dejar que la persona se vacíe y eso no es fácil; a veces la confesión se completa en varias fases. Hacía años que no recibía el sacramento, no me pareció oportuno presionarle, más cuando me daba cuenta de que era una oveja volviendo al redil; supuse que ya tendría ocasión de continuar sincerándose hasta quedar en paz. —Hizo una pausa—. De cualquier modo, y esto es una impresión mía, tengo la sensación de que aún lo estaba madurando, me transmitió la preocupación por que algo grave pudiera llegar a pasar, pero no estaba del todo seguro, es muy probable que eso le llevase a medir sus palabras.

—¿Qué pasó después? ¿Te fuiste y lo dejaste allí solo?

—Bueno... —La inseguridad se hizo palpable en su voz.

—¿No?

Vaciló antes de contestar, como si se debatiese entre contarlo o no. Manuel estuvo seguro de que lo que iba a decir lo cambiaba todo.

—Cuando salí tuve que atravesar a oscuras el camino bajo la arboleda. Llevaba la linterna del móvil, pero me volví porque me pareció oír un ruido y vi a alguien que entraba en la iglesia.

—¿Quién era?

—No lo sé, estaba a unos doscientos metros y casi a oscuras; la única luz procedente del interior era la de las velas y sólo le iluminó unos segundos mientras traspasaba la puerta, que se cerró a su espalda.

—Pero tú sabes quién era —insistió.

—No estoy seguro, ésa es la razón por la que preferí callar.

—¿Quién era? —reclamó implacable—. Dímelo.

—Creí que era Álvaro.

Manuel se detuvo en seco.

—No tiene nada de raro —se apresuró a explicar el cura—. Ya te he dicho que aquella misma mañana, tras el funeral del padre, me había comentado lo preocupado que estaba por su hermano. Cuando al día siguiente me avisaron de que había muerto lo recordé, pero no podía estar seguro al ciento por ciento; cuanto más lo pensaba más dudas tenía, hasta que ya no estuve seguro de si había visto a Álvaro o no.

—¿Y?

—Se lo pregunté.

—¿Se lo preguntaste a Álvaro?

—Sí, y me dijo que no podía haber sido él, que no se había acercado a la iglesia aquella noche. Entonces decidí que me había equivocado. No sé quién era, le confundí con Álvaro, eso es todo.

—Él te dijo que no había ido a la iglesia y tú le creíste.

—Álvaro nunca mentía.

—Me vas a perdonar, Lucas, pero en mi situación esa afirmación parece una burla...

Lucas fingió no haberle oído.

—Le conté que Fran estaba preocupado por algo que tenía que ver con la familia. En otra circunstancia no lo habría hecho, pero Fran acababa de morir, y..., bueno, Álvaro tenía que saberlo, en ese momento era ya el jefe de la casa. Escuchó con atención y por su reacción pensé que sabía a qué me podía referir.

Manuel se adelantó un paso y se detuvo ante el sacerdote decidido a no dejarle escabullirse de aquella evidencia.

—Fran te cuenta que le preocupa que algo muy grave pudiera estar ocurriendo, y aparece muerto; se lo cuentas a Álvaro, y ahora está muerto también.

Lucas frunció el ceño, enojado. Parecía que la sola idea le resultase repugnante.

—Eso no tiene nada que ver. Han transcurrido tres años desde aquella noche y lo de Álvaro ha sido un accidente.

Manuel sabía que confiar en alguien suponía siempre un salto de fe, arrojarse al vacío. No le quedaba más remedio que fiarse del puro instinto que había llevado a la especie humana a evolucionar en un tiempo en que una decisión errónea significaba la muerte. Sólo quedaba echar mano de la intuición elemental de cazador de la sabana que todos llevamos dentro, pero cuando, en los últimos cinco días, todo lo que creía firme y auténtico en el mundo se había desmoronado volvió a tener la certeza de que se encontraba a merced de la pura inercia. Y contra eso no podía hacer nada.

Manuel cerró los ojos y suspiró en un acto muy parecido a una plegaria.

—Quizá no —respondió.

—Pero...

—Ésa es la razón que me mantiene aquí, por lo que no puedo irme... Hay cosas que llevan a pensar que la muerte de Álvaro no fue un accidente.

Lucas le miró conciliador.

—Manuel, sé que a veces es difícil de aceptar...

—Joder, escúchame, no te estoy hablando de algo que yo crea, es la Guardia Civil la que sospecha. Si no fuera por eso, ya me habría largado de aquí.

Lucas le habló paciente, despacio, como a un niño.

—Yo acompañé a Santiago al hospital cuando avisaron, y estaba con él cuando nos confirmaron que Álvaro había muerto. La Guardia Civil nos dijo que había sido un accidente; se salió de la carretera en una recta, sin implicación de otros vehículos. Un accidente, Manuel.

—Claro, y lo de Fran un suicidio, aunque tuviera un golpe en la cabeza y marcas de arrastre en los zapatos... La iglesia cerrada con una llave que no apareció... A pesar de que el chico no se sostenía en pie... Me parece que para esta familia entre la versión oficial y la verdad siempre hay un oscuro abismo, ¿no crees?

Palideció.

—No sabía eso... —Tomó aire y lo dejó salir con fuerza—. ¿Qué creen que le ocurrió a Álvaro?

Sentía un imperioso deseo de contárselo todo, que los que «creían» se limitaban a una forense apartada del caso, un guardia civil jubilado y él mismo, de explicarle hasta el más pequeño detalle, de compartir con él todo lo que le atormentaba, pero había dado su palabra a Nogueira y a Ofelia de que los mantendría al margen. Sabía que la sinceridad es un camino de dos direcciones y que poco iba a obtener de Lucas si no le daba algo a cambio, pero intuía también que aún era pronto para confiar sin reservas en él.

—No lo sé, eso es lo que trato de averiguar, ni siquiera sé si puedo confiar en ti o estoy cometiendo un error al contártelo.

La presencia de la fotografía del chico de mirada serena en el bolsillo interior de su americana clamaba como una presencia viva. Se llevó la mano a aquel lugar, como si contuviera un ataque sumamente doloroso.

Lucas le miró a los ojos.

—Puedes confiar en mí.

Manuel le escrutó pensativo.

—Ya lo he hecho —contestó—, créeme, pero las confesiones a veces llevan un poco más de tiempo, ¿no es eso lo que dijiste?

—Te ayudaré en lo que necesites. No me dejes fuera.

Manuel asintió.

—Tengo que pensarlo. Ahora mismo estoy muy confuso, con lo que te he contado ya he podido buscarme un problema de los gordos.

—¿En qué andas metido, Manuel?

—Dirás en qué andaba metido Álvaro... —contestó irritado.

—En nada malo, te lo aseguro.

—¿Me lo aseguras?, ¿me lo aseguras? —repitió alzando el tono—. ¿Y cómo puedes asegurarlo? ¿Acaso conocías todos sus pasos? ¿Sabías que no llevaba la alianza cuando murió? ¿Sabías que solía irse de putas con su hermano? —En su mente resonaron las palabras de Mei, «sabe que le mataste», las palabras que alguien le había dicho pensando que hablaba con Álvaro y desde un teléfono público.

Lucas cerró los ojos y en el más claro gesto de no querer ver se los cubrió con las manos.

Manuel siguió hostigándolo:

—Sí, Lucas, tu amigo homosexual y casado era un putero, hasta tenía una fulana habitual. ¿Qué me dices?, ¿sigues respondiendo por él?, ¿volverás a decirme, mirándome a la cara, que nunca mentía? —Estaba gritando, lágrimas de indignación le hervían en los ojos y la ira le hacía temblar.

Se giró dando la espalda al cura y se alejó un par de pasos. No iba a verle llorar.

Lucas retiró las manos de su rostro y abrió los ojos. Estaba desolado.

—No lo sabía —susurró.

—Da igual —respondió amargamente Manuel—. De haberlo sabido tampoco me lo habrías dicho, ¿no es así?

—Manuel —dijo acercándosele por la espalda, conciliador—, sólo sé que el Álvaro que yo conocí era una buena persona, quizá tuvo una razón para obrar como lo hizo...

Manuel negaba obstinado, con la mirada nublada y puesta en el valle.

—Ya sé que no quieres oír esto, pero sé por lo que estás pasando. Tras la indiferencia y la falsa calma, la depresión, el insomnio o el sueño constante y, por momentos, el enfado, la ira: es normal sentirse así —dijo poniéndole una mano sobre el hombro que Manuel apartó furioso volviéndose hacia él.

—No me toques los cojones con tu psicología barata, no necesito un cura exorcista con una carrera en Teología para decirme que estoy enfadado y que es normal; claro que estoy enfadado, estoy tan enfadado que no sé cómo no entro en combustión espontánea; pero sobre todo estoy frustrado, asqueado de tantas mentiras. ¿Cómo no voy a estar furioso si a cada paso que doy obtengo nuevas pruebas de que el hombre al que creía conocer es un total desconocido para mí? Una superempresa, una familia de nobles, católico, practicante y putero... ¿Cómo no voy a estar furioso si cada día cuando me despierto presiento que encontraré otro montón de mierda sobre él? Con el agravante de que él no está aquí para dar explicaciones, soy yo el que tiene que soportar el peso de su puta ignominia, y encima tuvo los cojones de legármelo todo, como si fuese un premio, o una compensación por el agravio, «ahí lo tienes, te nombro heredero de toda mi puta mierda» —vomitó.

Y, como algo arrojado desde lo más profundo del estómago, sus palabras salieron cargadas de amargura y de bilis, sintiendo mientras lo hacía la razón dividida, consciente de que perdía los estribos cegado de una ira negra que no había experimentado jamás y que le dominaba y le fortalecía en el mismo acto. Se quedó callado, tembloroso, la mandíbula crispada, apretada hasta doler.

Había perdido el control, tenía que irse de allí.

—¿De verdad quieres ayudarme, cura? —preguntó consumido, sin esperanza.

—En lo que quieras —contestó con una afabilidad que contrastaba con el enfado de Manuel.

—No más mentiras, ni por omisión —rogó.

—Te doy mi palabra —le oyó decir mientras se alejaba.

Abandonó la explanada que rodeaba el templo sin volver la vista atrás. Durante unos metros aún sintió el peso de la mirada de Lucas en la espalda. El muro que protegía la escalera de acceso le libró definitivamente de su influencia.

Avanzó bajo la espesura de plátanos de sombra obligándose a frenar el paso demasiado acelerado. Mientras, escuchaba su propia voz: «No puedes seguir así». La autoridad de aquellos gigantes le sosegaba y, como un animal herido que busca un lugar donde cobijarse, se internó de nuevo bajo la sombra sin reservas que daba nombre a los árboles.

Esforzándose por recuperar la calma, respiró profundo el aire en el que se evaporaba la humedad ya invisible de la lluvia del día anterior y que olía a heno y madera. Sabía que aquella voz tenía razón, se estaba destrozando a cada paso. Cada músculo de su cuerpo denotaba el esfuerzo, el derroche físico del arrebato y el mental por el desgaste de librar aquellas batallas. Mei, Nogueira, Lucas... Extenuado, miró en derredor demandando amparo. El descolorido cartel de refresco con su borde herrumbroso le resultó a la vez seductor e incongruente, pero vencido por el cansancio se dejó cautivar por la parte más encantadora y dirigió hacia allí sus pasos, soñando un reposo que presentía vital.

Había dos hombres tras la barra. El mayor cortaba pan y queso sobre una tabla mientras charlaba animadamente y en gallego con los paisanos que había visto entrar cuando llegaba y otros dos, a los que se habían unido y que bebían vino en blanquísimas tazas de porcelana. La barra ocupaba todo el ancho del local, que no tendría más de veinte metros cuadrados en los que sólo había dos mesas y media docena de sillas que se ubicaban a ambos lados del acceso de entrada. No había más puerta que la del retrete, que proclamaba su función con un pequeño cartel escrito a mano. Supuso que a la barra se accedía por la puerta de la cocina que permanecía entreabierta y dejaba vislumbrar la estancia privada de una casa particular. Una mujer tan mayor como el hombre de la barra pululaba de un lado a otro, ocupada en sus quehaceres y reina absoluta de aquel dominio femenino del que alcanzaba a ver parte de una recia mesa de madera y el primor anacrónico de las cortinas que tapaban parcialmente una ventana. No había botellas expuestas tras la barra. Una estantería, propia de un garaje, repleta de tazas y jarras blancas, y como decoración, tan sólo fotos familiares en pequeños marcos, todos distintos, un melancólico calendario de una funeraria y un cartel que anunciaba, como el aroma que salía de la cocina, «Hay caldo». La diferencia entre el acicalado aspecto de la cocina y el descuidado rigor del bar ponía de manifiesto quién se encargaba de cada parte y que aquella pareja tenía claro dónde comenzaban y terminaban los límites del territorio del otro.

Hizo un gesto con la barbilla hacia las tazas de vino que bebían los hombres mientras susurraba:

—¿Me pone un vino?

Mientras el joven servía el vino, el hombre mayor colocó en un platillo dos trozos de queso y uno de pan, que deslizó por la barra hacia él sin decir nada. Bebió un sorbo y probó el queso, muy lechoso, que, sin embargo, le sorprendió con un paladar largo e intenso. Apuró hasta el último trozo mientras pedía otro vino y tomaba conciencia de que tenía hambre.

Los hombres charlaban animadamente y reían de vez en cuando. Si prestaba atención, lograba entender algún retazo de la conversación en gallego, pero no le interesaba. Desde su posición, viendo a la señora atareada por la cocina y al que supuso que era su marido con ambas manos apoyadas en el mostrador, como un padrino que recibía a sus amigos, fue acrecentándose la sensación de haberse colado en la casa de aquella gente que le trataba con la medida justa de indiferencia para conseguir que pudiera sentirse a gusto. Mientras, el oleaje que batía las costas de su alma tornaba poco a poco a la calma, y las sensaciones de conciencia de sí mismo volvían a ganar terreno. Se miró las manos buscando alguna huella de la crispación que le había dominado. No la halló; descubrió, sin embargo, que las uñas del índice y del pulgar aparecían teñidas del color entre marrón y amarillo resultante de guillotinar pequeñas porciones, como medias lunas, de la corteza del plátano de sombra, y recordó que, al igual que con el fruto del nogal, de nada serviría lavarse y frotar porque aquel tinte permanecería entre la piel y las uñas durante días.

—¿Podría tomar un poco de caldo? —preguntó.

El joven le indicó que se sentase a una de las mesas, en la que colocó una jarra de vino, media hogaza de pan oscuro y fragante y dos servilletas de tela, una dispuesta como tal y la otra a modo de mantel.

Se sentó de espaldas a la puerta y en el lugar que ofrecía la mejor visión del televisor, que emitía sin volumen un programa de la televisión gallega. No tardó en poner ante él un tazón que no podía abarcar con ambas manos y que le envolvió en el aroma salobre y fuerte del brebaje. Tomó un poco de sopa con la cuchara y sopló el líquido humeante del que el joven ya le había advertido «Está muy caliente». Sintió regresar la calma con cada cucharada de caldo ardiente, con el sabor fuerte de las verduras y el amargor del unto, la constancia potente de un plato ideado para ser reconstituyente de cuerpos y de almas, alivio para viajeros y calor de invierno. Abandonó la cuchara, asió el tazón con ambas manos y bebió, sorbo a sorbo, tragos que notaba bajar abrasadores hasta su estómago como un bebedizo cauterizante, reduciendo su campo de visión al interior del tazón y limitando sus sentidos a lo más primigenio. Comió acompañando el caldo del pan oscuro y pesado, y tan sabroso que le llevó a pensar que era la primera vez en su vida que probaba pan de verdad. Como postre tomó otro trozo de queso y un café «de pota» que la señora le trajo desde la cocina en un vaso de cristal y para lo que hubo de salir de la casa y dar la vuelta por la calle.

Pagó una cantidad ridícula por aquellos manjares. Se despidió de la familia dando las gracias sinceramente. Se sentía reparado, como si hubiera vuelto durante un rato a casa, a esa casa ideal de los anuncios navideños que todos deberíamos tener, y, cuando salió del local, cuando regresó hasta los plátanos de sombra y arrancó una nueva porción desconchada de la corteza, cuando la colocó con cuidado sobre el salpicadero de su coche, allí donde podía verla en todo momento, ya sabía que regresaría a As Grileiras.

Traspasó la verja y penetró en el camino para aparcar junto a los setos de gardenias. Había dos coches más: el todoterreno negro que, recordó, pertenecía al veterinario y una furgoneta blanca de reparto con el portón trasero abierto aparcada junto al acceso al jardín.

Vio a Santiago, que cruzaba hacia las cuadras vestido con una camisa azul abotonada hasta los puños y los pantalones por dentro de las botas de montar.

Él también debió de verle porque se paró en mitad del camino y clavó los ojos en él. Era evidente que su presencia le disgustaba: resultaba palpable en el gesto congelado, que confirmaba que le interrumpía, en la mirada fija que vigilaba sus pasos y le apremiaba con la dureza de su examen y en la posición de su cuerpo detenido en el sendero, que parecía retarle a pasar por allí, como un arcángel guerrero a las puertas del paraíso.

Manuel no se dejó intimidar y se movió con seguridad, tomándose su tiempo para quitarse la chaqueta y dejarla extendida con cuidado sobre el asiento trasero. Cerró el coche y caminó con decisión hacia el nuevo marqués. A pesar de su gesto desafiante, Santiago habló antes de que llegase a su altura y eso evidenció que, aunque pretendía ocultarlo, su presencia allí le ponía nervioso.

—No le hacía por aquí, creí que se marchaba tras el funeral.

Manuel sonrió.

—Ésa era mi intención, pero un par de asuntos que debo aclarar me retienen aquí.

—Oh —respondió Santiago conteniéndose.

Una nube de inseguridad le cruzó el rostro, y por un instante Manuel pensó que preguntaría por ellos preso de curiosidad.

—Y creo que usted podría ayudarme a terminar con esto cuanto antes.

Quizá la promesa encubierta de que aquella situación podía estar pronta a concluir le animó. Aun así, contestó prudente:

—Claro, si está en mi mano.

—Lo está —afirmó categórico Manuel—. Álvaro estaba aquí por usted.

Por primera vez, Santiago desvió la mirada, sólo un segundo, pero cuando volvió a elevarla su seguridad aparecía de nuevo recompuesta, aunque mezclada con un intenso desdén.

—No sé a qué se refiere. —Hasta acompañó las palabras con el gesto de iniciar el paso de nuevo hacia las cuadras.

—Me consta que le hizo al administrador una petición de trescientos mil euros, una cantidad enorme de dinero. Álvaro le llamó, habló con usted y lo que fuera, le pareció suficientemente grave como para presentarse aquí.

Santiago desvió de nuevo los ojos y apretó los labios de un modo casi infantil. Era evidente que no estaba acostumbrado a dar cuentas de su vida, y tener que dárselas a él le molestaba de particular manera. En sus años en la enseñanza, Manuel se había encontrado más de una vez con alumnos recalcitrantes y sabía cómo tratarlos. Casi sintió placer al ordenarle:

—¡Míreme!

Santiago lo hizo. En sus ojos ardía la humillación.

—Álvaro vino aquí y, sin embargo, no le dio el dinero. Lo que quiero saber es para qué era.

El gesto mohíno en la boca de Santiago se tensó hasta convertirse en un cruel corte en su cara; tomó con fuerza aire por la nariz y entrecerró los ojos exhibiendo todo su desprecio.

—Eso no es asunto... —se contuvo antes de terminar, y hasta hubo de morderse el labio inferior para no continuar la frase.

—Ya veo que se ha dado cuenta, sí, ahora es asunto mío —contestó con toda la calma que fue capaz de reunir.

Santiago dejó salir el aire claudicando.

—Está bien. —Las palabras brotaron con precipitación como si las escupiera en un intento de acabar cuanto antes con aquella incómoda conversación—. Era para un caballo. El año pasado, Álvaro estuvo de acuerdo en ampliar la cuadra como inversión. El administrador estaba al tanto y en el plazo de unos meses aumentamos la caballada con varios animales. Hace unos días surgió la oportunidad de una buena compra, un caballo de carreras, pero debía ser una decisión rápida. Le pedí el dinero a mi hermano, pero debido a un error reciente en una operación de negocios él no confiaba demasiado en mi criterio y no lo aprobó, eso es todo.

—¿Y vino hasta aquí para decirle que no iba a darle el dinero?

—Yo no estaba en la mente de Álvaro, ¿pretende que conociera sus razones o motivos? Como ya debe de saber, tenía varios negocios y nunca me contaba cuándo iba o venía. —Relajó el rostro y esbozó una especie de sonrisa—. Pero parece que a usted tampoco.

Manuel le miró interesado, después de todo, parecía que aquel tipo tenía redaños. Se preguntó hasta qué punto. Decidió ignorar su último comentario y le retó.

—«¿Acaso soy el guardián de mi hermano?»

Santiago alzó la cabeza arrebatado, ¿era alarma u ofensa? ¿Estaba sorprendido o espantado ante la insinuación? La respuesta de Caín tras ser preguntado acerca de su hermano Abel cuando acababa de asesinarlo.

Los gritos y las risas de Samuel les hicieron volverse hacia la casa. Catarina lo traía en brazos, y a su lado Elisa y Vicente portaban sendos ramos de flores que introdujeron en la trasera abierta de la furgoneta de reparto que había visto al llegar. El niño gritó de nuevo con su voz aguda:

—Tío, tío...

El grupo se volvió a mirarlos. Catarina avanzó con el niño, que se debatía en sus brazos, hasta el borde del camino que comunicaba con la senda principal. En cuanto lo dejó en el suelo, el pequeño echó a correr hacia los dos hombres. Cuando estaba a un par de metros de ellos, Santiago abrió los brazos y se inclinó para recibirlo, pero el niño pasó de largo y se abrazó a las piernas de Manuel, que le miró conmovido y violentado por la situación que de modo inocente el pequeño acababa de provocar. Santiago se incorporó. Pasó una mano por la nuca del niño, que siguió sin hacerle caso, y sin decir nada caminó en dirección a la casa. Al pasar junto a su mujer se detuvo, casi hombro con hombro, se inclinó y le dijo algo muy breve; ella bajó la cabeza y él siguió sin decir nada más. No pudo oír sus palabras, pero quizá Vicente y Elisa sí. Notó cómo se miraban entre ellos. Elisa volvió la cabeza fingiendo ocuparse de las flores, pero Vicente avanzó hasta el portón trasero de la furgoneta y lo cerró con excesiva fuerza, provocando el sobresalto de las mujeres y que todas las miradas confluyeran en él, incluida la de Santiago.

Manuel alzó al niño y lo abrazó mientras charlaba con él consciente de la singularidad de la situación. El marqués ya había desaparecido de su campo, pero los demás habían quedado alineados en la distancia, con Catarina detenida a medio camino entre Elisa, Vicente y él. Después de unos segundos que se le antojaron eternos, finalmente, y tras un paso vacilante, Catarina avanzó en su dirección. Mientras se acercaba, Manuel advirtió que fingía arreglarse el pelo para secarse las lágrimas. Cuando llegó a su altura, sus ojos aún estaban húmedos.

—Hola —dijo tendiéndole una mano pequeña y firme, las uñas cortas y tiznadas de verde y numerosos arañazos. No era corpulenta, pero su escasa estatura estaba compensada por una musculatura fuerte y una piel bronceada que delataba las horas de trabajo a la intemperie—. Soy Catarina. Creo que nos vimos brevemente en la notaría, pero aquel día no hubo ocasión...

—Encantado —dijo él cambiándose al niño de brazo para tenderle la suya.

—Lamento no haber estado el otro día cuando fue al invernadero; ah, y espero que se encuentre mejor. Vicente me dijo que se mareó.

Él sonrió componiendo un gesto de descargo.

—Todavía no sé lo que me pasó.

La mujer sonrió y pareció aliviada al poder hablar de un tema que desviaba por completo la conversación de lo que acababa de ocurrir.

—No es raro, el calor y la humedad unidos al intenso perfume pueden resultar demasiado.

—Tienen unas flores preciosas —dijo Manuel haciendo un gesto hacia la furgoneta—. ¿Las vende a particulares?

—Sí —respondió orgullosa—, la mayor parte va a perfumistas y otros criadores, pero a veces también hacemos arreglos florales para ocasiones especiales. Precisamente ahora nos dirigíamos a llevar éstas al pazo de mis padres. Este fin de semana se celebra allí una boda y me gusta ocuparme de las flores. —Se detuvo y pareció de nuevo entristecida, miró hacia la casa e inclinó la cabeza en señal de disculpa—. A Santiago no le gusta que trabaje...

Manuel asintió ante aquella incongruente afirmación como si la aceptase o la entendiese. El sonido del motor de la furgoneta al arrancar puso fin a la conversación.

—Tenemos que irnos —dijo ella alzando los brazos hacia el niño, que se arrojó a ellos sin temor—. Espero que vuelva a visitarme, por las mañanas siempre estoy en el invernadero.

—Quizá lo haga —contestó Manuel.

Esperó detenido en el mismo lugar viéndoles meterse en el coche y partir. Cuando pasaron a su lado, Elisa y el niño le saludaron con la mano desde el interior del vehículo. Los vio traspasar la verja de As Grileiras y el lugar quedó en silencio.

El sol estaba en lo alto, la brisa suave apenas movía los árboles y los pájaros permanecían silenciosos, aturdidos por el inesperado calor de aquella tarde de septiembre. Sacó su teléfono móvil y marcó el número personal de Griñán.

La voz del albacea contestó somnolienta al otro lado. Manuel consultó su reloj y vio que eran las cuatro de la tarde. Probablemente había interrumpido su siesta. No le importó.

—Acabo de hablar con Santiago. No niega la petición del dinero, dice que era para un caballo, que usted estaba al corriente y que era un proyecto de Álvaro mejorar la cuadra.

—Bueno... Déjeme pensar... —Quedó confirmado que en efecto estaba dormido cuando recibió la llamada—. Es cierto que durante el año pasado se adquirieron varios caballos con esa intención, incluido el jaco inglés que resultó ser una mala compra fruto de una decisión personal de don Santiago, que casi alcanzó esa cifra, desde entonces no se ha adquirido ningún nuevo ejemplar, aunque hace dos o tres meses se habló de comprar una yegua de cría. Los caballos no son lo mío, pero sí el precio que se paga por ellos, y ya le digo que, según lo que se ha pagado por otros animales, puedo afirmar que por una yegua de cría no iban a desembolsar trescientos mil euros... Además, si el dinero era para adquirir un nuevo caballo, don Santiago me lo habría dicho, como en las anteriores ocasiones.

Manuel permaneció unos segundos en silencio mientras valoraba las dudas del albacea.

—Manuel, espero que haya tenido la deferencia de no contarle que la información procedía de mí.

—Créame, Griñán, en este momento ésa debería ser la menor de sus preocupaciones. —Colgó.

Hizo visera con las manos para mirar hacia la parte alta de la casa, donde creyó haber visto una sombra junto a una ventana. Una figura alta y oscura que no se retiró permaneció inmóvil, sin dejarse ver pero sin ocultar su presencia. «Ella siempre está ahí, vigilando.»

Los ruidos procedentes de las caballerizas llamaron su atención y recordó que Santiago se dirigía hacia allí cuando le interceptó, aunque después había cambiado de idea. Como si ejecutase un paso de baile, hizo una inclinación de cabeza hacia la lejana ventana y se giró hacia las cuadras.

El veterinario, al que había saludado en su anterior visita, era un hombre joven, no pasaría de los cuarenta. Guiaba a un hermoso caballo hacia el interior de uno de los cubículos. Esperó hasta que hubo corrido el cerrojo y se acercó. El hombre sonrió al verle.

—Ah, le vi el otro día, usted debe de ser...

—El nuevo propietario —dijo Manuel con autoridad. No podía andarse con medias tintas si quería obtener su colaboración y, al fin y al cabo, no estaba mintiendo.

El hombre aspiró profundamente y le tendió la mano, de la que previamente antes retiró un guante de piel vuelta. Era evidente que reordenaba sus criterios.

—¡Oh! Es sólo que... creí... Bueno, es un placer conocerle.

—Tengo algunas dudas sobre los caballos y quizá usted pueda ayudarme.

El hombre sonrió de nuevo.

—Desde luego, si en algo puedo ayudarle es en eso.

—¿Cuántos caballos tenemos aquí?

—Doce en este momento. La mayoría son caballos españoles, excelentes, como éstos —dijo indicando algunos cubículos—, una yegua árabe y *Slender*, que es un caballo inglés de carreras. Es el que atendía el otro día cuando usted vino con el señor Griñán.

—Me comentó que tenía algún problema —dejó caer.

El veterinario resopló.

—Decir que tiene algún problema es quedarse corto. *Slender* presenta en sus patas traseras una malformación congénita; no sería tan grave en otro tipo de caballo, pero él es un caballo de carreras y la dolencia que padece le limita para la competición.

—¿Cuánto tiempo hace que se adquirió este caballo?

—Ya se ha cumplido un año.

—Dice que es una malformación congénita, o sea, que el caballo la tenía de nacimiento, ¿por qué no lo devolvieron o al menos reclamaron el dinero? Creo que en un caso así la venta sería nula.

El veterinario, que había estado asintiendo todo el tiempo mientras él hablaba, se giró hacia el interior de la cuadra.

—Acompáñeme —dijo comenzando un paseo en el que se fue deteniendo en cada pieza para mostrarle los animales, que exhibían su nombre en una placa dorada atornillada en cada uno de los portones—. Esta cuadra cuenta con excelentes ejemplares: *Noir*, por ejemplo, es una gran yegua árabe, briosa y de buen carácter; *Swift*, *Orwell* y *Carrol* son caballos españoles, se adquirieron también el año pasado, y yo acompañé a Santiago a cada una de las compras, son ejemplares más tranquilos y, guiados, excelentes para la exhibición...

Llegaron hasta un cubículo que permanecía completamente cerrado. El veterinario descorrió el cerrojo y abrió el ventano. El tamaño de aquel caballo era notablemente superior al de los que acababa de ver. Se agitó un poco y luego se quedó quieto, de lado, vigilándolos con su ojo oscuro y desconfiado.

—Don Santiago compró a *Slender* el verano pasado mientras yo estaba de vacaciones. Nunca ha querido decirme cuánto le costó, pero estoy seguro de que muchísimo más de lo que vale, al menos como caballo de carreras. Compitió dos veces y tuvo que dejarlo. Don Álvaro se enfadó muchísimo y prohibió que se volviese a adquirir ningún ejemplar sin mi supervisión. Don Santiago no quiere admitirlo y cada dos días me tiene aquí revisando de nuevo las patas del caballo, probando tratamientos antiinflamatorios, masajes, bolsas frías, como si se tratase de una lesión temporal que pudiera tratarse. *Slender* es un buen caballo, quizá algo nervioso, típico de estos animales; soporta bien la monta, pero es un fiasco como caballo de carreras, un fiasco precioso y carísimo.

El hombre cerró de nuevo el portón y regresaron hacia la puerta principal de las caballerizas.

—Tengo entendido que se habló de la opción de comprar una yegua...

—Es cierto —reconoció el veterinario—, creo que la compra de una yegua española sería acertada. Yo mismo puse a don Santiago en contacto con un criador conocido mío y es verdad que estamos cerca de llegar a un acuerdo, pero la yegua está preñada y hasta que no haya parido no podremos cerrar el trato, y quizá éste sea por la yegua y el potro, ya veremos...

—¿Cuánto pedía el criador por la yegua?

—Bueno, una cosa es el precio inicial y otra el que se acuerde, pero creo que podríamos tenerla por unos cuarenta mil euros. Otra cuestión es el potro, éste dependerá: puede aumentar el precio si es un buen ejemplar o bajarlo; al fin y al cabo, durante meses la yegua no estará en condiciones de criar de nuevo.

—¿Le ha comentado don Santiago la posibilidad de adquirir un nuevo caballo de carreras en los últimos días, más o menos hace una semana?

El veterinario le miró sorprendido.

—¿Un nuevo caballo de carreras? No, y no creo que le hayan quedado ganas después de lo que pasó con *Slender*. ¿Por qué me pregunta eso?

—Santiago me comentó que hace unos días le ofrecieron la oportunidad de adquirir un caballo de alto nivel, una operación que debía cerrarse rápidamente.

El veterinario negó con la cabeza.

—Puede ser, pero no lo creo, o al menos a mí no me dijo nada. No, no creo que don Santiago haya ido a ver solo ningún caballo y menos si era urgente ultimar el acuerdo, porque sabía de sobra que, si no lo confirmaba yo, no existía siquiera posibilidad de que don Álvaro lo tuviera en cuenta. —Quedó en silencio unos segundos y añadió—: Quizá si tenían mucha prisa la operación se cerró con otro comprador antes de que pudiera decirme nada...

Un pasillo lateral cortaba el primero, y Manuel se detuvo al oír los ladridos procedentes de aquel lado de la cuadra.

—Son los perros de caza. Se ponen nerviosos al oír voces desconocidas. ¿Quiere verlos?

Manuel fue pasando ante las perreras donde los animales se agitaban inquietos, acercó una mano al enrejado para dejar que le olisquearan mientras gañían y ladraban nerviosos hasta que llegó al final del pasillo. En la última celda, un perro pequeño y sin raza le miró apocado desde el montón de paja en el que se acurrucaba y movió tímidamente una cola que desde lejos pareció un cordel deshilachado. Tenía los ojos grandes y húmedos como charcos profundos. Del pelaje áspero sobresalían pelos más largos que le daban un aspecto despeinado, como erizados por la electricidad estática. Enseñaba un colmillo por uno de los lados del hocico, pero al observarlo se dio cuenta de que era debido a que su boca no encajaba del todo bien y aquel diente se incrustaba en el belfo, que no llegaba a cubrirlo. Su aspecto era lastimero: si no hubiera sido por la cálida tarde que reinaba en el exterior habría jurado que tenía frío, hasta creyó notar que tiritaba. Sólo después de un rato se dio cuenta de que temblaba de miedo.

—Veo que ha conocido a *Café*. El pobre chucho no pasa desapercibido entre estos perros.

—¿*Café*?

En efecto, su pelaje de aspecto áspero y duro asemejaba en color al café con leche, pero fue la incongruencia de su presencia allí lo que le resultó extrañamente esperanzador.

—Álvaro lo trajo hace un año. Me dijo que lo recogió en la carretera. Como era de esperar, no llevaba chip identificativo y Álvaro decidió quedárselo; tuvo suerte, porque si lo hubiéramos llevado a la perrera no habría aguantado la primera criba, nadie va a adoptar un perro como éste pudiendo llevarse a un bonito cachorro.

El veterinario abrió la jaula y el perrito se desperezó lentamente y se puso en pie, aunque no se movió de donde estaba.

—¡Vamos, *Café*! No seas tímido, chico.

Muy despacio y pasándose repetidamente la lengua por el hocico, el animalito llegó hasta ellos y se detuvo. Manuel extendió la mano y observó el parpadeo rápido y el modo en que el animal bajaba la cabeza.

—Por su actitud, sospecho que le han pegado mucho. Sólo con Álvaro se mostraba confiado —explicó el veterinario para justificar su conducta.

Manuel dejó quieta la mano en el aire y poco a poco el animalillo fue acercándose hasta colocar su cabeza bajo la palma. La postura defensiva del animal le obligaba a forzar la suya estirándose para seguir acariciando al perro. Aun así siguió dibujando con sus dedos la línea del cráneo pequeño y las cejas hirsutas de pelos disparados. Aunque la parte delantera se veía normal, cuando deslizó la mano por su espalda notó cada huesecillo de la columna vertebral y reparó en que los flancos traseros presentaban una delgadez extrema.

—¿Qué le pasa en las patas de atrás?

El veterinario se encogió de hombros.

—Un cúmulo de cosas: malnutrición; está raquítico desde su infancia, aunque parece mayor, calculo que ahora tendrá dos años, quizá tres, y probablemente pasó todo el tiempo hasta llegar aquí inmovilizado; tenía parásitos intestinales y, aunque lo primero que hice fue tratarlo, no es algo que se solucione en un corto espacio de tiempo. De todas maneras, está muchísimo mejor, tendría que haberlo visto cuando Álvaro lo trajo.

Manuel detuvo sus caricias y dejó caer las manos, que quedaron laxas apoyadas en las rodillas. Avanzó entonces el perro hasta situarse entre sus piernas y con la mayor de las precauciones le olisqueó. Se tomó tiempo y cuidado, evitando que su naricilla, seca como ante desollado, rozase siquiera la piel de Manuel, mientras reconocía las palmas, el envés y los dedos, y, entre ellos, las muñecas, los pliegues, el calor que emanaba. Entonces levantó la cabeza y le mostró aquellos ojos de agua oscura que miraban y veían al hombre que era Manuel; en ese instante supo por qué Álvaro había llevado a aquel perro a casa y que quizá había una esperanza.

—Un pequeño milagro —susurró conmovido.

—Perdón, ¿qué ha dicho? —preguntó el veterinario.

—¿Quién le puso el nombre? —inquirió volviéndose a mirarlo. Se percató entonces de que el veterinario había retrocedido hasta el extremo del pasillo casi apremiándole a seguirle hacia la salida.

—Álvaro, supongo... —contestó.

—¡Oh! Quizá tiene prisa y yo entreteniéndole...

—Bueno, ya me iba cuando usted llegó, pero no importa... —se disculpó.

Manuel no hizo gesto de moverse de donde estaba.

—Sólo una pregunta más —demandó haciendo una pausa que captó por entero la atención del hombre, que se acercó para oírle.

—Las que quiera —contestó solícito, presintiendo la carga de aquella última cuestión.

—¿Vio a Álvaro el día en que murió?

El hombre asintió pesaroso.

—Sí que le vi, a mediodía, nos cruzamos un instante cuando ya me iba.

—¿Llegaron a hablar, quizá de los caballos o de Santiago?

—No; de hecho, sólo me preguntó por *Café*. Cuando salía del pazo miré por el espejo y vi que venía hacia las cuadras, supongo que a verlo, era su costumbre en cuanto llegaba.

Manuel asintió sin dejar de mirar al perro.

—Muchas gracias, siento haberle entretenido. Puede irse tranquilo, yo me quedaré un poco más.

—Ha sido un placer. Estoy a su disposición para lo que necesite. Mi número de teléfono está en el tablón de la entrada, no dude en llamarme si tiene alguna duda —dijo dirigiéndose hacia el pasillo principal; titubeó, se detuvo y volvió unos pasos atrás—. Sólo una cosa: asegúrese de dejar la jaula de *Café* bien cerrada. Don Santiago detesta verlo suelto por ahí. —Pareció caer entonces en la cuenta de algo que no había pensado—. Claro que si usted...

Manuel asintió circunspecto.

—Claro —contestó.

El veterinario no supo si estaba de acuerdo con el consejo o con su percepción de los deseos de Santiago.

La cuadra quedó en silencio. Los perros de caza, que inicialmente exaltados por la novedad de su olor habían ladrado inquietos, se mostraron de nuevo calmados. A lo lejos y a través de la arcada que daba al camino principal, oyó el sonido del motor del coche que se alejaba. Cuando éste se perdió en la distancia, quedó tan sólo el rumor cansino de la tarde de fin del verano, la estentórea respiración de los caballos y el crujido de sus musculaturas relajándose.

—Café... —susurró de nuevo. El perro meneó la cola con prudencia como si temiese alegrarse demasiado—. Tú no lo sabes, pero eres toda una sorpresa.

Se incorporó animado por la magia del momento, que quedó rota al instante cuando vio cómo el animalillo se alejaba, pero sólo un poco. Como un pequeño satélite, mantenía con él una distancia constante tanto cuando avanzaba como cuando retrocedía.

—¿Quieres dar un paseo? —le preguntó en voz no demasiado alta, ya que era la primera vez que hablaba con un perro. Sonrió un poco al pensarlo.

El perrito meneó la cola como si le pareciese una buena idea, pero no se movió de su lugar hasta que lo hizo él. Avanzó hacia la salida volviéndose a cada paso para comprobar que el animalillo le seguía, deteniéndose cada vez que lo hacía él. Llegó así hasta el acceso a las cuadras y se detuvo a mirar a cada extremo del camino mientras decidía en qué dirección ir. Vio venir un coche que se había incorporado al camino principal de la pista que rodeaba la casa de los guardeses y que llevaba a otro de los accesos del pazo que Griñán le mostró en su visita. El ruido revolucionado del motor delataba la conducción decidida que habría identificado, incluso antes de ver el vehículo, con el Nissan rojo con el que se había cruzado la tarde anterior y, al igual que la última vez, tuvo la certeza de que el hombre tras el cristal se sorprendía al verle. Éste aminoró la velocidad, aunque le rebasó, y se detuvo un par de metros más adelante.

Manuel aguardó expectante, sólo volvió la cabeza un momento para comprobar que el perrillo seguía allí. El hombre bajó del coche y se dirigió en su dirección ofreciéndole una mano que le tendió antes de llegar a él.

—Don Manuel, quizá no me recuerde, pero nos vimos en el funeral. Soy Daniel Mosquera, el enólogo de la bodega, y desde el otro día esperaba el momento de poder saludarle. Ayer creí verle... Y bueno... —El hombre por fin le soltó la mano—. Es que me sorprendió, porque don Santiago nos dijo que usted se iba, y ayer al verle..., pues, vaya..., que fue una sorpresa.

—Tutéame, por favor —pidió.

—Claro, hombre —respondió sonriendo.

Volvió a darle la mano y esta vez la acompañó de la otra, que le palmeó el brazo.

Manuel estaba abrumado por la reacción del enólogo, que seguía hablando.

—Me alegro mucho de que aún estés por aquí —dijo al fin como despedida. Dio dos pasos hacia el coche y se volvió—. Perdóname, ¿vas a quedarte?

La franqueza incontrolable siempre le divertía. Sonrió.

—De momento.

El hombre se le quedó mirando entrecerrando los ojos, era evidente que hacía cálculos. Negó con la cabeza como si descartase un pensamiento; acto seguido asintió y preguntó:

—¿Tienes algo que hacer ahora?

Manuel miró a ambos lados de la finca recordando su dilema para tomar una dirección. Hizo un gesto interrogante a *Café*, que aprobó moviendo la cola.

—No.

El hombre sonrió.

—Pues ven conmigo. —Debió de reparar en la vacilación que acompañó la mirada al perro, porque añadió—: Y tráete a *Café*.

Avanzaron unos pasos hacia el coche, pero el hombre se volvió atrás.

—Espera, ¿qué número calzas?

—Cuarenta y tres —respondió desconcertado Manuel.

El enólogo entró en las cuadras y regresó con un par de botas de goma y un chaquetón gris con gorro de pelo esquimal. Arrojó todo a la parte de atrás de su todoterreno y se agachó para tomar en brazos al animal, incapaz de subir solo a la alta trasera del vehículo.

Daniel condujo en dirección a Lalín durante varios kilómetros sin parar de hablar. Tomó un desvío y descendieron por una estrada que se fue volviendo más y más sinuosa a medida que se inclinaba en curvas que les obligaron a virar completamente hasta revelar que trazaba un dibujo en las laderas de las colinas que se extendían hacia el río Miño.

Ladera abajo, cientos de bancales formaban escalones agrisados de recia piedra gallega, y, en cada uno, una hilera de viñas ocupaba el escaso espacio entre un escalón y el siguiente. Allá donde mirase, un murete artesanal contenía la tierra para que no se desplomara pendiente abajo. Sobre el muro, el marrón de los troncos nudosos de las viñas y, coronándolos, una fiesta de hojas verdes, brillantes, de fin de verano, entre las que era visible alguna que empezaba a tomar el color rojo que indicaba que había llegado el tiempo de la cosecha. Los frutos, negros, atenuado su brillo por una pátina pálida, como joyas escarchadas por un hielo imposible en aquellas latitudes, pendían a media altura semiocultos por la profusión impetuosa de las hojas. Llegaron a la orilla del río y avanzaron por una estrecha carretera que parecía ganada a la pared de la montaña.

Daniel rebasó el lugar donde algunos coches se habían estacionado en hilera aprovechando un talud en la vertiente y circuló unos metros más antes de detener el todoterreno en el espacio privado de una casa que disfrutaba de su propio embarcadero. Bajaron del vehículo, y Manuel observó que *Café* se dirigía, sin vacilaciones y tomándoles la delantera, a un barco atracado en el extremo de un moderno pantalán flotante y se situaba en la proa de la embarcación.

La lancha se puso en marcha mezclando en el aire el ruido del motor con el peculiar olor del fuel. Daniel la enfiló por el curso natural del río, pasando bajo los arcos del puente de Belesar y superando los amplios muelles donde los barcos de paseo exhibían sus cubiertas repletas de bancadas corridas destinadas a los excursionistas. *Café*, apostado en la proa, se asomaba temerario como un pequeño mascarón vivo y movía la cola, contento ante la magnificencia del río que se extendía por delante de la embarcación.

—Pero ¿adónde vamos? —preguntó Manuel cada vez más extrañado—. Creí que habías dicho que visitaríamos la viña —dijo haciendo un gesto hacia la ladera.

—Y allí es a donde vamos —respondió Daniel divertido.

—¿En barco?

—Claro, esto es la Ribeira Sacra, Manuel, que da nombre a la denominación de origen del vino; para muchas de las viñas en la ribera, la única manera de llegar es ésta, navegando el río, y por suerte la mayoría de las nuestras son viñas de ribera, las mejores —dijo orgulloso.

—Creía que el concepto «la Ribeira Sacra» estaba relacionado con la cantidad de románico que hay en la zona...

—El arte sacro es importante, pero lo que distingue esta zona es el cultivo de la viña de este modo, en bancales de pizarra y granito. Se hace así desde tiempos de los romanos, y desde luego ya se hacía antes de que llegaran los monjes con sus conventos; dicen que venían por aquí para evitar pasar O Cebreiro en invierno, pero lo que importa es por qué se quedaron, y no fue por el arte, sino por lo mismo que los romanos, por el vino —comentó riendo.

Manuel elevó la mirada; buscaba un acceso, carreteras o caminos que llevasen hasta aquellos terrenos.

—¿No hay otra manera de llegar?

—A nuestra bodega se llega por carretera. —Señaló los estrechos senderos, por los que Manuel calculó que apenas cabría un coche—. Pero hay viñedos a los que únicamente se puede acceder a través del río, y algunos están tan inclinados que para vendimiar los hombres han de descolgarse atados.

La margen derecha del río formaba una pequeña ensenada en la que asomaba un pueblo. En la orilla eran visibles los tejados de algunas de las casas sumergidas y otras más hacia la ribera, violadas por el agua por los huecos de puertas y ventanas sin vestigio de portillos. Daniel pareció poner voz a sus pensamientos.

—Produce una sensación muy rara ver esas viviendas así, ¿verdad?

—Me estaba preguntando por qué no las derruyen.

—Supongo que aquí tienen otra manera de hacer las cosas... Hay siete aldeas tan grandes como Belesar bajo el agua, un mal necesario para construir el pantano. Cuando navego río abajo no puedo dejar de pensar que la embarcación pasa sobre los tejados de las casas, las ermitas y las iglesias, los antiguos cementerios y las escuelas, los bancales de viñas y olivos antiguos —dijo Daniel ensimismado—. No te lo vas a creer pero cuando llegué aquí odié este lugar, venía de una gran bodega en el centro del país, nada que ver con esto, superproducciones en plano, completamente mecanizadas, y supongo que tenía mis propias ideas de cómo había que hacer las cosas. —Sonrió condescendiendo con su propia ignorancia—. El viejo marqués no estaba por lo visto interesado en el negocio del vino, pero hace tres años Álvaro impulsó un proyecto colosal que ya es referente en la industria para muchos productores.

—¿Fue Álvaro quien te contrató?

Daniel asintió maniobrando la lancha.

—Álvaro no tenía experiencia en el mundo del vino, me sorprendió su modo de gestionarlo, pero sobre todo que parecía dotado de una intuición natural para comprender este lugar, sus necesidades y su distinción.

Manuel le escuchaba escéptico y reservado.

—Ahora sé que jamás me iré de aquí, pero cuando Álvaro me contrató no estuve tan seguro; aunque te parezca increíble, al principio este lugar me pareció hostil, atrasado y tosco.

Manuel asintió sintiéndose tan identificado en sus palabras como si el enólogo le leyese la mente. No hizo ningún comentario.

—Si Álvaro me lo hubiera permitido, lo habría cambiado todo cuando llegué aquí... —Negó asombrado por su propio ímpetu—. Menos mal que no lo hizo. Tenía claro su proyecto, un concepto moderno pero dentro de los límites que marca la tierra. Y lo llevó en primer lugar al nombre de nuestra bodega, a la marca del vino y al concepto de viticultura heroica —dijo mirando a Manuel, buscando una complicidad que no encontró.

—Lo siento, Daniel, no sé de qué me estás hablando —dijo esquivo.

El enólogo no perdió un ápice de entusiasmo.

—Muchas de las bodegas de la Ribeira Sacra elogian la influencia romana en el nombre de sus vinos, otras se inclinan más por la labor de aquellos monjes y los bautizan con los nombres de conventos o rectorales, pero Álvaro lo tuvo claro, quería homenajear el esfuerzo, la pasión, en un tributo directo al trabajo de aquellos viticultores heroicos.

—The Hero's Works —susurró Manuel adelantándose—. Los trabajos del héroe, los encargos imposibles que recibió Hércules.

Daniel asintió con orgullo antes de continuar.

—The Hero's Works es la compañía que Álvaro creó para exportar nuestros vinos, pero nuestra bodega y nuestros vinos se llaman Heroica, en honor del esfuerzo de tantos durante siglos y a la viticultura heroica; sinceramente, no creo que hubiese podido elegir un nombre mejor.

Escuchaba las palabras de Daniel en silencio, dejando que la vista descansase en la exuberante belleza del paisaje, pero en su mente se producía un choque, los sentimientos se encontraban. Por una parte, reconocía los valores que no podía negar en Álvaro: la capacidad de trabajo, el orgullo de levantar algo propio y que ya había experimentado con su agencia publicitaria; por otra, le resultaba desconocido aquel sentimiento de pertenencia y tradición que Daniel describía, y escuchar hablar así de Álvaro le hacía sentir que era de un desconocido de quien trataban, pero sobre todo le llevaba a preguntarse si todo era tan maravilloso, si todo era tan puro y limpio, ¿por qué no lo había compartido con él? Había aceptado el hecho de que ninguno de los dos tenía pasado. La orfandad primero y el cáncer después habían acabado de un plumazo con la breve reseña de su vida, que se limitaba a unas cuantas fotos de la boda de sus padres en blanco y negro en la que aparecían demasiado serios, y un recuerdo, que nunca supo si era auténtico, de una mañana soleada en la que todos reían en torno a una mesa de desayuno. Ahora se encontraba con que Álvaro tenía una familia. ¿Acaso no la tiene viva o muerta, todo el mundo? Él zanjó todas las preguntas con un «nunca me aceptaron», y asignarle ahora aquel sentimiento de pertenencia le resultaba insultante, pero sobre todo le producía la sensación de haber sido excluido de la vida de Álvaro, «preservado, protegido», decía Mei, pero ¿protegido de qué?

Café renunció a su puesto en la proa y fue hacia ellos.

—Sí, *Café*, ya llegamos —anunció el enólogo.

Redujo la marcha del motor, que quedó en ralentí, y dirigió la embarcación hacia la orilla impulsada por la inercia hasta que detuvo del todo el motor.

Sólo un muro de lajas contenía el bancal que llegaba al mismo borde del río y se elevaba apenas un metro sobre el nivel del agua. Una gruesa estaca hacía las veces de noray, y allí amarró Daniel la embarcación. El agua chapoteó como un cadencioso aplauso entre el muro del bancal y la quilla de la embarcación, y Manuel fue consciente de otro paisaje que se manifestaba ante él en el silencio resultante de apagar el motor; la suave brisa que apenas llegaba a acariciar las hojas, la cuerda que crujía contra la madera del poste con cada cabeceo de la lancha, los pájaros reanimados por la promesa del final de la tarde que emprendían vuelos cortos y tímidos trinos todavía contenidos por el calor.

Se puso las botas de goma y un par de gruesos calcetines que le dio Daniel mientras miraba con desconfianza la pendiente que se inclinaba sobre el río dibujando una escalera de peldaños demasiado pequeños e irregulares, como una cremallera rota, y en la que, estuvo seguro, no cabría entero un pie.

El enólogo se aupó sobre el murete y le tendió una mano. Manuel se volvió hacia el perrito que, indeciso, iba y venía por la cubierta.

—¡Venga, amigo! —le dijo.

El animal se colocó a su lado mirándole de reojo mientras nervioso se pasaba la lengua por el hocico. Lo tomó en sus brazos y sintió el cuerpecillo nervudo, sorprendentemente pesado para su apariencia, y lo empujó sobre el muro. Aceptó la mano que Daniel le tendía y, no sin trabajo, se retrepó en el dique. Apenas había espacio allí para que los dos hombres permanecieran en pie. El enólogo se giró hacia la ladera.

—Sube despacio, un pie tras otro. Si sientes que pierdes el equilibrio, inclínate hacia delante, es imposible caerse.

Manuel no estuvo tan seguro, pero siguió al enólogo, que inició la marcha, aunque *Café* lo adelantó de inmediato. A pesar de los problemas en sus patas traseras, los peldaños irregulares no parecían resultar especialmente penosos para él. Presentaban distintas alturas y anchuras, como diseñados casi aposta para ser distintos, y Manuel descubrió que la dificultad no residía en la estrechez, que tan sólo le permitía apoyar la punta del pie, sino en la anárquica distribución de las lajas que los cubrían y sustentaban, y en la loca secuencia de alturas que jugaba una y otra vez malas pasadas a sus reflejos, que buscaban escalera donde no la había y tropezaban con la que sí.

Avanzaba a trompicones concentrado en la escalada; se sentía un urbanita torpe y lamentaba su falta de voluntad para haberse resistido a aquella aventura. El teléfono móvil comenzó a sonar en su bolsillo como reminiscencia de aquella otra vida tan ajena y lejana, y en aquel emplazamiento le produjo el mismo sonrojo que si hubiera sonado durante una audiencia en el Palacio Real.

El sonido se extinguió, lo que le permitió recuperar la calma. Oyó entonces los ladridos agudos y alegres de *Café*, que desde lo alto del talud parecía celebrar su ascenso.

Daniel se deslizó a la derecha y Manuel le imitó hasta aterrizar sobre una grada de más de un metro de ancho. Se volvió entonces hacia el río. A sus pies, los bancales que le habían parecido perfectos trazos desde el seno del río dibujaban hondas y curvas que se adaptaban con fidelidad a la piel pedregosa de la montaña. Aquí y allá sobresalían rocas profundamente enclavadas en la tierra. Desde arriba, el ímpetu verde de las hojas de vid producía el efecto de una marea esmeralda de olas vivas que la brisa contribuía a amplificar, y allá abajo el curso fluvial oscuro y profundo mecía harmoniosa la lancha, constatando una corriente inexorable que durante la navegación le había pasado inadvertida.

Oyeron un rumor y unas risas que cabalgaban el río, y tras los árboles que esbozaban el inicio de la curva del meandro vieron aparecer una extraña embarcación. Tres chicas iban en ella. No aparentaban años más allá de la veintena y reían mientras con varios cubos de playa, de los que los niños usan para hacer castillos, achicaban el agua del interior de la extraña balsa semejante a una gran caja de pescado de aquellas de madera con las que aún se estibaba el peje en algunas lonjas.

—Es una embarcación típica de la zona: poco más que un cajón, no tiene quilla y está pensada para transportar la uva por el río —explicó Daniel.

—Parece que tienen problemas —dijo Manuel no muy convencido, viéndolas achicar cubitos de agua.

—¡Qué va! Aunque se inundase del todo, eso es insumergible, como un pantalán, sólo deben evitar que el agua moje el motor, y no se las ve muy preocupadas —añadió.

—No —coincidió Manuel sonriendo un poco al oír de nuevo sus risas atropelladas.

—Las conozco, han nacido en el río. No hay peligro.

Aun así, y en buena parte para tranquilizar a Manuel, colocó las manos en forma de trompeta sobre su boca y gritó:

—¡Eh, chicas! ¿Va todo bien?

Las vieron volverse a mirarlos y redoblar sus risas.

—Todo controlado —gritó una de ellas—. *Non morremos hoxe, tranquilo.* —Las otras le respondieron con más risas sin descuidar el achique del bajel.

Las contemplaron en silencio mientras desaparecían en la distancia llevándose su algarabía.

El teléfono de Manuel volvió a sonar y esa vez lo sacó a tiempo de ver en la pantalla la llamada de Nogueira. Pulsó una tecla para enmudecer el aparato, aunque siguió mirando la pantalla hasta que la llamada se extinguió. Consultó y vio que también era del guardia la que había sonado durante su ascenso.

—Puedes contestar si quieres... —le disculpó Daniel.

—No —rechazó—, no es importante.

Y le daba igual que lo fuera, le contestaría más tarde, pero no iba a responder allí a su llamada, y no sólo porque no tendría libertad para hablar, sino porque no quería escuchar a Nogueira allí, en aquel lugar donde aún flotaban en el aire las risas de las chicas y en el que un perro que ahora era suyo festejaba su ascensión por la ladera. Nogueira y sus sospechas, sus copas y sus putas, su gorda barriga y su anillo de casado... Nogueira y su obscenidad implícita, su sospecha constante, sus gestos cargados de reproches e invariable exigencia. Ya hablaría más tarde con él, aunque, ahora lo sabía, había decidido que ese día no le vería. Las cosas no iban a cambiar porque esperase al día siguiente, hoy no tenía fuerzas para Nogueira. Recuperar las que perdió el día anterior le había costado una confesión, una taza de caldo, un perro apaleado, navegar el río y escalar una montaña, y no iba a dejar que ni Nogueira ni nadie vinieran a fastidiarlo.

Recorrieron el bancal sorteando las cepas, ante las que el enólogo se inclinaba a tentar los frutos ocultos entre las hojas. Tomaba ávido entre las manos los racimos grandes de uvas doradas y los palpaba con decidido anhelo. Arrancó un fruto tomándolo entre los dedos y lo apretó calculando la fuerza justa para reventar la tensa piel que lo cubría.

—Esta mañana he acompañado a nuestras viñas a las enólogas del Instituto de Denominación de Origen. La mencía aún tardará una semana más, pero esta variedad, la godello, ya está lista. Vendimiamos este fin de semana; me gustaría que nos acompañases, y estoy seguro de que a los demás también.

Manuel tomó el fruto que el enólogo le tendía. Era terso y oloroso, con un aroma verde y fresco que desmentía el caldo templado que resbaló entre sus dedos.

—¿Los demás?

—El resto de los trabajadores de la bodega.

—Sí —respondió sin pensarlo—, sí, vendré encantado. —Si bien las dudas le asaltaron de inmediato—. Aunque no sé si seré de alguna ayuda, nunca he estado en una vendimia.

El hombre sonreía ahora abiertamente.

—Serás de ayuda, créeme, serás de gran ayuda.

El enólogo se rezagó repitiendo aquí y allá su proceder de cata con las uvas. Mientras, él recorrió los bancales precedido por el perro, que delataba en su comportamiento que no era la primera vez que estaba por allí. Dejó que la palma de la mano acariciase al pasar la superficie áspera de las hojas y se inclinó para tocar la tierra templada por el calor que despedían las lajas, cuya influencia sintió elevarse desde el suelo en una sofocante nube de calor tan seco como el de un calefactor.

—El perro parece familiarizado con este lugar... —comentó.

—Álvaro solía traerlo a la viña desde que lo rescató.

—El veterinario me contó que Álvaro se lo encontró en la carretera.

—¿Eso te ha contado? —contestó evasivo. Y evitando dar más explicaciones señaló hacia el río y susurró—: Debemos regresar, está anocheciendo.

Descendieron hasta el barco de cara a la montaña, tal como habían subido, y Manuel tuvo de reconocer que resultó más fácil de lo que había imaginado viendo desde arriba el barranco. El sol, que aún templaba las laderas, se había extinguido en el río, y en cuanto emprendieron la remontada el sudor que había cubierto su piel formó una película húmeda y sintió frío.

—Ahí tienes el chaquetón —advirtió Daniel, que se había puesto el suyo—. Todavía tenemos días muy cálidos, pero en esta zona, a partir de finales de agosto, las noches empiezan a refrescar, y en el río, en cuanto se retira el sol, la sensación es aún más intensa.

Se puso el chaquetón, que parecía de su talla, abrochó la cremallera hasta el cuello y metió las manos en los bolsillos. Abrió la boca con un respingo por la sorpresa y sacó las manos como si hubieran tocado algo indeseable. No necesitó verlas para reconocer la tersura de los pétalos, la suavidad lechosa, el tallo duro y leñoso. Miró a Daniel, que pilotaba la lancha, en apariencia ajeno a su turbación. Se giró para que no pudiera ver la expresión desconcertada de su rostro, y el resto del viaje permaneció en silencio mirando las quietas aguas del río que habían sepultado siete aldeas. Mientras el sol se ponía y las aguas se tornaban negras sobre aquel lugar, hizo un esfuerzo para odiarlo, para figurárselo siniestro, pero sólo logró verlo más hermoso.

Cuando llegaron al puerto de Belesar, la tarde de septiembre comenzaba a revelar la fuga de luz que iría en aumento según se avanzase hacia el otoño; la bucólica carretera de la tarde se había transformado ahora en una boca de lobo en la que los frondosos castaños sólo contribuían a devorar la escasa luz que desde el cielo llegaba al fondo del cañón. Miró al enólogo, que charlaba animado mientras conducía. No tenía ninguna razón para sospechar de Daniel. Aunque como él mismo admitió, ya se habían cruzado en el funeral y el día anterior en la carretera, acababan de conocerse aquella misma tarde. ¿Qué razón tendría el enólogo para llenar de gardenias los bolsillos del chaquetón que le prestaba? ¿Qué razón tendría alguien para hacerlo?

Daniel le dejó junto a su coche tras establecer la hora en que lo recogería y se despidió hasta el día siguiente.

—Las botas y el chaquetón —le recordó Manuel haciendo el gesto de quitárselo.

—Déjalo, te harán falta mañana.

—Pero ¿no lo echarán en falta? —dijo haciendo un gesto hacia las cuadras.

El rostro de Daniel se vio entristecido de pronto.

—No, era de Álvaro, es el que se ponía siempre para ir al campo... —Se quedó un segundo en silencio como quien toma conciencia de algo de lo que no se había dado cuenta antes—. No lo encontró en la carretera...

—¿Perdón?

—A *Café*... No lo encontró en la carretera. Antes me has preguntado y te he dicho que ésa era la versión oficial, puede que eso fuera lo que les contó a los demás. Álvaro veía al perro cada día camino de la bodega, atado a la intemperie, sin agua, sin comida. A menudo se detenía y le daba de comer y de beber. Me encargó que me enterara discretamente de quién era el dueño: un tipo despreciable que vivía solo. Esa tarde, cuando regresábamos, detuvo el coche junto a la casa, estaba tan indignado que te juro que pensé que iba a partirle la cara, pero no lo hizo. Le vi hablar con aquel tipo y señalar al perro, charlaron durante unos minutos, echó la mano a la cartera y no sé cuánto le daría, pero vi cómo el viejo se quedaba en la puerta contando billetes. Álvaro regresó hasta el borde de la finca, desató al perro y tuvo que cogerlo en brazos para subirlo al coche. La soga que tenía al cuello le había causado un corte horrible y de la herida brotaba un olor asqueroso. No dije nada, porque me parecía loable lo que estaba haciendo, pero lo cierto es que cualquier precio que hubiese pagado por él parecía mucho por un animal que, yo estuve seguro, no pasaría de aquella noche. Sin embargo —dijo volviéndose a mirarlo—, ahí lo tienes.

Café, sentado en el sendero, le observó cabizbajo y de lado.

—Gracias... —murmuró Manuel asintiendo levemente.

Daniel asintió entristecido. No dijo nada, arrancó el coche y levantó la mano a modo de despedida antes de desaparecer en la oscuridad. Era evidente que había apreciado a Álvaro: Manuel se preguntó hasta qué punto, ¿hasta el de llenar sus bolsillos de gardenias? Pero no había estado con Daniel hasta esa tarde, ¿cómo se explicaba la aparición de las flores en las anteriores ocasiones?

—Y ¿qué mierda significan? —dijo en voz alta.

Permaneció unos segundos en la oscuridad mientras sus ojos se acostumbraban a la penumbra anaranjada de las farolas que bordeaban la casa y que no llegaban a iluminar el camino. Encendió la linterna de su móvil mientras veía las cinco llamadas perdidas de Nogueira y sentía un regusto malicioso por no haberle contestado.

Avanzó unos cuantos pasos hacia las cuadras hasta que se percató de que *Café* no le seguía. Se giró y alumbró con la luz al perro, inmóvil junto a su coche.

—¡Vamos, chico! —lo animó.

Pero *Café* no se movió de donde estaba.

Regresó junto a él y lo iluminó desde arriba sonriendo ante el gesto cercano al disimulo con el que miraba de lado.

—Tienes que entrar —le dijo—. No puedes quedarte aquí, vamos —insistió fingiendo varias veces que emprendía el camino y sin que la postura del perrito se alterase lo más mínimo.

Volvió de nuevo atrás y se agachó extendiendo la mano

como había aprendido para permitir que fuera el animalillo quien avanzase un paso hasta dejar su cabeza bajo la palma. Lo acarició unos segundos mientras recordaba el interior de las perreras y la celda asignada a *Café* al final del pasillo de la jauría. Se puso en pie y abrió la puerta del coche.

Café saltó dentro, aunque en el último instante las patas traseras le fallaron y quedó colgando del asiento. Lo empujó un poco y vio cómo se acomodaba en el lugar del copiloto.

Antes de arrancar dedicó un último vistazo a la casa. En el mirador del piso superior se recortaba una oscura figura que permaneció inmóvil mientras él enfilaba el camino hacia la salida.

Condujo arrepintiéndose de su decisión todo el trayecto mientras se preguntaba qué iba a hacer con el perro. Resultó que el dueño del hostal planteó muchos menos problemas de los que había calculado. Si pagaba el doble, podía tener al animalillo en su habitación siempre que no hiciera sus cosas allí y durmiese en el suelo. Asintió como un autómata, consciente de que no podía prometerlo, y siguió arrepintiéndose mientras esperaba en el pasillo a que el hombre le trajese la manta vieja que le había ofrecido y se daba cuenta de que no sabía nada sobre el animal. ¿Lo habrían educado para no hacer en casa sus cosas? Era tarde para echarse atrás. Aceptó la manta, un cacharro para el agua y el bocadillo de filete que la esposa del hostelero le subió a su cuarto acompañado de unos restos para el perro, casi tan apetecibles como su propia comida. Después de cenar dispuso la manta para *Café* bajó el televisor y llamó a Nogueira.

—¡Joder! Llevo toda la tarde intentando hablar con usted, ¿dónde se mete?

Manuel apretó los labios en un gesto de contención y negó con la cabeza antes de contestar.

—He estado ocupado.

—Ocupado... —repitió el guardia de aquel modo que tanto le molestaba—. ¿Ha estado en As Grileiras?

—Sí, pero antes de eso fui a ver a Lucas, al padre Lucas

—aclaró—. Tras la conversación que tuvimos ayer me quedaron muchas dudas...

—Ya lo sabía —contestó jactancioso Nogueira—, y le felicito por su iniciativa. No sé qué le diría, pero después de su visita el cura me llamó para hablar conmigo. Me explicó con detalle lo que pasó la noche en que Fran murió, lo que trataron y lo que él piensa, excepto, claro está, lo que le contó durante la confesión.

Alarmado de pronto, se preguntó si también le habría mencionado la persona que vio entrar en la iglesia y sus dudas sobre su identidad.

—No es mucho más de lo que ya sabíamos, pero tengo que reconocer que planteado desde su punto de vista aumenta mis dudas de que se suicidase, aunque tampoco viene a reforzar la idea de que fuera un accidente: el padre Lucas está casi seguro de que Fran no hubiera tonteado con las drogas ni para darse un alivio. Pero eso sí, de lo que está convencido es de que no se mató, y de momento me inclino por su teoría... Lo refuerza el hecho de que alguien entrara en la iglesia después de que el cura saliera.

Manuel contuvo el aliento esperando las palabras de Nogueira mientras se reconvenía a la vez por su actitud. ¿Por qué le preocupaba que recayeran sospechas sobre Álvaro cuando él era el primero en dudar? ¿Era capaz de admitir una implicación de Álvaro en lo que fuera que le sucediese a Fran aquella noche? No quería pensar; sin embargo, quién podría reprocharle sus dudas. Álvaro le había ocultado a los ojos de los demás como un secreto vergonzoso. ¿Cuán importante era para él guardar las apariencias? ¿Era para Álvaro primordial preservar el buen nombre de su familia por encima de todas las cosas, como lo había sido para su padre?

«Sabes que no», le amonestó su voz interior.

«Porque conocía a ese hombre mejor que nadie en el mundo», resonaron las palabras de Elisa.

«¡Cállate!», le ordenó a aquella voz.

—Dice que no pudo distinguir quién era, pero esto cambia bastante las cosas. Esa persona sería la última en ver con vida a Fran, y ya es sospechoso que, si no tuvo nada que ver, no lo dijese tras aparecer el chico muerto... En fin. —Suspiró—. ¿Qué ha sacado de As Grileiras?

Respiró aliviado y culpable a la vez.

—A Santiago no le ha hecho ninguna gracia verme por allí y menos aún cuando le he preguntado por el dinero. Ha habido un momento en el que ha llegado a decirme que no era nadie para pedirle explicaciones.

—¡Ja! —se regocijó Nogueira al otro lado de la línea.

Manuel supo que sonreía. Aquello le divertía; la humillación de la familia Muñiz de Dávila le complacía sobremanera y no le pareció mal, pero se preguntó por qué.

—Al final admitió haber pedido el dinero. Santiago dice, y Griñán confirma, que desde hace un año estaban aumentando la cuadra con nuevas adquisiciones, que surgió la oportunidad de comprar un caballo en una operación rápida y que para eso pidió el dinero.

—¿Trescientos mil euros para un caballo?

—Era un caballo inglés de carreras. Hace un año Santiago compró otro que casi alcanzó esa cifra.

—¡Joder!

—Pero ese caballo resultó un fiasco, tiene una lesión y no podrá competir jamás. Por las condiciones en las que se llevó a cabo la compra, no hay opción a reclamar, con lo cual la inversión se fue por el sumidero, y a partir de ese momento Álvaro prohibió a su hermano cerrar una sola transacción sin el informe del experto. Esto me lo han confirmado tanto el veterinario como Griñán, así que su explicación de que Álvaro acudió sólo por la posible compra de un caballo de ese precio pierde por completo credibilidad. Ambos están de acuerdo en que Santiago sabía que Álvaro no lo habría consentido y que sin el informe ni siquiera lo habría tenido en cuenta.

—Así que el hermanito miente descaradamente.

—Bueno, no es tan imprudente; se cubre las espaldas, ya que él mismo admite que ésa fue la razón de que Álvaro le denegara el dinero.

—Pero si ya sabía que sin el informe del experto no habría dinero, que su hermano ni siquiera se molestaría en pensarlo, ¿qué sentido tendría pedirlo? Y si las cosas estaban así, ¿qué sentido tendría que Álvaro viniese hasta aquí sólo para decirle que no?

—Eso pienso...

—¿Qué más?

—Bueno, que a Santiago no le gusta que su mujer trabaje...

—¡Que no le gusta! ¡No te jode, pero si cultiva flores! Si tuviera que limpiar culos de enfermos en un hospital como la mía...

Era la primera vez que Nogueira hacía referencia a algo relativo a su familia. Manuel lo apuntó mentalmente mientras contenía las ganas de contestar: «Sí, te preocupa mucho que tu mujer limpie culos en un hospital, pero luego te vas de putas; eso sí, te quitas la alianza mientras lo haces para que sea menos pecado».

—Y que al ayudante de Catarina no le gusta cómo la trata su marido. Hoy la pareja ha protagonizado una escenita un poco desagradable y el tipo apenas se podía contener.

—¿Cree que están liados?

Suspiró ante la simplificación del mundo de Nogueira.

—No lo sé, es evidente que la aprecia, pero creo que se trata de otra cosa —dijo recordando el modo en que Vicente había hablado de ella en el invernadero—. Nogueira, iba a decirle que quizá hoy...

—Sí, precisamente le llamaba por eso, hoy no podemos quedar.

Manuel se sintió decepcionado de una manera infantil. Había deseado tanto decirle que no, hasta había ensayado mentalmente su negativa a acompañarle ese día en sus lances y se había imaginado el fastidio del teniente cuando se lo dijera.

—¿Recuerda que le dije que conseguiría que alguien nos trajese el coche de Álvaro desde el depósito de la comandancia...? Ofelia y yo lo hemos revisado y ahora estamos con las llamadas.

—Creía que ya habíamos extraído de las facturas toda la información posible.

Nogueira guardó silencio unos segundos, y cuando habló lo hizo con el tono de quien concede una explicación que no está obligado a dar.

—¿Sabe?, casi todo el mundo tiene un teléfono móvil, pero muy poca gente sabe lo que tiene realmente entre las manos. El teléfono de Álvaro es un aparato de última generación: permite, como en todos, ver los números a los que se ha llamado y desde los que se han recibido las llamadas y su duración, pero además tiene activado un servicio de ubicación que nos da la situación exacta del teléfono en el momento en que se realizó la conexión. Además, y esto es más complicado, estamos tratando de identificar a quién pertenecen los números a los que llamó o desde los que recibió llamadas.

—¿Esclarece algo saberlo?

—De momento acabamos de empezar con los teléfonos, pero ya hemos revisado el coche y por eso me urgía hablar con usted.

Manuel esperó en silencio.

—Ofelia dice que recuerda que la noche del accidente, cuando examinó el cuerpo en el coche, allí había un navegador que ahora no está.

—Sí, Álvaro llevaba un navegador, era un TomTom. Hacía años que lo tenía y, aunque se podía haber puesto uno de serie cuando compramos el coche, prefería llevar ése, decía que tenía grabadas sus rutas y que era fiable al ciento por ciento.

—Ya. —Chascó la lengua con desagrado—. No sé si lo sabe, en los navegadores que vienen de serie en los vehículos queda constancia de todas las rutas y direcciones; aunque se borren, incluso aunque se reseteen las direcciones, pueden recuperarse de la memoria.

—¿Qué quiere decir con eso?

—Que a menudo las personas que no tienen interés en que se las rastree prefieren un navegador portátil que puedan llevarse consigo o destruir sin tener que arrancar el salpicadero del coche.

—Existe otra opción...

Esta vez fue Nogueira el que esperó en silencio.

—Que alguien se lo quedase. Un accidente de tráfico, el único ocupante ha fallecido, un navegador portátil del que nadie va a tener la certeza de que estuviera allí y por lo tanto es poco probable que se reclame...

El tono de Nogueira se endureció notablemente cuando dijo:

—No sé de quién se cree que está hablando, pero la Guardia Civil atiende miles de accidentes cada año en este país y nuestra honradez está por encima de toda duda. Nos jugamos la vida y muchas veces la perdemos ayudando a los demás. Respondo de la honradez de todos los guardias de ese cuartel. En la Guardia Civil no hay ladrones.

—Sólo digo que pudo ocurrir. —Manuel se mantuvo firme.

—No, no pudo ocurrir, lo que sí puede haber pasado es que se depositase en otra caja aparte y olvidaran dárselo. Reclámelo, necesitamos saber dónde estuvo y adónde iba cuando falleció, y puede que esa información aún esté en el navegador.

—Llamaré mañana —accedió Manuel.

—Pasaré a recogerle tarde, sobre las doce. La prostituta con la que tenemos que hablar estará trabajando mañana por la noche.

Estuvo a punto de protestar. La noche anterior había jurado que por nada del mundo iba a volver allí; sin embargo, ese día sabía que tenía que hacerlo, no tanto por no contrariar a Nogueira como porque, a pesar de que le resultaba insoportable, debía reconocer que el compromiso de aquel hombre con la verdad era bastante superior al suyo, que en las últimas horas había fluctuado de la exigencia más absoluta frente a Lucas al deseo de que no le hubiera contado toda la verdad a Nogueira. Sólo por eso ya se lo debía. Se despidió y colgó. Necesitaba huir y lo hizo.

Escribió sin interrupción durante al menos cuatro horas en las que el perro permaneció inmóvil tumbado a sus pies mientras pensaba que quizá no había sido tan mala idea sucumbir al impulso de traérselo.

DE TODO LO NEGADO

Se quedó inerte. Por un momento comprendió que no importaba lo que sintiera o lo quisiera hacer, que daban igual las circunstancias que le rodearan porque una fuerza aterradora e inexplicable le proyectaba contra la realidad. La inercia le estampaba contra la realidad, sin apasionamiento ni cargo, y le llevaba en la dirección que marcaba el universo.

Eran casi las dos cuando, cediendo a los incesantes bostezos del animal, dejó la escritura y volvió a ponerse el chaquetón para sacar un rato a *Café* en previsión de que hiciera «sus cosas». De vuelta en la habitación, vació con cuidado el contenido de los bolsillos del chaquetón en el cajón de la mesilla y permaneció unos segundos mirando las gardenias, como si de la simple observación de las flores pudiera arrancarles algún sentido. Cerró muy despacio el cajón sin perderlas de vista hasta que oyó la madera chocar con el tope. Recordó entonces la fotografía que había llevado todo el día consigo. Tiró de ella y sintió cómo sus esquinas curvadas quedaban trabadas en el satén del interior del bolsillo. La mirada confiada del chico le alcanzó desde la imagen. La examinó durante unos minutos, los gestos de los niños, el lenguaje de sus manos, la abierta camaradería de Lucas que excluía a Santiago, el gesto posesivo del niño pequeño y el chico de mirada limpia, altivo, orgulloso, como el príncipe de un cuento.

Abrió el cajón para depositar allí la foto y al ver las flores optó por devolverla al bolsillo de la chaqueta. Se metió en la cama y apagó todas las luces, pero dejó encendido el televisor, sin volumen. Por un momento se preguntó si molestaría al perro y se sintió un poco estúpido por planteárselo. Sobre la manta, *Café* le estudiaba con la cabeza colocada entre las patas delanteras. Manuel lo contempló con compasión. El animal le daba mucha pena, pero aún no había decidido si su compañía le agradaba. De todos modos, su mirada de agua le turbaba; la presencia constante de un ser vivo que le observaba y la certeza de que el animal sabía quién era él le desconcertaban. Nunca había tenido una mascota; en la infancia, que era cuando imaginaba que surgía ese deseo, era simplemente impensable, y cuando fue mayor nunca sintió esa llamada hacia la responsabilidad en la que otros habían caído prendados. Suponía que le gustaban los animales, pero del mismo modo en que le gustaban los violines o las esculturas de Botero, sin ningún afán de posesión. Echó una nueva ojeada a la tele y decidió dejarla encendida, al menos durante un rato. En cuanto cerró los ojos, sintió el brinco sobre el colchón. Sobresaltado se sentó y miró a *Café*, que de pie sobre sus patas le observaba fijamente desde los pies de la cama. Hombre y perro quedaron así, inmóviles, estudiándose durante unos segundos, atendiendo una demanda, esperando una respuesta.

—Supongo que si pagas como cualquier huésped también tienes derecho a dormir en una cama.

El perro se ovilló a sus pies y Manuel volvió a recostarse sonriendo. Un minuto más tarde apagó el televisor.

El niño no lloró esa noche por primera vez desde que Manuel había llegado a Galicia.

DEL TRABAJO DEL HOMBRE

—

Heroica estaba construida como si resbalase por la ladera. La primera impresión que ofrecía al visitante que accedía desde la carretera era, aunque la entrada se veía muy cuidada, la de que estaba ante una caprichosa pequeña villa encargada quizá a un ambicioso arquitecto, destinada a ser refugio en invierno de un escritor insociable.

Delataba su uso una báscula industrial para el pesaje de la uva que ocupaba buena parte de la entrada frente a la edificación, a la que se accedía por una rampa, además de los cuatro escalones que se habían construido en rebaje para aprovechar la inclinación natural del suelo. La puerta, semejante a la de cualquier casa de campo, era sin embargo de hoja doble para permitir la entrada de los carretones de uva. A su lado, una gran vidriera de cuarterones reforzaba la idea de moderna residencia rural. Las puertas aparecían custodiadas por farolas de forja que surgían de la pared y maceteros fabricados con antiguos barriles. De las vigas del porche pendían cestos de castaño trenzado que contenían floridos geranios de gitanilla de flores mínimas que rozaban la cabeza al pasar, liberando su perfume de manzanas.

Una veintena de hombres, quizá más, se repartían por las escalinatas y el pequeño porche y se giraron alertados por el ruido del motor cuando llegaban.

—*Bos días* —saludó Daniel mientras bajaba del coche.

Los hombres le contestaron, aunque todas las miradas estaban puestas en Manuel. *Café* fue hacia ellos y la mayoría se agachó para saludarlo.

—¡Hombre, *Café*! ¿Tú por aquí? —bromeó uno de los trabajadores.

—Bueno, como veis, hoy estará acompañándonos en la viña don Manuel —dijo, y volviendo la cabeza hacia él añadió con un amplio gesto hacia el grupo—: Ellos ya se irán presentando, que son muchos y tenemos todo el día por delante.

Los hombres respondieron alzando la mano o inclinando la cabeza. Él les correspondió de igual manera.

—Ahora vamos a ponernos en marcha mientras yo le enseño la bodega a Manuel —animó el enólogo—. Luego bajaremos con un grupo a las *muras* de *ribeira* para que el jefe pueda veros trabajar.

Manuel, desconcertado por el título, se volvió para protestar, pero los hombres ya formaban animadas cuadrillas dirigiéndose hacia el lateral de la bodega.

—La parte viva de una bodega —dijo Daniel mientras abría la puerta principal— no tiene mucho sentido si no la ves durante el trabajo. Voy a enseñártela, aunque cuando de verdad podrás percibirla en toda su dimensión será esta tarde, cuando regresemos de la viña, y mañana, cuando los viticultores a los que les compramos la cosecha vengan a traerla.

Empujó las puertas y ante Manuel apareció una sala que le asombró por sus dimensiones. Completamente embaldosada del suelo al techo y forrada de plástico grueso y transparente como si se dispusieran a pintar, se extendía durante muchos más metros de los que aparentaba.

—Vista desde el exterior no imaginaba que fuera tan grande —dijo.

Avanzó hacia el interior, en el que las numerosas máquinas casi parecían flotar en el diáfano espacio, cuyo efecto contribuía a aumentar la luminosidad que penetraba por las ventanas de la parte trasera.

—La bodega original ocupaba lo que ahora es la planta

baja y ésta se construyó en el siguiente escalón natural apoyando parte de la estructura en la anterior y extendiendo otra parte hacia el barranco por medio de enormes columnas que actúan como cimientos al aire enclavados en el cerro a gran profundidad.

Se acercó a las ventanas que miraban a la vertiente de la montaña en la que confluían varias laderas cuyas faldas se dividían en cientos de simétricos escalones repletos de viñas y rematados en el fondo del valle por una hilera de castaños imponentes que tocaban con sus ramas más bajas las aguas del río. A media altura, misteriosamente sostenido, se mantenía un velo de niebla gris, no demasiado denso, que permitía atisbar las viñas, que con el primer sol comenzaban a brillar bañadas de aquel efluvio que se elevaba desde el río.

El enólogo abrió una puerta lateral y la estancia que Manuel encontró ante él le sorprendió más aún. Casi todos los tabiques que daban al exterior eran ventanales; los muros y el suelo aparecían forrados de madera y en el techo eran visibles unas oscuras vigas que lo atravesaban de lado a lado. La estancia se extendía hacia un amplio balcón exterior que pendía sobre el precipicio y producía la sensación de estar colgando en el vacío. Vio a los hombres que descendían por la ladera iluminada por el sol indeciso de la mañana, que aún no invitaba a desprenderse del abrigo; atravesaban la cortina de niebla y reaparecían unos metros por debajo. Desde la planta principal se elevaba una escalera ancha y de madera oscura que llevaba a un comedor abierto a la planta con una balaustrada de forja. Un rincón cerca del ventanal de cuarterones y contenido por un mostrador exhibía las botellas con sus etiquetas; la presencia discreta de una caja registradora le hizo suponer que allí se vendían los vinos al público.

Tomó en sus manos una botella. La etiqueta proclamaba el nombre con el que Álvaro había bautizado bodega y vino: Heroica. El blanco impoluto en la etiqueta era norma tan sólo infringida por las letras en plata con un trazo orgulloso que parecía escrito en metal fundido. En las entregas de la H se veían cúmulos de plata, como si allí se hubiera depositado el metal candente, y la cola de la última letra se había prolongado en un trazo osado extendido con pasión hasta la extinción del metal. Sintió cómo su corazón perdía un latido al reconocer la caligrafía de Álvaro.

Manuel pasó los dedos suavemente sobre las letras antes de devolver la botella a su lugar.

—Has dicho que otros productores traerán su cosecha. ¿Formáis una especie de cooperativa o algo así?

—Cuando Álvaro tomó las riendas del negocio nos manteníamos con la producción propia, pero pronto nos dimos cuenta de que sería insuficiente para atender la demanda, así que compramos las cosechas de cientos de pequeños viticultores que venden al mejor postor. Éste es el modo en que la gente entiende aquí el vino, en pequeñas parcelas que se dividen una y otra vez entre los miembros de una familia hasta resultar minúsculas; aun así no encontrarás fácilmente a gente dispuesta a vender la suya. —Se detuvo un instante como si fuera a decir algo más que al final decidió callar.

Salieron de la recepción y descendieron por el inclinado lateral por donde los hombres habían bajado hacia la viña. Alcanzaron una explanada a la que llegaba una pista de cemento por la que bien podría haber accedido un camión y que resultaba invisible desde arriba. Conducía a un inmenso portalón que ocupaba de suelo a techo toda la pared de la nave sobre la que reposaba, como un escalón invertido, el edificio superior.

—Aquí están las cubas y es donde trabajamos la mayor parte del tiempo, pero ahora todos los hombres están en la *ribeira*. Entremos a saludar —animó Daniel.

El enólogo empujó una de las hojas del portón, que sólo estaba entornada. En el interior, cuatro hombres se afanaban con lo que parecía una máquina hidrolimpiadora dirigiendo sus boquillas al interior de una gigantesca cuba de acero.

Hacía frío allí. Sobre los monos de nanquín de color azul Vergara que no había vuelto a ver desde su infancia, portaban gruesos chalecos acolchados, y su aliento, unido al vapor que como un moderno dragón desprendía la máquina, se elevó formando volutas de vaho que delataban que se hallaban muy por debajo de la temperatura exterior.

Detuvieron la ruidosa máquina al verlos entrar, y un quinto hombre asomó por la puerta semejante a un ojo de buey en la parte inferior del tanque. Manuel percibió de inmediato el modo en que se erguían y valoraban su presencia decidiendo si era hostil o no. Saludaron apocados y sus voces resonaron como un eco lejano en la altura de la nave.

—Están limpiando el interior para recibir el nuevo vino, y la mejor manera de hacerlo es desde dentro —explicó Daniel—. Mario es el más delgado y le toca entrar a la cuba —dijo haciendo una señal hacia el hombre, que se agachó para que pudieran verle y los saludó con un encogimiento de hombros ante el dudoso honor.

—Será mejor que no molestemos —se disculpó Manuel alzando brevemente la mano como despedida a los hombres, que permanecieron inmóviles en su sitio hasta que se quedaron solos.

Descendieron rebasando los primeros bancales y a los vendimiadores que trabajaban inclinados sobre las plantas y depositaban los racimos en cajas azules de plástico que se amontonaban al principio de cada escalón.

Daniel llamó por su nombre a media docena de vendimiadores que descendieron junto a ellos toda la ladera hasta alcanzar la orilla del río. Guiándole hasta un escalón que nadie ocupaba, se inclinó sobre una planta para mostrarle cómo recolectar el fruto sin dañarlo. Con la mano izquierda tomó el racimo del mismo modo que se toma a una criatura, con firmeza para evitar que se caiga, pero con cuidado para no dañarlo, y con la mano derecha segó de un solo tajo el rabillo que sostenía el manojo, que quedó recostado en su mano como un párvulo dormido.

—Estoy seguro de que te va a gustar vendimiar —explicó Daniel—. Es el trabajo más primitivo y humano: antes incluso de que el hombre aprendiera a cultivar ya era recolector, y frugívoro antes que carnívoro.

Manuel, rechazando ponerse los guantes, se inclinó sobre la planta y aceptó un hocete que encontró sumamente anatómico, como si guardase una memoria que se adaptaba muy bien a la forma de su mano y a la vez le contuvo la prudencia que se tiene cuando se es consciente de portar un arma. Tomó un racimo que sintió fresco y terso e, imitando al enólogo, deslizó la hoja del hocete sobre el rabillo con un movimiento rápido semejante a un tirón. Tuvo que usar las dos manos, pues el fruto se desparramó entre sus dedos estropeando lo que podría haber sido una perfecta ejecución. Aun así, Daniel lo aprobó.

—No te preocupes, cuesta un poco encontrar el grado de fuerza para sostenerlo sin aplastarlo, pero por lo demás se diría que no es la primera vez que vendimias.

Manuel se enderezó sonriendo mientras se sujetaba los riñones.

—Creo que al final del día ninguno de los dos diremos eso.

El enólogo le acompañó durante unos minutos. Cuando estuvo seguro de que no se amputaría un dedo le dejó solo. Manuel se sintió entonces observado y al alzar la mirada encontró los ojos de aquellos hombres, pero no tenían mala intención ni censura, tan sólo curiosidad y, más tarde lo supo, un poco de esperanza.

Trabajó en silencio, alejado de los demás y concentrado en los frutos, que se iban tornando más aromáticos según avanzaba la mañana y el sol los iba templando. Distinguía el aroma amaderado de las viñas viejas, del granito del suelo mezclado con las hierbas aromáticas que crecían al borde de los bancales y otro más cítrico y fresco, como a mandarinas. Buscó con la mirada su origen y vio que al final de las parcelas más septentrionales crecían limoneros y naranjos, lo que motivó su asombro. *Café* se movía con soltura por las terrazas, casi como si fuese saludando de uno en uno a los vendimiadores, pero después de un rato se tumbó a su lado y dormitó tranquilo estirado sobre el chaquetón que Manuel se había quitado, templado ya por el sol que avanzaba calentando las lajas de las *muras* y que había dispersado por completo la niebla. Acarició a su perro apaleado consciente de estar siendo observado, y sin levantar la cabeza guiñó un ojo al animal y regresó al trabajo.

—¡Eh, señor marqués!

Se volvió sorprendido hacia la terraza superior y vio a un paisano que sostenía una bota de vino. El hombre alzó el pellejo mostrándoselo.

—¿Quiere un trago de vino?

Sonrió aceptando y acercándose al borde de la bancada para alcanzar la bota que le tendía.

—Yo no soy marqués —dijo sonriendo al tomar la bota.

El hombre se encogió de hombros como si no le creyera.

El vino le supo bueno: tenía un olor fuerte, con toda probabilidad acrecentado por el del pellejo de cuero; era fresco y oloroso y le dejó en la boca un punto de acidez casi perfecto que le trajo la lozanía refrescante del verano.

—¡Beba, beba, hombre! —animó.

Tomó un nuevo trago y se la devolvió.

—Vamos a parar para almorzar —le informó el hombre al que llamaban el Abu, y el único que se había dirigido directamente a él, haciendo un gesto hacia los jornaleros, que se repartían fragantes trozos de pan oscuro y toscos trozos de queso.

Mientras almorzaban, Manuel vio pasar una de aquellas curiosas embarcaciones y Daniel le dedicó una mirada cómplice.

—Abu, ayer, cuando estábamos en las *muras* de Godello, vimos a tus hijas en una barcaza, iban achicando agua con un cubo y Manuel se preocupó por que pudieran irse a pique —dijo divertido.

Manuel alzó la cabeza sorprendido.

—*Eso no hunde, home!* —exclamó divertido el Abu volviéndose a compartir la gracia con los otros trabajadores—. ¡Si los del *Titanic* hubieran tenido unas de ésas, aún andaban por ahí flotando!

Los hombres rieron.

Manuel sonrió pensando en la algarabía de las chicas, sus voces flotando por el río, las risas frescas y despreocupadas, y el modo en que los habían saludado alzando los brazos.

—Entonces, ¿eran sus hijas?

—Eran y son —afirmó con la sorna típica que ya comenzaba a distinguir en la zona—, y seguro que hoy también andan cerca, están vendimiando nuestra parcela.

—Pero ¿usted también tiene viñas? —preguntó contento de encontrar un tema común con aquellos hombres que sentía a la vez próximos e inaccesibles.

—Todo el mundo tiene viñas en la Ribeira Sacra, aunque sea una pequeña parcela. Las de mi familia no tienen nada que ver con las viñas de heroica, es un *pedaciño pequeno* y muy inclinado, pero desde que entró en vigor la denominación de origen mis hijas sacan para ganarse la vida y al menos no han tenido que irse, como otros.

—Pues me alegro, hombre —respondió sinceramente—. Salúdelas de mi parte y dígales que me alegro de que no se fueran a pique.

El Abu sonrió negando con la cabeza como si hubiera dicho una tontería y siguió comiendo.

El día avanzó hacia la tarde proyectando espejismos acuosos por el calor que desprendía el cascajo candente de sol acumulado. A ratos, la brisa que cabalgaba el río enfriaba el sudor sobre la piel curtida de los trabajadores, que según iban llenando las cajas las colocaban en el borde del bancal y que cuando terminaron de recoger la uva formaron una cadena y fueron pasándose las barquillas hasta llegar a la defensa de piedra al borde del agua y desde allí al único tripulante, que las fue repartiendo sobre la extraña barcaza, primero sobre la superficie de la lancha, y después en altura hasta que casi resultó invisible entre ellas.

—Heroica es de las pocas bodegas que ha colocado guías

metálicas para trasegar la uva ladera arriba, la única modernidad que nos hemos permitido en la Ribeira Sacra en dos mil años —explicó Daniel—, pero no son eficaces en las *muras de ribeira* con esta inclinación. Resulta más práctico llevarla en la lancha hasta el puerto de Belesar, y desde allí dando la vuelta por carretera hasta la bodega.

Hacia las cinco de la tarde, el enólogo dio por concluido el trabajo con la promesa de una comida en condiciones, y los hombres comenzaron a ascender por la ladera.

Hizo una seña a *Café*, que se desperezó lentamente y le esperó paciente junto a los escalones, que ya percibía impracticables. Alzó el cuerpecillo tenso y tembloroso; Manuel lo cogió en brazos y comenzó el ascenso tras el hombre al que llamaban el Abu. Debía de tener al menos veinte años más que él, pero subió con rapidez colina arriba forzándole a seguirle mientras sentía arder todos los músculos de sus piernas. Al llegar a lo alto depositó en el suelo a *Café* que, ingrato, lo abandonó dedicándole una de aquellas mal disimuladas miradas de medio lado mientras Manuel intentaba, inclinado hacia delante, recuperar el aliento.

—Los fines de semana suelen venir a trabajar chicos jóvenes, de esos que van todos los días al gimnasio —le explicó el hombre—. Yo les advierto que esto es muy duro y siempre se ríen de mí y sacan pecho: «Nosotros somos jóvenes y estamos en forma», dicen, pero más de uno, después de vendimiar el sábado, el domingo no podía levantarse de la cama.

—Le creo —jadeó Manuel.

—Usted lo está haciendo bien —concedió el hombre antes de seguir a *Café* dejándolo solo.

La algarabía de treinta personas sentadas a la misma mesa sugería celebración. Habían puesto patatas asadas y ensaladas verdes y, enseguida, bandejas repletas de churrasco que los bodegueros habían asado en la parrilla exterior usando como combustible los sarmientos de la propia viña. El vino se escanciaba en copas que pronto tintinearon en brindis cargados de buenos deseos para la nueva cosecha. Daniel, sentado a su lado, le tendió una copa mientras le hacía reparar en el color del vino.

—Los tintos jóvenes son de un color violáceo, que se va atejando en los crianzas en barrica de roble. ¿Recuerdas las uvas mencía que te mostré ayer junto al río? Las recogeremos dentro de una semana si continúa el buen tiempo.

Manuel evocó el fruto cálido de carne cristalina y piel gruesa y asombrosamente negra que parecía helada en algunos lugares, como cubierta de escarcha. Observó a contraluz cómo en la superficie y alrededor de la copa se dibujaba sobre el vino brillante y cristalino un fino anillo entre granate y violeta.

Comieron sin excesiva ceremonia y sin entretenerse demasiado. En lugar de postre sirvieron un oloroso café de pota que trajeron a la mesa en marmitas metálicas y que Manuel tomó solo a pesar de que no era su costumbre.

Algunos hombres comenzaron a levantarse a estirar las piernas, y el grupo que había visto trabajando en el interior de la bodega por la mañana se acercó para ocupar las sillas libres a su alrededor. Uno de los hombres que Daniel le presentó como el contramaestre se dirigió a él, miró al enólogo, que asintió y después dijo:

—Mire, señor marqués...

Él alzó una mano deteniéndolo.

—Manuel, por favor.

El hombre volvió a empezar evidenciando el esfuerzo.

—Vale, Manuel, sé que Daniel ya le ha puesto un poco al día de cómo va la bodega y además cuenta con toda la información más detallada que podrá darle el señor Griñán.

Manuel le observó moverse incómodo en la silla y casi sintió piedad. Se le veía nervioso, pensando bien lo que iba a decir, que debía de ser importante porque los otros hombres miraban al vacío concentrados y asintiendo a cada una de sus palabras.

—Creo que ya ha visto un poco cómo trabajamos —continuó—, la importancia que tiene aquí cada planta y, como consecuencia, cada centímetro cuadrado de tierra.

Manuel asintió gravemente viendo cómo su gesto tenía el efecto inmediato de reforzar la seguridad del hombre.

—Bueno, ahora ve la bodega a máximo rendimiento, pero en invierno esto es otra cosa. Desde hace unos meses venimos estudiando la posibilidad de adquirir la viña colindante. Pertenecía a un hombre que la trabajó solo durante toda la vida, pero falleció hace unos meses y la sobrina que la ha heredado únicamente piensa en vender. Lo mejor es que, unida a la viña, va la casa y casi una hectárea de tierra que no se ha plantado jamás y que está al lado del aparcamiento de la bodega.

El hombre tomó un corcho de la superficie de la mesa y comenzó a desplazarlo inconscientemente, como si imprimiese invisibles tampones, y delatando que llegaba a la parte difícil de su exposición.

—El día en que don Álvaro tuvo el accidente vino aquí por la mañana y nos comunicó que había decidido seguir adelante con la compra, pero la propietaria dice que no sabe nada, lo que nos lleva a pensar que quizá no tuvo tiempo de hablar con Griñán..., y..., bueno... Daniel le podrá explicar mejor que yo la ganancia para el vino que sería hacernos con esas viñas viejas, pero es que además supondría tener faena con la construcción de los bancales, y la plantación representaría carga de trabajo para todo el invierno y para todo el personal actual de la bodega. Además, podríamos reformar la casa para convertirla en un almacén, que nos vendría muy bien para despejar el principal y, bueno..., lo que queríamos saber es si usted va a llevar este proyecto adelante... o no.

El hombre permaneció en silencio, y se diría que contenía la respiración mientras todas las miradas confluían en Manuel. Para hacer tiempo, este último tomó su taza de café, que ya estaba frío, y bebió un sorbo mientras pensaba.

—Bueno —dijo—, no sabía nada de esto y me temo que Griñán tampoco me lo ha comentado...

—Pero ¿cree que podrá llevarse a cabo? —preguntó el que se llamaba Mario, que por su delgadez era el que limpiaba las cubas por dentro.

Se sentía atrapado. Los ojos, las manos, la postura corporal de aquellos hombres demandaban respuestas, una seguridad que no podía darles.

—La propietaria dejó caer que podría haber otra bodega interesada... No podemos permitir que se nos adelanten, y menos aquí, en el cañón.

Daniel tomó la palabra.

—En el cañón se dan las mejores características para criar este vino, no solamente por lo que ya te he explicado relativo a la climatología, sino porque además estamos a doscientos cincuenta metros sobre el nivel del mar y el suelo aquí es granítico y no pizarroso y esquistoso como en otras áreas de la Ribeira Sacra. Por sus características es perfecto. Yo acompañé a Álvaro a hablar con la propietaria; todo apuntaba a que el trato iría adelante, estoy seguro.

—No sé cuándo podré hablar con Griñán —dijo evasivo.

Sin embargo, por la reacción de los hombres, se diría que les había dado la respuesta que esperaban. El contramaestre le tendió la mano y mirándole de frente le dio las gracias; uno a uno todos los trabajadores fueron repitiendo su agradecimiento mientras se ponían en pie y se despedían.

Daniel le retuvo un instante.

—Estoy dándole vueltas a lo que pudo suceder para que Álvaro se despistara con el asunto del viñedo. Pasó algo raro —dijo pensativo—. Ya me di cuenta mientras hablábamos con la propietaria de que Álvaro estaba pendiente del teléfono móvil, como si esperase una llamada; de hecho, la recibió mientras salíamos de hablar con ella. Estaba a mi lado cuando contestó, después se alejó para seguir con la conversación.

—¿Qué hora era?

—Habíamos quedado con la mujer a las cuatro y la reunión nos llevó muy poco, no creo que fueran más de veinte minutos... Ya sé que esto no tiene nada de particular. —Se encogió de hombros—. Pero después de escuchar al que llamaba le dijo: «A mí no me amenaces».

EL MARQUÉS

—

Los hombres se retiraron hacia sus coches y Manuel casi dio gracias a Dios cuando Daniel anunció que le llevaría a casa. Subieron al Nissan y a duras penas guardó la compostura hasta que se hubieron alejado unos metros de la bodega, y esbozó una mueca de dolor.

—¡Por Dios! Me duele todo el cuerpo.

Daniel rio a carcajadas y abrió la guantera.

—Ahí tienes ibuprofeno, y hay una botella de agua en el bolsillo de la puerta.

Manuel no protestó. Extrajo una gragea del blíster y la tragó con agua.

—Mejor tómate dos y llévate las que quedan, mañana por la mañana te harán falta. Tiene razón el Abu, esto es más duro de lo que parece.

—Y eso que ya parece muy duro... —dijo Manuel pensativo—. Dime una cosa, Daniel, ¿tú también me llamas «el marqués» cuando no estoy delante?

—No debes tomártelo a mal. —Sonrió—. Todo lo contrario. Los hombres de estas tierras han trabajado para los sucesivos marqueses durante siglos y, a pesar de lo que puedas pensar, nunca ha supuesto para ellos servidumbre, sino seguridad. El viejo marqués, el padre de Álvaro, no mostró interés por el vino, ni siquiera se lo tomó en serio cuando se obtuvo el sello regulador de origen en 1996. La bodega subsistió porque todas las bodegas lo hacían. Un negocio que no producía mucho dinero, pero tampoco ocasionaba más gastos que pagar a unos pocos jornaleros, y de eso el pazo ha andado siempre bien surtido. Al tomar Álvaro las riendas del negocio todo cambió... No sé cómo explicártelo, pero la gente de aquí ha hecho esto por puro orgullo, por amor a la tierra desde hace dos mil años. Si de pronto llega alguien que pone en valor lo que haces, que logra que te sientas orgulloso por ser como eres, por hacer lo que haces y que encima te permite ganarte la vida con ello, esa persona pasa a ser muy importante.

Manuel escuchaba en silencio.

—Ayer en la viña me dijiste que no sabías si ibas a ser de demasiada ayuda y yo te contesté que estaba seguro de que lo serías. Hoy me ratifico: ha sido capital tu presencia aquí. Al morir Álvaro, también nuestro mundo se ha tambaleado. Al igual que el viejo marqués, nos consta que el nuevo no tiene ningún interés por el vino. Mantendrá la bodega, claro; a la clase noble siempre le ha resultado elegante tener viñedos, y un vino propio aporta una nota de distinción, pero no se trata de eso. Álvaro levantó esta bodega, le dio visibilidad, acudía a la viña como tú has hecho hoy, y eso hace pensar a los hombres que habrá continuación, que hay futuro para el proyecto que Álvaro inició y, como consecuencia, también para sus proyectos personales de vida.

Manuel permaneció en silencio pensando en cada palabra de Daniel. Se miró las manos, que le ardían con un hormigueo constante y no del todo desagradable, mientras le daba la razón al enólogo. Sí, vendimiar tiene eso primitivo y civilizado que concilia al ser humano consigo mismo, pero sobre todo había tenido en las últimas horas un matiz que le acercaba a una especie de reconciliación con Álvaro, con el Álvaro que él creyó conocer, una sensación que había comenzado con el hallazgo de *Café* y que había continuado con el descubrimiento de Heroica. El secreto orgullo que delataba, el rudo trabajo en la tierra, el nombre del vino, el trazo seguro y apasionado de las letras, todo aquello hablaba de Álvaro, el hombre que admiraba, de todo aquello que le distinguía y que le hizo amarle.

Aun así no podía darles esperanzas, trabajar un día al sol y a la orilla del río no podía hacerle olvidar que era ajeno a todo aquello, que su lugar estaba muy lejos de allí.

—Me temo... que quizá mi presencia aquí haya podido llevaros a una idea equivocada... —Suspiró—. No voy a entrar en detalles, pero todo esto es nuevo para mí, hasta hace una semana no podía ni concebir este mundo. Y aunque aún no sé cuándo, lo cierto es que tarde o temprano tendré que regresar a casa y a mi vida.

Al pronunciar las últimas palabras no pudo evitar pensar en su salón invadido por aquella extraña luz que devoraba los estrechos márgenes de la realidad, en su dormitorio vacío, en la foto de ambos sobre la cómoda, en la ropa de Álvaro colgando en el armario como la efigie de un ahorcado y en el cursor palpitante, esperando, quizá eternamente, al final de la última frase... Y supo que no quería volver... Ni quedarse. No tenía hogar. Negó con la cabeza acompañando sus reflexiones, y Daniel debió de pensar que era una respuesta a sus palabras, porque no volvió a decir nada durante el resto del trayecto.

Ayudó a *Café* a subir a la cama y se desplomó a su lado. Lo siguiente que oyó fue un ruido estridente y repetitivo que retumbó en toda la habitación sacándole del profundo sueño en el que había caído nada más tocar el lecho.

La luz dorada que poblaba el exterior cuando llegó al hostal se había extinguido y sólo iluminaba la habitación el escaso fulgor de una farola cercana a su ventana. A tientas, buscó sobre la mesilla el teléfono móvil para apagar la alarma, que a pesar de ello siguió sonando hasta que se percató de que el estruendo procedía de un antiguo teléfono de sobremesa que reposaba sobre una maltrecha mesita y en el que no había reparado hasta aquel momento. Fue hasta él a trompicones mientras desorientado y confuso se preguntaba qué hora era, qué día era; descolgándolo, se llevó el auricular al oído.

—Señor Ortigosa, tiene visita, le espera en el bar.

Colgó el teléfono y accionó el conmutador de la lamparita de escritorio y comprobó estupefacto que eran más de las doce. Se lavó la cara con agua que olía a cañería. Se sentía desorientado y aturdido, como si, tras dormir veinte horas o veinte minutos, hubiera despertado en otro planeta con una atmósfera bastante más densa y pesada. Únicamente desde su dolorida musculatura le llegaban señales claras y punzantes que le devolvían a la penosa existencia: las piernas ardían, los riñones aullaban. Prescindiendo del vaso rayado y blancuzco que reposaba en el borde del lavabo, hizo hueco con las manos y bebió el agua indispensable para empujar por su garganta dos ibuprofenos más.

Café esperaba junto a la puerta. Dudó unos segundos estudiando cautivado su acostumbrado retraimiento, tan parecido al menosprecio.

—¿Por qué no? —le dijo mientras apagaba la luz.

Sospechó que durante la espera Nogueira habría tenido tiempo de dar cuenta de un par de las grasientas tapas que servían en el hostal, porque a través de la cristalera le vio fuera fumando de aquella manera suya, como si extrajese de cada calada una esencia vital e insuficiente.

—¡Qué mal aspecto tiene! ¿Qué ha estado haciendo? —fue el saludo del guardia.

—Vendimiando en la Ribeira Sacra.

El guardia no contestó, pero curvó los labios bajo su bigote y asintió lentamente con un gesto que delataba su sorpresa y... ¿quizá consideración?

Tiró el cigarrillo al contenedor de arena.

—Vamos —dijo echando a andar hacia el aparcamiento casi desierto.

—¿No va a contarme lo de la localización de las llamadas?

—Mejor después... —eludió Nogueira—. Vámonos ya,

más tarde la chica estará ocupada y será complicado hablar con ella.

Reparó entonces en el perro que le seguía.

—¿Qué cojones es eso?

—«Eso» es mi perro, se llama *Café* y viene conmigo —respondió con estudiada calma.

—En mi coche, no —dijo tajante Nogueira.

Manuel se detuvo y le miró de hito en hito.

—Pensaba ir en el mío, así usted podrá quedarse después... Si quiere...

Vio cómo Nogueira bajaba la mano ocultando la alianza tras el costado.

—Ya le he dicho que después tenemos que hablar sobre las llamadas.

—De acuerdo, vamos en mi coche entonces —dijo Manuel activando el cierre centralizado y abriendo la puerta trasera para ayudar a *Café*.

Nogueira titubeó unos segundos detenido en mitad del aparcamiento.

—Y si conduce usted, me hace un favor, yo estoy derrotado —añadió Manuel sintiendo la pesadez en sus piernas.

Eso pareció contentar a Nogueira, que decidido se dirigió a la puerta del conductor.

—¿La llave?

—No tiene llave, arranque automático —dijo indicando un botón, que pulsó y el coche se puso en marcha.

Nogueira observó en silencio cómo se desplegaban los retrovisores, las luces se encendían al detectar la oscuridad y se reglaban solas. No dijo nada, pero Manuel supo que estaba disfrutando. No había más que ver con qué mimo cuidaba el teniente su coche para suponer que con uno de último modelo disfrutaría como un crío. Hizo un gesto cabeceando hacia el espejo retrovisor.

—¿De dónde lo ha sacado? —preguntó refiriéndose a *Café*.

Manuel sonrió paladeando la extrañeza que le causaría saberlo.

—De As Grileiras, era de Álvaro. Por lo visto lo encontró abandonado y se lo trajo a casa —dijo decidiéndose por la primera versión y dándose cuenta de que, aunque a él le parecía más noble que lo hubiera «rescatado», le preocupaba reconocer aquella preferencia ante Nogueira, suponiendo que probablemente se burlaría de un gesto así.

Estudiaba el rostro del guardia, que alzó las cejas extrañado mientras volvía a dedicar una rápida mirada al espejo retrovisor, aunque dudaba de que en la oscuridad pudiera percibir algo.

—¿Ese perro en As Grileiras?

—Sí, desde hace más o menos un año. Lo halló en muy mal estado en la carretera que lleva a la bodega, lo llevó al pazo y dio orden al veterinario de que lo cuidase. Por lo visto, Santiago no soporta su presencia.

—Pues en este caso voy a darle la razón al marquesito, debe de ser el puto chucho más feo de toda la jodida creación.

—¡Nogueira! —le reprobó.

El teniente le miró y bajo su bigote se dibujó una sonrisa, sincera, divertida, que le quitó veinte años de encima de un plumazo.

—Venga, escritor, ha de reconocer que el perro es feo de cojones.

Manuel volvió la cabeza hacia atrás y vio que *Café* permanecía sentado y erguido en el asiento, como si participase de la conversación de los dos hombres, el pelo áspero y electrizado, una oreja caída, el colmillo al aire en su boca desigual. Miró de nuevo a Nogueira y sonrió un poco antes de inclinar la cabeza concediéndole el punto al guardia.

El aparcamiento del club se veía ese día atestado bajo la influencia de las luces rosas y azules del cartelón. Dieron una vuelta y terminaron aparcando en un extremo bastante alejado de la puerta. Nogueira detuvo el coche y deslizó las manos por los lados del volante en un gesto semejante a una caricia.

—Magnífico coche, sí, señor. Ha tenido que costarle un pico.

—Vendí muchos libros el año pasado —dijo Manuel sonriendo y esperando una burla que sin embargo no llegó.

—Ya puede estar contento —añadió, deslizando los dedos por el salpicadero.

El buen humor del guardia le animó a ser atrevido.

—Nogueira, no sé si lo entenderá, pero entrar ahí me resulta bastante penoso...

—¿Quiere esperar aquí? —concluyó él.

—Si no le importa...

No contestó, abrió la puerta, salió del coche y avanzó hacia la entrada del club. Desde el interior del vehículo, Manuel distinguió cómo la chaqueta de piel falsa de Nogueira cambiaba de color con la luz de los neones mientras avanzaba hacia la entrada. Dejó que *Café* ocupase el sitio del conductor, buscó en la radio una emisora que pusiera música y cuando se disponía a esperar pensaba en la benévola predicción de Daniel de todo lo que le dolería al día siguiente.

Unos golpes en la ventanilla le sobresaltaron. Miró afuera y, desdibujado por las cambiantes luces de neón, vio un rostro femenino y joven que reconoció como el de la prostituta a la que llamaban la Niña. Fue a abrir la puerta, pero ella la empujó de nuevo hacia dentro e indicó que bajase la ventanilla.

—Hola —saludó. Su voz le decepcionó, era un poco ronca, como si sufriese una incipiente afonía.

La miró aturdido y fue ella la que volvió a hablar.

—¿Sabe quién soy? —Se acuclilló junto a la puerta del coche permitiéndole ver su cara de cerca.

—Sí.

—Hay algo que quiero decirle y no puedo hacerlo ahí dentro.

Observó que vestía tan sólo una fina bata de satén brillante sobre la ropa interior.

—Suba al coche, se va a enfriar.

—No, si abre la puerta, el Mamut —dijo haciendo un gesto hacia el vaquero albino que custodiaba la entrada al club—verá la luz y vendrá a fisgar. Además, lo tenemos prohibido, la jefa no quiere que nos acerquemos al aparcamiento para evitar que hagamos negocios que escapen a su control.

Manuel asintió dándole a entender que estaba al tanto de las normas de la casa mientras aprovechaba para estudiarla de cerca. Era realmente guapa. Los ojos grandes e impúdicos le estudiaban valorando su edad, su ropa, su carga. La boca llena y aún virginal, rosada y sin carmín, como la de una niña. La melena suave y oscura, sin teñir, le caía a los lados de la cara, un óvalo perfecto que le hizo recordar con total claridad el rostro de la bella sargento que había irrumpido en su casa para darle la peor noticia del mundo, y pensó que quizá era una señal, una especie de rúbrica identificativa de que aquella belleza no le traería mejores noticias que la anterior. La odió.

—¿Qué quiere decirme? —preguntó receloso.

—No hacíamos nada —soltó a bocajarro.

—¿Qué? —preguntó confuso.

—Su novio y yo no hacíamos nada.

Manuel abrió la boca, pero no supo qué decir.

—Doble negación —dijo la chica sonriendo ante un chiste que en ese momento entendió sólo ella—. Bueno, algo sí que hacíamos, hablábamos, lo que quiero decir es que no follábamos.

Manuel siguió mirándola en silencio, incapaz de contestar.

—El hermano sí que es buen cliente. Viene a menudo y el novio de usted vino con él.

—Era mi marido —acertó a decir con un hilo de voz. Ella continuó hablando y él estuvo seguro de que no le había oído.

—La primera vez don Santiago estaba muy borracho y se puso muy pesado con que eligiera una chica; me eligió a mí, pero en cuanto llegamos al cuarto me explicó que había accedido a subir para librarse de dar explicaciones a su hermano, pero que él era fiel a su pareja y no íbamos a hacer nada. Don Santiago ya me había pagado, pero él me pagó de nuevo y me pidió que no dijera nada. A mí me da igual, ¿sabe?, y con él no me hubiera importado, era muy guapo, aunque cuando el otro día le vi a usted me di cuenta de que no era sólo porque fuera fiel. —Sonrió ladeando un poco la cabeza—. Vino en un par de ocasiones, quizá tres, no más, y en todas fue igual. Subimos, charlamos, me pagó y nada más. El otro día le vi a usted con Nogueira, y hoy la jefa nos advirtió a Mili y a mí que querían preguntarnos sobre sus visitas. No puedo admitir esto delante de la jefa, siempre insiste en que completemos los servicios, que luego siempre hay algún listo que pide que le devuelva su dinero. Éste no era el caso, pero me haría darle su parte si se enterase de que además me pagó doble...

Alzó una mano, delgada, de uñas postizas y pintadas de negro, y se sujetó a la puerta del coche para mantener el equilibrio.

—¿Por qué me lo cuenta?

Ella le dedicó una sonrisa encantadora y extrañamente melancólica para una mujer tan joven.

—Hay pocos tíos decentes y usted tenía uno, merece saberlo.

Manuel asintió conmovido.

—Ahora tengo que regresar, ya se estarán preguntando dónde estoy. No fumo, así que no tengo esa excusa. —Abrió mucho los ojos, alarmada de pronto—. Tampoco me drogo ni nada de eso. Intento llevar una vida sana... y ahorrar... —Guardó de nuevo silencio mirándole fijamente.

—¡Oh! —dijo él de pronto estirando sus doloridas piernas para alcanzar la cartera que llevaba en el bolsillo de los vaqueros.

Sacó cincuenta euros y, tras pensarlo un segundo, sacó otros cincuenta. Ella los atrapó a través de la ventanilla con la habilidad de un crupier de Las Vegas.

—¡Que le vaya bien, amigo, y bonito perro! —añadió mientras se deslizaba agachada entre los coches y desaparecía.

Manuel subió la ventanilla y miró a *Café*.

—¿Te das cuenta, *Café*? Por cien euros cualquiera es guapo.

El perro movió contento la cola, aunque, como tenía por costumbre, miró para otro lado. Justo como había estado haciendo él, pretendiendo que podía no darle importancia a lo que le ocurría.

El dolor de la incertidumbre es corrosivo.

Había estado horadando su interior como una incesante barrena desde el instante en que la bella sargento le comunicó dónde había muerto Álvaro. La evidencia del engaño, la burla apenas contenida en las palabras de Nogueira o de Santiago se tornaban en gotas cáusticas sobre su herida, quemando, abriéndose paso entre sus vísceras en un cruel e irremediable avance que iba destruyendo su esencia con su carga de vergüenza e ignominia. Se propuso no hacer caso, huir de la quema y ocultarse a la vista de todos con la cabeza bien alta, gritando como defensa que todo aquello le era ajeno y que nada tenía que ver con él ni con su vida. Él, que tan insultado se había sentido ante la ocultación de Álvaro, él que exigía a los demás que no encubriesen la verdad, él había mentido.

Se había inventado aquel subterfugio justificativo para convencerse de que podía huir de la mentira, aunque de lo que huía era de la verdad, desdeñando las señales de que en su interior ya llevaba el corrosivo que le devoraría las entrañas hasta destruirlo por completo, y más tarde, improvisando aquella especie de misión de Hércules, un reducto en el que mantenerse en lucha bajo la disculpa de estar sometido por una fuerza espectral, una inevitable inercia que le obligaba a hacer lo que había que hacer.

Se había engañado cometiendo así la mayor falta que un hombre puede cometer contra sí mismo, violando los principios fundamentales de una ley que tenía grabada en la frente desde su infancia y que había presumido siempre de llevar con honor. Había mentido al único ser de este mundo que debía conocer siempre la verdad, a él mismo.

La incertidumbre es cáustica.

Como un estúpido había creído que podría vivir bajo el peso del dilema irresoluto sin que eso le afectase, que podría aceptar seguir adelante sin que le afligiesen la desesperanza o el temor de no haber sido amado. Y de pronto un perro apaleado, una viña inclinada y una puta con cara de niña se convertían en el lenitivo para su mal, en el bálsamo neutralizador del dolor que le estaba devorando. No dejaba de tener ante sí, sin embargo, a un Álvaro desconocido. El hombre que compró a *Café* al viejo antes de que éste lo matara a golpes o de hambre, el hombre que trabajaba en la viña codo con codo con los peones, el hombre que pagaba a una puta para no acostarse con ella: todos ellos le eran tan ajenos como el marqués de Santo Tomé, el hombre sin alianza o el dueño del otro teléfono. Había montones de preguntas por contestar y quizá por primera vez en todo aquel tiempo quería tener las respuestas; sentía que *Café*, la viña en el río y la puta eran notas discordantes, pliegos de descargo que hablaban quizá de otra realidad, una en la que ni siquiera había querido detenerse a pensar, cegado por el bochorno y la vergüenza del engaño y que había empezado a aceptar con aquella admisión que la chica no había llegado a oír: «era mi marido».

Extendió una mano hacia *Café* y esperó a que se acercase hasta rozarle las puntas de los dedos. Lo acarició observando cómo el perro, poco a poco, abandonaba su habitual desconfianza y se rendía a la caricia, cerrando los ojos por primera vez.

—Ojalá yo pudiera —susurró. *Café* abrió los ojos y le miró—. Cerrar los ojos, *Café*, ojalá yo pudiera...

Vio venir a Nogueira y consultó el reloj: apenas veinte minutos; calculó que difícilmente habría tenido tiempo para más de una copa. El teniente abrió la puerta arrastrando hacia el interior del coche el frío de la noche y el perfume dulzón de puticlub.

—Bueno, ya está, ya he hablado con la chica —dijo sentándose tras el volante y colocando las manos a los lados como si se dispusiese a conducir. Aunque no puso el coche en marcha, dejó a la vista su alianza de casado, que seguía esta vez en el dedo—. Confirma lo que nos dijo Nieviñas ayer, que Santiago viene un par de veces al mes y normalmente sube a la habitación con ella. Lo que me ha llamado la atención es lo que me ha contado sobre su modo de proceder, no tan habitual.

Manuel levantó las cejas interrogante.

—¿Hay un modo habitual?

—A ver —explicó—, aquí uno viene a lo que viene, eso está claro, pero a la mayoría le gusta el paripé de llegar, sentarse a la barra, pedir una copa, mirar a una chica, invitarla, imitando el ritual del ligue, sólo que aquí ligas con la que quieras.

—Con cien euros cualquiera es guapo —dijo Manuel volviéndose para echar un vistazo a *Café*, que había regresado al asiento de atrás.

—Y con bastante menos. El caso es que Mili dice que Santiago lo hace justo al revés. Llega, la agarra del brazo y suben arriba; es después cuando se entretiene en tomarse tranquilamente una copa.

—Vendrá apurado —conjeturó Manuel.

—Sí, y eso me lleva a pensar que quizá las prisas se deban al tiempo de efecto.

—¿Cree que toma la pastilla azul para estar a tono?

—La chica dice que incluso llama por teléfono para asegurarse de que ella esté disponible. Pero creo que si fuese la pastilla azul el tío andaría más holgado...

Manuel le miró sin entender.

—La Viagra —explicó Nogueira— hace su efecto entre treinta y sesenta minutos después de tomarla, y se prolonga entre tres y seis horas, eso no significa que el tío vaya a estar empalmado seis horas, pero ante un estímulo sexual lograría una erección sin problemas en ese espacio de tiempo.

—Parece usted un experto —observó Manuel.

Nogueira se encogió rápidamente de hombros mientras alzaba el mentón.

—¿Qué está insinuando? ¿Cree que yo necesito esa mierda? Pues no la necesito, a mí me funciona todo de primera.

—Yo no he dicho nada... —se defendió Manuel mostrando una media sonrisa socarrona similar a la que antes había compuesto el guardia—, pero reconocerá que sabe mucho del tema...

—¡Qué cabrón! Sé mucho de muchas cosas, pero eso es porque hago mi trabajo, leo, me instruyo, soy un investigador. ¿Le queda claro?

Manuel asintió sin dejar de sonreír.

—Como el agua.

—A lo que voy, es curioso que el marquesito ande con tantas prisas, y me lo demuestra el hecho de que según la chica en un par de ocasiones no pudo terminar y eso le produjo un cabreo monumental. La culpó a ella, dice que llegó a ponerse bastante violento.

Manuel recordó la expresión de Santiago mientras discutían y con toda claridad vino a su mente el rictus cruel en su boca, los ojos entrecerrados por el desprecio, sus pasos decididos y el modo en que se detuvo un instante junto a su mujer para decirle algo que la hizo llorar.

—¿Le pegó?

—La chica no dice tanto; es un buen cliente y prefiere no arriesgarse a perderlo, pero parece que puede llegar a ponerse muy desagradable, y eso es precisamente lo que me lleva a pensar que no es la pastilla del amor lo que toma.

Manuel asintió. Y Nogueira continuó con su teoría.

—Puede que le dé vergüenza acudir a su médico; hay que hacerse unas pruebas para comprobar que el corazón aguantará, que el problema no es físico, algo así como una obstrucción en los canales de riego de..., bueno, ya me entiende, y que el fulano no sea alérgico al principio activo. A más de uno le ha dado un infarto o ha comenzado a ver el mundo teñido de azul. Pero a menudo los que no quieren admitir sus problemas ante un médico recurren a un potente excitante como la coca para el que no hay que dar explicaciones a nadie. El resultado es inmediato, aunque los efectos son inestables y la duración más limitada, sobre todo si se trata de un consumidor habitual.

—¿Ha preguntado a la chica?

—Por supuesto, aunque ya suponía la respuesta: Nieviñas las tiene bien aleccionadas; ni en un millón de años van a admitir consumo de drogas ahí dentro. Saben que hablan con un poli y para ellas, por muy amistosas que se muestren, un perro siempre es un perro. Al final no he podido ver a la otra chica, debía de estar ocupada.

—Estaba aquí, conmigo —dijo Manuel.

Nogueira se volvió a mirarle sorprendido.

—Apareció junto al coche y me hizo prometer que su jefa no se enteraría de lo que venía a decir, así que espero que usted también sea discreto o le buscaremos problemas.

—Claro, no irá a pensar que soy tan amigo de Nieviñas como para delatar a una fuente —dijo molesto el guardia.

—Yo no pienso nada, sólo se lo digo.

Nogueira asintió.

—Dice que, ante la insistencia de Santiago, Álvaro subió un par de veces con ella, pero que no hacían nada más que hablar. Álvaro le pagó el doble para que no comentase nada. Por eso no quiere que su jefa se entere.

Nogueira asintió lentamente con las manos aún apoyadas en el volante, pero no dijo nada.

Manuel le miró escamado.

—Parece que no le sorprende... Juraría que hace un par de días me insinuó que Álvaro podía ser un putero.

Nogueira puso en marcha el coche y salió de la influencia de las luces hacia la carretera general. La tenue luz del interior del vehículo iluminaba su rostro lo suficiente como para permitir a Manuel ver el gesto contenido dibujado bajo el bigote del teniente. Condujo un rato en silencio, aparentemente concentrado en la oscura carretera y en eludir las deslumbrantes luces de los coches que se cruzaban. No le preocupó. Comenzaba a acostumbrarse a la reserva hostil de

Nogueira, al que sin duda complacía sobremanera guardarse la información para después dispararla como torpedos precisos y bien dirigidos a la línea de flotación y, por otra parte, aunque estaba claro que ocultaba algo, era evidente que estaba disfrutando como un crío de la conducción. Vio cómo pasaban de largo el cruce hacia su hostal e imaginó que prolongaría su paseo un poco más, pero le sorprendió cuando, unos kilómetros más adelante, el teniente detuvo el coche en la puerta de un bar que se veía animado por los parroquianos propios de un sábado y proponía tomar una copa.

La media de edad superaba los cuarenta; había muchas parejas, aunque también grupos de mujeres solas. El tamaño y la elegancia de las copas, al igual que la música, tenían claras reminiscencias ochenteras y el volumen se mantenía en un nivel que permitía hablar. Manuel calculó que debían de estar a unos veinte kilómetros hacia el norte desde As Grileiras, en un local marcadamente heterosexual y lo suficientemente lejos de su zona para minimizar el riesgo de que alguien pudiera verlos juntos como algo distinto a dos tíos que toman una copa en un bar cualquiera un sábado por la noche.

Manuel observó que al fondo del local había un espacio con mesas más oscuro y adecuado para hablar, pero no le extrañó que Nogueira se decantase por las incómodas banquetas metálicas en la barra. Pidió dos gin-tonics, que la camarera llenó de bayas de colores, y casi hubo de contener la risa al ver cómo Nogueira desechaba las pajitas que coronaban la copa y sorbía su contenido vuelto de cara al bar y apoyado en la barra con ambos brazos al más puro estilo gigoló.

Sonaba una canción de Pet Shop Boys, *West End Girls*. Tomó un trago de su copa y le supo amargo y ligeramente perfumado, como colonia infantil.

—¿Me va a explicar qué hacemos aquí? —preguntó paciente.

Nogueira se volvió hacia él intentando aparentar que era algo imprevisto.

—¿Qué vamos a hacer? Es sábado por la noche, tomamos una copa mientras charlamos como...

—¿Como dos amigos?

El rostro de Nogueira se oscureció, suspiró y le miró disgustado.

—Ya le he dicho que teníamos que hablar de lo de las llamadas.

—Pues hable —sugirió Manuel sin abandonar el tono de infinita paciencia.

Nogueira se sentó en la incómoda banqueta de cara a la barra y levantó una mano tapándose parcialmente la cara en un intento de ser más discreto.

—Ya le expliqué que lo más interesante es poder establecer no sólo quién le llamó y con quién habló, sino también desde dónde se efectuaron las llamadas —dijo en voz baja.

Manuel tomó otro trago del gin-tonic, que esta vez no le supo tan mal.

—En primer lugar, tengo que decir que al no estar yo en activo y teniendo en cuenta que la investigación se dio por cerrada, mis recursos son limitados; aun así hemos identificado bastantes de los números y trabajamos con el resto. Recibió llamadas de Griñán y de Santiago; y telefoneó al seminario donde estudió y del que la familia sigue siendo benefactora, a la bodega de la Ribeira Sacra, a Griñán, a Santiago. Y... —hizo una pausa— a un camello de la zona.

—¿Un camello...?

—Sí, no llega ni a pequeño traficante, trapichea para pagarse lo suyo y es un viejo conocido de la policía.

—¿Para qué iba a llamar Álvaro a un camello?

—Bueno, usted puede responder a eso mejor que yo.

Manuel se irguió en su silla.

—Álvaro no tomaba drogas.

—¿Está seguro?

—Completamente —aseguró.

—No todos los consumidores parecen un yonqui acabado. Hay muchos tipos de drogas; podría estar consumiendo sin que usted lo notase hasta que alcanzase un nivel crítico.

—No —dijo categórico—, es imposible.

—Quizá...

—Le digo que no —contestó alzando un poco la voz.

El guardia le miró haciendo gala de la calma que él había dominado antes e hizo un gesto con la mano conminándole a moderarse y a bajar la voz.

—Lo siento —se disculpó—, pero no hay discusión: no tomaba drogas.

—De acuerdo —concedió Nogueira—, puede haber otros vínculos... Cuando Fran murió, este tipo ya apareció relacionado en la breve investigación: sabíamos que en el pasado había sido su suministrador, pero con la prisa que se dieron en darle carpetazo al asunto ni siquiera llegamos a interrogarle.

—¿Y qué razón podría haber para que Álvaro mantuviese algún tipo de contacto con ese camello? Y menos aún tres años después de la muerte de su hermano.

—Como le he dicho, existen otras posibilidades. —Nogueira tomó su copa, apuró un trago y la sostuvo en la mano para volver a beber después de añadir—: Toñino menudea, principalmente para pagarse lo suyo, pero también es un conocido chapero.

Así que allí estaba, el torpedo en la línea de flotación. Ahora entendía por qué no le había discutido el hecho de que no se lo hiciese con la Niña. Se había reservado aquella bomba con su carga de ignominia para soltarla en el momento más oportuno.

Abandonó su copa y salió del bar sorteando torpemente a los clientes. Nogueira le alcanzó junto al coche.

—¿Adónde va? No hemos terminado de hablar.

—Yo sí —dijo tajante dirigiéndose a la puerta del piloto y dejando patente que no le permitiría conducir de vuelta.

En cuanto el teniente estuvo dentro del vehículo, Manuel arrancó y se incorporó a la carretera.

—Yo le advertí de que si empezábamos a revolver en el

pasado de los Muñiz de Dávila, mucha mierda podría salir a flote. —No llegaba a gritar pero hablaba muy alto.

Por el espejo retrovisor, Manuel vio que *Café* se había hecho un ovillo y temblaba visiblemente.

—Y lo asumí —aseguró Manuel—. Lo que no puedo entender es que le cause ese insano placer que apenas puede disimular.

—¿Insano? —se indignó Nogueira—. ¡Oiga! He tratado de ser todo lo diplomático que he podido. Le he traído hasta aquí a tomar una copa para contárselo de la manera más suave.

—¿Diplomático usted? Deje que me ría —dijo con amargura.

—¿Le habría gustado más que le dijese en la puerta del club por qué su marido no se follaba a la chica?

—Pues habría parecido menos regodeo que traerme hasta aquí para soltarme que una de dos: o era un drogata o se iba con ése... ¡No me joda! Usted disfruta con esto.

Nogueira permaneció en silencio y no volvió a decir una palabra hasta que Manuel detuvo el coche junto al suyo en el aparcamiento, ya a oscuras, del hostal. Cuando volvió a hablar, había recuperado la calma y el tono frío y distante de los primeros días.

—Debe volver a As Grileiras. Hable con Herminia, es una verdadera mina de información, más de lo que ella misma piensa; y sería perfecto que pudiera echar una ojeada a la habitación de Álvaro en el pazo. Busque cualquier cosa, documentos, drogas, tickets de compras o facturas de restaurantes, todo lo que pueda aportarnos una pista de todo lo que hizo, con quién y por qué. —El guardia bajó del coche y antes de empujar la puerta se inclinó hacia el interior y dijo—: Tiene razón en algunas cosas, puede que disfrute de un modo insano con la desgracia de esos hijos de puta, pero no lo sabe todo, no lo crea ni por asomo, y puede que no sea su amigo, pero soy lo más parecido a eso que tiene por aquí. —Cerró la puerta, subió a su coche y se fue dejando a Manuel en la oscuridad.

Éste inclinó la cabeza sobre el volante sintiéndose ridículo, como en esas ocasiones en que sabes que te equivocas y, sin embargo, decides ir hasta el final con el rostro encendido por la vergüenza y la adrenalina colapsándote el corazón, y por segunda vez en la noche repitió las palabras que habían sido una vez orgullo, después dolor, siempre verdad y de nuevo oprobio: «Era mi marido».

Miró a la noche cegado por el panorama de desolación interior que se revelaba ante él: finalmente entendía que el lugar donde se había escondido hasta ese momento ya no le daría cobijo; con sus propias manos había destruido el reducto que le había servido como refugio. Fue él quien renunció a la falsedad del consuelo que se había fabricado hacía sólo unas horas, cuando juraba no volver a mentirse y, sin embargo, como un adolescente que se niega a ver los fallos de su amada, salía huyendo ante la crudeza de la verdad. ¿Acaso la verdad sólo lo es cuando nos muestra aquello que esperábamos ver?, ¿cuando su revelación nos trae alivio frente el avance de la corrosiva incertidumbre? ¿Y si, en lugar de bálsamo en la herida, la verdad es un nuevo ácido más virulento todavía?

Como un paciente Job que no espera recibir respuesta a una pregunta retórica, se había cuestionado durante días quién era realmente Álvaro. Y esa noche él mismo había hallado la respuesta descubriendo que llevaba implícita una condena: «Era mi marido».

Las lágrimas ardieron en sus ojos y por primera vez las dejó ir, silenciosas y tan llenas que le bañaron el rostro, resbalando por su barbilla y goteando sobre la tapicería del coche. A diferencia de cada ocasión en que había abortado el llanto con argumentos de orgullo que le impedían llorar, esa vez no hubo recurso suficiente. Roma, como todos, había terminado pagando a traidores con lágrimas de vergüenza.

Advirtió en el brazo el empuje manso del hocico del perro. Fue acercándose hasta apoyarle sus patas delanteras en el muslo; se coló por debajo del hueco de sus brazos para llegar al lugar que hasta ese momento había invadido únicamente su desesperanza y ocupó el territorio de su abrazo. Desamparado, lo estrechó dejando que las lágrimas cayeran sobre él, mojando su pelo áspero y su hocico seco. A través del fino forro de la chaqueta percibió las esquinas curvadas de la vieja fotografía que se le clavaban en el pecho.

EL CUERVO

Despertar fue como perder el ancla que le mantenía sujeto a un lugar seguro y a gran profundidad, una resurrección bíblica a una realidad de luz caliginosa que se colaba a través de la ventana cuyos portillos había olvidado cerrar la noche anterior y pintaban el dormitorio con su fúnebre tinte blanquecino.

Se incorporó sobre las almohadas sintiendo en los hombros el mísero frío de la madrugada, el destemple con el que sólo intiman los que se levantan al alba. Dedicó una mirada desesperada al viejo radiador de hierro colado, que anunció en aquel instante con su metálico crepitar que comenzaba a calentarse, y, como venía ocurriendo en cada ocasión en que despertaba desde que llegó allí, no estuvo demasiado seguro ni le importó saber qué día era. *Café* dormía tumbado a su lado, al parecer ajeno al frío del amanecer que se había colado en la habitación como un huésped indeseable. Sentía el calor de su cuerpo a través de la colcha liviana y la escasa manta de lana apelmazada. Le dolían la espalda y la cabeza. Estiró la mano hacia la mesilla y, sin agua, tragó dos ibuprofenos mientras bendecía el dolor proveniente del esfuerzo, el ardor en las manos a consecuencia del peso, la tensión ardiente de los riñones y la carga de las piernas, coartada todo para el otro dolor, el que sentía ascender desde el lugar donde había permanecido anclado; rotas ya sus amarras, se elevaba como el fantasma de un barco largo tiempo hundido. Lo percibía en el pecho como una pesada carga que ocupaba el lugar donde antes habían estado su corazón y sus pulmones. Su volumen, hinchado de aguas abisales y saturado de secretos, le presionaba las costillas contra la caja torácica impidiéndole respirar. Supo que ya nada podía hacer: había abierto la caja de Pandora para dejar marchar la esperanza que como un brote había surgido de los ojos de agua de *Café*, de la fe de los vendimiadores, de las palabras de una prostituta, la esperanza de que de alguna remota manera existiese una explicación, una justificación, una razón grandiosa, casi heroica, que disculpase su engaño en nombre de algo superior.

Se inclinó hacia delante para acariciar al perro y sintió agradecido el primer hálito templado que llegaba desde el viejo radiador y que erizó la piel de sus hombros desnudos, por el contraste. Tomó el teléfono y esperó a oír la voz jovial de Daniel al otro lado de la línea.

—Buenos días, Manuel, ¿preparado para otro día de vendimia? ¿O harás como los jóvenes de los que habla el Abu y te quedarás en la cama?

—Precisamente llamo para decirte que hoy no podré acompañaros. Ha surgido algo que tengo que resolver cuanto antes y me será imposible llegar.

La decepción en la voz de Daniel le llegó en la distancia.

—Esta tarde los viticultores traerán la uva que han estado recolectando todo el fin de semana, no puedes perderte eso...

El peso de su decepción terminó por arrancarle una promesa que quizá no podría cumplir.

—Intentaré acercarme por la tarde, puede que a última hora... No lo sé.

Daniel no replicó, quizá porque percibió en el tono de sus palabras la carga de la gravedad que portaba, el peso de lo inapelable, que es inconfundible cuando se reconoce en una voz.

El cloro que enturbiaba el aire había descendido hasta el suelo mojando con su presencia volátil la superficie de todas las cosas. Apenas se cruzó con un par de coches durante el trayecto. Todo parecía detenido. Levantó la mirada hacia la luz del sol que con aquel cielo vaporoso era escasa pero hiriente, como hecha de trozos diminutos de cristal, e insuficiente para vencer el frío, que aún se prolongaría en la mañana temprana hasta que el calor del mediodía disipase la niebla definitivamente.

Aparcó en el lugar de siempre, junto al seto de gardenias. Tras dos infructuosos intentos de convencer al perro de que le acompañase, aceptó que *Café* esperase en el interior del coche. Aún se detuvo un instante a admirar las gardenias de apariencia cerosa y empolvada que conseguían que el rocío tardío de aquella mañana se concentrase en grandes gotas plenas, como lágrimas, que sin embargo producían la sensación de flotar sobre ellas sin llegar a tocarlas. El perfume que desde las flores emanaría al atardecer estaba ahora adormecido por el frío y la humedad, que arrancaba notas de madera y de tierra de los tupidos arbustos. Se inclinó buscando el aroma dulzón de las flores y de modo inconsciente se llevó la mano al bolsillo vacío de su americana. Entonces oyó el característico sonido de la puerta de un furgón al cerrarse. Se asomó sobre el seto y vio que junto al acceso del jardín se encontraba aparcada la furgoneta corta que ya había visto en su anterior visita. En los costados, así como en las puertas, llevaba adheridos unos coloridos vinilos que representaban cestos desbordados de flores. Pero el color de la furgoneta era blanco. Se acercó hasta allí y, mientras lo hacía, vio a Catarina, que sacaba de la trasera del furgón un saco, a todas luces bastante pesado, y echándoselo al hombro traspasaba la puerta del jardín.

Manuel rodeó el vehículo y observó que una de las aletas delanteras se había sustituido recientemente. Tanto el color de la pintura como el brillo del piloto reemplazado contrastaban con el color más ajado del resto del vehículo y la superficie rayada de los demás intermitentes. Siguió el sendero hasta el invernadero y al llegar a la puerta observó que alguien había colocado un saco como el que llevaba Catarina, trabando la puerta de la entrada para evitar que se cerrase. Saludó desde el umbral, aunque supo que su voz resultaría inaudible entre las notas de la música que sonaban en todo el invernadero. A pesar de la puerta abierta, el intenso olor de las gardenias le invadió por completo y le provocó una marea de sensaciones que iban desde el recuerdo de las que guardaba en su mesilla hasta el narcótico efecto de precipitación y alerta que le había causado su anterior visita al invernadero. Fue superando los pasillos que formaban las mesas en busca de Catarina. Estaba seguro de que aún tenía que estar allí. Sólo había un sendero que llevase directamente al exterior del jardín. Entre el final de una canción y el inicio de la siguiente, oyó la voz airada de la mujer.

Detenidos en mitad del siguiente pasillo, Vicente y Catarina discutían, aunque era evidente que ella llevaba la voz cantante; la de él resultaba inaudible, ahogada por la angustia.

—Lamentaría mucho tener que tomar una decisión tan drástica. Te aprecio de verdad y me encanta trabajar contigo, te considero un gran profesional y prescindir de ti sería para mí una gran pérdida...

Las palabras de Vicente le resultaron incomprensibles, pero escuchó con claridad las de Catarina:

—... comprendo tus sentimientos y me siento halagada, pero también he de ser muy clara: lo que tú quieres nunca va a poder ser porque estoy casada con Santiago, que es con quien quiero estar. No creo haberte dado jamás ni la más mínima esperanza y quizá en un intento de no herir tus sentimientos no he sido lo suficientemente clara, pero lo soy ahora.

—No te merece —dijo él con la voz ronca y ahogada por el encuentro de emociones.

—Quiero a mi marido con todos sus fallos, jamás se me ha pasado por la cabeza la idea de dejarle.

—Es increíble, Catarina —dijo él casi sollozando.

—Pues no hay más opciones; o cejas en tu pretensión o tendremos que dejar de trabajar juntos —dijo volviéndose y caminando en la dirección en la que estaba Manuel.

Él retrocedió rápidamente dos o tres metros. Se giró disimulando, y desde allí saludó de nuevo.

—¿Hay alguien?

Catarina surgió del pasillo sonriendo. Por la expresión de su rostro habría sido imposible suponer que unos segundos antes había discutido con Vicente.

—Manuel, me alegra que aceptase mi invitación.

—Tutéame, por favor —rogó él tendiéndole la mano—. He visto la puerta abierta...

—Sí, he ido hasta nuestra granja, a buscar unos sacos de mantillo que nos hacían falta, hoy todo está cerrado —dijo alzando el que trababa la puerta.

—¿Quieres que te ayude? Parece pesado... —se ofreció Manuel.

Ella se volvió a mirarle sonriendo.

—¿Esto? No pesa nada —dijo divertida—. ¿Por qué los hombres se empeñan siempre en que las mujeres no hagamos ningún esfuerzo físico? Soy más fuerte de lo que parece —añadió apilando el saco sobre los que ya había acarreado.

Vio que Vicente se había refugiado en una cabina acristalada al fondo y dándoles la espalda fingía trabajar. Sin prestarle ninguna atención, ella se volvió hacia Manuel, le tomó del brazo y le condujo de una planta a otra por todo el invernadero mientras sonreía como una niña mostrándole su jardín. Manuel la observaba sorprendido por su simpatía, hacía bromas y hasta se reía. Definitivamente, Catarina no encajaba en el ambiente recatado, formal y afectado de As Grileiras y, sin embargo, entendía por qué el Cuervo la adoraba: desprendía una clase de distinción natural que dotaba de significado a la palabra *porte*. Vestía una blusa blanca, con algunas manchas de tierra que no conseguían restarle elegancia, y unos pantalones azul marino en apariencia sencillos, aunque probablemente caros. Entre el pelo oscuro y ondulado de su media melena, el brillo inconfundible de los pequeños diamantes a juego con el anillo que en su dedo brillaba junto a la alianza de boda. Era una mujer segura, lo proclamaban su sonrisa abierta, sus ojos radiantes y su franqueza.

—Has disimulado muy bien, Manuel —dijo sonriendo—, pero creo que nos has oído discutir.

Manuel la miró y asintiendo decidió que Catarina le caía bien.

—Bueno, pues si lo has oído todo, no hay nada que explicar, son cosas que pasan... —aceptó ella sonriendo y encogiéndose de hombros.

Vio que el rollizo gato negro había escogido para su impenitente guardia frente a la cocina el primer escalón junto a la puerta que, protegido por el pequeño saliente de la entrada, había escapado de la influencia de la humedad. Permitió esta vez que Herminia le abrazase aceptando el gesto que días atrás le pareció excesivo, como si ya fuera costumbre. Sonrió firme pero con gran ternura rehusando los alimentos, el café, los dulces... Y tras el tiempo prudente para dejar que acabase con sus agasajos, por fin le dijo:

—Herminia, tengo que pedirte un favor —dijo con una gravedad que denotaba la importancia de lo que iba a solicitar.

Ella dejó sobre la mesa el trapo con el que se había secado las manos.

—Claro, *fillo*, lo que quieras.

—Quiero ver la habitación de Álvaro.

Pareció que la mujer dejaba de respirar, se quedó paralizada dos segundos, los que tardó en reaccionar. Se volvió hacia la cocina y bajó la intensidad del quemador, sobre el que hervía un puchero, hasta dejarlo al mínimo. Después, se palpó los bolsillos del delantal, sacó un juego de llaves y se dirigió al acceso que conducía al interior del pazo.

—Ven conmigo —dijo.

Frente a la entrada de la cocina partía un tramo de escaleras de recia madera que él habría tomado por las principales y que Herminia pasó de largo. Le condujo hacia otra puerta que franqueaba el paso a una estancia abierta hacia la planta superior y que comprendía el distinguido acceso y un gran recibidor de planta cuadrada. Estaba presidido por dos arcos enfrentados que definían la recia puerta del pazo y el arranque de una majestuosa escalera de piedra blanca. La palidez caliza contrastaba con el empedrado de terrazo de la entrada y la caoba de las maderas que cubrían las paredes y sustituían el mármol en los dos ramales en los que se dividía la escalinata. Ésta se coronaba con una galería colgante que rodeaba la sala principal, a la que se asomaban numerosas habitaciones.

Siguió a Herminia por la escalera, volviéndose a mirar la sala, de escasos muebles y numerosos cuadros y tapices, y el modo en que la luminosidad procedente de las profundas ventanas encastradas en la piedra del piso superior dibujaba caminos de luz, tan precisos como toboganes por los que deslizarse hasta el adoquinado de la entrada. La pasarela de oscura madera le daba a la vez un aire volátil y macizo que le hizo pensar en los antiguos patios de carrozas y le llevó a preguntarse si en el pasado no sería ésa su función. Se dirigió Herminia, sin embargo, a un pasillo lateral ancho y muy profundo al que sólo daban recias puertas que permanecían cerradas, lo que confería, en contraste, oscuridad a esa ala del pazo. Supuso que había llevado la llave preparada desde que salió de la cocina, porque no se detuvo a buscarla; la deslizó suavemente en la cerradura de la primera puerta, que se abrió con un clic casi imperceptible. La mujer se adentró en la negrura con la seguridad que proporciona conocer la hacienda. Manuel sospechó que tras tantos años de servicio podría moverse por la casa a ciegas, realizando mecánicamente las tareas y sin tropezar jamás. Desorientado por la imperante oscuridad, esperó en la entrada sin atreverse a avanzar. Oyó cómo se abría una ventana, y, cuando Herminia empujó los portillos, la habitación apareció ante él. Quedó impresionado. No sabía muy bien qué clase de estancia había esperado encontrar, pero desde luego no la que tenía ante sí. La madera casi negra que dominaba en la entrada se extendía por el suelo, los marcos de la ventana y los austeros muebles, sin duda muy antiguos, en contraste con la blancura monacal de la pared desnuda. Siglos de historia y una magnífica conservación de unos enseres de indudable calidad que, en esencia, poco se diferenciaban de los que componían su triste cobijo en el hostal. La cama individual se veía estrecha para un hombre, aunque el cabecero y los largueros de madera tallada le aportaban más planta, y estaba cubierta por un grueso edredón blanco que apenas atenuaba su aspecto desolador. Un tocador con un gran espejo, que supuso de plata, y un ropero pesado y oscuro que hacía juego con la cama. Sobre las mesillas, dos lámparas de bronce en las que unas ninfas apenas cubiertas con un velo etéreo elevaban los brazos para sujetar la tulipa de cristal veneciano. Sobre la cama, un crucifijo y, frente a ella, un incongruente televisor y una caja fuerte a la vista, que nadie se había tomado la molestia de disimular con un cuadro.

No pudo evitar sentirse a la vez extrañado y aliviado. El dormitorio presentaba el mismo aspecto aséptico que la habitación de un hotel lista para ser ocupada por un nuevo huésped, limpia y ventilada, con la mezcla justa de confort impersonal que permitiría a cualquier invitado hacerla suya. Ni un solo objeto personal visible, ni una señal que delatase quién había ocupado antes la estancia.

Miró en derredor buscando en el dormitorio una señal que evidenciase la presencia de Álvaro allí. No la encontró. Pensó que quizá en los días transcurridos desde el accidente alguien había recogido sus cosas. Se volvió hacia Herminia, que permanecía silenciosa detrás de él, y se lo preguntó.

—Todo está como él lo dejó, no se ha tocado nada. —Musitó una disculpa relativa a la cocina y salió cerrando la puerta a su espalda.

Manuel caminó hasta la ventana y observó las vistas sobre el semillero y los cobertizos tras la casa, las copas de los árboles que en la cuenca vecina formaban la depresión que conformaba el mágico jardín.

Uno a uno, fue abriendo los cajones del tocador sólo para comprobar que estaban vacíos. En el inmenso ropero, las pocas camisas que Álvaro se había llevado colgaban perfectamente planchadas en las gruesas perchas, que oscilaron perdidas en el interior, provocando con su movimiento un turbador efecto de vida. Sintió el impulso de tocarlas, de acariciar la suave tela, de permitir que las puntas de sus dedos buscasen la presencia errante de su dueño. Permaneció mirándolas un par de segundos y cerró con firmeza las puertas para dejar definitivamente de verlas rompiendo así su hechizo. Mientras, le volvía a asaltar el pensamiento, casi el deseo, de que todas las cosas que habían pertenecido a Álvaro deberían haber desaparecido con él. Sería más fácil si los muertos no dejaran sus pertenencias atrás, como cascarones vacíos de nautilus extinguidos; sería más sencillo si cualquier huella de su existencia fuera borrada con ellos, olvidando incluso sus nombres como los de los faraones del Antiguo Egipto. En el departamento contiguo, dos pares de zapatos y la bolsa de viaje que formaba parte del mismo juego que aquella otra en la que él mismo había arrojado, sin criterio, algunas prendas inservibles. Se inclinó rápidamente y comprobó lo que su aspecto ya había delatado: estaba vacía. En una de las mesillas halló el libro que Álvaro estaba leyendo y que recordaba haberle visto tirar dentro de la bolsa cuando la preparaba. En la otra, varios tickets de compras frugales entre los que distinguió el logo de una gasolinera y que no se entretuvo en revisar allí, ya lo haría más tarde.

En el baño anexo encontró su neceser guardado en el interior de un cajón lleno, por lo demás, de toallas y pastillas de jabón de manos. El solitario cepillo de dientes abandonado en un vaso constituía la única señal de que alguien utilizaba aquel baño.

Echó una mirada a la caja fuerte. Era sencilla, un modelo electrónico con clave de cuatro dígitos. Estaba cerrada. Ni siquiera hizo un intento de adivinar la clave.

Se sentó en la cama y miró desolado alrededor. Le habría

sorprendido menos encontrarse en la habitación detenida en el tiempo de un adolescente, los pósteres descoloridos y los juguetes relegados al olvido en el rápido tránsito a la pubertad. No había un solo vestigio de Álvaro allí. A un perfilador del comportamiento le habría costado deducir por los objetos de aquella habitación un solo rasgo del carácter de su huésped. Hombre y alcoba habían permanecido ajenos el uno al otro, y no pudo evitar sentir cierto alivio al constatar que el paso de Álvaro por aquel lugar había sido tan aséptico que de él no había quedado nada. En los últimos días había repasado una y mil veces sus gestos, seguro de que jamás percibió en ellos una señal que le recordase a As Grileiras; se sintió satisfecho al constatar que tampoco Álvaro había querido dejar allí su esencia. Aquél no era su dormitorio. Aquélla no era su casa.

Agrupó los tickets y las facturas, y los guardó en el bolsillo de su americana. Regresó de nuevo al ropero y registró los bolsillos interiores de la bolsa de viaje y tras un segundo de indecisión palpó también los de las dos americanas colgadas junto a las camisas. En una halló otro par de tickets y en el bolsillo de la otra, una gardenia que había amarilleado al secarse sin perder, sin embargo, su característico porte. La decadente belleza muerta de la flor marchita le recordó a una mariposa: sus pétalos de natural recios habían adelgazado hasta transparentar la piel de sus manos. La evocación de la mariposa muerta le produjo un escalofrío que recorrió su espalda como si algo, indeseable y mojado, se hubiese adherido a ella durante un segundo. La empujó supersticioso al interior del bolsillo y de modo inconsciente se frotó la mano contra la ropa para borrar definitivamente cualquier resto de su presencia mortuoria. Se dirigió a la puerta y en el último instante volvió hasta la caja fuerte y, siguiendo una corazonada, tecleó la fecha de su boda con Álvaro. Dos, cinco, uno, dos. La caja emitió la inconfundible señal que franqueaba su apertura y una pequeña luz de cortesía se encendió en el interior. Aprisionada en un pequeño marco y colocada contra el fondo de la caja, la fotografía de ambos, copia de la que tenían sobre la cómoda de su dormitorio y no había querido mirar antes de salir de casa. Su alianza descansaba sobre un ejemplar de *Lo entregado al no*; reconoció la tapa brillante de la portada distintiva de su editorial y las esquinas curvadas de aquel ejemplar que quince años atrás había firmado para él.

—*Lo entregado al no* —musitó mientras esbozaba una sonrisa pequeña de sorpresa indómita—. *Lo entregado al no* —volvió a repetir, porque la presencia de aquel libro allí y en aquel momento significaba tanto como la presencia del anillo de boda.

La caja empotrada a la altura de su pecho le permitía, desde donde estaba, alcanzar a ver el principio de su propio nombre grabado en el interior del anillo seguido de la fecha que Álvaro había elegido como clave de aquella caja donde lo escondía. Extendió la mano y llegó a rozarlo con la punta de los dedos. El metal estaba templado, como si hubiesen pasado tan sólo unos segundos desde que su dueño se lo hubiera quitado.

Los gritos procedentes del pasillo le alertaron. Tomó el anillo, renunciando a los legajos, y empujó la puerta de la caja, que volvió a cerrarse con su suave señal sonora. Al abrir la puerta del dormitorio casi tropezó con Santiago, que preso de la ira había extendido ya su mano escayolada hacia el picaporte de la puerta y, tras él, la presencia callada de Herminia, que desconsolada los observaba desde el otro extremo junto a la escalera.

Santiago dio un paso hacia él. Su rostro se había encendido de rojo en una mancha que se extendía hasta las orejas y el cuello como una virulenta infección y, a pesar de que llegaba gritando, la voz le salió ahogada cuando le habló.

—¿Qué está haciendo aquí? ¿Quién le ha dado permiso para entrar? No puede entrar aquí como si fuera...

En un primer momento pensó que iba a pegarle, cualquier otro hombre tan enfadado ya lo habría hecho, pero se dio cuenta de que la encendida indignación que mostraba su rostro no era otra cosa que frustración, una pataleta infantil ante una situación en la que no iba a ganar. Fue consciente entonces de la puerta entreabierta al final del pasillo y de la figura oscura allí apostada.

Decidió mostrarse conciliador.

—Sólo quería visitar la habitación de Álvaro.

—No tiene derecho —repitió Santiago aún más ahogado.

—Sí lo tengo, Álvaro era mi marido.

La frustración del rostro se sustituyó por la arrogancia que le subió a la boca en un rictus cruel que no era la primera vez que Manuel veía en él; duró un segundo pero fue suficiente para constatar el odio, el desprecio que aquel hombre sentía. No era sin embargo tan valiente; se replegó de inmediato y volvió a su anterior gesto, más cercano al puchero infantil.

—Dijo que se iría, pero sigue aquí, faltándonos al respeto, husmeando por todas partes, como un vulgar ladrón. ¿Qué ha cogido de ahí?

Manuel apretó en la mano el anillo de oro y en un acto irreflexivo se lo deslizó en el dedo junto al suyo mientras Santiago pasaba a su lado rozándole el hombro para inspeccionar el interior de la alcoba.

Aguantó el envite sin moverse de donde estaba mientras miraba a Herminia, que murmuraba un «lo siento» alzando los ojos en busca de fuerzas con el mismo gesto que uno usa para disculpar a un niño que llora de puro cansancio o al amigo pasado de copas.

Santiago debió de encontrar la habitación tan desolada como él mismo porque salió enseguida.

—¿Qué hacía aquí? —preguntó a gritos—, ¿qué buscaba? ¡Herminia! ¿Por qué le has dejado entrar?

—Quién soy yo para impedírselo —replicó ella sin perder la calma.

Frustrado, se enfrentó de nuevo a él.

—No puede estar aquí, no puede entrar aquí cuando quiera, no puede...

Manuel le mantuvo la mirada.

—Puedo entrar y entraré cuantas veces sea necesario hasta que obtenga las respuestas que he venido a buscar.

Le vio enrojecer más, a punto de colapsarse, y de pronto la expresión de su rostro mutó como si hubiera perdido todo interés o, por el contrario, acabase de hallar la solución a sus problemas.

—Voy a llamar a la policía.

Manuel sonrió provocando que el decidido paso que Santiago ya había iniciado en dirección a la escalera se detuviese a mitad de camino para mirarle de nuevo, probablemente sorprendido de que su amenaza no hubiera causado la reacción que había imaginado.

—¿Ah, sí? ¿Y qué va a decirles? ¿Que vengan a echar al propietario? —La sonrisa burlona que acompañaba a sus palabras caló hondo en el orgullo del hombre.

Parecía a punto de llorar cuando regresó hasta colocarse ante él, y le dijo:

—Así que es eso, ¿verdad? Debí suponer desde el principio que un muerto de hambre no renunciaría tan fácilmente a algo que de ninguna manera merece. Es por el dinero. —Casi escupió las palabras.

La puerta entornada al fondo del pasillo se abrió del todo y la luz procedente de la habitación recortó una figura alta y delgada.

—¡Ya está bien, Santiago! Deja de comportarte como un cretino. —La voz era educada y firme y no admitía discusión.

—¡Madre! —protestó Santiago, y fue su voz la de un niño pequeño y desprotegido.

—Señor Ortigosa —dijo la voz femenina desde el fondo del pasillo—, quisiera hablar con usted. ¿Será tan amable?

En el rostro de Santiago, la ira había sido sustituida por la humillación. Aún acertó a replicar una vez más.

—Madre... —Por su tono era evidente que no esperaba respuesta.

Aunque en su momento de furia más álgido Santiago no le había parecido peligroso, presintió que podría serlo al sentirse humillado. Asintió a la invitación sin perderlo de vista y aún hubo de esperar dos largos segundos hasta que el marqués retrocedió girándose hacia la escalera. En el último segundo lanzó un puñetazo contra la pared, y parte de la escayola que le cubría la mano saltó hecha añicos.

La figura al fondo del pasillo había desaparecido, aunque la puerta continuaba abierta, invitándole a entrar. Sólo Herminia le dedicó una pesarosa mirada mientras negaba con la cabeza y seguía a Santiago, como una niñera paciente, escaleras abajo.

Calculó que aquellas dependencias ocupaban toda el ala oeste de la planta superior. Las numerosas ventanas miraban tanto a la entrada principal como al cementerio, y aparecían cubiertas por vaporosos visillos blancos que permitían percibir el exterior. Una gran chimenea de tosca piedra gallega ocupaba la pared interior y ardía con buen fuego contenido por las losas que se habían ennegrecido en la base y en los laterales. Los ribetes, de la misma madera oscura que en el resto del pazo, sólo eran visibles en las puertas, en los escasos tramos de suelo que no aparecían cubiertos por alfombras persas en tonos rojos y dorados y en las vigas vistas que seccionaban el techo longitudinalmente. La estancia se alargaba hacia un mirador acristalado que permanecía cerrado. Junto a él y a contraluz se dibujaba la alargada figura de la mujer, que inicialmente le resultó invisible y que fue discerniendo con más claridad según se acercaba a ella.

Vestía pantalones negros y un grueso jersey de cuello alto que se ceñía a su figura haciéndola parecer frágil, como si estuviera acatarrada o tuviese frío, aunque sólo era un efecto conseguido por la ropa. La habitación estaba muy caldeada, y ella parecía cómoda. Se había recogido el pelo en la nuca y sólo se adornaba con dos gruesas perlas grises en las orejas.

No le tendió la mano cuando volvió a hablar con su voz firme y educada.

—Soy Cecilia de Muñiz de Dávila, marquesa de Santo Tomé. Creo que hasta ahora no hemos sido presentados debidamente.

—Soy Manuel Ortigosa, el viudo de su hijo —contestó utilizando el mismo tono.

Ella se le quedó mirando y compuso una especie de sonrisa displicente mientras le indicaba el sofá frente al fuego y ella se sentaba en un sillón individual.

—Disculpe a Santiago —dijo en cuanto se hubo acomodado—, es muy temperamental, siempre lo ha sido, desde que era un niño. Cuando se le llevaba la contraria arrojaba sus juguetes y los rompía, y después lloraba por ellos durante horas. Pero no se deje engañar: mi hijo no tiene redaños, es un fraude de la cabeza a los pies.

Manuel la miró sorprendido.

—Sí, señor Ortigosa, es una desgracia, pero todos mis hijos han sido un auténtico fracaso. Espero que me acompañará a tomar el té —dijo alzando la mirada hacia un lugar a su espalda.

Manuel se giró y vio acercarse a una mujer cuya presencia no había advertido antes. Vestía un anticuado uniforme blanco de enfermera, de basto algodón y mangas largas. Las piernas cubiertas con tupidas medias del mismo color y una cofia almidonada sobre el cabello corto, pero ahuecado hasta obtener el porte de un casco ordenado y mate por el exceso de laca fijadora. Cuando ella se acercó, percibió el aroma del cosmético en espray, que le trajo a la memoria el olor despreciable de su anciana tía.

La mujer dispuso el servicio sobre la mesa, frente a ellos, sirvió el té y repartió las tazas reservándose una para sí misma. Después tomó asiento frente a su señora sin decir una palabra.

—¿Tiene hijos, señor Ortigosa?

Él negó.

—No, claro, imagino que no. Pues déjeme decirle que en eso me aventaja. —Tomó un pequeño sorbo de su taza y continuó—: A pesar de toda esa literatura barata que hay al respecto, lo cierto es que, en gran parte de los casos, los hijos son una decepción; la mayoría de la gente jamás lo admitiría, claro está, imagino que porque siente que en el fracaso de sus hijos reside el suyo propio. No es así en mi caso. No me considero en absoluto responsable de sus faltas, y créame si le digo que cuanto es erróneo en ellos proviene de su padre. Mi marido fue un perfecto inútil para casi todo, las finanzas, la educación de sus hijos... ¿Cómo podría considerarme yo responsable de un comportamiento como el de Santiago hace un momento? —dijo dirigiéndose a la enfermera, que como respuesta asintió con gravedad.

»Aun así, le ruego que le disculpe —repitió—, nunca ha tenido sentido de la proporción: es un débil mental, y el pobre incauto se había llegado a hacer la ilusión de que, muerto su hermano, quizá él podría llegar a hacerse cargo de nuestros asuntos; aspecto para el que, permítame decirlo, está totalmente incapacitado. Menos mal que su hermano tuvo mejor criterio —dijo dejando que su mirada reposase en él.

—¿Quiere decir que aprueba la decisión de Álvaro?

—Quiero decir que entre las numerosas faltas de mi esposo destacaba una virtud: la de saber en quién debía delegar. Supongo que es un hábito propio de la nobleza adquirido a través de los siglos, ¿cómo si no se explicaría la permanencia de nuestros linajes cuando para las más simples acciones hemos debido encomendarnos a terceros? De no haber sido por su maestría a la hora de delegar, la nobleza estaría extinguida. Mi marido confió su legado a Álvaro y acertó, así que debo confiar en que el mismo buen criterio heredado durante siglos haya imperado en la decisión de Álvaro de dejarle a usted al frente.

Manuel valoró interesado aquellas palabras. ¿Era eso? Quizá la idoneidad de un candidato pesaba sobre cualquier otra razón, a pesar de ser aborrecido como en el caso de Álvaro.

—Tengo entendido que las relaciones entre Álvaro y su padre no eran precisamente buenas...

—«Precisamente buenas»... —se burló mirando a la enfermera—. Señor Ortigosa, dígame, ¿qué opinan sus padres de..., cómo lo llaman?, ¿su tendencia? Espero que no vaya a decirme que son de esos infelices que fingen aceptar su desvío.

Manuel dejó la taza sobre la mesa con mucho cuidado, volvió a recostarse en el sofá y la miró altivo a los ojos.

—Estoy seguro de que lo llamarían «homosexualidad», es así como se llama, pero no tuvieron ocasión: mis padres fallecieron en un accidente cuando yo era muy pequeño.

Ella ni se inmutó.

—Pues tuvieron mucha suerte, créame, los envidio, porque no, la relación de Álvaro con su padre no fue precisamente buena y no por culpa de mi marido. Álvaro fue un reto constante desde que nació y se diría que obtenía un placer malévolo en contrariarnos en todo. Ya ve, he tenido dos hijos sin agallas y uno que las tenía todas, pero mal dirigidas.

Manuel negaba con la cabeza mientras la escuchaba.

—Dígalo —pinchó ella provocándole—, diga lo que está pensando.

—Pienso que es usted un monstruo, una antinatural y una depravada.

La marquesa rio a carcajadas como ante un chiste mirando incrédula a la enfermera.

—¿Lo has oído? Él me llama antinatural a mí.

La enfermera sonrió negando, sufrida, como lo haría ante una ridiculez o un absurdo.

—Un desviado, un pusilánime y un retrasado infantilizado por su padre y que nunca llegó a ser un hombre. —Su tono había cambiado, ahora hablaba con amargura—. Ésos son mis hijos. Dios no me bendijo con una niña y ésa ha sido mi cruz. Tres tarados que ni siquiera han sabido darme un digno heredero.

—Samuel —susurró Manuel casi para él, intuyendo que se refería al niño.

—Sí, Samuel, el pequeño bastardo —dijo dirigiéndose a la enfermera como para aclararle de quién hablaban—. Ya sabe lo que se dice, señor Ortigosa: los hijos de mis hijas nietos míos son, los hijos de mis nueras lo serán o no.

Manuel sonrió asqueado.

—Es usted despreciable —soltó, incrédulo ante su barbarie.

—Bueno, es cuestión de perspectiva, para mí lo es usted —contestó ella sonriendo levemente.

—¿Y Catarina?

—Catarina procede de una buena familia venida a menos económicamente, pero ninguno estamos libres de eso, ¿verdad? —admitió con un gesto displicente hacia sí misma—. Aun así es una noble bien educada y más válida que muchos hombres. No me explico qué pudo ver en mi hijo.

—¿Y un hijo de Catarina sí sería su nieto?

Ella compuso un mohín de infinito hastío, arrojando plato y taza sobre la mesa, que no se rompieron a pesar del estruendo.

—Catarina tiene más valor que mi hijo. Es la única persona en esta casa, aparte de mí, que sabe cuál es su lugar. Ojalá fuera mi hija, la cambiaría en el acto por todos ellos.

Manuel seguía negando, incapaz de aceptar tanta mezquindad.

—¿Me considera un monstruo, señor Ortigosa? ¿Cree que soy cruel? Pues piense una cosa: si mi marido puso a Álvaro al frente de nuestra casa no fue por su buen corazón, sino porque en él se aunaban esa capacidad de crueldad y fuerza necesarias para salvaguardar la heredad, nuestra estirpe y lo que eso significa, a cualquier precio y, le aseguro que —irguió el cuello y balanceó la cabeza levemente como si sobre ella portase una corona—, no nos defraudó: hizo el buen trabajo que esperábamos de él y con creces. Así que si me considera un monstruo desalmado, sepa que no le llego ni al zapato a su querido Álvaro. Cuidó del honor de esta familia; su padre sabía que cumpliría porque ya lo había hecho antes, haría todo lo necesario, fuera lo que fuese, y así lo hizo. Por más que me repugne, debo aceptar que si es el criterio de Álvaro que usted quede al frente del legado, sus razones tendría. Lo aceptaré, todos lo aceptaremos; no se preocupe por Santiago: lo de hoy sólo es una rabieta de niño consentido, se le pasará y entenderá que esto es lo mejor para todos.

El comportamiento bipolar de la mujer que iba del profundo desprecio al rendimiento de pleitesía le resultaba enfermizo e insano como la conversación con un loco. Ella volvía a mostrarse calmada, conciliadora, no sonreía mientras hablaba, pero halló en su tono toda la firmeza y raigambre aprehendida en su sangre durante generaciones.

—No encontrará enfrentamiento ni trabas legales por nuestra parte, así que puede dedicarse a recoger uva o a jugar a hacer vino si eso le divierte —dijo poniendo de manifiesto que estaba al tanto de su paso en la viña y en la bodega.

Manuel se preguntó si el informador habría sido Daniel, hasta que a su memoria retornó la imagen de su oscura figura vigilando, como el cuervo que era, y desde su particular busto de Palas, mientras él subía al coche del enólogo.

—Disfrute el legado, administre las empresas y los bienes y encárguese de darle a esta pobre anciana seguridad financiera hasta el final de sus días —añadió sonriendo como si esa circunstancia le resultase particularmente divertida. Tenía las encías muy rojas, casi como si sangraran. Manuel se sorprendió pensando en la ferocidad que simbolizaban. La marquesa hizo una teatral pausa antes de borrar de su rostro cualquier vestigio de la anterior sonrisa; su boca se afiló en un corte recto—. Pero si lo que se ha creído es que con esto gana una familia, déjeme decirle que se equivoca. Usted no pertenece a este lugar y ni todas las cláusulas de propiedad del mundo pueden cambiar eso. Éste nunca será su hogar, ni la mía su familia, salga de mi casa y no regrese nunca.

Las dos mujeres se pusieron en pie y se dirigieron a la puerta más cercana a la chimenea. La enfermera la abrió y se apartó a un lado para franquear el paso a su señora. La mujer se volvió hacia él y le miró como si le sorprendiese infinitamente encontrarle aún allí.

—He terminado con usted —dijo—. Seguro que puede encontrar la salida. —Entró en la habitación seguida de la asistente, que le dedicó una despectiva mirada antes de cerrar suavemente la puerta.

Aún permaneció allí unos segundos, frente al fuego y los restos del té, que habrían sugerido para cualquiera que los viese en ese instante el escenario de una cordial conversación. Se sentía debilitado como si aquel córvido, aquella especie de vampiro, hubiese aplicado sus finos labios sobre su cuello para beber la sangre y la vida de sus venas. Cada mezquina palabra, cada gesto de burla, eran saetas no tanto destinadas a herirle como al divertimento de aquella hidra. La certeza de haber sido su involuntario bufón le hizo temblar de indignación. Rodeó el sofá pisando sobre las mullidas alfombras, sintiéndose observado todo el tiempo hasta que salió de allí mientras pensaba: «Nunca más».

Cerró la puerta a su espalda y avanzó en dirección al pasillo hacia la luz tamizada que descendía en luminosos toboganes hacia la escalera. Al pasar junto a la habitación de Álvaro se percató de que la puerta sólo estaba entornada; la empujó, y entró de nuevo en la estancia, fue hasta la mesilla y recuperó el libro. Antes de salir tecleó velozmente la clave en la caja, abrió la puerta y tomó todos los papeles que había en su interior, incluido *Lo entregado al no*; forzó las grapas del pequeño marco, extrajo la fotografía y sin mirarla la deslizó junto a los documentos dentro del libro. Sólo entonces recordó el anillo; alzando la mano lo vio en su dedo unido al otro como si formaran uno solo. Huyó.

Desfallecido, se dejó caer en una silla frente a la cocina de leña de la guardesa.

—Herminia, ahora sí que te aceptaré ese café. El té de la marquesa me ha sentado como un tiro; no me extrañaría que llevase cicuta.

La mujer se situó frente a él y le miró entristecida.

—Ahora ya conoces al Cuervo. No sabes cuánto siento lo que ha ocurrido. Santiago estaba en las cuadras, te vio entrar a la cocina y vino a preguntarme... No podía mentirle.

—Por supuesto que no, Herminia, no te preocupes. Santiago es un energúmeno, pero hasta cierto punto su reacción es normal.

—De eso quería hablarte —respondió ella tomando una silla y sentándose frente a él—. Sabes que he criado a estos niños desde que nacieron y puedo afirmar que los he querido más que su propia madre; conozco bien a Santiago y es un buen chico.

Manuel comenzó a protestar, pero ella le atajó.

—Muy impulsivo, sí, precisamente porque carece de carácter. Cuando era pequeño era como el perro faldero de Álvaro, y la adolescencia se la pasó intentando ganarse el cariño de su padre. Siempre ha sido un cero a la izquierda en esta casa, mi pobre niño. Álvaro era el del carácter y Fran, el encantador; y él, el pobre niño gordito y llorón que su padre miraba con un desprecio que no se molestaba en disimular, hay que crecer con eso —sentenció—. Y aun así puedo jurarte que quería a sus hermanos más que a nada en el mundo.

—No tiene nada que ver, Herminia —rebatió él.

—¡Escúchame! —insistió ella—, cuando Fran murió, Santiago estuvo en la cama durante días sin parar de llorar, hasta el punto de que creí que se pondría enfermo. Y la semana pasada, cuando le avisaron de que Álvaro había tenido un accidente, corrió hasta el hospital, y cuando regresó a casa después de pasar por el trago de tener que reconocer el cadáver de su hermano vino a mí, no a su madre, vino a mí, Manuel, porque sabía que yo lo sentiría como él. Se paró ahí mismo en la entrada, mirándome en silencio. «¿Qué ha pasado?», le pregunté, «¿qué le ha pasado a mi niño?». Rompió a llorar y comenzó a golpear la pared a puñetazos, enloquecido de dolor, mientras gritaba que su hermano había muerto. No se cayó de ningún caballo, Manuel, Santiago se destrozó las manos a golpes contra esa pared y se rompió varios dedos... Así que no me digas lo que ya sé, porque nadie le conoce como yo. Desde aquel día no ha levantado cabeza, cree que no me entero, pero desde la muerte de Álvaro ha estado refugiándose en la iglesia cada tarde para llorar.

¿Roto de dolor o de culpabilidad?, se preguntó.

Como si Herminia le hubiera oído, añadió:

—Creo que se siente un poco culpable porque el día del accidente habían discutido.

Manuel la miró interesado.

—Nada —dijo quitándole importancia—, una tontería. Santiago estaba aquí tomando un café; entró Álvaro y le dijo: «¿A quién crees que engañas con esos candelabros?». Santiago no contestó, pero se puso colorado como un tomate. Álvaro se dio la vuelta y salió hacia su coche. Y Santiago se fue para arriba dando un portazo. Yo no sé, no entiendo de esas cosas, a mí me parecen tan bonitos como los originales, quizá no lo sean, ya te digo que de eso no entiendo, pero Santiago se esforzó mucho en reponerlos. Él es de esa clase de personas que necesitan aprobación, y que el hermano no se la diera le ofendió; pero claro, es de esas cosas que luego, cuando sucede algo tan terrible, pierden importancia y parecen una tontería, pero conociéndole como le conozco es seguro que se siente torturado por no haber estado a buenas con su hermano cuando murió.

Manuel se volvió hacia la pared de la entrada, donde aún podían apreciarse las decoloraciones más claras donde Herminia había limpiado las manchas de sangre con lejía.

—¿Dónde está ahora?

—Damián se lo ha llevado al hospital a que le arreglen el estropicio que se ha hecho en la escayola. Siempre ha tenido ese pronto... Desde que era pequeño.

—¿Y qué pasa con Catarina? No parece que la trate demasiado bien, y ella me dijo que él no quiere que trabaje.

—Tienes que entender que hay cosas que para ellos no son como para nosotros; aunque hoy en día parezca algo raro para la mayoría, para ellos es vergonzoso dedicarse a según qué cosas. La de Catarina es una de las familias de más antigua tradición del país, pero por distintas razones las cosas no les han ido tan bien en los últimos años y han tenido que buscar otras maneras de ganarse la vida; vendieron muchas de sus tierras, no les queda mucho más que el terreno donde está la casa, y hace un par de años la familia convirtió el pazo en un restaurante que alquilan para bodas, convenciones y celebraciones por el estilo. Santiago no acepta bien estas cosas y, aunque Catarina parece no tener ningún problema con eso, tienes que entender que para él es algo casi vergonzoso, como para cualquier trabajador sería verse obligado a pedir.

—Creo que no es comparable, Herminia. Entre transformar un pazo en un lugar para dar banquetes y verse obligado a pedir para comer hay una gran diferencia.

—La hay para ti y para mí, pero para ellos es algo degradante. Desde que abrieron el pazo al público, Santiago no ha vuelto a poner los pies allí. De todas maneras, no es ésa la única razón por la que a Santiago le preocupa que Catarina trabaje; sólo la protege.

Manuel la miró sorprendido, y ella bajó la voz para decir:

—Tiene problemas, cosas de mujeres... Llevaban tiempo intentándolo y a finales de año se quedó embarazada, pero tuvo un aborto espontáneo, de muy poco tiempo. Todavía ni se le notaba. Yo estaba con ella cuando ocurrió: aquí mismo le sobrevino un dolor intenso y comenzó a sangrar. En el hospital le hicieron un legrado. Ella lo lleva regular, me pidió que no hablara de ello y no hay más que ver cómo mira a Samuel para darse cuenta de cuánto desea tener un hijo, pero Santiago... Bueno, ya te he dicho cómo es, quedó muy afectado y desde ese momento le insiste a Catarina para que deje de trabajar. El médico les dijo que no hay por qué darle importancia, que en muchas ocasiones el primer embarazo se malogra y que seguramente no habrá ningún problema la próxima vez, pero Santiago está obsesionado con los cuidados, con la salud... Siempre dándole vueltas, como si fuera culpa suya. Él es así, de todo hace un mundo.

Manuel asintió.

—¿Y Vicente?

Herminia fingió indiferencia.

—Ayuda a Catarina...

—Creo que ya sabes a qué me refiero. El otro día, cuando Santiago la riñó, Vicente reaccionó como si apenas pudiera contener las ganas de decirle algo, como si Catarina le importase de una manera especial. —Herminia le aguardaba en silencio—. ¿Crees que hay algo?

—De ella hacia él me consta que no, pero de él hacia ella quizá sí, también me he dado cuenta de cómo la mira... Es un hombre joven y ella una mujer muy guapa, trabajan solos todo el día entre las flores... Pero su amor por Santiago es casi abnegación, el modo en que siempre ha cuidado de él... Cuando murió Fran, fue ella la que le trajo de vuelta de la depresión: durante semanas estuvo dándole de comer en la boca, casi le arrastraba para obligarle a salir al jardín, se sentaban junto a la alberca y le hablaba durante horas mientras él escuchaba con la cabeza gacha... Y ahora vuelve a repetirse la historia; algunas veces le oigo llorar y ella siempre está ahí, consolándole, calmándole con mucha paciencia, porque ya has podido comprobar que en ocasiones Santiago tiene un carácter... No me extraña que Vicente se sienta inclinado a protegerla, quizá algo más..., pero si no es tonto ya debería haber aprendido la lección... —dijo despectiva.

—¿A qué te refieres, Herminia?

Ella se encogió de hombros displicente.

—A que quizá no vas tan desencaminado.

Él la miró esperando una explicación mientras la mujer resoplaba irritada.

—Verás, *fillo*, llevo sirviendo en esta casa desde antes de casarme, he criado a los niños, he cocinado para ellos, los he cuidado cuando estaban enfermos, he dedicado al pazo toda mi vida, pero nunca he cometido el error de creerme uno de ellos, de pensar que yo formaba parte de esto. Somos sus empleados, nos pagan bien, pero por más abrazos y cariños que llegues a ver, por más secretos que conozcamos, o por más mierdas que les limpiemos, no pasamos de ser criados, sirvientes, y si a alguno se le olvida cuál es su lugar, ellos se encargan de recordárselo rápidamente.

Manuel no pudo evitar sentirse a la defensiva. Herminia esgrimía desde otro ángulo la misma doctrina que su señora, aquella asumida superioridad de clase que tanto repugnaba a Nogueira, que todo el mundo aceptaba y cuyo calado él comenzaba a discernir.

—Herminia, ¿estás tratando de decirme algo?

Ella le miró alarmada.

—No, de ti no, *fillo*, y tampoco de Álvaro, él era como nosotros. Me refiero a Vicente.

—¿Vicente?

Ella chascó la lengua como señal de fastidio antes de continuar. Y cuando lo hizo, Manuel no supo bien si estaba molesta por tener que hablar de aquel tema o por no conocer toda la información.

—Mira, yo no sé lo que sucedería, pero el pasado diciembre le despidieron.

—¿Despidieron a Vicente?

—En víspera de Navidad, fulminante y sin ningún miramiento, sin explicación. De un día para otro nos dijeron que Vicente ya no trabajaba aquí. Imagina cómo nos quedamos los demás empleados del pazo. No es que fuera la primera vez que despedían a alguien, pero no es lo habitual. En el pueblo hay gente que lleva veinticinco años viniendo a trabajar al pazo por temporadas, suelen contratar a los mismos, y tienen preferencia las familias.

Manuel asintió recordando las explicaciones de Griñán sobre la distinción que suponía para muchos trabajar en el pazo.

—Recuerdo un par de ocasiones en que despidieron a un mozo de cuadra y a un leñador, uno por maltratar a un caballo, el otro por robar, y fue igual, drástico y repentino, con la diferencia de que a Vicente le readmitieron dos meses después.

—¿Y qué explicación dieron?

—La misma que cuando le despidieron, ninguna. Sólo sé que Catarina volvió a contratarle, y supongo que él le está agradecido, pero, créeme, si alguien en esta casa sabe cuál es el lugar que debe ocupar, ésa es Catarina.

Manuel se quedó boquiabierto al escuchar de nuevo y en pocos minutos las mismas palabras, provenientes de personas tan diferentes, refiriéndose a Catarina. Él mismo había sido testigo de que era una mujer especial.

Herminia se puso en pie y le sirvió el café. Manuel tomó un trago, que bajó por su garganta suave y caliente, mientras pensaba en Catarina, en el modo en que Santiago la había hecho llorar y en el olor mareante de cientos de flores.

—Había gardenias secas en los bolsillos de las chaquetas de Álvaro...

Ella sonrió entristecida.

—Tenía esa costumbre desde pequeño. Antes de lavar su ropa siempre debía revisarla porque a menudo llevaba en el bolsillo alguna flor.

—¿Quién sabía que Álvaro solía hacer eso?

—¿Quién? —Herminia se encogió de hombros—. Pues Sarita y yo, que nos ocupábamos de su ropa, y cualquiera en casa que le hubiera visto alguna vez guardarse una en el bolsillo... ¿Por qué lo preguntas?

—Por nada —contestó evasivo—. Herminia, otra cosa, esa habitación, la habitación de Álvaro... ¿fue el dormitorio que ocupó siempre mientras vivía en esta casa?

Ella detuvo sus idas y venidas por la cocina y se puso de nuevo ante él.

—No, claro que no, ésa es tan sólo una habitación de invitados. Cuando él no estaba aquí permanecía siempre cerrada. Cuando Álvaro era pequeño ocupaba una habitación en la galería junto a las de sus hermanos. Cuando su padre le envió al internado a Madrid, mandó desmontar la habitación y guardar todas sus cosas en el sótano.

Pensó en la carga de afrenta que encerraba aquella acción, el significado que habría tenido para Álvaro, que entonces era poco más que un niño, y el aviso para navegantes que suponía para los demás miembros de la familia.

—Como si hubiera muerto o no fuera a regresar jamás... —pensó en voz alta.

—Creo que de algún modo para su padre estuvo muerto a partir de aquel día. En las pocas ocasiones en que Álvaro regresó a casa siempre ocupó una habitación de invitados.

—Pero ¿por qué, Herminia? ¿Cuántos años tenía? ¿Doce? ¿Qué pasó aquel día, qué ocurrió?

Herminia bajó un segundo la mirada.

—No lo sé, es una manera de hablar, no fue un día concreto, para mí tampoco tiene explicación, pero quizá ahora que has conocido al Cuervo puedes hacerte una idea de cómo era él.

Manuel asintió aún afectado por la mezquindad de aquella mujer.

—Herminia, lamento el disgusto y espero que no tenga consecuencias para ti por permitirme entrar, pero si es así, avísame; no dejaré que te perjudiquen.

Ella sonrió.

—Ya sé por qué te eligió Álvaro —dijo.

Manuel la miró sin comprender.

—Cuando el viejo marqués falleció y Álvaro tomó las riendas de la familia, nos cedió a mi marido y a mí la casa de los guardeses en usufructo y una asignación muy generosa que nos permitiría, si quisiéramos, dejar de trabajar hoy mismo. Nadie puede echarme de aquí, Álvaro ya se cuidó de eso.

Dejó que Herminia le abrazase, le besase y le colocase bien la ropa sacudiendo un par de motas imaginarias de su chaqueta. Aunque lo que más le conmovió fue que antes de soltarle definitivamente le susurrase al oído: «Ten cuidado, por favor».

Caminó hacia la salida, pero antes se detuvo para observar de cerca las manchas descoloridas que presentaba la pared allí donde Santiago había golpeado hasta romperse los huesos. Se dirigió a Herminia de nuevo.

—Hay una cosa que me dijiste sobre la noche en que Fran murió, que estabas segura de que volvía a drogarse, ¿por qué? Tú tienes acceso a toda la casa, ¿quizá viste algo?

—No vi jeringuillas ni agujas ni cosas por el estilo que había visto cuando estuvo tan mal, si es eso lo que preguntas. Pero sabía que nada bueno podía estar pasando porque había visto por aquí al que le vendía la droga. Le vi la noche en que Fran murió, pero ya andaba husmeando por el pazo días antes. Se lo dije a la Guardia Civil; no tenía duda de que era él: le conozco bien, es un chico de Os Martiños, y desde siempre he tratado a su familia, son buena gente, pero ya sabes... Cuando en una casa entra el demonio de la droga ya no hay nada que hacer.

—¿Dónde le viste?

—Elisa le había llevado a Fran un bocadillo, pero yo no me iba a ir a la cama tan tranquila sabiendo que dejaba a mi niño allí. Cuando terminé aquí, entré en mi casa para coger un abrigo e ir a verle; fue entonces cuando desde la ventana que da a las cuadras vi a ese desgraciado venir por el camino de atrás. Iba como escondiéndose entre los setos y fue derecho al sendero de la iglesia, tú me dirás.

—¿Llegaste a ir a la iglesia?

—Ésa era mi intención, pero entonces vi a Elisa que volvía a salir de casa y enfilaba el camino.

—¿Elisa? ¿Estás segura de que era ella?

—La vista de esta vieja está perfectamente. La vi a la luz de las farolas de la casa cuando salía, y después para alumbrarse encendió una linterna, así que pude verla perfectamente.

—Y entonces decidiste no ir.

—Hijo, si una jovencita va en busca de su novio, una vieja no pinta nada en medio. Me metí en casa y me puse a ver la televisión con mi marido.

—¿La viste regresar?

—Pues sí, la verdad es que estuve atenta y al poco rato la vi volver sola. Imagino que Fran no quiso acompañarla.

—¿Crees que ella vio al camello?

—No, no lo creo. Siempre tuve muchas dudas sobre Fran, pero cuando regresaron de aquella clínica, Elisa estaba rehabilitada y embarazada, se tomaba muy en serio su salud y su futuro junto a Fran; nunca le habría dejado a solas con el desgraciado ese sabiendo como sabía lo que eso significaba.

Manuel sopesó sus palabras y ya desde la puerta se volvió y preguntó:

—Herminia, ¿viste esa noche a Álvaro?

—Claro, le vi en la cena, antes de que fuera a acostarse, ¿por qué lo preguntas?

—Por nada.

Salió de nuevo a la mañana en el pazo en la que, aunque la niebla comenzaba a disiparse, la luz seguía siendo turbia y el calor, escaso. Caminó hacia su coche echando de menos el chaquetón de Álvaro que se había dejado en el hostal. *Café* movió ansioso la cola y salió del vehículo de un brinco en cuanto abrió la puerta echando a correr por el camino por el que a lo lejos Manuel vio venir a Elisa con el niño. «El pequeño bastardo», resonaron las palabras del Cuervo en su cabeza mientras, plantado en medio del camino, observaba la alegría del niño al ver al perro y la del animal, que daba vueltas a su alrededor encantado, pero incapaz de dejarse acariciar. Alzó la mirada hacia las ventanas del ala oeste y sintió una oscura satisfacción al constatar la presencia de la lóbrega figura apostada junto al mirador. «Sobre el busto de Palas.» Fue al encuentro del pequeño llamándole a viva voz, abrió los brazos para recibirle y le alzó en el aire entre risas. Le abrazó sabedor de que ella los observaba, de que su gesto constituía un acto de desagravio y tomando conciencia, en aquel instante, de que amaba a aquel niño.

Cuando volvió a elevar la mirada, el Cuervo ya no estaba allí.

Elisa sonrió al verle y le tomó del brazo para seguir caminando juntos y muy despacio, aunque esperó hasta que el niño se hubo adelantado unos metros corriendo tras *Café* para decirle:

—Gracias, Manuel.

Él la miró sorprendido.

—Lucas vino a verme ayer y me contó algunas de las cosas que Fran le dijo aquella noche, cosas que yo ya sabía, de las que siempre estuve segura, pero que necesitaba oír.

Manuel asintió abrumado.

—Me dijo que tú le hiciste darse cuenta de que debía contármelo. Creo que sabes cuánto significa para mí, el dolor y el sufrimiento que han supuesto estos años, la incertidumbre, porque, aunque estaba convencida, no negaré que hubo momentos en los que la duda se apoderó de mí. Gracias, Manuel.

—Elisa, ¿aquella noche...?

—¿Si...?

—No me dijiste que más tarde regresaste a la iglesia.

—Imagino que Herminia te habrá comentado que me vio salir. También yo la vi a ella en la ventana de su casa. Pero si no te dije que fui es porque no llegué a entrar. Cuando estaba llegando a la plazuela, Santiago, que salía de la iglesia, me dijo que Fran se encontraba bien, que estaba rezando y que no quería que le molestasen.

Manuel interrumpió su paso obligándola a detenerse y a mirarle.

—Pero ¿llegaste a ver a Fran?

—Le vi cerrar la puerta de la iglesia cuando Santiago salió.

—¿Se lo contaste a la policía? —preguntó, aunque ya conocía la respuesta.

—Pues no recuerdo si lo mencioné; de todas formas no

tiene ninguna importancia, ni siquiera llegué a entrar y siempre me he sentido culpable por ello, no debí hacerle caso, tendría que haber estado a su lado. —Su voz sonó mortificada, y Manuel supo que no era la primera vez que lo pensaba.

La tomó del brazo y emprendieron de nuevo el paseo.

—¿Viste a Álvaro aquella noche?

—¿A Álvaro? No.

—¿Y a otra persona?

Esta vez fue ella la que se detuvo.

—¿Adónde quieres llegar, Manuel? ¿A qué vienen estas preguntas?

No podía ocultar la verdad, a ella no.

—Días antes de la muerte de Fran, un camello de la zona rondaba por el pazo, y aquella noche Herminia le vio dirigiéndose a la iglesia.

—Pero eso no puede ser —protestó desconcertada—, ya has oído a Lucas: Fran no se suicidó, quería vivir, quería una vida conmigo y con su hijo.

—Lo cierto es que una cosa no quita la otra —dijo recordando las palabras de Herminia—, quizá él no estaba aún del todo rehabilitado como tú...

—Te equivocas, Manuel, te equivocas —dijo soltándose definitivamente de su brazo y adelantándose hasta llegar al niño.

Le tomó de la mano y sin despedirse se dirigieron juntos hacia la casa. Cuando llegaban a la puerta, Samuel se volvió y le saludó con la manita.

Manuel abrió la puerta del coche y con cuidado ayudó a *Café* a subir y colocó en su asiento el libro que había rescatado de la caja fuerte. Como si le llamaran, alzó la mirada y vio que la oscura presencia del Cuervo volvía a estar vigilante. Sacó su móvil y buscó un número que había guardado aquella misma mañana.

—Soy Manuel —dijo contestando a Lucas al otro lado de la línea.

—Buenos días, Manuel.

—Hola —dijo sin dejar de mirar a la oscura figura tras los cristales—. Estoy en As Grileiras y acabo de hablar con Elisa... Quería darte las gracias por decidirte a contarle lo que pasó.

—Sólo cumplí lo que te prometí, «no más mentiras», ni siquiera por omisión.

—Ésa es la otra razón de que te llame. Nogueira me dijo que estuvisteis hablando, y por lo que me cuenta deduzco que no mencionaste nada respecto a tus dudas sobre la identidad de la persona que viste aquella noche.

—Ya lo hablamos, Manuel, podía ser cualquiera —contestó.

—Pero pensaste que era Álvaro; a menudo, cuando el cerebro nos dicta algo es porque de algún modo hemos recibido la información necesaria para llegar a esa conclusión.

—¿Qué estás insinuando, Manuel? Ya hemos discutido este tema y creo que ambos estamos de acuerdo.

—Lucas, creo que deberíamos hablar. —La sugerencia parecía ridícula si tenían en cuenta que ya estaban hablando, pero Lucas entendió exactamente lo que quería decir.

—¿Qué haces esta tarde?

—He prometido al enólogo que me acercaría hasta la bodega...

—Estupendo, nos vemos allí —dijo—, pero ahora tengo que dejarte.

—¿Qué es tan urgente? —se quejó Manuel, que gustoso habría prolongado la conversación.

El cura tardó un instante en responder dando explicación al almacén cerrado de Catarina y al escaso tráfico de camino a As Grileiras... Todo cuadraba, lo único que no tenía explicación era que hubiese olvidado qué día era mientras aquella misma mañana se lamentaba de las jornadas idénticas que pasaban baldías.

—Es domingo y son casi las doce, he de celebrar misa.

Agradeció que Lucas colgase sin decir lo que los dos pensaban: se cumplía una semana de la muerte de Álvaro.

PLÁSTICO

Nogueira aparcó frente a su casa. Desde fuera, las luces encendidas en la primera planta conseguían crear una grata sensación de bienvenida; sin embargo, el guardia se demoró unos minutos más observando la entrada desde su posición tras el volante del coche. No había transcurrido una semana desde el día de su jubilación y aquello ya se le hacía insoportable. Cincuenta y ocho años, y los dos últimos se los había pasado oyendo a su esposa reclamarle que lo hiciese de una vez; al fin y al cabo, por años y por norma, tenía derecho a solicitar la jubilación, que le permitiría estar más con las niñas, quizá evitar que la relación con la pequeña acabase tan dañada como con la mayor. Ya sabía que era mala idea desde que firmó la baja, pero se lo debía a Laura, tal vez así... Sacó una vez más su pequeña libreta para ojear las notas que había tomado, mientras se preguntaba qué iba a ser de él cuando todo aquello terminase. Decidió que ya lo pensaría entonces. Mientras deslizaba la agenda en el bolsillo, reparó en su alianza de boda; observó el brillo apagado y de modo inconsciente le dio un par de vueltas sobre el dedo, buscando, quizá, una faz más lustrosa. Volvió a mirar hacia la entrada y resopló compungido; salió del coche y se dirigió a la casa.

Abrió la puerta y el cálido aroma de un bizcocho de limón le recibió en la entrada. Desde la salita le llegó el sonido amortiguado del televisor.

—Ya estoy aquí —saludó desde el vestíbulo mientras colgaba su chaqueta.

No esperaba respuesta y no la obtuvo. Se dirigió primero a la cocina; había estado las dos últimas horas conduciendo, haciendo tiempo, y tenía hambre.

Todas las superficies de la cocina aparecían como siempre inmaculadas. Ni una miga, ni un plato con un resto, nunca una cuchara sucia, ni una cazuela con sobras en el fregadero. Sin ninguna esperanza, abrió el horno siguiendo el aroma del bizcocho. Aún conservaba el calor y la fragancia, aunque no había ni rastro del pastel. Levantó la persianilla corredera de la panera y encontró el bollito de pan sin sal que aborrecía y que se veía artificiosamente blanqueado, como irradiado de energía atómica. Abrió la puerta del frigorífico y desolado contempló el interior: un queso de Arzúa, chorizos de Lalín, un trozo de lacón, jamón, una pieza de morcón. Se diría que la muy cabrona hacía la compra pensando en él.

En un recipiente, lo que parecía guiso de carne y, en otro, las delicias de jamón y queso en salsa de nata que tanto le gustaban. Se había hecho un experto en distinguir los alimentos así, envueltos en metros y metros de plástico film en el que su esposa los enmarañaba como una araña paciente, con el único fin, estaba seguro, de garantizar que para él fuera imposible acceder a ni uno solo de aquellos manjares. En ocasiones había llegado a estar así, observando durante minutos las exquisiteces que su mujer cocinaba y guardaba. A ella no le importaba que mirase, pero si osaba tocar uno solo de aquellos paquetitos, ella, como una araña, lo sabía desde el otro lado de su tela. Hizo la prueba, extendió la mano y alzó de su lugar el envoltorio perfecto con el que su esposa había embalsamado el queso. No pudo ni sacarlo del frigo. La voz por encima del televisor le llegó clara desde la sala.

—No tomes nada ahora, ya están listas las verduras para tu cena; si no puedes esperar, cómete una manzana.

Él negó con la cabeza, como siempre, entre sobrecogido e impresionado por su extraordinaria percepción. Cerró el frigorífico y dedicó una mirada desangelada a las manzanas rojas y brillantes como las del cuento. Y mientras se dirigía a la sala susurró en voz baja la siguiente frase de su mujer. Casi percibía la sonrisa mientras decía:

—... O puedes tomarte una infusión.

Se asomó a la salita. Los sillones se repartían frente al televisor. Desde el más alejado, su esposa le saludó inclinando la cabeza. Sus hijas ocupaban el sofá grande acostadas la una junto a la otra; la más pequeña se desperezó y se puso en pie sobre el sofá para darle un beso, aunque se le escabulló de entre los brazos cuando intentó retenerla un poco más. La mayor levantó una mano a modo de saludo y apenas le dedicó una mirada. El otro sillón, por derecho el que le habría correspondido a él, estaba ocupado por un adolescente flaco y desgarbado al que había odiado desde la primera vez que le vio, y era por lo visto el novio de su hija. El chico ni siquiera saludó, aunque Nogueira lo prefería así. Sobre la mesita de café, varias tazas ya vacías y más de la mitad del bizcocho que había olido nada más entrar en la casa. Aunque hacía más de seis años que no lo probaba, adoraba aquel bizcocho que nadie hacía como su mujer. Mientras los chicos miraban una de esas insulsas series norteamericanas, su esposa había estado leyendo. Tenía encendida una luz de lectura a su lado y sobre las rodillas reposaba abierto el libro que llevaba mediado. Se fijó en la foto de la contracubierta. Señaló el libro.

—Manuel Ortigosa —dijo.

La inmediata sorpresa de ella le hizo sentir importante.

—Le conozco. —Viendo cómo su interés aumentaba rápidamente, dobló su apuesta—. Es amigo mío, estoy ayudándole con una cosilla...

—Xulia —dijo ella dirigiéndose a su hija mayor—, haz un sitio a tu padre para que se siente.

Halagado, Nogueira obedeció a su mujer, que mirándole interesada le dijo:

—No sabía que conocieras a Manuel Ortigosa.

—¿Manuel? Claro, mujer, somos muy amigos...

—... Y Xulia —dijo su esposa dirigiéndose de nuevo a la adolescente—, ve a la cocina y tráele un platito y un cubierto a tu padre, que a lo mejor le apetece un trocito de bizcocho.

La adolescente salió rauda hacia la cocina.

ESQUELETOS

En el exterior se extinguían las despedidas y los motores de las rancheras de los viticultores. A través de los cristales vio que el enólogo charlaba animadamente con los más rezagados. No podía oír lo que decían, pero distinguió sus gestos satisfechos por el modo en que había transcurrido la venta.

Cuando llegó, por la tarde, la entrada frente a la bodega y la explanada contigua aparecían atestadas de vehículos. Rancheras y pequeños remolques de colores vistosos arrastrados por tractores que apenas tenían en la estrecha carretera espacio para maniobrar. Dejó el coche en el camino de acceso y recorrió a pie el trecho hasta la entrada sorteando a los viticultores que charlaban animados en el estrecho espacio entre los vehículos y los coloridos armazones repletos de uva. No pudo escapar a las miradas curiosas de los hombres del campo que vigilaban con interés al recién llegado mientras, con ojo avezado, valoraban los frutos de la cosecha de sus competidores, que como joyas refulgían al sol brillante de primera hora de la tarde.

Frente a los portones de la bodega, ese día abiertos, Daniel repartía su atención entre los trabajadores que colocaban los cajones de uva sobre la báscula industrial y los que, tras pesarla, la introducían en la bodega. Levantó la mirada un instante y al verle sonrió apremiándole para que se acercara.

—Hola, Manuel —saludó festivo—, llegas justo a tiempo, acabamos de empezar. Si te quedas a mi lado, te iré explicando lo que hacemos.

Había observado a los viticultores colocando sobre la báscula apretadas torres de cajas hasta formar cinco alturas. En una libreta de doble matriz, Daniel apuntaba el peso y la referencia del viticultor y, tras pesar la uva, seccionaba la mitad de la hoja, que entregaba al propietario de los frutos, repitiendo el proceso hasta pesar toda la cosecha. Después los jornaleros iban acarreando las cajas hasta el interior y las volcaban en una mesa de acero, donde cuatro hombres, remangados hasta los codos y entre los que distinguió a Lucas, iban separando de entre los racimos hojas, ramitas, terrones y piedras que habían terminado mezclados con los frutos durante la vendimia. La enóloga del Instituto de Denominación de Origen vigilaba la mesa y catalogaba los frutos junto al propietario. Durante los primeros minutos, Manuel se había dedicado a observar las labores de los hombres, pero pronto se vio impelido, contagiado por la vorágine, el ritmo constante del trabajo y las risas de los que celebraban la alegría de una buena cosecha que ya se distinguía entre sus dedos con frutos oscuros preñados de mosto.

Se remangó la camisa y se acercó a las mesas mientras Daniel, que apostado junto a la báscula no había quitado ojo a sus acciones desde que había llegado, hizo un gesto a un operario para que le diera a Manuel una bata de trabajo, que éste se colocó por delante como la de un cirujano. Una tarde intensa de trabajo viendo los frutos colarse hacia la prensa que apenas los reventaba para dejar escapar el mosto dulce de sol, recio de nieblas, que descendía a través de los butrones practicados en el techo hacia las cubas que esperaban frías, allá abajo.

Cuando llegó el último remolque, el sol ya había descendido, la contagiosa alegría de la buena cosecha había templado su espíritu y se sintió bien. Hizo una señal a Lucas, que, remangado hasta los codos, ayudaba a un bodeguero a empujar hacia un contenedor el bagazo acumulado por la máquina despalilladora que terminaría convertido en aguardiente o reducido a añicos para abonar los campos. Cruzaron la puerta que separaba la sala de prensado del resto de la bodega y penetraron a oscuras en la estancia contigua. Como por un imán, se sintieron atraídos hacia el mirador que sobre la ladera enmarcaba el atardecer precipitado de septiembre; aún guardaba el eco de la exuberancia del verano, pensó Manuel, aunque también permitía adivinar que duraría poco.

De la sala contigua seguían llegando el murmullo de las voces, las risas de los hombres y el siseo de las mangueras de agua, casi hirviendo, con que limpiaban la maquinaria, invisibles entre el vapor que hacía que el aroma del mosto ascendiese hasta formar contra el techo una nube blanca y perfumada.

Sonrió confiado en la oscuridad, escuchando el ruido que las patitas de *Café* hacían sobre el empedrado y tratando a tientas de encontrar los interruptores. Por primera vez en todo el día volvía a sentirse bien, y eso tenía que ver con aquel lugar. Había llegado herido y triste, contagiado de la desolación de la habitación de Álvaro y apenado por el enfado de Elisa y la fría despedida. Le dolía su incomprensión, que le traía como un eco las palabras del Cuervo: «Ésta nunca será su casa, ni la mía su familia». Tenían entidad de sentencia, y supo entonces que su pena ni siquiera era por Elisa, sino por el vacío que las manos de Samuel dejaban en el hueco de las suyas, sus dientecillos, diminutos e iguales mostrados en su sonrisa, la voz aguda gritando, la risa desde las tripas y el abrazo pequeño y tan poderoso como lías de zarcillo alrededor de su cuello.

Y la herida. Sin dejar de repetirse a sí mismo que cada palabra que había salido de la boca de aquella mujer portaba una concienzuda carga ponzoñosa y el objetivo claro de causar el mayor daño posible. Ni uno solo de sus gestos, ni el propio encuentro, seguramente preparado y ensayado durante días, habían sido espontáneos. El discurso poseía la perfecta medida de lo ensayado, compuesto de dogmas, que sin duda no era la primera vez que confesaba a viva voz; el modo en que la siniestra enfermera escuchaba el discurso asintiendo a sus desbarros como una adepta aleccionada le llevaba a pensar que todas y cada una de sus palabras brotaban del lugar donde debió de tener el corazón, pero podía percibir también la estudiada crueldad, la maldad destilada, lenta, suavemente. Había asistido sin duda a una representación aplazada hasta que había ocupado su lugar como un involuntario espectador ante el que se escenifica una obra que sólo él desconoce. Sabía que al repasar sus palabras le hacía el juego y que debía evitarlo a toda costa, que aquel veneno estaba destinado a beberse así, a sorbos lentos que irían liberando su carga mortal con el fin de horadarle por dentro, y él, como una abeja aplicada, no podía evitar libar la oscura carga que contenía. Sabía por qué. Entre toda la mezquindad y el odio puro había distinguido, ya mientras la escuchaba, el proyectil oculto en el rencor, la cápsula que contenía la toxina mortal, que no era más que la pura verdad. La sinceridad es el arma más afilada y ella lo sabía, le constaba que no era ningún idiota, que la palabrería, por más excesiva o sutil que fuese, a pesar del gran efecto que pudiera causar en el momento, sería desmontada como una burda coartada por un buen fiscal. No, ella sabía que el odio sin más no sería, ni por asomo, tan dañino como la cruda franqueza; el solo roce con aquella perversa sinceridad le había dejado erosiones en la piel que tardarían en sanar y un indeseable pasajero corriendo por sus venas, tan terrorífico como una posesión demoniaca y tan real como un virus: la verdad.

Sirvió dos copas de vino y ofreció una al sacerdote mientras hacía un gesto hacia las hamacas dispuestas en el mirador. Lucas la aceptó con una sonrisa, aunque no dijo nada. Durante un buen rato permanecieron así, en silencio, dedicándose a contemplar el perfil cada vez más oscuro de las colinas que se poblaban de sombras bebiéndose la luz como ellos bebían el vino.

—¿Sabes qué? —dijo al cabo de un rato Lucas—, desde que Álvaro se hizo cargo de la bodega, he venido a la vendimia cada año al menos un día, y siempre lo hemos terminado así, tomándonos una botella de vino en este mismo lugar.

Manuel miró en derredor como si fuera capaz de discernir entre los pliegues del tiempo la imagen nebulosa que Lucas evocaba.

—¿Por qué?

—¿Por qué, qué? —preguntó Lucas confundido.

—¿Por qué un cura se viene a vendimiar?

Lucas sonrió mientras lo pensaba.

—Bueno, imagino que podría citar a santa Teresa de Jesús y si, como ella decía, «Dios anda entre los pucheros», sin duda debe de andar también entre la viña. —Hizo una pausa y dijo pensativo—: Puedo encontrar a Dios en cualquier lugar..., pero cuando vengo aquí, cuando trabajo con ellos, sólo soy uno más, un hombre trabajando. Creo que reside en el trabajo físico una especie de honor común a todas las personas, que se diluye en las ocupaciones cotidianas y menos rudas y que recupero cuando vuelvo aquí.

Se quedaron de nuevo en silencio y Manuel volvió a llenar las copas. También él podía sentirlo: Heroica congregaba en una palabra actos, virtudes y procederes a menudo olvidados en la vida común que convergían como líneas de ley en aquel sitio otorgándole propiedades de lugar sacro, donde las debilidades, el miedo y la ruindad del resto del mundo podían lavarse, aliviarse y revestirse con la túnica nueva de un héroe.

Observó a Lucas: miraba absorto el ondulado horizonte y sonreía despreocupado. Casi lamentó tener que hablarle.

—Ya te lo he dicho por teléfono, pero quiero volver a agradecerte que hablaras con Elisa... Y con Nogueira.

Lucas negó lentamente, quitándole importancia.

—No sabía que os conocíais, Nogueira y tú. —Manuel hizo una pausa mientras ordenaba sus ideas—. Bueno, sabía que os conocíais, fue evidente el día del funeral de Álvaro cuando salíamos de As Grileiras, pero no imaginaba que le trataras tanto como para tener su teléfono.

—Bueno, conocerse es mucho decir —atenuó el sacerdote—, le recordaba de cuando Fran murió. Él estaba entre los que llegaron en primer lugar la mañana en que le encontraron muerto. Primero una ambulancia, luego la Guardia Civil y enseguida yo para darle la extremaunción. No me quedó una impresión demasiado buena de él. Sin ser abiertamente hostil fue, sin embargo, bastante frío, despectivo; no sé, daba la sensación de mirarnos a todos con un infinito desprecio apenas oculto por la profesionalidad de su trabajo.

—Sé a qué te refieres... —contestó Manuel rememorando el rictus cruel en la boca del guardia.

—Al verle de nuevo junto a la puerta de As Grileiras, llegué a casa y busqué su número; recordaba haberlo guardado cuando me lo dio tras tomarme declaración por si recordaba algo más.

—¿Y lo has guardado durante tres años?

Lucas no contestó.

—¿Pensaste alguna vez en llamarle?

Negó con la cabeza, aunque su actitud daba a entender que la convicción escaseaba.

Manuel le miró muy serio.

—Eso es de lo que quería hablarte. —Hizo una pausa—. Sé lo que te dije el otro día en el santuario, pero vuelvo a dudar.

«Sabe que le mataste» atronó en su cabeza.

—Dudar, ¿por qué? Creía que estábamos de acuerdo en que no podía ser Álvaro, pero, aunque hubiese sido él, ¿qué más daría? No sería tan raro que hubiese ido a ver cómo se encontraba su hermano. Y en lo que sí estamos de acuerdo es en que Álvaro no pudo estar implicado de ningún modo en lo que le ocurrió a Fran ni en el hecho de que, tal como sospechó Nogueira, el cadáver hubiera sido cambiado de sitio. —Guardó silencio observando a Manuel, que miraba esquivo al suelo—. ¿O sí?

Manuel apuró su copa hasta vaciarla.

—Ya no estoy tan seguro.

«Sabe que le mataste.» Apretó los dientes reprimiendo el pensamiento.

Lucas le miró preocupado.

—¿A qué te refieres con que ya no estás seguro? No puedes decirme que de un día para otro tienes dudas y no estás seguro sin darme una explicación. Creí que habíamos quedado en no ocultar nada.

Manuel dejó salir el aire lentamente mientras miraba al horizonte, que ya casi resultaba invisible, reduciéndose a un leve resplandor azul marino en el lugar donde se juntaba con el cielo. Se volvió hacia el cura.

—¿Recuerdas lo que te dije sobre que Álvaro iba de putas con su hermano?

Lucas asintió apesadumbrado.

—Hablé con la prostituta y me confesó que fingían el encuentro para contentar a Santiago. Me lo creo, porque es un homófobo de cuidado, cada vez que digo «mi marido» está a punto de darle una apoplejía.

—Bueno —dijo prudente Lucas—, supongo que habrá sido un alivio.

—Momentáneo; unas horas más tarde descubrí a través de sus llamadas que mantenía contacto con un chapero de la zona.

Lucas no disimuló su disgusto.

—Sabes lo que es un chapero, ¿verdad?

—Claro, que sea un cura no significa que esté tan desconectado del mundo —protestó—, pero esto casi me cuadra menos aún con el carácter de Álvaro.

—Lucas, creo que le tenías idealizado como al crío que fue al colegio contigo, pero Álvaro vivió muchos años solo en Madrid, y cuando nos conocimos me contó que durante algún tiempo estuvo, cómo decirlo, «buscando encontrarse», con todo lo que eso conlleva. Cuando comenzamos nuestra historia, todo aquello quedó atrás. Creo que fue sincero conmigo cuando me contó todo lo relativo a aquella parte de su pasado y nunca me habló de haber recurrido a esos servicios... Y entonces le creí, él no lo necesitaba...

—¿Y qué ha cambiado para que ahora puedas pensar que sería distinto?

—¿Qué ha cambiado? Di mejor qué es lo que no ha cambiado, Lucas, siento que no sé quién era Álvaro. Es como estar hablando de un desconocido.

—Creo que es ahí donde te equivocas; yo, que seguí tratándole todos estos años, creo que no había cambiado, que era el mismo chaval valiente y justo que yo conocí, nada de lo que me dices me cuadra...

Manuel guardó silencio; se sentía frustrado, bloqueado e incomprendido. Volvió a llenar las copas.

—De todos modos, creo que deberías hablar con Nogueira y explicarle lo que viste o creíste ver aquella noche.

—Entendí que creías que eso influiría negativamente en la investigación, que en cuanto lo supiera dejaría de buscar otra explicación.

—Sí, recuerdo lo que dije, pero es que ahora sé que aquella noche hubo más gente en la iglesia y sus alrededores. —Alzó la mano y enumeró—: Herminia estuvo a punto de ir, pero desistió porque vio a Elisa salir una segunda vez; Elisa vio a Fran y a Santiago despidiéndose en la puerta de la iglesia y, justo cuando ella llegaba, Fran se volvía al interior, y Santiago le dijo que su novio estaba bien y le rogó que volviese a casa porque Fran estaba rezando y no quería que le molestaran, y Herminia vio también desde la ventana al chapero que he mencionado antes y que también había sido el suministrador de droga de Fran cuando estaba enganchado.

—¡Joder! —exclamó Lucas.

Manuel le miró extrañado por el taco y sonrió levemente.

—Nadie me ha dicho que viera a Álvaro, a pesar de que lo pregunté concretamente. Claro que aún no he tenido ocasión de aclarar con Santiago si él vio a alguien más aparte de a Fran y a Elisa, y no creo que tenga ocasión de hacerlo o por lo menos de que se muestre muy colaborador: esta mañana no le ha sentado nada bien verme en As Grileiras.

Lucas le miró alarmado.

—¿Qué ha pasado?

—Subí a la habitación de Álvaro para recoger algunos papeles —dijo llevando inconscientemente su mano hasta las alianzas—, Santiago me vio allí y se puso hecho una fiera.

—¿Te hizo algo?

Manuel le miró sorprendido.

—Es curioso que preguntes eso. No, se dedicó a despotricar durante unos minutos preso de la frustración; después se fue hecho un basilisco dando un puñetazo a la pared. Casi me dio lástima; según me han contado, ésta es su reacción habitual cuando se siente contrariado —dijo recordando las manchas decoloradas en la pared de la cocina.

Lucas se inclinó un poco hacia delante para otorgar más gravedad a lo que dijo.

—Manuel, debes tener cuidado, creo que sería mejor que te mantuvieras al margen y dejaras la investigación para Nogueira; al fin y al cabo, es su trabajo.

—Lucas, la Guardia Civil cerró oficialmente el caso como un accidente de tráfico y Nogueira acaba de jubilarse, cesó en su puesto dos días después de fallecer Álvaro.

—¿Entonces...? A ti puedo entenderte: es normal que en tus circunstancias quieras saber, pero ¿qué interés tiene Nogueira en seguir investigando?

Manuel negó y se encogió de hombros.

—De verdad que no lo sé, nunca he conocido a nadie como él... De hecho, ni siquiera me cae bien, por momentos me resulta odioso —dijo sonriendo un poco—. Y estoy seguro de que yo a él también. Sin embargo, creo que es de esos tipos con un extraño sentido del honor, de los que no dejan un trabajo sin terminar. Por eso debes hablar con él y contarle lo que viste; por más que me esfuerce, yo no tengo criterio para admitir siquiera la implicación de Álvaro en todo esto.

Lucas negó con la cabeza dando a entender que aquello no le gustaba.

—De todas maneras, aunque de entrada pudiera parecerlo, Santiago no es el más hostil que me he encontrado.

Lucas le miró nuevamente preocupado.

—La marquesa me invitó a tomar el té en sus dependencias y creo que hasta que me haya duchado diez veces no podré quitarme de encima la horrible sensación que me ha dejado. Había oído hablar de los padres que odian a sus hijos, pero nunca había conocido a uno de ellos.

—Siempre ha sido una mujer difícil...

—¿Difícil? Resulta repugnante escucharla hablar cargada de un odio y un desprecio que ni siquiera intenta ocultar. No creo que odiase a Álvaro en especial, parece aborrecer a sus tres hijos por igual, pero dio a entender que el carácter poco dúctil de Álvaro le llevó a ser el hijo que más quebraderos de cabeza les dio y, teniendo en cuenta que otro de sus hijos era drogadicto, es mucho decir. Aun así, no puedo imaginar una razón tan poderosa como para apartar a un hijo tan pequeño de su casa, de sus padres y sus hermanos y actuar como si hubiera muerto. ¿Sabías que desmontaron su habitación cuando con doce años lo enviaron a Madrid? En cada una de las pocas ocasiones en que Álvaro regresó a su casa, tuvo que dormir en un cuarto de invitados, como alguien ajeno que no tiene un lugar en la casa.

Permaneció en silencio unos segundos mientras reflexionaba en las implicaciones de sus palabras.

—Tú estudiaste con él, ¿crees que pudo ser debido a que con esa edad comenzara a manifestarse su tendencia sexual?

—Con doce años Álvaro no era afeminado, ni frágil, ni especialmente sensible; si es a eso a lo que te refieres, tengo que decir que no, más bien todo lo contrario. Era delgado y nervudo, no demasiado fuerte, le recuerdo siempre con las rodillas peladas... Sin ser especialmente pendenciero, tampoco rehuía el enfrentamiento, aunque las pocas ocasiones en que le vi zurrarse con otro chaval fue siempre por defender a su hermano Santiago.

—Herminia me dijo que, cuando era pequeño, Santiago no tenía muchos amigos...

—Sobre todo porque era un bocazas que siempre se estaba metiendo en problemas, si no se llevaba más era porque Álvaro estaba allí para sacarle la cara. Recuerdo que ninguno de sus amigos le soportábamos: era un pesado que siempre se nos pegaba, típico de los hermanos pequeños, supongo. Todo lo que hacía Álvaro parecía fascinarle, y recuerdo que más de una vez durante los recreos o a la salida del colegio hacíamos lo posible por despistarlo escabulléndonos de él; éramos un poco crueles, supongo, pero éramos críos... Ya sabes, pero hay que reconocer que Santiago era un plasta.

—Su madre se despachó a gusto: dijo que dos de sus hijos habían nacido sin carácter y Álvaro se lo había llevado todo, aunque según ella mal orientado.

Lucas apretó los labios y negó con la cabeza en el más claro gesto de rechazo al recuerdo que debía de evocar.

—Sé a qué se refiere la marquesa; Álvaro retaba y desobedecía constantemente a sus padres. Sobre todo por sus amigos, todos chavales de la aldea, pobres. Siempre estábamos por ahí, nos íbamos al monte o a explorar, o al río a nadar. Puede que desde la perspectiva actual no parezca tan grave, pero para el padre de Álvaro la clase social era una frontera insalvable, y que su hijo se empeñase en frecuentar compañías inaceptables para él suponía toda una afrenta. Creo que entre los ocho y los doce años estuvo permanentemente castigado, aunque eso nunca fue un impedimento para él: se escapaba atravesando el jardín del pazo y caminando a campo traviesa hasta una vieja granja abandonada donde solíamos quedar. La amenaza de enviarle a un internado era constante y al final el padre cumplió su palabra. —Se encogió de hombros—. Por otra parte, era algo habitual en chicos descarriados de buena familia mandarlos a un internado carísimo donde pudieran tratarse con gamberros de su clase social. El primer año regresó durante las vacaciones, pero después ni eso, quizá en Navidad... Pero nunca se quedaba más de dos o tres días y volvían a enviarlo de vuelta a Madrid.

—¿Le dejaban durante todas las vacaciones de verano en Madrid?

—Campamentos, colonias, pero nunca a casa, y cuando

fue mayor de edad no regresó más hasta que falleció su padre... O al menos ésa es la versión oficial.

Manuel dejó la copa sobre la pequeña mesita situada entre las hamacas. Se inclinó hacia delante y le miró esperando una explicación.

—Te habrán dicho que para todos ha sido una sorpresa la condición de Álvaro y el hecho de que estuviese casado contigo.

—Sí...

—Pues no era un secreto para todos. Aunque Álvaro no regresó a casa, su padre siguió ocupándose de sus gastos, sus estudios y su carrera, hasta que fue totalmente independiente. No creo que sus actos estuviesen refrendados por ninguna clase de generosidad o cuidado, creo que lo hizo más bien porque habría sido indigno para él que el hijo de un grande de España acabase trabajando de cajero en un supermercado y, lo que era más grave, que alguien llegase a saberlo. Estoy seguro de que para el viejo marqués era menos ofensivo seguir financiando el modo de vida de su hijo descarriado que permitir que se mezclase con el vulgo. Aunque en las pocas ocasiones en que Álvaro regresó apenas se dirigían la palabra y no volvieron a hacerlo cuando dejó de venir definitivamente, el padre tuvo siempre cumplida información de la vida que Álvaro llevaba en Madrid. Era de esa clase de hombres que tienen todo bajo control, a sus amigos y a sus enemigos, a los que les complacen, pero sobre todo a cualquiera que pueda causarles problemas, y Álvaro era un problema. —Apuró su copa hasta vaciarla antes de volver a hablar—. Yo mismo te he dicho que Álvaro no volvió a tener contacto con su familia hasta la muerte del viejo marqués, pero no es del todo cierto. Álvaro regresó en una ocasión. Hace diez años, su padre le mandó llamar para hablar con él.

Manuel se irguió perceptiblemente en su asiento. Tomó aire profundamente y dirigió su mirada a la negrura que ya por completo dominaba el horizonte y el cielo despejado de septiembre, plagado de titilantes estrellas que auguraban para el día siguiente otra jornada de sol. Diez años. Era imposible que olvidase aquella fecha. Llevaban años conviviendo, pero cuando en 2005 se aprobó la ley que igualaba para todos el derecho al matrimonio, fijaron fecha y en la Navidad del año siguiente se casaron. El próximo diciembre sería su décimo aniversario de boda.

—Cuéntamelo —rogó.

Lucas asintió apenado, bajo el peso de la carga de las palabras que dolían antes de ser pronunciadas, pero que le debía a Manuel tras haberle jurado que no le mentiría más.

—El viejo marqués le hizo una oferta. Más o menos vino a decirle, eso sí, obviando llamarlo por su nombre, que conocía su condición y la vida que llevaba en Madrid, que durante todos aquellos años había tenido, a través de una agencia de detectives, cumplida información de todo lo que hacía, que ya le había dado libertad suficiente para que durante años hubiera vivido como le viniese en gana, incluso le insinuó que estaba al corriente de tu existencia y que nada de eso tenía importancia. «Cada uno tiene sus vicios, y lo sé porque yo también tengo los míos, el juego, las apuestas, las mujeres... Un hombre necesita desfogarse.» Álvaro no podía creer lo que escuchaba: «Estoy enfermo, el cáncer no me matará en dos días, pero terminará por hacerlo, y cuando eso ocurra alguien deberá tomar las riendas de la familia y de los negocios. Tus hermanos son una nulidad y, si se lo legara a tu madre, acabaría donándolo a la Iglesia». Le dijo que era consciente de que habían tenido muchas diferencias desde que él era un crío, pero que siempre había admirado su valía y que, aunque estaba seguro de que su madre nunca aceptaría lo de su «vicio» y a él le costaba entenderlo, podía tolerar que tuviera sus debilidades como las tenía él. Llegados a este punto de la conversación, Álvaro comenzó a pensar que quizá, después de todo, su padre, un hombre de otra generación, educado bajo otras costumbres, estaba admitiendo, hasta el punto en que un hombre como éste puede llegar a admitir algo así, que quizá se había equivocado.

»«Tienes que volver a casa, Álvaro. Te pondré inmediatamente al frente de los negocios y haré un legado en vida para que heredes todo, excepto el título, que recibirás a mi muerte y lo haré enseguida. Pronto no podré hacerme cargo de nuestros asuntos y quiero aprovechar el tiempo que me quede sabiendo que todo queda bien atado y que velarás por nuestros intereses cuando yo no esté. Tú eres el único capacitado para hacerlo y sé que cuidarás del honor de la familia a cualquier precio. Regresa a casa, cásate con una chica de buena familia y guarda las apariencias. Los matrimonios de conveniencia son algo habitual en la nobleza: el mío con tu madre, acordado por nuestros padres, es el mejor ejemplo de que un compromiso así puede resultar muy conveniente para ambos, y tú podrás seguir haciendo tus escapadas a Madrid, para darte un respiro.» —Lucas se detuvo y sin dejar de mirarle a los ojos le observó, escrutándolos, consciente del peso de su revelación y esperando hallar en ellos la rendición ante los hechos.

»Manuel, te he dicho que te equivocabas al juzgar a Álvaro, que era de ellos y no de ti de quienes se avergonzaba. Álvaro, que había llegado a pensar mientras escuchaba a su padre que quizá se había obrado el milagro y por fin le aceptaba, volvió a sentir todo el peso de su rechazo, de su odio. Se puso en pie, miró a su padre a los ojos y le contestó: «Todo esto te daré si postrándote ante mí me adoras».

—Es lo que el demonio le dijo a Jesús mientras ponía el mundo a sus pies... —susurró Manuel.

Lucas asintió vehemente. El orgullo por su amigo se advertía en el modo en que se había erguido al decirlo, en la manera en que le sostenía la mirada, desafiante.

—Su padre no contestó. Apartó la mirada mientras negaba con infinito desprecio. Ya sabes qué pasó después: Álvaro regresó a Madrid y se casó contigo. Durante años no tuvo ningún contacto con su familia, convencido de que con su negativa y su desobediencia había terminado para siempre con ellos. Fue una conmoción para él cuando, tras la muerte del padre, Griñán le comunicó que era el heredero.

—Y Álvaro finalmente aceptó —susurró Manuel asqueado.

—No creo que tuviera otra opción. Lo que el padre dijo sobre sus hermanos era la verdad. Si en algún momento Álvaro pudo llegar a dudar sobre si aceptar o no, las cosas se precipitaron de un modo horrible con la muerte de Fran. De verdad, Manuel, no creo que pudiera elegir, y aun así lo hizo, pero justo al revés de cómo quería su padre. Vivió su verdad en Madrid contigo y su doble vida oculta aquí.

—Pero ¿por qué, Lucas? Todo lo que me cuentas le hace quedar como un héroe: el desprecio de su padre, su decisión de vivir su propia vida, de decantarse por mí renunciando a todo lo que su padre le ofrecía. Pero ¿por qué prolongarlo después? ¿Por qué seguir ocultándome a los ojos de su familia si su padre había muerto? ¿Por su madre y su hermano? ¡Por el amor de Dios! Estamos en el siglo XXI, ¿crees que les habría resultado más traumático conocerme hace tres años que hacerlo ahora, en estas circunstancias?

Lucas le miró disgustado, era evidente que habría dado cualquier cosa por poder darle una respuesta.

Manuel suspiró resignado. Comenzaba a estar borracho y el vino conseguía aturdirle lo suficiente como para mostrarse analítico ante un hecho que le habría indignado hasta nublar su capacidad para razonar.

—Su madre me dijo que la razón por la que el padre había escogido a Álvaro para ser su sucesor era su natural disposición para la crueldad y su convicción de que haría por la familia todo lo necesario, cualquier cosa, y añadió algo más: que ya lo había hecho y que no era la primera vez... Su padre le dijo lo mismo: «Serás capaz de cualquier cosa por proteger los intereses de la familia». ¿Por qué estaba tan seguro, Lucas? Su madre me dijo que no se habían equivocado con él. ¿Qué significa eso? ¿Cuál era esa capacidad para la crueldad de Álvaro que llevó a su padre, a pesar de su desobediencia, a ponerle al frente de la familia?

Lucas negó obstinado.

—No le hagas caso, Manuel, no hay nada de eso; lo dijo sólo para herirte.

De eso estaba seguro, pero también de que el Cuervo había dicho la verdad.

Daniel apareció silencioso a sus espaldas.

—Por hoy hemos terminado, los bodegueros se van ya, mañana empezarán a trabajar muy temprano. —Reparó en las botellas vacías sobre la mesita y añadió—: Podría daros una llave para que os quedéis un rato más, pero creo que será mejor que os lleve a casa.

—Sí, será lo mejor —dijo Manuel poniéndose en pie trabajosamente mientras sonreía a Lucas y a *Café*, que bostezó desperezándose y estirando sus patitas.

FEÍSMO

Advirtió el brillo hiriente de la luz de la mañana antes de abrir los ojos, mientras lamentaba haber olvidado cerrar los portillos de madera por la noche. Pudo ver un decepcionante amanecer agrisado que desmentía la primera sensación de luz. Oyó el repiqueteo casi metálico de las gotas contra los cristales. El resplandor de un tímido sol que se abría paso entre las nubes arrojaba su fulgor descuidadamente, iluminando como un foco cenital, aquí un árbol, allá un edificio, como en una obra de teatro experimental.

Se sintió incapaz de calcular la hora, aunque pensó que debía de ser temprano, una hora temprana de un día más. Se daba cuenta de que había adoptado un nuevo sistema para medir su tiempo, una suerte de calendario, en el que todos los días eran el mismo. La confusión inicial, la sensación de descontrol que había experimentado en los primeros días, se veía ahora compensada por la indolente placidez que suponía aceptarlo, asumir que daba igual, porque Álvaro había arrastrado en su muerte cualquier sentido que hubiera podido tener diferenciar un día de otro. Asumirlo le proporcionaba paz, admitirlo suponía aceptar el vacío, abrazar la nada, una nada piadosa en la que podía vivir sin que el dolor le arrancase el alma a mordiscos. Mezclado con el sonido de la lluvia en la ventana, el suave ronquido de *Café* completaba la sensación de calma y quietud. Percibía la respiración acompasada del pequeño cuerpecillo pegado a su pierna. Se incorporó un poco y vio con sorpresa que cerrar los portillos no había sido lo único que había olvidado la noche anterior: la superficie de la cama aparecía aplastada y arrugada, pero el cobertor seguía en su sitio, no lo había abierto y aún llevaba puesta la misma ropa del día anterior. Se inclinó hacia delante para acariciar al perro.

—Gracias por traerme a casa, *Café*.

El perro abrió los ojos y le miró evasivo de medio lado mientras bostezaba.

—Has tenido que ser tú, porque yo no me acuerdo de nada —dijo sonriendo.

Como respuesta, *Café* saltó de la cama, se dirigió a la puerta de la habitación y se sentó allí para poner de manifiesto que le tocaba salir. El teléfono móvil vibró sobre la mesilla produciendo un eco sonoro y hueco sobre la endeble madera del mueble. Lo tomó y oyó la voz imperiosa de Nogueira.

—Estoy llegando a su hotel. Baje, que tenemos faena.

Sin contestar, separó el teléfono lo suficiente para poder ver la hora en la pantalla: eran las nueve de la mañana. Dirigió una mirada interrogante al perro, que esperaba paciente junto a la puerta, y de nuevo al teléfono.

—No recordaba que hubiésemos quedado...

—Y no lo hemos hecho, pero hay novedades.

Estudió su reflejo en el espejo mientras escuchaba a Nogueira. Necesitaba una ducha, ropa limpia, afeitarse.

—Escuche, Nogueira, tardaré un rato. Pida al hostelero que le prepare unos huevos con chorizo, son de sus propias gallinas, y que los ponga a mi cuenta.

Nogueira no protestó

—Está bien, pero dese prisa.

Antes de que el teniente colgase, reparó en *Café*, que aguardaba impasible junto a la puerta, y añadió:

—Nogueira, *Café* tiene que salir ya. Baja ahora, ábrale la puerta del bar para que pueda salir, él ya sabe...

Sonrió mientras abría la puerta para que saliese el perro y colgó atajando las protestas del teniente que le llegaron airadas a través del teléfono.

Sentado junto al ventanal, Nogueira sorbía con parsimonia un café acompañado de una magdalena. Sobre la mesa, un plato en el que se evidenciaba, sólo por las manchas grasientas, que había seguido su consejo. Manuel bebió apresuradamente un café rechazando comer algo, y sonrió cuando, antes de salir del local, vio al guardia tomar del platillo la galleta de cortesía que servían con el café y que Manuel no había probado. Alzó la mirada al cielo mientras hacía tiempo para el inevitable cigarrillo del teniente, admiró el ritmo suave y sereno con que caía el *orballo* y rememoró el estrellado cielo nocturno de la noche anterior por el que se había aventurado a vaticinar que ese día no llovería.

—Vamos en mi coche —dijo Nogueira.

Casi imitando la mirada de *Café*, miró al guardia de lado mientras pensaba en su promesa de no volver a dejarse llevar por Nogueira sin posibilidad de largarse si la situación lo requería. Recordó entonces que no tenía coche. La noche anterior, después de dos botellas de vino, Daniel los había llevado a casa prometiendo que en el transcurso de la mañana mandaría a un par de operarios a llevarle el coche.

—Pero ¿y *Café*?

—He puesto una manta —adujo el guardia evitando mirarle y consciente de que Manuel le estudiaba asombrado.

Acomodó al perro, subió al coche y se mantuvo en silencio hasta que salieron a la carretera general.

—¿Va a decirme adónde vamos tan temprano? Imagino que a esta hora los puticlubes deben de estar cerrados.

Nogueira le dedicó una rápida mirada cargada de intención, y durante unos segundos Manuel llegó a pensar que le haría bajar del coche y caminar bajo la lluvia. Pero cuando habló, lo hizo calmado.

—Vamos a casa de Antonio Vidal *Toñino*, el chapero al que Álvaro llamó por teléfono.

Manuel se enderezó en su asiento y abrió la boca para decir algo, pero el guardia lo atajó mientras le explicaba:

—Esta mañana he llamado a un contacto en la comandancia para que me confirmase su dirección y me ha informado de que hace unos días un familiar suyo presentó una denuncia por desaparición. Vamos a ver qué nos cuenta.

Manuel se quedó pensativo y silencioso mientras maldecía cada uno de los pasos que debía dar tras las huellas de Álvaro. Contuvo la voz que mentalmente le decía que no fuera a aquella casa, que no lo hiciera, porque lo que iba a encontrar allí le dolería. Miró disimuladamente al teniente, que, tras tomar un desvío, conducía ensimismado. Era consciente del efecto que sus reproches habían tenido en el hombre: la manta para que el perro pudiera ir en su coche, el modo en que había contenido sus protestas mientras le hacía esperar... A su manera constituían una disculpa o por lo menos un armisticio y, si Nogueira podía contenerse, él tendría que hacerlo también.

El barrio de Os Martiños se reafirmaba sobre una colina sólo asfaltada hasta la mitad del camino; a partir de allí, una pista de cemento rugoso que se extendía por un par de kilómetros haciendo temblar la carrocería del coche. El cemento se convertía en una mezcolanza de barro y escombro molido que desde la pista llegaba hasta las puertas de las casas de una sola planta. Algunos vecinos se habían esforzado en otorgar cierta dignidad a sus viviendas colocando geranios en contenedores de plástico y trazando el sendero con baldosas sueltas que iban hasta las entradas y que se habían hundido en el barro de forma irregular. La mayoría presentaba un aspecto desordenado e inconcluso que ya había observado en muchas construcciones desde su llegada a Galicia y que en aquel barrio tenía su máximo exponente. La mezcla de materiales amontonados en las entradas y las obras inacabadas daban a las construcciones un aspecto desdentado y de mísera pretensión que aparecía más exaltado bajo la húmeda influencia del *orballo* cayendo lento sobre las casas en una perfecta representación de la tristeza.

—El feísmo gallego —sentenció Nogueira.

—¿Qué? —contestó Manuel saliendo de su ensimismamiento.

—El feísmo, esta puta costumbre de hacer todo a medias que tenemos aquí, viene de la tradición de ir cediendo trocitos del terreno a los hijos para que se hicieran la casa. Se construían el tejado y las paredes y en cuanto podían meterse dentro se casaban y terminaban de construirla poco a poco... Sin ningún criterio, en muchas ocasiones sin pedir permisos o consultar con profesionales. Un tipo de edificación que obedece más a las necesidades de cada momento que a la estética. El feísmo.

Manuel observó las paredes de ladrillo visto en las que eran perceptibles los restos de argamasa asomando en las juntas, las ventanas encastradas en las fachadas, en muchos casos aún sostenidas por las calzas de obra. Los montones de cemento, arena o escombros que aparecían abandonados frente a las entradas de muchas de las casas.

—Pero ¿feísmo?

—No me irá a negar que es feo de cojones...

—Bueno —rebajó Manuel—, el tipo de construcción apunta a una economía débil... Quizá...

—¡Ni débil, ni nada! —exclamó Nogueira—. Es normal ver aparcados en las entradas de estas casas coches de más de cincuenta mil euros; no tiene nada que ver con la economía débil, sino con una cultura de «va, así ya está bien», «así ya vale». En muchas ocasiones es la siguiente generación la que termina la casa.

Nogueira consultó la dirección en su pequeña libreta de tapas de piel y detuvo el coche ante una casita de planta cuadrada en la que una antena de televisión sobresalía del tejado como la bandera en una torre de homenaje. Una balaustrada de color albero separaba la entrada de la casa de la puerta de un garaje, que daba la sensación de no haber sido abierta durante años. Una franja de unos dos metros frente a la propiedad aparecía embaldosada, y unos maceteros fabricados con bloques de hormigón a los lados de la puerta sostenían un par de arbolitos raquíticos. Sobre las baldosas había una oscura mancha de aceite. No había señal alguna de que hubiera nadie en el interior. Sin embargo, percibieron con claridad el rostro arrugado de una anciana que tras los cristales de la casa contigua los observaba sin ningún disimulo.

—Deje que hable yo —advirtió Nogueira aún dentro del vehículo—, usted no diga nada; pensará que es del cuerpo y nosotros no la sacaremos de su error, y deje el perro en el coche —dijo mirando hacia atrás—, nos resta credibilidad.

Café le dedicó una de sus miradas torcidas.

Se apresuraron bajo la lluvia hacia la puerta. Nogueira pasó del timbre y en su lugar aporreó la madera pintada en una rápida sucesión de golpes que trajeron a la memoria de Manuel la llamada a su puerta días atrás.

Una mujer que rondaría los setenta años les abrió envuelta en una bata de lana sobre la que se había puesto el delantal. Los ojos aparecían nublados de cataratas y el derecho se veía húmedo y enrojecido como el de un gran pez.

—Buenos días —saludó Nogueira con el tono profesional que durante años había usado como guardia civil. La mujer susurró una réplica mientras él seguía hablando—. ¿Ha denunciado usted la desaparición de Antonio Vidal?

La mujer se llevó ambas manos a la boca como queriendo contener la pregunta que ya se escapaba entre sus labios.

—¿Le ha pasado algo, han encontrado a mi Toñino?

—No, señora, no le hemos encontrado, ¿nos permite pasar?

Por su reacción, ya se notaba que los había catalogado como policías; mientras Nogueira hablaba, abrió la puerta del todo y se apartó para franquearles el paso.

—Hagan el favor —les indicó haciendo un gesto hacia el interior.

La casa se componía de una sola estancia central desde la que se accedía a todas las demás, y la mujer había optado por convertirla en un comedor demasiado formal para aquella casa. Una gran mesa oval y ocho sillas dispuestas a su alrededor, un aparador oscuro y encerado sobre el que descansaba un juego de estimada porcelana que nunca se había usado para su propósito, un búcaro con rosas artificiales y una capillita de madera con una santa en su interior que, según la costumbre, los parroquianos acogían en sus casas por turnos. Frente a ella ardía una pequeña lamparilla de aceite. En el extremo aparecían alineadas varias cajas de medicamentos.

—Siéntense, por favor —ofreció la mujer separando de la mesa un par de sillas.

Nogueira permaneció de pie frente a ella, y Manuel se alejó un par de pasos para observar de cerca la lamparilla sustentada sobre un corcho y el recorte de un naipe flotando sobre el agua turbia y el aceite dorado.

—Yo pensaba que no iban a hacer nada, como él ha tenido problemas con la droga... Ahora nadie le echa cuenta —dijo volviéndose a mirar hacia Manuel.

—¿Fue usted quien presentó la denuncia? —preguntó Nogueira.

—Sí, soy su tía. Toñino vive conmigo desde los doce años, vivimos los dos solos. Su padre murió y la madre, bueno, se fue hace muchos años y no hemos vuelto a saber nada. Los médicos dijeron que mi hermano había muerto del corazón, pero yo creo que murió de pena, ella no era buena —dijo encogiéndose de hombros.

—Usted se llama Rosa, ¿verdad? —preguntó Nogueira cortando una explicación en la que a gusto se habría extendido la mujer.

—Rosa María Vidal Cunqueiro, setenta y cuatro años los que cumpla en mayo —recitó la mujer extrayendo del bolsillo del delantal un pañuelo de tela que se llevó al ojo derecho, que aparecía nublado y desde el que resbaló una lágrima densa y mucosa.

Manuel desvió la mirada.

—Muy bien, Rosa María, usted presentó la denuncia por desaparición de su sobrino hace una semana, el lunes pasado, ¿es así?

Se volvió de nuevo a mirar a Nogueira. Para hablar con la mujer había adoptado un tono distinto y desconocido que no le había oído nunca antes, casi como si hablase con una niña pequeña, cargado de paciencia, con mimo.

—Así es —respondió seria la mujer.

—¿Y desde cuándo faltaba Antonio de casa?

—Faltar, faltaba desde el viernes por la noche que salió, pero yo a eso no le echo cuenta, ¿sabe usted?, porque es joven y siempre sale los fines de semana; a mí ya me tiene avisada si no viene a dormir, que no me preocupe, que a veces se queda en casa de algún amigo, y aunque sea de madrugada me llama... Pero ya me empecé a preocupar cuando no vino el sábado...

Manuel reaccionó dejando salir todo el aire de sus pulmones mientras se volvía afligido hacia la ventana demasiado baja que ofrecía una desolada visión del patio delantero bajo la lluvia. A Nogueira no le pasó inadvertido. El escritor sabía sumar, y la suma de la desaparición del chico coincidiendo con la visita de Álvaro daba como resultado un nuevo agravio.

—¿Y desde entonces no sabe nada de su sobrino? —Nogueira continuó centrando su atención en la mujer.

—No, señor. Ya he llamado a todos los amigos que conozco, a todos los familiares —dijo señalando hacia un viejo modelo de teléfono de pared: encajado entre el aparato y el marco de la puerta alguien había pegado con esparadrapo una tira alargada de papel en la que aparecía una sucesión de números de teléfono en caracteres gigantes.

Nogueira hizo un gesto como de haber recordado algo.

—¿Cómo se llama ese amigo de su sobrino? El que siempre va con él.

—Usted dice Ricardo, pero ya le llamé y no sabía nada.

—¿Cuándo habló con él?

—El mismo sab..., no, el domingo.

—¿Y no ha vuelto a llamar o a venir por aquí?

—No, señor, Ricardo no; llama todos los días otro amigo, pero no me acuerdo de cómo se llama, él me aconsejó poner la denuncia.

—Así que —dijo Nogueira fingiendo tomar notas en su pequeña libreta— su sobrino no vino a casa el viernes por la noche; el sábado usted empezó a preocuparse y puso la denuncia el domingo...

—Así es, señor... Y ya supe yo que algo le había ocurrido.

Manuel dirigió una mirada de preocupación a Nogueira.

—¿Y por qué lo supo, mujer? —inquirió el guardia.

La anciana volvió a enjugarse el ojo.

—Mire usted, porque conozco a mi sobrino y él tendrá muchos fallos, como los tiene todo el mundo —dijo volviéndose de nuevo a mirar a Manuel—, que yo también los tengo y hay que reconocerlo, pero es un buen chico y sabe que si no llama me preocupo, y por eso desde que era un chaval y comenzó a salir, si se va a quedar a dormir en casa de algún amigo, siempre me avisa y me dice: «Tía, no se preocupe que quedo en casa de tal o de cual, duerma tranquila», porque él ya sabe que si no, no duermo, es un buen chico mi Toñino y no me haría eso...

Elevó el pañuelo y esa vez se enjugó ambos ojos. Estaba llorando. Manuel la miró extrañado, ni siquiera se había dado cuenta.

—Le ha pasado algo malo... Lo sé —dijo entre lágrimas la anciana.

Nogueira se acercó a ella y le pasó, protector, un brazo por los hombros.

—No, mujer, ya verá como aparece, estará por ahí con algunos amigos y se le habrá olvidado llamar.

—Usted no le conoce —protestó la mujer—, ha tenido que pasarle algo porque ya sabía que tenía que ponerme las gotas y... —dijo haciendo un gesto hacia los medicamentos alineados sobre el aparador— siempre me las pone él, dos veces al día, por la mañana y por la noche... Y ahora hace muchos días que no me las pongo, porque yo sola no puedo. —Desdobló el pañuelo y se cubrió la cara con él, llorando desconsolada.

La boca de Nogueira dibujó un trazo apretado bajo su bigote. Tomándola del brazo como a un detenido, sólo que con infinito cuidado, la acercó hasta una silla.

—Cálmese, mujer, deje de llorar y siéntese. ¿Cuáles son las gotas que tiene que ponerse?

La mujer apartó el pañuelo.

—Las de la cajita rosa, dos en cada ojo...

Nogueira ojeó el prospecto del medicamento, se inclinó sobre la anciana y le puso las gotas.

—Aquí pone que durante un rato verá borroso, así que quédese quieta hasta que vuelva a ver claro. No se preocupe, yo cierro al salir —dijo haciendo un gesto a Manuel y dirigiéndose hacia la puerta.

—¡Que Dios se lo pague! —dijo la mujer con los ojos vueltos hacia el techo—. ¡Y por favor, encuentre a mi Toñino! Si no, ¿qué voy a hacer yo?

Nogueira se detuvo en la entrada, echó una mirada al exterior y se fijó de nuevo en la mancha de aceite sobre las losas y se volvió hacia la mujer.

—Señora, ¿su sobrino tiene coche?

—Sí que tiene, se lo compré porque lo necesitaba para trabajar, pero luego ese trabajo no salió bien...

—¿Le dijo al guardia con el que habló que también ha desaparecido el coche?

La mujer se cubrió la boca con una mano.

—No, ¿cree usted que es importante? No lo pensé.

—No se preocupe, yo lo comunicaré al compañero. Sólo una cosa más, ¿de qué color es el coche?

—Es blanco, señor.

Nogueira ajustó la puerta y lentamente dejó salir todo el aire de sus pulmones. Había dejado de llover, pero en el ambiente la humedad era palpable y planeaba lenta, mojando todas las cosas.

Se alejaron de la puerta y Manuel comentó:

—Blanco.

—Sí —contestó pensativo el teniente—, pero tampoco es tan relevante: es el color más barato, y el más común en furgonetas de trabajo, muy corrientes en una zona rural, diría que casi en cada granja cuentan con un vehículo así.

—¿Cree que tiene razón y que ha podido pasarle algo?

—Bueno, en una cosa sí la tiene: en casos como el de Toñino la policía no se esfuerza demasiado en buscarlos, es un drogadicto, pero también es un chapero; ha podido recibir una oferta para irse con un fulano y no lo ha pensado dos veces; los que se dedican a la prostitución son así, pero...

—¿Pero...? —inquirió Manuel.

—Pero también me fío de lo que dice Rosa María; claro que ella es su tía y cree que su sobrino es un angelito, pero el caso es que esa mujer casi no ve y la casa está limpia como una patena, y no creo que la haya limpiado ella; por lo retorcidos que tiene los dedos es probable que tenga artritis. Y no sé si se ha fijado en esa lista de números junto al teléfono, parece que también se tomó la molestia de apuntarlos para su tía en un tamaño suficiente para que ella los pudiera ver. La creo cuando dice que llamaba siempre si no iba a venir a casa. Mi madre era así y más me valía llamar que encontrarla agotada, después de pasar toda la noche en vela esperando a que regresase, y tener que aguantar sus reproches durante todo el día.

Como en cada ocasión en que Nogueira se daba cuenta de que se le había escapado un aspecto de su vida privada, reaccionó como si hubiera mostrado una debilidad, desviando la mirada y huyendo de la de Manuel, que le observaba sorprendido por una confesión que resultaba más íntima si se unía al trato casi afectuoso que había mostrado hacia la anciana señora.

Volvió a mirarle para seguir enumerando sus observaciones.

—No es sólo la casa limpia o la lista de teléfonos: los medicamentos estaban ordenados por horas y escribió con rotulador y bien grande para qué es cada uno. Me creo que cuida de su tía y sospecho que, como dice ella, algo ha tenido que ocurrirle para que no la haya llamado. Sabe de sobra que esa mujer no puede valerse por sí sola.

—Un caimán con corazón... —apuntó Manuel escéptico.

—A menudo, las personas más crueles lo tienen, y eso es lo que confunde: si los buenos fueran buenos y los malos simplemente fueran malos, el mundo sería mucho más fácil para mí. Por otra parte, me escama la actitud del amigo, Ricardo, Richi le llaman; los dos son inseparables. La tía le llama para decirle que no ha vuelto a casa y se queda tan tranquilo... Una de dos, o sabe dónde está o de qué se esconde, y ya se ha dado cuenta de que la desaparición coincide con la visita de Álvaro.

Manuel, disgustado, desvió la mirada.

—Quizá no tenga relación... —concedió Nogueira, probablemente en su primer acto de consideración.

Manuel no lo agradeció. Soslayó el tema con una pregunta.

—¿Y el otro, el que ha estado llamando?

—Es probable que un cliente, pero por su actitud al recomendarle poner la denuncia ya se ve que no sabe nada.

Manuel miró desolado las casas del barrio de Os Martiños que se extendían colina abajo.

—¿Qué hacemos ahora?

—Ahora voy a llevarle a su hostal, duerma un poco más: tanto el perro como usted parecen resacosos —dijo echando un vistazo a *Café*, que no se había movido de su manta en el asiento de atrás—. Yo hablaré con mi contacto para que incluyan el coche de Toñino en la búsqueda, los coches son más fáciles de rastrear que las personas, y esta noche haremos una excursión a Lugo para ver a Richi y que nos cuente por qué no está preocupado por la desaparición de su amigo, pero antes... —dijo haciendo un gesto con la barbilla hacia la casa contigua—, vamos a presentar nuestros respetos a la vecina.

Se adelantó un paso y vio que desde la ventana de la planta baja de la casa contigua la anciana que los había visto al llegar les hacía señas para que se acercaran.

Apostada tras los visillos era la viva imagen de la maledicencia: más allá del descaro con el que los había observado por la ventana cuando llegaron, la delató el gesto con el que los recibió en la puerta, tan diferente del de la otra anciana. Entreabrió una rendija por la que asomó su afilada nariz y los olisqueó como un perdiguero, antes de abrir un poco más, lo justo para que pudieran ver que vestía una bata bajo la que asomaban las puntillas de un camisón.

—Son ustedes policías, ¿verdad? —Sin esperar respuesta continuó—: Ya me he imaginado al verlos que vienen por Toñino. ¿Lo han detenido otra vez? Ya hace días que no le veo...

Nogueira no contestó a sus preguntas. En lugar de eso le sonrió abiertamente y con tono profesional le pidió:

—Buenos días, señora, ¿será tan amable de dedicarnos unos minutos?

La mujer sonrió encantada ciñendo el cinturón de su bata y sujetando con fingido recato las solapas alrededor del cuello.

—Bueno, por supuesto, pero tendrán que perdonarme, con tanto jaleo aún no he tenido tiempo de vestirme.

—Oh, por favor, no se preocupe, lo entendemos perfectamente y le agradecemos su amabilidad —respondió Nogueira.

La mujer se apartó y abrió la puerta un poco más, lo suficiente para que pudieran colarse en el interior de la vivienda, que olía a galletas y orines de gato.

—¡Tiene usted una casa muy bonita! —dijo el guardia acercándose a las ventanas levemente protegidas por finos visillos que permitían ver desde el interior todo lo que ocurría en el patio de la casa contigua—. Y es una suerte que tenga tan buenas vistas —añadió sonriendo malicioso.

La mujer se había hecho construir un banco corrido que ocupaba todo el ancho del quicio de la ventana y que estaba cubierto con cojines de varios tamaños y de distintas telas que parecían confeccionados por ella misma. Manuel observó que junto al banco tenía una labor de ganchillo y un cesto de costura, y sobre él, un gato gordo, seguramente responsable de la mitad de los aromas de la casa.

—Bueno, no vaya usted a pensar que soy una cotilla ni nada por el estilo, que a mí la vida de los demás no me interesa, pero me gusta mucho coser, hacer punto, ganchillo, y la mejor luz la tengo junto a la ventana, así que aunque una no quiera... —dijo encogiéndose de hombros.

—Claro, mujer. —Nogueira estuvo de acuerdo.

—A mí la verdad es que Rosa María me da mucha pena. Hace más de cuarenta años que somos vecinas y nunca hemos tenido un problema, pero su sobrino, su sobrino ya es otra cosa... Quedó huérfano y la madre se largó, y yo creo que Rosa María de tanto que le ha querido le ha malcriado —dijo severa—. Mire, yo porque nunca le he querido hacer mal, pero podría haberle denunciado mil veces por los escándalos que ha dado: antes, día sí y día también, teníamos aquí gente gritando a la puerta, amigos suyos llamando de madrugada...

—¿Y últimamente? —preguntó Nogueira.

—Ahora llevamos una temporadita muy tranquila; bueno, si no contamos lo que pasó la semana pasada... —soltó la mujer consciente de que el interés de Nogueira crecía—. Bueno, no tiene nada que ver con los escándalos que daban antes, quiero decir que no eran drogadictos ni nada así.

—Cuéntemelo —pidió Nogueira zalamero conduciéndola hasta el banco y sentándose a su lado.

—Pues, mire, Rosa María me había dicho que el sobrino iba muy bien e incluso había comenzado a trabajar con su tío en el seminario.

Manuel interrumpió.

—¿En el seminario? ¿En el seminario de San Xoan?

—No hay otro —respondió con frialdad la mujer—. El

prior del seminario es hermano de Rosa María y lo era también del padre de Toñino. No es la primera vez que le contrata para ayudar al jardinero, pequeñas obras y arreglos en el convento, pero nunca ha durado mucho en ningún trabajo y esta vez tampoco —dijo maliciosa.

—Continúe —la animó Nogueira.

—Pues el otro día estaba yo aquí haciendo labor cuando vi, igual que hoy los he visto a ustedes, un coche que se detenía frente a la entrada; de él se bajó el prior del seminario, no suele venir mucho por aquí, pero yo lo tengo visto y lo conozco. Bueno, el caso es que comenzó a aporrear la puerta llamando a gritos al sobrino; salió Rosa María y discutieron en la entrada, pero no le dejó entrar y Toñino no se asomó, se escondió detrás de las faldas de su tía y discutía desde dentro, pero se notaba que no se atrevía a salir.

—¿Cuándo fue eso?

—El sábado a primera hora de la tarde. Después de comer.

Manuel miró sorprendido a Nogueira, pero era evidente por su gesto que ya se había dado cuenta de que la tía de Toñino les había mentido. Pudo haberlo hecho únicamente para poder poner la denuncia: hasta transcurridas veinticuatro horas de la desaparición de un adulto en su uso de razón no se admitía la denuncia.

—¿Está completamente segura de que eso fue el sábado y no otro día, el viernes, por ejemplo?

—Por supuesto que estoy segura, fue el sábado —contestó enfadada.

—¿Pudo oír lo que decían?

—Hombre, pude oírlo porque lo decían a gritos, no porque yo estuviese atenta a escuchar las conversaciones de los vecinos ni nada por el estilo...

—¡Claro, mujer! —volvió a repetir Nogueira, aunque esa vez sonó casi sarcástico.

De todos modos, la inflexión escapó a la anciana, que continuó:

—El prior decía: «No sabes con quién te estás metiendo, esto puede acabar conmigo», y también dijo: «Las cosas no van a quedar así».

—¿Está segura de que fue eso lo que dijo?

La mujer le miró indignada.

—Fue como se lo estoy contando —respondió muy seria.

—¿Qué pasó después?

—Nada más... El prior se fue, y al rato Toñino se subió a su coche y se largó. Hasta hoy.

CABALLEROS

La única señal que delataba la existencia del Vulcano era la bombilla que iluminaba el discreto cartel sobre una puerta que, de haber estado en un callejón, habría pasado por la de servicio.

Había caminado siguiendo a Nogueira bajo la lluvia tras aparcar a un par de calles de distancia, en una zona de bares que cualquier otra noche habría estado más animada que en la de aquel lunes. Dos chicos que fumaban en la entrada del local buscando la escasa protección que brindaba la pared del edificio se apartaron para dejarlos pasar.

El decorador del Vulcano no se había devanado los sesos: paredes oscuras y sobre éstas una pretensión de pintura abstracta y fosforescente que refulgía bajo las luces de neón. Aun así, el local se veía animado y varias parejas bailaban en la improvisada pista frente a la barra. Nogueira echó una rápida ojeada al local y decidido avanzó hacia un grupo de chicos que bebían cerveza directamente de las botellas.

—¡Pero qué casualidad, si está aquí Richi!

El aludido se volvió resoplando con cara de fastidio mientras sus amigos se alejaban rápidamente.

—¡Joder, teniente, qué susto me ha dado!

Nogueira le miró sonriendo como un lobo. Disfrutaba.

—Será que estabas planeando alguna maldad...

—No, claro que no. —El chico intentó sonreír—. Es que no le esperaba.

Manuel le calculó veintipocos, quizá alguno más, aunque

era evidente que explotaba su aspecto aniñado. Se encontró de pronto pensando que no sabía qué aspecto tenía Toñino. ¿Era tan joven? ¿Tenía aquel aire malsano que parecía la tónica general entre los chaperos? Se sintió enfermo.

Richi debió de notarlo porque preguntó:

—¿Qué le pasa a su amigo?

—No te preocupes por mi amigo, Richi, aunque sería una novedad en ti, que no te preocupas ni por los tuyos.

—No sé qué quiere decir —contestó evasivo el chico.

—Quiero decir que tu amigo del alma, tu inseparable Toñino, lleva una semana desaparecido y tú no te has pasado ni a preguntar por su casa, y eso me lleva a pensar que quizá sabes dónde está y por qué no aparece...

El chico comenzó a replicar.

—Y no se te ocurra mentirme —le interrumpió Nogueira—. Le dijiste a su tía que no se preocupara, así que vas a explicarme en qué anda metido tu amigo y por qué no tenemos que preocuparnos.

Richi soltó lentamente todo el aire de sus pulmones antes de hablar.

—A ver, teniente, yo no sé nada, ¿vale? Sólo lo que él me dijo.

Nogueira hizo una seña al camarero, que colocó tres botellines de Estrella Galicia sobre la barra; le tendió uno a Manuel.

—Cuéntamelo —le pidió Nogueira quitándole la botella vacía de las manos y poniéndole otra.

El chaval dio un trago antes de continuar.

—Decía que su suerte había cambiado, que tenía algo muy gordo por lo que iba a sacar un montón de pasta.

—¿Qué era?

—No lo sé, no quiso decírmelo.

—No te creo —negó Nogueira con gesto de hastío.

—Se lo juro, teniente, no quiso decírmelo, pero hablaba sobre cambiar de vida, de abandonar todo esto —dijo haciendo un amplio gesto hacia el bar—, tenía que ser algo grande.

Un día antes de largarse me dijo que todo estaba a punto, por eso no me pareció raro que desapareciese.

—¿Y quieres que me crea que tu amigo del alma, tu inseparable, se fue sin dejarte ni las migas, sin siquiera celebrarlo contigo?

El chico se encogió de hombros con gesto de desaliento.

—¿Qué se cree que somos, marines? No tenemos ningún código de honor ni nada por el estilo. Sí, somos amigos, pero aquí los amigos son así, cada uno va a lo suyo, y si surgiera una buena oportunidad para largarse de aquí y olvidar todo esto, ¿cree que los demás no lo harían? Yo lo haría.

—¿Te dijo si lo que fuera que se traía entre manos estaba relacionado con los marqueses?

—¿Se refiere a los del pazo As Grileiras? —Sonrió—. No, no lo sé... Pero imagino que no, con ésos tenía otros tratos...

—Pero has dicho que tenía algo gordo, ¿chantaje? ¿Quizá amenazó a alguien con hacer público que consumía o quizá otros gustos de sus clientes...?

—¿Qué? Está loco, Toñino no es tonto, y en esa casa se mete hasta la más fina; no se mata la vaca cuando sigue dando leche.

Manuel pensó en Elisa corriendo tras Samuel por el jardín y en las palabras de Herminia: «su hijo la salvó». Volvió la cabeza asqueado, dejó la cerveza sobre la barra y caminó hacia la salida. Nogueira le alcanzó junto a la puerta.

—No sabe nada.

Salieron bajo la lluvia a la calle, ahora desierta, desandando el camino hacia el coche.

Los oyeron antes de verlos.

—¡Vaya, vaya, mira lo que tenemos aquí!

Al girarse encontraron a dos hombres sonriendo, mirándolos, detenidos en medio de la acera. Manuel se fijó en un tercero que había salido de entre los coches a la calzada y les cortaba el paso por allí mientras dirigía miradas nerviosas a la calle desierta. A lo lejos creyó ver las luces azules de un coche de policía.

Reconoció la voz del que había hablado cuando volvió a hacerlo.

—Un par de maricones que han ligado y se van juntitos a casa a darse por el culo el uno al otro.

Nogueira levantó una mano.

—Os estáis equivocando.

El que había hablado se rio como si aquello le hiciera mucha gracia. Los otros no le secundaron, pero Manuel vio que el que estaba en la carretera los había rodeado colocándose detrás.

—Dice que me equivoco; a lo mejor es que no van a darse por el culo, igual prefieren chuparse la polla...

—Para usted el de atrás —dijo Nogueira.

—¡Vamos! —contestó Manuel lanzándose contra el fulano a su espalda.

El tipo no debía de esperar una reacción así, porque recibió de pleno el puñetazo en el ojo izquierdo, trastabilló metiendo el pie entre la acera y un coche aparcado y perdió el equilibrio mientras se decidía entre llevarse las manos a la cara o sujetarse para no caer. Aun así, y de una manera casi instintiva, soltó un derechazo que impactó sin demasiada fuerza en la oreja izquierda de Manuel. Los otros dos no tuvieron tiempo de abalanzarse contra el guardia. Quedaron clavados en el sitio al ver el arma con la que Nogueira los apuntaba con aire de profesional.

—¿Y ahora qué? —preguntó Nogueira sin dejar de apuntarlos—, ¿quién es ahora el maricón? ¿Eh, hijos de puta? ¿Qué queríais hacer, eh?

—Nogueira —avisó Manuel indicando las luces azules que desde lejos veía acercarse.

—¡Fuera de aquí, cabrones! —dijo el guardia colocándose junto a Manuel y dando una patada en el suelo que recordaba el modo en que Herminia espantaba al gato que montaba guardia frente a su cocina.

Los dos tipos ayudaron al que estaba entre los coches y se alejaron llevándoselo medio a rastras.

—¡Y como vuelva a veros por aquí os meto la pistola por el culo! —dijo gritando a las espaldas de los hombres, que apuraron más el paso.

Manuel y Nogueira continuaron su camino y torcieron en la primera calle antes de que el coche patrulla los rebasara.

Nogueira no dijo ni una palabra hasta que subieron al coche y hubo arrancado el motor.

—¿Cómo estás?

Manuel se volvió hacia él sorprendido, era la primera vez que le tuteaba. Se llevó la mano a la oreja al percibir el calor que emanaba, decidió no tocársela.

—Bien.

—¿Y la mano? —dijo el guardia haciendo un gesto hacia el puño que Manuel aún mantenía crispado.

—Bien, hinchándose un poco, lo normal.

Nogueira golpeó el volante con las dos manos y exclamó:

—¡Muy bien, joder! ¡Buena hostia le has dado al gilipollas ese!

Manuel asintió mientras dejaba salir el aire soplando lentamente y sentía la tensión nerviosa recorriendo su cuerpo como una criatura viva.

—¡Muy bien, Manuel! —repitió eufórico el guardia—, y ahora nos vamos a ir a tomar un trago como dos vikingos, *qué carallo!*, porque, no sé a ti, pero a mí me hace falta.

—Buena idea... —acertó a decir Manuel, que aún temblaba de la cabeza a los pies.

Se colaron bajo la persiana medio bajada; apenas quedaban luces encendidas y en la mayoría de las mesas se veían las banquetas puestas del revés, patas arriba. Detrás de la barra, un hombre de mediana edad miraba un combate de boxeo en la televisión y de vez en cuando rellenaba el vaso a un par de bebedores impenitentes y a un ludópata que estuvo llenando de monedas la máquina durante todo el tiempo que permanecieron allí. Bebieron de pie en la barra los dos primeros tragos, pero con el tercero Nogueira le indicó la mesa más alejada que estaba junto a la puerta de los baños abiertos, que apestaban a lejía. Manuel comenzaba a estar borracho; sintió el efecto calmante del alcohol amortiguando el palpitante dolor en la mano que, como había predicho, había empezado a hincharse. Nogueira, sin embargo, parecía más sereno con cada trago.

—Siento mucho lo que ha pasado antes —dijo afectado.

Manuel le miró confuso.

—¿Te refieres al incidente de la calle?

—Sí.

Manuel negó.

—Bueno, tú no tienes la culpa...

—Sí que la tengo —le cortó Nogueira—. La tenemos todos los que pensamos así, como esos gilipollas...

Manuel asintió comprendiendo.

—Bueno, entonces sí la tienes —dijo muy serio.

—Lo siento —volvió a repetir el guardia—, no sé por qué las cosas son así, pero el caso es que así son —añadió Nogueira en el más puro estilo de filosofía alcohólica.

—Estás borracho —contestó Manuel sonriendo.

Nogueira endureció el gesto y elevó un dedo con el que le señaló.

—Estoy un poco borracho, pero sé lo que digo. Me he equivocado contigo, y cuando un hombre comete un error lo menos que puede hacer es reconocerlo.

Manuel le miró también muy serio mientras calculaba cuánto de verdad había en sus palabras.

—Y no sé por qué, la verdad, yo no tengo ninguna razón para odiar a los maricones.

—Homosexuales —corrigió Manuel.

—A los homosexuales... —concedió Nogueira—. Tienes razón, ¿ves a lo que me refiero? Es una puta manera de hablar y eso que yo, la verdad, te veo tomando un café en un bar, en un bar «normal» —puntualizó—, y no pienso que seas homosexual.

—¿Y si lo piensas qué? —contestó Manuel.

—Quiero decir que, viéndote así, nadie pensaría que eres...

—Pero lo soy, Nogueira, soy homosexual, lo soy desde que nací y que se me «note» más o menos es una cuestión irrelevante.

Nogueira negó con grandes gestos.

—¡Joder, qué difícil es hablar con los maricones! Lo que quiero decir es que eres un buen tío, y lo siento. —Volvió a ponerse muy serio—. Te pido disculpas por mí y por todos los gilipollas del mundo que no tienen ni puta idea de quién eres.

Manuel asintió sonriendo ante la torpeza del hombre y, dando por buena la conversión de un homófobo, levantó su vaso.

—¡Brindo por eso!

Nogueira bebió su trago sin dejar de mirarle.

—Ahora que ya sabemos que no eres un maricón de mierda, me toca a mí.

Manuel asintió lentamente y esperó.

—Quiero decir que a veces juzgamos a los demás sin conocerlos, no puedo exigir mucho porque yo soy el primero que acabo de admitirlo... Lo que quiero decir es que yo no soy un hijo de puta, Manuel.

—Escucha, Nogueira...

—No, déjame terminar. El otro día me dijiste que era un cabrón sin sentimientos, un sádico que se alegraba del mal ajeno.

—Son cosas que se dicen...

—Tenías razón —le interrumpió—: odio a la familia Muñiz de Dávila. Desde que me levanto hasta que me acuesto maldigo el aire que respiran y hasta el último aliento de vida estaré maldiciéndolos.

Manuel le miraba en silencio. Hizo un gesto al barman, que vino con la botella y volvió a llenar los vasos.

—Déjala en la mesa —pidió.

El hombre iba a protestar, pero Manuel le deslizó en la mano un par de billetes y el barman desapareció de nuevo en la oscuridad.

—Mi padre también fue guardia. Una noche de lluvia hubo un accidente cerca de aquí, en un paso a nivel; fue de los primeros en llegar. Estaba ayudando a sacar a los heridos de un coche y el tren que iba en sentido contrario lo arrolló. Murió en el acto. Mi madre quedó viuda con tres hijos, yo era el mayor de tres chavales.

—Lo siento... —musitó Manuel.

Nogueira asintió despacio aceptando la condolencia con la misma tristeza que si acabase de perder a su padre.

—Entonces no era como ahora, con lo que le quedó no podía darnos de comer. Ella cosía muy bien, así que al poco entró a trabajar para el pazo.

—¿Para As Grileiras?

Nogueira asintió pesarosamente.

—Eran otros tiempos. Las señoras como la marquesa se hacían vestidos constantemente, para diario, para las fiestas; pronto mi madre comenzó a coser para otras señoras ricas; al poco, mi madre ganaba más de lo que había ganado mi padre. Una tarde fue al pazo a llevar unos vestidos que la marquesa tenía que probarse. A veces la acompañábamos y nos quedábamos fuera jugando, por eso conocía el jardín: pasé muchas tardes allí esperando con mis hermanos, pero ese día no la acompañamos...

Manuel recordó cuánto le había extrañado la expresión de Nogueira al referirse al jardín del pazo: «realmente precioso», había dicho.

—Pero la señora no estaba en casa; se habían ido todos, todos menos el padre de Álvaro, que era por entonces un cuarentón facha y cabrón como él solo.

Nogueira apretó la boca formando un rictus cruel bajo el bigote.

—Yo volvía a casa de la calle, había estado jugando al fútbol y me había hecho un raspón en una rodilla. Entré en el baño y la vi. Estaba vestida dentro de la bañera. Tenía la ropa arrugada y rota, recogida en la cintura, y sangraba... por ahí. La sangre le chorreaba por las piernas y se mezclaba con el agua en el fondo de la bañera. Creí que estaba muriéndose.

Manuel cerró los ojos y los apretó con fuerza para rechazar la imagen que ya se formaba en su mente.

—Yo tenía diez años, me hizo jurar que no se lo diría a nadie. La ayudé a meterse en la cama y allí permaneció más de una semana, y en ese tiempo yo cuidé de ella y de mis hermanos, que eran muy pequeños y no se daban cuenta de lo que pasaba.

—¡Por Dios, Nogueira! —musitó Manuel—. ¡Eras tan pequeño...!

Nogueira asintió lentamente. Los ojos idos, estaba a años de allí, en otra noche.

—Una tarde, el coche de la marquesa se detuvo ante nuestra puerta. El chófer acercó hasta la entrada un gran cesto lleno de comida, galletas, chocolate, jamón, cosas que nosotros no solíamos tener. Recuerdo que mis hermanos reían como si fuese Navidad. La marquesa entró en la habitación de mi madre y estuvieron mucho tiempo hablando. Cuando salió, nos dio una moneda a cada uno, y mi madre me dijo que iba a seguir trabajando para ella aunque no volvería al pazo. A partir de ese momento el chófer traía y llevaba los vestidos para las pruebas y cada poco tiempo llegaba una de aquellas cestas y otra llena de toallas y sábanas, lujosa ropa de cama del ajuar del pazo. Mi madre fue una mujer muy valiente, Manuel.

—Tuvo que serlo —estuvo de acuerdo Manuel—, muy valiente...

—Nos sacó adelante a mis hermanos y a mí y nunca se quejó; hizo lo único que podía hacer, pero nunca se plegó. No se plegó, Manuel.

Le miró sin comprender.

—Falleció hace dos años, muy vieja. —Sonrió levemente—. Cuando ya estaba muy malita, muriéndose, me hizo abrir un armario ropero enorme que tenía en su habitación. Dobladas con todo cuidado, allí estaban las sábanas y las toallas bordadas con el emblema de los Muñiz de Dávila. Tenía el armario lleno desde el suelo hasta casi el techo y, ¿sabes?, ni una sola vez en todos aquellos años había usado ni una sola de aquellas sábanas tan finas. El día que la enterramos, cuando volvimos al cementerio, hice una hoguera en el patio y las quemé todas. —Comenzó a reír—. ¡Aún puedo oír los gritos de mis cuñadas llamándome salvaje!

Manuel le secundó riendo y durante un rato los dos lo hicieron a carcajadas.

—¡Todavía me lo recuerdan en las cenas de Navidad! ¡Las muy zorras!

Dejó de reír de pronto, se puso en pie e hizo un gesto hacia la puerta.

—Nunca se lo había contado a nadie, ni a mis hermanos, ni a mi esposa —dijo caminando hacia la salida.

Nogueira no dijo una sola palabra en el trayecto entre el bar y el hostal. No hacía falta; Manuel sabía exactamente cómo se sentía y volvió a recordar por qué en los confesionarios hay una rejilla que separa al confesor del pecador. A falta de rejilla, permaneció en silencio concentrado en su propio reflejo, que la oscuridad exterior devolvía en el cristal de la ventanilla.

Cuando el coche se detuvo frente al hotel, Manuel preguntó:

—¿Irás al seminario mañana?

—Sí. No sé si lo sabes, pero el prior me dijo que los terrenos que ocupa el convento eran de los marqueses y, ahora, tuyos.

—Si quieres que te acompañe...

—Aún estoy pensando cómo encararlo. El prior y yo somos viejos conocidos y si le toco los cojones me arriesgo a que haga una llamada a la comandancia y a que me meta en serios problemas: «Con la Iglesia hemos topado». Iré yo solo y nos guardaremos tu visita por si es precisa más adelante; que seas el propietario de la tierra te da cierto valor, pero le cerraría la boca a ese pájaro, ya veremos cómo plantearlo si es necesario.

Manuel bajó del coche y tomó en los brazos a *Café*, que estaba profundamente dormido.

—Manuel —le llamó Nogueira desde el interior del vehículo, había algo raro en su voz. Titubeó antes de continuar—: mi mujer quiere que vengas a cenar a casa.

Manuel sonrió sorprendido.

—¿Yo?

—Sí, tú. —La incomodidad se percibía en la voz de Nogueira—. No sé de qué estábamos hablando y salió tu nombre; mencioné que te conocía y resulta que mi hija mayor y mi mujer han leído tus libros y están como locas con que quieren conocerte... Ya les he dicho que seguramente no podrás...

—Acepto —dijo Manuel.

—¿Qué?

—Que sí, que iré a cenar con tu familia, me encantará conocer a tu mujer, ¿cuándo?

—¿Cuándo?... Pues supongo que mañana.

Manuel se quedó en medio del aparcamiento viendo cómo el coche de Nogueira se alejaba. Besó la áspera cabecita de *Café* y sonriendo entró en el hostal; necesitaba escribir.

DE TODO LO NEGADO

Uno a uno, fue abriendo los cajones del tocador sólo para comprobar que estaban vacíos. En el inmenso ropero, las pocas camisas que Álvaro se había llevado colgaban perfectamente planchadas en las gruesas perchas, que oscilaron perdidas en el interior, provocando con su movimiento un turbador efecto de vida. Sintió el impulso de tocarlas, de acariciar la suave tela, de permitir que las puntas de sus dedos buscasen la presencia errante de su dueño.

CONTROL DE DAÑOS

En el monasterio de San Xoan, conocido en toda la comarca como «el seminario», no se ejercía la docencia desde hacía varios años. La zona anteriormente utilizada para el alumnado se había transformado en una hospedería destinada al turismo sacro y a los retiros espirituales, cosa que en opinión del teniente Nogueira era una soberana estupidez. Para él, las vacaciones no tenían demasiado sentido si no podía tumbarse al sol con una cerveza bien fría sobre la barriga.

Nogueira había llamado al prior para avisar de que se pasaría a «hacerle una visita al prior». Ya por teléfono había notado la vacilación y el nerviosismo del hombre, que había insistido en preguntar de qué se trataba, preso de curiosidad.

«Es un asunto algo delicado y prefiero que lo tratemos personalmente», le había esquivado Nogueira, satisfecho de su estrategia.

Un frío «como prefiera» había puesto fin a la conversación, pero la presencia expectante del prior aguardando en la entrada principal delataba su impaciencia. Nogueira bajó del coche y advirtió que el sacerdote apenas podía contenerse para esperarle junto a la verja que conducía a los jardines, a la entrada de la iglesia y al acceso al convento. Tras los saludos de cortesía le acompañó a su despacho sin entretenerse, como era costumbre, en hacerle reparar en la belleza del lugar. Al entrar en sus dependencias le ofreció un café, que Nogueira aceptó, y se sentó tras su recia mesa monacal.

—Pues usted dirá en qué puedo ayudarle, teniente.

Nogueira dio un trago a su café y se entretuvo unos segundos admirando un retrato que colgaba sobre la chimenea en la pared lateral.

Después, cuando pareció que haría cualquier comentario sin importancia, se volvió hacia el prior y dijo:

—El lunes pasado su hermana presentó en el cuartel una denuncia por la desaparición de su sobrino.

Nogueira observó la reacción en el rostro del prior, que no se inmutó lo más mínimo, aunque transcurridos unos segundos, y ante el silencio estoico de Nogueira, optó por asentir moderadamente.

El teniente le presionó.

—Usted lo sabía, ¿desde cuándo?

—Sí, mi hermana me llamó y me lo dijo, el martes, creo...

—¿Y?

El prior se puso en pie acompañando su gesto de un grueso suspiro y caminó hacia la ventana.

—Si se refiere a si hice algo al respecto, no. Me temo que nuestro sobrino nos ha dado demasiados disgustos como para que cualquier cosa que haga me cause ya asombro.

—Le entiendo —dijo Nogueira—, pero su hermana dice que, a pesar de todas sus faltas, es considerado con ella y siempre llama si va a llegar tarde.

—Mi hermana ha malcriado a ese chico. No le extrañe que le justifique y le defienda...

—¿Como el sábado, cuando usted fue a verle a casa?

El prior se volvió a mirarle sorprendido, quizá alarmado.

—¿Se lo ha dicho ella?

—No, me lo ha dicho una vecina que los vio discutir a gritos.

El prior se entretuvo fingiendo recolocar las macetas, girándolas hacia la luz.

—¿Por qué discutieron?

—Es una cuestión privada, cosas de familia, no tiene importancia...

—Pues la vecina «declaró» —dijo Nogueira recalcando la

palabra y fingiendo leer apuntes en su libreta— que usted parecía muy enfadado, que le reclamaba algo, y le oyó claramente decir que aquello podía acabar con usted y que las cosas no iban a quedar así.

El prior, rojo de indignación, se volvió hacia el guardia.

—Esa charlatana haría bien en meterse en sus asuntos.

—Tiene usted razón, es una mujer bastante desagradable, pero una testigo muy fiable. Comprenderá que le pregunte... Su sobrino estaba, por lo visto, realizando algunos trabajos aquí, usted se presenta en su casa hecho una furia el mismo día que el chico desaparece.

—No sé qué está insinuando, teniente, pero no me gusta.

—No estoy insinuando nada, prior; de hecho, trato de hacerle un favor a su familia, porque su hermana no hace más que llamar al cuartel —mintió— para preguntar qué se hace para encontrar a Toñino, y si sigue insistiendo al final alguien se va a preocupar...

El rostro del prior se iba descomponiendo mientras palidecía. Cuando volvió a hablar, su voz era apenas audible.

—Antonio se llevó algo de mi despacho. No es la primera vez que roba, pero eso usted ya lo sabe.

—¿Qué se llevó?

El prior lo pensó un par de segundos.

—Dinero... —contestó. Era evidente que mentía.

—Habrá puesto una denuncia.

Nuevamente tuvo que pensarse la respuesta.

—Teniente, es mi sobrino. No quiero causarle un disgusto a mi hermana.

—Le entiendo, pero si usted ha tenido conocimiento de que su sobrino ha cometido un delito robando dinero del seminario...

—Era mi dinero, lo cogió de mi cartera.

Nogueira dejó pasar seis segundos antes de contestar.

—¿Y eso es lo que podía acabar con usted si trascendía? ¿Lo que no podía quedar así? No sé cuánto dinero suele llevar usted en la cartera, pero...

—Esa chismosa se equivoca. Lo que dije fue: «Vas a acabar conmigo», me refería a los disgustos que me da.

—Ya... —contestó Nogueira volviéndose a mirar el cuadro que había visto al entrar.

—Veo que conserva el retrato del viejo marqués.

El prior pareció desconcertado por la observación, pero se repuso enseguida.

—Fue un gran benefactor de este centro, su familia continúa siéndolo...

—¿Ah, sí? —fingió interesarse Nogueira.

—Todo el convento está edificado sobre sus tierras.

Nogueira cambió de tema, atento a su reacción.

—Como sabe, su hijo ha fallecido.

El prior bajó un segundo la mirada antes de contestar.

—¡Oh, sí! Una terrible desgracia.

—Creo que estudió aquí cuando era pequeño...

—Sí, al igual que todos sus hermanos, aunque él durante muy poco tiempo.

Nogueira caminó hacia la puerta dando tiempo a que el hombre se relajase; entonces se volvió y le dijo:

—¿Estuvo Álvaro Muñiz de Dávila aquí el sábado pasado?

Por su reacción, pareció que le daría un ataque.

—El sábado..., no, no estuvo aquí...

—Pero llamó por teléfono.

—No.

—Consta en sus llamadas.

El prior se llevó dos dedos al puente de la nariz.

—Sí, perdón, tiene usted razón, lo había olvidado. Llamó, pero hablamos muy brevemente.

Nogueira permaneció detenido donde estaba mirándole en silencio; sabía que se sentía suficientemente comprometido para dar una explicación sin que se la pidiera.

—Quería que le escuchase en confesión —llegó la explicación—, le propuse un par de horas distintas, pero no le iban bien y al final lo aplazamos.

Nogueira no contestó. Abrió la puerta muy despacio y salió demorándose todo lo posible. Aún se volvió a mirarlo una vez; estaba seguro de que le daría un ataque.

—No hace falta que me acompañe —dijo como despedida.

Salió a la puerta del convento, respiró el aire cargado de humedad y encendió un cigarrillo.

Un fraile que paseaba con las manos a la espalda por la vereda empedrada se acercó sonriente.

—Yo tuve ese vicio muchos años, pero ya hace tiempo que lo dejé y desde entonces hasta la comida me sabe mejor.

—Yo debería hacer lo mismo —contestó el guardia uniéndose al lento paseo hacia la salida—, pero cuesta tanto...

—Haga como yo, rece pidiendo fuerzas, Dios le ayudará.

Mientras caminaban superaron la puerta abierta del garaje, en el que había varios coches. Nogueira desvió la mirada hacia el interior.

—¿Y usted cree que Dios está para esas cosas?

—Dios está para todas las cosas, las grandes pero también las pequeñas. —El móvil del fraile sonó—. Perdóneme —se disculpó mientras respondía.

Nogueira hizo un gesto de descargo y asomó la cabeza al garaje. Había en el interior un motocultor, una moto de pequeña cilindrada, un Seat Córdoba gris del año 1999 y una furgoneta corta de color blanco con una abolladura en la aleta delantera. Se volvió para preguntar al fraile y vio que su expresión había cambiado. Al tiempo que atendía la llamada miraba hacia la ventana del segundo piso, tras la que se encontraba el prior, que observaba a Nogueira. Sujetaba contra la oreja el auricular de su teléfono. A través de la ventana y la distancia los dos hombres se sostuvieron la mirada. El fraile colgó y dirigiéndose a la entrada del garaje alcanzó la puerta y la bajó hasta casi cerrarla totalmente.

Cuando se volvió hacia el guardia, en su gesto no quedaba rastro de simpatía, sólo dijo:

—Le acompaño a la salida.

Manuel notó la vacilación en la voz de Nogueira en cuanto cogió el teléfono. Lo había esperado. Lucas le había hablado de ello y él mismo lo había experimentado: muy a menudo, tras una confesión, sobreviene la vergüenza, el arrepentimiento, no por el hecho confesado, sino porque es imposible evitar que sobrevuele la sospecha de habernos precipitado, de haber confiado en la persona equivocada y de haber dejado al descubierto una parte de nuestra vida, que, aun siendo una carga, mientras era secreta nos fortalecía. Y suponía que, superado el momento alcohólico de exaltación de la amistad, el teniente se arrepentiría un poco de haberle contado la verdad, y totalmente de haberle invitado a su casa.

Manuel decidió soslayar el tema y preguntó con naturalidad:

—¿Cómo te ha ido en el seminario?

Casi pudo percibir al otro lado de la línea el alivio de Nogueira, que contestó a la pregunta en su más puro estilo dual.

—Depende de cómo se mire.

Manuel sonrió escuchando paciente.

—El prior no ha querido decirme nada, pero ha negado tanto que ha terminado por desvelar muchas cosas. Dice que se enfadó con el sobrino porque le cogió dinero de la cartera, pero creo que miente. No parece preocuparle dónde pueda estar, casi como si le pareciese normal que se hubiera largado. Pero lo más interesante vino cuando le insinué que quizá Álvaro había ido a verle; lo negó, así como que le hubiera llamado, aunque, cuando le dije que nos constaba, recordó de pronto que sí, que le había llamado, según él para confesarse, aunque al final no quedaron.

—No me lo creo. Lucas me dijo que Álvaro no se confesaba, al menos no lo hacía siguiendo el ritual católico —objetó Manuel—; volveré a hablar con él.

—Hay algo más. Al salir vi un vehículo blanco con un golpe en la aleta delantera derecha, que podría concordar con el que presenta el coche de Álvaro. Casi me echaron cuando intenté verlo de cerca.

—¿Y qué sugieres que hagamos ahora?

—Creo que puede ser buena idea que lo intentes tú, pero no a la brava; se me ha ocurrido algo, después de cenar te lo explicaré, a ver qué te parece...

Al menos la cena seguía en pie, aunque volvió a percibir la vacilación de Nogueira.

—Manuel, no te he llamado sólo por esto... Hay algo de lo que quisiera avisarte antes de que vengas a casa.

—Espero que no vayas a decirme que tu esposa cocina muy mal —bromeó Manuel para quitarle hierro al asunto—, ya me había hecho la ilusión de tomar una buena comida casera.

Al otro lado de la línea, Nogueira rio aliviado.

—No, no es eso, mi esposa cocina muy bien, de hecho es una cocinera excelente, pero nuestra relación no pasa por su mejor momento y quizá percibas alguna tensión entre nosotros.

—Lo comprendo, no te preocupes —atajó Manuel evitando que se extendiese en una explicación que a todas luces le resultaba incómoda.

—Y también con mi hija mayor, ya sabes, es una adolescente, va a cumplir diecisiete y últimamente andamos algo tensos. Este año ha suspendido siete, va a repetir curso y no la he visto coger un libro en todo el verano. Yo la riño y mi mujer la defiende... Siempre acabamos discutiendo.

—Me hago cargo.

—Y luego está el chaval.

—Creía que sólo tenías dos niñas.

—El chaval es el novio de Xulia. —Resopló—. Imagino que también estará en la cena, siempre está en casa. Es superior a mí, no puedo soportarlo y estoy seguro de que a mi mujer le cuesta, pero siempre anda por aquí tocando las pelotas con su cara de memo.

Manuel sonrió mientras imaginaba la tortura que la presencia del crío tenía que suponer para Nogueira.

—Me hago una idea.

—No te la haces, créeme.

Manuel miró una vez más a *Café* antes de pulsar el timbre.

—Pórtate bien, chico —le dijo.

Café le miró de lado, como si la advertencia le ofendiese. Unido al sonido del carillón que se extinguía en el interior, le llegaron la algarabía y los gritos de una voz aguda infantil. Una niña de unos ocho años le abrió la puerta.

—Hola, soy Antía —saludó—. Te esperábamos —dijo tomándole por una mano y arrastrándole al interior—. ¡Oh, tienes un perrito! —añadió, al reparar en el pequeño *Café*, perdiendo todo el interés en Manuel—. ¿Puedo tocarlo? ¿Le gustan los niños?

—Sí —contestó—, supongo que sí, no lo sé —admitió desbordado por el ímpetu de la pequeña.

—Es Manuel, ha traído flores y vino, y tiene un perro —gritó la niña desde el pasillo.

Nogueira apareció en la puerta de la cocina y le descargó del vino conduciéndole al interior. Una mesa de gran tamaño reinaba en medio de la estancia. Junto a la cocina, una mujer de unos cuarenta y cinco años, muy guapa, morena y con el pelo largo recogido en una cola de caballo, intentaba desembarazarse de un delantal que escondió a su espalda antes de avanzar hacia él sonriente y tendiéndole la mano.

—Manuel, te presento a Laura, mi esposa, ya has conocido a Antía, la pequeña que te ha asaltado en la puerta, y ésta —dijo volviéndose hacia una chica joven que Manuel no había visto al entrar— es mi hija mayor, Xulia.

La chica, muy guapa, era la versión adolescente de su madre, aunque ella llevaba la melena suelta y le ofreció su mano firme secundada por una mirada oscura, que le recordó a la de su padre.

Manuel le dio las flores a Laura.

—Son para usted.

—Trátame de tú, por favor. Son preciosas, pero no tenías que haberte molestado —contestó, aunque sonreía encantada y casi acunaba las flores en el hueco de sus brazos—, me encantan —dijo mirando brevemente a su marido—, y también tus libros —añadió sonrojándose un poco y provocando la inmediata admiración de Manuel y el asombro de Nogueira.

Antía entró en la cocina llevando a *Café* en brazos.

—¡Oh! Lo siento mucho, pero no tenía donde dejarlo, aunque si le molesta puedo llevarlo al coche —se disculpó Manuel.

—No, por favor —rogó la pequeña.

—No se preocupe, me encantan los perros. —Laura le excusó.

Manuel dedicó una breve mirada al chico que presidía la mesa. Parecía ajeno a lo que sucedía a su alrededor y no había levantado la vista de la pantalla de su teléfono móvil.

—Es Álex, el novio de Xulia —indicó Nogueira señalándole con la barbilla.

—Amigo —corrigió la chica enseguida, provocando de nuevo el desconcierto de Nogueira y una nula reacción por parte del chico.

Manuel imaginó sin dificultad por qué el chaval desquiciaba a Nogueira: tener que soportar su presencia zombi debía de resultar insufrible para un hombre tan temperamental como el teniente.

Nogueira se entretuvo abriendo el vino mientras Laura iba indicando dónde debían sentarse.

—Álex, querido —dijo dirigiéndose al chico sentado a la cabecera—, ponte al lado de Xulia y deja ese sitio a Andrés.

Manuel los miró extrañado y consciente de la tensión en el aire.

—Pero siempre me siento aquí —rezongó el aludido.

—Pues hoy no —contestó impertérrita la anfitriona.

El adolescente se puso en pie con manifiesta desgana y se dejó caer dos sillas más allá.

Nogueira ocupó el lugar presidiendo la mesa y Manuel se

dio cuenta de que era la primera vez que oía su nombre de pila. El teniente no había mentido: Laura era una excelente cocinera. Manuel comió como hacía mucho tiempo que no lo hacía, disfrutando de la conversación y de la presencia de la familia, de la alegría de los alimentos expuestos en demasía, brillantes, fragantes, con la generosidad excesiva de las mesas gallegas que aquella mujer llevaba en su esencia y de la que hacía gala. Hablaron mucho de sus novelas, de sus inicios, de cómo había comenzado a escribir y de literatura. Laura era una gran lectora de sus libros favoritos, de los autores indispensables. Manuel llevaba un rato observando el modo en que ella los miraba a ambos.

—Y dime, Manuel, ¿cómo conociste a Andrés? Él no ha querido decirnos nada.

Manuel miró al teniente, que aprovechó para levantarse a abrir otra botella de vino.

—Bueno, no os ha dicho nada porque yo le he pedido que sea discreto —dijo consciente del efecto que sus palabras tendrían.

—Es por la nueva novela —exclamó Xulia cruzando una mirada cómplice con su madre y volviéndose entusiasmada hacia Manuel—, ¿a que sí?

—Bueno, entendéis que de momento es un secreto, ¿verdad?

—¡Por supuesto! —afirmaron encantadas las dos.

Manuel vio las miradas consideradas de ambas dirigidas a Nogueira y se sintió bien.

—Entonces, ¿tu nueva novela transcurrirá aquí, en la Ribeira Sacra? —insistió la chica.

Manuel sonrió evasivo.

—Aún no está decidido, estoy en una fase muy preliminar, conociendo lugares, hechos; y para todo esto tu padre me está siendo de gran ayuda.

—Perdona a mi hija —disculpó Laura sonriendo—, yo te sigo desde el principio, pero Xulia descubrió tus libros hace algo más de un año y en poco tiempo se los ha leído todos y me temo que está entusiasmada.

—¡Vaya! Gracias, Xulia, ¿lees otras cosas?

—Unos treinta y cinco libros al año, sobre todo policiaca e histórica, pero los tuyos son los que más me gustan.

Nogueira saltó.

—¿Qué? Pues serán novelas, porque lo que son los libros del colegio, ni tocarlos —dijo provocando un gesto de fastidio de la chica y una risita estúpida de Álex, que seguía centrado en su móvil.

Laura dedicó una mirada de reproche a su marido y se levantó para retirar los platos sucios y sustituirlos por los de postre. Nogueira se apresuró a ayudarla.

—Xulia quiere ser escritora —dijo Laura poniendo una bandeja con trozos de queso, membrillo y pastel ante Manuel.

Miró interesado a la chica, que se había sonrojado mientras asentía. El adolescente del móvil resopló burlón dejándose resbalar en la silla hasta que su barbilla estuvo a la altura de la mesa.

Nogueira le miró disgustado, aunque habló dirigiéndose de nuevo a su hija.

—¡Ésta sí que es buena! ¿Y cómo piensas ser escritora con las notas que sacas?

Laura, que había vuelto a sentarse junto a Manuel, permanecía impasible observando divertida el creciente enfado de su marido como si calculase cuánto tardaría en explotar.

—¡Ay, papá, ya estás otra vez! —contestó hastiada la chica.

Pasando de su padre, Xulia se dirigió a Manuel.

—Este curso me he distraído un poco con los estudios —dijo bajando la cabeza con un gesto que le pareció ensayado—, y voy a tener que repetir, pero a partir de ahora me lo voy a tomar en serio.

—A partir de ahora... —repitió Nogueira—, eso mismo has estado diciendo durante todo el curso, ¿y qué has hecho? Has suspendido todas.

—Excepto literatura —objetó la chica.

El adolescente a su lado comenzó a reírse y Nogueira se volvió hacia él.

—¿Se puede saber de qué te ríes? —preguntó irritado.

El chico levantó un dedo y señaló burlón a Xulia.

—¿Escritora? —dijo, y se rio de nuevo—. Verás cómo se van a descojonar en el grupo cuando lo cuente.

Xulia enrojeció, pero Manuel se dio cuenta de que no era por vergüenza. Levantó la cabeza muy digna y calmada. Se volvió hacia el chico.

—Álex, ¿por qué no te vas a tu casa y hablamos más tarde? —le dijo autoritaria.

—¿Qué? —contestó aturdido él—. Creía que íbamos a salir... Hoy toca la orquesta Panorama en Rodeiro —dijo mostrándole la pantalla del móvil.

—Es Orquestas de Galicia —explicó Antía a Manuel, que había mirado la pantalla sin entender.

Manuel se encogió de hombros.

—Orquestas de Galicia —explicó la pequeña— es una aplicación para el móvil, para saber dónde tocan las orquestas cada día.

Nogueira se sumó a la explicación.

—En eso es en lo único que piensan, se pasan el verano persiguiendo orquestas de pueblo en pueblo, de una parroquia a otra, pero estudiar...

—¡Papá! —chilló Xulia, aunque inmediatamente se volvió hacia el chico y repitió—: Ya has oído, que te vayas a casa, ya hablaremos mañana —sentenció con la frialdad que Manuel supo que había heredado de su padre y que le recordó el tono con el que le había amenazado con llevarle al monte y pegarle un tiro.

—Pero... aún no he tomado el postre —objetó el adolescente mirando hacia el plato.

—¡Que te largues, Álex! —ordenó Xulia.

Laura se puso en pie, sacó del armario un trozo de papel de aluminio, envolvió una porción de pastel y se lo tendió al chico, que lo aceptó enfurruñado y se dirigió a la salida sin despedirse. Cuando la puerta se cerró a su espalda la chica, que no le había perdido de vista, se volvió hacia Manuel, pero fue la pequeña la que habló.

—Discúlpale, el pobre no es muy listo: una vez se grapó el dobladillo de los pantalones al tobillo.

El comentario no hizo demasiada gracia a Xulia, que le dio un codazo. Manuel observó el gesto contenido de las hermanas y sonrió un poco.

—¿Se grapó los pantalones al tobillo?

Xulia le miró mientras en su rostro se dibujaba una sonrisa hasta que rompió a reír y contagió a los demás.

Refrendada por las risas, Antía continuó:

—Es en serio, tenía los dobladillos tan largos que los arrastraba por el suelo; entonces cogió mi grapadora, sin permiso —puntualizó alzando un dedo, lo que también le recordó a Nogueira—, e intentó sujetarlos, y al final terminó grapándose los pantalones al tobillo.

Tomaron el postre animados por otras anécdotas relativas a las ocurrencias de Álex. Laura sirvió el café y un oloroso licor de orujo. Manuel observaba la sonrisa contenida que se dibujaba bajo el bigote de Nogueira, repantigado a la cabecera de la mesa, y el modo en que su esposa había conducido la cena, dejando que cada uno ocupase su lugar, administrando las tensiones alrededor de un hombre al que torturaba pero, estaba seguro, que aún amaba.

—Si quieres podemos quedar otro día —dijo Manuel dirigiéndose a Xulia—, puedo pasarte una lista de lecturas adecuadas, bastante más interesante para una futura escritora que leerme a mí, pero sobre todo debes fijarte un objetivo. —Xulia sonreía embelesada por sus palabras y vio de reojo el gesto torcido bajo el bigote de Nogueira—. Todos podemos tener una mala temporada en la que estamos dispersos y distraídos, como si nos hubiéramos quedado sin razones para continuar —dijo Manuel mirando a medias a Xulia y a su padre, y escuchando como desde muy lejos su propia voz, aquel discurso que seguía siendo tan válido como siempre y que en los últimos días él mismo había olvidado.

—¿Lo ves? —dijo ella dirigiéndose a su padre.

—Lo que no podemos permitir es que la situación se perpetúe y eso se convierta en un modo de vida —terminó Manuel.

—¿Lo ves? —dijo Nogueira a su hija.

Xulia miró a su padre y asintió lentamente.

Daban las dos de la madrugada cuando Manuel se despedía de Laura y de Xulia en la puerta de la casa.

Antía se había quedado dormida junto a *Café* en el sofá, y Manuel notó que el perro remoloneaba un poco cuando le indicó que se iban, como si algo lo retuviese allí. No le costó entenderlo. La atmósfera fría del exterior, en la que la niebla se había cerrado bajando considerablemente la temperatura, había transformado la luz de las farolas del acceso vecinal en fantasmagóricos derviches que, como integrantes de una santa compaña, arrastraban sus penas por los caminos. La promesa de soledad de la noche invitaba a volverse de nuevo al acogedor interior, a aceptar otro café alrededor de la mesa, al cálido abrazo con el que Laura se despidió arrancándole sin esfuerzo la promesa de volver.

Nogueira se había adelantado y le esperaba junto al coche, que Manuel había aparcado fuera del terreno de la casa, bajo uno de aquellos charcos de luz anaranjada que proyectaban las farolas. Puso a *Café* en su asiento y de la parte de atrás rescató el chaquetón de Álvaro y se lo puso previendo la conversación que tocaba. Nogueira no le había acompañado hasta allí por cortesía; aun así Manuel se adelantó.

—Gracias por la invitación.

Nogueira dirigió una mirada hacia la casa desdibujada por la niebla, y Manuel estuvo seguro de que comprobaba que su esposa no le viera antes de encender el cigarrillo que había pospuesto durante horas. Dio una profunda calada y el humo dibujó volutas azules mientras ascendía hacia la luz en la fría noche de la Ribeira Sacra en la que se adivinaba la presencia húmeda y poderosa de los ríos a pesar de estar a varios kilómetros de allí.

Nogueira asintió sin dejar de fumar, quitándole importancia con un gesto.

—Laura es encantadora —dijo Manuel mirándole a los ojos.

El teniente dio una profunda calada a su cigarrillo y expulsó el humo con fuerza por encima de sus cabezas y sin dejar de observarle.

—Déjalo estar —advirtió.

—No he dicho nada, Noguei...

—Déjalo estar —cortó el guardia.

Manuel suspiró y dejó salir lentamente el aire.

—Como quieras, gracias de todos modos, ha sido una cena muy agradable.

Nogueira asintió satisfecho por su victoria.

Pero Manuel no se había rendido.

—Y yo no me preocuparía por una chica que lee treinta y cinco libros al año. Creo que sabe lo que hace. Ha sacado la inteligencia de su madre y los cojones de su padre.

Nogueira se giró para mirar al camino y, aunque cuando se volvió estaba tan serio como siempre, Manuel estuvo seguro de que había sonreído.

El guardia sacó del bolsillo interior de su abrigo un sobre.

—Son los documentos que me pasaste y que ya hemos revisado. Es una suerte que Álvaro guardase todos los tickets, eso nos ha permitido establecer un mapa bastante fiable de sus movimientos en el último día.

Manuel asintió sin decir nada. Los tickets que Álvaro prefería en lugar de cargar los gastos a la tarjeta, donde serían fácilmente rastreables, el otro teléfono, el navegador portátil, pequeños detalles que unidos delataban, quizá, la intención de borrar sus huellas.

—Ya sabíamos por el registro del teléfono que la llamada al seminario se había producido a las once y dos minutos de la mañana, y calculamos que media hora más tarde pudo estar allí. Hay un ticket de la estación de servicio de San Xoan, donde probablemente se detuvo a la vuelta tras salir del convento. Señala las doce y treinta y cinco. Es una pena que la investigación no sea oficial, ha pasado tan sólo una semana y aún podríamos conseguir las imágenes de la gasolinera, y es probable que al cajero le sonase el coche, no es un modelo muy común; en esta zona sólo repostan los vecinos y podría recordar a un forastero. Aunque eso no probaría que estuvo en el seminario: si el prior lo negase, seguiría siendo su palabra contra nuestra conjetura.

Nogueira le tendió el sobre.

—Éstos estaban entre los documentos que nos diste. No son relevantes para la investigación e imaginamos que el albacea los habrá echado de menos, son relativos a asuntos de la bodega...

Manuel los deslizó fuera del sobre, los ojeó por encima y volvió a introducirlos.

—¿Por qué miente el prior?

Nogueira le miró interesado y durante un par de segundos pareció pensarlo.

—Por qué miente el prior, por qué miente su hermana, por qué miente la gente, vete tú a saber... A veces para encubrir un crimen o para obtener ayuda, otras para ocultar una tontería que le resulta vergonzosa admitir. Pero hay elementos más que de sobra para sospechar: en el coche de Álvaro hay una transferencia de pintura blanca y en el seminario, una furgoneta blanca con un golpe en la aleta unido al hecho de que diez días después no la hayan llevado al taller, y su interés por ocultarlo es sospechoso; toda esa mierda del sobrino, no me creo lo de que le cogiera dinero, es un adicto, claro que éstos roban dinero, dejar una cartera a su alcance es invitarle a que se la lleve; pero los hechos son que Álvaro llamó tanto al sobrino como al prior y, casi con toda probabilidad, Álvaro estuvo en el seminario para hablar de no sabemos qué pero lo suficientemente importante para ser lo primero que hizo en cuanto llegó de Madrid en un viaje que no tenía programado.

Manuel asintió bajo la carga de aquellas palabras. Nogueira encendió otro cigarrillo, aspiró profundamente y continuó enumerando con los dedos.

—Unas horas después, el prior se presenta hecho una furia en casa de su hermana y del chico, que le ha dicho a su amigo que tiene entre manos algo que podría sacarle de pobre, pero está tan acojonado que no sale ni a la puerta mientras su tío le grita: «Esto puede acabar conmigo». En cuanto el prior se va, Toñino coge el coche y desaparece, y todo en el día en que Álvaro fue asesinado.

Nogueira quedó en silencio y Manuel pensó que casi podía escuchar su cerebro crepitando bajo los impulsos eléctricos en el interior de aquella engañosa cabeza de toro.

—¿Qué piensas? —musitó Manuel.

—Lo único que pienso es que esto cada vez se complica más, y por algún lado hay que empezar a desembrollarlo.

—Me dijiste por teléfono que se te había ocurrido algo.

—Sí, ya lo había estado pensando, pero ahora, viendo la reacción de mi mujer y de mi hija, estoy completamente seguro de que saldrá bien.

—¿A qué te refieres?

—A que ni el prior ni ninguno de los frailes soltará palabra si les preguntamos directamente.

—¿Y?

—Tú eres un escritor famoso.

—Bueno...

—Sí. Eres famoso, yo no te reconocí porque yo no leo esas cosas, pero la gente te reconoce; no hay más que ver cómo han reaccionado mi mujer y mi hija, incluso un compañero me dijo que el capitán te pidió que le firmases un libro.

Manuel asintió.

—Admítelo, la gente reacciona con los famosos, y tú lo eres.

—Vale, muy bien, pero no sé adónde quieres llegar...

—¿Qué te parecería infiltrarte en el seminario?

Le dolía su incomprensión, que le traía como un eco las palabras del Cuervo: «Ésta nunca será su casa, ni la mía su familia». Tenían entidad de sentencia, y supo entonces que su pena ni siquiera era por Elisa, sino por el vacío que las manos de Samuel dejaban en el hueco de las suyas, sus dientecillos, diminutos e iguales mostrados en su sonrisa, la voz aguda gritando, la risa desde las tripas y el abrazo pequeño y tan poderoso como lías de zarcillo alrededor de su cuello.

Y la herida...

UN IDIOTA MIRA AL MAR

A pesar de lo que se había alargado la noche y de que al llegar había dedicado unas horas a escribir, se levantó temprano, estimulado por primera vez en mucho tiempo por el hecho de tener un plan, algo que hacer que él mismo dictaba y que escapaba de aquella fatídica sensación de inercia que experimentó en días anteriores, cuando se limitaba a seguir, sin demasiado convencimiento, las indicaciones de Nogueira.

Llamó a Griñán para avisarle de que necesitaría sus servicios más tarde y acordaron una cita a mediodía. Marcó el número de una incrédula Mei, que lloró y rio al oír su voz mientras volvía a repetirle cuánto lamentaba cómo habían salido las cosas. Le tomó un buen rato calmarla y convencerla de que estaba mejor, de que la había perdonado y de que no le guardaría rencor.

—Escúchame, Mei, la verdad es que te llamo porque necesito un par de cosas...

—Claro, lo que quieras, Manuel.

—Álvaro estudió desde los doce años en Madrid, en los Salesianos. Llama al centro y pregúntales por la fecha exacta de su ingreso en el colegio. Diles que ha fallecido, que eres su secretaria y que necesitas el dato para completar un obituario.

—De acuerdo —contestó ella como si tomara notas—. ¿Y la otra cosa?

—Necesito hablar con mi agente y..., bueno, ya sabes que era Álvaro quien se ocupaba...

—Manuel... —suspiró ella—, no he querido molestarte con estas cosas, pero la verdad es que en los últimos días tanto tu agente como tu editora han estado llamando constantemente.

—¿Les has dicho algo?

—No, Manuel, y eso ha sido lo más difícil. Ya hace más de diez días... Manuel, aquí todo el mundo sigue haciendo su trabajo, por supuesto los empleados lo saben. Yo no hacía más que llorar, no pude ocultarlo, pero todo empieza a parecer muy raro. ¿Qué les diremos a los clientes? Algunos empleados han preguntado de quién es la empresa ahora y si todo seguirá igual.

Manuel permaneció en silencio. No sabía qué decir. No había esperado aquello.

—Manuel, entiendo que ahora no estás para estas cosas, pero estaría bien que me dieras alguna consigna, algo que poder decir cuando me pregunten.

Notó frío en la espalda, como si alguien le hubiera arrojado un cubo de agua helada sobre los hombros; se sentía incapaz de moverse y de reaccionar... Intentó pensar. La agencia de Álvaro no era muy grande, cuatro o cinco empleados quizá, no lo sabía.

—¿Cuántos empleados tiene la agencia?

—Doce, contándome a mí.

—¿Doce? —repitió sorprendido.

—Sí —contestó Mei.

No dijo nada más, pero para Manuel fue como si hubiese añadido: «¿No lo sabías? ¿No te habías enterado, Manuel?, ¿cómo es posible? Era la empresa de tu marido, venías a las fiestas de la firma, a las comidas con empleados, deberías saberlo, Manuel».

—Diles que no se preocupen, te llamaré más tarde y hablaremos —prometió—, pero ahora necesito que me pases el número personal de mi agente y no quiero llamar a la agencia.

Apuntó los teléfonos y colgó bajo el peso de los reproches que Mei no había pronunciado y que, sin embargo, resonaban en su cabeza porque la respuesta era no. No, no recordaba cuántos empleados tenía Álvaro, no era consciente de que la empresa hubiese crecido tanto, ni de que en un momento los cinco o seis empleados hubieran doblado su número, no sabía cuánto facturaban y la lista de clientes sólo le sonaba de leer sus nombres en el plan de reuniones que Álvaro tenía siempre pegado en la nevera.

Vio sobre la mesilla la manoseada edición de *Lo entregado al no*, que había firmado para Álvaro más de veinte veces durante aquella calurosa Feria del Libro de Madrid. Había tomado el título de una antigua creencia de la mitología vasca que hablaba de la sustancia gris de la que se alimentaba el mal. Decía la leyenda que todo aquello que siendo real negamos con una mentira se disolvía hasta transparentarse, hasta desaparecer, y pasaba a ser el alimento con el que se nutría el mal. Cuando un campesino mentía y negaba haber tenido una gran cosecha, la parte negada pasaba al mal. Si le habían nacido diez terneros y cuando se lo preguntaban decía que sólo habían sido cuatro, los otros seis pasaban al mal y hasta era probable que terminasen muriendo, pero lo mismo ocurría cuando se negaba a la mujer amada o a un hijo bastardo o esa riqueza oculta que se desmentía al ser preguntados. Todo lo negado se convertía en el alimento para el mal y, como su legítimo dueño había renunciado a él, terminaba por desaparecer para que la parte oscura del universo se cobrase su pago.

Cuando publicó *Lo entregado al no* habían transcurrido siete años desde la noche en que su hermana cerró los ojos para siempre. Fue al poco de morir ella cuando sintió por primera vez la necesidad de escribir, y en todo aquel tiempo la posibilidad de hablar en sus novelas de su infancia, de sus padres, de su hermana o del dolor, ni se le había pasado por la cabeza. Había mantenido la promesa que ella le arrancó de no convertirla en su factor vulnerable, se había tragado las lágrimas destinadas a llorar por ella, pues cada vez que afloraban casi podía oírla diciendo: «No llores, cuando eras niño, entonces no me dejabas dormir, ahora no me dejarás descansar».

Pero hubo una mañana en que descubrió aterrorizado que había olvidado su olor, que no recordaba su rostro, que no le quedaban ni sus recuerdos, que empeñado en negar el dolor se lo había entregado al «no», y el «no» lo estaba devorando hasta hacerlo desaparecer, como si jamás hubiera existido. Ese día comenzó a escribir. Cinco meses de sangrar sobre las páginas en blanco, cinco meses de lágrimas y angustia que le dejaron exhausto. *Lo entregado al no* había sido el título elegido para hablar de todo lo que no quería hablar, para poner nombre a lo que durante años no quiso nombrar. Se convirtió en su mejor novela, nunca concedió una entrevista sobre aquel libro y se juró que jamás volvería a escribir nada igual.

Levantó la mirada y la dirigió al oscuro escritorio en la esquina de la habitación. Sobre la superficie se veían casi brillantes las páginas emborronadas con su prieta escritura. Desde donde estaba, alcanzaba a ver el título que encabezaba cada página: cuatro palabras que había escrito en lo que inicialmente había parecido un acto irreflexivo, pero que constituían casi una segunda entrega de aquella otra novela y la admisión de que no había estado diciéndose la verdad. *De todo lo negado* era el eco del ruego de Álvaro pidiéndole que mirase cara a cara a la verdad, era su petición de sinceridad, la declaración de amor más hermosa que nadie había hecho y que él como un necio había rechazado acabando de un plumazo con la posibilidad de que Álvaro se sincerase con él.

Extrajo de entre las páginas la copia de la fotografía que Álvaro guardaba en su caja fuerte, la fotografía que él no había querido mirar al salir de casa, que no le gustaba, y ahora sabía por qué.

Álvaro le miraba a él, él contemplaba al mar. La sensación que le había producido siempre de estar perdiéndose algo, de no haber estado atento, se unía ese día a la certeza del egoísmo pagado de sí mismo de escritor vanidoso que reclamaba conocer verdades a las que había vuelto la espalda.

Se había aniñado permitiendo que Álvaro cuidase de cada pequeño detalle, dejándole la vida real a él y apartándose a vivir en su palacio de cristal junto a aquella inagotable fuente de la que brotaban las palabras, retirándose a un mundo irreal de cuidadas rutinas que Álvaro se había afanado en mantener en milagroso equilibrio. Hacía años que era él quien se ocupaba de la gestión de sus contratos, los plazos de entrega, los adelantos editoriales, los contratos internacionales, los porcentajes, los impuestos; de una maraña de aspectos, todos vulgares, todos reales e incómodos que Manuel rechazaba como norma y que Álvaro había solventado preservándole de la vulgaridad del mundo, acomodando para él los viajes, las reservas, las entrevistas, atendiendo sus llamadas, filtrando a los periodistas y ocupándose de todo, desde lo más grande hasta lo más insignificante.

No, no conocía a los empleados de la agencia, dudaba de que fuese capaz de recordar el nombre de más de tres, pero había sido aquella mañana, mientras buscaba en la agenda el teléfono de su agente, cuando se había dado cuenta de hasta qué punto había vivido como un idiota mirando al mar. Había dejado que Álvaro cargase con su porción de realidad, la que corresponde a cada ser humano, a cada vida, y Álvaro había cargado con la de los dos, preservándole, manteniéndole a salvo como si fuese alguien especial, un genio o un retrasado.

No tuvo valor para abrir el libro y releer las dedicatorias que había escrito quince años atrás para el hombre que llegaría a amar hasta convertirle en su factor vulnerable, pero le pareció que la carga que llevaba en su título era la adecuada para sostener a la vista aquella fotografía. Lo puso en la mesilla y acomodó la foto contra el lomo arrugado de mil lecturas en el que aún era visible *Lo entregado al no*. Tomó el teléfono y marcó uno de los números que le había facilitado Mei Liu.

—¡Oh, hola, Manuel! ¿Cómo estás? Llevo días intentando hablar con Álvaro.

Manuel sonrió. La energía imperiosa de su agente le hacía pensar en ella como en una especie de viento cálido que pasaba sobre él barriendo su indecisión y obligándole a unirse a ella en su constante avance, con su ilimitada voluntad.

Estuvo a punto de mentirle, de ocultarle que Álvaro había muerto, porque presentía que ella le quería, se notaba en el modo en que decía su nombre. Manuel no ignoraba que ella prefería tratar con él, que el nervio y la osadía de la agente encontraban en el carácter audaz y divertido de Álvaro mejor correspondencia que en su contenida parquedad.

—Anna, tengo que darte una mala noticia. Álvaro tuvo un accidente de tráfico la semana pasada y falleció. Ésa es la razón por la que no te ha llamado, por la que no lo hemos hecho ninguno de los dos.

—¡Oh, Dios mío!... —No dijo nada más.

Después de un rato, Manuel supo que estaba llorando. Esperó mucho mucho rato, con la mirada perdida en la nada, escuchando.

Llegaron las preguntas, que eludió, el lamento que aceptó por ser sincero, y enseguida su natural instinto de protección que como siempre volvía a estar a su servicio.

—Manuel, no te preocupes por nada, me ocuparé de todo: ahora mismo voy a llamar a tus editores. —Suspiró profundamente—. La última vez que hablé con Álvaro me dijo que estabas terminando *Sol de Tebas*. Imagino que sabes que la fecha pactada para la publicación es antes de Navidad, pero si no te encuentras con fuerzas, si no te apetece, podemos retrasarla hasta enero o hasta el Día del Libro; conseguiré todo el tiempo que necesites. No tienes por qué darme una respuesta ahora mismo, piénsalo con calma. Ahora necesitarás tiempo para ti.

—Estoy escribiendo —musitó como respuesta.

—Ah, bueno, claro, no sé en qué parte estabas cuando... ¿Te encuentras con fuerzas para escribir ahora? Quizá deberías dejarlo para más adelante, como te he dicho, podemos aplazar la publicación.

—Estoy escribiendo otra novela.

—¿Cómo, otra novela? —Su instinto natural de agente había vuelto a despertar, y el viento sobre el que siempre la imaginaba viajando se arremolinó a su alrededor.

—No voy a entregar *Sol de Tebas*, Anna, no quiero publicarla.

—Pero...

—No sé, quizá algún día..., pero sé que ahora no quiero publicarla. La novela que estoy escribiendo será lo próximo que publique.

Comenzó a protestar, aludiendo a la responsabilidad y a los compromisos, justificando su negativa con la confusión del momento, con la precipitación y la inercia de los acontecimientos. Prudente como siempre, le emplazó a esperar antes de tomar una decisión definitiva, pero él atajó todas sus dudas al decirle:

—A Álvaro no le gustaba.

Ella quedó en silencio.

—Anna, yo... necesito que me hagas un favor...

—Claro, lo que quieras.

El sol consiguió a mediodía elevar la temperatura y disipar por fin los bancos de niebla que se habían asentado en la Ribeira la noche anterior, manteniéndose durante toda la mañana. Encontró a un Griñán prudente después de su último encuentro, que se mostró satisfecho y aliviado al poder prestar sus servicios. Haciendo gala de toda su profesionalidad, se puso las gafas y ojeó los papeles que Manuel extrajo del mismo sobre en el que se los había dado Nogueira la noche anterior, y con un par de llamadas y en poco más de media hora solucionó el asunto.

—Va a quedarse, ¿verdad? —preguntó el albacea mientras le acompañaba a la salida—. Lo pregunto por lo que me dijo el otro día... y por lo que ha hecho hoy...

Manuel sonrió y quiso contestar, abrió la boca, quizá para replicar, quizá para darle la razón, pero no pudo. Llevaba demasiado tiempo mirando al mar y no sabía cómo hacerlo.

—... Pero voy a solucionarlo —contestó resuelto mientras entraba en el ascensor y dejaba a Griñán mirándole perplejo y confuso en la entrada de su notaría.

Condujo con *Café* a su lado trazando las curvas y las vueltas mientras descendía por la ladera hasta Heroica. La entrada principal se veía ese día cerrada y silenciosa, aunque los numerosos coches aparcados en la explanada junto al acceso a los sótanos delataban la presencia de los bodegueros, que trabajaban a puerta cerrada trasegando el vino tras su primer filtrado. Detuvo el coche frente a los portones y marcó el teléfono de Daniel.

—¿Estás en la bodega? —preguntó reparando en que debería haberlo comprobado antes.

—Sí, ¿vas a venir?

Manuel sonrió.

—Sal a la entrada.

Con el teléfono aún en la mano vio a Daniel, vestido con su mono de nanquín de color azul Vergara, deslizarse por la abertura que como un estrecho corte se prolongaba a lo largo de la fachada.

—Pero ¿qué haces aquí? —preguntó sorprendido y sonriente acercándose hasta el coche en el que Manuel se apoyaba—. ¿Por qué no me has avisado de que vendrías? Habría organizado una parrillada.

—Será sólo un minuto —se disculpó Manuel—, hoy no tengo demasiado tiempo, pero quería venir a enseñaros esto —dijo levantando el sobre que contenía los documentos.

Daniel le miró dudando.

—Son las escrituras de propiedad de la finca de la que me hablasteis. Tal y como suponíais, Álvaro había acelerado todo el proceso de compra y sólo faltaba ultimarlo, ya sabes que debido a lo que ocurrió él no pudo hacerlo... He pensado que a los hombres les gustaría saberlo.

Daniel levantó ambas manos mientras se quitaba los guantes y tomaba los documentos.

—Pero ¡esto es maravilloso! Venga, tienes que entrar a decírselo —dijo señalando el portón.

Manuel negó sonriendo.

—Hazlo tú, yo..., bueno, ya lo celebraremos otro día, hoy tengo que... —dijo haciendo un gesto vago hacia la carretera que partía desde allí.

Sonriendo, Daniel se le acercó y le tendió la mano.

—De verdad, no sabes lo que significa esto —declaró alzando los papeles y visiblemente emocionado.

Le estrechó la mano y, cuando pareció que al fin le soltaría, le abrazó con fuerza; luego se separó algo cohibido.

—¡Gracias, jefe! —dijo retrocediendo hacia el portón sobre sus pasos sin dejar de mirarle.

—Sólo una cosa... —dijo Manuel.

El hombre se percató entonces de que aún llevaba los documentos en la mano.

—Oh, ¡claro! —Avanzó hacia él y se los tendió.

—No, no me refería a eso —explicó Manuel—, es una copia, los he traído para que los vean, pueden quedárselos. Iba a preguntarte por la lancha en la que navegamos desde Belesar.

Daniel sonrió sacando un mosquetón en el que llevaba varias llaves. Eligió dos y se las tendió.

—La verdad es que ahora es tuya; y no te preocupes, si sabes conducir un coche, sabrás llevarla.

GRAZNIDOS

Manuel reservó mesa en el asador que el dueño del hostal le había recomendado y a las nueve esperaba paciente para ver aparecer a sus invitados.

No le había costado mucho convencer a Lucas de la necesidad de aquella reunión, pero Nogueira se había mostrado más reticente.

—¡Joder, Manuel, que es un cura! ¿Cómo crees que va a reaccionar? No le va a parecer bien...

—Que no, Nogueira, no le conoces: era amigo de Álvaro de verdad, desde críos, y es la única persona de aquí con la que Álvaro mantuvo contacto todos estos años, confiaba en él, y yo también.

—Tú verás —fue la respuesta de Nogueira—, pero a mí no me convence. ¿Cómo ha ido el asunto del seminario?

—Como esperábamos, mi agente hizo una llamada y en cuanto mencionó mi nombre se obró el milagro. Les ha dicho que estaba en la zona documentándome para una nueva novela y que tenía un gran interés en conocer el seminario. Se han mostrado absolutamente dispuestos a ayudarme en todo lo necesario. Me esperan mañana por la mañana, pero creo que es importante que primero hablemos con Lucas: él también estudió allí y era el mejor amigo de Álvaro; si lo que sea está relacionado con ese lugar, Lucas puede sernos de ayuda.

Los primeros minutos transcurrieron con incómoda frialdad, pero la chimenea encendida, la comida casera que el mesonero iba colocando en la mesa en abundancia y la botella de Heroica que Manuel escogió de entre los vinos consiguieron poco a poco relajar el ambiente.

Estaban con el café cuando Manuel explicó su plan a Lucas sin omitir, para disgusto de Nogueira, lo que sabían sobre la desaparición de Toñino y la extraña reacción del prior.

Intervino Nogueira.

—Llama la atención que niegue la llamada, la visita, y de hecho hasta el poco tiempo que Álvaro asistió al seminario.

—No tan poco, desde los cuatro hasta los doce años —apuntó Lucas—, estábamos en séptimo curso cuando se fue.

—¿Entre séptimo y octavo? —preguntó Nogueira.

—No. —Hizo una pausa como si pensara en la importancia de lo que iba a decir—. Lo cierto es que se fue a mitad de curso.

Nogueira y Manuel intercambiaron una rápida mirada.

—¿Lo expulsaron? ¿Ésa fue la gota que colmó el vaso con su padre?, ¿por eso le envió a un internado a Madrid? —dedujo Manuel.

—No exactamente —explicó Lucas—, aunque recuerdo que en aquel momento corrió entre los alumnos ese rumor.

—Entonces, ¿qué pasó? ¿Tú lo sabes? —preguntó Manuel.

—Álvaro me lo contó muchos años después, yo sólo recuerdo que hubo un gran revuelo. Uno de los frailes se suicidó colgándose de una viga en su celda y por lo visto fue Álvaro el que le encontró. ¿No te lo había contado? —dijo Lucas mirando afectado la expresión sorprendida de Manuel.

Él negó hastiado.

—No, no lo había hecho.

Lucas continuó, intentando soslayar la irritación de Manuel.

—Claro que la versión oficial fue otra, nos dijeron que el hermano Verdaguer había fallecido durante la noche, y nada más; de Álvaro, ni una palabra, todo eran rumores. Sólo sabíamos que estaba en la enfermería muy afectado, que llamaron a su padre y que vino a buscarlo. Álvaro no regresó a clase ni al colegio.

—¿Le preguntaste alguna vez? —inquirió Nogueira interesado.

—Claro, cuando volví a verle; me dijo que al encontrar al fraile muerto se quedó en *shock*. Al principio intentaron silenciar el asunto, le enviaron a la enfermería, pero, al pasar las horas sin que su estado mejorase, el prior se empezó a preocupar y al final avisó a su padre. Hablaron y decidieron que lo mejor era sacarle de allí, que seguir en el colegio dificultaría que olvidase el episodio. Lo siguiente que supimos, por su hermano, fue que estaba en un internado en Madrid. Volví a verle un par de veces más en las escasas ocasiones en que regresó. Estaba cambiado, se le notaba triste, y, a pesar de que yo era un crío, me daba cuenta de que no le apetecía hablar. Entonces dejó de venir y no volví a verle hasta años después. Cuando iba a ordenarme sacerdote, mi madre le envió una invitación a través de su colegio en Madrid y Álvaro se presentó; desde entonces, mantuvimos contacto.

—¿Y su hermano? —inquirió Nogueira.

—Santiago continuó en el colegio. De hecho, cuando Álvaro se fue, pareció que resucitase; creo que en el fondo lo suyo era una mezcla de admiración y celos, y, de alguna manera, al no estar Álvaro él brillaba más, incluso sus calificaciones mejoraron; yo repetí un curso y me alcanzó, y entonces era uno de los alumnos más sobresalientes, y así siguió hasta que acabamos el bachillerato y se fue a la universidad.

—¿Erais amigos?

—Bueno, el otro día traté de explicárselo a Manuel. Excepto Álvaro, los demás miembros de la familia Muñiz de Dávila parecen sentir una especie de repulsa natural hacia el resto de los mortales. Yo soy hijo de un maestro y estaba en ese colegio con una beca, y aunque los otros chicos eran de buenas familias o más bien de familias adineradas, por supuesto no había entre nosotros más nobles que ellos; dudo mucho que Santiago tuviera amigos entre aquellos chicos.

Manuel observó a Nogueira, que asentía lentamente mientras Lucas hablaba; parecía que su catalogación de los

Muñiz de Dávila le había hecho ganar puntos frente al teniente.

La sobremesa se había alargado y ya sólo quedaban ellos en el local. Nogueira sacó un cigarrillo y alzándolo se lo mostró al propietario, que asintió, fue hacia la puerta del comedor y cerró con llave.

—A menos que os moleste... —dijo antes de encenderlo.

Ambos se desentendieron con un gesto ambiguo, y Nogueira dio una profunda calada a su cigarrillo y después continuó.

—Yo era un guardia joven entonces, ni siquiera estaba destinado aquí, pero creo recordar que oí mencionar a mis hermanos una historia sobre un fraile que apareció colgado. ¿Qué puedes decirme del cura que se suicidó?

—Bueno, yo no le recuerdo demasiado bien, daba clase a los más pequeños... La versión oficial es que falleció mientras dormía, aunque corrió el rumor de que se había suicidado. Por lo visto, sufría cáncer y estaba en una fase terminal muy dolorosa. Me inclino hacia la versión de que la Iglesia tratara de ocultarlo; por desgracia, es muy típico.

Nogueira le miró agradablemente sorprendido.

—¿No lo apruebas?

—Por supuesto que no; no justifico el suicidio, pero puedo entender que el dolor fuera insoportable, eran otros tiempos, se disponía de menos paliativos que hoy en día y, si no has soportado un dolor semejante, no puedes juzgar a los demás. Pero la verdad es la verdad.

Nogueira asintió aprobando.

Manuel seguía fascinado por la historia.

—¿Y Álvaro no te contó nada más sobre ese tema?

—No; cuando volvimos a vernos se lo pregunté, y la verdad es que creo que había conseguido olvidarlo, o al menos sólo lo recordaba vagamente.

Nogueira también parecía cavilar sobre el trasfondo de la historia. Manuel observó que fumaba con parsimonia y con el ceño fruncido. Se preguntó qué estaría pensando, aunque no le hizo falta preguntarlo.

—Creo que Toñino descubrió mientras trabajaba en el seminario algo a lo que creía poder sacarle una buena tajada, pero el hecho de que un cura con un cáncer terminal decidiera tirar por el camino de en medio no supondría un escándalo si se hiciera público; más bien lo contrario: es fácil que obtuviera comprensión el hecho y hasta la ocultación; eran otros tiempos... —dijo Nogueira pensativo.

Manuel también lo había pensado. ¿Álvaro era un pobre crío afectado por la impresión de haber visto un cadáver? ¿O un alumno expulsado fulminantemente por...? ¿Por qué? ¿Qué había visto?

El día amaneció despejado por completo por primera vez desde que llegó a Galicia. Eligió con cuidado la ropa que se pondría aquella mañana y, antes de dirigirse al seminario, se detuvo en una pequeña papelería a comprar un portafolio, cinta adhesiva, un par de cuadernos y media docena de bolígrafos que, esperaba, aportasen cierta credibilidad a sus intenciones.

Aparcó junto a la verja y se despidió de *Café*, que le miró de reojo mientras se ovillaba resignado sobre el chaquetón de Álvaro. Vio a un joven fraile que venía a su encuentro caminando por el empedrado gris incrustado entre la hierba de un verde imposible. No tendría más de treinta años, y por su aspecto dedujo que se trataba de Julián, el hermano bibliotecario que quedó en recibirle. El joven le tendió la mano mientras saludaba con marcado acento mexicano.

—Buenos días, señor Ortigosa, soy el hermano Julián. El prior no se encuentra aquí porque ha tenido que salir de viaje por un asunto personal. No regresará hasta mañana, pero me ha encargado que le muestre el convento y que le ayude en todo lo que pueda necesitar.

Manuel no ocultó su decepción.

—¡Oh, qué pena! No se moleste, pero tenía la esperanza de poder hablar con alguno de los frailes más mayores para que me contase anécdotas de cómo era el seminario cuando todavía se impartían clases aquí.

—Sí, señor, no tiene por qué preocuparse por eso, su agente le explicó al prior cuáles eran sus intereses. Él regresará mañana en la mañana y podrá responder a sus preguntas, pero mientras tanto el hermano Matías podrá ayudarle. Es el fraile más veterano de nuestra congregación; ya está jubilado pero conserva una mente clara y muchísimos recuerdos y anécdotas de aquel tiempo, y, créame —dijo sonriendo—, por experiencia sabemos los hermanos que siempre está encantado de volver a contarlas.

Durante las dos horas que siguieron recorrió junto al hermano Julián las vastas dependencias del seminario mientras iba saludando a la docena escasa de frailes que quedaban en el monasterio y que le esperaban un poco revolucionados ante la idea de tener a un escritor, del que el hermano Julián ya les había mencionado que era muy famoso. Se mostraron ilusionados mientras le interrogaban sobre si pondría la acción de una nueva novela en su monasterio o no.

—Bueno, trato de hacerme una idea de cómo era la vida de un estudiante en un seminario de la época; aún no tengo claro cómo se desarrollará toda la historia —había respondido evasivo.

La iglesia de San Xoan, atrios, patios, cocinas, el refectorio, la capilla. La antigua enfermería, conservada como curiosidad, con sus camas de hierro y las vitrinas de cristal repletas de siniestro instrumental clínico, que, según el hermano, era la delicia de muchos médicos asiduos a los descansos en la hospedería del convento. Un pequeño museo en el que le asombró encontrar una sorprendente colección de cajas de laca que habrían sido del agrado de cualquier anticuario. Las austeras aunque modernas habitaciones con baño, en que se habían transformado las aulas para acoger a los huéspedes de los retiros espirituales, y una espaciosa biblioteca cuyas estanterías aparecían incrustadas entre los arcos de medio punto que parecían sostener los cimientos del monasterio. Tanto los libros como los muebles se habían cuidado y conservado con mimo. Le llamó la atención la presencia de un gran deshumidificador y de un moderno sistema de calefacción por chorros de aire que conseguía mantener una temperatura constante y agradable en lo que en el pasado debió de ser un lóbrego sótano. Quedaba a la vista el inevitable cableado con el que habían dotado aquel lugar de luz eléctrica, calcfacción y el ADSL necesario para sustentar el moderno equipo informático con el que trabajaba el hermano Julián.

—Llevo dos años en este convento y la verdad es que apenas he salido de la biblioteca —dijo sonriendo—, me gusta pensar que soy el heredero de la tradición de uno de aquellos frailes que dedicaron su vida entera a transcribir un libro, aunque yo lo hago en una versión bastante más moderna y menos interesante —añadió, haciendo un amplio gesto hacia un grupo de estanterías metálicas colocadas en hilera en una zona oscura de la biblioteca.

Los legajos tenían un aspecto viejo, aunque aparecían bien ordenados.

—No me diga que son los ficheros del seminario —dijo Manuel impresionado.

El fraile asintió satisfecho por su consideración.

—Así estaba todo cuando yo llegué. Realmente, aquí nunca había habido un hermano bibliotecario; distintos frailes, lo que yo llamo gatos de biblioteca, se habían ido ocupando del mantenimiento de los libros y de los ficheros y, aunque con muy buena voluntad, lo habían hecho como Dios les dio a entender —dijo riéndose de la broma—. Cuando llegué no había ni un solo documento informatizado. Los ficheros y los legajos se acumulaban en cajas de cartón apoyadas contra la pared del fondo y casi hasta el techo.

—¿Hasta qué año ha llegado?

—Hasta 1961.

En 1961, Álvaro ni siquiera había nacido. Si las fichas escolares no se habían informatizado, era casi imposible que pudiera hallar una pista de lo que pasó el año en que Álvaro fue expulsado.

El rostro de Manuel debió de traslucir la decepción que sentía porque el hermano Julián se apresuró a decirle:

—Sé lo que está pensando: que no va a poder hacerse una idea de cómo funcionaba el colegio en los últimos cincuenta años, que será lo que a usted le interesa. No se apure —dijo dirigiéndose hacia el ordenador que dominaba la mesa—, siempre ocurre lo mismo, las personas que no entienden nada de informática creen que informatizar un fichero es algo así como poner rebanadas de pan en una tostadora. Cuando llegué aquí y vi el volumen de trabajo que había convencí al prior para que contratara un servicio informático externo que ha ido escaneando todos los documentos —dijo accediendo desde la pantalla a un icono que abrió y en el que se fueron sucediendo las imágenes en formato jpg en las que habían sido convertidos los documentos.

—Esto habrá sido de gran ayuda para usted —comentó Manuel aliviado.

—No puede hacerse una idea, porque, aunque voy introduciendo manualmente ficha a ficha, el trabajo de esta empresa ha facilitado enormemente mi labor, no sólo han escaneado cada documento, algunos muy dañados, consiguiendo una mejor calidad en escritos que eran casi ilegibles, sino que además nos los han devuelto ordenados por años en estas cajas de cartón —dijo tamborileando con los dedos sobre la tapa de uno de los contenedores.

Manuel miró dubitativo hacia las recias mesas monacales que se repartían por toda la estancia.

—¿Dónde puedo ponerme?

—¡Oh! Puede usar mi mesa y mi ordenador. El prior me ha pedido que le facilite cualquier documento que desee. Por desgracia, en este convento no tenemos ninguna joya literaria que haya que custodiar con especial cuidado —dijo sonriendo—. La única norma es que, por respeto a la privacidad de los antiguos alumnos, no puede copiar ni descargarse ninguna ficha en la que aparezcan datos confidenciales. Claro que yo no creo que usted esté interesado en nada de eso. Si quiere hacerse una idea de cómo funcionaba el seminario, yo en su lugar me centraría en el archivo fotográfico, de éste, sí. Si desea alguna copia, puedo imprimírsela yo mismo.

Dio las gracias al hermano Julián y durante la primera hora se dedicó a hojear sin ningún criterio documentos que iban desde fichas escolares hasta antiguas facturas, pasando por las renuncias que los frailes firmaban al ingresar en el seminario y los documentos relativos al abandono de bebés en el torno del convento durante la guerra civil. Hizo algún comentario que fue muy bien acogido por el bibliotecario y después, tal y como él le había recomendado, pasó al archivo fotográfico.

Lucas le había dicho que tanto Álvaro como él habían ingresado en el colegio cuando tenían cuatro años, así que, dependiendo del baremo que utilizasen para repartir las quintas, Álvaro podía haber ingresado en el centro en los cursos 1975-1976 o 1976-1977. Leyó las listas de los párvulos hasta hallar su nombre junto a la fotografía escolar de un niño repeinado con raya a un lado que miraba sonriente a la cámara. Buscó por curiosidad a Lucas Robledo y sonrió ante el pequeño de ojos grandes que miraba sorprendido al objetivo, y a Santiago, que, al contrario que su hermano, parecía reticente a que le tomaran fotos. Avanzó hasta 1984, el año en que Álvaro abandonó el centro, y buscó su ficha escolar. Estaba acompañada de una foto en la que reconoció al preadolescente de mirada segura de la fotografía que le había dado Herminia. Las calificaciones, bastante notables, se limitaban a parte de la primera evaluación. No aparecía nada más que un escueto «trasladado a otro centro». Decidió buscar por otro criterio. Tecleó «traslados», sin que apareciera nada; buscó por «bajas», y entonces encontró varias fichas, leyó por encima y se percató de que la empresa informática había mezclado, por error, bajas y traslados con fallecimientos. Encontró el informe escolar de Álvaro en el que se recogían calificaciones y observaciones de los profesores, curso a curso; en el último, al igual que en la ficha, las calificaciones llegaban hasta primeros de diciembre y se cortaban abruptamente. Volvió atrás desconcertado, hojeó de nuevo los documentos y creyó reconocer un nombre; consultó un par de notas que había tomado la noche anterior mientras hablaba con Lucas y supo por qué le era familiar. Verdaguer era el nombre del fraile que oficialmente había fallecido de cáncer y que todos sospechaban que se había suicidado. Reparó entonces en que el criterio de ordenación que había seguido la empresa informática respondía a las fechas en las que se habían producido las bajas. Volvió atrás y vio que, además del fallecimiento del hermano Verdaguer y de la salida del colegio de Álvaro, otra baja se había producido en el seminario el 13 de diciembre: la del hermano Mario Ortuño. Abrió su ficha, en la que no había foto. Según los datos, era el hermano encargado de la enfermería y abandonó el convento por baja voluntaria el mismo día en que Álvaro fue expulsado, el mismo día en que firmó como testigo, bajo la rúbrica ilegible de un médico rural, el certificado de defunción del hermano Verdaguer, donde la causa de la muerte aparecía, para asombro de Manuel, como autoinducida. Así que, a pesar de los rumores y de lo que habían llegado a sospechar, oficialmente nunca se intentó enmascarar el fallecimiento del fraile como algo distinto a un suicidio.

Retrocedió y leyó la ficha del hermano Mario Ortuño. Natural de Corme, A Coruña, y menor de tres hermanos, había ingresado como novicio con diecinueve años; había permanecido siempre en ese convento, hasta el mismo día en que firmó como testigo el certificado de fallecimiento de Verdaguer y Álvaro fue expulsado después de pasar una noche en la enfermería. Apuntó sus datos en una de las libretas y la guardó antes de preguntar al bibliotecario:

—Hermano Julián, ¿qué es la baja voluntaria de un fraile?

El joven se acercó curioso a la pantalla.

—Es poco frecuente, pero a veces ocurre —explicó pesaroso—, es cuando un fraile decide dejar los votos y abandonar la orden. —Colocándose a su lado tecleó unas palabras y ante ellos se abrió la ficha del hermano Ortuño—. Bueno, como puede ver en el caso de este hermano, tuvo una crisis de fe, que imagino que sería muy grave; en la mayoría de los casos se intenta reconducir al fraile, quizá cambiándole de convento, o mandándole a ejercicios espirituales... Pero con este hermano el prior decidió mandarle a casa —dijo volviendo a la actividad de su ordenador portátil.

Manuel disimuló durante unos minutos pasando páginas al azar hasta estar seguro de que el fraile estaba enfrascado de nuevo en su tarea. Tecleó «enfermería» y centenares de referencias aparecieron en la pantalla. Tecleó el nombre de Álvaro, pero no había ninguna referencia a un informe asociado a su nombre. Probó con la fecha, y el documento que apareció en la pantalla le arrancó una exclamación. La calidad de la fotografía permitía distinguir que se trataba del libro de control de entradas y salidas en la enfermería. La página estaba dividida en secciones que se debían cumplimentar con cada ingreso y alta en el dispensario. Bajo la fecha y la hora, una sección para el curso y los apellidos. Con elegante caligrafía que delataba el cuidado de otros tiempos, alguien había escrito únicamente «Muñiz de Dávila». Bajo los recuadros, en una sección más amplia titulada «Pronóstico» y con la misma letra, se leía:

El niño presenta importantes ▬▬▬▬▬▬*el examen inicial* ▬▬▬▬▬▬▬▬▬▬*desorientado y confundido* ▬▬▬▬▬▬▬▬▬*Levemente febril, aunque incompatible* ▬▬▬▬▬▬▬▬▬

▬▬▬▬▬▬▬▬▬▬▬▬▬▬▬▬

▬▬▬▬▬▬▬▬▬▬▬▬▬▬▬▬

▬▬▬▬▬▬▬▬▬▬▬▬▬▬▬▬

ocho horas, la evolución es favorable,

Por lo que recomiendo que sea

Debido a las circunstancias

puedo declarar que el niño

por su médico de cabecera, o un especialista del mismo modo suplico y confío en que *por la salud*

Siendo éste mi compromiso lo declaro, rubrico y ruego a Dios que nos guíe.

Firmado:
Hno. Mario Ortuño

El informe ocupaba una página entera, y dada la prieta caligrafía de Ortuño podía considerarse más que extenso, pero todo él aparecía cubierto por unas funestas líneas negras que sólo recordaba haber visto en los documentos de los juicios sumarísimos durante la guerra civil y en las transcripciones de los servicios secretos en la Gran Guerra.

Miró a su espalda para comprobar que el bibliotecario seguía a lo suyo y con su teléfono móvil hizo una fotografía de la pantalla. Dedicó la siguiente media hora a buscar entre los rostros borrosos de las fotos el de Mario Ortuño. Le apremiaba la necesidad de tener una imagen del hombre que había escrito un informe de enfermería tan terrible como para ser censurado casi en su totalidad; del fraile que había presentado la renuncia voluntaria tras escribir aquel informe del que sólo se habían salvado pocas palabras: «El niño presenta...». El hombre que había abandonado el convento el mismo día en que Álvaro fue expulsado dejando atrás aquellas palabras. Unas palabras que no dejaban de clamar en su cabeza: «El niño presenta importantes...». ¿Era el *shock* producido por ver un cadáver resultante de un suicidio, que no se habían molestado en disimular, tan grave como para censurar el informe? ¿Era aquel documento lo que había encontrado Toñino y con el que había creído poder sacar un buen pellizco? ¿O más bien lo que faltaba de aquel informe? Miró desolado hacia las estanterías repletas de cajas que se extendían hacia la oscuridad. Aunque existiese una copia sin censura de aquel informe, no creía que Toñino la hubiera encontrado allí, que hubiera dado con ella de modo casual era demasiado remoto... No, fuera lo que fuera, lo había obtenido de otro lugar.

—¿Conoce al sobrino del prior? —inquirió Manuel.

—¿A Toñino? —replicó sorprendido. El tono del hermano bibliotecario hizo que Manuel se arrepintiera inmediatamente de haber preguntado.

—No sé cómo se llama; de hecho, no le conozco, pero esta mañana mientras venía hacia aquí paré en la aldea y una mujer me preguntó si yo era el sobrino del prior que estaba trabajando en el convento. —Manuel intentó arreglarlo.

—Sí, es Toñino, no hay otro, pero no sé cómo ha podido confundirle porque no se parece a usted en nada.

—¿Estuvo trabajando aquí? —preguntó quitándole importancia al asunto.

—¿En la biblioteca? —Rio—. No, no creo que haya pisado una biblioteca en su vida. Estuvo pintando algunas habitaciones en la hospedería y el despacho del prior, creo, pero como le digo es una calamidad. Esa señora debería graduarse la vista con urgencia.

No encontró fotografías del hermano Mario Ortuño entre las del fichero; sin embargo, no tuvo problemas para hallar cantidad de eventos en los que aparecía el hermano Verdaguer. No le costó deducir por qué Lucas le había definido como uno de los frailes más queridos. Rollizo y de mejillas coloradas, evidentes hasta en las fotos en blanco y negro, aparecía capitaneando siempre los grupos de deporte, excursiones o juegos, y, a pesar de vestir siempre el hábito de la orden, no parecía que eso fuese impedimento para participar en las competiciones como el primero. Salía posando con los trofeos junto a los equipos, dirigiendo el coro en la fiesta navideña y, en una de las fotografías más curiosas, jugando a la pelota vasca contra la pared lateral de la iglesia. El hábito recogido casi en la cintura con una mano mientras con la otra golpeaba la pelota. Manuel pidió al hermano Julián que le imprimiese aquella fotografía junto con una veintena más, entre las que coló varias en las que el hermano Verdaguer aparecía con los grupos de chavales, vistas aéreas del convento y fotos antiguas de las aulas. Dejó al bibliotecario ocupado y a medias convencido de que conseguiría llegar él solo hasta el huerto donde el anciano hermano Matías pasaba las horas.

—Seguramente fue por una mujer —le dijo el hermano Julián cuando salía.

Manuel volvió atrás y le miró sin comprender.

—Una mujer, la razón de la crisis de fe del hermano Ortuño. En la baja pone que tenía veintinueve años cuando abandonó los hábitos; seguramente fue por una mujer, de no ser así habría regresado.

Manuel le miró y suspiró.

Salió al exterior y en lugar de dirigirse hacia los campos en la trasera del convento dio la vuelta, esperando no toparse con ningún fraile, hasta la entrada del garaje, que, como le había indicado Nogueira, permanecía abierto de par en par. Sacó del bolsillo el rollo de cinta adhesiva que había adquirido aquella misma mañana y, despegando una sección, la aplicó sobre la pintura descascarillada de la furgoneta y tiró con fuerza, llevándose adheridas pequeñas porciones de pintura blanca que protegió recogiendo de nuevo la cinta en el rollo.

El bibliotecario tenía razón cuando dijo que al hermano Matías le encantaba hablar. Le explicó montones de anécdotas sobre los estudiantes, el huerto, las verduras que ahora cultivaban por gusto y con las que habían conseguido sobrevivir durante la guerra y de cuánto llegó a aborrecer las acelgas, que entre ellos llamaban «matafrailes» por la frecuencia con que se veían obligados a comerlas en tiempos de hambruna. Una estrecha franja ajardinada separaba el huerto del cementerio. Pasearon hasta allí mientras el fraile le indicaba las sepulturas más antiguas, que se remontaban a trescientos años atrás. Humildes tumbas en la tierra que le recordaron por su austeridad las del cementerio de As Grileiras, aunque allí las cruces de piedra gallega se habían sustituido por sobrias cruces de hierro que contenían en una pequeña placa soldada el nombre del fraile y la fecha. Pasearon en silencio entre las tumbas y Manuel fue deteniéndose ante cada una leyendo con cuidado la inscripción hasta que llegaron a la del hermano Verdaguer.

—¡Qué curioso! —dijo llamando la atención del fraile, que le miró sorprendido.

—¿A qué se refiere? —respondió un poco a la defensiva, dirigiendo su mirada hacia la pequeña cruz y de nuevo hacia Manuel.

—Nada, sólo que me parece curioso: al ver el nombre del fraile que yace aquí he recordado que esta mañana he leído sobre él; por casualidad he encontrado un certificado de defunción en el que consta que se suicidó. Tenía entendido que los católicos tienen un protocolo de enterramiento distinto para los suicidas.

Cualquier atisbo de sonrisa había desaparecido del rostro del fraile, que se adelantó un paso, y Manuel tuvo que seguirle para poder escuchar su explicación.

—Las cosas han cambiado mucho en los últimos tiempos. Fue una decisión unánime de toda la congregación que el hermano Verdaguer descansase junto a sus hermanos. Este fraile padecía un cáncer terminal muy doloroso. —Se volvió hacia Manuel y le miró con dureza cargando de gravedad sus palabras—. La enfermedad fue larga y devastadora, y en todo momento se negó a recibir tratamiento. Sobrellevó un gran sufrimiento, mucho más de lo que la mayoría habría soportado, pero el dolor lo tenía agotado, perdió las fuerzas y tomó la decisión de no luchar más. No lo aprobamos, pero es sólo responsabilidad de Dios juzgarle.

Manuel se colocó de nuevo a su lado y bajando el tono le dijo:

—Lamento si mi pregunta le ha traído recuerdos dolorosos. No quería ser insensible, es sólo que me ha llamado la atención.

—No se preocupe. Soy un pobre viejo sentimental y estoy un poco cansado —dijo—, quizá sea mejor que regrese mañana. Yo me quedaré un rato más aquí, a rezar.

Manuel le miró: parecía realmente fatigado y la extrema delgadez contribuía a darle un aspecto frágil, casi como si fuera a romperse en cualquier momento.

—Claro, como usted quiera, hermano —dijo palmeando suavemente la espalda del anciano y dirigiéndose al camino.

Se volvió a mirar cuando alcanzó la esquina del edificio principal: el anciano le observaba con dureza desde el centro del camposanto.

Estuvo conduciendo sin rumbo en una parodia de huida a ninguna parte mientras luchaba con los contradictorios dictados de su mente, que le remitían una y otra vez a las viejas fotografías del seminario, y con los de su corazón, que desbocado le gritaba que huyese, que corriese a esconderse de un horror que presentía físicamente, como la electricidad estática previa a una tormenta. Detuvo el coche frente a la casa de Nogueira sin explicarse bien cómo, y sobre todo por qué, o más bien qué le había impulsado a buscar precisamente allí el refugio que anhelaba.

Marcó el número del guardia y la voz de la operadora le respondió que no estaba disponible. Puso el motor en marcha y dedicó una última mirada a la casa antes de enfilar hacia el camino; entonces vio aparecer en la entrada a Laura, que haciendo un gesto con la mano le rogaba que esperase.

Ella alcanzó el vehículo antes de que Manuel terminase la maniobra; se apoyó en la ventanilla abierta y le sonrió.

—Andrés no está en casa, ha ido a Lugo a un recado. ¿Habías quedado con él? No me ha dicho nada.

Manuel negó despacio.

—No, no habíamos quedado, es sólo que...

La preocupación sustituyó a la sonrisa en el rostro de Laura.

—¿Ha pasado algo, Manuel?

Él la miró. La barbilla apoyada en los brazos que se cruzaban sobre el hueco de la ventana abierta. Los ojos brillantes, la mirada sincera, amiga.

Manuel asintió con un pequeño movimiento y cerró los ojos en el más íntimo gesto de aceptación de una carga que comenzaba a ser demasiado pesada.

Cuando abrió los ojos repitió casi las mismas palabras con las que Daniel le había conducido al lugar más hermoso sobre la Tierra.

—¿Tenéis algo que hacer ahora?

La embarcación, acunada por las ondas que había provocado un pequeño yate al pasar, cabeceaba amarrada al noray del pantalán. Resistiéndose a abandonar la nave, Xulia y Antía se dejaban mecer mientras desde la popa observaban a una nutria que con increíble pericia desprendía los mejillones de río que crecían adheridos al muelle. Descendieron entre los frutos dorados de los castaños que sombreaban la carretera hacia el río Miño, y desde el puerto de Belesar estuvieron contemplando embelesados las *muras* que contenían la ladera y dibujaban las ordenadas terrazas donde crecía la viña. Habían navegado el meandro pasando sobre las siete aldeas que ahora él también podía imaginar como un pueblo fantasma bajo las aguas. Había repetido casi palabra por palabra aquellas explicaciones del enólogo que con enfermiza apatía había desdeñado, y mientras lo hacía se sintió bien: volvió a sonreír ante los rostros de las chicas, que le escuchaban con admiración, y acalló con autoridad la voz que desde algún lugar de su alma comenzaba a preguntarse qué le estaba sucediendo.

Sentada junto a Manuel en la terraza sobre el río, Laura escuchó las risas de sus hijas y sonrió. Le gustaba Belesar. Se preguntó por qué no iban nunca allí, aunque ya conocía la respuesta: no tenía mucho sentido torturar a las niñas llevándolas de excursión al Miño para después negarse a subir a las barcazas que paseaban a los turistas y que sus hijas adoraban. Tomó un trago de vino y observó el aro morado que definía el borde de la copa. No, a Laura no le gustaban los barcos, odiaba navegar y no había vuelto a poner los pies más allá de un muelle desde que era una niña y una tormenta lo cambió todo. Ese día reconoció en el gesto de Manuel el dolor amordazado, atado de pies y manos que uno decide mantener prisionero para siempre en una celda del alma. Reconocer a alguien que, como ella misma, había aceptado ser carcelero de su miedo había sido suficiente para conmover su corazón, para, sin palabras, rendirse ante un sufrimiento que presentía inmenso. Observó con calma a su nuevo amigo a través del cristal de su copa, que con cada oscilación del caldo se teñía un poco del hermoso violeta del que le dotaba la uva mencía. Manuel seguía con su dedo el rastro de una gota de vino que había resbalado desde el gollete y repasaba los trazos de estaño con que las letras se inclinaban dibujando el nombre del vino: «Heroica». La cabeza gacha, la mirada oscura propia de pensamientos aciagos.

Manuel oyó las risas y fue como si sintiera una llamada. Miró hacia el río y como surgidas de un sueño vio a las tres chicas de la otra tarde en su curiosa embarcación; las piernas morenas, los brazos fuertes, el pelo recogido en despreocupadas guedejas que sobresalían bajo los sombreros... y sus risas. Había música en sus voces, como si un móvil de campanitas tintinease mecido por la brisa. Eran preciosas aquellas hadas del río, y volver a verlas le produjo un regocijo inexplicable. Vio que miraban distraídas hacia la terraza del bar y sin pensarlo alzó la mano y las saludó para llamar su atención. Las tres miraron. No respondieron, y por un instante la sensación de nexo, de magia, que había sentido se esfumó, quebrando la visión y haciéndole sentir un poco ridículo y muy viejo. No le recordaban, ¿y por qué iban a hacerlo? Entonces una de ellas sonrió mientras exclamaba:

—¡Es el marqués, chicas, es el marqués!

Las otras dos se le unieron en una algarabía que hizo volver la mirada a todos los clientes del bar mientras ellas agitaban sus sombreros muertas de risa.

—Eh, marqués, saludos de nuestro padre. Venga a visitarnos pronto —dijo una de las chicas haciendo bocina con las manos alrededor la boca.

—Lo haré —respondió Manuel sonriendo mientras las veía alejarse en su bajel y en voz tan baja que sólo Laura pudo oírlo.

—Nunca podrás irte —sentenció su nueva amiga.

Él la miró con calma. Aquella afirmación, que le habría parecido casi un maleficio sólo unos días atrás, se le antojaba entonces, casi buenaventura, una de esas cosas que alguien augura y que se ven simplemente improbables. Como para terminar con sus dudas, o quizá para crear más, Laura añadió:

—Se te meterá en la sangre; es lo que tiene este lugar, lo hará y ya no podrás irte.

No respondió, pero lo dudaba mucho. La magia del río, la paz que creyó imposible y que le había devuelto vendimiar en Heroica, la familiaridad de las hadas del río eran muy poderosas, pero no eran suficiente para olvidar la verdadera razón que le había llevado hasta allí.

Tomó un nuevo trago de aquel vino y fue como si comulgara; le costó tragar el sorbo, que casi se había vuelto sólido en su boca. Miró la botella y la letra de Álvaro en aquella única palabra y volvió a deslizar un dedo suavemente sobre la plata candente con la que parecía escrita.

Ella le miró sorprendida, como si acabase de dar con la clave para entenderlo todo.

—Manuel, tú no estás aquí para documentarte, ¿verdad?

Él alzó la mirada y se encontró con los ojos de Laura. Dejó que su mano terminase el trazo para quedar desmayada sobre la mesa y con infinita tristeza respondió:

—No.

Estaba anocheciendo muy despacio. Tras aquella jornada tan despejada, el cielo no se oscurecía, sino que se plateaba contribuyendo con su brillo a recortar perfectas las siluetas de los árboles que bordeaban el camino en el acceso a la casa de Nogueira. El teniente, apoyado en la barandilla del porche, fumaba con parsimonia un cigarrillo disfrutando de la quietud del atardecer y del silencio de su casa vacía, en contraste con la cálida temperatura que se había generado en el interior en aquella jornada veraniega y que escapaba por la puerta, abierta de par en par. Alzó la mirada alertado por los trinos de las golondrinas que cazaban al vuelo los mosquitos que comenzaban a congregarse bajo las luces de las farolas recién encendidas. Y vio llegar el coche de Manuel por el camino; siguió fumando tranquilo hasta que el vehículo estuvo lo bastante cerca como para distinguir la figura de su esposa en el asiento del acompañante. Apagó el cigarrillo apresuradamente y con un rápido gesto disimuló la colilla entre las flores de una maceta que colgaba de la balaustrada. El coche se detuvo y de la parte de atrás salieron sus hijas acompañadas de *Café*. La pequeña Antía corrió hacia él y lo abrazó mientras hablaba atropelladamente.

—Papá, ¿sabes qué?, Manuel tiene un barco y nos ha llevado a Belesar y todo el río abajo; hay siete aldeas bajo el agua con sus iglesias, sus escuelas y todo, y vimos las uvas que recogerán el fin de semana, y nos ha invitado. Mamá, Xulia y yo vamos a ir y nos van a dejar vendimiar en la *ribeira*, ¿a que mola? ¿Vendrás con nosotras, papá?

Nogueira besó la cabeza de su hija arrebatado por el ímpetu de la pequeña, que se le soltó zafándose esquiva, y seguida de *Café* corrió hacia el interior de la casa.

Laura se demoró un momento mientras se despedía de Manuel, y Xulia pasó junto a su padre y le saludó con simpatía.

—¡Hola, papá!

Se volvió sorprendido. No podía recordar la última vez que su hija se había dirigido a él con ese tono, despreocupada, relajada, carente de tensión y de un velado desprecio que se le clavaba en el alma cada vez que ella le hablaba. Le trajo a la memoria a la niña pequeña que hasta hacía bien poco había sido y que corría a la puerta para arrojarse en sus brazos cuando llegaba a casa de trabajar.

Nogueira bajó la escalera y se acercó al coche mientras su mujer se despedía de Manuel con un abrazo que le hizo sentir una punzada de celos.

Ella se detuvo un instante cuando pasó a su lado.

—Te he visto fumando —dijo muy seria, aunque la sonrisa inmediata desmintió el enfado—, pero no dejes las colillas en mis macetas o te mataré. —Siguió caminando hacia la casa sin decir nada más.

Nogueira se acercó hasta Manuel, que sonreía disimuladamente.

—Recibí tu mensaje. He quedado con el cura a las nueve en el mismo sitio que ayer, pero creo que no estaría mal que cogieras el teléfono de vez en cuando.

—Estaba navegando.

Nogueira le miró de lado.

—Sí, con mi familia... De eso también podrías haberme avisado.

Manuel se metió en el coche y esperó hasta que Nogueira estuvo a su lado para contestar.

—Espero que no te moleste, he terminado pronto en el seminario y me ha dado pena desperdiciar un día tan bueno, me apetecía ir a navegar y he pensado que a ellas les gustaría, he pasado por aquí, tú no estabas...

Nogueira no contestó a eso; sin embargo, cuando vio que arrancaba le dijo:

—¿No olvidas algo?

—Si lo dices por *Café*, lo recogeré a la vuelta. Tu hija está encantada con él y creo que *Café* piensa lo mismo.

—¿Cómo ha ido con nuestro amigo el prior?

—Bien y mal —dijo sonriendo y conteniéndose durante unos segundos al estilo de Nogueira—: el prior no estaba; según me han dicho, ha tenido que salir de viaje por un asunto personal. El resto prefiero contarlo delante de Lucas, porque creo que nos puede ser de gran ayuda con lo que he descubierto, pero mientras tanto aquí tienes —dijo, y le tendió una bolsa de plástico que contenía el rollo de cinta adhesiva con la que había recogido la muestra de pintura—. Imagino que con esto y los restos que están adheridos al coche de Álvaro el laboratorio tendrá suficiente para establecer si se trata de la misma pintura.

Nogueira asintió valorativo mientras inspeccionaba la muestra a través de la bolsa de plástico que la contenía.

—Va a resultar que tienes madera de detective. ¿Regresarás mañana al convento?

—No creo que deba —dijo encogiéndose de hombros—, me temo que he quemado esa posibilidad al preguntar por Toñino, me he dado cuenta de inmediato y he intentado arreglarlo, pero con toda probabilidad el fraile se lo comentará al prior.

Ese día era Lucas el que esperaba sonriente junto a la chimenea encendida, pues el cielo despejado de aquella jornada tenía la desventaja de una noche que aun en sus horas más tempranas ya comenzaba a ser fría. El aparcamiento del restaurante distaba casi cien metros de la entrada al comedor, y Manuel se había puesto para recorrerlos el chaquetón de Álvaro que llevaba consigo desde que se lo había prestado Daniel. Manuel no dijo nada, aunque no se le escapó el gesto de sorpresa del sacerdote al verle entrar. Estaba tan ansioso por contarles lo que había descubierto en el seminario que no pudo esperar ni a que la comida estuviera sobre la mesa.

—El prior no estaba porque, según me dijeron, había tenido que salir inesperadamente de viaje por un asunto personal, pero a cambio he conocido al hermano Julián, un joven fraile que se dedica desde hace dos años a informatizar los documentos del seminario. Tal y como esperábamos, se han mostrado encantados de enseñarme todas las dependencias y de prestarme cualquier ayuda que pudiera necesitar. Al principio he pensado que sería difícil quitarme al fraile de encima para poder husmear, pero después de explicarme cómo iba el fichero me ha cedido su sitio frente al ordenador. He podido ver las fichas escolares de Álvaro y de su hermano, y hasta la tuya, Lucas —dijo sonriendo—, eras un niño muy guapo.

Lucas sonrió negando con la cabeza.

—No he sido guapo ni de pequeño.

—Las calificaciones de Álvaro en el año 1984 llegan justo hasta el día 13 de diciembre. Al pie sólo aparece una nota en la que dice que fue trasladado de centro escolar. Lo más curioso es que cuando he buscado las bajas de ese día he descubierto el certificado de defunción del hermano Verdaguer, en el que al contrario de lo que creíamos como causa del fallecimiento aparece suicidio.

—Así que no trataban de ocultarlo —comentó Lucas—, quizá lo de que había muerto mientras dormía fue algo que nos dijeron a los críos...

—He recordado que ayer dijiste que, tras hallar el cadáver del hermano Verdaguer, Álvaro pasó unas horas en la enfermería.

—Sí, por lo visto encontró el cuerpo por la noche, le llevaron a la enfermería y fue al día siguiente cuando avisaron a su padre.

El mesonero se acercó trayendo varias bandejas con carne, patatas y ensalada que dispuso sobre la mesa, aunque ninguno de los tres las tocó.

Manuel sacó su móvil y buscó la fotografía que había hecho de la pantalla del ordenador en el convento.

—Habría sido muy llamativo que le pidiese que me imprimiese esto —dijo mostrándoles la pantalla con sus ominosas tachaduras negras—. Es el informe que el encargado de la enfermería redactó aquella noche; como veis, sólo es legible el nombre, la hora y las palabras con las que arranca el informe, «El niño presenta importantes...» —citó—, y cuatro palabras irrelevantes y que no arrojan ninguna luz sobre el estado que «presenta» el niño.

Los rostros de Lucas y Nogueira estaban demudados. El

guardia tomó el teléfono en las manos y aumentó la pantalla para poder apreciar los detalles.

—Ha sido completamente censurado —dijo incrédulo.

—¿Qué creéis que podía contener ese informe? ¿Qué creéis que podía ser tan horrible? ¿Pensáis que el estado de un niño, por muy asustado que estuviese, sería suficiente como para llenar una página entera con las observaciones de lo que le pasaba? —dijo Manuel.

—¡Menudos cabrones! —susurró Nogueira sin dejar de mirar la pantalla.

El rostro de Lucas estaba pálido por la impresión. Pareció que iba a decir algo, pero solamente consiguió negar con la cabeza y exclamar un ahogado «¡Dios mío!».

—Y lo que es bastante más llamativo —continuó Manuel—: el mismo día 13 de diciembre, el hermano Mario Ortuño, que hasta ese momento había sido el responsable de la enfermería, abandonó el convento por una baja voluntaria que el prior justificó en otro informe como crisis de fe.

—Lucas, ¿recuerdas a ese fraile? ¿Ortuño? —preguntó Nogueira.

—Sí —respondió con un hilo de voz, era evidente que su mente trabajaba a toda velocidad—. No daba clases y es verdad que abandonó el colegio, pero en aquel momento no lo relacioné con la salida de Álvaro; pensaba que había sido trasladado, es algo común entre los frailes.

—¿Os habéis fijado en la hora de ingreso en la enfermería? Cuatro de la mañana. ¿No os parece raro que el crío estuviese despierto? No sé vosotros, pero cuando yo tenía doce años llegaba a la cama tan cansado que dormía como un tronco. Tú mismo me contaste —dijo Manuel mirando a Lucas— que Álvaro era muy deportista, un crío de esos que no se está quieto... Lo normal a esa hora es que estuviera durmiendo.

Lucas asintió afectado.

—¿Qué hacía Álvaro en la celda de ese fraile de madrugada?

La pregunta no esperaba respuesta. Los tres hombres se miraron bajo la impresión siniestra que flotaba en el aire.

—Y luego está el asunto del hermano Verdaguer —añadió Manuel—. En el convento no tienen problema en reconocer que se suicidó, lo mismo que aparece en el certificado de defunción como causa de la muerte. Hoy, cuando se lo he comentado al hermano Matías, uno de los frailes más ancianos, me ha dicho que fue una decisión unánime de la congregación que el hermano Verdaguer descansase en el cementerio del convento, a pesar de las circunstancias de su fallecimiento. Me ha explicado que sufrió una larguísima enfermedad, que tenía un tipo de cáncer muy doloroso y que rehusó recibir tratamiento, que el dolor se volvió intolerable y tomó una decisión que no apoyan ni juzgan porque, según ellos, eso le concierne a Dios.

—En la línea de lo que os dije ayer —comentó Lucas.

—Sí, pero hay algo que no me cuadra —dijo Manuel sacando del bolsillo interior de su chaqueta media docena de fotos que había seleccionado de entre las que el hermano Julián había impreso aquella mañana.

En todas ellas, el hermano Verdaguer aparecía practicando juegos o deportes o posando con trofeos y equipos; resaltaba aquella en la que estaba con el hábito remangado jugando a la pelota vasca.

—Ésta —dijo Manuel señalando la última— fue tomada, según la fecha que registró la cámara, el día 11 de diciembre, sólo dos días antes de que el estado del hermano fuera tan penoso que tomase la decisión de acabar con su vida. No sé a vosotros, pero a mí no me parece que este hombre esté sufriendo una enfermedad larga y devastadora; este hombre —añadió tocando con el dedo la superficie de la fotografía— parece la viva imagen de la salud.

Los dos hombres asintieron, pero fue Nogueira el que expuso lo que los tres pensaban.

—No quiero pensar en la posibilidad de que alguien abusase del chaval como única opción...; aunque según mi experiencia todo apunta a que se están enmascarando abusos. También debemos tener en cuenta la alternativa de que el crío viese algo que no tenía que ver, me refiero a que el suicidio por ahorcamiento es el que más a menudo se utiliza para disimular un asesinato... Y el hecho de que digan que el fraile rehusó recibir tratamiento les da la coartada perfecta para que no consten informes médicos que arrojarían luz sobre el asunto —dijo Nogueira.

Enmascarar un asesinato. Pero ¿cometido por quién? Llevaba todo el día haciéndose aquella pregunta, y la respuesta que aún no quería aceptar resonaba en su cabeza con las palabras de Mei dando cuerpo a la voz apremiante que desde una cabina de Lugo le había exhortado a Álvaro a no tomarse a la ligera una amenaza porque alguien más, aparte del que llamaba, lo sabía, sabía que él le había matado y tenía las pruebas.

Callarse aquello le estaba perforando el alma. Miró a los hombres sentados a la mesa sintiéndose a la vez traidor y cómplice, pero, a pesar de la fuerza con que el pensamiento bullía en su cabeza, se veía incapaz de expresarlo con palabras, de encontrar el modo de exponer aquello, agravado en ese instante por la sospecha del horror de lo que pudo suceder aquella noche en el seminario. Porque quizá, sólo quizá, el horror podía justificar las reservas de Álvaro, su negativa a dejarle formar parte de aquel mundo raro; y eso le salvaría a él la vida, y sobre todo la cordura si podía dejar de preguntarse a quién había matado Álvaro: ¿a su propio hermano?, ¿a Verdaguer?, ¿a ambos?

Con el teléfono de Manuel en la mano, Lucas observaba taciturno la fotografía del documento, los tachones negros y la firma al pie.

—¿Crees que es esto lo que encontró Toñino?

—No, cuando pregunté al hermano Julián si Toñino había tenido acceso a la biblioteca, casi le da un ataque de risa;

me ha explicado que estuvo pintando un par de dormitorios y el despacho del prior.

—Allí debió de encontrar el documento —dedujo Nogueira.

—Aun así no creo que fuese esto —dijo Manuel señalando la fotografía—, sino la versión original y completa de este registro. Hay que saber qué se está buscando para sacar una conclusión viendo solamente esto; me refiero a que, sin saber lo que es, difícilmente podría usarlo. Creo que lo que encontró fue justo lo que falta en este informe; y, por otra parte, y debido a su gravedad, no es tan raro que el prior lo custodiase en su propio despacho. Dudo mucho que sepa que entre el revoltijo de documentos que escaneó la empresa externa estaba esto.

Nogueira asintió y señaló hacia la pantalla del teléfono que Lucas mantenía entre las manos.

—Lo que Toñino halló no ofrecía lugar a dudas sobre su naturaleza. No tenía modo de contactar con Álvaro, así que se dirigió a Santiago y le pidió trescientos mil euros a cambio de lo que tenía, una cantidad que, como apuntó el amigo Richi, le permitiría cambiar de vida. Santiago tampoco podía contactar directamente con su hermano, así que llama al albacea y se inventa esa tontería del caballo sabiendo que su hermano le llamará de inmediato; en cuanto hablan, Álvaro se presenta aquí y va directo al origen del asunto, a ver al prior. Discuten, el prior ata cabos. En cuanto Álvaro se marcha, el fraile se presenta en casa de su sobrino, le echa una bronca tremenda que presencia la vecina y, cuando el fraile desaparece, Toñino sale en su coche, un coche blanco, de un modelo distinto, pero blanco, como el del seminario, que presenta además un golpe compatible con la transferencia que tenía el de Álvaro.

Lucas apagó la pantalla del teléfono y con cuidado lo dejó sobre la mesa, desplazándolo unos centímetros para apartarlo de él.

—¿Crees que Toñino pudo matar a Álvaro? —dijo mirando directamente a Nogueira.

El teniente lo pensó.

—Le conozco desde hace años, no tiene antecedentes por violencia y no parece la clase de tipo que se enzarza en una pelea cuerpo a cuerpo; es más bien de los que salen corriendo. Pero todo apunta a que Álvaro estaba muy enfadado, y si consiguió dar con él, puede que se enfrentasen... y cualquier cosa pudo pasar.

«A mí no me amenaces.» Retumbó en la memoria de Manuel. ¿Era Toñino quien le amenazaba? ¿Era él la persona que le había llamado desde una cabina?

—¿Y qué pintaría la furgoneta del convento en todo esto?

—Aún no lo sé, pero la testigo oyó al prior decir a gritos que aquello podía acabar con él. Si Álvaro le amenazó... Todo depende de hasta qué punto un hombre está desesperado.

El propietario del mesón se acercó a la mesa con aire preocupado.

—¡Pero, señores! ¿Qué pasa?, ¿no está de su gusto?, ¿prefieren que les traiga otra cosa?

Los tres hombres miraron hacia las bandejas de comida intacta.

—Perdone, hombre —se disculpó Nogueira—, es que estábamos enfrascados en la conversación y se nos pasó —dijo sirviéndose un trozo de carne.

El mesonero miró con disgusto la carne mientras apartaba las bandejas.

—¡Pero, señores, ahora esto se quedó frío! Esperen un momentito que les traeré otras calientes. Pero, por favor, coman, que es una pena este desperdicio y todo está buenísimo.

Regresó un minuto después con nuevas bandejas y esperó cerca de la mesa mientras se cercioraba de que, en efecto, daban cuenta de la comida.

Fue Manuel el que rompió el silencio que pesaba sobre ellos.

—Llevo todo el día dándole vueltas a lo que pudo pasar, desde el momento en que vi el informe cubierto de tachones negros no he podido dejar de imaginar... cosas horribles —dijo abandonando el tenedor en la mesa.

—Has dicho que apuntaste todos los datos del tal Ortuño... —dijo Nogueira.

Manuel asintió.

—Dámelos y déjame hacer una llamada —dijo poniéndose en pie y dirigiéndose a la salida con el teléfono y el trozo de papel en el que Manuel había anotado los detalles de la ficha.

Nogueira regresó menos de cinco minutos después; sonreía.

—Hay buenas noticias: consta que el fulano sigue viviendo en la misma dirección. Puede que cuando lleguemos allí nos encontremos con que se ha mudado o con que murió hace un par de años, pero la última vez que renovó el DNI ésas eran sus señas.

—¿Vais a ir? —preguntó Lucas animado.

—Y tú también, a menos que los curas no os podáis coger un día libre.

Lucas asintió sonriendo.

—Puedo arreglarlo.

Cuando salían del restaurante, Lucas observó de nuevo a Manuel como lo había hecho a su entrada.

—Manuel, ese chaquetón que llevas...

—Era de Álvaro. Daniel me lo dejó el otro día para bajar a las riberas del río...

—Lo sé. Recuerdo habérselo visto puesto alguna vez, y al verte entrar he recordado algo: es el que llevaba la noche en que creí verle junto a la iglesia, tenía puesta la capucha, y el pelo que la rodea es inconfundible.

—Pues cualquiera pudo ponérselo —dedujo Manuel—. Daniel lo cogió de las cuadras. Cuando fui a devolvérselo me dijo que nadie lo echaría de menos. Álvaro solía dejarlo allí para tenerlo a mano cuando iba al campo.

Manuel aparcó de nuevo frente a la casa del guardia y esperó en el coche a que Nogueira regresara con *Café*.

Sonrió al verle aparecer con el perrito en brazos.

—¡Joder! ¿Te puedes creer que la cría lo había metido en la cama con ella? Y mi mujer no ha dicho nada... —soltó empujando al perro al interior del coche.

—Y seguro que no has protestado ¿verdad, *Café*? —dijo Manuel acariciando al animal.

—Tampoco ellas, ya han planeado lo que harán mañana cuando lo dejes de nuevo... Ya te digo yo que conmigo no hacen tantos planes.

Manuel miró al guardia con cara de circunstancias.

—Nogueira, espero que no te haya molestado que me llevase a Laura y a las niñas a navegar; cuando salí del seminario estaba tan... afectado, contaminado; necesitaba estar con gente normal, por higiene mental.

Nogueira asintió y empujó a *Café* hacia el asiento de atrás. Ocupó de nuevo el lugar del copiloto, aunque sin cerrar la puerta.

—Sí, te entiendo, después de trabajar me he sentido así muchas veces.

—Había prometido a Xulia pasarle una lista de lecturas y darle un par de consejos y me pareció buena idea...

—No te preocupes, parece que se lo han pasado muy bien —contestó.

Manuel se giró en su asiento para mirarle.

—Deberías hablar con Laura.

—Déjalo, Manuel —contestó negando.

—Laura es una mujer muy especial, creo que muchos hombres estarían orgullosos de tenerla a su lado —insistió Manuel.

—¿Crees que no lo sé? —respondió irritado.

—Tengo serias dudas cuando te veo tontear con Ofelia o irte de putas.

—Déjalo, Manuel —advirtió de nuevo Nogueira.

—Habla con ella.

Nogueira negó.

—¿Por qué no?

Nogueira explotó.

—Porque ya no me quiere, Manuel.

—Eso no es verdad.

—Tú no sabes nada. Hace dos días que nos conoces y crees que puedes venir y arreglar las cosas. —Bajó el tono—. Sé lo que pretendes hacer y te lo agradezco, pero no dará resultado.

—No, si no lo intentas —rebatió Manuel.

—Me odia, Manuel, mi mujer me odia —repitió quejoso.

—No me lo creo —contestó obstinado Manuel.

Nogueira le miró en silencio durante unos segundos y después apartó la mirada antes de decir:

—Llevo seis años durmiendo en una habitación infantil.

Manuel abrió la boca incrédulo.

—Desde que Antía cumplió dos años duermo en su cuarto. Cada noche tengo que apartar los peluches, los cojines de corazones y dormir en las sábanas de Minnie Mouse o de las princesas Disney —dijo resignado.

Manuel sonrió incrédulo.

—Pero eso es...

—Sí, es ridículo. No me permite mover ni una sola cosa del dormitorio porque es el de la niña, pero tampoco puedo volver al nuestro, así que desde hace años Antía duerme en nuestra cama con ella y yo en la habitación de la niña —explicó—. Es sólo una más de las muchas maneras en que ella me hace pagar. Has visto todas las porquerías que como por ahí, ¿verdad?

Manuel asintió.

—Me mata de hambre —dijo muy serio.

Manuel se habría reído de no ser por el patetismo de la confesión.

—Ya has visto cómo cocina —continuó Nogueira—, pues desde hace seis años para mí sólo hay verduras hervidas. Cocina de todo para ella y para las niñas, cosas que me encantan, guisos, pasteles —dijo suspirando—, y no me permite ni olerlos.

—Pero eso que me cuentas es... Estás en tu casa, podrás comer lo que quieras.

Nogueira negaba con la cabeza.

—Todo lo que compra, todo lo que cocina, lo envuelve con vueltas y vueltas de ese jodido plástico transparente para conservar alimentos. Es más fácil desenvolver una momia que probar un bocado en mi casa; eso sí, cuando llego siempre tiene lista mi comida, si es que a eso se le puede llamar comida.

—Bueno, Nogueira, yo no quiero hurgar en la herida, pero coincido con tu mujer en que deberías cuidarte: te he visto meterte entre pecho y espalda auténticas bombas de colesterol.

Nogueira sonrió.

—Es mi venganza.

—Pues tu venganza va a acabar contigo. Creo que tu mujer se preocupa por tu salud...

—No se preocupa, Manuel, le da igual, sólo es que sabe que me encanta comer, que me encanta cómo cocina, y es su forma de torturarme.

—Creo que exageras.

—Y luego están las niñas...

Manuel le miró muy serio.

—Casi no puedo creerme cómo me están tratando desde que has llegado tú; pero es por ti, Manuel, el respeto y la admiración que sienten hacia ti hace que me vean distinto, pero en los seis últimos años lo que pasa entre Laura y yo ha tenido consecuencias en la relación con mis hijas. Laura las ha vuelto contra mí.

Manuel comenzó a protestar.

—No, no digo que les meta cosas raras en la cabeza, me consta que nunca les diría nada, pero las niñas notan que no me quiere e imitan lo que ven. Me tratan con el mismo desprecio que ven en su madre. La relación con Xulia está muy dañada, ya ni me acuerdo de la última vez que me dio un beso, y siempre estamos discutiendo. A veces creo que su madre la consiente tanto sólo para llevarme la contraria. Como con lo del chaval, no puedo ni verle, Manuel, me saca de quicio; en ocasiones veo la cara que pone mi mujer y creo que a ella le exaspera tanto como a mí y que si le tolera es porque sabe que me saca de mis casillas verle sentado en mi sitio con su cara de memo...

Suspiró y encendió un cigarrillo que fumó tal como estaba, medio sentado, con la puerta del coche abierta a pesar del frescor nocturno y dirigiendo el humo de cada bocanada hacia fuera...

—Lo que más me jode es que estoy perdiendo a Antía —dijo con tristeza—; ella aún es pequeña, pero las mujeres son así, notan la hostilidad de una, y las demás reaccionan, aunque no sepan ni a qué.

—Joder, Nogueira, no sé qué puede ser tan terrible, pero estoy seguro de que si te importa tanto podrás solucionarlo.

El hombre le miró abatido.

—No tiene solución —susurró.

—¿Le fuiste infiel? —preguntó—, me refiero a...

—Eso a ella le da igual, ya te he dicho que ya no me quiere. No es que tenga la seguridad, pero no es tonta y algo sospechará.

Manuel valoró los razonamientos de Nogueira y tras unos segundos en silencio le dijo:

—¿Y por qué razón crees que sigue aquí? Mira, Nogueira, Laura es una mujer increíble: es lista, gana dinero suficiente como para no tener que aguantarte por esa causa. Además, es muy guapa y no le costaría encontrar a otro hombre. —No se le escapó la dura mirada con la que el teniente reaccionó a su último comentario, pero Manuel continuó—: Y me dices que no lo hace por mantener tu relación con las niñas, lo que me lleva a pensar que si no quisiera estar contigo ya te habría dejado.

Nogueira volvió a mirarle enfurecido.

—Sabes que todo lo que te he dicho es verdad, así que si no te ha dejado es porque algo hay —insistió Manuel.

—No la conoces; si no me ha dejado es porque va a hacérmelo pagar mientras viva.

—Pues déjala tú a ella, acaba con esta tortura de una vez y daos la oportunidad de ser felices, aunque sea cada uno por su lado.

Nogueira sonrió mientras negaba, como si la sola idea de alejarse de ella fuera absurda.

—No, nunca —contestó.

—Pero ¿por qué?, ¿por qué alguien elige ser desgraciado el resto de su vida?

Nogueira arrojó con fuerza el cigarrillo, que saltó por el empedrado y desprendió luminosas chispitas, y se volvió furioso hacia Manuel.

—Porque lo merezco —dijo gritando—, lo merezco, ¿lo entiendes?, ¿puedes entender eso? Si ella me pide que me largue, lo haré, pero mientras no lo haga permaneceré aquí, aguantando.

Manuel no se arredró.

—¿Qué hiciste? —le espetó.

Nogueira le agarró por la solapa de la chaqueta y Manuel estuvo seguro de que le golpearía.

—¿Qué hiciste? —repitió a escasos centímetros de su cara.

Nogueira no le golpeó; soltó su chaqueta y con ambas manos se cubrió el rostro y comenzó a llorar con un llanto ronco y desesperado que convulsionaba su cuerpo de un modo que debía de doler. Se frotaba los ojos todo el tiempo y casi con rabia, arrastrando las lágrimas que le cubrían la cara como si el acto le provocase un profundo desprecio por él mismo. Dijo algo, pero, entre el llanto y el ahogo de las manos que le cubrían el rostro, Manuel no pudo entenderlo.

—¿Qué?

Nogueira repitió entre lágrimas:

—La forcé.

Manuel le miró incrédulo.

—¿Qué has dicho, Nogueira? —preguntó asustado, deseando que lo que creía haber entendido fuera un error, porque sin duda había oído mal.

El guardia dejó de llorar, se frotó con furia los ojos y se volvió, permitiendo que Manuel pudiera ver su rostro, atormentado por el peso de la vergüenza.

—La forcé —repitió sereno mientras se balanceaba suavemente hacia delante como en un eterno reconocimiento de culpa—, forcé a mi mujer, Manuel. Merezco pasar el infierno; cualquier cosa que quiera hacerme, cualquier modo en que se le ocurra castigarme no será suficiente para pagar lo que hice.

Manuel estaba paralizado. El horror que contenían aquellas palabras le inmovilizaba y le impedía pensar, decir algo, lo que fuese, reaccionar.

—¡Por el amor de Dios! —acertó a musitar.

A su mente acudió la imagen imborrable de la madre de Nogueira con apenas treinta años, herida y humillada, pidiéndole a su hijo que no dijera nada.

—¿Cómo pudiste, con lo que tú has pasado?

Nogueira volvió a cubrirse la cara con las manos asediado por la deshonra y de nuevo rompió a llorar.

Los sentimientos se solapaban mientras veía a Nogueira deshacerse en llanto. Manuel intentaba pensar, pero una y otra vez el eco de la confesión le taladraba la cabeza como una barrena que no dejaba espacio a un solo pensamiento cabal. Le habría gustado poder adoptar, en aquel momento, las palabras que el viejo fraile había susurrado frente a la tumba de Verdaguer y sustraerse de la responsabilidad de juzgar a otro ser humano, dejándole el peso de aquella carga a Dios. No podía. Odiaba a Nogueira por lo que había hecho, por la bestialidad, por la salvajada de su acto... Y a la vez, el hombre roto de pena, el doliente pecador que con el pecho abierto se exponía ante él, le conmovía de un modo visceral y humano que le causaba una mezcla de repugnancia y hermandad en el horror, como si él mismo fuese un poco responsable de todos los horrores, de todas las humillaciones y vejaciones cometidas contra todas las mujeres del mundo desde el principio de la humanidad; y discernió de una manera muy básica que así era, que cada hombre de la Tierra, por el hecho de ser hombre, era culpable de todo el dolor del mundo.

Extendió su mano hasta colocarla sobre el hombro de Nogueira y sintió las violentas sacudidas con que se contraía su cuerpo. Como respuesta, el hombre repitió el gesto que días atrás había visto en Herminia mientras Sarita la consolaba: elevó su mano y con ella cubrió la de Manuel, sosteniéndola apretada contra su hombro.

Nogueira había encendido otro cigarrillo y fumaba en silencio, expulsando el humo con fuerza hacia arriba y fuera del coche. Había llorado mucho rato y ahora parecía desmadejado e inerte, como una marioneta que ha perdido varios hilos. Sus movimientos eran lentos y puntuales, como si economizase fuerzas. Miraba hacia delante a través del cristal del parabrisas, hacia la casa, pero su mirada traspasaba el hogar, la esposa y las hijas dormidas, y por su tristeza se adivinaba que veía su futuro.

—Estaba borracho —dijo de pronto—, estaba borracho, tampoco mucho, y no pretendo que el hecho de estarlo suponga una excusa. La niña pequeña tendría unos dos años; cuando nació, Laura se tomó su tiempo para criarla, ya lo habíamos hecho con la mayor, yo ganaba suficiente dinero y nos lo podíamos permitir, pero cuando Antía cumplió dieciocho meses, Laura volvió a trabajar y todo comenzó a ir mal, por mi culpa —se apresuró a explicar—. Siempre había dejado el cuidado de la casa y de las niñas a ella. A mí me educaron así: mi madre nunca nos dejó tocar un plato ni a mis hermanos ni a mí; ya sé que es una disculpa de mierda, que debería haber aprendido lo que mi madre no me enseñó. Con Xulia lo llevábamos regular, pero con dos la cosa se complicó. Antía lloraba todas las noches mientras le salían los dientes, y Laura llegaba agotada de trabajar y encima tenía que hacerse cargo de la casa, de las dos pequeñas... Comenzó a dejarme de lado. Los fines de semana sólo quería quedarse en casa; cocinaba, hacía la limpieza y llegaba a la cama sin ganas de nada. No quería salir, siempre estaba cansada y las pocas ocasiones en que hacíamos algo teníamos que llevar a las niñas a cuestas.

Manuel permanecía silencioso escuchando y, aunque intentó que sus emociones no se le evidenciasen en el rostro, Nogueira le caló.

—Sé lo que estás pensando. Que era un machista de mierda y que no la merezco, y tienes razón.

»Una noche salí con unos compañeros a celebrar... no me acuerdo qué, da igual. Llegué a casa borracho, de madrugada. Laura había salido del turno de tarde en el hospital y aún estaba en pie con la niña, que acababa de quedarse dormida. Pasó a mi lado y la acostó en su cunita. No dijo nada, pero era evidente que estaba enfadada, casi siempre lo estaba. No sé ni cómo llegué hasta la cama, pero cuando ella regresó me eché encima... —explicó, e hizo una pausa.

Manuel supo que volvía llorar. Pero esa vez el llanto fue lento y sosegado; las lágrimas resbalaban por su rostro y no parecía quedar atisbo de la furia con la que anteriormente las había rechazado, casi a golpes.

—Echaba de menos a mi mujer, sólo quería sentirla; te lo juro, Manuel, sólo quería sentirla a mi lado. No sé ni cómo pasó, pero un minuto después ella estaba gritando y llorando aterrada porque le hacía daño y yo le sujetaba las manos contra la almohada. Me mordió —dijo llevándose la mano al labio superior—, tendré que llevar bigote el resto de mi vida para tapar la cicatriz. Al notar el dolor fue como si despertase de una pesadilla, no llegué a..., pero le hice daño, me aparté de ella asustado, sin saber muy bien qué había pasado, y la miré, y al mirarla vi el pánico, el terror. Me tenía miedo a mí, a mí que había jurado amarla y cuidar de ella. Y vi otra cosa, Manuel —añadió volviéndose del todo para que él pudiera verle el rostro—, vi el desprecio, el vacío, y supe en ese instante que la había perdido para siempre.

—¿Qué te dijo ella?

Nogueira se volvió para mirarle a los ojos.

—Nada, Manuel. Aquella noche salí de la habitación a trompicones. Después de hacerme la cura y de vomitar todo el alcohol que llevaba en el estómago, ni siquiera me atreví a regresar a nuestro dormitorio, dormí en el sofá. Estaba convencido de que no volvería a dirigirme la palabra en su vida, pero no dejó de hablarme, aunque cuando lo hace hay en su voz tanto desprecio que no deja de recordarme por qué estamos así.

—Pero ¿lo habréis hablado?

Nogueira negó.

—¿Me estás diciendo que en todos estos años no habéis vuelto a hablar de lo que ocurrió aquella noche?, ¿que has estado durmiendo en la habitación de tu hija desde entonces?

Nogueira no contestó, apretó la boca y respiró profundamente por la nariz en un intento de contener su desesperación.

—¿Quieres decir que nunca le has pedido perdón?

El rostro del teniente se quebró de nuevo.

—No —gritó—, no puedo, Manuel, no puedo; cuando miro a mi mujer, veo a mi madre, la vuelvo a ver con el vestido hecho jirones remangado hasta la cintura y la sangre chorreándole entre las piernas; veo su cara y el modo en que aquel cabrón le robó la sonrisa durante años. No puedo pedirle perdón, porque lo que hice es imperdonable, yo no he perdonado a aquel cabrón y es justo que ella no me perdone a mí.

LA NÁUSEA

Manuel no podía dormir. El espíritu revuelto, de vergüenza y sospecha, se agitaba en su interior y le provocaba una náusea que no cesaría. Los gruesos renglones tachados en negro, las mejillas rosadas del fraile Verdaguer, la madre de Nogueira metida en la bañera lavando su horror con la ropa hecha jirones recogida en la cintura, el cobertor de Minnie Mouse de una habitación infantil. Supo que la arcada incontrolable que le atenazaba la boca del estómago provenía de la piedad inexplicable que sentía por Nogueira. Quizá porque presentía que aquel modo en que el guardia se castigaba era una especie de síndrome de Münchhausen por poderes, la única forma que había hallado de castigar al monstruo que había dañado a su madre, y que el odio que Nogueira sentía hacia la familia Muñiz de Dávila no era más que el reflejo del desprecio que sentía por él mismo.

Pensó mucho, en Nogueira, en él mismo, en un dolor común a todos los hombres y en cuántas ocasiones aquel dragón contra el que luchamos duerme en el fondo de nuestro corazón, y la búsqueda de la justicia pretende una clase de reparación que es imposible de hallar, porque el monstruo vivirá eternamente en las pesadillas que arrastramos desde el pasado y sólo cesará con nuestra propia inmolación.

Estaba harto de dormir a la intemperie. Regresó al palacio.

Yo volvía a casa de la calle, había estado jugando al fútbol y me había hecho un raspón en una rodilla. Entré en el baño y la vi. Estaba vestida dentro de la bañera. Tenía la ropa arrugada y rota, recogida en la cintura, y sangraba... por ahí. La sangre le chorreaba por las piernas y se mezclaba con el agua en el fondo de la bañera. Creí que estaba muriéndose.

Yo tenía diez años, me hizo jurar que no se lo diría a nadie. La ayudé a meterse en la cama y allí permaneció más de una semana, y en ese tiempo yo cuidé de ella y de mis hermanos, que eran muy pequeños y no se daban cuenta de lo que pasaba.

PECADO DE SOBERBIA

—

Mario Ortuño rondaba los sesenta años, quizá alguno más. De la foto que recordaba haber visto Manuel, conservaba los ojos fieros y la tez oscura que ahora se prolongaba al cráneo entero, donde no quedaba ni rastro de la orgullosa mata de pelo cortado a cepillo monacal que lucía en la fotografía. Los miró con dureza desde detrás de la barra del bar que regentaba en la rúa Real de Corme. Susa, que, a pesar de sus protestas y de que el domicilio estaba al final de la misma calle, había insistido en acompañarlos, se dirigió a su marido en cuanto traspasaron la entrada del local.

—Mario, mira, estos señores vienen desde Chantada a hablar contigo. Anda, sal de la barra y deja que yo te sustituya un rato —dijo agachándose para pasar bajo la diminuta puerta de la barra.

El hombre no se movió de su sitio y continuó mirándolos un buen rato, hasta que Manuel casi estuvo seguro de que se quedaría ahí.

—Haz el favor, Susa, prepáranos unos cafés —dijo dirigiéndose a la mujer. Y encorvándose salió de la barra por el mismo lugar por donde ella había entrado.

Les indicó la mesa más alejada y caminó tras ellos diciendo:

—Debería haber supuesto que la visita de ayer del prior tendría consecuencias. Usted es cura —dijo señalando a Lucas—, no hace falta que me lo diga; con ustedes tengo dudas... —añadió mirándolos sin ocultar su malestar.

Nogueira esperó a que estuvieran sentados para hablar.

—El padre Lucas es un exalumno del seminario y aún le recuerda de cuando era crío —dijo Nogueira haciendo las presentaciones y usando para ello su tono más profesional—. Y Manuel y yo investigamos los hechos que ocurrieron en el seminario de San Xoan en la noche del 13 de diciembre de 1984.

La curiosidad con que Ortuño estudiaba el rostro de Lucas fue sustituida por el gesto de sorpresa y consideración con que alzó las cejas mientras se volvía hacia Manuel.

—Sabemos que usted ejercía de enfermero en el dispensario del seminario y que al día siguiente abandonó la orden aduciendo para ello una crisis de fe repentina.

Manuel se volvió a mirar hacia la barra preguntándose si, como había sugerido el hermano Julián, la encantadora Susa podría haber sido la causa de aquella renuncia treinta y dos años atrás. Como si Ortuño acabase de leerle el pensamiento, le miró levantando la cabeza.

—Me casé con Susa casi diez años después; no tuvo nada que ver con las razones que me llevaron a abandonar el convento, la orden y cualquier cosa que tuviera que ver con ellos.

—¿Así que el prior vino a verle ayer? —inquirió Nogueira.

—Se podría decir que vino a hacer dos cosas contrarias: por un lado, a refrescarme la memoria, y, por otro, a persuadirme de que lo olvidase —dijo evidenciando en su tono que ambas cosas le habían molestado sobremanera.

Manuel lo tenía sentado al lado y no le quitaba ojo: todavía no había decidido si el hombre los estaba recibiendo bien o no, pues su gesto sólo delataba a las claras que estaba terriblemente enfadado.

—¿Y qué ha decidido hacer usted? —preguntó en el mismo tono Nogueira.

—La decisión ya la tomé en su día y como consecuencia tuve que abandonar el convento, ¿creen que con el tiempo he cambiado? Como no sea el alzhéimer nada borrará de mi cabeza lo que vi allí aquella noche.

Manuel buscó en su teléfono la captura de pantalla y lo dejó en la mesa ante el hombre.

Éste lo tomó en las manos y con el dedo fue desplazando el documento desde el encabezado donde aparecía el nombre del alumno hasta el final con su firma.

—¡Qué cabrones! —exclamó—, aunque no sé de qué me sorprendo, lo raro es que no le prendieran fuego; imagino que era demasiado sospechoso hacer desaparecer el estadillo de un año entero a esas alturas, ya era mediados de diciembre y las hojas estaban numeradas, así que no se podían arrancar. Por otra parte, es propio de ellos: como los gobiernos fascistas, como los nazis durante la guerra, la Iglesia nunca se ha tomado en serio lo de cubrirse las espaldas; la destrucción de documentos es una precaución innecesaria para quien cree que jamás caerá de su pedestal, como si padeciese alguna clase de síndrome de Diógenes que le impide deshacerse de lo que la condena.

La arrogancia y el engreimiento de quien se cree por encima, inviolable y todopoderoso, y por supuesto invencible. Manuel recordó que al ver el documento por primera vez él mismo había evocado los legajos del régimen franquista, las pruebas de atrocidades únicamente tachadas con luctuosa tinta negra.

—Lo que necesitamos es saber qué ponía bajo los tachones, necesito saber qué ocurrió aquella noche —dijo Manuel, y fue consciente de que sus últimas palabras habían sonado desesperadas.

Ortuño, sin embargo, no pareció haber captado aquella nota de angustia. Permaneció en silencio mirando la pantalla. Cuando su mujer trajo los cafés, vertió en el suyo una porción de azúcar, lo removió levemente y se lo tomó de un trago, aunque cuando Manuel probó el suyo aún estaba hirviendo.

—Serían las tres y media de la noche cuando el hermano Matías vino a avisarme, no me dio tiempo ni a ponerme el hábito; me arrastró en pijama por el pasillo hasta la celda del hermano Verdaguer. En cuanto entré me di cuenta de que allí había pasado algo terrible. Verdaguer yacía inconsciente en el suelo, estaba sudoroso y congestionado, y vestía únicamente una camiseta interior. El prior estaba arrodillado junto a él e intentaba infructuosamente darle la vuelta. Por detrás era perfectamente visible que en torno al cuello le colgaba un cinturón de cuero que reconocí como parte del uniforme escolar de los chicos. Primero vi al chaval mayor. Estaba erguido como un soldado y miraba a todos con grandes ojos asustados; el otro crío estaba contra la pared y lloraba ocultando la cara.

—¿Había otro niño en la habitación? —preguntó sobrecogido Manuel.

Ortuño asintió.

—Muñiz de Dávila... Por eso no puso el nombre... —dedujo Nogueira—, eran los dos hermanos... ¿Álvaro y Santiago?

Ortuño asintió pesaroso.

—El otro hermano, el pequeño... Así como estaba vuelto hacia la pared era visible la sangre que manchaba el fondillo de los pantalones del pijama. Se notaba que se los había subido demasiado deprisa dejando la faltriquera de la camisa de dormir por fuera; aun así era insuficiente para tapar la sangre. En un primer momento me quedé paralizado. Cuando lo recuerdo aún tengo la sensación de haber estado horas mirando el rostro horrorizado del chico mayor, el modo en que el pequeño se estremecía de cara a la pared y el cadáver de Verdaguer sin pantalones tirado en el suelo.

»Ni siquiera me di cuenta de que el padre Matías había desaparecido de mi lado hasta que regresó con una larga soga. El prior, que ni siquiera me había visto, se incorporó. Llevaba en las manos el cinturón de cuero que había conseguido quitar del cuello de Verdaguer y que arrojó sobre la cama mientras arrancaba la soga de las manos de Matías. En ese instante reparó en mi presencia. «Llévese a los chicos a la enfermería y ocúpese de ellos, de que no hablen con nadie, y usted no hable con ellos. Están bajo un fuerte *shock* y deliran, los pobres se han topado con el cadáver del padre Verdaguer, que se ha suicidado colgándose de la viga del techo», dijo señalando hacia arriba.

»Yo protesté. «Le ordeno silencio, obedezca y haga lo que le he dicho», dijo inclinándose de nuevo sobre el cuerpo y pasando alrededor del cuello la soga que el hermano Matías había anudado. «Verdaguer sufría desde hace tiempo un cáncer terrible que le causaba tanto dolor que al final perdió la cabeza y puso fin a su sufrimiento. Los chicos oyeron el ruido del cuerpo al desplomarse, porque con el peso se escurrió de la viga. Eso es lo que ha pasado, ¿verdad, chicos?»

»El mayor no contestó.

—... Álvaro... —susurró Manuel.

Ortuño le miró sorprendido y un poco emocionado.

—Sí, Álvaro —dijo paladeando el nombre—, él no contestó, negó con la cabeza sin dejar de mirar el cuerpo. Me di cuenta de que a pesar de la hora que era no iba en pijama, llevaba puesto el uniforme escolar y a sus pantalones les faltaba el cinturón. Pero el pequeño sí que lo hizo, le oí perfectamente, ahogado y contra la pared dijo: «Sí, eso es lo que ha pasado».

»Me fijé entonces que la sangre se le había escurrido por las piernas y formaba un charquito que manchaba sus pies.

—¡Hijos de puta! —murmuró Nogueira, y hasta Lucas debió de percibir el dolor en su voz, porque se volvió a mirarle conmovido.

Manuel supo que a la mente del guardia había vuelto aquella imagen que también él llevaba marcada a fuego.

Ortuño continuó:

—Me volví alarmado hacia el prior, señalándoselo: «El niño está sangrando por...».

»«Este niño sufre colitis ulcerosa, el susto le ha provocado un brote y una fuerte diarrea, sólo es un poco de sangre. Ya ha oído al chico.»

»«El hermano Verdaguer no estaba enfermo, y es la primera noticia que tengo de que este niño sufra colitis ulcerosa. Soy el único enfermero del convento, si el niño tuviera una enfermedad así yo lo sabría, y no es el caso —le dije—, creo que deberíamos avisar a la Guardia Civil.»

»El prior dejó sus maniobras en torno al cuello del hermano Verdaguer y se irguió de nuevo mirándome.

»«Usted no hará nada de eso. Aquí la autoridad soy yo, y, si no quiere acabar recluido en un convento en mitad de la selva, será mejor que haga lo que le he dicho.»

»Avancé hasta el chico mayor, que no quitaba los ojos del cadáver, horrorizado. Intenté empujarle hacia la salida, pero no se movía, así que me puse delante de él para evitar que pudiera seguir viendo el cuerpo y le dije: «Tenemos que sacar a tu hermano de aquí». Fue como si despertara; asintió, tomó a su hermano de la mano y, evitando en todo momento que pudiera ver al muerto, lo guio fuera de la habitación, aunque habría dado igual, el crío llevaba los ojos tan fuertemente apretados que habría sido imposible que pudiera ver nada.

Ortuño se detuvo y miró su reloj y a su mujer, que atendía en la barra a los pocos parroquianos que había.

—¿Qué ocurre? —se inquietó Nogueira.

—Nada —contestó el hombre—, pensaba en si a mi mujer le parecerá demasiado temprano para tomar un trago...

Nogueira asintió vehemente consiguiendo el apoyo de los demás.

—Es una excelente idea.

Susa no pareció muy convencida cuando dejó sobre la mesa una frasca pequeña de orujo y los cuatro vasos. Como muestra de su desacuerdo, se volvió a la barra sin llenarlos. Fue Lucas quien lo hizo, y Manuel notó que al servir la bebida la mano le temblaba un poco.

Ortuño tomó dos tragos antes de continuar.

—El pequeño no dejó de llorar en toda la noche, redoblaba su llanto cuando me acercaba a él y no me permitió hacerle las curas, ni siquiera pude persuadirle de que se quitase los pantalones y los calzoncillos manchados; fue su hermano el que logró convencerle a la mañana siguiente. Pasó la noche ovillado en una cama con su hermano sentado a su lado, y a él iba indicándole yo que comprobase si había cesado la hemorragia o que le convenciese de tragarse con un poco de agua unos calmantes que a todas luces eran insuficientes. Un par de horas más tarde el prior vino a la enfermería. Traía el certificado de defunción del hermano Verdaguer ya firmado por el médico, que yo como enfermero de la casa debía ratificar. Firmé. Antes de salir volvió a advertirme: «No hable con nadie».

»Regresó a las ocho de la mañana. El crío pequeño acababa de quedarse dormido. Me preguntó si había cesado la hemorragia, me pidió toda la ropa del chico y se la llevó envuelta en una sábana. Álvaro permaneció todo el tiempo junto a la cama de su hermano, mirando al prior sin decir una palabra y con fuego en los ojos.

»El prior regresó a mediodía y me indicó lo que tenía que poner en el informe del dispensario: «Tenían gripe muy contagiosa». «Pues eso no es lo que dice el chico», le contesté. Se volvió a mirar a Álvaro, que seguía allí en pie observándole, como un soldado. Me hizo esperar fuera mientras hablaba con él. Cuando salió, el pequeño parecía más tranquilo, incluso se mostró dispuesto a comer. Pero el mayor, Álvaro, él no, seguía llevando aquel fuego en los ojos, y les voy a decir una cosa —dijo mirando a los tres hombres—: puede que Álvaro aún fuese un niño, probablemente aquella noche dejó de serlo, pero yo reconocí en aquella mirada lo mismo que había en la mía, ese fuego de la rabia que no cesa, y supe que ni él ni yo saldríamos bien de aquello. Ese mismo día un coche con chófer vino a buscar al mayor. Le vi en el pasillo esperando junto a su equipaje mientras el padre hablaba con el prior. Salió del despacho, hizo un gesto al chico y se dirigió a la salida. La última vez que vi a Álvaro caminaba con su maleta en la mano, unos pasos por detrás de su padre. Me llamó la atención que el padre ni siquiera entrara a ver al pequeño. Se llevó a Álvaro, no hubo discusiones ni exabruptos, no sé qué explicación le daría el prior, sólo sé que se llevó al chaval y no volví a verle, aunque tampoco al pequeño, porque ese mismo día, después de firmar mi informe, en el que no mencionaba la gripe, yo también abandoné el convento.

Un tenso silencio se instaló entre los cuatro hombres. Manuel tomó su teléfono y marcó un número mientras los miraba cargado de sospecha.

—Griñán, necesito que me diga desde cuándo pertenecen a la familia de Álvaro las tierras sobre las que se alza San Xoan.

Esperó en silencio menos de un minuto mientras el albacea consultaba su ordenador.

Manuel escuchó, colgó y volvió a dejar el teléfono sobre la mesa alejándolo de sí, como si portase un terrible mal.

—En diciembre de 1984, el viejo marqués firmó con el prior un contrato de compraventa de las tierras del seminario, propiedad hasta entonces del propio convento, por la cantidad simbólica de una peseta.

—Le silenciaron a cambio de las tierras.

Lucas, aún más tembloroso que antes, volvió a servir otra ronda de orujo, que tragó como medicina; Manuel le miró preocupado. Los ojos del sacerdote, húmedos y nerviosos, alternaban miradas al vacío que parecía haberse abierto frente a él o hacia arriba, para evocar recuerdos, gestos, palabras que ahora tomaban un brutal significado.

Manuel habría querido poder consolarle, pero cada palabra de Ortuño había abierto en su pecho heridas tan profundas como las causadas por un arado que en su avance hubiera no sólo destrozado, sino desenterrado el más profundo horror; y todo el frío y el letargo en el que había reposado su alma, el dolor aplazado de los últimos días que creyó que ya no vendría reventó en su interior.

Sintió el llanto que, como una marea inexorable, lo anegó por dentro con tal fuerza y rapidez que ni siquiera fue consciente de que estaba llorando hasta que las lágrimas le nublaron completamente la visión, derramándose abundantes y silenciosas, y de un modo tan feroz que sobrecogió a los tres hombres, que, como convocados por una fuerza más antigua y poderosa, reconocieron su dolor y lo hicieron suyo.

Nogueira, sentado a su lado, alzó una mano y la colocó del mismo modo que Manuel había hecho la noche anterior, sobre el hombro de su amigo. Lucas, con los ojos arrasados de ira y lágrimas, se levantó de su sitio en la mesa y, tras sentarse junto a Manuel, le abrazó. Ortuño, contenido, con los puños crispados de rabia y una mueca feroz constriñendo su boca, miró a su mujer, que le observaba desde la barra y asintió a su mirada interrogante, tendió una mano sobre la mesa y tomó la mano de Manuel, que no reaccionaba, exangüe; lloraba desbordándose, derramándose, con el alma anegada de una emoción que no dejaba espacio para más. De una manera semiinconsciente, agradeció la violencia de aquella emoción que le anestesiaba el alma con una mezcla a partes iguales de dolor y plenitud.

Cuatro hombres llorando. El exfraile Ortuño estaba suficientemente baqueteado por la vida como para que le importasen una mierda las miradas curiosas de los parroquianos que se volvían a mirar mientras Susa los iba despidiendo y el bar se vaciaba. Bajó la persiana y cerró la puerta, dejando el local sólo iluminado por la escasa luz de la barra y la que entraba mortecina por la ventana trasera.

La única cosa capaz de sustraer del mayor sufrimiento a un hombre bueno es el dolor ajeno. El de Nogueira, el hombre que llevaba en su interior al lobo de la culpa que lo devoraba por dentro con la carga de ser lo que más odiaba. El de Lucas, que había asistido al horror sin saberlo, y que aterrado veía pasar ante sus ojos pávidos la proyección de hechos que desde esa diáfana perspectiva cobraban todo el sentido. El del hombre que había sido testigo directo del horror, descreído y feroz, que arrastraba como una condena el espanto de aquella noche. Los miró, le sostenían, evitaban su derrumbe mientras ellos mismos se rompían. Hombres desolados, por piedad culpables, y Manuel sintió una profunda gratitud hacia ellos, hacia la clase de personas que se sienten responsables por el horror de otros, por la injusticia de otros. No podía dejar de llorar, era como si el alma le hubiese estallado, la acometida principal desbordándole, arrastrándole y manteniéndole en el límite del ahogo; pero no estaba solo, ellos estaban allí. Abrazó a Lucas, cubrió con una mano la de Nogueira y miró de frente a Ortuño mientras con la otra mano le estrechaba la suya.

Mucho mucho rato más tarde, nuevos cafés sobre la mesa. Ortuño los miró. Libraba una batalla, era evidente en su gesto. Con los codos apoyados en la mesa, enlazó ambas manos sobre los labios y así estuvo mucho tiempo, casi como si rezase u oficiase una ceremonia sobre las tazas de café sin tocar que Susa había dispuesto de nuevo ante los hombres, con intención de mitigar los efectos del orujo. Ortuño se detuvo apretando la boca, miró en rededor como si su mirada pudiera traspasar la barrera de la materia y el tiempo para volver a aquella noche.

—Han pasado más de treinta años y nunca me he sacado a esos críos de la cabeza. Según pasaban las horas, el pequeño se iba encontrando mejor. El mayor, al contrario, se veía sobrecargado con la responsabilidad de sus actos, pero a la vez templado, como fortalecido por el mismo hecho que le devoraba. Cuando el pequeño se durmió convencí a Álvaro para que tomara conmigo el desayuno que nos habían traído. Me sorprendió ver cómo comía. Años después estuve sirviendo como enfermero en Bosnia y reconocí el mismo gesto en los combatientes: ingieren los alimentos, feroces, hambrientos, pero jamás miran la comida, miran al vacío. «¿Qué ha pasado en la celda del hermano Verdaguer?» Conseguí que su mente regresase de ese lugar en el que reposan los soldados. «Lo que ha pasado es que he matado a un hombre», lo dijo con la calma absoluta del que ya ha asumido un hecho. Y entonces me lo contó.

»Verdaguer daba clases de refuerzo a los que iban rezaga-

438

dos, y por lo visto el pequeño no iba muy bien en los estudios y cada tarde cuando acababan las clases se quedaba una hora más. Era algo habitual y muchos niños recibían este apoyo. Pero Verdaguer insistió en darle, cada día, una hora extra a Santiago en su despacho. No me quedó claro si fue algo que el mayor vio o que el pequeño le contó, pero Álvaro durmió vestido durante una semana; cada noche se levantaba para vigilar el dormitorio que su hermano compartía con otro niño de su edad. Aquella noche le venció el sueño y se quedó dormido; despertó sobresaltado y cuando vio que su hermano no estaba en su cama corrió a la celda de Verdaguer.

Ortuño suspiró profundamente mientras se pasaba las manos por el rostro con violencia, como si intentase borrar a manotazos la carga repulsiva de sus palabras. Susa, sentada a su lado, le tomó una de las manos y la aprisionó entre las suyas, consiguiendo de inmediato que el hombre recuperase la calma. Se volvió hacia ella y le dedicó una sonrisa de circunstancias cargada de agradecimiento antes de continuar hablando.

—Entró en la habitación y vio a Verdaguer desnudo de cintura para abajo. Era un hombre corpulento, gordo. No vio a su hermano, no le hizo falta, sabía que el niño que lloraba medio ahogado por el peso de aquella bestia era Santiago. No gritó, no dijo nada. Extrajo de las trabillas de sus pantalones el cinturón, saltó sobre la espalda de Verdaguer y con el cinturón le rodeó el cuello. La sorpresa hizo trastabillar al hombre, que soltó al niño pequeño y se debatió llevándose las manos al cuello e intentando liberarse. Perdió el equilibrio y cayó hacia delante, de rodillas. El chico no le soltó. Dijo que dejó de moverse enseguida, pero no le soltó, tenía miedo de que se levantase de nuevo. Recuerdo al chico alto y delgado, no debía de pesar mucho, un peso mosca al lado de Verdaguer, que en aquel momento ya estaba sentenciado, pues, como sabría después al leer el informe del médico, la fuerza del primer tirón le había aplastado la tráquea y, aunque el chaval no hubiera seguido apretando como lo hizo, habría muerto ahogado al cabo de pocos minutos.

Manuel cerró los ojos y con toda claridad oyó la voz del Cuervo: «En Álvaro se aunaban esa capacidad de crueldad y fuerza necesarias para cuidar de su familia y cumplió con creces, sabíamos que no nos decepcionaría, porque ya lo había hecho antes».

Ortuño señaló el teléfono móvil de Manuel, que aún estaba encima de la mesa.

—Escribí un extenso informe sobre el estado físico de los dos niños, sin omitir ningún detalle, y puedo asegurarle que no encontrarán las palabras *gripe contagiosa* por ninguna parte. Ésa es la razón de que el informe aparezca censurado por completo.

—¿Tomó fotografías? ¿Guardó alguna prueba? ¿Existe algún otro documento en el que quedase reflejado lo que escribió aquí? —preguntó Nogueira.

Ortuño negó.

—Eran los años ochenta, para el personal sanitario no existía un protocolo de actuación ante los abusos infantiles... Ante los abusos de cualquier clase. Pero escribí una detallada carta de renuncia, explicando mis razones para abandonar la orden, dirigida al prior de mi convento y al obispo de mi diócesis.

—¿Quiere decir que el obispo tuvo conocimiento de lo que había ocurrido en el convento? ¿Se puso alguna vez en contacto con usted? —preguntó asombrado Manuel.

—No, jamás lo hizo; por otra parte, ¿para qué? Yo no iba a causar ningún problema: el fraile cuestionado había fallecido, el niño díscolo había sido expulsado. Es probable que el prior recibiese una felicitación por la magnífica gestión de un asunto tan escabroso —dijo asqueado.

Más tarde recordarían a Mario Ortuño bajando, definitivamente y por aquel día, la persiana del bar y dirigiéndose hacia su casa apoyado en su mujer. Apenas quedaba nada aquella tarde de la mirada feroz y del rostro oscuro que los había recibido desde detrás de la barra cuando entraron en el bar. Abatido, herido por el pasado, le vieron alejarse por la rúa Real mientras ellos tomaban la carretera para salir de Corme.

Apenas hablaron por el camino. El peso de lo escuchado los aplastaba como una losa contra los asientos del coche, y la intimidad compartida les pasaba factura en forma de un denso silencio en el que aún resonaban las palabras de Ortuño.

—Nadie lo supo, no volví a hablar del tema hasta que muchos años después se lo conté a mi mujer. He pensado muchas veces en lo que ocurrió aquella noche y la mañana siguiente y les juro que, una vez abandonado el convento, pensé seriamente en la posibilidad de denunciarlo. Pero ¿de qué habría servido? Mi palabra contra la del prior, el hermano Matías, un afamado médico rural que había firmado el certificado de defunción... Incluso contra la de los críos. Estaba seguro de que Álvaro habría dicho la verdad, pero el pequeño casi pareció aliviado cuando el prior ideó la estúpida puesta en escena del suicidio. ¿Y todo para qué? Lo único que habría conseguido habría sido formar parte de un largo proceso y que quizá terminase inculpando de asesinato a un chico que había hecho lo que había que hacer. Él habría sido el único perjudicado. Verdaguer estaba muerto, ya no podía hacer daño a nadie, el pequeño estaba a salvo; seguramente para Álvaro, como para mí, lo mejor fue salir de aquel lugar.

El teléfono de Nogueira sonó rompiendo el silencio que reinaba en el coche y que, incomprensiblemente para Manuel, el teniente se negaba a mitigar con música. El guardia miró el aparato con disgusto. Las enrevesadas curvas entre Corme y Malpica le obligaban a prestar toda su atención a la carretera. Volvió a sonar apenas unos segundos después de que la llamada se hubiese extinguido.

—Mira de quién es la llamada, por favor —rogó Nogueira a Lucas, que se sentaba a su lado.

Manuel, en el asiento trasero, mantenía los ojos cerrados. Nogueira sabía que no dormía, ¡pobre desgraciado, tendría suerte si volvía a hacerlo alguna vez!, pero entendía que prefiriese cerrar los ojos al mundo.

Lucas tomó el aparato y miró la pantalla.

—Ofelia.

Nogueira buscó a los lados de la carretera un lugar donde detener el coche. Lo hizo en un desmonte junto a un barranco sostenido por los eucaliptos más altos que había visto en su vida.

—Tengo que llamar —se disculpó.

Bajó del coche y se alejó unos pasos. Desde el interior, Lucas le vio escuchar sorprendido lo que su interlocutora le decía. Mientras regresaba, el teléfono volvió a sonar. Lucas observó cómo Nogueira se erguía perceptiblemente mientras escuchaba. A continuación, el teniente abrió la puerta, pero antes de entrar en el vehículo se inclinó hacia la parte de atrás y dijo:

—Manuel, era Ofelia, la forense. A primera hora de la tarde han encontrado el coche de Toñino en un camino rural, medio oculto por unos matojos. A unos cien metros han hallado el cadáver del chaval colgando de un árbol. También me han llamado de la comandancia; no hace ni dos días que yo pasé el aviso del automóvil y me han pedido que vaya; el capitán quiere hablar conmigo.

Manuel se incorporó asomándose entre los dos asientos.

—¡Joder, Nogueira! Espero que eso no te traiga ningún problema. Si es necesario, diré que te pedí que me acompañases a casa de Toñino. En ningún momento nos identificamos como policías y estoy dispuesto a jurarlo.

Nogueira intentó sonreír, aunque su preocupación era evidente.

—Ya verás como no es nada, pero por rutina han de preguntarme.

—¿Se ha suicidado? —preguntó de pronto Lucas.

Nogueira le miró en silencio mientras arrancaba el motor del coche y se incorporaba de nuevo a la carretera.

—Has dicho que estaba colgando de un árbol, ¿se ha suicidado? —insistió Lucas.

Nogueira se pasó repetidamente la mano por el bigote y la boca, como conteniendo lo que iba a decir antes de contestar. Pero en lugar de mirar a Lucas, levantó la vista hacia el retrovisor para observar a Manuel.

—Ofelia dice que el cadáver está negro como un demonio, pero que aun así es evidente que le dieron una paliza. Tiene la cara destrozada a golpes y lleva puesta la misma ropa que su tía describió en la denuncia. Todo apunta a que le golpearon quizá hasta dejarlo inconsciente y después lo colgaron. Podrá ser más concreta después de la autopsia, pero dice que por el estado del cadáver podría llevar muerto desde el día en que desapareció.

Manuel sostuvo la mirada de Nogueira en el espejo al comprender lo que aquello significaba.

—El día en que Álvaro fue asesinado... Por fuerza tiene que estar relacionado.

—No lo sé —razonó Nogueira—, sabemos que, probablemente, mientras pintaba el despacho de su tío, Toñino encontró en el seminario la carta de renuncia del fraile Ortuño, y sólo con echarle una ojeada ya se dio cuenta de que podía sacarle una jugosa cifra a aquella información; debió de suponer que para Álvaro y Santiago valía mucho más de trescientos mil euros. Llamó a Santiago y le pidió el dinero, pero no contaba con la reacción de su hermano, que se presentó en el convento hecho una furia y pidiendo explicaciones al prior. En cuanto Álvaro salió de allí, el prior fue en busca de su sobrino, quizá para reclamarle el documento, pero sobre todo para advertirle de que las cosas no iban a quedar así. Me llamó la atención cuando le pregunté al prior sobre el chico, lo poco que le importaba dónde pudiera estar, quizá porque ya lo sabía. No olvidemos que niega que Álvaro fuera a verle y, cuando no le quedó más remedio que admitir que le llamó, se inventó esa chorrada de la confesión.

—Ya te digo yo que no pudo ser así de ninguna manera —apuntó Lucas.

—Excepto por ese aspecto, por lo demás no me pareció

443

que estuviera preocupado, quizá porque ya lo había solucionado. Álvaro había muerto y ahora sabemos que su sobrino también; y, probablemente, el mismo día.

—¿Crees que llegaría tan lejos para preservar el secreto de algo que ocurrió treinta y dos años atrás?

—Te asombraría lo que la gente llega a hacer para ocultar cosas infinitamente menos graves. Por lo que Ortuño nos ha contado, sabemos que es uno de esos hombres con recursos suficientes para solucionar un gran mal con un gran remedio. No le faltaron redaños para hacer pasar la muerte de Verdaguer por un suicidio, ni para ocultar los abusos sexuales que se habían cometido en su colegio, y tenemos una testigo que afirma haberle visto amenazar a su sobrino. Ortuño acaba de decirnos que se presentó allí intentando disuadirle de que hablase, ¿hasta dónde es capaz de llegar por proteger el buen nombre de su institución? ¿Sería capaz de matar a su sobrino a golpes y colgarlo de un árbol? ¿O de empujar el coche de Álvaro fuera de la carretera? Quizá no le falten arrestos, y ya sabemos que al menos en una ocasión hizo pasar un homicidio por un suicidio fingiendo un ahorcamiento... Pero...

—Pero tiene setenta años, quizá alguno más —aclaró Lucas—, padece una enfermedad de los huesos, artritis o artrosis, es más bien bajo y debe de pesar unos sesenta kilos.

—Eso es, estoy de acuerdo —dijo Nogueira—, me cuesta mucho imaginarle apuñalando a Álvaro en un cuerpo a cuerpo... Y aunque su sobrino no era mucho más fuerte y a consecuencia de las drogas estaba muy mermado, no veo al prior moliéndole a hostias y conservando fuerzas para colgarle de un árbol. Se requiere habilidad, pero también fuerza para izar a un hombre desde el suelo...

Manuel tenía la mirada clavada en el reflejo de Nogueira en el espejo y notó cómo el guardia evitaba mirarle.

—De cualquier modo, todo esto no es más que una hipótesis mientras no tengamos pruebas. Habrá que esperar al resultado de la autopsia de Toñino y a que desde el laboratorio nos confirmen si la transferencia de pintura del coche de Álvaro proviene del vehículo del seminario —dijo el guardia.

—Has evitado incluir otra posibilidad en tu hipótesis —dijo retador Manuel—. Que el prior no haya tenido nada que ver. Que Álvaro consiguiera dar con Toñino...

El peso de lo que Mei Liu había escuchado al responder a aquella llamada cobraba importancia: «Sabe que le mataste».

—¡Cállate, Manuel! —La fuerza de la desesperación en la voz de Lucas ahogó todo lo que iba a decir, pero no evitó que en su mente la conjetura de cómo podían haberse producido los hechos siguiese clamando con fuerza.

Elevó la mirada y al hallar los ojos de Nogueira supo que el guardia estaba pensando lo mismo. Continuó:

—Que los dos se peleasen. Álvaro era bastante más fuerte que él, pudo golpearle y colgarlo de un árbol. Ofelia dijo que la herida que tenía en el costado le había hecho desangrarse lentamente dándole tiempo a subirse al coche y a conducir durante unos kilómetros... —Las palabras del Cuervo tomaban cuerpo.

—No sé cómo puedes pensar siquiera semejante cosa... —repitió Lucas ofendido, volviéndose a mirarle.

—Yo tampoco lo sabría si hablásemos del hombre que conocía, pero ha resultado que ése no era el verdadero Álvaro, y la verdad es que no sé hasta dónde ha podido llegar esta versión de él.

—¡No puedo creerlo! —exclamó airado Lucas.

—Recuerda lo que me dijo su madre, porque yo no he podido olvidarlo —dijo Manuel.

—Ya te advertí que lo decía solamente para hacerte daño, estaba sembrando dudas y tú por lo visto has permitido que germinen —rebatió Lucas.

—¿Qué fue lo que te dijo? —inquirió Nogueira interesado.

—Que fue su capacidad para la crueldad lo que le hizo idóneo para suceder a su padre, que estaban seguros de que haría un buen trabajo, que había cumplido con creces y que siempre estuvieron seguros porque ya lo había hecho antes.

—¿Y crees que se refería a lo que ocurrió en el seminario?

—Hay algo más, algo que no os he contado. Nogueira, ya sabes que, unos días después del funeral de Álvaro, la Guardia Civil me devolvió sus cosas, entre ellas encontré un teléfono que no había visto antes, y cuando revisamos las llamadas vimos una que no pudimos localizar y que procedía de una cabina telefónica. La secretaria de Álvaro me comentó que él utilizaba ese teléfono para llevar todo lo relacionado con sus negocios aquí —dijo mirando a Nogueira, que asintió—. Lo que no sabéis es que su secretaria me contó que el día antes de que Álvaro saliera de viaje hacia aquí recibió en ese teléfono una llamada que ella atendió. La persona que estaba al otro lado de la línea le dijo: «No puedes ignorarlo, ¿me oyes? Tiene las pruebas, sabe que le mataste y va a contarlo si no haces algo».

Lucas casi se dio la vuelta en su asiento, furioso.

—¡Por el amor de Dios! ¿Estás diciendo que Álvaro era un asesino? Quizá tienes razón, Manuel, quizá nunca le conociste, pero yo sí, y te aseguro que Álvaro no era un asesino.

—Lo que digo es que ahora tengo la certeza de que la persona que le llamó fue su propio hermano; estaba tan desesperado que de alguna manera logró dar con el número de Álvaro. No sería tan raro que Griñán se lo hubiese dado: cuando me contó cómo le pidió el dinero, añadió que parecía tener mucha prisa, además de estar muy preocupado. Pensad en lo que dijo: «Sabe que le mataste». La persona que lo sabía era Toñino y ha aparecido muerto y, según la forense, muy probablemente lleve muerto desde el día en que desapareció, el día en que Álvaro regresó para solucionar el asunto. «A mí no me amenaces.»

Lucas negaba mirando a Manuel, obcecado, apretando los labios de un modo que delataba una gran decepción a la vez que una inamovible firmeza.

El móvil de Manuel atronó de repente en el pequeño espacio del coche. Miró la pantalla decidido a colgar. Era Mei Liu. Escuchó lo que le decía sin soltar ni una palabra y colgó el teléfono, dejando el interior del coche sumido en un silencio tenso, tan cargado como una amenaza de tormenta, y volvió a echar de menos la presencia peluda de *Café*.

Nogueira detuvo el vehículo en el aparcamiento del hostal, dejó que Lucas y Manuel se bajasen y salió a la carretera de nuevo con destino al escenario del crimen.

Habían recorrido los últimos kilómetros en silencio. Una ominosa tensión flotaba entre ellos. Manuel se dirigió a su coche.

—¿Adónde vas, Manuel? —le preguntó Lucas siguiéndole.

—Voy a As Grileiras, puedes venir o quedarte aquí, pero yo estoy hasta los cojones. Quiero una respuesta y la quiero ya.

Lucas asintió y rodeó el automóvil para sentarse a su lado.

LA RAZÓN Y EL EQUILIBRIO

—

La tarde se esfumaba veloz. Cuando llegaron al pazo, los últimos rayos de sol de la puesta doraban la fachada de la casa principal, que con aquella luz cobraba un engañoso tinte hogareño.

Se dirigieron directamente a la entrada de la cocina y tal y como esperaban encontraron a Herminia y a su marido, sentados a la mesa con las manos enlazadas y unos rostros que delataban un gran desasosiego. Se volvieron a mirarlos, asustados. La mujer se puso en pie nada más verlos y se arrojó en los brazos de Lucas suplicando.

—¡Oh, por favor, no! Por favor, no... —dijo rompiendo a llorar y contagiándoles su alarma.

—Pero ¿qué ocurre, Herminia? —preguntó asustado.

—Pero ¿no lo sabes? Entonces, ¿no es por Santiago?

—¿Qué le ocurre a Santiago? —dijo Lucas mirando asombrado a Manuel, que, tan sorprendido como él, se encogió de hombros mientras Lucas continuaba sosteniendo a la temblorosa mujer.

Herminia se hundió definitivamente en sus brazos, sollozando.

—*Fillo*, la desgracia ha entrado en esta casa, voy a perder a todos mis niños, se me van a morir todos...

Manuel se volvió hacia el marido de Herminia, que había permanecido silencioso y seguía sentado a la mesa, inmóvil, observándolo todo como si nada fuera con él, o ya estuviera curado de espantos. Buscó en su memoria intentando recordar su nombre.

—¿Qué ha pasado con Santiago, Damián?

—Se lo han llevado en una ambulancia, Catarina iba con él. Dicen que ha tomado un montón de pastillas. Si no llega a ser por el niño, estaría muerto. Entró en su dormitorio y comenzó a zarandearlo para que se despertara.

—¿Samuel?

El hombre asintió.

—Si no llega a ser por el niño, estaría muerto.

—¿Dónde está el niño? ¿Está bien?

Soltándose del abrazo de Lucas, fue Herminia la que contestó.

—Manuel, el niño está bien, no te preocupes, ni siquiera se da cuenta de lo que ha pasado, *o pobriño* ha creído que se trataba de un juego. Está arriba, su madre le está leyendo un cuento.

Manuel avanzó hasta la mesa y se dejó caer desplomándose en una silla. Todo se desmoronaba a su alrededor. Intentó ordenar sus pensamientos. Había ido dispuesto a acorralar a Santiago, a enfrentarse con él hasta hacerle confesar. A su mente acudió el recuerdo de aquella tarde en que le había visto llorar solo y a oscuras en la iglesia, quizá Santiago arrastraba más sufrimiento del que aparentaba, o del que podía soportar.

Lucas se le adelantó con las preguntas.

—¿Qué ha pasado, Herminia? Porque algo ha tenido que pasar, tú conoces bien a Santiago y uno no decide suicidarse de pronto, de un rato para otro. ¿Qué lo ha precipitado?

Herminia apretó la boca en un rictus cruel.

Toda la tristeza que reflejaba su rostro quedó de pronto sustituida por una mueca de absoluto desprecio.

—¡Claro que sé qué pasó! Pasó lo que pasa siempre, pasó que esa horrible mujer no va a parar hasta que entierre a todos sus hijos, se diría que sufre si los ve felices. ¡Esa... —sostuvo la expresión apretando los labios— perra! —Casi escupió—. Ayer Catarina nos dio la noticia: vuelve a estar embarazada; y bueno, ya sabéis cómo es Santiago con lo de los embarazos, siempre preocupado por ella. Cenaron pronto y se acostaron. Pero esa bruja no podía dejarnos tener la fiesta en paz —dijo rompiendo a llorar con gran amargura.

Damián alzó un poco la cabeza y la miró resignado.

Manuel se puso en pie y, casi realizando los mismos gestos con los que ella le había consolado días atrás, la tomó de las manos y la condujo a una silla; después, sin soltarla, se sentó frente a ella y la dejó hablar.

—Fue esta mañana. Yo estaba con Sarita limpiando una de las habitaciones de arriba y los oí discutir. Ya sabes que yo en las dependencias de ella no entro —dijo altiva—. Le vi salir de allí llorando; ella le persiguió hasta la puerta riéndose a carcajadas y poco le importó que Sarita y yo estuviéramos allí, continuó burlándose y riéndose de él hasta que oyó el portazo en la entrada principal. Me asomé y le vi irse con uno de los caballos, siempre va a montar cuando está enfadado y eso que ahora no debería... con la mano así.

—¿Sabes por qué discutían?

Herminia negó.

—¿Y cuándo ha sido lo de las pastillas?

—Hace menos de una hora, el niño le estaba buscando para jugar, ha entrado en su habitación y suerte que ha avisado a Elisa de que el tío no se despertaba.

—Herminia, no tenía ni idea de lo de Santiago. Sé que tú le quieres y lo siento mucho —dijo Manuel gravemente.

Ella le sonrió circunspecta aceptando su condolencia.

—Pero estoy aquí porque he venido a hacerte una pregunta...

El gesto de Herminia mutó hacia la curiosidad.

—Se trata de algo que me dijiste el otro día cuando hablábamos de Álvaro, de cómo le habían sacado de esta casa con sólo doce años. Te pregunté y me hablaste de un día y de algo que ocurrió entre Álvaro y su padre...

Herminia desvió un segundo la mirada antes de responder.

—Ya te dije que no fue un día en concreto, ellos se llevaban muy mal y a Álvaro le habían expulsado del colegio, su padre estaba muy disgustado con él.

—Sí, ya sé lo que me dijiste —dijo paciente—, pero a Álvaro le expulsaron el 13 de diciembre de San Xoan y acabo de recibir una llamada desde Madrid para decirme que ingresó en el internado el 23 del mismo mes. Sé que algo tuvo que ocurrir en ese intervalo de diez días para que decidieran sacar a un niño de un hogar católico en la víspera de la Nochebuena.

—No pasó nada especial —respondió Herminia poniéndose en pie y fingiendo trastear con las cazuelas en el fogón.

—Sé que pasó algo entre Álvaro y su padre, algo lo suficientemente grave como para decidir sacarlo a toda prisa de su casa; su madre también lo mencionó. Si es verdad que querías a Álvaro, Herminia —dijo alzando la voz y provocando que ella se volviese a mirarle asustada—, cuéntamelo, porque si no lo haces subiré esa escalera y le pediré al Cuervo que me lo explique, y ella no tendrá reparos en hacerlo de la manera más cruel.

Herminia dejó lo que tenía en las manos y regresó a la mesa. Se sentó en el mismo lugar que había ocupado antes. Habló muy bajo, como si a las palabras les costase tomar cuerpo. A pesar de estar sentados a su lado, Lucas y él hubieron de inclinarse hacia ella para lograr escuchar lo que decía.

—Fue después de que expulsaran a Álvaro y unos días antes de que dieran las vacaciones de Navidad en el colegio, me acuerdo porque Santiago todavía no había venido a dormir a casa.

»El viejo marqués había salido a cazar. Siempre solía llevarse a Santiago, porque a Álvaro no le gustaba la caza y, bueno, Santiago estaba dispuesto a hacer cualquier cosa por complacerle, pero ese día se llevó a Álvaro. Regresaron a mediodía y aparcaron ahí mismo, frente a la cocina, un todoterreno grande y el remolque de los perros. El marqués estaba muy enfadado: había un perro que en los últimos días no obedecía y aquel día le había hecho perder una pieza. Sacó a todos los perros del remolque, separó al que no cazaba bien y comenzó a patearlo. Los chillidos del animal se oían en todo el pazo. Salí alarmada de la cocina, por el modo en que aullaba creí que lo habían atropellado. Álvaro corrió hacia su padre y se interpuso entre él y el perro. El padre alzó la mano, y yo creí que le abofetearía, pero entonces fue hasta el coche, sacó su escopeta y se la puso en las manos a Álvaro.

»«Este perro ya no caza, ya no sirve para nada, ¿no quieres que le pegue? Mátalo.»

»Álvaro miró la escopeta y al perro, y con el arma en las manos se dirigió a su padre y le dijo que no.

»«¿Cómo que no? Hazlo», le ordenó de nuevo.

»«No», respondió firme Álvaro.

»«Como quieras, o lo haces tú o lo hago yo», dijo avanzando hacia él.

»Entonces Álvaro alzó el arma, la apoyó en el hombro e inclinó la cabeza apuntando a su padre.

»«He dicho que no», repitió con tranquilidad.

»Miré hacia arriba y vi a su madre contemplándolos desde la ventana; al igual que yo, todo el personal del pazo se había asomado alarmado por los aullidos del perro. Imaginé que el viejo marqués se pondría muy furioso. Era un hombre acostumbrado a que todo el mundo hiciera lo que él mandaba, que su hijo le desobedeciese le sacaba de quicio, pero yo sabía que para un hombre como él lo realmente humillante era que aquello hubiese ocurrido delante de todos.

»Padre e hijo, frente a frente, se sostuvieron la mirada mientras los demás conteníamos el aliento, y entonces el marqués comenzó a reír. Sus carcajadas se oyeron, lo mismo que antes los aullidos del perro, en todo el pazo.

»«No, no dispararías a un perro, pero no tendrías tantos escrúpulos con un hombre, ¿verdad, asesino?»

»Todos pudimos oírle a la perfección, llamó asesino a su hijo. Álvaro no bajó la mirada ni el arma. El padre se dio la vuelta y entró en la casa; al pasar frente a la cocina me soltó:

»«Lo que te dije, Herminia, ¡más cojones que muchos hombres!»

»Dos días después mandaron a Álvaro a Madrid. Y el mismo día en que el niño se fue, el marqués sacó al perro al camino y le voló la cabeza, pero esperó a que Álvaro se hubiese ido; Damián tuvo que enterrarlo tras recoger sus sesos del camino. Te parecerá una tontería, pero creo que en el fondo su padre le tenía miedo.

Lucas se había llevado una mano a la frente y con ella cubría parte de su rostro. Manuel suspiró sonoramente antes de hablar.

—¿Por qué no quisiste contármelo?

Herminia hizo un gesto indicando el semblante de Lucas antes de contestar.

—¿Por qué? Porque no quería que pensarais lo que estáis pensando, porque Álvaro era bueno y justo, la mejor persona que hemos conocido.

Damián asintió a cada una de las palabras de su esposa mientras ella se levantaba y abría de golpe la puerta que separaba la cocina del acceso a la escalera. Elisa, de pie, demudada y llorosa, los miraba horrorizada.

—¿Cuánto tiempo llevas ahí? —preguntó aturdido Manuel.

—El suficiente, Manuel, el suficiente para saber que no soy la única que sospechaba de Álvaro.

Algo se sacudió en el interior de Manuel. Llevaba más de diez días allí, en aquella tierra, que a su llegada le había recibido hostil, con un cielo de cloro, un verano que se extinguía a toda prisa y la sospecha de que su vida entera estaba cimentada sobre una mentira. Una travesía por el desierto en la que cada nuevo descubrimiento traía una nueva ignominia, más dolor y la constatación, que casi había acabado aceptando, del engaño. Había claudicado, se había rendido y durante días sólo esperó que aquellos fantasmas anclados al fondo, de los que le había hablado Nogueira, dejasen su tumba submarina para flotar con sus esqueletos pútridos hasta la superficie. Cada vez que hallaba un vestigio del hombre que había amado, quizá un descargo para su actuación, uno de aquellos cementerios flotantes se elevaba hasta la superficie dejándole de nuevo sin esperanza. Y entonces había recordado...: como Hansel, Álvaro había dejado para él un sendero de miguitas de pan. Algunas se las habían llevado los ratones, otras se las habían comido los pájaros, quizá alguna otra se había descompuesto bajo la lluvia fundiéndose para siempre con la tierra; pero, fiel a su espíritu laborioso, Álvaro le había dejado cientos, miles de ellas, y la más importante, la que le ayudó a ver todas las demás.

Durante años había sido un idiota mirando al mar, había permitido que Álvaro cuidase de él, y ahora se daba cuenta de que todos lo habían hecho, de que desde que tenía doce años Álvaro había estado cuidando de todo el mundo. Un niño pequeño cuidando de otro, llevando sobre la espalda la responsabilidad de haber librado a su hermano del horror y que había recibido como pago ser repudiado, despreciado por su familia. Idiotas mirando al mar; él ya no lo haría más y no permitiría que los demás lo hicieran aunque para obligarlos tuviera que romperles el cuello.

—No digas eso, Elisa —rogó Manuel.

—No quería pensarlo, te lo juro, Manuel, nunca he querido pensarlo...

—¿Pero...?

—Pero oí lo que su madre le dijo el día en que el marqués murió, mientras Fran se deshacía en llanto cogido a la mano de su padre muerto. Ella no soportaba ni estar con él en la misma habitación.

Herminia asintió grave a sus palabras mientras Elisa hablaba.

—Fran no atendía a razones, no quería separarse ni un instante del cadáver. Yo estaba agotada, salí para ir a tumbarme un rato y los oí. Álvaro miraba hacia fuera por la ventana y ella le decía: «Ahora estás al frente de la familia, es tu responsabilidad; algo tendrás que hacer con el retrasado de tu hermano y esa putilla preñada que tiene».

—¿Y qué contestó Álvaro?

—Dijo: «Sé lo que tengo que hacer».

—Eso no significa nada —rebatió Lucas.

Elisa continuó:

—Al día siguiente, tras el entierro, Fran se negó a regresar a casa y nos echó a todos del cementerio. Hacía mucho frío y amenazaba lluvia. Vine aquí, subí a nuestra habitación y todo el tiempo estuve vigilándole desde la ventana. Se había sentado en el suelo, junto al montón de tierra que el enterrador iba empujando dentro de la sepultura. Estaba muy preocupada, no sabía qué hacer ni a quién recurrir: él parecía no sólo triste, sino desquiciado, como si fuese a perder la cabeza. Entonces vi llegar a Álvaro, se sentó junto a su hermano y estuvieron charlando mucho rato. Cuando comenzaba a llover entraron juntos a la iglesia; nadie había logrado convencerle de que se moviese de allí y recuerdo que en aquel momento me pareció un gesto hermoso.

—¿Y por qué ahora no?

—No lo sé, Manuel, hay una especie de oscuro misterio alrededor de la figura de Álvaro en esta casa, y eso que acabáis de contar...

—¿Qué? —explotó Manuel—. Un niño que se niega a disparar a un perro, ¡por el amor de Dios! En todo caso eso habla en su favor, sólo era un niño.

Ella rebatió desesperada.

—Que apuntó a su padre con un arma; un niño al que su padre llamó asesino, un niño al que temían tanto que lo sacaron de su casa. Su madre le pidió que se encargase de su hermano porque éste se había convertido en una molestia. Y vosotros —dijo mirando a Lucas y a Manuel— estáis de acuerdo en que Fran no se suicidó...

—Eso no tiene nada que ver —rebatió Manuel irritado.

—Entonces, ¿por qué me preguntaste si había visto a Álvaro aquella noche?

Manuel percibió el sobresalto de Herminia; a ella también se lo había preguntado.

Lucas levantó una mano, casi como si pidiese permiso para hablar.

—Porque yo creí haberle visto aquella noche, y en efecto vi su chaquetón o a alguien que lo llevaba, pero eso no significa nada: el chaquetón solía estar colgado de un clavo en la cuadra y, como has dicho, hacía frío aquella noche, cualquiera pudo ponérselo para ir hasta la iglesia; de hecho —dijo arrastrando las palabras con cierto retintín—, parece ser que en algún momento de aquella noche todos tuvisteis intención de ir, estuvisteis allí, o por lo menos muy cerca.

Nadie respondió, pero todos inclinaron perceptiblemente la cabeza.

Manuel sintió crecer la furia en su interior. El silencio que se había quedado flotando sobre ellos crepitaba sobre sus cabezas como una tormenta eléctrica cargada de sospecha.

Los miró de uno en uno. Damián con la gorra de paño buena, que años atrás le habría regalado su patrón; la mirada baja y circunspecta con la prudente discreción aprendida de los años al servicio del poder. Herminia llorosa y sufrida pretendiendo ejercer de madre para lo bueno y también para lo malo. Elisa, cobarde niña perdida, dejando que otros decidieran por ella...

Se puso en pie y de tres rápidas zancadas cruzó la cocina y se precipitó hacia la escalera.

—¿Adónde vas?, ¿qué vas a hacer?... Manuel...

Corrió escaleras arriba mientras escuchaba los ruegos a su espalda. Giró en el oscuro pasillo de pesadas puertas cerradas y sin detenerse llegó hasta la que remataba el corredor y llamó de aquel modo imperioso, propio de la policía, de quien espera ser atendido sin dilación.

Fue la propia marquesa la que abrió la puerta.

—Señor Ortigosa, confiaba no tener que volver a verle por aquí; por lo visto no fui lo suficientemente clara.

Frente al saloncito había un televisor encendido y la enfermera ocupaba el mismo sillón que en su última visita. Manuel supuso que era su lugar habitual. A modo de saludo, ella le dedicó una turbia mirada desde allí, como a una visita intempestiva que se iría pronto. Manuel se alegró de que la marquesa no le invitase a entrar.

—No, no lo fue, no fue clara en absoluto —dijo mirando a la mujer que tenía ante sí.

Ella le escuchaba con la cabeza un poco inclinada hacia un lado y el gesto aburrido.

—¿Qué quiere, señor Ortigosa? —dijo impacientándose.

—Afirmó que elegir a Álvaro como heredero había sido un acierto por parte de su marido, que había cumplido con lo que esperaban de él satisfactoriamente.

Ella entrecerró los ojos y se encogió de hombros ante lo obvio.

—¿Por qué sacaron a un niño de doce años de su casa? —inquirió Manuel.

—Porque era un asesino —respondió con frialdad.

—No es verdad —protestó Manuel.

Ella hizo un gesto de cansancio, como si asistiera a una función de la que ya conocía el final. Se apoyó en la puerta y por encima de la figura de Manuel observó al grupo que se había detenido al final del pasillo. Sonrió antes de decir:

—No finja, el prior me llamó ayer; olvidó usted borrar su historial de búsquedas del ordenador. Usted lo sabe: Álvaro mató a aquel hombre a sangre fría.

Manuel sintió la sangre hervir en sus venas; aun así, bajó la voz hasta que fue un susurro para evitar que los que esperaban al final del pasillo pudieran oír lo que decía.

—¿Usted lo sabía? ¿Supieron lo que había ocurrido y no obstante castigaron a su hijo y dejaron al otro allí, fingiendo que nada había pasado?

—Lo único que pasó es que Álvaro mató a un fraile, un hombre bueno dedicado a la enseñanza y a Dios.

—Aquel hombre bueno, como usted le llama, era un monstruo, un violador de niños. Álvaro sólo defendía a su hermano, y ustedes le vendieron a cambio de unas putas tierras.

—Los acuerdos a los que llegó mi marido no tienen nada que ver con eso.

—¿Así que es verdad? Dejaron a Santiago allí, en el lugar que para él era el infierno, y separaron a Álvaro de su familia condenándole a vivir alejado de su casa, del único mundo que conocía como pago por salvar a su hermano pequeño de un violador.

Ella negaba con la cabeza todas sus palabras con una mezcla de aburrimiento e impaciencia, hasta se volvió brevemente para mirar la pantalla del televisor antes de hablarle.

—Sí, una historia muy heroica, pero lo cierto es que no obró como un niño de doce años; se equivocó respecto a lo que vio allí. Los niños tienen demasiada imaginación, pero no corrió a avisar a un adulto, no gritó, no le golpeó, le contuvo por detrás apretándole el cuello hasta que dejó de respirar. ¿Se ha parado a pensar cuánto tarda alguien en morir así? Y por si eso no le resulta suficiente, cuando llevaba en casa una semana tras el incidente, estuvo a punto de matar a su padre.

—Se negaba a disparar a un perro —murmuró asqueado Manuel.

—Le echamos de casa porque era un asesino —dijo la marquesa con un gesto de haber terminado la conversación; se irguió y hasta empujó un poco la puerta.

—¿Y por qué volvieron a traerle?

Ella levantó una ceja como si fuera obvio.

—Por la misma razón. Sabíamos lo que pasaría. Desde el instante en que su padre murió, todo comenzó a descontrolarse... Y él se ocupó de poner de nuevo orden en la familia, y no hablo únicamente de sanear las cuentas que, como le dije, lo hizo a mi entera satisfacción.

—¿Qué cree que hizo?, ¿qué cree que vio?

Inclinó la cabeza antes de contestar.

—Vi a Álvaro acercarse a la tumba de su padre, vi cómo convencía a Fran para que dejase de hacer el ridículo y que entrase en la iglesia. Le vi ocuparse del asunto.

Manuel negaba con la cabeza mientras la escuchaba. Su capacidad para aceptar la mezquindad había llegado al límite con aquella mujer. Hablaba del horror con la misma frialdad con la que se habría referido a cualquier asunto doméstico.

—¿Y cree que Álvaro le mató? ¿Ha creído eso todo este tiempo? ¿Creyó de verdad que Álvaro había asesinado a su hermano para librarle a usted de una molestia? Usted no le conocía, no tenía ni idea de quién era Álvaro —dijo lleno de desprecio.

—¿Y usted sí? —respondió ella despectiva—, ¿por eso va como un alma en pena recogiendo las migajas de la vida de Álvaro e intentando entender algo?

La referencia a aquellos insignificantes retazos que había ido agrupando y que él mismo imaginaba como migas de pan le desconcertó. No se había precipitado al juzgar a la marquesa como una egocéntrica, pero Lucas tenía razón: poseía una especie de sexto sentido para ver la debilidad humana y lo explotaba. Como para refrendar su opinión, ella añadió:

—Mire, señor Ortigosa, conozco la debilidad humana porque he crecido y he vivido rodeada de ella. No sé si cree que engaña a alguien con su pose indignada, pero no a mí; yo sé que en el fondo usted también sabe lo que era Álvaro.

Manuel no supo qué responder. Se quedó mirándola. Aterrado por su clarividencia y furioso por permitir que le manipulase así. Aquella mujer siempre conseguía que se sintiese como un niño ante una reina. Había subido resuelto a pedirle la verdad y ella, como ya había hecho en su anterior visita, se la arrojaba a la cara, cruda, cruel. Pero era la verdad.

Cerró la puerta ante su rostro y, durante unos segundos, aún permaneció allí, de pie en la oscuridad en la que quedó sumido el pasillo. Casi podía oler el pulimento para madera de la puerta mientras percibía a su espalda al grupo que se había detenido al otro extremo del corredor.

Se volvió hacia ellos y vio que Elisa lloraba abrazada a Herminia. Lucas estaba unos pasos más atrás; a contraluz no podía distinguir su rostro, pero por su gesto era evidente que él también había oído las palabras del Cuervo. Avanzó hacia ellos mientras una de las puertas que daba al corredor se abría. La luz procedente de la habitación dibujó una porción lechosa en la alfombra del pasillo. Los pies descalzos y pequeños de Samuel precedieron a su sonrisa.

Manuel le miró y sintió tanta ternura, tanto amor, que hubo de detenerse, incapaz de dar un paso más.

—¡Tío! —La voz aguda, la alegría desbordante contenida en una palabra.

Arrodillándose ante él, dejó que el niño le abrazase. Mientras, hablaba sin parar y decía muchas cosas, la mitad de ellas incomprensibles para Manuel, que aun así asentía sonriendo, dejando que las lágrimas le resbalaran silenciosas por el rostro.

—No llores, tío —le pidió el niño haciendo un puchero mientras con su manita intentaba contener el llanto.

Se puso en pie y caminó con el pequeño cogido de la mano hacia las mujeres. Elisa se le echó a los brazos mientras murmuraba:

—Lo siento, Manuel, lo siento...

Él la abrazó casi sin fuerzas, mirando a Lucas, que unos pasos más atrás le observaba con atención. Había en sus ojos una determinación que agradecería más tarde, pero que en ese momento le resultaba agotadora. Desvió la mirada.

—Tío ¿te vas? —preguntó Samuel.

Miró al niño y abatido contestó:

—Tengo que irme.

—Pues quiero ir contigo —respondió resuelto el pequeño—. Mamá, mamá, yo quiero ir con el tío...

Entendió en ese instante por qué Álvaro no había podido renunciar, por qué había sentido que debía cuidar de ellos. Miró a Elisa y se volvió levemente para atisbar la puerta oscura al final del pasillo.

—Prepara una bolsa con vuestras cosas —dijo—, no voy a dejaros aquí.

Manuel atravesó el aparcamiento del hostal hasta llegar al lugar donde había estacionado al final de una larga fila de coches. El fútbol televisado de inicio de temporada había congregado a un gran número de parroquianos en el bar del hostal, quizá por eso Lucas había preferido esperar en el automóvil.

Al acercarse, distinguió la figura del sacerdote, que, sentado en el lugar del acompañante, reposaba la cabeza hacia atrás con el único gesto de cansancio o derrota que Manuel había visto en él desde que le conocía. Su firme convicción, su inamovible opinión sobre Álvaro en momentos en que a él le asaltaban las dudas, no podía menos que conmoverle. Supuso que la condición de hombre de fe no podía limitarse a una faceta de la vida. Cuando estuvo a su altura, vio que tenía los ojos entrecerrados y las manos enlazadas. Rezaba. Manuel se detuvo sin atreverse a acercarse más: había en sus rasgos habitualmente tranquilos y relajados un rictus que delataba su sufrimiento.

Manuel se daba cuenta de que la marea de su propio dolor le había arrastrado en una marejada loca de sensaciones en las que, a pesar de estar acompañado de los otros hombres, se había sentido naufragar solo. Había sido el ruego en la voz del pequeño Samuel lo que le había hecho tomar conciencia de que otros naufragaban con él. Parado en la oscuridad, estaba siendo testigo de las tribulaciones del alma de aquel hombre al que había esquivado la mirada, que había creído demasiado segura. El ceño fruncido y el rictus de la boca delataban el dolor y la carga de ofensa que lo que había descubierto tenían para él. Ninguno de los tres lo había mencionado, pero la sombra de los abusos había planeado en demasiadas ocasiones sobre la Iglesia como para pasar por alto el estigma que, para un hombre justo, aquello podía tener, y a esta sombra se unía la certeza de haber juzgado a la ligera la introspección de Santiago; el peso de admitir que Álvaro, que siempre había sido sincero con él, había guardado el mayor de los horrores sepultado en su pecho tenía por fuerza que plantearle dudas sobre lo que había sido capaz de ocultar, sobre lo que había sido capaz de llegar a hacer.

Lucas se santiguó y abrió los ojos.

Al ver a Manuel detenido sonrió conminándole a acercarse.

—¿Cómo están? —preguntó en cuanto Manuel se sentó a su lado.

—Samuel muy contento y quizá demasiado emocionado. Me ha dicho Elisa que es la primera vez en su vida que pasa la noche fuera del pazo, así que imagino que le costará dormirse.

—¿Nunca ha estado una noche fuera? ¿No han ido de vacaciones o a pasar un fin de semana a la casa de Arousa? Me consta que la madre de Álvaro pasa allí junio y julio cada año...

—No, Elisa no había querido alejarse del pazo desde que murió Fran... —Hizo una pausa y a su mente acudió el rostro triste de la joven acariciando las confluencias de la cruz sobre la tumba de éste—. Me dijo que sentía que debía permanecer allí hasta que supiera la verdad... —Miró a Lucas arrepentido—. En aquel momento pensé que estaba obsesionada, que se trataba simplemente de alguien atrapado en la negación... Pero ahora me doy cuenta de que de algún modo ella siempre lo supo, que quizá sí que conocía a Fran mejor que nadie en el mundo. —«Como yo a Álvaro», replicó su propia voz desde lo profundo de su cerebro—. Ahora está tranquila. Les han dado una habitación junto a la mía; no tendrán las comodidades del pazo, pero de momento estarán bien. Mañana ya buscaré una solución para ellos.

Lucas le miró confirmando su impresión.

—Desde el principio has tenido un vínculo especial con Elisa y el niño...

—Supongo que siento que ella es un poco como yo, alguien de fuera que ha llegado en circunstancias adversas, alguien que jamás formará parte de la familia y a quien soportan a duras penas... —dijo pensativo, consciente de estar repitiendo las palabras del Cuervo—, pero es sobre todo por Samuel. Es..., no sé cómo explicarlo, pero es casi como si ese niño fuera mío; el modo en que me reconoció, en que aceptó mi llegada como algo normal, casi esperado, y su manera de hablarme, a veces me deja asombrado con sus reacciones o las cosas que dice.

Lucas hizo la forma de un cuenco con la mano y se la puso bajo la barbilla.

Manuel se la apartó sonriendo.

—¿Ves a lo que me refiero? Es verdad, se me cae la baba con ese crío.

—Sí, es muy majo, maduro para su edad; pero es normal, ha pasado sus pocos años entre adultos, en un palacio, sin la compañía de otros niños y el peso de la ausencia del padre, que, sin embargo, está tan presente.

—Herminia me dijo lo mismo; ella opina que no es nada bueno para un niño criarse así.

—¿Qué fue lo que te contó exactamente? —preguntó Lucas visiblemente molesto.

—Nada —respondió Manuel mosqueado—. Dijo que los niños en esas circunstancias pueden volverse raros.

—Herminia se preocupa en exceso —dijo Lucas tajante—. Le mueve la buena intención, pero en ocasiones se equivoca.

—¿A qué te refieres? —preguntó Manuel, espoleado en su interés.

Lucas suspiró profundamente antes de contestar.

—Durante una de mis últimas visitas al pazo me pidió que «viera» a Samuel.

Manuel compuso un gesto de extrañeza.

—Que le «viera» como sacerdote. —Aclaró—. Me temo que esta vez tengo que darte la razón y reconocer que en ocasiones el folclore de la zona es tan poderoso como la auténtica fe.

—¿Herminia creía que a Samuel le pasaba algo raro?

—Herminia es una mujer mayor y con una educación de otra época, y vio algo perfectamente normal, sólo que no supo interpretarlo.

Manuel negó con la cabeza mientras ordenaba sus pensamientos.

—Espera un momento; tu actitud me resulta confusa, creo que la palabra adecuada es *dual*. La hostelera me contó que una niña de su familia recibía «visitas indeseables» y que éstas cesaron después de que fueran al santuario. Era a eso a lo que me refería cuando te pregunté si era cierto que allí se hacían exorcismos.

Lucas no contestó de inmediato.

—No sé si puedo hablar de esto contigo —dijo prudente.

—¿Es porque no soy creyente?

Lucas no contestó.

—En un tiempo lo fui...

—Antes de que muriera tu hermana.

Manuel le miró atónito. La muerte de su hermana era su «intocable», jamás lo mencionaba en entrevistas o biografías.

—¿Cómo sabes eso?

—Álvaro me lo contó. Ya te dije que me hablaba mucho de ti.

«Álvaro.»

—Puedo dialogar con un ateo, pero tú, Manuel, tú estás enfadado con Dios. No te juzgo, pero es una realidad que esa cuestión tendrás que resolverla con él.

Manuel sonrió negando con la cabeza.

—¿Qué estás haciendo, cura? ¡Con lo bien que íbamos!

Lucas le miró impertérrito, valorándolo durante unos segundos.

—Lo que te contó tu hostelera es cierto. Veo muchos casos similares al cabo del año. En ocasiones, algunas cosas son exactamente lo que parecen.

—¿La niña recibía «visitas indeseables»?

—La niña llevaba «compañía» constante.

Manuel sintió que un escalofrío le recorría la espalda. Disimuló.

—¿Y era eso lo que sospechaba Herminia que le pasaba a Samuel?

—Lo que le pasa a Samuel les pasa a millones de niños en todo el mundo: tiene una gran imaginación, espoleada por la relación constante con adultos; ya lee a nivel básico. Era de esperar que un niño sin amigos se inventase un compañero de juegos imaginario.

—¿Se trata de eso?, ¿de un amigo invisible? Yo tuve una desde los seis hasta los ocho, más o menos.

—E igual que en el caso de Samuel, vendría a llenar un vacío, en el tuyo, el de la muerte de tus padres; en el de Samuel, hay tantos vacíos que llenar... En alguna ocasión le ha visto hablando solo, riendo o asintiendo como si escuchase..., y como te he dicho, Herminia es una buena mujer que se preocupa demasiado, pero está equivocada.

Manuel sopesó lo que acababa de oír.

—¡Por Dios! Cuanto más sé sobre As Grileiras, más siniestro me resulta ese lugar. Y saber esto únicamente me confirma en la idea de que no podía dejar a Elisa con el niño en esa casa, sobre todo después de lo que ha sabido hoy. Más allá de lo que Álvaro decidiese hacer, el hecho es que su madre le pidió que matase a su hermano y que Elisa ha vivido todo este tiempo pensando que Álvaro había cumplido sus deseos.

Lucas asintió vehemente.

—He estado pensando en todo esto... Creo que es importante que hablemos sobre todo lo que ha sucedido hoy.

—¿A qué parte te refieres? —contestó Manuel a la defensiva.

Lucas dejó salir todo el aire de sus pulmones con un suspiro cargado de voluntad.

—A todo, Manuel, a lo que nos contó Ortuño, a lo que ha insinuado esa horrible mujer... Creo que es indispensable que acertemos a separar lo que sabemos de verdad de las burdas insinuaciones o mentiras. Te oigo hablar y es como si aceptases todo lo que te dicen sobre Álvaro; es casi... Perdóname, Manuel, es casi como si estuvieras dispuesto a admitir cualquier cosa que te cuenten sobre Álvaro.

—¿No crees lo que nos contó Ortuño?

Lucas suspiró profundamente cerrando los ojos durante un segundo; cuando los volvió a abrir dijo:

—Por desgracia, creo palabra por palabra lo que dijo Ortuño. —Hizo una pausa—. O lo que nos contó Herminia... Pero debemos diferenciarlo de la mera insinuación alentada por la maldad.

Manuel le miró en silencio y por toda respuesta se encogió de hombros mientras se mordía el labio inferior.

—No dejes que esa mujer te manipule, Manuel, sigue haciéndolo en la distancia: usa tu debilidad para inyectarte el veneno que más daño te hace.

Manuel asintió pesaroso.

—No le ha hecho falta, Lucas, porque ese veneno ya estaba dentro de mí. Al principio no lo comprendía, pero todo lo que hemos sabido ha sido esclarecedor de una manera espeluznante. Comienzo a entender por qué Álvaro decidió mantenerme al margen, porque de eso también yo soy culpable. Me he dejado llevar, he permitido que cuidase de mí, que se ocupase de todo hasta convertirme en un idiota; la responsabilidad no era toda suya, como no lo es de su madre sembrar la duda en mí, porque la duda bebe de la certeza de que hubo cosas que me ocultó o que yo nunca quise ver. Somos un hatajo de cobardes y él lo sabía. Álvaro se limitó a protegerme, como a todos ellos.

Lucas se irguió en su asiento girándose para mirarle de frente mientras negaba con grandes gestos.

—No, no, no, Manuel, no quiero tu autoconmiseración, no. Abandona esa actitud. Quiero los redaños que te llevaron a precipitarte escaleras arriba y a aporrear su puerta, la ofensa que vi arder en tus ojos mientras Elisa confesaba sus sospechas sobre Álvaro, la rabia que había en tu voz cuando le defendías diciendo que sólo era un niño que se negaba a disparar a un perro o cuando dijiste que protegió a su hermano de un monstruo.

Manuel asintió.

—Esa rabia, Manuel, porque da igual hacia dónde apunten los dedos. Tú y yo sabemos la clase de hombre que era Álvaro, lo sabemos, ¿verdad, Manuel?

Manuel le miró y tomó aire profundamente. Lucas continuó:

—... Y no era un asesino, lo que hemos sabido hoy me fortalece más en mi opinión. Siendo un niño, reunió el valor suficiente para defender a su hermano de un violador; lo ha pagado muy caro, no puedo imaginar el sufrimiento que habrá supuesto para él arrastrar durante toda su vida una carga así, acrecentada por el desprecio de su familia. Un hombre con esa moral no mata a su hermano, ni siquiera a un chantajista; no, él se enfrentaba...

Una lágrima escapó furtiva resbalando por la mejilla de Manuel, que se apresuró a eliminarla rápidamente pasándose casi con furia la mano por el rostro.

—No —susurró Manuel bajando la cabeza.

—Mírame a la cara y dime que no lo crees —apremió Lucas con firmeza.

Manuel elevó la cara y mirándole a los ojos repitió:

—No, no lo creo.

El BMW de Nogueira se detuvo a la par. El guardia bajó, cerró la puerta y, sin intención de acercarse más, encendió un cigarrillo apoyándose contra la puerta mientras esperaba a que ellos salieran del coche.

—¿Cómo ha ido? —preguntó Lucas impaciente.

—Bueno, mejor de lo que esperaba. Puedes estar tranquilo —dijo dirigiéndose a Manuel—, no tenía nada que ver con nuestra investigación o al menos no directamente... Es por un caso que llevé en el pasado... —Dio una profunda calada a su cigarrillo—: el de la muerte de Francisco Muñiz de Dávila.

—¿Fran? —preguntó Lucas sorprendido y volviéndose a mirar a Manuel.

El guardia asintió apesadumbrado.

—Manuel, supongo que recuerdas que te expliqué que, en su momento, nos pareció raro que, en el estado en que se le suponía a Fran cuando salió de la iglesia hacia la tumba de su padre, se entretuviese en cerrar la puerta del templo, y que la llave no apareció, lo que nos llevó a sospechar que otra persona lo cerró y por descuido se llevó la llave.

Manuel asintió.

—Pues bien, hoy ha aparecido.

A CIELO ABIERTO

Nogueira dio un par de caladas masticando el humo con desgana y hasta chascó la lengua disgustado antes de volver a hablar.

—Me han hecho ir para que la identificase, aunque es inconfundible y yo hice una minuciosa descripción: de doce centímetros, plata labrada y once pequeñas esmeraldas incrustadas en la cabeza alrededor de las iniciales de Fran... Toñino la llevaba encima: la han encontrado al registrar el cadáver, y a un compañero le ha sonado de oírme mencionar el caso.

—¿Están seguros de que es la misma?

—Sin ningún lugar a dudas. Yo guardaba las fotos que me proporcionó el seguro.

—¿Y cómo creen que ha llegado esa llave a su poder?

—Buena pregunta... El caso es que van a reabrir el caso de la muerte de Fran, saben que Toñino había sido su camello en el pasado; en la declaración inicial, Herminia dijo que le vio aquella noche en el pazo. Piensan que pudo estar con Fran mientras moría. Habrá que investigar si le suministró la droga, cosa que parece probable, y después arrastró el cadáver hasta la tumba, lo abandonó allí y cerró la puerta llevándose la llave —dijo con desgana.

—Eso va en la línea de lo que pensabas —apuntó Manuel—, que alguien había trasladado el cadáver. Tenías razón.

—Sí, tenía razón —repitió Nogueira fumando lentamente y sin gran convicción.

—No te veo muy satisfecho —comentó Lucas.

—Porque no lo estoy... —dijo arrojando casi con desprecio la colilla a un charco que la recibió con un audible siseo—. ¿Por qué iba ese desgraciado a tomarse la molestia de arrastrar el cadáver hasta la tumba arriesgándose a que pudieran verle? Si se les fue la mano con la dosis, ¿por qué no dejarle en la iglesia y punto?

—A mí tampoco me cuadra —dijo Manuel—, aunque me encaja que se llevara la llave; de hecho, me consta que al menos en una ocasión desaparecieron objetos valiosos de la iglesia.

—¿Un robo? —se extrañó Nogueira—. Eso no lo sabía...

—Un hurto, más bien: Griñán me lo dijo; se llevaron unos candelabros de plata, antiguos, muy valiosos, pero no se forzó la puerta.

Nogueira frunció el ceño.

—No me consta ningún incidente de esa clase en As Grileiras —dijo tratando de recordar—. Estaría bien que te dieras una vuelta por la iglesia del pazo y te enteraras de si en algún momento han echado en falta algo más.

—Ya, pero, de cualquier modo, ¿qué iba a hacer Toñino con la llave encima tres años después de aquello? No tiene ningún sentido. ¿Creéis que alguien pudo colocársela una vez muerto para inculparle? —preguntó Lucas.

—¿Inculparle en qué? —dijo Nogueira encogiendo los hombros—. ¿En un caso cerrado en el que no hubo investigación? ¿Y para qué? No había sospechas sobre nadie, no había culpas que desviar, y ahora Toñino está muerto, Álvaro está muerto, ¿quién saldría beneficiado de esto? Tiene que haber una razón para que Toñino tuviese esa llave y además la llevase encima el día que murió.

Sacó del paquete un cigarrillo, lo observó durante un par de segundos como si contuviese la respuesta, hizo un leve gesto de negación, como descartando una idea, y lo encendió con aire cansado.

Lucas miró a Manuel antes de hablar.

—Ha habido muchas novedades hoy en As Grileiras.

Manuel asintió.

Lucas resumió rápidamente el ingreso de Santiago en el hospital, la conversación con Herminia y lo que habían visto desde la ventana Elisa y el Cuervo la noche en que murió Fran. El rostro del guardia civil permaneció impertérrito mientras escuchaba, pero cuando Lucas terminó, miró a Manuel.

—¿Y ahora Elisa y el niño están contigo?

Manuel asintió.

—He sido guardia muchos años, Manuel, los suficientes para saber que una cosa es lo que vieron y otra lo que creyeron ver; fíjate si no cómo la percepción de Elisa cambia y el mismo acto pasa de parecerle un gesto de cariño a la estrategia de un asesino.

Lucas estuvo de acuerdo.

—Eso mismo te he dicho yo, Manuel: debemos diferenciar hechos de suposiciones.

—Es cierto —admitió Nogueira— que en este momento Álvaro parece sospechoso, pero también lo es el prior: sabemos que es un tipo lo bastante obtuso como para eso y para más. Cuando hablé con él respecto a la desaparición de su sobrino, me llamó la atención que pareciera no importarle, como si no esperase que regresara o como si no le interesase lo ocurrido. Y aunque no haya tenido nada que ver con su muerte, creo que está claro que Toñino no le importa tanto como para exponer a la luz una información que le perjudique y que tantas molestias se ha tomado en ocultar. No olvidemos que el informe de Ortuño sobre lo que sucedió aquella noche en el convento le implica al menos en dos delitos graves: ocultación de un homicidio y abusos sexuales a un menor; en la prensa sería una bomba...

—Así que puede que calle... —dedujo Lucas.

—Es lo más probable —dijo Nogueira—, al menos de momento, pero según hacia donde se decanten las averiguaciones quizá tengamos que dar la información nosotros.

—¿Nosotros? ¿O tú? —inquirió Manuel levantando el mentón, de pronto enfadado.

—Manuel, ante todo soy guardia civil. Ya te advertí de que una investigación es así: terminan por saberse cosas que no son nada agradables.

—Pero hablaste de que alguien había matado a mi marido, no de... De todo esto —replicó disgustado.

—Y así es, pero quizá las cosas ocurrieron de una manera más vulgar, mucho menos complicada. Yo sé cómo piensa la policía. Toñino encontró el documento, comenzó a chantajear a Álvaro, él se presentó en el seminario porque sabía que la información sólo podía haber salido de allí, consiguió localizar a Toñino, quizá siguiendo al prior, se pelearon y Toñino murió debido a un accidente y quizá le colgó de un árbol para hacerlo pasar por un suicidio.

—¿Y quién mató a Álvaro?

—Quizá Toñino le hirió en la pelea y Álvaro condujo unos kilómetros hasta que se colapsó y falleció...

—Encaja más con el prior que con Álvaro —intervino Lucas—. Fue a buscar a su sobrino a casa, quizá esperó en el cruce a que saliera, le siguió, le mató y le colgó: no sería la primera vez que intenta hacer pasar un crimen por un suicidio; luego buscó a Álvaro, discutieron, le pinchó y se aseguró de que terminaba con él sacando su coche de la carretera...

—No me cuadra —dijo Manuel negando—, tanto a Álvaro como al prior les interesaba que el secreto no saliera a la luz, ¿por qué iba a complicarse matando a Álvaro? Una vez muerto Toñino, todo volvería a estar como antes.

—¿Y la llave? ¿Qué explicación puede tener? —preguntó Lucas.

—No, ya os he dicho que no tiene ningún sentido poner el foco en algo que estaba olvidado, cerrado, como una sobredosis o un suicidio —puntualizó Nogueira.

—No lo sé, Elisa no estaba convencida —argumentó Lucas.

—Los familiares directos nunca lo están: les resulta más

tolerable imaginar que alguien les arrebató a su ser querido que aceptar que su final fue voluntario, pero nadie iba a prestarle oídos.

—No entiendo nada —dijo Manuel volviéndose hacia la oscuridad de la noche. Su gesto delataba el agotamiento y la desesperación.

—Escuchadme —dijo Nogueira—. ¡Manuel! —insistió logrando que le mirara de nuevo—. Debes dejar de darle vueltas hasta que tengamos el resultado de la autopsia. Ofelia me llamará en cuanto termine. Entonces podremos fundamentar una hipótesis con más base; hacer cábalas ahora mismo no conduce a nada.

Manuel le miró hosco.

—¿Me llamarás en cuanto sepas algo?

—Te doy mi palabra. Ahora sube a tu habitación —dijo mirando hacia el hostal— e intenta descansar un poco. Mañana, sea lo que sea lo que revele la autopsia, estaremos aquí y será un día muy largo; hazme caso, Manuel, procura descansar.

Manuel asintió rindiéndose. Dio un par de pasos hacia el hostal y se detuvo inseguro volviéndose a mirarlos.

—Tengo que ir a buscar a *Café*.

—Déjalo en mi casa esta noche.

Manuel y Lucas intercambiaron media sonrisa cómplice.

—Si va a resultar que te gusta el chucho —dijo Lucas burlón.

—¡Qué me va a gustar! —replicó el guardia alzando la voz. La bajó enseguida oteando por encima de los coches aparcados—, pero es muy tarde y apuesto a que está dormido con mi hija...

Sonriendo, Manuel se dio la vuelta sin prestar atención a las explicaciones de Nogueira y se dirigió hacia el hostal levantando una mano en señal de despedida.

No quitaron ojo a Manuel mientras caminaba hacia la entrada y, como en un acuerdo tácito, ambos esperaron en silencio hasta que la puerta se cerró.

Nogueira se giró hacia Lucas.

—¿Qué me dices respecto al intento de suicidio de Santiago?

Lucas sopló todo el aire de sus pulmones antes de contestar.

—Era una bomba de relojería... Supongo que también para él habrá sido terrible lo del chantaje, la posibilidad de que el secreto que ha arrastrado toda su vida pudiera salir a la luz, ha tenido que ser espantoso. Pidió ayuda a su hermano, al que siempre le había defendido y ahora está muerto. En los últimos días ha acumulado tensiones y discusiones con Manuel y hasta con su esposa, según me contó Manuel. Estaba muy deprimido; ya pasó por un episodio muy grave cuando murió Fran y ahora con lo de Álvaro no levantaba cabeza. Hace unos días, Manuel le sorprendió en la iglesia llorando, y Herminia también le oyó llorar esta tarde, antes de que el crío le encontrara. Y para rematarlo, ha tenido, que sepamos, un par de enfrentamientos con su madre: Herminia no pudo oír de qué hablaban pero sí que se reía de él, esto sumado a la humillación a la que le sometió ante Manuel el otro día... Supongo que ha sido demasiado para él.

Nogueira asintió asimilando lo que escuchaba.

—Tú eres su confesor, ¿no? —dijo mirándole pensativo.

—¿En qué estás pensando?

—En que éstos son católicos muy practicantes, ¿verdad? Con su propia iglesia y su propio cura...

—No te pases —advirtió Lucas sin asomo de humor.

—¡Tranquilo, *home*! —exclamó divertido ante los arrestos del cura—, lo que digo es que después de un intento de suicidio el tipo tiene que estar deseando ponerse en paz con Dios. No estaría de más que te dieses una vuelta por el hospital para hablar con él; me gustaría saber si ha sido por todo lo acumulado o si ha habido un detonante. Sería interesante conocer qué fue eso que le dijo su madre esta mañana para disgustarle tanto.

—Tenía pensado visitarle mañana por la mañana, pero ya sabes que si me cuenta algo en confesión...

—Ya lo sé —dijo Nogueira mirándole con desdén.

—Ya sé que puede parecerte un imbécil —continuó Lucas—, pero creo que le he juzgado mal; ahora sabemos lo que arrastra desde la infancia, el horror, la mentira oculta todo este tiempo. —La mirada de Lucas se perdió en la oscuridad del aparcamiento mientras rememoraba—. Siempre iba como un perrito detrás de Álvaro, y ahora entiendo por qué. Quizá de ahí provenía esa violencia autodestructiva, sus juguetes, sus cosas, él mismo... —dijo volviendo a mirar a Nogueira—. Yo le acompañé al hospital cuando avisaron del accidente de Álvaro, allí nos dieron la noticia, y cuando salió después de identificar a su hermano muerto su rostro era de absoluta incredulidad.

Los hombres se quedaron en silencio durante unos segundos.

—¿Cómo ves a Manuel? Me tiene preocupado —dijo Nogueira.

Lucas asintió.

—También a mí, está sufriendo mucho... Está bien dadas las circunstancias; es más fuerte de lo que parece, pero aun así nos necesitará cerca, cada vez las cosas se complican más. Creo que está empezando a comprender que quizá Álvaro tuvo una poderosa razón para ocultarle la verdad y, por otra parte, se debate entre saber que Álvaro con sólo doce años mató a un hombre y las dudas sobre si ha sido capaz de volver a hacerlo.

—Sí, eso me ha parecido.

—Imagínate, si es confuso para nosotros, ponte en su lugar.

Nogueira asintió mirando fijamente a Lucas hasta conseguir que se sintiera incómodo.

—¿Qué? —preguntó Lucas molesto.

—Voy a contarte algo, cura...

—¿Cura? —repitió éste sin poder evitar sonreír—. ¿Ahora soy «cura»?

—Ya me entiendes —respondió Nogueira sin atisbo de

que estuviese bromeando—, como en secreto de confesión. No saldrá de aquí.

Lucas asintió con gravedad.

—El lugar al que me han convocado no ha sido la comandancia, sino el escenario donde han hallado el cuerpo. Medio oculto entre los matorrales han encontrado el coche de Toñino, un coche blanco... Los de la científica estaban trabajando y no me han permitido acercarme, pero desde lejos y a simple vista se podía apreciar que presentaba varias abolladuras. Ya habían bajado al desdichado del árbol, la forense estaba a punto de llevárselo y yo no era el único convocado: el prior estaba allí, imagino que le habrán llamado para identificar al chico. De repente se ha cruzado conmigo, me ha cogido del brazo, me ha llevado aparte y me ha dicho: «Avisé a mi sobrino de que con el marqués las cosas no quedarían así. Álvaro estaba muy furioso cuando vino a verme, traté de advertirle, pero no quiso escucharme».

Lucas abrió los ojos impresionado.

—¿Crees que contará eso mismo a tus compañeros?

—No lo sé, ha habido algo en el modo en que me ha separado de los demás que, como he dicho antes, me lleva a pensar que sería perfectamente capaz de callarse para ahorrarse problemas, pero no lo sé. —Chascó la lengua con disgusto—. Y como he comentado, hasta que tengamos los resultados de la autopsia y avance un poco la investigación, todo son suposiciones y no quiero confundir a Manuel con más *trapalladas*.

—Pero si Toñino sacó a Álvaro de la carretera con su coche, ¿quién le mató a él? ¿En qué orden ocurrieron los hechos? No entiendo nada.

—Por eso mismo no he querido contárselo a Manuel, y tú tampoco lo harás.

—¿O me subirás al monte y me pegarás un tiro? —dijo sonriendo.

—Te lo ha contado... —Sonrió también dirigiendo la mirada hacia las ventanas del hostal—. Ha sido un día terrible para él, no creo que hoy duerma mucho, no es tonto el escritor... Es imposible que no esté pensando lo mismo que nosotros, que Álvaro era un asesino, y por Dios que no me refiero a lo que ocurrió aquella noche en el convento —dijo arrojando el cigarrillo al charco y dirigiéndose al hostal—. Acompáñame, ¿no tienes hambre?

Lucas le siguió poniendo cara de asco.

—¿Es que no hay nada que te quite el apetito?

Nogueira se detuvo para esperar a que el cura le alcanzara y pasándole un brazo por el hombro le dijo:

—¿Te he contado que mi mujer me mata de hambre?

Lucas rio pensando que era una broma hasta que vio la cara de Nogueira.

—¿Y si me lo cuentas mientras cenamos algo?

Manuel entró en su habitación y encendió primero la luz del baño enfrentada a la puerta que comunicaba su habitación con la de Elisa y Samuel. Se acercó hasta llegar a rozar con la punta de los dedos la madera cubierta por docenas de capas de pintura y permaneció allí en pie tratando de percibir algún movimiento al otro lado. Con la mirada fija en el grueso cerrojo que en contraste con la puerta se veía nuevo y bien engrasado, elevó la mano hasta tocarlo y, al hacerlo, la variación de su peso de un pie a otro hizo crujir la madera del suelo. Avergonzado, como si hubiera sido sorprendido en un acto impropio, retrocedió provocando un nuevo quejido de la madera, apagó la luz del baño, salió de nuevo al corredor y llamó suavemente a la puerta de Elisa.

Ella abrió de inmediato. Iba descalza, los pies sólo cubiertos por unos calcetines. Sonrió y se apartó para que Manuel pudiera ver el interior de la habitación. Era una réplica de la suya, con la diferencia de que en ésta la cama era de matrimonio. Elisa había cubierto la tulipa de la lámpara de la mesilla con un pañuelo azul que tamizaba la luz y cubría de melancolía los sencillos muebles de la habitación. Desde la pantalla del televisor, el sonido tan bajo que resultaba apenas audible, una serie de dibujos animados hacía saltar la luz de uno a otro color sobre las almohadas que sostenían la cara inmóvil de Samuel.

—Acaba de quedarse dormido —susurró ella sonriendo y apartándose definitivamente de la puerta en un gesto que le invitaba a entrar.

Se acercó hasta la cama sin quitar la mirada del rostro infantil, que se veía relajado, aunque sus ojos no estaban del todo cerrados, como si se hubiera resistido hasta el final al sueño.

—¿Te ha costado mucho que se durmiera? —preguntó volviéndose hacia ella.

—Me ha costado mucho que se quedara quieto. —Rio—. Lo he tenido un buen rato dando saltos sobre la cama, es todo un artista de circo, pero, en cuanto he conseguido que parase para ver los dibujos, no ha tardado ni cinco minutos en dormirse.

Manuel miró alrededor.

—¿Estaréis bien aquí?

Ella le tendió una mano y cuando Manuel la tomó la envolvió entre las suyas y mirándole sonrió.

—Gracias, Manuel. Estaremos muy bien, de verdad, no te preocupes. Creo que esta noche estaríamos en cualquier sitio mejor que en el pazo.

Sintió el impulso de abrazarla, pero antes de que pudiera decidirse ella se le echó en los brazos. Era muy alta, tanto como él. Notó el rostro pegado al suyo y entre sus brazos la fragilidad de su delgado cuerpo. Recordó que Griñán le había comentado que había sido modelo, «y drogadicta», dijo una voz en su cabeza. Cuando se soltó del abrazo vio que sus ojos estaban húmedos. En un gesto de coquetería se dio la vuelta secándose las lágrimas antes de volver a hablarle. Levantó la mano señalando la puerta que unía las dos habitaciones.

—Manuel, he abierto el pestillo; si quieres algo, puedes llamar desde tu habitación, no hace falta que salgas al pasillo.

Él miró a la puerta y supo que la madera del suelo había delatado su presencia al otro lado.

—Escucha, Elisa —dijo mirándola seriamente—, hay algo que quiero decirte.

Ella se sentó en la cama, elevó ambos pies, los cruzó y se quedó mirándole atentamente.

—Es sobre lo que dijo la marquesa en el pazo...

Ella continuó inmóvil y en silencio, pero Manuel percibió que su rostro se había ensombrecido un poco.

—No puedo decirte, ni pedirte, ni siquiera pretender lo que debes creer o no, pero de todo corazón espero que no creas lo que dijo.

—Manuel...

—No, no digas nada, pero ¿recuerdas que me dijiste que tú conocías a Fran mejor que nadie en el mundo?

Ella asintió.

—Pues yo conocía a Álvaro mejor que nadie en el mundo; cuando llegué aquí tuve muchas dudas, pero ahora soy consciente de que, aunque quizá no lo sabía todo de él, aun así le conocía mejor que nadie. Recuérdalo, porque quizá en los próximos días oigas muchas cosas.

—Sé lo que ha dicho y por qué; también la conozco a ella, sé que no hace nada sin intención, pero, al igual que tú, no puedo aceptarlo sin más, ¿me comprendes, Manuel?

—Te comprendo.

Volvió la vista hasta el rostro del niño dormido.

—Hay un favor que tengo que pedirte, Elisa.

—Claro, lo que sea.

—Griñán me explicó que existe una tradición en la familia: a cada miembro varón se le entrega al nacer una llave de la iglesia del pazo.

Ella asintió.

—Y por lo visto deben ser enterrados con ella una vez que han fallecido.

—Bueno... —comenzó ella—, Fran perdió la suya...

—¿Tú sabes si la tenía el día del funeral de su padre?

—Sí, cuando fui a llevarle el bocadillo la tenía a su lado sobre el banco de la iglesia.

—¿Estás segura de que era la suya y no otra de las copias?

—Sí, completamente, las llaves no son idénticas: se diferencian por las piedras preciosas incrustadas en la cabeza de la llave. En la de Fran eran esmeraldas, conocía bien esa llave. —Bajó un poco la cabeza antes de decir—: Cuando estábamos enganchados, en más de una ocasión traté de convencerle de que la vendiésemos para obtener dinero, pero Fran respetaba demasiado a su padre, siempre me dijo que él no se lo perdonaría.

—Pero cuando encontraron a Fran, no la tenía.

—La buscamos por todas partes, pero no apareció. Es curioso —dijo torciendo la cabeza hacia un ángulo oscuro de la habitación, como si de allí tomase la memoria—. Recuerdo que a mi suegra le causó un gran disgusto que la llave no apareciese para el funeral, ¡la muy hija de puta! —dijo entrecerrando los ojos en un gesto que sorprendió a Manuel por la furia y la crueldad que afloró a aquel rostro—. Álvaro le cedió la suya, ¿lo sabías?

Manuel negó.

—¿Samuel recibió su llave al nacer?

—Por supuesto, ya puedes imaginar cómo son con esas cosas, pero a mí nunca me ha hecho demasiada gracia: verla me trae malos recuerdos.

—Supongo que la conservas...

—Está en una especie de cofre con un marco, como un cuadro pero con más fondo. Puede ponerse en la pared y abrirse como una urna.

—¿Podrías prestármela?

Ella abrió los ojos sorprendida y hasta pareció que preguntaría «¿Para qué?», aunque era una pregunta sin demasiado sentido. Sin embargo, lo que dijo le asombró más.

—Álvaro también me la pidió la última vez que estuvo aquí.

Se quedó mirándola parado.

—Elisa, ¿recuerdas qué día fue?

—El día en que llegó, me la devolvió por la tarde.

—Yo también te la devolveré —dijo él tranquilizándola.

—No es necesario que digas tonterías —le riñó sonriendo—. En el pazo, mi habitación y la de Samuel están comunicadas como éstas. La llave está en el dormitorio de Samuel, sobre la cómoda; entra y cógela.

Manuel se inclinó sobre el niño y le besó suavemente en la mejilla antes de dirigirse hacia la puerta. Aún tenía en las manos la impresión escurridiza del cuerpo delgado de Elisa y en su mente su admisión de la intención de vender la llave en más de una ocasión.

Se detuvo volviéndose a mirarla.

—Elisa, hay otra cosa que quiero preguntarte —dudó— y quizá sea un poco delicada, pero has de entender que yo no te conocía antes y que todas las referencias que tengo sobre la familia son a través de lo que me han ido contando...

Ella asintió apretando los labios, adelantándose en su gesto a la importancia de lo que venía después.

—Puedes preguntarme lo que quieras, hace mucho tiempo que tengo asumidas todas mis verdades.

—Sé que Fran y tú estuvisteis casi un año en una clínica portuguesa.

Elisa permaneció inmóvil.

—Sé que regresasteis cuando el viejo marqués se estaba muriendo y tú ya estabas embarazada... Elisa, creo que eres una buena madre, no hay más que ver el buen trabajo que has hecho con Samuel, pero también sé que es muy difícil salir de una adicción y que en ocasiones se tienen recaídas puntuales...

Ella comenzó a negar con la cabeza.

En la voz de Manuel había implícita una disculpa.

—Tengo que preguntártelo, Elisa, tengo que preguntártelo porque alguien lo ha insinuado y yo no lo creo, pero tengo que preguntártelo.

Ella seguía negando obcecada.

—¿Has vuelto a consumir en alguna ocasión, Elisa? ¿Aunque fuera sólo una vez?

Tras ponerse en pie, ella avanzó hasta situarse frente a él, sus ojos de natural azules se habían oscurecido como los de una gata.

—No —dijo rotunda.

—Lo siento, Elisa —dijo él dirigiéndose hacia la puerta.

Antes de que pudiera cerrarla, ella le alcanzó.

—En el segundo cajón de la misma cómoda sobre la que está la urna con la llave, encontrarás mis informes médicos. Nuestra querida suegra me obliga a realizarme un análisis de drogas semestral. Me quedé en el pazo con la condición de no volver a drogarme nunca: ella me amenazó con quitarme a Samuel si lo hacía y lo habría hecho si hubiese tenido la más mínima duda. Puedes coger los informes cuando vayas a por la llave —dijo cerrando la puerta ante él.

Manuel entró en su habitación y encendió la luz. Durante unos segundos, aún apoyado en la madera cálida de la puerta, observó la estancia desde aquel ángulo como días atrás hiciera en su casa.

El resplandor mortecino de la bombilla de ahorro que se derramaba desde el techo iría aumentando su luminosidad según pasaran los minutos, pero, hasta entonces, el fulgor desmayado bañaría los muebles con una pátina miserable que haría que la habitación pareciera fría y desolada. Sin moverse echó un vistazo al vetusto radiador cubierto por las capas y capas de pintura que parecían envolver allí todas las cosas, y que a modo de saludo le obsequió con un crepitar que anunciaba que comenzaba a templarse. Volvió la mirada hacia la puerta que separaba las dos habitaciones. Evitando pisar la tabla que delataría su presencia, elevó la mano hasta tocar el pestillo con el mismo cuidado que si manipulase un explosivo, descorrió el cerrojo silenciosamente e, inmóvil, lo examinó durante dos segundos. Con el mismo cuidado volvió a cerrarlo.

Como atraído por una llamada, caminó hacia la cama. La

colcha de color chocolate, pulcra y estirada, contribuía como un escenario vacío a proclamar la importancia de la flor blanca que descansaba sobre la almohada. Sin tocarla, volvió la mirada hacia la puerta de la habitación contigua, consciente de que él mismo acababa de abrir y cerrar el pestillo.

—¿Por qué? —preguntó en un susurro—. ¿Qué significa?

Tomó la flor en la mano. Estaba fresca y fragante, como recién cortada; su pálida presencia le desconcertaba y le producía una mezcla de aprensión y certeza de algo que no podía llegar a discernir. Sintió cómo los ojos se le llenaban de lágrimas y, enfurecido, de pronto abrió el cajón de la mesilla y la arrojó a su interior. Rechazó la estrechez castrense de la cama y pensó que aquella noche sin *Café* sería larga y más oscura. Su presencia peluda, sus ojos de agua, hasta sus suaves ronquidos se habían convertido en parte de lo que necesitaba para estar bien; quizá debería haber ido a buscarlo, aunque, también con una punzada de celos, admitía que el animalillo parecía cada vez más unido a Antía. Ya sabía que no dormiría, ¿para qué hacer trampas? Encendió el televisor con el volumen muy bajo y se sentó ante el escritorio buscando el único lugar donde podía descansar. Regresó al palacio.

DE TODO LO NEGADO

Oyó las risas y fue como si sintiera una llamada. Miró hacia el río y como surgidas de un sueño vio a las tres chicas de la otra tarde en su curiosa embarcación; las piernas morenas, los brazos fuertes, el pelo recogido en despreocupadas guedejas que sobresalían bajo los sombreros... y sus risas. Había música en sus voces, como si un móvil de campanitas tintinease mecido por la brisa. Eran preciosas aquellas hadas del río, y volver a verlas le produjo un regocijo inexplicable...

LLAMAR A LOS MUERTOS

Hacia las cuatro y media, Manuel apartó a manotazos el cobertor y se dejó caer sobre la cama, cerró los ojos...

Los abrió de pronto sobresaltado, se había quedado dormido. Miró hacia los pies de la cama tenuemente iluminada por la luz que se colaba a través de la cristalera en la parte alta de la puerta, y que los frailes dejaban encendida en el pasillo para que los más pequeños no tuvieran miedo. Álvaro vio sus pies, aún embutidos en los toscos zapatos escolares que volvía a ponerse cada noche cuando se aseguraba de que su compañero de cuarto estuviera dormido. Hacía una semana que se acostaba vestido. Vigilando. Y ese día se había quedado dormido; lo peor era que al hacerlo había perdido toda referencia de la hora que podía ser. Los relojes estaban prohibidos en el seminario; decían los frailes que los chicos pendientes de la hora no prestaban atención al estudio. Había en el primer piso un gran reloj con carillón cuyas campanadas eran audibles en todo el colegio, y más en plena noche. La última vez que recordaba haberlo oído fueron tres los repiques, pero ahora, maldito sueño, ahora no sabía qué hora era, ni cuánto tiempo había dormido. Salió de la cama atento a cualquier cambio en el rostro relajado del niño inmóvil que dormía con la boca abierta en el lecho de al lado; abrió la puerta y se deslizó en el pasillo hacia la penumbra mientras mentalmente contaba las puertas que separaban su habitación de la que ocupaba su hermano. Puso la mano en el pomo, y con el mismo cuidado que si manipulase un explosivo, fue girando el tirador hasta oír el clic. Empujó la puerta y asomando sólo la cabeza miró hacia el interior. Oyó la respiración mucosa del compañero de su hermano, que dormía completamente destapado en la cama más cercana a la entrada. La otra estaba vacía: la blancura de las sábanas abandonadas refulgía en la penumbra denunciando el expolio. Corrió hacia la oscuridad que conducía a las celdas de los frailes. No esperó, no escuchó, no llamó; se abalanzó hacia la puerta y, tras girar el pomo, la empujó, seguro de que se abriría: no estaban permitidos los pestillos en el seminario. No vio a su hermano bajo la montaña sudorosa de carne que se contoneaba atrás y adelante, atrás y adelante, con el trasero blanco y peludo al aire. Entonces le oyó: se quejaba, sufría, pero su voz le llegó tan distante, aplastada, sepultada por la masa informe del violador, que se diría que el niño estaba muy lejos, como si gimiese desde el interior de un pozo excavado en la tierra, o de una tumba.

El monstruo siguió contoneándose con suaves empujones, concentrado en su propia respiración; ni siquiera se percató de la nueva presencia allí. Sin dejar de mirarle ni un instante, Álvaro soltó la puerta a su espalda y se sacó el cinturón de cuero del uniforme escolar tirando de él hasta que estuvo libre de las trabillas. Lo tomó entre las manos y saltó sobre la espalda húmeda del hombre, tras lo que ciñó su cuello con el cuero del cinturón. La sorpresa hizo tambalearse al fraile, que dejó ir a su presa y se llevó las manos a la nuca ansiando liberarse. Álvaro apretaba con todas sus fuerzas, y a los pocos segundos comenzó a percibir cómo el ímpetu de los infructuosos manoteos con los que el monstruo intentaba zafarse iban perdiendo brío hasta que le fallaron las piernas y cayó de rodillas. No advirtió el momento en que se fracturaba la tráquea: fue como si se aplastase cediendo el espacio que ocupaba a la pieza de cuero, que quedó incrustada en su garganta. Dejó de moverse, pero el chico aún mantuvo el nervio que le acalambraba las manos y le blanqueaba los nudillos. Cuando le soltó jadeante, aún temblando por el esfuerzo, le miró, tendido como una gran pieza a la que se ha abatido. Supo que estaba muerto, que él lo había matado. Se dio cuenta de que no le importaba y estuvo seguro de que no iba a llorar, pero comprendió también que no era gratuito, que algo se le había roto por dentro, algo que nunca volvería a recuperar. Lo asumió.

El niño lloraba de cara a la pared, lloraba cada vez más fuerte, hipaba sonoramente, iba a despertar a todo el seminario.

Manuel se sentó aterrado en la cama. Durante unos segundos aún creyó escuchar el llanto del niño; desorientado, buscó a la criatura mirando en derredor hasta que la realidad se impuso y le permitió distinguir la habitación del hostal y el lloro del pequeño se fundió con el sonido procedente de su teléfono móvil: era Nogueira.

—Manuel, Ofelia acaba de llamarme. A las seis acaba su turno y hemos quedado a las siete en su casa, ¿recordarás cómo llegar hasta allí o prefieres que pase a buscarte?

Agradecido por aquel chute de realidad, repudió los persistentes jirones del sueño que todavía le nublaban la vista. Se frotó con fuerza los ojos mientras intentaba aclarar sus pensamientos.

—¿Te ha contado algo?

—No, me ha dicho que hay novedades, pero ha preferido no contarme nada por teléfono.

—Estaré allí a las siete.

Cuando iba a salir de la habitación, su mirada voló hasta el pestillo de la puerta que unía la suya con la de Elisa y Samuel. Casi de modo inconsciente estudió lo presentable que se veía su dormitorio, con la ropa de cama revuelta, los libros y la foto en la que estaba con Álvaro sobre la mesilla y los folios que revelaban su incursión al palacio extendidos sobre el escritorio. Felicitándose por recordar la tabla que crujía en el suelo, se acercó a la puerta e inclinó la cabeza para escuchar. No se oía nada, pero vio que los pulsantes flashes de luz delatores del televisor encendido se colaban por la rendija, bajo la puerta. Con el mismo cuidado que había puesto la noche anterior, descorrió el pestillo y giró el pomo hasta que la puerta cedió con un clic. Ambos dormían. Las cabezas juntas y los rostros relajados, sólo alterados por la colorida luz de los dibujos animados que desde la pantalla les teñía la piel. Sintió lástima no por ellos, ni por él, lástima por todos los solitarios, abandonados y desolados que no pueden apagar la luz cuando llega la noche a sus almas. Estuvo allí en pie un par de minutos observando quieto el rostro del niño dormido, la boca entreabierta, las pestañas curvadas, las manos pequeñas y morenas abiertas como estrellas de mar sobre las sábanas blancas. Con el mismo cuidado que había puesto para abrirla, cerró la puerta, pero esa vez no corrió el pestillo.

El coche de la forense aparecía aparcado frente a la casa; y en el camino junto a la verja de acceso, el BMW de Nogueira. Estacionó a su lado, se dirigió a la entrada y desde fuera hizo saltar el pestillo de la verja, como le había visto hacer al guardia, mientras era recibido por los cuatro perros. En el lateral, la puerta del garaje abierta permitía ver parte de la leñera y la trasera del coche de Álvaro, que permanecía parcialmente cubierto con una lona.

La casa olía a café recién hecho y a pan caliente, y un gruñido desde su estómago le recordó que no comía nada desde el día anterior. La forense había dispuesto sobre la mesa de la cocina las tazas del desayuno y cuando entró allí siguiendo a Nogueira la sorprendió con la jarra del café en la mano.

—Hola, Manuel, siéntate por favor —le indicó señalando la mesa.

Sin preguntar, sirvió café y leche en todas las tazas y, mientras ellos removían el azúcar, dejó sobre la mesa unas olorosas tostadas de pan gallego, oscuro y fragante, cubiertas por un paño blanco.

Los tres comieron con apetito y Manuel supuso que por consideración la doctora esperó a que hubiesen acabado antes de comenzar a hablar.

—Todo apunta a que puede llevar unos trece días muerto, catorce si nos fiamos de la denuncia por desaparición que puso su tía, aunque ayer su tío, el prior, nos dijo que probablemente ella se había equivocado de día porque él le vio en su casa el sábado. Dice que fue a tomar café.

—¡Qué cabrón! —exclamó Nogueira—. Así que no ha contado lo de la discusión e imagino que tampoco contará nada relativo a la visita de Álvaro al seminario y la conversación que mantuvieron; ahora reconoce que vio a Toñino el sábado y así se cubre las espaldas si la investigación va adelante.

—Podemos suponer que ambos mienten: la tía para llamar la atención sobre la denuncia de desaparición y el prior..., parece que él sabe mentir algo mejor. No ha dicho nada más, que tomaron café el sábado en casa de su hermana y desde entonces no había vuelto a saber nada de él. —Hizo una pausa y pareció que iba a añadir algo más, pero negó con un pequeño gesto y continuó con su explicación—: El caso es que llevaba la misma ropa que su tía describió en la denuncia por desaparición. Debes entender —dijo dirigiéndose a Manuel— que es un poco precipitado establecer en este momento la data exacta del fallecimiento; aún estoy esperando los resultados de varios análisis que he pedido basados en el desarrollo de bichos y larvas, líquido que se extrae del ojo y otras muestras, pero si me preguntasen diría que sí: unos catorce días muerto, igual que Álvaro. El cadáver está muy mal. Hace una hora lo hemos entregado al tanatorio y va en cajón hermético, no te digo más. Ha permanecido todo el tiempo expuesto a la intemperie, ha llovido bastante, pero por las tardes también ha hecho mucho calor; además, es una zona muy frecuentada por cuervos y urracas que no le hacen ningún asco a la carroña, así que podéis imaginaros que de entrada los restos aparecen bastante alterados.

Ambos asintieron.

—Fue ya sobre la mesa, observando con más cuidado, cuando pude constatar lo que sospeché en mi primer examen del cadáver en el monte: que había recibido numerosos golpes en el rostro. Tenía fracturado el pómulo, partido un diente, y presentaba varias microfracturas en la mandíbula; además, se aprecian tumefacciones en la cara interior de los antebrazos —dijo mientras elevaba los brazos cubriéndose el rostro—. Es un claro gesto defensivo. Le dieron una paliza a conciencia y todos los golpes los recibió pre mórtem, lo sabemos porque alrededor de las heridas la sangre se había coagulado; además hallamos en su coche un paquete de toallitas húmedas y más de una docena que se habían usado para limpiar la sangre. Lo que nos lleva a pensar que primero recibió la paliza, tuvo tiempo de limpiarse un poco y después ocurrió todo lo demás...

—¿Y has podido establecer con qué le golpearon? —preguntó Manuel.

—Sí, sin ninguna duda con las manos, fueron puñetazos, golpes propinados con los puños.

—Corrígeme si me equivoco, pero creo que la persona que le metió esa paliza tendría marcas en los nudillos, ¿no es verdad? —dijo Manuel recordando el intenso dolor que había recorrido su mano tras el altercado de la otra noche al salir del Vulcano.

—Seguro, le dio tan fuerte que le partió un diente. Es indudable que le produciría algún corte, tendría los nudillos pelados y las articulaciones inflamadas.

—Yo vi las manos de Álvaro —añadió Manuel con firmeza, su voz transmitió cierto alivio—, bueno, al menos una, la derecha, y teniendo en cuenta que Álvaro era diestro, lo normal es que le hubiera golpeado con ésa, ¿no es cierto?

—Sí, yo también lo recuerdo, tenía las manos limpias y sin marcas.

—Toñino era un chapero —intervino Nogueira—, no sería la primera vez que un cliente le daba una paliza, a muchos tipos les entra el arrepentimiento después. Los hechos podrían estar perfectamente disociados: un cliente pudo golpearlo antes de que se encontrase con Álvaro.

—O el prior, tú le viste días después de la desaparición de Toñino, ¿tenía marcas?

—No que fueran evidentes, aunque si llevaba muerto desde la madrugada del sábado ya habrían transcurrido muchos días; con un buen cicatrizante, heridas de esa clase ya podían estar curadas.

Ofelia asintió solemne.

—Aún hay mucho más: aunque la causa de la muerte de Toñino es asfixia por ahorcamiento, también presentaba ocho laceraciones en el bajo vientre, ocho cuchilladas largas y estrechas. En el caso de Álvaro, tomé la medida con un calibre, pero no tuve tiempo de más; en este caso he podido hacer un molde de la herida y por supuesto no puedo afirmarlo al ciento por ciento, pero diría que Toñino fue apuñalado con un objeto muy similar al que se utilizó para agredir a Álvaro.

—¿La misma persona pudo atacar a los dos? —sugirió Manuel.

—Odio hacer de abogado del diablo —dijo Nogueira—, pero se me ocurre que también pudo ser algo entre ellos: Álvaro le cita allí con la promesa de pagarle y cuando le tiene delante le mata. O al revés: cuando Álvaro se niega a pagarle Toñino le ataca y le apuñala una vez; Álvaro, que es mucho más grande y fuerte que él, le desarma y le apuñala repetidas veces.

Manuel había cerrado los ojos como si no quisiera ver a Nogueira diciendo aquello.

—¿Ha aparecido el arma?

Ofelia sirvió una nueva ronda de cafés mientras respondía:

—De momento no, ni en el coche ni en la zona.

—Aunque si Álvaro se la llevó, pudo deshacerse de ella en el camino simplemente arrojándola a un lado de la carretera en el recorrido que hizo hasta que se salió —apuntó Nogueira.

Manuel le dedicó una mirada cargada de odio.

—Hay una peculiaridad —continuó ella sin prestar atención a la tensión entre los hombres— que ya me llamó la atención en Álvaro, pero en Toñino, con más laceraciones, resulta más evidente: la dirección de las puñaladas tiene una clara trayectoria de izquierda a derecha.

Nogueira levantó las cejas y curvó la boca bajo su bigote.

—¿Qué significa eso? —inquirió Manuel.

—El asesino podría ser zurdo —explicó Nogueira.

—No es del todo fiable —se apresuró a explicar Ofelia—, de momento sólo una hipótesis; sin contar con un molde de las heridas de Álvaro, ni siquiera podemos estar seguros de que fueran apuñalados con el mismo objeto, y luego entran en juego otras cuestiones como la posición en la que el agresor estaba en el momento del ataque; por ejemplo, en el interior de un coche, lo que obligaría a forzar la postura. Pero de entrada, sí, todo apunta a que el agresor era zurdo.

—Álvaro era diestro —dijo Manuel con firmeza y mirando retador a Nogueira—, ¿y Toñino?

El teniente consultó la hora.

—Es temprano, más tarde llamaré a su tía y se lo preguntaré. Tengo dudas respecto al prior: fue educado en un tiempo en el que ser zurdo se corregía a hostia limpia, así que... podría serlo y no parecerlo.

—¿Y los golpes en la cara? —insistió Manuel—. ¿Puedes saber por la trayectoria si el agresor era diestro o zurdo?

Ofelia dio un respingo.

—Bueno, ahora que lo dices, es verdad que presentaba golpes por todo el rostro, es algo normal que mientras te golpean te debatas moviendo la cabeza de lado a lado —dijo girando su propia cabeza de derecha a izquierda—, pero los golpes más fuertes (el diente roto, la fractura en el pómulo y la fisura mandibular) están en el lado izquierdo, lo que nos habla probablemente de un agresor diestro; aunque en las peleas se usan ambos puños, esto podría apuntar a que la persona que le golpeó el rostro y la que le acuchilló son personas diferentes. Hay algo más: el agresor debía de ser fuerte. Es cierto que Toñino pesaba apenas sesenta kilos, estaba muy delgado y no era demasiado alto. Ya en el escenario del crimen me di cuenta de que le faltaba una deportiva y el calcetín se había deslizado y colgaba de la punta del pie. Inicialmente pensé que durante el pataleo típico del ahorcamiento él mismo se había arrancado la zapatilla, pero ésta apareció a unos diez metros de allí, cerca del coche, y durante la autopsia encontré varias rozaduras y arañazos ante mórtem en el talón. Creo que le arrastraron hasta allí y pienso que tuvo que ser alguien fuerte: hay que serlo para izar a una persona desde el suelo y colgarla de la rama de un árbol; es verdad que no colgaba a gran altura, pero aun así debió de ser un gran esfuerzo. Eso también dejaría marcas en las manos del agresor, aunque menores si utilizó guantes; estamos revisando la soga por si hay restos de piel o células epiteliales, pero de entrada parece que no.

Los tres guardaron silencio unos segundos, después fue Manuel el que habló.

—Creo que la clave está en establecer exactamente la hora en que murió Toñino, porque ya sabemos dónde y a qué hora se salió de la carretera Álvaro... —comentó Manuel.

—Mira, Manuel —dijo Ofelia suspirando—, a pesar de lo que hayas podido ver en las películas, lo cierto es que establecer el momento exacto de un fallecimiento cuando han pasado las primeras horas es muy difícil, a menos que en el mismo instante se pare el reloj de la víctima o se cuente con un testigo. En la mayoría de los casos es a través de un compendio de datos como llegamos a establecer la hora de la muerte, pero, cuando han pasado tantos días y el cadáver está en semejante estado, las cosas se complican. Como he dicho, hasta que no tenga el resultado de las analíticas que he pedido y las conclusiones de la policía científica sobre lo que hallaron en el coche, sólo podemos hablar de hipótesis.

Manuel asintió rendido.

—Y hay otra cosa —dijo ella poniendo cara de circunstancias mientras le tendía un sobre que había tenido a su lado todo el tiempo—, ha llegado el resultado de los análisis comparativos de la pintura que enviamos al laboratorio; no hay como pagar para que todo se haga rápidamente. La pintura que se transfirió al coche de Álvaro y la del vehículo del seminario de la muestra que tú tomaste es exactamente la misma.

Los dos hombres se miraron asombrados, pero fue Nogueira el que dijo:

—¿Y esperas hasta ahora para decirlo?

—Controla tu entusiasmo, Nogueira: debes entender que esto no tiene valor policial ni judicial; la muestra fue tomada por un particular, sin permiso, ni orden, no podemos utilizarla, no sirve para probar nada.

—Ofeliña —dijo él arrebatándole a Manuel el informe de las manos—, sólo hace diez días que no soy guardia, no he olvidado cómo realizar mi trabajo. Puede que no sirva como prueba, pero es suficiente para ir a hacerle una visita al prior.

—Voy contigo —dijo Manuel.

—No, Manuel, es mejor que no. Aunque él sepa quién eres y que has estado indagando, no nos conviene que nos relacione.

—¿Estás seguro de que no te metes en un problema si sigues apretándole las tuercas? —preguntó Manuel.

—No, anoche tenía alguna duda, pero lo que pensaba se ha visto confirmado por el hecho de que no haya declarado nada relativo a Álvaro, a tu visita o a la mía. Ya sabemos que el prior tiene razones para estar callado; nos queda saber si encubre lo que ocurrió aquella noche de 1984 o lo de hace unos días, cuando Álvaro y su sobrino murieron.

—Aún no estamos seguros —replicó Ofelia.

—Todo apunta a que así fue, ¿no es cierto? Toca hablar

con él. Iré a visitarle a título personal para darle el pésame y ver qué explicación tiene para lo del coche.

Ofelia asintió de mala gana.

—¿Qué vas a hacer tú, Manuel?

—Volveré a As Grileiras, al fin y al cabo, todo parece empezar y terminar allí.

Nogueira alzó la vista hacia las ventanas del despacho en el segundo piso del convento. Los cristales le devolvieron el reflejo del cielo gris de aquella mañana, pero también, aunque más difuminada, la presencia furtiva del prior, que le observaba y que retrocedió un paso cuando él miró hacia allí. Disimuló la leve sonrisa que se dibujaba bajo su bigote y entretanto encendió un cigarrillo que se fumó con parsimonia dando tiempo a que los pensamientos del prior fuesen de la aprensión a la desesperación mientras se devanaba los sesos conjeturando la razón de su visita.

Apagó el cigarrillo y aún se entretuvo saludando a los ancianos frailes con los que se cruzó y prolongando la conversación al interesarse por su salud. Comenzaba a llover cuando calculó que el prior debía de estar ya desquiciado. Cruzó la puerta de entrada y se dirigió al segundo piso.

La puerta del despacho estaba abierta. A medida que se aproximaba, el guardia casi pudo imaginar al prior abriéndola y cerrándola repetidamente mientras calculaba el efecto de su llegada. Estaba sentado tras su despacho, pero, al contrario de lo que había supuesto Nogueira, no fingía trabajar, no llevaba sus gafas de leer puestas, no había papeles sobre la superficie limpia del escritorio.

Nogueira cerró la puerta sin saludar y cruzó la estancia acercándose a la mesa. El prior tenía el rostro demudado y le miraba fijamente, esperando sus palabras. Nogueira no se entretuvo en saludos.

—Sé lo que ocurrió aquí aquella noche de 1984, sé lo que ocultaba el documento que firmó el hermano Ortuño, sé que Toñino lo encontró aquí y decidió chantajear a Álvaro Muñiz de Dávila y que éste estuvo aquí el día de su muerte para pedirle explicaciones...

Como activado por un resorte, el prior se puso en pie volcando el sillón en el que había estado sentado, se cubrió la boca con ambas manos con el inconfundible gesto de contención del vómito y pasó a su lado corriendo hacia la puerta del baño disimulada entre las estanterías. Nogueira no se movió de su sitio, lo oyó vomitar, toser y jadear durante un rato. Después, la cisterna y el agua en el lavabo. Cuando salió del baño llevaba en la mano una toalla húmeda que mantenía apretada contra la frente.

Sin reparar en el sillón volcado tras la mesa, Nogueira enfrentó las dos sillas de confidente, ocupó una de ellas y haciéndole un gesto le apremió a sentarse en la otra.

El prior no necesitó más estimulación. Toda su seguridad había desaparecido y vomitó las palabras con la misma incontinencia que el contenido de su estómago.

—Toda la vida ha sido igual con él: no quiso estudiar y no quería trabajar. No era la primera vez que le contrataba para realizar pequeñas tareas o arreglos en el convento; en un edificio tan grande siempre hay cosas que hacer y, en lugar de avisar a otro, avisaba a mi sobrino, no creo que se me pueda reprochar nada por eso. El invierno pasado tuvimos un problema con el canalón del tejado y el agua entró en un par de habitaciones; nada grave, pero dejó manchas en el techo. Hemos esperado todo el verano para cerciorarnos de que estaba bien seco, sólo tenía que repintar los techos. Trabajó durante tres días y en esa ocasión creí que sería diferente, se le veía animado y con ganas. Estuvimos despejando mi despacho para que pintase al día siguiente —dijo levantando la mano izquierda para indicar una mancha amarilla en el techo, sobre la ventana—. No regresó, y tengo que decir que no me extrañó, ya lo había hecho en otras ocasiones. Antes de irse la tarde anterior me dijo que necesitaba dinero y le adelanté una parte de lo que le iba a pagar; al no regresar simplemente pensé que se había ido de juerga. A la mañana siguiente, cuando no se presentó llamé a mi hermana, pero ella me dijo que no estaba en casa, siempre le justificaba, siempre sacó la cara por él ni siquiera sé si es verdad que no estaba en casa —dijo encogiéndose de hombros—, así que lo di por perdido. Los hermanos me ayudaron a colocar las cosas en su sitio y decidí por vigésima vez no volver a confiar nunca más en mi sobrino. Cuando Álvaro Muñiz de Dávila se presentó aquí comencé a hacerme una idea de lo que había pasado. Imagino que, al desplazar mi mesa, el cajón, que está un poco flojo, se desprendió y el portafolio en el que guardaba ese documento pudo caerse y así llegar a su poder. En cuanto Álvaro salió de aquí, me dirigí a casa de mi hermana a intentar hablar con mi sobrino, pero fue inútil, ni siquiera se asomó a la puerta. Justo cuando subía al coche, recibí una llamada urgente y regresé al convento.

—¿Pretende que me crea que regresó al convento sin más sabiendo lo que su sobrino estaba haciendo y después de que Álvaro le amenazara?

—Le juro que eso fue lo que hice.

—Usted se había tomado muchas molestias en ocultar lo que ocurrió aquí la noche en que murió Verdaguer y creyó durante años que tenía controlados a todos los implicados, pero, después de que yo acudiera a preguntar por Álvaro, usted dejó sus obligaciones en el convento para ir a hablar con el exfraile Mario Ortuño, para avisarle de que se estuviera calladito. ¿Pretende hacerme creer que no intentó silenciar a los demás?

El prior comenzó a negar.

Pero Nogueira levantó una mano conteniendo su protesta.

—Hay demasiado en juego: el violador está muerto, pero el escándalo podría acabar con un serio desdoro para su orden y con usted en la cárcel por encubrir la muerte del hermano Verdaguer simulando un suicidio y por ser cómplice necesario en los abusos sexuales a un menor.

El prior gimió cubriéndose la cara con la toalla e inclinándose hacia delante. Nogueira le miró sin asomo de piedad, agarró un extremo de la toalla y de un fuerte tirón se la arrancó de las manos. El prior, sobresaltado, se inclinó hacia atrás y en un acto reflejo se cubrió el rostro con las manos como si el guardia fuese a golpearle. Nogueira le miró con infinito desprecio. Un gesto como un corte afilado se dibujó en su boca.

—Tienes razón, pedazo de mierda, debería romperte todos los huesos —susurró, pasándose al tuteo irreverente.

El prior comenzó a llorar aterrado mientras murmuraba algo ininteligible.

Nogueira sacó un cigarrillo y sin pedir permiso lo encendió con una de aquellas caladas de profunda succión características de su modo de fumar.

—Voy a decirte lo que pienso que pasó —dijo con infinita calma—. Creo que esperaste a tu sobrino en el cruce del barrio de Os Martiños, le seguiste y, cuando estabais en una zona despejada, le hiciste señales de que parara a un lado. Eres un viejo, pero un viejo muy cabreado, y tu sobrino no pesaba ni sesenta kilos; creo que le diste una paliza, le acuchillaste y después lo colgaste de aquel árbol del que lo bajamos anoche, por eso no te extrañó una mierda que hubiese desaparecido, por eso estabas tan tranquilo.

Nogueira era consciente mientras exponía su hipótesis de la bestialidad que suponía una explosión de violencia como la que narraba; Ofelia estaba segura de que la persona que había golpeado a Toñino y la que le había acuchillado eran distintas, y él sabía por experiencia que la forense rara vez se equivocaba, pero apretarle las tuercas a aquel cabrón le estaba proporcionando un placer extraordinario. Entre todos los monstruos, los que se metían con niños y los que les daban cobijo eran los que más odiaba, y estaba seguro de que si le aterrorizaba lo suficiente terminaría contando la parte de verdad que ocultaba.

El prior lloraba negando y alzó las manos en signo de

inocencia. No tenía marcas en los nudillos, pero habían transcurrido varios días, no sería difícil comprobar si las había tenido en algún momento.

Nogueira continuó mientras tomaba nota mental.

—Después quedaste con Álvaro Muñiz de Dávila en algún lugar de la carretera de Chantada para explicarle que el peligro había pasado, pero él no te puso las cosas fáciles. Imagino que quería el documento, es lo que habría pedido yo para estar seguro de que no iba a volver a suceder, o quizá estaba ya harto de tanta porquería y decidió que lo haría público, sería lo mejor, y lo más probable es que eso acabe sucediendo. —El prior abrió los ojos aterrado—. Sí, creo que eso fue lo que pasó, discutisteis y le pinchaste. Debió de sorprenderle que un fraile fuese capaz de algo así y le pilló desprevenido. Era fuerte, subió a su coche y salió a la carretera, pero tú tenías que asegurarte de que no volvería a hablar, así que le seguiste en esa furgoneta blanca que escondes en el garaje y embistiéndole le sacaste de la carretera; por eso no la habéis llevado a reparar. Un análisis ha confirmado que la pintura de la furgoneta y la que quedó adherida a la trasera del coche de Álvaro es la misma.

El prior dio un respingo y dejó de gimotear. Boqueando como un pez, se puso en pie y comenzó a apartar a manotazos los documentos ordenados en una bandeja sobre la mesa de su despacho.

—No, no, no, se equivoca, tengo la prueba, tengo la prueba —decía mientras revolvía los papeles provocando que la mayoría acabase en el suelo. Los tomaba, leía el encabezado y los arrojaba de cualquier manera mientras buscaba uno nuevo, hasta que al leer uno de ellos se le iluminó el rostro—. ¿Lo ve?, ¿lo ve? —dijo sacudiéndolo con tal ímpetu ante los ojos de Nogueira que era imposible leer nada.

Nogueira le arrebató el documento, que identificó de inmediato: era un parte amistoso de accidente.

—Álvaro vino a hablar conmigo y es verdad que estaba muy enfadado: me dijo que no iba a pagar, que le daba igual todo, que por él podía hacerse público, que el único que tenía algo de que avergonzarse era yo y que si me convenía ya encontraría la manera de silenciarlo. Cuando ya se iba, al dar marcha atrás golpeó la furgoneta que utilizamos para las compras y que estaba aparcada frente al garaje. Se mostró dispuesto a solucionarlo de inmediato: rellenó los papeles con el hermano Anselmo, que me los trajo después para que los guardara; estábamos esperando a que nos llamasen del seguro, por eso no la hemos llevado al taller —dijo con un tono de voz que le salió demasiado agudo por el berrinche—. Supongo que ahora ya nadie se hará cargo...

—¿Por qué la ocultabais?

—No sé, le vimos husmeando, no sabíamos qué buscaba.

Nogueira suspiró mientras ordenaba sus ideas.

—Amenazaste a tu sobrino, le dijiste que las cosas no iban a quedar así, que no sabía con quién se la jugaba.

El hombre negó agobiado.

—Sólo trataba de advertirle, me refería a Álvaro. Sabía que éste no tardaría en ponerse en contacto con él, quería ir a verle, yo no quise darle la dirección porque le vi muy enfadado, pero insistió y no se fue de aquí hasta que accedí a pasarle su teléfono. Toñino no era malo, era impetuoso y sin demasiado cerebro, pero no malo. Traté de hacerle entender la gravedad del asunto, pero ni siquiera se asomó a la puerta, se quedó escondido detrás de mi hermana.

Aquel dato no aportaba nada nuevo: ya sabían que Álvaro había llamado a Toñino por la tarde. La pregunta era: ¿para qué? ¿Para decirle que no iba a pagar, o para fijar una cita con la promesa de pagarle y acabar con el problema asesinándole? Evocar la imagen le hizo recordar algo.

—Has dicho que cuando estabas en la puerta de la casa de tu hermana te llamaron para una emergencia en el convento...

—Sí, iba a explicárselo... El hermano Nazario es uno de los más mayores, tiene noventa y tres años, y le dio un mareo, nada grave, de la tensión, pero al caer se fracturó la nariz;

tampoco es que eso sea muy grave, pero toma Sintrom, un medicamento para evitar el ictus, no coagula bien, y tuvo una fuerte hemorragia y lo tuvieron que trasladar en ambulancia. Pasé toda la noche con él en observación en urgencias, hasta que consiguieron pararle la hemorragia y aún tuvieron que hacerle un par de transfusiones. Si quiere puede hablar con él, hace tres días le dieron el alta.

Nogueira releyó el parte. Estaba en orden; la hora y la descripción del accidente, detalladas. La caligrafía que se correspondía con la firma era la de Álvaro y la letra no delataba un estado de alteración particular.

—Necesitaré una fotocopia de este documento —dijo mientras el prior asentía con grandes gestos— y voy a comprobar lo del hospital y, como me hayas mentido, me voy a encargar de que te encierren por pederastia y ya verás lo bien que lo pasas en la cárcel —concluyó, disfrutando del temblor que recorrió el cuerpo del prior.

Recibió una llamada y, en cuanto tuvo la fotocopia, salió de allí no sin antes dedicarle al hombre una última mirada cargada de amenaza.

De mala gana condujo hacia el barrio de Os Martiños.

INSOMNIO

—

—Buenos días, capitán —saludó la vecina de la tía de Toñino abriendo la puerta antes de que Nogueira llegara a llamar.

Fue fácil imaginarla apostada junto a la ventana esperando como uno de sus gatos.

—Teniente —corrigió él.

—Teniente, capitán, qué más dará, perdone a esta pobre viuda su ignorancia de los rangos militares —dijo mientras se echaba a un lado para franquearle el paso.

Torciendo la cabeza para que ella no pudiera verle, compuso un gesto mezcla de asco y de sospecha. ¿Había percibido cierto tono de coqueteo en la voz de aquella arpía? Casi estuvo seguro al sumarle el hecho de que, aunque hacía más de una hora que había recibido la llamada, la mujer seguía vestida tan sólo con un camisón que asomaba por la abertura de su bata desabrochada mostrando una generosa porción de piel pálida cubierta de manchas de la edad.

Respiró profundo tratando de serenarse y se arrepintió de inmediato al aspirar el aroma de galletas y orín de gato que recordaba de su última visita.

Nogueira volvió a mirarla con intención de abreviar su visita a aquella casa.

—¿Y bien?

—Usted me dijo que le llamase si recordaba algo...

—Sí, ya me lo ha dicho por teléfono, ¿qué es lo que ha recordado?

En lugar de contestarle, la mujer le rebasó y se sentó en el sofá junto a la ventana.

—Primero he de ponerle en antecedentes para que entienda por qué no lo he recordado antes y vea que no miento —dijo palmeando la porción de sofá libre a su lado.

Haciendo de tripas corazón, el teniente obedeció.

—Sufro insomnio, capitán. Soy una mujer aún joven y activa, y tengo que tomar una pastilla para poder dormir, pero a veces olvido hacerlo. Cuando me ocurre, es un fastidio, porque cuando me voy a la cama me duermo de inmediato, pero antes de que pase una hora me despierto y, si no me la tomo ya, no consigo pegar ojo en toda la noche.

Nogueira asentía paciente esperando que aquella tortura le aportase algo de provecho.

—Ayer volvió a ocurrirme: olvidé tomar la pastilla, me dormí, y a la una, puntual como de costumbre, estaba tan despierta como ahora, me levanté a por la pastilla. Las guardo ahí, en esa cómoda —dijo, y señaló un mueble sobre el que dormitaba un gato—. Al pasar por delante de la ventana miré hacia fuera y recordé que el sábado en que Toñino desapareció también olvidé tomar mi pastilla, y cuando me levanté a por ella y pasé frente a esta ventana vi el coche de Toñino.

Nogueira la miró con interés renovado.

—¿Está segura?

Con su ya conocido gesto de dama ofendida, asintió.

—Completamente, pero necesitaba explicarle las circunstancias, por qué lo había olvidado y por qué lo recordé ayer, cuando la situación volvió a repetirse. No le di importancia en aquel momento porque no tenía nada de particular que el coche estuviera ahí. Estaba medio adormilada, pero sé que lo vi; y no solamente eso: después de tomarme la pastilla regresé a la cama y aún me llevó un rato volver a conciliar el sueño, siempre me pasa, y entonces oí el motor del coche que se ponía en marcha y salía hacia el camino.

—Esto es muy importante —dijo Nogueira mirándola a los ojos—. ¿Está segura de la hora?

Ella sonrió arrebatada.

—Capitán, era la una, a pesar de que ya no soy una jovencita, para los horarios y para otras cosas, sigo funcionando como un reloj.

DOBLES FONDOS

—

Manuel se inclinó para mirar a través de la luna delantera. El cielo seguía tan plomizo como a primera hora de la mañana, como si aquel día no fuese a terminar de llegar, pero la quietud de las primeras horas había sido sustituida por rachas de viento revoltoso que arremolinaba las primeras hojas que comenzaban a desprenderse de los árboles. Empezó a llover mientras conducía en dirección al pazo. La melancolía de la lluvia, el cadencioso barrer del limpiaparabrisas, unidos a la ausencia de *Café* a su lado, se le antojaron insoportables. Sin proponérselo, Manuel volvió a pensar en el modo en que Antía abrazaba al perro.

Aparcó junto a la verja del pazo, en el mismo lugar que el primer día. Santiago aún estaba en el hospital y era probable que Catarina le acompañase, pero no quería volver a encontrarse con el Cuervo o que siquiera sospechase qué hacía allí. Se colocó la capucha del chaquetón y atajando entre los setos de gardenias llegó a la cocina.

El gato negro montaba guardia frente a la puerta, cuya mitad superior permanecía abierta. No había ni rastro de Herminia, ni de Sarita, pero supuso que andarían cerca, entretenidas en alguna de las labores de la casa, porque el fuego de la cocina de leña estaba encendido, y le llegó el agradable calor perfumado del aroma de madera caliente. Se detuvo unos segundos dudando entre alertarlas de su presencia o ir directamente a por lo que había ido a buscar. La puerta que conducía a la escalera estaba abierta y hacia allí se dirigió.

Subió rápidamente sintiéndose furtivo en aquella casa que ese día, bajo el cielo plomizo, había perdido el encanto de los toboganes de luz que le habían fascinado la primera vez que la visitó. La luminiscencia sucia que se colaba por los ventanales le daba al mármol un baño de estaño que hizo aumentar la sensación de que no era bienvenido.

Contó dos veces la hilera de puertas para cerciorarse de que no se equivocaba, asió con firmeza el pomo helado de la puerta y lo giró. Ante él apareció una suntuosa habitación que, como ya le había explicado Elisa, estaba unida a otra cuya puerta permanecía abierta. El dormitorio infantil, con caros muebles elegidos para ser eternos, tenía un aire regio, como de habitación de príncipe del medievo, demasiado seria para el pequeño artista de circo que era Samuel. Por el contrario, el dormitorio principal se veía salpicado, aquí y allá, de juguetes, peluches, camiones de bomberos y hasta de una colección de motos alineadas sobre el tocador. Era fácil adivinar que Samuel había dormido con su madre desde el día en que abandonó la cuna, y que la segunda estancia obedecía más a las normas de la casa que a sus necesidades.

Localizó encima de la cómoda la vitrina en la que, sobre un fondo de seda azul, colgaba la pieza de plata coronada de zafiros dispuestos alrededor de las iniciales de Samuel. Sintió un escalofrío al tocarla: estaba tan helada como el pomo de la puerta. La sostuvo unos segundos sobre la palma de la mano abierta mientras admiraba la belleza de la pieza y el horror ancestral de un objeto concebido para ser enterrado con su propietario. Se la guardó en el bolsillo. Y, tal como había hecho con las puertas en el corredor, fue contando los cajones para asegurarse de que no abría uno distinto del que buscaba. El cajón estaba vacío, con la excepción de un portafolio negro. Lo tomó y deslizó con cuidado la cremallera que lo cerraba. En el interior y sujeta por un clic, una veintena de folios con membrete de una clínica privada detallaba las analíticas por drogas que Elisa Barreiro se había hecho; se remontaban hasta los últimos meses de su embarazo y la última databa de un mes atrás. La señora marquesa había sido minuciosa en sus exigencias, y las analíticas, todas negativas, cubrían desde heroína y cannabis hasta cocaína y tranquilizantes. Cerró los ojos y suspiró con una mezcla de alivio y vergüenza mientras recordaba la dura mirada con la que Elisa le había despedido la noche anterior.

Cubriéndose la cabeza con la capucha del chaquetón de Álvaro, Manuel se apresuró bajo la lluvia para internarse cuanto antes en el pasadizo de árboles que llevaba hasta la iglesia y que le brindaría protección de las miradas que pudieran llegar desde la casa; por lo menos, hasta que alcanzase el claro en el que se ubicaba el templo. El cerrojo aparecía incrustado en la recia madera de la puerta y la llave entró un poco floja al principio, lo que hizo que temiera que, después de todo, aquella joya fuese sólo un símbolo y no se correspondiese con la antigua cerradura. La introdujo hasta el fondo y notó al girarla cómo los antiguos resortes cedían a la presión. La puerta se abrió y oyó el eco del clac de las ballestas de la cerradura al saltar abiertas. Antes de entrar se volvió para echar un vistazo hacia el camino y vio que bajo un gran paraguas negro se acercaba el viejo jardinero que en ocasiones ejercía de enterrador. El hombre levantó una mano con un gesto que era a la vez saludo y señal inequívoca de que le esperase. Mientras lo hacía, Manuel entornó la puerta asegurándose de que no se cerraba y deslizó de nuevo la llave de Samuel en su bolsillo.

—Buenos días, señor... —dijo el hombre aproximándose.

—Manuel, por favor —dijo él tendiéndole la mano.

El hombre se la estrechó con firmeza.

—Sí, Manuel... Me preguntaba si tendría un minuto para que charlemos —dijo volviéndose para observar el camino y hacia las ventanas altas de la casa que eran visibles sobre la arboleda—. Intenté hablar con usted el día del entierro, cuando estaba junto a la tumba...

Manuel asintió, lo recordaba. Había tenido la sensación de que iba a decirle algo, después simplemente lo había olvidado.

El hombre dirigió de nuevo la vista hacia las ventanas de la casa.

—¿Podríamos hablar dentro? —dijo señalando con el mentón la puerta de la iglesia.

Manuel empujó el portón y con un gesto le indicó que entraran, sintiéndose extraño al invitar a alguien a un lugar donde él mismo no debería estar.

El hombre cerró la puerta asegurándola desde el interior, pero fue Manuel el que ejerció de anfitrión pidiéndole que se sentara en el último banco.

Quizá influido por la penumbra que dominaba el templo y que llamaba al recogimiento, el hombre habló en susurros; aun así, su tono fue firme:

—Conocía a Álvaro desde que era pequeño, bueno, conocía a todos los hermanos, pero con Álvaro siempre tuve buena relación. Santiago es como su padre: trata al mundo, a todo el mundo, como si fuera menos que él, y Fran, aunque era buen chico, iba a lo suyo, pero Álvaro siempre tenía un rato para pararse a charlar conmigo; incluso se ofrecía a ayudarme cuando me veía muy atareado.

Manuel asintió presintiendo que quizá todo lo que el hombre quería era darle el pésame.

—Hago muchas labores en el pazo, la mayoría bastante gratificantes, y sin duda la más difícil es tener que ejercer de enterrador. En las ocasiones en que desgraciadamente es necesario, no lo hago yo solo, llamo a unos cuantos peones que me ayudan, pero yo me encargo de terminar el trabajo y dejarlo todo como debe estar. El día del entierro del viejo marqués, Fran no regresó a la casa; se quedó sentado en el suelo junto a la tumba mientras yo volvía a rellenar, palada a palada, la fosa. Eché a los demás operarios y me entretuve todo lo que pude porque no quería dejarle allí solo. No protestó, quizá porque se daba cuenta de que yo no tenía más remedio que estar allí. No lloraba. Había dejado de hacerlo en el momento en que descendimos el ataúd a la fosa, pero había algo en su gesto que era mil veces peor, no sé cómo explicarlo, rompía el corazón.

»Entonces vi llegar a Álvaro por el camino. Se sentó a su lado, en el suelo, y durante unos minutos permaneció en silencio; después comenzó a hablar y le dijo a su hermano las palabras más hermosas que he oído nunca decir a un hombre. Yo no sé expresarme como él y no puedo repetirle exactamente lo que le dijo; le habló de lo que comporta ser hijo, de lo que supone ir de la mano de un padre, del amor por encima de todo y de saber que nunca te va a fallar, y también le habló del significado de ser padre, le comentó que la vida le daba otra oportunidad, que el hijo que su mujer llevaba en las entrañas era su ocasión para ser padre, para repetir en él el amor y el cuidado que él mismo había sentido durante toda su vida. Añadió que su hijo era una señal, un buen augurio y una oportunidad para hacer las cosas bien.

Manuel asintió lentamente reconociendo las palabras que Fran le había repetido a Lucas unas horas más tarde.

—Poco a poco fue cambiando el gesto mientras asentía a las palabras de su hermano. Entonces Fran dijo: «Creo que tienes razón»; y también: «Me alegro de que estés aquí, Álvaro, porque estoy muy preocupado, algo terrible está ocurriendo en nuestra familia y no puedo evitar sentirme responsable porque sé que, al fin y al cabo, soy yo el que trajo ese demonio a nuestra casa». Entonces comenzó a llover y Álvaro le convenció para que continuaran hablando aquí, en la iglesia. —El hombre miró hacia el altar, en el que, aun a oscuras y con la escasa y plomiza luz que entraba por las diminutas ventanas perdidas junto a la cubierta, refulgía el pan de oro del sagrario. Volvió a mirarle a los ojos para decir—: Si le cuento todo esto es porque sé que ahora está usted al frente de la familia y creo que debe saber que, a pesar de todo lo que oiga o de todo lo que le puedan contar, ni Fran se suicidó, ni Álvaro tuvo nada que ver.

Manuel abrió los ojos de par en par, impresionado, ni por un momento se le había ocurrido pensar que las sospechas sobre Álvaro estuvieran extendidas de aquel modo.

—El día en que Álvaro apuntó a su padre con la escopeta

todo el personal del pazo pudo verlo, y lo más horrible del asunto es que sus propios padres fueron los responsables de difundir el rumor de que el chico era peligroso —prosiguió el hombre—. ¿Qué cree que pasó después de que su propio padre le llamase asesino delante de todos?

»El viejo marqués adoraba a Fran, pero todo el mundo sabía que su madre le aborrecía y, cuando encima regresó con la novia embarazada, le salía humo por las orejas. ¿Sabe cómo llama a su nieto? —Manuel cerró los ojos y asintió pesaroso—. Cuando, después de la muerte del viejo, Fran comenzó a comportarse de aquella manera tan rara, todos pensamos que su madre no tardaría en echarlo de casa o algo peor. El pazo es como una casa de putas, aquí se sabe todo. Yo, como ya ha podido comprobar por lo que le acabo de contar, tengo paciencia, buenos oídos y una memoria excelente.

Manuel despidió a Alfredo en la entrada de la iglesia. Vio al enterrador encarar de nuevo el sendero bajo su paraguas negro y, tras asegurarse de que la puerta estaba bien cerrada, se volvió de nuevo hacia el interior.

El suelo ajedrezado multiplicó el sonido de sus pasos elevándolo hasta la bóveda mientras caminaba hacia el altar. Distinguió entonces la pequeña lamparita roja que ardía junto al sagrario. Encendió la linterna de su teléfono móvil e inspeccionó el retablo cuyo cuerpo central estaba dedicado a santa Clara, quizá una reminiscencia del nombre original del pazo. A los lados había una pareja de candelabros de plata antigua, primorosamente labrados, que medían algo más de un metro y se apoyaban sobre cuatro pies. Manuel empujó levemente el cuerpo medio y comprobó que eran extraordinariamente pesados. A un costado del altar mayor, una puerta por la que tuvo que pasar agachado le condujo a la sacristía. Por entero de madera, incluso el techo aparecía revestido de paneles de una madera cálida, que seguramente era castaño. No había ventanas, pero tras la delatora e incongruente tapa gris de un registro eléctrico halló el panel de luces. Todas aparecían rotuladas bajo la llave correspondiente. Accionó la que rezaba «sacristía» y para estar seguro volvió a asomarse por la pequeña puerta para comprobar que ninguna otra luz se había encendido. En el centro, una recia mesa rodeada de sillas tapizadas en rojo. Una hilera de pesados armarios que le llegaban al pecho recorría una de las paredes de lado a lado. Sobre la superficie, una reproducción bastante austera del sagrario principal y varios juegos de patenas y jarras de oficiar. Fue inspeccionando el interior de cada armario y comprobó que tras las puertas se escondían pesados cajones que en algunos casos le costó abrir. Encontró velas de parafina y cirios de cera, seguramente reservados para las ocasiones especiales; cerillas, mecheros y una colección de apagavelas antiguos. En otro de los armarios había estampas, misales y varias biblias de mano y de oficiar, manteles de hilo para los altares envueltos de uno en uno en bolsas de plástico transparente. El mueble contiguo se hallaba repleto de jarrones de cristal. El último armario de la hilera parecía vacío y le llamó de inmediato la atención que presentara menos fondo que los demás. Tuvo que ponerse de rodillas para ver que la trasera era, en realidad, una puerta. El ojo de la cerradura tenía el brillo bruñido del metal rozado recientemente. Tiró de ella sin que se desplazase lo más mínimo. Desvió su atención hacia un armario ropero de grandes dimensiones que guardaba en su interior una colección de casullas blancas de oficiar y en la balda superior, dobladas con esmero, una colorida muestra de estolas clericales. Y nada más.

Volvió a arrodillarse frente al armario de doble fondo y con los nudillos golpeó con suavidad la superficie, lo que le hizo tener la certeza de que estaba hueco. Volvió a ponerse en pie y salió de la sacristía. Dedicó los siguientes minutos a inspeccionar metro a metro el suelo en la zona destinada a los bancos del templo, hasta que sus pasos le devolvieron al altar mayor. Apoyó su teléfono en el retablo y con sumo cuidado tumbó uno de los candelabros con la intención de buscar la marca oculta del platero, que, como tenían por costumbre, labraban en una zona poco visible. Aquel artesano había elegido como firma una estrella similar a un asterisco que acababa en sus extremos como hojas de hacha. Seleccionó en la cámara de su móvil la opción que le permitía captar el mayor detalle e hizo varias fotos. Repitió la operación con el otro candelabro y, mientras los observaba, buscó en la agenda de su móvil el teléfono de Griñán y le llamó.

La voz afable del notario le saludó de inmediato.

—Buenos días, señor Ortigosa, ¿a qué debo este placer?

Manuel sonrió mientras se reprochaba la debilidad por la que el albacea siempre le resultaba simpático.

—Griñán, ¿recuerda que me dijo que hace poco se produjo un robo en el interior de la iglesia?

—Sí, no sé adónde vamos a llegar; en un descuido alguien entró y se llevó dos preciosos candelabros de plata antigua. Aunque no sabemos con exactitud cuándo ocurrió, se descubrió con motivo de la misa que se celebra en el templo por la festividad de Santa Clara, la patrona; como le dije, el templo sólo se abre en ocasiones señaladas.

—Sí, lo recuerdo... Usted me comentó que Santiago removió cielo y Tierra hasta hallar unos similares...

—Sí, se empeñó personalmente en reponerlos cuanto antes y encontró unos muy aparentes, claro que sin el valor de los originales.

—¿Y cómo sabe que no eran tan valiosos?

—Porque autoricé el pago y no costaron más que un par de cientos. Sin contar el valor histórico y artístico, sólo el peso en plata de los originales habría supuesto más de trescientos euros el kilo... y eran muy pesados.

—Supongo que estarían asegurados...

—Sí, desde luego, guardamos un exhaustivo control de todas las obras de arte del pazo, que vuelven a inventariarse cada dos años o en el momento en que se adquiere una nueva.

—Entonces, supongo que guardarían fotografías de los candelabros desaparecidos para poder reclamar al seguro.

—Sí, así es, aunque en esa ocasión don Santiago prefirió no dar parte al seguro para evitar que aumentasen la póliza, ya que sólo unos meses atrás don Santiago había extraviado un reloj que en aquella ocasión sí reclamamos.

—¿Sabe si se interpuso la correspondiente denuncia por robo?

—Bueno... Imagino que sí...

Manuel se quedó en silencio unos segundos. Mientras pensaba, podía sentir al otro lado de la línea la presencia inquieta del albacea.

—Escuche, Griñán, necesito que me haga un favor y que sea muy discreto... —Sus últimas palabras eran más un aviso que otra cosa, y supo que Griñán lo había entendido por el tono con el que contestó.

—Claro, por descontado.

—Consígame las fotos que se tomaron de los candelabros robados y la factura del pago de los nuevos.

El silencio que se produjo antes de la respuesta confirmó su certeza de que el albacea se moría por preguntar; sin embargo, sólo respondió:

—Voy a ocuparme personalmente, me pongo ahora mismo, pero quizá me lleve un rato.

—Griñán..., sabré agradecérselo —dijo Manuel antes de colgar. No le hizo falta verlo para saber que el notario sonreía.

Volvió a colocar los candelabros en su posición original y como poseído por un presentimiento regresó a la sacristía, se arrodilló frente al armario de doble fondo y embocó en la cerradura la llave de Samuel. La pieza ajustó a la perfección, sin la holgura que había notado en la puerta principal. La giró una vuelta entera, oyó saltar los resortes y la puerta se abrió. Se amonestó por no haberlo pensado antes: era lógico que una pieza de aquella importancia ejerciera de llave maestra para todas las cerraduras del interior de la iglesia. Se guardó otra vez la llave e introdujo las puntas de los dedos entre la ranura y la pared para tirar de la trampilla sin asideros.

Un revoltillo de un lienzo sedoso se deslizó fuera del estante. La tela roja y brillante le hizo pensar en un cortinaje, pero al tirar de ella vio las cremalleras y supo que se trataba de un saco de dormir. Justo detrás, dos copas y dos botellas de vino sin empezar, que alguien había tumbado cuidadosamente para mantener la humedad del corcho, un paquete de toallitas húmedas y otro de condones y una pieza de tela doblada con esmero, que en un primer momento no supo cómo identificar y que reconoció de inmediato en cuanto la tuvo en la mano: era la prenda con la que Santiago se cubría el rostro cuando le vio llorando en la iglesia. El tejido viscoso de rejilla se escurrió entre sus dedos permitiéndole ver que se trataba de una prenda lencera. La acercó al rostro e identificó el aroma de sudor masculino mezclado con perfume y con la humedad del llanto de Santiago, aún presentes en la tela.

Extendió todo en el suelo y lo fotografió desde distintos ángulos. Después volvió a colocar los objetos en el interior del armario, dobló la camiseta y, tras pensarlo un segundo, abrió el armario contiguo, sacó uno de los manteles de hilo del altar de la bolsa que lo protegía e introdujo en ella la camiseta, plegando el plástico hasta que quedó un paquete plano e irreconocible que se introdujo bajo su propia ropa.

Se abrochó el chaquetón y cerró la puerta del armario. A continuación lo apagó todo y salió.

TRAMOYA

La lluvia había hecho descender la temperatura y casi hacía frío. Aun así, Manuel optó por esperar sentado a una de las mesas del exterior del hostal, abrigado a medias por el tejadillo del porche y la ajada sombrilla que se mantenía siempre abierta, tanto si hacía sol como si llovía. Había regresado con la esperanza de poder ver a Elisa y a Samuel, pero el propietario le había explicado que un hombre joven había acudido a buscarlos y se habían ido con él en su coche. La puerta que unía los dos dormitorios estaba abierta cuando entró en su habitación. El suave perfume de jabón y de colonia infantil se había expandido por el aire procurándole por primera vez desde que estaba allí una grata sensación de bienvenida, a la que habían contribuido la bolsa abierta sobre una silla con la ropa del niño asomando, las pequeñas zapatillas de deporte perfectamente alineadas junto a la ventana, pero sobre todo la nota encima de su cama en la que Elisa le decía que se verían más tarde y que había firmado con un breve «Besos de Elisa y Samuel».

Sobre la mesa de la terraza estaban el teléfono, del que comprobó por tercera vez que el volumen estuviese activado, la inevitable tapa que ese día era de empanada de carne y el humeante café que se enfriaba rápidamente; a través del humo ascendente vio llegar a Lucas y a Nogueira. El sacerdote se sentó a su lado mientras Nogueira se asomaba a la barra a pedir las consumiciones. El guardia esperó a que todo estuviera en la mesa antes de sacar el documento que le tendió a Manuel.

—¿Qué es esto? —preguntó desconcertado al reconocer la letra de Álvaro.

—Es un parte amistoso de accidente. El prior dice, y media docena de frailes están dispuestos a jurarlo, que cuando Álvaro salía marcha atrás con el coche después de entrevistarse con el prior golpeó accidentalmente la furgoneta que estaba aparcada. Dicen que rellenaron el parte y se fue. Parece que todo está en orden; si reconoces su letra y su firma, justificaría la transferencia de pintura de la furgoneta del seminario al coche de Álvaro.

Manuel asintió sin dejar de mirar el papel.

—Es su letra..., pero esto no justifica que el prior no matara a su sobrino o a Álvaro; como tú dijiste las cosas pudieron suceder de otro modo, en otro orden...

Nogueira engulló su trozo de empanada antes de responder.

—El prior recibió una llamada cuando estaba en la puerta de la casa de su hermana, he visto el registro de llamadas de su teléfono. Un fraile tuvo un accidente doméstico. Es un anciano y pasó toda la noche en urgencias y el prior estuvo con él. Es un lugar público lleno de cámaras, sería fácil justificar allí su presencia. Ya sabes que Laura trabaja en el hospital; le he pedido que preguntase y las enfermeras le recuerdan. Permaneció allí desde las cinco de la tarde hasta la mañana siguiente.

—¿Entonces...?

—Entonces, a menos que encontremos algo más, el prior queda exculpado de la muerte de Álvaro... y también de la de su sobrino —añadió suspirando.

—Creía que no habían podido establecer la hora exacta de la muerte de Toñino —dijo Lucas.

—Ofelia acaba de llamarme: los de la científica han encontrado en el interior del coche del chaval una bolsa de papel de esas que ponen para llevar la comida en el Burger King. Cerca de aquí hay uno que está abierto las veinticuatro horas, en el interior de la bolsa había un ticket de caja que indica que pagó a las dos y media de la madrugada.

—A esa hora Álvaro ya había muerto —exclamó Manuel.

—Los de la científica están ahora comprobando las imágenes de las cámaras del autoservicio para asegurarse de que fue Toñino y no la otra persona quien recogió la comida. Las cámaras de esos sitios suelen ser buenas, por el tema de los atracos; si se ve con claridad al chaval, Álvaro quedaría exculpado.

—¿Has dicho «la otra persona»? —preguntó Lucas confuso.

—Yo no soy un experto en esa comida, pero según los compañeros era un pedido para dos: dos bebidas, dos hamburguesas, doble de patatas...

—¿Estaba con alguien?

—Parece lo más lógico... Pero antes de seguir haciendo cábalas esperemos a las imágenes...

Lucas sonrió mirando a Manuel.

—¿Lo ves?, te dije que te fiaras de tu instinto... Álvaro no era un asesino.

Nogueira no compartía su entusiasmo.

—He vuelto a hablar con la vecina de Rosa María. Ha recordado que aquella noche a la una de la madrugada se levantó a tomar una pastilla y vio el coche de Toñino aparcado en el patio, aunque después de un rato se fue; esto fortalece la exculpación de Álvaro, pero, si no se confunde con la hora, también libraría a Toñino de cualquier relación con la muerte de Álvaro; es imposible que estuviera en dos sitios a la vez y hay más de cincuenta kilómetros desde el lugar donde Álvaro tuvo el accidente hasta la casa de su tía en Os Martiños. Creo que tendremos que hacerle una nueva visita a la señora Rosa María; ahora no estaba en casa, la amable vecina me ha informado de que está en el tanatorio velando al chico; el entierro es esta tarde, creo que podemos pasarnos después a ver si nos cuenta por qué ocultó que Toñino regresó de madrugada para volver a salir, probablemente a encontrarse con su asesino.

—Puede que no se enterara si estaba dormida... —conjeturó Lucas.

—Después de la bronca que tuvo con su tío y de salir poco menos que corriendo, no creo: ella misma nos dijo que no dormía si estaba preocupada por él, y eso sí que me lo creo.

Manuel asintió evasivo, dirigiendo una pregunta al sacerdote.

—Has ido esta mañana al hospital, ¿no? ¿Cómo estaba Santiago?

—Estaba dormido y no he podido hablar con él, pero la que me ha dado una pena terrible ha sido Catarina: no se ha movido de su lado desde que ingresó ayer, está destrozada. Me ha dicho que cuando el niño le encontró, estaba inconsciente. Le hicieron un lavado de estómago nada más llegar a urgencias, y aún había un par de pastillas bastante enteras; pero el médico calcula que debió de tomar muchas más antes, porque ya estaban totalmente disueltas y habían comenzado a absorberse... Han sido demasiadas cosas en muy poco tiempo: la muerte de su padre, de su hermano Fran y, ahora que empezaba a estabilizarse, la muerte de Álvaro, el embarazo de Catarina y él... Bueno, siempre habíamos intuido que era débil e inestable, ahora sabemos hasta qué punto está dañado...

—¿Hay alguna posibilidad de que no sea un intento de suicidio? ¿Que la ingestión fuera accidental? —preguntó Manuel.

—Me temo que no; hay algo que no sabes y es que ayer por la tarde, antes de ingerir las pastillas, Santiago me llamó, imagino que sería mientras atravesábamos el tramo entre Malpica y Corme en el que no hay cobertura, porque le saltó el contestador y dejó un mensaje. Pedía confesión...

—¿Crees que intentaba ponerse en paz antes de dar el paso? Creía que no era algo que haría un católico —dijo Manuel.

—Ya sé lo que dije respecto al comportamiento de Fran y lo mantengo: ese chico no era un suicida; pero Santiago es diferente, lo que supimos ayer viene a completar el perfil de alguien muy vulnerable.

El teléfono de Manuel comenzó a vibrar sobre la mesa: era Griñán; se apresuró a responder, escuchó y colgó. Abrió el archivo fotográfico que acababa de recibir y colocó el móvil sobre la mesa para que Nogueira y Lucas pudieran verlo.

—¿Recordáis que os dije que hace cosa de un mes hubo un robo en la iglesia de As Grileiras?

—Sí, teniendo en cuenta que Toñino tenía la llave en su poder, todo apunta a que tuvo algo que ver con la muerte de Fran y con la desaparición de esas piezas —dijo Nogueira.

Manuel aumentó en la pantalla la marca del platero.

—Griñán me dijo que Santiago repuso los candelabros robados, que fue un empeño personal. Esta mañana he estado en la iglesia y he tomado algunas fotos de los candelabros. Los plateros tienen firmas muy peculiares, como ésta —dijo mostrando el distintivo asterisco con el que el platero había marcado su obra—, así que le pedí a Griñán las imágenes que obliga a tomar la aseguradora antes de firmar la póliza: estaba seguro de que la persona encargada de llevar a cabo el inventario no habría pasado por alto atestiguar la firma del platero, pues estas piezas valen más por la importancia del artista y su antigüedad que por el valor del metal con que están elaboradas. Y éstas —dijo deslizando el dedo por la pantalla para mostrarles las fotos que Griñán le acababa de enviar— son las que se tomaron para el seguro.

Los dos hombres se inclinaron sobre la pantalla y alzaron la vista asombrados.

Nogueira cogió el teléfono con la mano y deslizó adelante y atrás las imágenes en la pantalla para comparar la firma del platero.

—Son idénticas —exclamó Nogueira mirando primero a Lucas y luego a Manuel.

Éste se inclinó hacia atrás sonriendo mientras tomaba un sorbo del café, que se había quedado helado.

—Porque son los mismos candelabros —contestó.

Lucas levantó ambas manos mientras se encogía de hombros.

—¿Estás seguro?

—Tuve alguna duda: podía ser que el juego original fuese de cuatro candelabros y que Santiago hubiese podido localizar los otros dos, pero el certificado que acompaña las fotos para el seguro es muy claro. El orfebre creó una pareja, ésta —dijo apuntando a la pantalla con el dedo.

—¿Crees que Santiago fingió un robo para estafar al seguro y que repuso las piezas después de cobrar? Es una práctica habitual de timo a las aseguradoras... —dijo Nogueira.

—No, creo que los robaron de verdad y que Santiago supo quién había sido, por eso no interpuso denuncia, ni reclamó al seguro... —respondió Manuel saboreando el modo en que la confusión dominaba el rostro de sus amigos—. Sonsacó al ladrón y simplemente los recompró. Álvaro no había regresado a As Grileiras desde primeros de julio, y los candelabros se echaron de menos a mediados de agosto, así que Álvaro no había tenido ocasión de ver los nuevos, pero en cuanto lo hizo se dio cuenta de que la historia del robo no cuadraba. Entró en la cocina y delante de Herminia se lo reprochó a Santiago: «¿A quién crees que engañas con esos candelabros?».

—¿Por qué iba a hacer Santiago eso? —preguntó Lucas.

—Es evidente que para proteger a alguien... —contestó Nogueira mirando fijamente a Manuel—. A alguien que le importaba mucho...

Manuel asintió.

—Protegía a su amante, a la persona con la que se había estado encontrando en la sacristía de la iglesia desde hacía tiempo y de la que sospechó —dijo recuperando el teléfono de las manos de Nogueira y deslizando la pantalla hasta mostrar la foto en la que se veía el contenido del armario de la sacristía.

—¿Una puta? —preguntó Nogueira llevándose la mano a la boca con gesto de contención—. Perdón, Lucas. Está claro que eso es un picadero.

—En la iglesia... —musitó Lucas un poco escandalizado.

—Era el lugar perfecto, nadie los molestaría allí. Como sabéis, según la tradición, sólo los varones de la familia tienen la llave y se los entierra con ella cuando mueren. El viejo marqués con la suya, Fran la perdió y Álvaro le cedió la que él había heredado y le enterraron con ella. Tres menos. Sólo quedaba la del pequeño Samuel, que es la que yo he utilizado, pero hasta ahora ha estado enmarcada en una urna y Santiago sabía que Elisa no la usaría jamás. Eso reducía las llaves restantes a una sola, la suya.

—Pues si no es una puta, teniendo en cuenta que visita el puti una vez a la semana, que acaba de preñar a su mujer y que además es posible que mantenga una relación constante con otra, este tío es un campeón —dijo el teniente provocando la risa de Manuel y un gesto que quería ser de reprobación de Lucas—. ¡Mi héroe!

—No, no era una prostituta —continuó paciente Manuel—, era la persona que muchos habían visto rondando el pazo, Damián, Herminia...; la persona que Fran vio cerca de la iglesia y la razón por la que estaba tan preocupado, tanto que te lo dijo en confesión, Lucas. Aún no estaba del todo seguro, pero sí sospechaba que algo terrible estaba pasando, tanto que se lo contó a Álvaro aquel día junto a la tumba de su padre; el enterrador los oyó; por eso te pareció que Álvaro sabía de qué hablabas cuando le dijiste que Fran estaba terriblemente acongojado por algo que estaba ocurriendo. Fran le vio y pensó lo que era más lógico pensar: que el camello rondaba la casa porque tenía un cliente, quizá los vio reunirse, quizá los vio entrar juntos en la iglesia. Fran le dijo a Álvaro que él era el responsable de haber traído el demonio a la casa. Y cuando Richi nos comentó que Toñino seguía teniendo negocios en el pazo pensamos en drogas, incluso llegué a pensar que podía verse con Álvaro; pero Toñino no vendía drogas o al menos no únicamente. «No se mata a la vaca cuando sigue dando leche», ¿recuerdas?

Nogueira se quedó en silencio mirándole fijo. Pensaba, veía la duda y la certeza cruzando sobre sus ojos y oscureciendo su mirada con el peso de sus sospechas.

—La cerradura no estaba forzada... —dijo el guardia para sí.

Manuel asintió.

—Y Santiago no se habría dejado la puerta de la iglesia abierta.

—No, no lo creo...

—Santiago supo inmediatamente quién había sido, la única persona que no necesitaba forzar la puerta porque tenía la llave..., y la tenía porque él se la había dado —dijo Nogueira.

Manuel asintió de nuevo...

—Toñino. Por eso la llevaba encima.

Demasiado nervioso para permanecer sentado, Nogueira se puso en pie y encendió un cigarrillo. Miró alrededor, como en busca de un lugar al que dirigirse, pero la lluvia que seguía cayendo fuera del tejadillo le mantuvo prisionero, por lo que se limitó al radio que ocupaba la sombrilla. Buscando una salida para sus nervios, se contentó con hacer oscilar su peso de un pie a otro mientras fumaba.

—Pero —replicó Lucas— su mujer acaba de quedarse embarazada, llevan tiempo intentando tener un hijo, vosotros me contasteis que va a ese club de carretera todas las semanas...

—Sí, y tiene que estimularse con drogas para poder acabar... —dijo Nogueira recordándole lo que Mili le había contado.

Lucas negó incrédulo.

—Manuel, ¿estás seguro de lo que dices?

Manuel se abrió la chaqueta y sacó el envoltorio plastificado, que fue desenvolviendo ante sus ojos.

—Junto al saco de dormir, las copas y los condones encontré esto —dijo, y dejó que la prenda se escurriera y quedara amontonada sobre la mesa.

Nogueira la tomó entre las manos y la elevó para poder verla bien. El tejido lencero se deslizó entre sus dedos mientras lo estiraba y comprobaba que lo que inicialmente había confundido con una prenda femenina por su textura y tamaño era en realidad una camiseta de hombre pensada para llevar sin nada debajo, un uniforme común de los camareros en los bares de ambiente.

—¡Joder! —exclamó soltándola asqueado—, es de un tío y está húmeda de...

—Son lágrimas —dijo Manuel—. Santiago lloraba acongojado sobre ella el día que le vi en la iglesia, en el momento pensé que era por la muerte de su hermano. —Recordó su desazón al verlo sufrir de aquel modo—. Probablemente ha estado acudiendo al templo a dar rienda suelta a su desesperación, en aumento cada día desde que desapareció Toñino. Le he pedido a Griñán la factura del lugar donde Santiago recompró los candelabros, un anticuario de Santiago de Compostela; si el tipo de la tienda le identifica tendremos algo.

—Santiago con Toñino —susurró desconcertado Lucas—. Jamás se me habría ocurrido algo así.

—Me parece, cura, que estás olvidando lo más importante: me importa una mierda si Santiago se apañaba con Toñino, lo que quiero saber es cómo llegó esa llave a su poder, si fue él mismo quien la robó del cadáver de Fran o si fue Santiago quien se la dio, pero una cosa está clara: los dos estaban en esto. Elisa vio a Santiago junto a la iglesia la noche en que murió Fran y él la disuadió de entrar... El hecho de que Toñino robase de vez en cuando en la iglesia no justificaba el que llevase la llave encima, y menos si eso le implicaba en la muerte de Fran; pero ahora sé por qué la tenía: era la llave de su picadero.

—Pero Elisa vio a Fran cerrar desde dentro —replicó Lucas.

—Vio a alguien, pero apenas había luz, pudo ser Toñino. Quizá la oyeron acercarse y Santiago salió a entretenerla mientras su amante acababa el trabajo.

Lucas negó obstinado.

—Me cuesta creer algo así; no podéis imaginar cómo sufrió Santiago cuando murió su hermano. Cayó en una depresión terrible.

—Sí, debe de ser jodido cargarte a tu propio hermano; tener remordimientos después me parece lo mínimo... Y otra cosa, Álvaro me preguntó aquel día si todo me parecía normal en la muerte de Fran; llegué a pensar que intentaba sonsacarme porque quizá había tenido algo que ver. Ahora creo que sospechaba que su fallecimiento podía responder a las necesidades de alguien, no olvidemos que había miembros de la familia que le consideraban una carga —dijo el guardia.

Manuel y Lucas asintieron pensativos.

Nogueira hizo un gesto hacia la mesa.

—Esto está pagado. Vamos a hacerle una visita a ese anticuario. —Se quedó mirando los trozos intactos de empanada de Lucas y Manuel—. ¿No vais a comeros eso?

Lucas, que ya se dirigía al coche, volvió atrás y tomando por el brazo a Nogueira le empujó lejos de la mesa.

—¡Camina! Más te valdría tener una conversación con tu mujer o la vas a dejar viuda de un infarto.

Manuel se volvió mirando alarmado a Nogueira. ¿Acaso sabía Lucas algo de sus problemas maritales?

El guardia se encogió de hombros.

—Ya ves, seis años guardándolo dentro y en una semana lo cuento dos veces.

Manuel asintió sonriendo.

—Opino como Lucas: es con Laura con quien deberías hablar.

—¡Que sí!, ¡que sí! *Carallo*, que ya hablaré, pero tenéis que reconocerme que es una pena dejar eso ahí —dijo dedicando un último vistazo lastimero a las tapas antes de salir bajo la lluvia.

La *rúa do Pan* estaba cerca de la catedral y el interior de la tienda se veía próspero y bien iluminado. Dos dependientas muy jóvenes atendían a los turistas en la parte delantera del negocio, donde vendían postales, rosarios y frasquitos de agua bendita a los peregrinos ataviados con impermeables baratos, como bolsas de basura coloridas, que les daban un aspecto ridículo.

Superada la zona donde se amontonaban los cachivaches para turistas, la tienda tomaba un aspecto más serio y especializado. Mientras esperaban a que el propietario, a quien habían ido a avisar, saliera de la trastienda, Manuel echó una ojeada a los objetos que se exhibían, sin encontrar nada demasiado relevante.

El dueño, un hombre delgado de unos sesenta años, se dirigió directamente a Lucas.

—Buenos días, padre, ¿en qué puedo ayudarle? ¿Está buscando algún objeto litúrgico en particular? Porque somos especialistas; si no lo encuentra a la vista puede que lo tenga en la trastienda y, si no lo tengo, puedo conseguirlo para esta misma tarde.

Lucas comenzó a negar sorprendido y abrumado, ese día ni siquiera llevaba el alzacuello.

—¿Qué tal si nos consigue un par de candelabros de plata robados? —dijo Nogueira poniéndole frente a los ojos la pantalla del teléfono móvil.

Manuel sonrió con disimulo. Lucas era reconocible como sacerdote aun sin alzacuello, pero el modo en que Nogueira había colocado el teléfono ante los ojos de aquel hombre no dejaba lugar a dudas de que era policía.

El hombre suspiró profundamente y se llevó una mano a los labios rogando silencio.

—Acompáñenme —dijo señalando la puerta de la trastienda. Cerró a sus espaldas antes de continuar—. Maldita la hora en la que me fie de ese tipo y le compré los candelabros, no me han traído más que complicaciones.

—Suele ocurrir cuando se adquieren objetos robados —señaló Nogueira.

—Espero que no se lleven ese concepto de mí. Mire, el chico me juró que eran de su familia, y yo no tenía ninguna razón para desconfiar, en otra ocasión ya me había vendido otro objeto que no causó ningún problema.

—Un reloj de oro —apuntó Manuel provocando la sorpresa de los otros hombres—. Hace unos meses, Santiago creyó que había perdido su reloj, en aquella ocasión reclamó al seguro, pero puede que sospechase; así que cuando desaparecieron los candelabros no tuvo dudas, y Toñino acabó por contarle adónde habían ido a parar. Santiago se presentó aquí y los recuperó, por eso no puso denuncia ni lo reclamó al seguro, en el fondo no quería perjudicar a Toñino o temía que si le preguntaban al respecto terminase por hablar más de la cuenta.

El propietario asumió la explicación como algo sabido y continuó:

—Yo no trabajo habitualmente con esos objetos, pero lo acepté porque vino a través de otro cliente. No tenía razones para desconfiar y en aquella ocasión todo fue bien.

—Entiendo que justificó su propiedad —quiso suponer Nogueira.

—Me dio su palabra, ¿o es que acaso usted guarda la factura de su reloj? —preguntó impertinente.

El guardia le dedicó una fría mirada que le hizo arrepentirse inmediatamente de su atrevimiento.

—¿Y quién era el cliente que le recomendó?

—Ahora mismo no lo recuerdo, ha pasado tiempo... De cualquier modo, antes de sacar al mercado cualquier objeto, siempre espero un tiempo prudencial.

—Por si está «caliente» —dijo Nogueira.

Lucas y Manuel le miraron sin entender.

—Espera un tiempo por si la policía aparece buscándolo o ve algo en la prensa que le haga sospechar que es robado. Es una práctica habitual de los peristas.

El hombre compuso un gesto de disgusto al oír lo que le dijo Nogueira.

—Bueno, con los candelabros ni siquiera dio tiempo. Un tipo que afirmó ser el propietario se presentó aquí a los dos días. Al principio disimulé un poco por si estaba mintiendo, pero no me dejó lugar a dudas: me dio una descripción exacta no sólo de las piezas, sino también del chico que los había traído; me dijo que sabía que yo los tenía y que no quería buscarme problemas, incluso se ofreció a pagarme lo que le había dado al chico más una compensación por las molestias, todo legal, hasta me hizo elaborar una factura.

—¿Es este hombre? —preguntó Nogueira mostrándole una fotografía de Santiago en su teléfono móvil.

—Todo un caballero, una de esas personas con las que da gusto hacer negocios. Y cuando ya creí que por fin me había librado de la influencia maléfica de esos malditos candelabros apareció el otro hombre preguntando...

—¿Otro? —volvió a preguntar el teniente.

—Sí, al verle entrar creí que era el mismo otra vez, no veo muy bien sin gafas, ¿sabe? Debería llevarlas siempre, pero sólo me las pongo para leer. Cuando le tuve más cerca me di cuenta de que, aunque se parecían un poco, no era el mismo hombre.

Esta vez fue Manuel el que se acercó para mostrarle la fotografía de Álvaro en su teléfono móvil.

—Sí, era ése. Quería saber exactamente lo mismo que ustedes: quién los trajo la primera vez, quién los recompró; él también me enseñó una foto y, al igual que el otro caballero, fue muy generoso y, como sólo quería información, se la di.

—¿Qué día fue ése?

—Un sábado, hará quince días.

Se miraron desdeñando al vendedor, cuya curiosa mirada saltaba de uno a otro.

—¿Tú lo sabías? —preguntó Nogueira dirigiéndose a Manuel.

—Lo sospeché anoche, cuando al pedirle la llave a Elisa me dijo que Álvaro también se la había solicitado la mañana en que regresó al pazo.

—¿Crees que encontró en la sacristía lo mismo que tú? —inquirió Nogueira.

—Estoy seguro, y al igual que nosotros tuvo que venir

hasta aquí para confirmarlo. Había escuchado los temores de Fran antes de morir y quizá durante un tiempo lo descartó. Pero no era tonto: si sospechó que hubo algo raro en la muerte de Fran tuvo que llamarle la atención que, implicado en el chantaje, apareciese el mismo personaje que su hermano había visto rondando por la iglesia.

Salieron bajo el cielo amenazante de lluvia y caminaron estorbados por los turistas y el bullicio de las calles cercanas a la catedral. Nogueira atendió su teléfono mientras sorteaba a los grupos de excursionistas que seguían a sus guías. Cuatro gotas, gruesas y heladas, fueron el primer aviso del repentino aguacero que arreció en forma de fuerte chubasco arrancando las imprecaciones de los turistas, que se precipitaron en torpes carreras para resguardarse bajo los pórticos de las calles de Santiago de Compostela. Ellos abrieron sus paraguas y apretaron el paso por en medio de la calle, de pronto despejada. Llovía con fuerza cuando alcanzaron el vehículo, aparcado en un solar. Arrojaron los paraguas chorreantes al maletero y corrieron a guarecerse en el interior, que retumbaba ensordecedor con el ruido de la lluvia en la chapa. Manuel accionó el motor y puso en marcha los limpiaparabrisas y el antivaho del cristal delantero, que se había empañado completamente con el aliento agitado de los tres hombres. No movió el automóvil de sitio.

—Son buenas noticias, Manuel —dijo Nogueira refiriéndose a la llamada que acababa de recibir—. Era Ofelia. Los compañeros confirman que en la grabación del Burger King se ve con claridad a Toñino: eran las dos y veintiocho minutos de la madrugada, iba solo y no se le aprecian marcas de golpes, ni sangre. Quien fuera que le golpeó y le mató lo hizo después de esa hora, por lo que Álvaro queda exculpado tanto de golpearle como de matarle. No exculpa a Toñino de haber matado a Álvaro, aunque es bastante improbable que después de cometer un crimen así condujera durante dos horas antes de ir a comprar hamburguesas, con toda la pachorra del mundo. Estaríamos hablando de un perfil muy frío y controlado; y créeme, no encaja para nada con el carácter de Toñino, más bien del tipo histérico, ni con la tranquilidad que muestra la grabación. Y volvemos a tener a un desconocido que asesina primero a Álvaro y después a Toñino, y con toda probabilidad con la misma arma, con unas dos horas de diferencia. Calculan que hay cerca de veinte minutos del Burger King al lugar donde apareció el cuerpo colgando del árbol.

Manuel asintió gravemente y sonrió al notar la mano de Lucas en el hombro, pero permaneció silencioso, como hipnotizado por la cadencia de los limpiaparabrisas.

—¿Te encuentras bien, Manuel? —preguntó Lucas.

—Hay otra cosa que no termino de tener clara... Es sobre aquella noche... Me dijiste que Santiago te avisó para que le acompañases al hospital porque le acababan de comunicar que su hermano había sufrido un accidente de tráfico.

—Así es.

—¿Te dijo que le habían comunicado que había sufrido un accidente o que había fallecido?

—Que había sufrido un accidente. Nos dijeron que había muerto cuando llegamos al hospital, nunca olvidaré su expresión al saberlo.

—¿Qué hora era cuando te llamó?

—Las cinco y media. A las seis le recogí en el pazo, en mi coche, me dijo que estaba demasiado nervioso para conducir. Me pareció normal.

—Me dijiste que cuando le acompañaste al hospital viste que tenía las manos hinchadas, que hasta le insististe para que permitiera que le viese un médico...

—Sí, bueno, ya sabes, es así como reacciona. Llevaba la gabardina cubriéndole la mano y el brazo derecho, y vi que estaba herido, pero él se tapó y no quiso hablar. Fue más tarde cuando supe cómo se lo había hecho.

—Pero Herminia me contó que entró en la cocina cuando regresó del hospital y comenzó a golpear la pared mientras le contaba que Álvaro había fallecido.

—Tuvo que ser antes de ir al hospital... —susurró Lucas consciente de la inconsistencia de su relato.

—Pero aún no sabía que su hermano estaba muerto.

Lucas titubeó, frunció el ceño y negó con la cabeza mientras descartaba ideas. Al final dijo:

—Estoy seguro de que tenía la mano herida cuando estábamos en el hospital; no sé si era grave porque no me dejó vérsela...

—Hasta te pidió muy oportunamente que condujeras tú —añadió Nogueira.

—¡Por el amor de Dios! —exclamó Lucas desolado.

Manuel sintió lástima por él.

—Cuando llegó a casa se dio cuenta de que tenía que buscar una coartada para el lamentable estado de sus manos y representó esa pantomima ante Herminia. —Pensó en las marcas sangrientas decoloradas por la lejía y en el dolor intenso que representaban, y en que quizá no eran tan fingidas después de todo.

—Bueno —dijo Nogueira—, pues ya sabemos quién le partió la cara a Toñino. ¿Qué mano era la que tenía escayolada?

—La derecha —respondió Manuel mientras recordaba el momento en que se estrecharon la mano al conocerse en el funeral de Álvaro.

—Bueno, pues eso cuadra con la trayectoria de los golpes en el rostro de Toñino: fue él, y puede que también sea quien le mató.

—Según Ofelia, las puñaladas podrían haber sido asestadas por alguien zurdo.

—O por alguien que tiene que usar la mano izquierda porque ya se ha dañado la derecha —rebatió el guardia—. Si lo pensáis, es propio de Santiago: siempre ha tenido esos accesos de furia; el otro día lanzó un puñetazo a la pared mientras discutía contigo... Y cuadra lo del Burger King, ¿para quién más compraría comida Toñino? Había quedado con su amante.

Manuel recordó el relato del Cuervo de cómo Santiago destrozaba sus juguetes y después lloraba por ellos durante horas. ¿Era eso lo que había presenciado en la iglesia?, ¿un niño caprichoso lamentándose por su juguete roto? Lloraba por su amante muerto. Por su hermano muerto o por sus víctimas.

Lucas parecía muy triste. Nogueira hizo un gesto interrogativo.

—Es espantoso que alguien haya vivido toda su vida así, fingiendo —dijo Lucas compasivo.

—Creo que con el chantaje perdió el control de la situación. Sabemos de dónde proviene su dolor. Ha mantenido en secreto durante gran parte de su vida lo que ocurrió aquella noche en el seminario. Creo que Álvaro le dijo que no iba a pagar, que le daba igual que se hiciera público que había matado a un violador por defender a su hermano, que no tenía nada de que avergonzarse; pero para Santiago no era igual, había pasado toda su vida intentando satisfacer a su padre y a su madre, intentando ser el hijo perfecto, intentando no ser como Álvaro. No pudo soportar la idea de lo que se le venía encima. Después de matar a Álvaro quedó con Toñino para procurar convencerle de que no lo difundiera, pero si éste se negó, pudo ser suficiente para hacerle perder la cabeza.

—Quizá —replicó Lucas—, pero no creo que Toñino tuviese la pretensión de hacerlo público: una cosa son las amenazas para conseguir dinero y otra muy distinta cumplirlas. Creo que Toñino sabía que esa clase de información sólo era valiosa mientras era secreta; si llegaba a saberse, mandaría a su tío a la cárcel, le daría un disgusto de muerte a su tía y él mismo podría acabar en prisión por chantaje; y si Santiago iba a matarle, podía haberlo hecho desde el primer momento en que Toñino le pidió el dinero, sin que Álvaro llegase a saberlo nunca. Y lo que ha intentado hacer ahora, ¡por el amor de Dios!, ha intentado acabar con su vida, es un hombre que sufre.

—Mira, cura, yo también sé mucho de suicidas y de confesiones, por experiencia sé que un suicidio equivale muchas veces a una confesión —replicó Nogueira.

—¿Y le sobrevendría la culpabilidad de lo que hizo quince días después de matar a Álvaro y a Toñino y tres años después de matar a Fran?

Nogueira volvió a cabrearse.

—¿Y por qué piensas que no pudo ser? Fran había hablado de sus sospechas con Álvaro y contigo, ¿te parece improbable que se lo preguntase directamente a Santiago, que le dijese que sabía que se colaba de forma furtiva con el camello-chapero en la sacristía? ¿Cuánto crees que tardaría Fran en deducir la verdad tras hablar con él? Fran era un tipo liberal y abierto, ya había cargado con su propia cruz con la droga y lo más probable es que le apremiase a contarlo. Santiago ha sido capaz de fingir durante toda su vida, de mantener una red de falsedades que le ha llevado a mentir ante su propia familia, a casarse con una mujer a la que no puede amar, a drogarse para mantener relaciones con prostitutas a fin de conservar su prestigio de macho. Arrastraba a su hermano a un puticlub y le obligaba a subir con una chica para que nadie sospechase que era homosexual. La posibilidad de que alguien tuviese dudas de él debía de aterrarle, y después de todo lo que hizo por ocultarlo, ¿crees que no estaría dispuesto a cualquier cosa por mantener su quimera? Os lo dije desde el principio, ellos son de otra pasta: durante siglos esta familia ha hecho siempre lo que le ha salido de los cojones y lo sigue haciendo, porque sólo le importa una cosa, que su nombre quede limpio por encima de todo y a cualquier precio.

A la mente de Manuel acudió el recuerdo de la conversación que había mantenido con Lucas, aquella especie de pacto con el diablo que el viejo marqués le había ofrecido a Álvaro: ¿habría llegado a hacer la misma proposición a su otro hijo? «Vive tu vicio de modo discreto, sin que nadie se entere, y cásate con una chica de buena familia.»

No, había algo en Santiago que le inducía más a pensar

en una sumisión natural, en esa actitud servil de la que todos hablaban y que le había llevado a comportarse como el perrito faldero de su padre, agachado, humillado siempre ante él, buscando agradarle, sin conseguirlo jamás. ¿Podía el trauma de lo ocurrido en el seminario ser la razón de que nunca hubiera aceptado su condición? Los abusos sexuales en la infancia trastornaban el desarrollo de una sexualidad sin complejos. Era cierto que Santiago se había esforzado al máximo para evitar que nadie supiera de su relación con Toñino. Pero ¿era debido a su propia negativa a aceptar lo que era o había sido por la codicia de ocupar un lugar dentro de su familia, que según la experiencia de Álvaro sabía que le sería negado si manifestaba su auténtica naturaleza?

Nogueira miró a Lucas, que desolado había bajado la cabeza. Se dio cuenta entonces de que quizá había elevado inconscientemente el tono hasta gritarle. A veces olvidaba con quién estaba hablando. Expulsó todo el aire de sus pulmones intentando sosegarse antes de continuar.

—Bueno, de cualquier manera, sin pruebas no tenemos nada, puras hipótesis, y dudo mucho que Santiago vaya a confesar.

—Voy a ir a verle esta tarde, se lo preguntaré —dijo Manuel decidido.

Lucas se agitó alarmado.

—¿Crees que es buena idea?

—No se me ocurre qué más hacer para hallar respuestas que preguntarle al interesado.

Lucas buscó ayuda en el guardia.

—Nogueira, ¿no dices nada?

—Primero tenemos que pasar a ver a la tía de Toñino. Odio decirlo, pero está en un momento vulnerable, si sabe algo puede que hable ahora. Y, en cuanto a visitar a Santiago, no me parece mala idea, pero ni se te ocurra avisar de que vas a ir.

El teléfono de Nogueira atronó en el interior del coche.

—Hola, Ofelia —dijo haciendo un gesto para que supieran que hablaba con ella.

—Sí, está aquí conmigo...

Escuchó atento durante unos minutos.

—Vale, se lo digo, ¡eres un genio, chica! —dijo antes de colgar—. Ofelia ha tenido una corazonada certera. Sabes que hemos estado revisando el teléfono de Álvaro y ya te he hablado de las llamadas que aparecían, pero, entretenidos en buscar en el teléfono que había mantenido oculto, pasamos por alto las llamadas que pudiera haber hecho desde su móvil habitual. La última vez que se trianguló la posición del teléfono de Álvaro fue cuando habló contigo a las doce y cincuenta y siete de la madrugada; lo hizo a través del manos libres del coche y en ese momento estaba en el kilómetro treinta y cinco de la carretera de Lugo.

—¿Qué hay ahí?

—El puticlub La Rosa.

—¿Me llamó desde allí? —preguntó Manuel, aunque no esperaba una respuesta.

—¿Qué te dijo? —inquirió Nogueira.

—Que estaba muy cansado, recuerdo que me lo pareció, y muy triste también, no sé... Estaba raro, casi como si presintiese que no iba a regresar.

Nogueira asintió pensativo.

—Mi mujer dice que todo el mundo sabe cuándo va a morir, da igual que sea por un cáncer, un infarto, un terremoto o los arrolle el tren. Laura dice que un rato antes lo saben, que actúan de un modo distinto, les invade una melancolía extraña, una especie de aceptación de lo que llega, como si fueran a emprender un viaje inevitable... Y te aseguro que las enfermeras ven morir a mucha gente...

—Tu mujer tiene razón, yo también lo creo... —dijo Lucas.

Nogueira se volvió de nuevo mirando a Manuel.

—Manuel, lo siento mucho, pero lo realmente importante es que si Álvaro te llamó desde el coche aparcado fuera del puticlub es porque lo más probable es que estuviera acompañando a Santiago. Eso le convertiría en la última persona que le vio con vida y directamente en sospechoso...

—Pero ya preguntamos a Nieviñas y dijo que la última vez que Santiago estuvo allí fue una semana antes de que Álvaro llegara a Galicia, a ella no se le habría escapado algo así.

—No si hubieran llegado a entrar, pero ¿y si no lo hicieron?

—¿Qué iban a estar haciendo allí?

—¿Se te ocurre un sitio mejor para quedar con un chantajista que el aparcamiento de un puticlub?

—¿Crees que fue el lugar que escogieron para llevar a cabo el pago?

—Es un buen sitio, vigilado y discreto a la vez, con salida a la carretera general en todas las direcciones, y estoy seguro de que es el lugar que elegiría Santiago.

Manuel casi oyó en su cabeza las palabras de la Niña sobre lo bien vigilado que el Mamut tenía el aparcamiento para evitar que las chicas hicieran negocios por su cuenta, y recordó el escrutinio al que le sometió mientras esperaba a Nogueira.

—Si estuvieron allí, yo sé quién lo sabrá sin duda.

—El Mamut —dijo Nogueira volviéndose hacia Lucas—. Lo lamento, pero esta noche te quedas en casa, cura, vamos a un puti.

—Putis, plural —aclaró Manuel—, porque había pensado que fuésemos de nuevo a ver a Richi, hay algo que quiero preguntarle.

—Puedo quedarme en el coche —dijo Lucas muy serio.

Manuel y Nogueira se miraron y estallaron en una carcajada que rebosaba la tensión que habían ido acumulando; al cabo de unos segundos Lucas se les unió, mientras pensaba que la imagen de tres hombres riendo así se parecía mucho a la de tres hombres llorando.

EL CORAZÓN DEL CAIMÁN

Había varios coches estacionados en el camino de acceso, ocupando parte del patio de la vecina e invadiendo la entrada embaldosada; sin embargo, como por acuerdo tácito, nadie había aparcado frente al pequeño garaje. La mancha de aceite que había dejado el coche de Toñino y que habían visto en su primera visita a la casa de Rosa María en Os Martiños clamaba desde el suelo como la sangre de Abel diluyéndose bajo la lluvia en desolados arco iris.

El suave *orballo* de su primera visita era ese día una intensa lluvia, pero a pesar de que la entrada carecía de un tejadillo que la protegiese, la puerta de la casa estaba abierta de par en par. Traspasaron el umbral sin llamar. En el interior, una veintena de personas, en su mayoría mujeres, aunque también había algún hombre, se repartían por la cocina y el comedor. Un mantel cubría la preciada mesa de comedor que ese día, y por una vez, se veía justa en la atestada estancia. Sobre ella, pastas, empanadas, un par de bizcochos de aspecto casero y parte del exquisito juego de café de porcelana blanca cuyas piezas aparecían repartidas en las manos de los presentes y que se habían sacado del aparador para la ocasión. Sobre el mueble pesado y lustroso, las lamparillas de aceite se habían multiplicado frente a la santa que, impávida en su urna, contemplaba el dolor de los mortales.

Rosa María, enlutada, se sentaba entre un grupo de mujeres, algunas tan mayores como ella, delgadas, adustas. Rechazando las manos que atentas se prestaron a ayudarla en cuanto hizo un gesto de incorporarse, se levantó de su sitio, los saludó con un leve gesto de cabeza y salió de entre el grupo dirigiéndose a una estancia al fondo de la casa mientras les indicaba que la siguieran.

El dormitorio era diminuto. La cama de matrimonio, cubierta con una colcha granate, estaba arrimada por un lado a la pared para ceder el espacio necesario a una oscura mesilla de noche encajada entre el lecho y la pared.

La anciana hizo una señal hacia la superficie de la cama invitándolos a sentarse y ajustó la puerta, tras la que colgaban de perchas desiguales, distintas prendas de ropa en tal número que cuando la hubo cerrado les produjo la sensación de una efigie humana y perturbadora.

Miró la ropa.

—Ahora viene una asistenta de los servicios sociales; ella me pone las gotas, pero no sabe dónde guardar la ropa y la cuelga toda aquí. Dicen que es temporal, que luego me pondrán una que vendrá más horas. Gracias —dijo dirigiéndose a Nogueira—. Me dijeron que usted la pidió para mí.

Nogueira hizo una mueca como para quitarle importancia.

Ella volvió a señalar la cama, pero a pesar del ofrecimiento ninguno se sentó. Permanecieron en pie atestando el dormitorio de la mujer, incómodos.

—Cuando los vi salir de mi casa y entrar en la de ella, ya imaginé que les diría algo... Esa mujer se pasa la vida espiando a los vecinos, pero claro, la pobre está sola desde que murió su marido, va para ocho años ya... Para mí que no está muy bien desde entonces —dijo casi compasiva, llevándose reflexivamente a la boca una mano temblorosa.

Se notaba que había llorado mucho: su rostro tenía la apariencia lavada que el llanto deja en la piel; pero los ojos, aunque enrojecidos, tenían mejor aspecto que la última vez, si bien el lagrimeo constante mantenía a la mujer esclava del pañuelo que llevaba apretujado en la otra mano, y su apariencia mucosa de ojo de pez se había atenuado.

—Sí que regresó. Yo pasé una tarde horrible después de

la visita de mi hermano y de las cosas que le dijo. Nos queremos, pero siempre hemos discutido mucho por causa del chico: él no entendía que yo le protegiese tanto, pero era un niño pequeño cuando su padre murió y su madre se largó. He intentado darle todo, le he cuidado lo mejor que he podido y sabe Dios que le he querido, pero él a mí también. Era un buen chico, mi Toñino. —La mujer quedó en silencio mirándolos serena, casi retándolos a contradecir su alegato.

Nogueira asintió a sus palabras.

—Claro que sí, mujer.

Ella negó con la cabeza aprobadora antes de continuar. Cansada.

—Estuve muy disgustada e intranquila aguardando a que regresara y me diera una explicación. Mi hermano se enfadaba continuamente con el chico, pero nunca le había visto tan preocupado como aquel día; tuve miedo por Toñino. Era casi la una de la madrugada cuando le oí aparcar fuera. Le esperaba en pie y tan inquieta que no había tenido ánimo ni para hacer la cena. Ya había pensado decirle que me tenía en un sinvivir y que quería saber si lo que decía su tío era cierto. No pude, venía desquiciado. No era hijo mío, pero le conocía mejor que nadie en el mundo: sólo por cómo entraba en casa ya sabía de qué humor venía, y esa noche estaba hundido. No me dio tiempo ni a preguntarle, nada más entrar se me echó en los brazos, como cuando era pequeño, y me dijo: «Tía, he cometido un error, un error muy grande». El alma se me cayó a los pies.

La mujer detuvo su relato y durante un rato su mirada se perdió en un punto cercano a los pies de Nogueira. Los hombres permanecieron en silencio, esperando, mientras el murmullo creciente de los vecinos de Rosa María llegaba desde el comedor, sin que la puerta del dormitorio fuera suficiente para contenerlo. La mujer seguía inmóvil. Si al menos hubiera llorado, o se hubiera cubierto el rostro, su dolor habría sido más soportable, pero su inacción y la debilidad que transmitía eran penosas. Manuel miró a Nogueira interrogándole con la mirada. El guardia le respondió con un gesto de su mano que pedía paciencia.

La mujer suspiró y como si despertara de pronto miró alrededor, extenuada. Nogueira la tomó del brazo del mismo modo que en su anterior visita y la condujo dos pasos hasta los pies de la cama. Cuando se sentó, Manuel pudo oír con claridad el crujido del colchón hecho de hojas de millo, a la antigua usanza.

—«Tía», me dijo, «hay un hombre, un amigo... Encontré algo en el seminario y creí que ese hombre estaría dispuesto a pagar por ello. Tía, tiene mucho dinero, de verdad que no le habría supuesto tanto. Creí que todo saldría bien, esta noche iba a darme el dinero, mucho dinero. Pero la cosa se ha complicado. Hay otro hombre, un hombre duro que no va a ceder. Es un hombre listo y supo de dónde había surgido el problema, es el tipo que se presentó en el seminario y advirtió al tío, él le dio mi teléfono. Me ha llamado al rato de irse el tío mientras yo estaba por ahí creyendo que aún controlaba el asunto. Estaba muy cabreado pero no intimidado. Me amenazó y no me lo esperaba, me he asustado y he colgado sin decir nada, pero soy un idiota, he estado pensando un rato y he llamado a su número, pues creía que aún podría alcanzar un acuerdo. He tratado de convencerle de que no tenía por qué llegar a saberse si pagaba. Tía, nunca habría imaginado su reacción, ha dicho que, si eso era lo que quería, lo contaría todo, que el tío y yo acabaríamos en la cárcel y que el disgusto la mataría. Era como si nos conociera, como si lo supiera todo de mí. No he sabido qué decir, tía, he colgado sin contestar».

»Yo me eché las manos a la cabeza, y él siguió llorando.

»«Le juro que no creí que las cosas fueran a complicarse tanto», siguió diciendo, «pensé que sería como otras veces, que podría conseguir el dinero suficiente para sacarla de esta casa de mierda, para que los dos pudiéramos llevar una vida mejor, la vida que usted se merece y que no ha podido tener por mi culpa, y ahora todo se ha ido a la mierda. Le juro, tía, que nunca tuve intención de contarlo, sólo quería el dinero, ese amigo es un buen hombre, nunca quise hacerle daño».

Rosa María dejó salir todo el aire de sus pulmones en un largo suspiro. Alzó la mirada hacia los hombres.

—¿Y qué iba a decirle? Me quedé con él, tratando de calmarle y sin saber qué hacer. Me dijo que después de hablar con aquel hombre no había sabido qué hacer ni adónde ir; consciente de que no iba a tener valor para acudir a aquella cita, había estado dando vueltas por ahí como un alma en pena, asustado como un niño pequeño y tratando de reunir el valor para venir a contármelo. —Calló de nuevo, fatigada.

—¿Por qué volvió a salir? Ya había decidido no acudir a esa cita.

—Un hombre le llamó al móvil, sé que era un hombre porque su voz grave se oía mientras hablaban. No sé qué le diría, pero mi Toñino se alegró mucho de recibir aquella llamada.

»Le oí decir: «En casa... Yo también quiero verte... De acuerdo». Y colgó. Pareció que la sangre le volvía al cuerpo. Dijo que iba a salir y yo intenté convencerle de que aquella noche se quedara conmigo, tenía un mal presentimiento, pero no me hizo caso, se cambió de ropa, se puso guapo y antes de marcharse me dijo: «Tía, quizá aún pueda arreglar las cosas». Sonreía la última vez que le vi.

PROSCENIO

—

La clínica Santa Quiteria destilaba lujo por los cuatro costados. Sus cinco plantas se alzaban en el centro de una impresionante llanura rodeada de jardines, arboledas y hasta una pequeña laguna artificial. Manuel detuvo su vehículo en el aparcamiento público que, como un cinturón, rodeaba la zona destinada al personal y la elegante entrada inclinada; una rotonda ajardinada presidía el lugar como si se tratase más de un palacio o una embajada que de un complejo médico. Un Mercedes negro se detuvo en la entrada, lo que contribuyó a aumentar su primera sensación.

Manuel iba a salir del coche cuando de la zona porticada del acceso principal salieron dos mujeres. Caminaban cogidas del brazo y con las cabezas muy juntas: Catarina y la anciana marquesa. Manuel se quedó inmóvil mientras observaba los movimientos de las mujeres. Dedujo que el coche era para la marquesa cuando la vio alzar la mano con el evidente gesto de que esperara; hasta le pareció distinguir en el interior la gorra de Damián. Desde allí, y aunque la lluvia no hubiera estado atronando en el exterior, habría sido imposible oír lo que decían, pero sus gestos, el lenguaje de sus cuerpos y sus manos denotaban el respeto y la complicidad que existía entre ellas. Se habían soltado del brazo y hablaban una frente a la otra, pero las manos seguían enlazadas y los ademanes de asentimiento y las sonrisas indicaban su mutua consideración. Un movimiento a su derecha, dentro de una furgoneta blanca, sin distintivos, aparcada junto a un gran arbusto de mimosa que la ocultaba parcialmente, llamó la atención de Manuel: un hombre al que no distinguió en un primer momento observaba a las dos mujeres con tanto interés como él mismo.

Repartió su atención entre el vigilante y las mujeres, que conversaron durante un par de minutos más antes de despedirse con un cálido abrazo. La puerta trasera del Mercedes negro se abrió y del interior surgió la enfermera de la marquesa. Subió el tramo de escaleras y tendió su brazo a la anciana sustituyendo a Catarina. Descendieron hasta el automóvil y se fueron.

Manuel bajó de su coche; tuvo la precaución de abrir el paraguas para ocultarse tras él antes de cerrar la puerta por si el ruido alertaba al vigilante; luego, rodeando el vehículo se acercó a la furgoneta por la puerta del acompañante y la abrió de golpe. Vicente, el ayudante de Catarina con las gardenias, alzó la cabeza, sorprendido. Los ojos enrojecidos y el rostro empapado de llanto no dejaban lugar a dudas: llevaba mucho rato llorando. Manuel cerró el paraguas y empujó a un lado un dispensador de pañuelos de papel, que aparecían diseminados a su alrededor, y una gabardina que ocupaban el asiento del copiloto, y, al hacerlo, distinguió con total claridad la culata de un revólver. El jardinero apenas varió su postura; superada su sorpresa inicial, hizo una bola con la gabardina, la lanzó sin ningún cuidado a la trasera para dejarle sitio y volvió a recostarse sobre el volante llorando sin atisbo de pudor.

—¿Qué haces aquí, Vicente?

Él alzó la cabeza y apuntó con la barbilla hacia la entrada de la clínica mientras se encogía de hombros.

—Tengo que hablar con ella.

—¿Con Catarina?

Vicente se volvió a mirarle y por un instante se dibujó en su rostro la extrañeza.

—¿Es que no lo sabes? Me ha despedido.

Eso explicaba que la furgoneta ya no llevase los distintivos con el logo del vivero, aunque al mirar hacia atrás vio que aún acarreaba bastantes herramientas, macetas, bridas y lancetas de marcar setos.

El eco de la conversación que había oído en el invernadero entre Vicente y Catarina volvió a su mente con toda su fuerza.

—Vicente, quizá no sea el mejor momento, ni éste el lugar adecuado...

—No quiere hablar conmigo, llevo cinco años trabajando con ella y ayer por la mañana esa horrible enfermera se presenta en el invernadero y me da esto... —dijo tendiendo a Manuel el arrugado sobre que tenía frente a él, encima del salpicadero.

Manuel extrajo con cuidado un pliego de papel tan manoseado como el sobre. Era una carta de despido en la que se le comunicaba que desde ese momento cesaba en su actividad en la empresa, que debía abandonar las instalaciones inmediatamente y que las vacaciones, las pagas y cualquier otro concepto que se le debiese quedaba abonado con el cheque que acompañaba a la carta, incluida una generosa indemnización y el agradecimiento de la empresa por los servicios prestados. Manuel miró de nuevo dentro del sobre y reconoció el papel agrisado de un cheque bancario. La letra, imperiosa y decidida, se correspondía con la de la firma de la vieja marquesa, y en el lugar destinado a la cifra habían escrito la cantidad de cincuenta mil euros.

—Me ha despedido como... como a un empleado.

Manuel recordó las palabras de Griñán sobre el hecho de que para ellos los demás eran tan sólo sirvientes de los que se espera un servicio por el que se les paga, nada más.

—Creía que había algo especial entre nosotros —se quejó Vicente.

Manuel volvió a pensar en las palabras de Catarina en el invernadero: «Lo que tú quieres nunca va a poder ser porque estoy casada con Santiago, que es con quien quiero estar».

—Quizá es algo que simplemente tú creíste...

—No, Manuel —dijo furioso—, estoy seguro, no es algo que me he imaginado, fue real.

No iba a servir de nada intentar razonar con él.

—Puede que tengas razón y quizá sí que hubo algo; de cualquier modo, y aunque así fuera, parece que Catarina ha elegido, ¿no crees?

Vicente se quedó mirándole muy serio mientras un gesto cercano al puchero infantil se iba dibujando en su boca y las lágrimas volvían a correr por su rostro. Cubriéndose la cara con las manos, volvió a recostarse sobre el volante.

Manuel suspiró.

—Vicente, creo que deberías irte a casa.

Éste dejó de llorar, sacó un nuevo pañuelo del dispensador, se secó el rostro, se sonó y lo arrojó de cualquier manera junto a los otros.

—Tienes razón, debería irme —admitió vencido.

Manuel abrió la puerta, pero antes de salir bajo la lluvia se volvió de nuevo a mirar al jardinero.

—Y..., Vicente, no sé para qué llevas encima un arma, pero es mala idea.

El hombre contempló con tristeza el montón arrugado en el que se había convertido su gabardina y de nuevo a Manuel. Asintió mientras ponía el motor de la furgoneta en marcha.

Manuel salió del ascensor en la cuarta planta. Observó que no había nadie en el control de enfermería ni en los pasillos silenciosos y desiertos de primera hora de la tarde. Siguiendo los carteles de referencia, buscó la habitación que Lucas le había indicado y la halló al final de un corredor que culminaba en un gran ventanal. Una superficie acristalada que ocupaba toda la fachada daba a la escalera de incendios, que con la lluvia y la escasa luz del exterior actuó como fondo de desesperanza por el que caminó su reflejo mientras avanzaba. Las voces procedentes de la última habitación le sustrajeron de sus pensamientos. La puerta estaba entreabierta, no llegaban a gritar, pero el tono era suficientemente elevado para entender a la perfección lo que decían. Se acercó hasta quedar pegado a la pared mientras se volvía un poco hacia el pasillo para observar que nadie llegase y pudiera verle.

—Tienes que reaccionar, tienes que esforzarte. —La voz de Catarina era un ruego.

—¡Déjame en paz! ¡Déjame...! —respondió Santiago.

—No, no voy a dejarte, eres mi marido.

Santiago balbuceó algo que Manuel no pudo entender.

—Porque soy tu mujer, porque somos una familia, no me rechaces, Santiago, apóyate en mí. Deja que cuide de ti.

—No quiero vivir, Catarina, no quiero continuar así.

—Cállate, no quiero oírte hablar de ese modo.

—... Es la verdad, no quiero seguir, no tengo fuerzas.

—Yo seré tu fuerza, yo y nuestro hijo, ¿o lo has olvidado? Santiago, el hijo que tanto hemos deseado. Vamos a ser muy felices, Santiago, te lo prometo.

—¡Fuera! —gritó él—. ¡Vete! ¡Déjame en paz!

—¡Santiago!

—¡Que me dejes!

La oyó caminar hacia la puerta. Tuvo el impulso de volverse hacia el pasillo, pero le pareció ridículo fingir que no la había oído. Se quedó donde estaba.

Catarina llevaba un vestido azul ligero y vaporoso que la hacía parecer mucho más joven. En la otra mano, cogidos de cualquier manera, una gabardina y un bolso. Al verle abrió la boca sorprendida, como si fuese a decir algo, pero no lo hizo, ni siquiera llegó a cerrar del todo la puerta. Bolso y gabardina se escurrieron de sus manos mientras se arrojaba en sus brazos y rompía a llorar. Sintió aquel cuerpo, fuerte y pequeño, desmadejado por el llanto. La frente apoyada en su pecho como buscando enterrarse allí, las manos como dos animales chicos y asustados intentando afianzarse en su espalda. La abrazó aspirando el aroma de champú de su melena, que apenas le llegaba a la barbilla, y la dejó llorar conmovido por la fortaleza de aquella mujer. Imaginó que a aquello se referían cuando decían de ella que sabía ocupar su lugar.

Fue calmándose poco a poco. Aceptó el pañuelo de papel que Manuel le tendió y no cometió la torpeza de disculparse por su comportamiento. Después de secarse el rostro volvió a abrazar a Manuel, se irguió de puntillas y le besó en la mejilla. Se inclinó para recoger el bolso y la gabardina e, indicándole la máquina de café del otro extremo del corredor, echó a andar.

Ella ocupó uno de los asientos de plástico dispuestos junto a la máquina, pero rechazó el café llevándose como excusa la mano al vientre.

—¡Oh!, ¡es verdad! Enhorabuena.

Ella sonrió con cara de circunstancias.

Manuel se sintió tan afectado que terminó disculpándose.

—Lamento que tengas que pasar por esto en este momento en que deberías estar celebrándolo.

—¡Oh, Manuel!, te lo agradezco tanto..., no sabes cuánto necesitaba hablar con alguien, ha sido un día muy duro.

A su mente acudió la escena que había presenciado en la entrada de la clínica entre Catarina y el Cuervo. La relación entre ellas parecía bastante amistosa. Se preguntó si acaso Catarina no lo veía de igual modo, o si evitaba conscientemente reconocer que ya había recibido ese día el apoyo de alguien.

—Lo imagino, ¿te encuentras bien?

Ella sonrió.

—Sí, gracias, estoy bien, sólo preocupada, pero me alegra mucho que hayas venido, tenía tantas ganas de que habláramos... Herminia me ha dicho que Elisa y Samuel se marcharon contigo anoche.

—Sí.

—No se lo reprocho, pero espero que las cosas se arreglen: adoro a Samuel y, ahora que va a tener un primito, me gustaría que pudieran crecer juntos.

Manuel no contestó, no sabía qué decir, pero fue consciente de que su adoración por Samuel no incluía a Elisa.

—¿Cómo está Santiago?

Su cara se ensombreció de nuevo.

—Muy mal, nunca le había visto así. —Se cubrió la boca con una mano.

—Herminia me dijo que ya tuvo un episodio depresivo cuando murió su hermano pequeño...

—Sí, es cierto, pero ni mucho menos tan grave, en aquella ocasión confió en mí, y yo le ayudé a superarlo, pero esta vez supongo que no es sólo culpa suya, debí darme cuenta de que estaba a punto de romperse... Es tan débil, tan... —Negó con la cabeza y por un instante su rostro reflejó contrariedad, casi fastidio, quizá algo más cruel... Manuel la miró y disimuló desconcertado mientras revivía casi con las mismas palabras el veredicto del Cuervo refiriéndose a Santiago.

—Catarina, me gustaría hablar con Santiago; hay algo que quiero preguntarle.

La primera reacción de ella fue de alarma, pero la sustituyó de inmediato por cautela mientras intentaba sonreír sin conseguirlo.

—Lo lamento, pero va a ser imposible, Manuel. Santiago está en un momento muy delicado y aún recuerdo su reacción la última vez que os visteis. Me da igual lo que pienses, no voy a permitirlo. Tengo que protegerle, Manuel. Tengo que cuidar de él.

Volvió a abrazar a Catarina antes de irse, pero esa vez el abrazo le dejó una sensación triste y no supo si atribuirlo a sus propios sentimientos o al envaramiento involuntario que creyó percibir en el cuerpo de la mujer. Quizá para compensarlo ella prolongó su afecto manteniéndole cogido de la mano hasta que llegaron al ascensor; eso tampoco alivió a Manuel, que casi era capaz de sentir en su mano la presencia espectral de la mano del Cuervo. Autoamonestándose por su prejuicio, se obligó a recompensarla con un acto de lealtad.

—Catarina, cuando he llegado he visto a Vicente en el interior de una furgoneta en el aparcamiento.

—¡Oh! —exclamó ella.

—No te molestaría con esto precisamente ahora si no fuera porque al hablar con él he notado que estaba muy alterado, no dejaba de llorar. Le he convencido para que se fuera a casa, pero parece decidido a hablar contigo y no me extrañaría que volviera.

En su boca se dibujó un gesto duro, de disgusto o asco, como si en lugar de comunicarle la desesperación de un hombre le hubiese hablado de una plaga que afectase a sus plantas.

—Bueno, tú oíste nuestra conversación el otro día. Finalmente tuve que despedirle; ha supuesto una gran contrariedad para mí: Vicente era un excelente ayudante, pero también una de esas personas que no saben aceptar los límites del lugar que ocupan.

Manuel se sintió decepcionado. Inconscientemente, soltó su mano, quizá porque había esperado de ella piedad, un atisbo de humanidad que le diferenciase de los demás Muñiz de Dávila; tal vez Nogueira tenía razón y todos eran iguales.

El ascensor se abrió ante ellos, Manuel entró y mientras se despedía consiguió arrancar de sus ojos el atisbo de fuego que les faltaba.

—Tenía una pistola —dijo.

Aun así, ella se rehízo con rapidez.

—Oh, no te preocupes por eso, Manuel, los hombres son muy dramáticos y exagerados, pero conozco bien a Vicente y jamás usaría un arma contra mí.

—¿Contra él mismo, acaso?

Ella se encogió de hombros mientras las puertas del ascensor se cerraban.

Ese día ya no dejaría de llover. En las casi dos semanas que llevaba en Galicia, había aprendido que no debía fiarse de un cielo prometedor y despejado, que en pocas horas podía cerrarse hasta hacer desaparecer cualquier vestigio de mejora, pero también había asimilado el conocimiento propio de las gentes de allí que les permitía distinguir cuándo no dejaría de llover en toda la jornada. La lluvia de Madrid era estresada, rápida e impetuosa; resultaba sucia en las aceras, se escurría hacia las alcantarillas, rauda, y toda huella de su presencia desaparecía del aire en cuanto dejaba de llover. Allí, sin embargo, la tierra se bebía el agua y siempre la recibía como a un amante esperado, y, cuando cesaba, su presencia permanecía en el aire como un espectro casi palpable que en cualquier instante volvería a materializarse.

Aparcó frente a la casa, junto al coche de Nogueira y el pequeño utilitario de Laura. Sonrió al ver los rostros de las niñas que le miraban a través del cristal, alertadas por el ruido de su llegada. Detuvo el motor, pero no salió del vehículo.

El estado en el que había hallado a Catarina le había dejado confuso y melancólico. El *orballo* cayendo de aquel modo pausado y constante sólo contribuía a multiplicar la sensación. Observó la casa de Nogueira desde la protección que le brindaba el cristal de su coche y bajo la lluvia la vio desdibujarse, como si perdiese sus límites y formas. De nuevo la duda le atenazó el pecho y tuvo el impulso de arrancar el motor y salir de allí.

—Joder —musitó mientras tomaba conciencia de su angustia.

Era por *Café*. Si alguien le hubiera dicho un par de semanas atrás que aquel bicho peludo iba a ser tan importante en su vida, se habría reído a carcajadas. Pero era así. Y no era por Santiago, la melancolía o el *orballo*, era el presentimiento de que el perro no querría volver con él. Había leído que los animales eligen a su dueño, y estaba bastante claro que, entre una compañera de juegos de ocho años y un escritor aburrido, *Café* había tomado ya su decisión.

Nogueira salió a la puerta y levantó ambas manos en un inequívoco gesto de apremio. Manuel bajó al fin del coche y se dirigió a la entrada inclinando la cabeza para defender el rostro de la lluvia y para eludir la mirada interrogante del guardia.

Café se coló entre las piernas del hombre y el quicio de la puerta y corrió hacia él ladrando, gañendo y moviendo la cola. Manuel se quedó parado, aliviado y sorprendido, y se agachó para corresponder a su perro. El animalito se irguió sobre sus patas traseras intentando infructuosamente llegar a lamerle el rostro mientras él sonreía y a la vez trataba de calmarlo y alentar su celebración. Laura y Xulia se unieron en la puerta a Nogueira, y después de un rato la pequeña Antía. Manuel vio que sonreía, pero lo hacía desde la misma melancolía que él acababa de abandonar y supo bien por qué.

Esperó a estar a solas con Nogueira antes de hablar. La conversación primero con Vicente y después con Catarina le habían dejado la extraña sensación de estar perdiéndose algo, como si ante él se ejecutase una gran sinfonía en la que faltaran algunos instrumentos. Los sentimientos se debatían entre la admiración que sentía por Catarina y el rechazo que le provocaba su relación con el Cuervo. Se encontró preguntándose cuánto había de presentimiento y cuánto de prejuicio en su opinión sobre ella. Reconocía que le gustaba, le había gustado desde la primera vez que la vio. Había en Catarina una clase natural que resultaba muy atractiva, y era evidente que no solamente para él; pero quizá eso mismo le había llevado a atribuirle unas ridículas virtudes, casi a idealizarla, cuando al fin y al cabo era una mujer de carne y hueso con emociones humanas y humanas tentaciones. ¿Y qué si se había sentido atraída por un hombre que era capaz de trabajar a su lado y mostraba admiración por lo que ella más amaba? ¿Y qué si secretamente envidiaba a Elisa por el hijo que ella no había logrado concebir hasta entonces? ¿Y qué si a veces se sentía cansada, hastiada de representar el papel de madre de un hombre débil y caprichoso? ¿Acaso todo eso no la convertía en la mujer que era?

Nogueira le miraba interesado, casi como si pudiera leer sus pensamientos, pero no debía de ser así porque preguntó:

—¿Qué te ronda por la cabeza, escritor?

Manuel sonrió antes de contestar.

—De camino hacia aquí me ha asaltado una duda. Es por algo que me dijo Ofelia la primera vez que hablamos. Comentó que cuando llegó al lugar del accidente de Álvaro ya se había extendido el rumor de que era un Muñiz de Dávila y todo el mundo estaba un poco alterado.

Nogueira asintió.

—Yo mismo pude verlo.

—Y todo eso sobre la influencia e importancia que tienen en la comarca...

—¿Adónde quieres llegar?

—¿No te parece raro que sabiendo a la una y media que un Muñiz de Dávila había fallecido en un accidente nadie tuviese la «deferencia» de avisar a la familia hasta que lo hicieron desde el hospital al amanecer?

Nogueira asintió convencido mientras sacaba su teléfono.

—Creo que tienes razón.

El pasillo del hostal que llevaba a su habitación siempre le había recibido silencioso y oscuro. El sistema de detección era el encargado de ir encendiendo luces mientras avanzaba hacia su puerta; por eso le extrañó encontrarlo iluminado. Desde el descansillo de la escalera podía oír la inconfundible algarabía de los dibujos animados que se propagaba a través de la puerta abierta de la habitación de Elisa.

Café se le adelantó corriendo hacia allí, pero, antes de que pudiera alcanzar la entrada, Samuel asomó expectante al pasillo y al verle comenzó a gritar.

—Es el tío, es el tío Manuel —dijo volviéndose un segundo hacia el interior de la habitación antes de echar a correr hacia los brazos del hombre.

Manuel le alzó del suelo y tuvo, como siempre que le sujetaba, la sensación de tener entre los brazos un gran pez escurridizo e ingobernable. Sintió sus bracitos pequeños y fuertes rodeándole el cuello, el tacto suave de su piel contra la cara y los labios húmedos de su beso de niño.

—Hola, cariño, ¿cómo has pasado el día?

—Muy bien —respondió el pequeño—, he conocido a Isabel y a Carmen, son mis primas, no sabía que tenía primas.

—¿Te ha gustado conocerlas?

El niño asintió moviendo la cabeza con grandes gestos.

Elisa sonreía desde la entrada de su habitación.

—Hola, Manuel —saludó.

Manuel puso al crío en el suelo y le tendió la mano para acompañarle, entonces notó su manita en el bolsillo del chaquetón. Con las puntas de los dedos rozó la suave presencia de los pétalos y arrodillándose miró a los ojos al niño, que sonreía. Sacó la gardenia del bolsillo y se la mostró. Vio la sorpresa en el rostro de Elisa, que se acercó para observarla mejor.

—¿Has puesto tú esto aquí?

Samuel asintió contento.

—Es un regalo.

—Es muy bonita —agradeció Manuel—, y dime una cosa, ¿has estado poniendo flores en mi bolsillo todos los días?

Samuel se llevó un dedo a la boca y asintió tímido.

Manuel sonrió. La de vueltas que había llegado a darle a la presencia de las flores en su bolsillo, y sólo eran el obsequio de un niño.

—¿Has estado regalándole flores al tío sin que yo lo supiera, pillín? —preguntó Elisa divertida.

—... Es que... es que tenía que ser un secreto —respondió el niño.

—¿Un secreto? —se interesó su madre.

—Me dijo que pusiera las flores ahí y que no lo contara.

Elisa miró a Manuel desconcertada y volvió a mirar a su hijo.

—¿Quién te dijo que lo hicieras? Samuel, a mí puedes contármelo.

Era evidente que el exceso de atención comenzaba a molestar a Samuel, que se soltó del abrazo de Manuel y corrió hacia la puerta abierta de la habitación mientras respondía.

—El tío, el tío me pidió que lo hiciera.

—¿El tío Santiago te pidió que pusieras flores en mis bolsillos? —preguntó Manuel.

—No —chilló el niño alcanzando la habitación—, el tío Álvaro.

Manuel se quedó clavado. A su mente acudió la conversación con Lucas. ¡Oh, pequeño Samuel! Trató de disimular su desazón y al alzar la mirada encontró la de Elisa, casi avergonzada.

—Oh, Manuel, lo siento tanto, no sé cómo...

—No te preocupes, no tiene importancia —dijo tomándola del brazo—. Es sólo que me ha pillado desprevenido... Todos estos días encontrando las flores y...

—Lo siento de verdad, Manuel, no sé qué decir, quizá vio a Álvaro hacerlo alguna vez, él tenía esa costumbre.

—Sí —contestó esquivo.

Cenó con Elisa y Samuel en el comedor del hostal, riendo con las ocurrencias del niño, que a cada momento deslizaba bajo la mesa un trozo de su propia comida para *Café*, y disfrutando de la compañía de Elisa. Estaba diferente, era como si al salir de As Grileiras se hubiese desprendido de un velo que le cubriera el rostro, como si hubiera dejado atrás el tinte sepia de tristeza que la velaba como en una vieja fotografía. Sonreía, charlaba, reía mientras regañaba medio en broma a Samuel. Manuel pensó que por primera vez le parecía viva y dueña de su vida.

Rieron de algo que había dicho el niño y en ese instante Manuel fue de nuevo consciente de unos sentimientos que le habían anegado el pecho con oleadas de amor, de incomprensión, de temor de no volver a verlos. Sabía cuánto le importaba Elisa, cuánto amaba a Samuel. Sonrió.

—Llamé a mi hermano..., ¿recuerdas?, te hablé de él, está casado y tiene dos niñas... —dijo Elisa sacándole de su abstracción.

—Samuel me lo dijo, parece encantado con sus primas.

—Sí. —Ella sonrió—. Ahora me parece terrible que los hayamos privado del privilegio de conocerse, otro error sumado a la larga lista —dijo asumiendo su culpa con renovada perspectiva—. Pero hoy hemos hablado mucho. Creo que las cosas van a arreglarse entre nosotros. —Tendió una mano sobre la mesa hasta cubrir con ella la de Manuel—. Y tú has tenido mucho que ver... Si no me hubieras ayudado, no sé si habría tenido fuerzas para salir de allí.

Él negó quitándole importancia.

—Todos somos más fuertes de lo que imaginamos, ya has dado el paso; además, tienes tu asignación, puedes vivir por tu cuenta.

—No es eso, Manuel, por una parte era Fran, sentía que me retenía allí, pero también es la familia, no sé si lo entiendes, Manuel, pero todo es fácil en el pazo, es agradable sentirse uno de ellos, aunque yo siempre fui consciente de que me soportaban por Samuel —dijo mirando al niño, que se entretenía jugando con *Café*. Manuel pensó en el modo en que Catarina había diferenciado lo que sentía por su cuñada y por su sobrino—. Pero hay algo distinto en esa familia y es a la vez terrible y fascinante, todo fluye en el pazo, la vida pasa, es serena y sin sobresaltos y era lo que yo necesitaba o al menos así lo creí un tiempo.

—¿Y ahora?

—Empiezo a pensar en serio en lo que dijiste de vivir fuera del pazo, mi hermano cree que es una buena idea... Samuel podría ver igualmente a su familia, el año que viene empezará al colegio y...

—Eso está muy bien —dijo él cubriendo con su otra mano la de ella—, pero, Elisa, lo que trataba de decirte el

553

otro día en el cementerio es que es tu vida, tuya y de Samuel. Tómate el tiempo que necesites para pensar qué quieres hacer y, cuando lo hayas decidido, yo te ayudaré, pero ha de ser tu decisión, no la de los Muñiz de Dávila, no la de tu hermano, ni la mía... La tuya, Elisa.

Ella asintió sonriendo.

BRONTOFOBIA

—

Laura cerró el libro que había estado leyendo cuando oyó ponerse en marcha el motor del coche de Nogueira.

Durante más de quince minutos había escuchado, a través de la ventana entreabierta a su espalda, a su marido y a su hija mayor charlando en el porche de la casa. No había podido distinguir lo que decían, pero se notaba que la conversación fluía y a ratos los había oído reír. No había razón para esperar que él hubiera entrado a despedirse antes de irse: hacía años que ambos habían optado por el desdén de las despedidas a la francesa, no le habría preocupado un par de semanas atrás; sin embargo, aquella noche, su silencio despertó un dolor antiguo que creía olvidado. Poniéndose en pie dejó el libro sobre el sillón y antes de salir dedicó una sonrisa a su hija Antía, que, como siempre, había terminado por quedarse dormida en el sofá a pesar de las muchas veces que la había mandado a la cama.

Xulia leía recostada en el columpio que ocupaba buena parte del porche y que era su lugar favorito desde que su padre lo había puesto allí cuando ella tenía cuatro años.

—¿Se ha ido ya papá? —preguntó, aunque la respuesta era obvia: el coche no estaba, en la explanada frente a la casa sólo quedaba su utilitario.

Xulia levantó la mirada del libro y la observó durante unos segundos antes de responder.

—Sí —dijo mientras se preguntaba qué le ocurría a su madre—. ¿Querías decirle algo?

Laura miró hacia el horizonte mientras se apoyaba en la barandilla del porche. No contestó, quizá porque necesitaba meditar la respuesta. ¿Quería decirle algo? Creyó entonces vislumbrar un ligero fulgor en el límite del mundo, e irguiendo un poco más la cabeza estudió la lejanía. ¿O quizá quería que le dijese algo?

—No tiene importancia... —contestó sin quitar los ojos de la línea del cielo.

—Yo creo que sí —replicó su hija con esa seriedad que sólo es posible en un adolescente.

El tono de la chica le llamó la atención y se volvió a mirarla, aunque sólo un segundo; ahora estaba casi segura de haber visto algo en el cielo.

—Os he oído hablando —dijo sin dejar de vigilar el firmamento—. Creo que se aproxima una tormenta.

Xulia sonrió condescendiente. Conocía bien a su madre, una mujer inteligente y capaz, lógica y serena, que tenía un miedo atroz a las tormentas.

—No hay previsión de tormentas, mamá —respondió tras consultar el pronóstico del tiempo en Google.

—Me da igual lo que diga internet —contestó obstinada—, será mejor que entremos.

Xulia contempló el horizonte nocturno, sereno y estrellado; aun así no la cuestionó, ya sabía que, cuando se trataba de tormentas, discutir con su madre era tiempo perdido.

Laura odiaba las tormentas, y odiaba cómo la hacían sentirse. La aterrorizaban en lo más profundo de su alma, y la sensación de ridículo pánico sólo acrecentaba el odio visceral que sentía hacia la tempestad, confiriéndole, sin quererlo, entidad de ser vivo, de criatura consciente y furiosa, de enemiga. No creía en pálpitos, premoniciones o augurios. En los años de casada con un guardia civil había templado el lógico temor de los primeros tiempos cada vez que a él le tocaba servicio durante la noche, lo que, al principio de su vida en común, le hizo pasar en vela noches y noches, mientras lo imaginaba arrastrado bajo las ruedas de un camión, arrollado por un vehículo que se saltaba el control policial, baleado por un delincuente de tres al cuarto, o por uno de aquellos narcos de los que se decía que movían toneladas de coca de un lado a otro de Galicia en una sola noche.

Su marido sabía cuidarse, y ya ni siquiera estaba en activo, probablemente había quedado con Manuel para tomar una copa, y sin embargo aquella despedida sin palabras... y aquella tormenta conseguían resucitar un temor antiguo que nacía en las entrañas... Encendió el horno sin dejar de vigilar el avance inevitable de la tempestad que empezaba a dibujar el perfil de las colinas con sus flashes de luz pulsante.

Laura iba silenciosa y atareada de un lado a otro de la cocina alineando sobre la mesa los ingredientes para el bizcocho que a él tanto le gustaba.

—¿Vas a hacer un bizcocho ahora? —preguntó Xulia levantando la mirada hacia el reloj de la cocina que marcaba las once de la noche.

La ventana, abierta de par en par para vigilar el progreso de la tempestad que sobre el horizonte se dibujó en un destello ahora sí innegable.

A Xulia no le sorprendió: su madre tenía un sexto sentido para las tormentas; lo había tenido desde pequeña, desde que su padre falleció durante una terrible tempestad, allá en la costa. Sin responder, Laura comenzó a mezclar los ingredientes mientras su mente viajaba a aquella noche.

Su madre había esperado en el puerto durante horas a que el barco regresase. Cuando la tormenta arreció en la costa y empezó a anochecer, un grupo de mujeres caritativas se acercó hasta ella y a trompicones la sacaron del puerto acompañándola a casa. Nada más atravesar el umbral, su madre cayó al suelo llorando. «Ahora ya sé que no volverá», dijo.

Su madre tenía ahora más de ochenta años y seguía viviendo sola y orgullosa en aquella casita próxima al puerto. Hacía su compra, iba a misa y encendía una candelita frente a la foto del marido que nunca había regresado, el rostro amado que no podía olvidar y que Laura apenas recordaba.

Una vez se lo preguntó: «¿Cómo lo supiste?, ¿cómo supiste que papá ya no volvería?». «Me di cuenta cuando accedí a dejar el puerto, a regresar a nuestro hogar sin él. Durante años maldije a esas mujeres por convencerme, por obligarme a abandonar mi juramento y volver a casa, pero fui yo..., me rendí, dejé de esperarle, por eso no regresó.»

Xulia observó en silencio a su madre mientras mezclaba los ingredientes e introducía la preparación en el horno, pero sobre todo mientras se secaba las manos con un impoluto trapo de cocina, con aquella expresión en la cara que delataba su preocupación. A pesar de sus pausados movimientos, estaba inquieta. Xulia lo adivinaba en el modo en que alternaba miradas a un vacío que sólo ella podía ver abierto ante sus pies, con la vigilancia por la ventana al arrollador avance de la tormenta que ya superaba el horizonte.

Xulia miró afuera cuando el primer trueno retumbó en la distancia.

—Ayúdame —le dijo—, tu hermana se ha quedado dormida en el sofá.

—Como siempre —replicó.

—Abre la cama para que la acueste.

Laura tomó en brazos a Antía sonriendo apurada por el tamaño y el peso de la pequeña que pronto haría imposible que pudiera cargar con ella.

Cuidando de no golpear sus pies en el marco de la puerta salió de la sala, sorteando los muebles hasta la habitación que ambas habían compartido los últimos seis años. Se detuvo frente a la entrada de su dormitorio, pensando. Con un nuevo envite, afianzó en sus brazos el cuerpo dormido de la niña, que comenzaba a escurrirse. Pesaba muchísimo. Se giró hacia el pasillo y dijo a su hija mayor:

—Creo que será mejor que la acueste en su cama.

Xulia no dijo nada, corrió a retirar el cobertor de Minnie Mouse. Besó a su madre y se fue a la cama, sabiendo que ella no lo haría, que aquella noche aguardaría despierta a que su padre regresara, y pensó que eso estaba bien; ella también conocía aquella historia de puertos y tormentas, y a sus diecisiete años ya opinaba que sólo tenía sentido regresar si alguien te estaba esperando.

Las luces rosas del puticlub iluminaron los rostros de los dos ocupantes del coche. Manuel se volvió para ver a *Café*, que le miró de medio lado desde su puesto habitual en el asiento trasero.

—Parece que al final Lucas se ha tomado en serio lo de quedarse en casa para no venir de «putis» —comentó.

—¿No te ha llamado para avisar? —se extrañó Nogueira.

—No —dijo Manuel comprobando de nuevo el registro de llamadas de su teléfono.

Era temprano y sólo había un par de coches en el aparcamiento, y, aunque bajo el tejado del porche se veía la banqueta de bar que solía ocupar el vigilante, no había ni rastro del Mamut.

—He elaborado con Ofelia una lista de nombres con toda la gente que recordamos que estuvo en el escenario del accidente aquella noche. He comenzado a llamar a algunos, pero la mayoría van en el turno de noche, como Ofelia. Si no tiene mucho trabajo, ella irá llamándolos y comprobando si alguien avisó a As Grileiras del accidente antes que el hospital.

Del costado del edificio vieron salir la imponente figura del Mamut, que avanzaba subiéndose la cremallera de los pantalones, dando así coartada a su ausencia. Oteó hacia el aparcamiento y detectó la presencia del coche recién llegado e incluso se detuvo un instante bajo la lluvia al darse cuenta de que dos hombres permanecían en el interior. Antes de que el vaquero se decidiera a aproximarse, Nogueira y Manuel salieron del vehículo y el Mamut regresó a su banqueta.

Quizá porque se aburría soberanamente o porque aún era temprano y el aparcamiento se veía casi desierto, el Mamut mostró una excelente disposición a explicar los pormenores de su trabajo.

—Claro que lo recuerdo, controlar el parking es mi responsabilidad y siempre estoy aquí, Nieviñas no me deja ni entrar a mear. Don Santiago es un buen cliente y un tipo generoso. Cuando el aparcamiento está muy lleno suele encargarme que vigile su coche para que ningún borracho se lo raye al salir.

—Entonces los recuerdas.

—Claro, era un sábado, el día que hay que estar más alerta, ya sabe, «sábado sabadete». El aparcamiento estaba lleno, no como los domingos, que son para la familia. —Las carillas falsas de sus dientes refulgieron bajo la luz de neón de la puerta cuando sonrió—. Llegaron dos coches que se detuvieron sin aparcar en el extremo del parking, al lado de la carretera; esto ya es raro, lo normal es que aparquen, aunque sólo sea por no obstruir el paso. Iba a ir a mirar, porque a veces algún camello para aquí para hacer su *business* y salgo a echarlo. Nieviñas no quiere que el club coja mala fama.

Manuel sonrió y el Mamut continuó sin comprender la gracia.

—Me tranquilicé cuando vi que era don Santiago. Del otro coche bajó el otro tipo, que alguna vez le acompañaba. Hablaron poco rato, pero a gritos; no pude entender lo que decían, porque la música de dentro no me deja oír bien, pero está claro que don Santiago estaba muy cabreado. Se subió a su coche, dio un portazo y se fue dejando al otro con la palabra en la boca.

—¿Nada más?

—Bueno, el otro se quedó ahí parado mirando a la carretera, y entonces llegó otro coche, me llamó la atención porque no vino desde la carretera, sino desde el pinar contiguo —dijo señalando una masa boscosa que colindaba con el parking—. A veces paran ahí parejitas, ya sabéis —dijo mirándolos cómplice—. Era una furgoneta, apareció desde la pista por la izquierda y se paró delante del tío que estaba ahí. Bajó una mujer y hablaron un rato.

Nogueira se volvió a mirar hacia el final del parking.

—Hay bastante distancia, ¿estás seguro de que era una mujer?

—Baja de estatura, pelo por aquí —dijo llevándose los dedos de la mano derecha a la altura de la yugular—, e iba sola: dejó la puerta abierta y con la luz interior pude ver que no había nadie más dentro. Hablaron un momento, se despidieron con un abrazo, él subió a su coche y salió a la carretera; ella hizo lo mismo.

—¿Se abrazaron?

—Sí, en plan despedida, unos segundos... Bueno, a esas alturas tampoco estaba muy atento: un cliente salió a hablar y cuando volví a mirar los dos habían regresado a sus coches y se iban.

—¿Qué hora calculas que podría ser?

—Sobre la una...

—Y el vehículo, ¿pudiste distinguirlo bien?

—Hombre, no pude ver la matrícula ni nada así, pero era una furgoneta blanca de reparto, hasta tenía un dibujo, algo así como un cesto de flores, sí, un cesto de flores, eso era. —Sonrió felicitándose por su buena memoria—. Ya le dije que controlar lo que pasa aquí es lo mío —añadió ufano el Mamut.

—Una furgoneta con un cesto de flores en el lateral —dijo Manuel en cuanto regresaron al coche—. Es la furgoneta del ayudante de Catarina, y ese hombre prácticamente nos ha dado una descripción de ella.

—Ya sabemos por qué discutían: Álvaro le dijo a Santiago que no iba a pagar y eso debió de cabrearle mucho.

—Sí, pero se fue, y cuando lo hizo Álvaro seguía vivo.

—Y entonces aparece Catarina. ¿Qué hacía ella aquí?

—No lo sé, Catarina se muestra muy protectora con Santiago —dijo recordando su conversación en la clínica y hasta qué punto estaba harta de cuidar de aquel inútil—, quizá sospechó que tenía algún problema y le siguió hasta aquí.

—Hum —dijo Nogueira apretando la boca como respuesta.

—¿Qué? —preguntó Manuel.

Acababan de poner el motor del coche en marcha cuando sonó el teléfono de Nogueira: era Ofelia. Puso el altavoz para que Manuel también pudiera oírla.

—Bueno —respondió ella—, tal y como sospechábamos, alguien avisó del accidente a los Muñiz de Dávila.

—¿Quién llamó?

—Uno de tráfico. Pereira, se llama... Dice que no vio nada malo en avisarlos. Dice que habló con Santiago a las dos más o menos...

—¿A las dos? Acababa de suceder.

—Sí, le dijo que Álvaro había fallecido en un accidente de tráfico y que todo apuntaba a que se había salido de la carretera, aunque también le mencionó lo de la transferencia de pintura, y que la Guardia Civil aún no había descartado la posibilidad de que un vehículo blanco pudiera estar implicado en el accidente; supongo que con la intención de ser servicial se precipitó un poco, pero eso no es todo... —dijo ella haciendo una pausa teatral.

—*Ofeliña! Que non temos toda a noite!* —exclamó Nogueira en gallego.

—*Voy, home!* A los dos días, Santiago le llamó para darle las gracias y, aunque él no lo dice, yo imagino que una compensación, y le pidió un favor. Le dijo que el sobrino de una anciana que había trabajado en el pazo estaba desaparecido y que eso tenía muy preocupada a la mujer, que ya había puesto una denuncia, pero que se sentiría muy agradecido si le avisaba si localizaban el coche o al chico. Hasta le proporcionó la matrícula.

—La matrícula de Toñino —dedujo Nogueira.

—¿Lo hizo?, ¿le avisó? —preguntó Manuel.

—Sí, ayer por la tarde, a eso de las cinco, le llamó y le dijo que el chico había aparecido muerto, y añadió que parecía un suicidio.

Manuel levantó ambas manos llevándoselas a la cabeza.

—Él no le mató, no lo sabía, no sabía que Toñino estaba muerto y cuando lo averiguó le causó tanto dolor que intentó acabar con su vida.

—Así lo creemos —dijo Ofelia.

—¿Y por qué lloraba abrazado a su camiseta en la iglesia días antes? ¿No crees que eso indica culpa?, ¿que ya lo sabía?

—Lloraba porque creía que había perdido a su amante —dijo Manuel—. La tía de Toñino dijo que un amigo suyo llamaba todos los días para preguntar por él y sabemos que no era Richi; no creo que os cueste mucho comprobarlo, porque estoy seguro de que era Santiago. Lloraba porque pensaba que el silencio de Toñino era su manera de castigarle por haberle golpeado; le golpeó salvajemente, pero ni le mató, ni supo que estaba muerto hasta ayer, por eso continuó llamando cada día a casa de la tía de Toñino preguntando por él. Aconsejó a su tía poner la denuncia y se complicó la vida hasta el punto de pedir al patrullero que le avisase si había alguna novedad; no habría obrado así de saber que estaba muerto, y ayer, cuando el guardia le llamó y le dijo que Toñino se suicidó la noche en que le golpeó, pensó que era por su culpa y no pudo resistirlo.

Nogueira permaneció en silencio unos segundos mientras trataba de ordenar sus pensamientos.

—Recapitulemos: Santiago dejó a Álvaro tras discutir con él en el lugar donde debían encontrarse para el pago, así que, cuando el guardia le llamó de madrugada para decirle que Álvaro había fallecido y un vehículo blanco estaba implicado en el accidente, quedó con Toñino, que no podía ni imaginar nada; hasta pasó por el Burger King a buscar algo de comer para los dos imaginando una cita para hablar. Santiago llegó loco de ira y dejándose llevar por su fuerza bruta le molió la cara a golpes, porque pensaba que había matado a su hermano; le golpeó hasta que se hartó o hasta que Toñino logró convencerle de que él no había sido, pero estaba vivo cuando le dejó. ¡Joder! A mí me cuadra, incluso había toallitas húmedas llenas de sangre en el coche. Toñino estaba vivo, tuvo tiempo de hacerse las primeras curas antes de que le matasen.

—Y hay algo más —apuntó Ofelia—, acaban de llamarme para decírmelo: Toñino llevaba encima su teléfono móvil. Estaba sin batería, mojado y contaminado por distintos fluidos propios de la putrefacción cuando lo encontramos, pero hemos podido recuperarlo. Hay muchas llamadas perdidas. Tres de su amigo Richi, quince de su tía y más de doscientas de Santiago. Incluidos mensajes de voz de lo más lastimero y desesperado... Agotó toda la batería que le quedaba llamándole. Mañana a primera hora van a ir a interrogarle.

ENCARGO

—

Elisa observaba a su hijo apostada en la puerta del baño. Sentado sobre la cama con las piernas cruzadas, miraba en silencio una serie de dibujos en la televisión. Después de despedirse de Manuel habían regresado a la habitación y desde ese instante todo había sido raro: Samuel, en contraste con su comportamiento del día anterior, en el que nada más llegar se había despojado de sus deportivas para saltar como un loco sobre la cama, estaba silencioso y taciturno. Nada más atravesar la puerta le había preguntado dónde estaba el teléfono, y cuando ella le respondió diciéndole que como siempre lo llevaba en el bolso, le había contestado: «Ése no, el teléfono de aquí». Ni siquiera se había dado cuenta hasta ese instante de que hubiera teléfono fijo en la habitación, sobre una de las mesillas. Pero lo más sorprendente había sido que Samuel le hiciera confirmar que funcionaba. Asombrada levantó el auricular y escuchó el tono, y hasta tuvo que ponérselo en la orejita al niño para que él mismo pudiera comprobarlo. Pensó que tal vez estaba echando de menos el pazo y se arrodilló ante él para preguntarle:

—¿Quieres llamar a alguien? ¿Echas de menos a Herminia? ¿Quieres que llamemos al pazo?

Samuel la había mirado muy serio. Alzando la mano derecha la dejó bajar por el pelo de su madre deslizándola muy suavemente. En su boca se dibujó un gesto que Elisa no había visto nunca antes. Una mezcla de paciencia y protección, como si sus papeles se hubiesen invertido y ella fuera la pequeña a la que él preservaba de algo que no estaba preparada para comprender.

—Tengo que esperar a que el tío me llame...

—¿Te ha dicho que te iba a llamar? Es muy tarde, quizá se refería a mañana... —intentó razonar ella.

El niño volvió a deslizar la mano por el pelo con infinito cuidado.

—Es un encargo, mamá.

—¿Un encargo? ¿Qué clase de encargo? —se interesó.

—Un encargo que tengo que hacer para el tío. Y hasta que no me llame no me puedo dormir.

Ella, confusa, intentando recuperar su papel de madre, había sonreído pretendiendo ser comprensiva con las ocurrencias de su hijo. Primero lo de las gardenias en los bolsillos de Manuel, ahora aquello...

—Pero sólo un rato más, es muy tarde y tienes que dormir.

Él negó con la cabeza en un nuevo gesto, adulto y paciente, que significaba «no entiendes nada», y despojándose de sus deportivas se sentó sobre la cama a ver la televisión. Elisa retrocedió hasta la puerta del baño. Fingió desmaquillarse o cepillarse los dientes, aunque en realidad se había apostado allí para verle, vigilando aquellos gestos nuevos, desconocidos.

Le vio reír, como siempre al ver a Bob Esponja, y, como poco a poco se iba recostando sobre las almohadas, pensó que tal vez desistiría de su idea de esperar a que su tío le llamase y sucumbiría al fin al sueño que ya le picaba en los ojos y le había hecho bostezar varias veces. Le vio cerrar los ojitos. Había sido un día intenso y lleno de emociones: estar fuera del pazo, conocer a sus primas, no había parado quieto en todo el día; por fuerza debía de estar agotado. Le miró sonriendo llena de amor y se acercó sigilosa mientras emprendía una cuenta atrás mental que partía de diez. Siempre era así, si llegaba a cero antes de que el niño abriera de nuevo los ojos estaría profundamente dormido. Nueve, ocho, siete, seis, cinco, cuatro, tres... Samuel abrió los ojos y se incorporó como si hubiese escuchado una llamada que ella no podía oír. Elisa retrocedió un paso, asustada, y con la suya siguió la mirada del niño hacia el teléfono. Samuel asintió como si recordase, o como si alguien le refrescase su encargo. Se incorporó y apartó las almohadas rechazando la tentación, volviendo a centrar su atención en los dibujos que desde la pantalla pintaban de colores la habitación.

CLAMOR

El Vulcano no se veía más animado que el club La Rosa. Localizaron a Richi nada más entrar, bebía solo y de cara a la barra sin prestar atención a los escasos clientes que se contoneaban en la pista.

Nogueira posó su manaza sobre la espalda del chaval y pareció que todos sus huesos se desmoronaban bajo su peso como una torre de naipes.

Se dio la vuelta y saludó desmayado. El rostro, demacrado y apático. Manuel sintió lástima por él: estaba de luto. Nogueira también debió de notarlo porque, en lugar de hostigarle como en la anterior visita, repitió la palmada en su espalda con más suavidad mientras hacía una seña al camarero para que pusiese una ronda.

Bebieron un par de buenos tragos de cerveza antes de hablar.

—Escucha, Richi, hay algo que necesito que me aclares respecto a lo que nos contaste la otra noche —dijo Manuel.

El chico apuró el trago de su cerveza mirando al vacío. Manuel supo dónde estaba, hasta hacía muy poco él también había contemplado aquel abismo.

—Buscasteis a Toñino... Os preocupasteis por él, si no llega a ser por vosotros todavía estaría allí... en el monte.

Manuel asintió poniendo una mano sobre su hombro.

—¿Servirá para que cojáis al cabrón que le hizo eso? —No se había movido, los ojos perdidos en el vacío.

—No lo sé, me gustaría decir que sí, pero no lo sé...

Richi se volvió y le miró de frente. Parecía dominado por una firme decisión.

—¿Qué quieres saber?

—Dijiste que Toñino tenía «negocios» en el pazo, empleaste esa palabra. Dijiste que no se mata a la vaca mientras se la pueda ordeñar. Cuéntame cuáles eran sus negocios.

Richi le miró muy serio y Manuel casi creyó que no contestaría, pero se encogió de hombros suspirando profundamente y dijo:

—Imagino que ahora que Toñino está muerto nada de eso importa, ¿verdad? A él ya no puede perjudicarle, y a esos cabrones me da igual si los perjudica o no. Toñino tenía una mina en el pazo: primero con Fran, y desde hace tiempo se veía con Santiago, otro tipo de negocio, siempre decía que Santiago estaba enamorado de él y, bueno, no te voy a decir que Toñino no sintiese nada, se dejaba querer: Santiago es un tío muy guapo y tiene mucha pasta. De vez en cuando también le pasaba drogas, coca sobre todo... ¿Por qué me preguntáis por él? ¿Creéis que ha tenido algo que ver en lo que le ha pasado a Toñino? —dijo contrayendo el rostro en una mueca de odio.

—Sabemos que no, estamos seguros.

La expresión del chico se relajó mientras negaba despacio con la cabeza perdiendo la mirada de nuevo en el vacío. Nogueira hizo un gesto de impaciencia. Sospechaba que su confusión se debía a algo más que al disgusto.

—Richi, escúchame bien —dijo Manuel con firmeza reclamando de nuevo su atención—. Hubo una cosa más: dijiste «allí se mete hasta la más fina», creí que hablabas de Elisa, la novia de Fran, pero sé sin ningún lugar a dudas que no consume desde hace años. Quiero que me digas quién compraba droga en el pazo.

—¿Elisa? Sí, sé quién es, no, ella no, se ponía enferma si nos veía cerca de su novio. Ya sabes lo que se suele decir: igual que con el tabaco, los más radicales son los que más vicio han tenido; aunque, viendo cómo acabó, está claro que Fran volvía a meterse.

—¿Quién entonces?

—La otra, la más fina, no sé cómo se llama, sus padres son también marqueses, o algo así, tienen un pazo en la carretera de Lugo...

—¿Catarina? —preguntó Nogueira a su espalda.

—Ésa.

Manuel miró a Nogueira por encima del hombro de Richi.

—Es imposible, lleva años intentando quedarse embarazada, no toma ni café...

—¡Ja! —exclamó Richi—, ¿que no se mete?, y de lo más fuerte... Mire, no sé si últimamente había dejado de meterse, pero se lo digo porque lo vi con estos ojos. Acompañé una vez a Toñino al pazo, él conocía un camino por la parte de atrás, ella nos estaba esperando cerca de la iglesia. Le dimos lo suyo, nos pagó y nos piramos.

—¿Qué compró?

—Heroína.

Nogueira abandonó su silla y miró a Manuel alarmado ante la importancia de lo que estaban a punto de oír. Se colocó junto a Richi.

—Escúchame con atención, piensa bien la respuesta antes de hablar.

El chico captó toda la gravedad del asunto, porque asintió muy serio.

—¿Recuerdas cuándo fue eso?

—Claro, puede que haga dos..., no, tres años, pero el día no se me olvida: el 15 de septiembre. Mi madre y mi abuela se llaman Dolores y su santo es el día 15. Toñino vino a buscarme a casa para que le acompañara al pazo, él aún no tenía coche y mi madre le hizo entrar y comer un trozo de tarta. El 15 de septiembre, si un año se me olvidase, mi madre me mataría.

ECO

Lucas subió en el ascensor acompañado por una enfermera que con la mirada baja observaba con disgusto el charco que, como una onda expansiva, se iba formando en el suelo de linóleo donde él apoyaba la punta del paraguas.

—Llueve muchísimo... —dijo él a modo de disculpa.

Respiraba la humedad que desde su gabardina mojada se expandía por el pequeño espacio del ascensor, produciendo la sensación de que en cualquier momento podría llover incluso allí. Ella no contestó.

Las puertas se abrieron frente al mostrador de un control de enfermería tras el que se sentaba otra mujer, que los saludó brevemente indicándoles la puerta de un despacho.

La enfermera llamó con los nudillos y abrió sin esperar.

El espacio central de la sala estaba casi del todo ocupado por una mesa de juntas con doce sillas. Tres médicos, un hombre y dos mujeres, se sentaban en el extremo, y Catarina lo hacía en el lateral, de espaldas al ventanal que en aquella noche lluviosa se veía transformado en espejo por las miles de gotas fijadas al cristal desde el exterior, que actuaban como plateado azogue devolviendo el reflejo.

—Buenas noches, imagino que usted es el padre Lucas. Soy la doctora Méndez, hablamos por teléfono —dijo una de las mujeres que salió a recibirle e hizo las presentaciones—. Mis colegas los doctores López y Nievas, y a Catarina ya la conoce.

Catarina se puso en pie y le saludó con dos breves besos.

Estaba pálida, parecía preocupada y sostenía en las manos un botellín de agua al que había despojado de la etiqueta, que rompió en minúsculos pedacitos sobre la mesa.

En cuanto Lucas estuvo sentado, la doctora continuó.

—Sé por Catarina que está al corriente de lo ocurrido en las últimas horas. Santiago ingirió ayer por la tarde una sobredosis de somníferos de los que toma habitualmente para dormir. Por suerte llegamos a tiempo y la cantidad que absorbió no fue fatal. Desde el momento en que se ha despertado ha pedido hablar con usted.

—Lucas, yo no estoy de acuerdo —dijo Catarina—, tú fuiste la última persona a la que llamó antes de tomar las pastillas; creo que puedes entender como yo lo que eso significa, tengo miedo de lo que pueda pasar, temo que hablar contigo sea su manera de despedirse.

Lucas asintió despacio haciéndose cargo, pero fue la doctora la que habló.

—Entendemos sus temores, Catarina, pero mis colegas y yo estamos de acuerdo en que este encuentro puede ser positivo para él; teniendo en cuenta que es creyente, pensamos que puede sentirse más cómodo hablando con su confesor que con nosotros. Durante todo el día le hemos sometido a valoración. Y nuestra opinión es unánime: Santiago está triste y decidido, algo común en los suicidas, pero no tiene sus facultades mentales alteradas.

—¿Cómo puede decir que no tiene sus facultades mentales alteradas? Por el amor de Dios, ha intentado suicidarse y no es la primera vez —protestó ella.

—Es muy común pensar que las personas que deciden suicidarse están locas, pero no es así o no lo es por lo menos en la mayoría de los casos. Nadie sabe a ciencia cierta cómo funciona la depresión —continuó la doctora—, en este momento está hundido, pero eso no significa que no vaya a superarlo; la prueba es que ya lo hizo una vez, aunque es cierto que en la depresión cada nuevo episodio se suma al anterior y lo que más nos interesa ahora mismo es que salga de su aislamiento y sea capaz de hablar de su dolor, a nosotros nos ha resultado inexpugnable y creemos que el hecho de que esté dispuesto a hablar con su confesor es esperanzador.

Catarina negó de nuevo.

—Él habla conmigo, yo soy su esposa, le conozco mejor que nadie en el mundo. Santiago es... es como un niño pequeño y cuando está frustrado o enfadado hace y dice cosas de las que después acaba arrepintiéndose. Siempre ha sido así, desde pequeño. Yo le conozco bien y he aprendido a no tenérselo en cuenta, a distinguir cuándo se está desfogando y cuándo dice la verdad. Durante todo el día me ha gritado, me ha dicho cosas horribles, me ha echado de su lado, pero yo sé cómo es y que lo hace porque está sufriendo, por eso creo que es precipitado hablar hoy con él. ¿Por qué no dejan que pasen unos días hasta que se encuentre más calmado? Estoy segura de que lo que pueda decir hoy sólo les dará una impresión equivocada de Santiago, y mi deber es protegerle, ya lo hice cuando murió su hermano pequeño y conseguí que entrase en razón.

Los médicos asintieron.

—Sí, entendemos sus dudas y es encomiable su afán por protegerle, pero creemos que lo más fundamental ahora mismo es que don Santiago salga de su aislamiento, y esperamos que el padre Lucas pueda convencerle de la importancia de dejarse ayudar para salir del bache que atraviesa. De cualquier modo, si es capaz de abrirse a alguien ya estará dando uno de los primeros pasos hacia la mejoría, el más esencial.

—Me niego —dijo tajante Catarina—. Ustedes no le conocen, se vendrá abajo si permito algo así.

Los tres médicos se miraron y fue el hombre el que habló.

—Comprendo su postura, Catarina, pero formo parte del consejo de administración de esta clínica y he consultado con nuestros asesores legales antes de decidirnos a llamar al padre Lucas. No podemos negar auxilio espiritual a ningún paciente que lo reclame. Esta institución es de marcado carácter religioso, pero, aunque no lo fuera, como psiquiatras entendemos que el auxilio espiritual es siempre beneficioso para el paciente.

—Pues entonces yo le acompañaré; le juré no dejarle solo y no faltaré a mi palabra. No hay secretos entre mi marido y yo. Está sufriendo mucho e, igual que durante sus valoraciones, no permitiré que se entreviste con nadie si no estoy yo delante. Ya les advertí esta mañana: si no respetan mi voluntad me lo llevaré a casa.

Lucas carraspeó llamando la atención de todos los presentes.

—Soy un sacerdote católico y es mi obligación atender a cualquier creyente que me pida ser escuchado en confesión, no sé si ustedes son católicos o no, pero deben saber que cualquier cosa que don Santiago pueda decirme quedará bajo secreto de confesión y no podrá ser revelada —dijo, y se volvió hacia Catarina—. Conozco a Santiago desde la infancia, Catarina, y he sido su confesor desde que me ordené, soy amigo de la familia desde hace años y yo mismo os casé en As Grileiras, no estoy aquí como amigo, sino como sacerdote. Santiago me llamó ayer antes de tomarse las pastillas y creo que, si hubiera podido hablar con él, le habría disuadido.

—Está loco, Lucas, no puedes ni imaginar las cosas que dice, está drogado y excitado, no suelta más que estupideces, no quiero dejarle solo —dijo aterrada.

La doctora negó.

—No tiene sus facultades mentales alteradas y no quedan restos de drogas en su organismo, salvo trazas del somnífero que toma habitualmente. Entendemos que no está más alterado por los fármacos de lo que pueda estarlo cualquier otro día.

Catarina resopló angustiada y Lucas se levantó de su sitio y fue a sentarse junto a ella.

—Ha pedido ser escuchado en confesión, es uno de los sacramentos más importantes de nuestra fe, nadie puede estar presente excepto él y yo; no puede grabarse y nada de lo que me diga podrá ser revelado.

—¿Nada, diga lo que diga? ¿Ni a los médicos? —preguntó ella desconfiada.

—Nada —la tranquilizó Lucas—, el secreto de confesión me obliga a guardar silencio acerca de todo lo que me cuente. Catarina, la confesión es un alivio para el alma; el sacramento de la alegría al liberarnos de nuestra aflicción no es un tratamiento médico, ni una declaración judicial —dijo tomando su mano fuerte y pequeña que temblaba visiblemente y dirigiendo en parte sus palabras a los médicos, que le miraron decepcionados.

La doctora suspiró mirando brevemente a sus compañeros y se dirigió a Lucas.

—Bueno, entendemos las condiciones del rito, y en este momento el mayor problema al que nos enfrentamos es al retraimiento del paciente; si usted consigue romperlo, lo consideraremos un éxito. Comprenderemos que no pueda contarnos los pormenores de la confesión, pero esperamos que procure disuadirle y que pueda advertirnos de sus intenciones si le manifiesta su voluntad de suicidarse.

—Acaba de decir que el secreto de confesión le obliga a guardar silencio de cuanto le cuente —dijo Catarina cortante.

—Sin embargo —dijo la doctora mirando fijo a Lucas—, si tras reunirse con el paciente yo le pidiese en persona un consejo sobre cómo tratarle para llevar mejor su caso, usted podría aconsejarme estar tranquila o cuidar celosamente de él, ¿no es cierto? De ese modo no estaría revelando ningún secreto, sólo estaría aconsejándome sinceramente a mí.

Lucas asintió.

—La aconsejaré sinceramente —dijo poniéndose en pie.

Siguió a los médicos hasta la puerta de la habitación. Comprobó una última vez su teléfono mientras lo apagaba y antes de entrar se volvió a mirarlos.

—Les pido el máximo respeto: nadie entrará ni interrumpirá de ninguna manera hasta que terminemos.

Cerró la puerta a su espalda ante los ojos pávidos de Catarina.

GARDENIAS

—

Manuel se precipitó escaleras arriba, seguro de que en el sótano en el que se encontraba el Vulcano no había cobertura para su teléfono; además, el volumen de la música no le habría permitido oír y el sentimiento de pudor le impedía realizar la llamada desde un lugar tan sórdido.

La lluvia, que se había reducido hasta el punto de *orballo*, comprimía sin embargo a los fumadores bajo el estrecho tejadillo que apenas cobijaba la puerta del bar.

Salió a la noche avanzando entre los cuerpos masculinos sin hacer caso de las miradas y de las palabras que pretendían captar su atención. Se alejó lo suficiente para escapar de su radio de influencia y marcó el número de Elisa mientras con las puntas de sus dedos temblorosos conseguía repescar del fondo del bolsillo del chaquetón la flor que Samuel le había regalado.

La voz de Elisa contestó de inmediato.

—Manuel, ¿pasa algo? —Sonaba alarmada.

—Elisa, siento mucho llamar tan tarde, espero no haberte despertado —se disculpó.

—No, no dormíamos. Oh, Manuel, ¿qué está pasando? —preguntó nerviosa.

—¿Por qué lo dices?

—Samuel no ha querido acostarse, lleva dos horas sentado sobre la cama esperando. Me ha dicho que no podía dormirse porque tú le ibas a llamar. ¿Se lo habías prometido?, ¿le dijiste que le llamarías antes de que se fuera a dormir?

—No —respondió él.

—Entonces, ¿qué está pasando, Manuel? ¿Por qué has llamado?

—Elisa..., ¿me dejas hablar con Samuel?

Ella permaneció en silencio un segundo antes de contestar.

—Sí. —Oyó el roce del auricular mientras imaginaba al niño sentado sobre la cama.

—Hola, tío Manuel. —La voz amada le llegó clara.

—Hola, cariño —contestó sonriendo—, antes, cuando hemos hablado, he olvidado preguntarte una cosa —dijo mientras acariciaba los pétalos lechosos de la flor.

—Sí.

—El tío Álvaro te pidió que pusieras las gardenias en mi bolsillo...

—Sí.

—¿Y te dijo para qué tenías que hacerlo? —preguntó cauto.

—Sí.

—Olvidé preguntártelo, ¿me lo dirás ahora?

—Sí.

—¿Para qué?

—Para que supieras la verdad.

Manuel miró la blancura cerosa de la gardenia y su aroma masculino le trasladó al interior del invernadero; las notas de la música se mezclaron con el perfume de miles de gardenias y de nuevo su impresión fue tan fuerte y poderosa como si estuviese allí.

—Gracias, cariño.

Oyó de nuevo el roce en el auricular y la voz de Samuel dirigiéndose a su madre.

—Dame la almohada, mamá, ahora ya puedo dormirme.

Mientras colgaba reparó en la señal parpadeante que desde la pantalla avisaba de mensajes de voz en su contestador. ¿Quién diablos todavía seguía dejando mensajes grabados? Vio a Nogueira que emergía de las empinadas escaleras del Vulcano apartando sin miramientos a los chicos que se apretaban en torno a él mientras salía. Llegó a su lado en el momento en que conseguía escuchar el mensaje. Puso el altavoz para que Nogueira pudiera oírlo: «Escucha, Manuel, te estoy llamando pero debes de tener el móvil apagado. No voy a poder acompañaros esta noche, acaban de llamarme de la clínica en la que está Santiago; ha pedido que le escuche en confesión, y al parecer a los médicos no les parece mal. Salgo ahora para allá. Si no es muy tarde, te llamo cuando acabe». Un pitido ponía fin a la grabación.

—¿A qué hora lo ha enviado? —preguntó Nogueira.

—A las diez y media. Dejé el teléfono cargándose en la habitación mientras cenaba —dijo Manuel lamentándose—, debió de llamar entonces y hasta ahora no me he dado cuenta de la señal de mensaje.

Marcó el número de Lucas y se llevó el auricular a la oreja para escuchar el mensaje de la operadora que avisaba de que el destinatario de la llamada tenía su teléfono apagado o fuera de cobertura.

—No me ha dejado quedarme a solas con él —dijo Manuel refiriéndose a su visita a Santiago en la clínica—, no lo ha permitido con la excusa de estar protegiéndole, pero se protegía ella. Fue ella: Catarina dejó inconsciente a Fran y le suministró la sobredosis que le mató, y tres años después asesinó a Álvaro porque estaba dispuesto a dejar que su mundo se viniera abajo. —Los ojos se le llenaron de lágrimas y hubo de tragar el grueso nudo que se le había formado en la garganta antes de poder continuar—. Siguió aquella noche los pasos de su marido y, cuando vio que Álvaro no pagaría, ella lo arregló; si lo piensas —dijo sonriendo amargamente—, un abrazo se parece bastante a la postura que debería tomar para apuñalarle en el bajo vientre. Estoy seguro de que él no supo lo que estaba pasando hasta que fue demasiado tarde. Se han cargado a los dos hermanos y por fin tienen lo que querían. Santiago es débil y se viene abajo en esos momentos, pero ella sabe cómo manejarle, lo aleja del mundo hasta que recupera el control, pero esta vez es distinta y la diferencia es que Santiago amaba a Toñino.

—¿Sabes lo que esto significa? —El guardia asintió vivamente mientras explicaba—: Santiago va a suicidarse, ya nada le importa, pero antes quiere contarlo y sabe que ella no se lo permitirá. Una confesión es el único modo que tiene de hacer saber la verdad, de quedarse a solas con alguien —dijo Nogueira apurando el paso para seguir a Manuel, que ya corría hacia el coche.

La tormenta manifiesta se abría paso en el cielo con su luz de inframundo.

NUNCA MÁS

Vicente sentía el rostro tenso y acartonado de sal seca. Se pasó por la cara las puntas de los dedos, ateridos y sudorosos, y percibió la piel sedosa, lavada de llanto, tensa y cansada. El jardinero alzó la mirada intentando adivinar sus ojos en el reflejo negado del espejo retrovisor. No sabía cuánto tiempo llevaba allí, pero el cielo aún guardaba luz cuando llegó, y ahora estaba tan oscuro que el fulgor todavía lejano de la tormenta que se aproximaba había sido suficiente para sacarlo de su letargo. Le dolía el pecho de tanto llorar, lo notaba hueco como un tambor roto y abandonado, vacío e inmenso; al contrario que el estómago, que se había contraído como si sus paredes se hubiesen pegado entre sí para no dejar sitio a nada allí dentro. Como para confirmarlo, tragó la saliva densa y caliente que se había formado en su boca y la sintió bajar, ácida, hasta la entrada del estómago, que la rechazó con una arcada que apenas pudo contener. Alzó la vista a aquel cielo premonitorio y a las luces exteriores del pazo que lo bañaban con aquel halo bellísimo e insuficiente.

Salió de la furgoneta y percibió la brisa desapacible, vanguardia de la tormenta que volvió a encender el cielo lo suficiente como para permitirle reparar en el aspecto desarrapado de su atuendo. Recuperó la gabardina, que no tenía mucha mejor pinta y que el viento pegó a su cuerpo, haciendo ondear las faltriqueras mientras avanzaba hacia la casa.

Herminia dio un respingo al ver aquel rostro demudado asomando por el ventano.

Llevándose las manos al pecho rio mientras le regañaba.

—¡Pero, Vicente, *home*! ¡Qué susto me diste!

Abrió la puerta mientras le espetaba:

—Anda, pasa. ¡Qué *pintiña* me traes! ¡Que pareces un espectro!

Damián, que cenaba silencioso a la mesa, se le quedó mirando extrañado; sólo entonces Herminia reparó en lo arrugada que estaba su ropa, en la barba escasa que había crecido desordenada dando un aspecto sucio a su rostro, en las manos temblorosas, en los ojos hinchados. Preocupada, le miró intentando hallar la señal del infortunio que en los últimos tiempos se había vuelto experta en reconocer, y que sentía como una premonición en el aire.

—Ha pasado algo... —casi afirmó.

—No —negó él con voz muy ronca. Casi pareció asustado al escucharse. Se aclaró la garganta antes de volver a hablar—. Herminia, dile a la señora marquesa que quiero hablar con ella.

Damián detuvo su cuchara a medio camino y Herminia abrió la boca sorprendida.

—Pero ¿ha pasado algo? —insistió afligida, augurando la desgracia en la que no había querido pensar en las últimas horas.

Vicente negó procurando reunir toda la entereza de que era capaz. Era evidente que Herminia y Damián no sabían nada aún de su despido. ¿Por qué lo iban a saber?, ¿qué necesidad había de informar al servicio de las decisiones de los señores? En su rostro se dibujó una sonrisa amarga, que, sin embargo, debió de tener la dosis suficiente de cordura como para tranquilizar a Herminia.

Damián regresó un minuto después.

—La señora ha dicho que suba.

Avanzó por el pasillo a oscuras, atraído por la calidez que desde la puerta abierta de la habitación resbalaba hacia el corredor, dibujando en la oscura madera una porción de luz rosada. Vicente se detuvo en la puerta y miró hacia el interior. La señora marquesa estaba recostada en un diván, y a pesar de que la temperatura en la estancia era agradable y de que vestía un jersey de cuello vuelto, se cubría las piernas con una manta. Frente a ella y agachada junto a la chimenea, su enfermera alimentaba el fuego que perfumaba de aromas de bosque toda la planta.

Indeciso, golpeó con los nudillos la madera de la recia puerta que sólo podían haber dejado abierta para él.

La enfermera no se inmutó, pero la señora alzó una mano pálida y seca como la de un cadáver y le indicó que entrase. Él lo hizo, pero aún le asaltaron de nuevo las dudas entre si cerrar la puerta o dejarla como la había encontrado. La náusea volvía con fuerza y se sentía nervioso y avergonzado. Sabía que la enfermera no se retiraría, no dejaría sola a su señora. La angustia regresaba a su pecho ahogándole, y no estuvo seguro de ser capaz de hablar sin llorar. Decidió que, aunque terminase por saberse —en el pazo terminaba por saberse todo—, prefería que el menor número de testigos le viese derrumbarse. Cerró la puerta a su espalda y avanzó en línea recta con la vista baja, sintiendo bajo los pies la mullida alfombra y desde lejos la mirada de gran dama: posada, inmóvil, y nada más.

Durante unos segundos, que a Vicente le resultaron eternos, permanecieron así: la enfermera ocupada en atender el fuego, él detenido como un cobarde ante el patíbulo y la marquesa con el pálido y grave decoro con el que se revestía.

—Buenas noches, señora. Siento molestarla a estas horas, pero necesito hablar con usted.

Ella permaneció inmóvil, como si no hubiera oído nada. Vicente estaba a punto de repetir su saludo cuando la marquesa alzó la mano apremiándole a continuar con un gesto de impaciencia.

—Era... Bueno... Es debido al hecho, que me imagino que ya conocerá, de que he sido despedido, otra vez.

—¿Cuál era su nombre? —interrumpió ella de pronto.

—¿Qué? —acertó a responder él.

—Su nombre —repitió ella impaciente mientras chasqueaba los dedos reclamando la ayuda de la enfermera.

—Vicente —susurró él.

Y casi a la vez la enfermera respondió:

—Piñeiro, Vicente Piñeiro.

—Son esas horribles pastillas que tomo —dijo dirigiéndose a la enfermera—, me dejan la cabeza como llena de aire —añadió molesta. Se volvió de nuevo hacia el hombre y con el grave y severo decoro con el que se revestía, le dijo—: Sea breve, señor... —Volvió a chasquear los dedos.

—Piñeiro —apuntó la enfermera.

Ella asintió, al parecer satisfecha con la labor de su apuntadora.

Vicente tragó una de aquellas bolas de saliva ácida. Y el ardor en la boca del estómago le obligó a encogerse perceptiblemente.

—Llevo cinco años trabajando en el pazo, ayudando a Catarina. —Al decir su nombre el aire se le desmadejó y sonó como un gemido lastimero—. En este tiempo he sido muy feliz, he disfrutado mucho de mi trabajo y me he esforzado mucho dedicando no sólo el tiempo laboral, sino también con un compromiso que, considero, ha superado con mucho la dedicación que se le puede pedir a un empleado. —Alzó la cabeza y vio que la señora le miraba inmóvil, sin dar muestra alguna de estar atendiendo a sus palabras, o de que estuviera perdiéndose una sola. Hizo una pausa que ella aprovechó para apremiarle de nuevo.

—Señor...

—Piñeiro —repitió con voz atonal la enfermera.

—Creo que ya le he pedido que fuera breve, ¿qué es lo que quiere?

Tragó otra de aquellas bolas cáusticas, que esa vez le produjo un leve mareo.

—Lo que quiero es... —su respiración se aceleró hasta jadear— recuperar mi puesto de trabajo. Necesito volver a trabajar en el pazo. —Dio un paso hacia la mujer, pero ella lo frenó en seco alzando una ceja perfectamente dibujada y que le indicaba sin lugar a dudas que aquel avance no sería bien admitido.

—Lo que usted pide no puede ser. Lo lamento —dijo sin atisbo de lamentar nada.

Vicente comenzó a mover de un lado a otro la cabeza.

—Se lo ruego, señora, no sé en qué he podido equivocarme, ni por qué razón los he disgustado, pero le ruego que me perdone y me permita volver a mi trabajo —rogó, sintiendo cómo la voz se le quebraba.

La vieja marquesa alzó una mano deteniendo su exposición. Sólo cuando estuvo segura de que él no continuaría la bajó. Apartó la manta que cubría sus piernas y con elegancia las deslizó fuera del diván hasta quedar sentada de lado.

—Señor... Piñeiro, ¿verdad? Lo cierto es que no sé a qué viene todo esto. Como usted acaba de decir, ha prestado sus servicios a esta casa durante cinco años. Desconozco las minucias relacionadas con la contratación, pero me consta que usted no era un trabajador fijo. Si no me equivoco, tenía un contrato temporal, ¿no es así? —dijo mirando a la enfermera, que asintió a sus palabras—. No precisaremos más de sus servicios, no veo la razón de hacer un drama de esto.

Vicente temblaba; aun así reunió el valor para replicar.

—Pero...

La mujer alzó una mano perdiendo la paciencia.

—Pero nada, está usted haciéndome perder el tiempo. No puedo creer que sea tan desconsiderado. ¿Acaso desconoce las circunstancias por las que estamos pasando hoy en esta casa? Acontecimientos que no tengo por qué explicarle nos han llevado a la decisión de prescindir de sus servicios.

—Pero Catarina necesitará ayuda: en el próximo mes tenemos previstos varios eventos florales a los que ya hemos confirmado la asistencia...

—Sinceramente, no creo que Catarina vaya a asistir a esos eventos: en los próximos meses se dedicará a su marido y a cuidar de su salud, ahora que vuelve a estar embarazada.

La mueca cercana al llanto que se había ido dibujando en el rostro de Vicente se congeló al escuchar las últimas palabras.

—¿Catarina está embarazada?

—No es asunto suyo, pero sí, lo está.

—¿De cuánto tiempo?

La vieja marquesa sonrió calculadora antes de contestar.

—De casi cuatro meses, esta vez hemos esperado el tiempo prudencial antes de lanzar las campanas al vuelo.

—Cuatro meses —susurró él.

Fue como si el aire faltase de pronto en la habitación. El jardinero comenzó a boquear mientras sentía su frente perfilándose de un sudor frío y pegajoso. Trastabilló de lado buscando con la mirada un lugar al que asirse para sostenerse en pie.

Halló el respaldo de una silla tapizada y sin pedir permiso la rodeó y se sentó, desmadejado y confuso.

—Tengo que hablar con Catarina —acertó a decir.

La vieja marquesa le miró con desdén.

—¿Y qué le hace pensar que ella quiere hablar con usted?

En el rostro del jardinero se dibujó casi una sonrisa.

—Usted no lo entiende, esto lo cambia todo.

—Se equivoca, señor Piñeiro, lo entiendo todo, y esto no cambia nada.

El atisbo de sonrisa se congeló en su cara.

—Pero...

—Como le he dicho, usted no es más que un empleado que presta un servicio, y eso es lo que ha sido para Catarina. Su trabajo ha concluido, no necesitaremos más sus servicios.

—No —contestó él alzando la cabeza, mirando a aquella mujer por primera vez a la cara—. Usted no sabe nada, Catarina me... aprecia...

La vieja marquesa le miraba inmutable, de vez en cuando desviaba la vista para cruzarla con la de la enfermera en un gesto de impaciencia y aburrimiento. Aun así no le interrumpió.

—Catarina es demasiado buena para ustedes, sé que está en la clínica cuidando de Santiago, pero cuando regrese y sepa que me ha despedido, como la otra vez, las cosas no quedarán así: volverá a readmitirme, vendrá a buscarme como hizo entonces, cuando usted me despidió.

Perdiendo definitivamente la paciencia, la marquesa hizo un gesto hacia la enfermera.

—Díselo tú, por favor —rogó.

Ésta se encogió de hombros sonriendo, como un perro al que se le permite cobrar una pieza.

—Señor Piñeiro, ha sido Catarina quien ha ordenado su despido.

—No la creo, es como la otra vez: ustedes me despidieron, pero ella vino a buscarme de nuevo.

—¿De verdad es tan necio? Ah, ¡qué paciencia! —dijo asqueada la señora mientras extendía una mano, que la enfermera tomó para ayudarla a ponerse en pie. Le miró como si esperase que contestase a aquella pregunta—. Lo lamento, pero no, señor Piñeiro, Catarina no volverá a contratarle; esta vez no será necesario, nos hemos asegurado de que todo esté en orden.

—¿Qué quiere decir? —preguntó mientras el terror crecía en su pecho.

—No es raro que el primer embarazo se malogre. Catarina tuvo un aborto en febrero, la criatura no estaba bien agarrada y supongo que ella se precipitó al anunciarlo en Navidad —dijo sonriendo cruelmente— como la Virgen María.

—Cuando me despidieron... —balbuceó él.

Se sentía tan mareado que para calcular la fecha tuvo que ayudarse de los dedos, con los que fue contando a toques sobre su propia rodilla, como un pianista borracho. No podía ser. No podía ser porque era una locura. No podía ser porque aquello lo cambiaba todo.

—Pero ella volvió a contratarme. Aquello debía de significar algo, tenía que significar algo.

La marquesa asintió ante lo obvio.

—Claro que sí, en cuanto salió del hospital y volvimos a requerir sus servicios.

Los dedos de Vicente se movían ahora sobre sus rodillas como los de un concertista enloquecido. Abrió la boca, seca y pegajosa, y echó de menos aquella saliva candente y cauterizante que le había incendiado por dentro.

—Ella me dijo que la habían operado de apendicitis —explicó incrédulo.

—Señor Piñeiro, no debería creer todo lo que le dicen; haga como yo, fíese de los números —dijo tocando de uno en uno sus dedos con el pulgar imitando su frenético cálculo—. Los números no mienten.

Él se puso en pie trastabillando como si estuviera borracho y trató de dirigirse hacia la puerta, tenía que salir de allí. En su torpe avance volcó la silla en la que se había sentado y a punto estuvo de caer al suelo. Sintió un calambre en el estómago, y toda aquella bilis candente que había tragado se precipitó hacia su garganta en un torrente incontenible. Cayó de rodillas mientras se convulsionaba en violentas sacudidas como un animal envenenado. Vomitó una criatura viva, una gruesa serpiente de lava que le había ocupado las entrañas, ahogándole, impidiéndole respirar, mientras salía rugiendo desde su estómago, por la boca, por la nariz. A gatas sobre la hermosa alfombra roja y dorada de la marquesa, vomitó el infierno que se había estado tragando sorbo a sorbo en las últimas horas.

Una clarividencia cristalina sustituyó en su alma el espacio que había ocupado el caos. Los confusos cálculos que un minuto antes le resultaron tan equívocos se alineaban en su mente con cruel claridad, las fechas, la fría despedida, la zalamera reconciliación, la justa medida de encanto, unas migajas de amor. La explicación a todo lo que no podía entender, la pasión un momento, para helarlo un segundo después con su indiferencia. Catarina le había utilizado, había sido para ella un semental por encargo, un estúpido.

Se levantó evitando el charco de vómito y caminó sin volverse a mirar atrás. Llegó hasta la puerta. Entonces, se volvió. Sentía arder el esófago como si hubiera tragado cristales, los labios hinchados, la cara aún sucia por el vómito que se le había salido por la nariz mezclándose con sus lágrimas. Se sintió humillado. Palpó el bolsillo de su gabardina buscando un pañuelo y entonces notó la presencia firme y reconfortante del revólver que como una medicina milagrosa y ancestral corrió por sus venas, por su piel, por su sangre, sanando, cauterizando, rcviviendo su carne muerta, su cuerpo de zombi, mientras otra ola de clarividencia barría la torpeza de su mente y al fin sabía qué hacer. No podía renunciar al tacto reconfortante del arma, así que se limpió la cara con la otra manga de la gabardina y dijo:

—Ese niño es mi hijo. El mundo lo sabrá.

Ella expulsó el aire por la nariz mientras ladeaba la cabeza, casi divertida por su ocurrencia, y eso no le gustó a él, no, porque había esperado, no, había estado seguro de vencerla, o, al menos, de sorprenderla.

—No diga estupideces, el niño es nuestro. Su aportación llega hasta aquí. Su trabajo ha terminado y en adelante no necesitaremos sus servicios. Hemos sido muy generosos con la indemnización, y confiaba en que fuese usted razonable, pero, si se empeña en no serlo, acabaré con usted.

Vicente la miró fortalecido y calmado por la autoridad helada del arma en su mano, que parecía haber apaciguado con su influencia la fiebre que antes ardía en su cabeza y le impedía pensar.

—Siguen pensando que son algo especial, ¿verdad? —dijo abandonando su posición junto a la puerta y avanzando hacia ellas—, creen que aún estamos en los tiempos en que eran todopoderosos, que *poden mexar por nós*, y la gente se doblegaba a su paso como si les hicieran un honor al pisarles. ¿Con qué va a amenazarme?, ¿con no volver a trabajar en Galicia?, ¿con hundirme el negocio? —Rio de buena gana—. Y a mí qué. ¿Hasta dónde llega su influencia? Hasta Asturias, hasta León; me iré al otro lado del país si es preciso, me iré del país si es necesario, pero ese niño llevará mi apellido porque es hijo mío, y aunque tenga que presentar la demanda en los tribunales de La Haya, reclamaré la paternidad de mi hijo.

La marquesa parecía impresionada. Cerró los ojos durante un par de segundos. Bajo los párpados, Vicente los vio moverse enloquecidos como los de un demonio cuando sueña. Los abrió y le miró, y Vicente supo en ese instante que veía su alma.

—Catarina dirá que la violó.

Él no reaccionó. No podía.

—Tuvimos que despedirle en Navidad porque se puso un poco desagradable; aun así, atendiendo a la generosidad de Catarina y a sus ruegos, volvimos a admitirle, pero su encaprichamiento por mi nuera no decrecía. Nos hemos cerciorado de que varias personas en el pazo presenciasen momentos tensos en los que Catarina ha tenido que ponerse firme con usted. Ella es demasiado buena y no quiso ver que usted era un peligro potencial hasta que fue demasiado tarde.

Él comenzó a negar.

—Guardamos un sujetador con restos de su piel en el tirante que le arrancó cuando la violó...

—Eso no ocurrió así —rebatió él. Casi podía ver la sedosa prenda resbalando entre sus dedos.

—Mi enfermera le realizó a la pobre Catarina un test de agresión sexual que hemos preservado con mucho cuidado, y ambas declararemos que mientras paseábamos por el jardín escuchamos los gritos de socorro de mi nuera y que al entrar en el invernadero le vimos atacándola.

—No es verdad —dijo él alzando la voz y crispando la mano alrededor de la culata del revólver.

—Usted la amenazó con regresar y matarla si decía algo, así que vivirá totalmente aterrorizada mientras usted no diga ni una palabra, pero si lo hace se derrumbará y tendrá que contar esa horrible historia. Dígame, ¿a quién creerá un juez?

El temblor de la negación con que sacudía la cabeza se extendió al resto de su cuerpo.

—No, no...

Ella sonrió mostrándole sus rojas encías, aunque volvió a estirar la boca en un corte cruel antes de decir:

—Olvídese de ese niño. Hemos terminado, ¡váyase!, señor... —Miró a su enfermera esperando el apunte.

Él también sonrió.

Sacó el revólver y le apuntó a la cara mientras decía:

—Piñeiro, señor Piñeiro, apuesto a que no lo va a olvidar jamás.

Y disparó.

La marquesa quedó inmóvil, sorprendida como nunca, y, tras un gesto de terror, en su rostro volvió a dibujarse una sonrisa, el gesto originario entre la conciliación y el pánico, en su estado más primigenio mientras suspiraba profundamente dando un grito aspirado en el que inhaló el picante aroma de la pólvora. Su enfermera sí que reaccionó: alzó la mano derecha en un absurdo intento por contener el disparo, mientras se adelantaba un paso a su señora. La bala la alcanzó en el pecho, justo bajo la clavícula y sobre el inicio del seno. Un agujero oscuro se abrió en su uniforme mientras la fuerza del disparo a tan corta distancia la derribaba hacia atrás y sobre la marquesa. Era una mujer muy fuerte, uno de esos tanques alemanes, recia y fiel hasta el final, así que asió con la mano izquierda la boca de fuego del revólver, que de no haberlo tenido Vicente sujeto con tanta firmeza, se lo habría arrebatado.

El tirón logró variar la trayectoria del cañón, pero provocó que el dedo de Vicente, afianzado sobre el gatillo, lo apretase hasta el fondo, disparando de nuevo una bala que se llevó parte del pulgar de la enfermera antes de alcanzar a su señora en el estómago. Los gritos de ambas se fundieron en uno. El aullido de dolor de la marquesa eclipsó el quejido contenido como un eructo de la enfermera, que cayó muerta al suelo entre la mesita de té y el fuego, que por fin ardía con ímpetu. La marquesa se llevó las manos al estómago en un gesto de insoportable padecimiento y se desplomó jadeando recostada sobre el diván que ocupaba cuando Vicente había llegado.

No volvió a gritar, sólo alzó la mirada para alcanzar a ver la herida abierta en su vientre. Se desangraba lentamente, de un modo siniestro, como el vaso demasiado lleno de una fuente que al no poder contener más agua se derrama sin ruido, sin fuerza. Vicente la vio jadear, una parodia de parturienta intentando contener un dolor que iba en aumento, que la enloquecía por momentos dotando a su rostro de la palidez y la demoniaca faz que siempre debió tener. Sufría, se notaba cómo le dolía, cómo el tormento la consumía sin dejarla irse, sin permitirle la descarga de la queja que tenía que reprimir para no enloquecer de dolor. Movió los labios, decía algo, susurraba con los ojos cerrados.

Vicente no podía oír lo que decía. Se acercó al diván, que en su centro ya se había teñido de bermellón, y se inclinó sobre su rostro para poder escucharla.

No debió hacerlo, porque cuando se acercó ella abrió los ojos y él supo que aquel demonio no estaba soñando, estaba despierto y sonreía.

—Está usted despedido, señor... ¿Cómo era...?

Se puso a horcajadas sobre ella. Sintió en la entrepierna la tibieza de su sangre empapando los pantalones. Alzó el revólver y golpeó aquella cara de demonio con él, una vez, otra vez, otra vez, otra vez, hasta que la sonrisa se borró.

Después se voló la cabeza. Tuvo que usar las dos manos: el revólver estaba resbaladizo.

Nogucira acababa de poner el coche en marcha cuando su teléfono sonó. El guardia se lo pasó a Manuel mientras le indicaba que contestara. Manuel lo hizo poniendo el altavoz para que ambos pudieran escuchar. Era Ofelia.

—Nogueira, acabo de escucharlo por la radio: se han producido disparos en As Grileiras. Varios coches han salido hacia allí, un asaltante armado ha entrado en la casa y ha disparado. Parece que hay heridos.

—¿Adónde vamos?, ¿a As Grileiras o a la clínica? —preguntó Nogueira dirigiéndose a Manuel.

—A la clínica—respondió Manuel mientras volvía a ver ante sus ojos el brillo pulido de la culata del revólver oculto entre la gabardina de Vicente con tal claridad que, de haber estirado la mano, habría podido tocarlo.

Sacó su teléfono y buscó el número de Herminia. La llamada se extinguió sin que nadie llegara a contestar. Marcó de nuevo y cuando creía que la llamada expiraría otra vez oyó la voz llorosa de Herminia.

—Ha sido Vicente, ha venido aquí pálido como un fantasma y ha pedido ver a la vieja marquesa; la hemos avisado y ella ha accedido. No sé qué le ha dicho, Manuel, pero hemos oído disparos.

—¿Está todavía en la casa?

—Está arriba, con ellas... No se oye nada, Manuel, hemos oído muchos disparos, creo que están muertos.

—Herminia, quiero que os encerréis en la cocina hasta que llegue la policía.

—Está bien —respondió ella sumisa.

La sospecha que había ido creciendo en las últimas horas se transformó en certeza; el derrumbe de Santiago, la desesperación de Vicente, las alas del Cuervo envolviendo a Catarina.

—Herminia, ¿por qué discutieron ayer Santiago y su madre? Fue después de que Catarina anunciase que estaba embarazada, ¿verdad?

Ella redobló su llanto.

—¡Oh, Dios mío!

—Dímelo, Herminia. Tú lo sabes, ¿verdad?

—Yo no había vuelto a pensar en ello hasta que Santiago me lo recordó hace unos meses.

Manuel escuchó mientras todo iba cobrando sentido.

SACRAMENTO DE LA ALEGRÍA

La luz que proyectaba un fluorescente encima de la cabecera de la cama se derramaba sobre la cabeza de Santiago y dibujaba profundas oquedades oscuras en los lugares donde debían de estar sus ojos y su boca. Estaba sentado, erguido y despierto, y Lucas creyó distinguir que sonreía. El sacerdote se demoró escuchando su respiración estentórea mientras extraía de su bolsa de mano los objetos litúrgicos que emplearía. Desplegó y besó la estola antes de ponérsela al cuello y rezó brevemente pidiendo ayuda y fuerza para llevar a cabo el sacramento.

Lucas se acercó a la cama y santiguándose junto a Santiago comenzó la ceremonia. Un relámpago cruzó el cielo dibujando en el suelo de la habitación la sombra de las rejas que cubrían la ventana. Al fin y al cabo, y por muy elegante que fuese la clínica Santa Quiteria, se encontraban en la planta de psiquiatría. Santiago respondió a la fórmula:

—Ave María purísima...

—Sin pecado concebida.

—Perdóneme, padre, porque he pecado. Voy a matarme, Lucas —dijo determinado y con absoluta calma.

Lucas negó con la cabeza.

—Santiago, no debes hablar así. Cuéntame qué te angustia, estoy seguro de que podré ayudarte.

—Nadie puede ayudarme ya —dijo sereno.

—Dios podrá —respondió Lucas intentando reconducirlo.

—Entonces, Dios me ayudará a morir.

Lucas quedó en silencio.

—¿Recuerdas cuando éramos pequeños, Lucas?

El sacerdote asintió.

—Algo terrible nos ocurrió a Álvaro y a mí en el seminario. —Se calló, y al cabo de unos segundos, Lucas se dio cuenta de que Santiago lloraba.

Las lágrimas rodaban lentamente por su rostro y caían sobre el embozo de la sábana. Pareció que no era consciente de ello.

Tenía la sensación de que habían pasado siglos desde que había entrado en la habitación. Se sentía cansado y superado por una tristeza tan íntima que, supo, sería para siempre suya. Lucas cerró la puerta a su espalda y caminó dejando que sus pies le llevasen hasta el grupo de sillas dispuestas junto a la máquina del café. La sala, desierta de madrugada, parecía conservar restos de la energía de los que la habían poblado durante el día. La papelera se veía rebosante de vasitos de papel y en un extremo de la sala vio la inconfundible salpicadura de un café que se había derramado y había manchado el suelo y la pared. Buscando quizá la reminiscencia de un recuerdo uterino y protector, se sentó en la silla que estaba más cerca de la máquina: si se inclinaba de lado y llegaba a tocarla, podía sentir el calor y el suave ronroneo que emitía. Apoyó los codos en las rodillas, se sujetó la cabeza con ambas manos e intentó rezar, consciente de que si recibía alguna clase de apoyo en aquel momento sólo podía provenir de Dios y de que nadie en este mundo podía ayudarle en ese instante. Pero el eco de las palabras de Santiago perduraba en su interior como una pelota lanzada contra la pared de un frontón, rebotaba una y otra vez enloqueciéndole con su demencial trayectoria, con la perfección de su trazado, con lo demoníaco de su juego. Tac, tac, tac... Ni uno solo de los golpes era aleatorio, todas las trayectorias estaban estudiadas; el sufrimiento, asumido, en busca de una victoria mayor.

Casi creyó oír los golpes de la piel contra la piedra. Tac, tac, tac... Abrió los ojos y levantó la cabeza: Catarina se había detenido ante él y le miraba condescendiente, dominando, desde arriba.

Quiso decir algo, pero sólo le salió el aliento cansado, vencido.

—Traté de advertirte.

Él asintió.

—Te dije que estaba loco, pero no quisiste escucharme...

Él asintió.

—Vengo ahora de verle, se ha dormido como un angelito, imagino que se ha quitado un gran peso de encima —dijo ella sonriendo y sentándose a su lado.

La suave campana que acompañaba la apertura de las puertas del ascensor llegó seguida de unos pasos apresurados y del viento, porque al abrirse las puertas el aullido del aire en el hueco del ascensor se prolongó por el pasillo y estalló en el estruendo de una ventana rota al chocar contra la pared. Lucas y Catarina se pusieron en pie alarmados, sin saber bien adónde mirar. Por un extremo del pasillo venían corriendo Nogueira y Manuel; en el otro, el enorme ventanal que daba a la escalera de incendios aparecía abierto de par en par y el cristal doble, que milagrosamente se mantenía en su lugar, se veía agrietado, rajado de arriba abajo como herido por un rayo que hubiera dejado su artística impronta grabada en el cristal. El viento, alimentado por la corriente que como un succionador lo animaba desde el hueco del ascensor, arrastró la lluvia dentro del pasillo haciendo que cuando alcanzaron la habitación de Santiago sus rostros estuviesen tan mojados como si caminasen bajo el agua. Desde la cabecera, la misma luz blanca y mortuoria derramándose sobre la cama; a los lados colgaban laxas las correas acolchadas que hasta entonces habían retenido a Santiago.

Manuel y Nogueira se precipitaron al exterior tratando

de adivinar en la oscuridad hacia dónde podía haberse dirigido Santiago. Lucas se demoró un instante, hubo de apoyarse en el dintel de la puerta para conseguir mantenerse en pie. Los correajes colgando inertes le produjeron la misma sensación de brazos y manos colgando desmayados, muertos. Sintió a su lado la presencia de Catarina y se volvió a mirarla.

—Tú las aflojaste —dijo Lucas mirándola asqueado. La voz le salió tan baja que apenas resultó audible bajo el aullido del viento.

Catarina alzó dos dedos y se los colocó sobre los labios en un gesto de contención que entre un hombre y una mujer podría haber resultado extremadamente sensual, y que a él le quemó en la piel, pero por otras razones. Ella se acercó hasta que Lucas pudo oler su perfume de agua y gardenias.

—Estaba muy cansado, necesitaba dormir y no podía darse bien la vuelta estando atado. No pensé en que hubiera nada malo en aflojárselas un poco —dijo susurrándole al oído—, creí que después de confesarse tendría su paz, como dijiste, su alegría... Y tu silencio.

Lucas sintió cómo sus ojos se nublaban por efecto de la rabia, la apartó empujándola contra la pared y se precipitó hacia la escalera de incendios. Por el pasillo venían corriendo varias enfermeras alertadas por el estruendo y dos guardias de seguridad. Se dio cuenta en ese instante de que por encima del fragor sonaba una alarma, seguramente activada por la ventana de emergencia al abrirse.

El agua y el viento le golpearon el rostro y el cuerpo, empapando de inmediato su ropa con el mismo efecto que habría tenido un cubo de agua. Entrecerró los ojos tratando de ver algo en la oscuridad. El estruendo de la tormenta apenas le dejaba oír. Llamó a gritos a Manuel y a Nogueira, pero su voz se extinguió arrastrada por el viento muy lejos de allí. Resbaló y se precipitó hacia delante, y sintió el dolor agudo del metal en la rodilla. Volvió a incorporarse aferrándose con fuerza a la barandilla y notó entonces, viajando a través del hierro hueco, la vibración procedente de arriba. Ascendió siguiendo la baranda, consciente a medias de las vueltas que iba dando mientras subía un peldaño tras otro y entonces llegó a la azotea. La intensa oscuridad en el lateral del edificio contrastaba con los focos brillantes que iluminaban las letras azules que componían el nombre de la clínica. Haciendo visera con las manos vio a los tres hombres unos metros por detrás del rótulo y corrió hacia allí.

La luz de los focos iluminaba la terraza como una pista de aterrizaje. Su potente fulgor blanco atravesaba la lluvia y hacía resplandecer el pijama hospitalario de Santiago, que se le había pegado a la piel como una mortaja mojada. De pie, sobre el murete exterior que circundaba la cubierta, se había vuelto para mirar a los hombres que le perseguían.

—No os acerquéis más —gritó haciéndose oír sobre el estruendo de la lluvia.

Manuel se detuvo, consciente de que era el que estaba más cerca. Se volvió buscando a Nogueira, pero las luces situadas a su espalda sólo le permitieron ver las siluetas oscuras de dos hombres y de una mujer, a los que identificó, aunque no pudo distinguir sus caras.

—Escúchame, Santiago, por favor, habla conmigo —dijo tratando de ganar tiempo, aunque estaba seguro de que no obtendría ninguna respuesta. Quizá por eso le sorprendió escuchar clara la voz de Santiago.

—No hay nada de que hablar.

—No tienes por qué hacerlo, Santiago, hay maneras mejores de solucionar las cosas.

Esa vez fue su risa la que le llegó con total claridad.

—No tienes ni idea —dijo con tristeza.

Manuel se giró de nuevo buscando el apoyo de sus amigos y vio entonces que se habían acercado hasta colocarse a su lado. Nogueira tenía la boca apretada en un gesto de contención que no le había visto nunca. Lucas lloraba, hasta bajo la lluvia torrencial era evidente que se deshacía en llanto. Y Catarina..., Catarina sonreía. La miró embobado, incrédulo. Su gesto era pequeño, contenido por la elegante sobriedad con que se espera la culminación de una función ejecutada a la perfección y sobre la que pronto caerá el telón.

Manuel se adelantó un paso.

—Santiago, sabemos que fue Catarina: tenemos a un traficante dispuesto a declarar que le vendió la droga que mató a Fran.

—Yo se la administré —respondió él serenamente.

—Eso no es verdad, Santiago, te volviste loco de pena al saber que tu hermano había muerto. Fue Catarina, y fue ella la que mató a Álvaro. Vicente le dejó su furgoneta aquella noche... Ella te siguió.

—Fui yo —respondió de nuevo—. Álvaro no iba a pagar por mantener nuestro secreto.

Manuel dio un paso más, Santiago hizo lo mismo y quedó al borde del murete.

—Sé por qué crees que debes hacerlo...

—No sabes una mierda —respondió cortante.

—Lo haces por Toñino.

El rostro de Santiago se contrajo en una mueca de intenso dolor y se encogió como si hubiese recibido un puñetazo en el estómago.

—No se suicidó, Santiago.

Su cara reflejaba un terrible sufrimiento.

—¿Me has oído, Santiago? —repitió alzando más la voz—. Toñino no se suicidó.

Una nube de vacilación le ensombreció el rostro mientras volvía a erguirse.

—¡Mientes! Un policía me lo dijo: estaba tan destrozado que se colgó de un árbol hasta matarse.

—El policía se equivocó; el cadáver llevaba muchos días allí y eso fue lo que pareció en un primer momento. Está aquí el teniente Nogueira —dijo señalando al guardia—, él te dirá que durante la autopsia encontraron en su vientre las mismas cuchilladas que en Álvaro.

Manuel supo que la duda había anidado definitivamente en Santiago cuando clavó su mirada en Catarina.

—No les hagas caso, cariño, sólo tratan de confundirte —le habló ella con dulzura.

—Catarina te siguió aquella noche, lo mismo que cuando dejaste a Álvaro; cuando el policía te avisó de madrugada, ella te siguió hasta el lugar donde habías quedado con Toñino, te vio golpearle y cuando te fuiste acabó con él.

—No es verdad —gritó ella.

Manuel ardía. Notaba el fuego por dentro, la rabia y el dolor. Sentía la lluvia helada, golpeando en su cabeza, resbalando por su piel, y supo que ni toda el agua del mundo sería suficiente para apagar el fuego que quemaba en su interior. Se miró las manos, iluminadas por la luz blanca de los focos, y vio surgir de ellas el vapor que por contraste brotaba de su piel. Sintió muy dentro de sí arder la hoguera de la clarividencia salvaje que le permitió saber con total certeza cómo había ocurrido. Miró de nuevo a Santiago y supo que en su interior también había un fuego; era una hoguera distinta, una que él conocía bien, hecha de dudas, de preguntas y de traiciones.

—Álvaro no murió en un accidente. Se salió con su coche de la carretera porque se estaba desangrando, ella lo acuchilló en el aparcamiento de La Rosa cuando tú te fuiste. Siempre has sido para ella un inútil, un idiota al que hay que terminar el trabajo y eso es lo que hizo: te siguió cuando quedaste con Toñino y acabó el trabajo por ti.

Santiago escuchaba aquellas palabras llorando como un niño; hasta se frotó los ojos en un gesto infantil y de desamparo.

A Manuel le recordó la desesperación de Vicente, el modo en que lloraba, la gabardina y el arma, las herramientas tiradas de cualquier manera en la trasera de la furgoneta, los cubos, las palas... Se llevó la mano al bolsillo y sacó la gardenia que Samuel le había regalado... porque alguien le había pedido que lo hiciera... para que supiera la verdad. La flor casi pareció una visión alumbrada desde dentro por aquella luz. Su aroma se expandió en el aire como si la lluvia torrencial lo multiplicase convocando aquella sensación mareante que le había precipitado al suelo en el invernadero. Se giró hacia Catarina, que ahora miraba la flor hipnotizada, y volvió a verla aquella tarde, sonriendo frente a él y tendiéndole la mano, cuando hubo de cambiarse al niño de brazo para tenderle la mano izquierda.

Alzó la mano en la que portaba la flor y gritó para que Santiago le oyese.

—Le acuchilló ocho veces y para hacerlo utilizó una de esas afiladas lancetas con las que marca sus gardenias.

La certeza es alivio momentáneo, porque la verdad es siempre excesiva. Cuando llega poco a poco, te acostumbras a tragarla, como la tierra gallega traga el agua que cae del cielo, pero, cuando llega de pronto como un tsunami, la verdad acaba doliendo tanto como la peor de las mentiras.

Santiago había dejado de mirarle. Sus ojos estaban fijos en Catarina, pero tampoco la miraba, miraba a través de ella, de un modo reservado para los que están a punto de morir, ese instante en el que pueden percibir, sin frontera que los separe, el otro mundo y éste.

Quizá por eso ella no se alteró. Le conocía demasiado bien como para saber que preferiría morir antes que enfrentarse a la vergüenza, llevaba fingiendo toda su vida, tratando de ser y de parecer algo distinto de lo que era. Era débil. Le conocía bien, quizá por eso le sonrió una última vez.

Él se dio la vuelta hacia el vacío y pareció que miraba esperanzado hacia el horizonte oscuro, quizá hacia algo que sólo él podía ver. Giró la cabeza y sobre su hombro gritó:

—¡Padre Lucas! ¡Padre Lucas! ¿Puede oírme?

Sobreponiéndose al llanto, Lucas contestó:

—Estoy aquí, hijo mío. —Su voz sonó clara bajo la lluvia.

—¡Padre Lucas, le eximo del secreto de confesión!

—¡No! —gritó Catarina.

—¿Me ha oído, padre?, ¿me han oído todos? ¡Le eximo del secreto de confesión! Cuéntelo todo —dijo, y saltó.

SALUDO, REVERENCIA, TELÓN

Sí, señor, se había convertido en todo un experto, pensó mirando al cielo: esa noche no dejaría de llover. Sin embargo, y aunque seguía oculto, era por el momento una fina capa de nubes la que cubría el cielo. Por un instante creyó entrever la presencia de una luna disminuida y ajada, como enfadada, que decidió volver a ocultarse. La tormenta se había alejado. En la distancia aún se adivinaba el eco y la luminosidad de su espectacular avance, pero su furia se había diluido hasta convertirse en un recuerdo casi al mismo tiempo que Santiago saltaba desde la azotea de la clínica.

Coches patrulla, luces azules. Vio llegar a Ofelia casi a la vez que el juez. Aceptó el café que un guardia joven le tendió y, desde el abrigo que proporcionaba la zona porticada de la entrada, observó a Nogueira hablando animadamente con sus jefes o sus exjefes o lo que fueran. Hubo un momento en el que le preocupó las consecuencias que para él pudiera tener haberse visto mezclado en aquel caso, pero la atención con la que le escuchaban, las palmadas sobre sus hombros y la sonrisa bajo el bigote de Nogueira le hicieron perder cuidado.

Lucas le preocupaba más. En el momento en que Santiago saltó, fue como si alguien hubiera talado sus piernas con un hacha inmensa: se vino abajo cayendo de rodillas sobre la cubierta inundada de la azotea que los aliviaderos no daban abasto a vaciar; las manos cubriéndole el rostro, el llanto estentóreo y violento sacudiéndolo desde dentro, como si portase en su interior una criatura herida que pugnaba por salir.

A duras penas habían conseguido entre Nogueira y él alzarlo del suelo y guiarlo de nuevo hacia la escalera hasta regresar por la ventana rota hasta el mismo lugar de donde habían salido. Sin embargo, al entrar en el espacio civilizado y contenido de la clínica pareció recobrar la calma. Cesó su llanto y, a pesar de la inicial negativa de Nogueira, se empeñó en acompañarlos junto al cuerpo, para confirmar el fallecimiento de Santiago y para administrarle la extremaunción. Después, rechazando cambiarse de ropa, ni tomar ninguna bebida, pidió esperar rezando en la capilla de la clínica a que llegase la policía.

Desde donde estaba podía verle. Ocupaba una de las sillas de confidente en el despacho del director del centro médico, amablemente cedido a la policía para llevar a cabo las primeras acciones. No podía oírle, pero observó que bebía pequeños sorbos del vaso que tenía delante. Parecía sereno, hablaba con calma, con aquel modo suyo de contar las cosas, como si fueran fáciles...

También podía ver a Catarina. Esposada y sentada en la trasera de un Patrol de la Guardia Civil, con un policía a su lado. El pelo había comenzado a secársele y se le ondulaba y le enmarcaba el rostro de un modo natural que la hizo parecer más joven. Ella sí se había cambiado de ropa; alguien le había cedido una camiseta blanca y sobre los hombros le habían echado una manta térmica. Pensó que aun así estaba muy hermosa. Mientras Manuel la miraba, Nogueira se colocó a su lado.

—Han dicho que sí, pero no podrás hablar con ella más de cinco minutos y bajo ningún concepto puedes tocarla, yo te acompañaré. —Antes de echar a andar hacia el coche le tocó el hombro y le miró de frente—. Eso es lo que han dicho ellos, y lo que te digo yo es que no te lo recomiendo, pero, si estás decidido a hacerlo, ten presente que me he responsabilizado de ti, ¡así que no me jodas!

Nogueira abrió la puerta del coche, cruzó unas palabras con el policía que custodiaba a Catarina y se apartó.

No tenía nada pensado. No sabía qué iba a decirle; cuando pidió hablar con ella lo hizo obedeciendo a un deseo que ya sabía que no podría colmar. Pero lo que no había esperado, lo que no había llegado a imaginar fue la sensación de encontrarse con sus ojos serenos, calmados, sin atisbo de dolor; en ese momento habría dado cualquier cosa por verla asustada, por descubrir alguna emoción que perturbara la inalterable elegancia de su rostro.

La miró y ella le sostuvo la mirada, templada, sin histrionismos. Catarina, la mujer de la que todos decían que era la que mejor sabía cuál era su lugar.

Su calma le irritaba; quizá en un intento de romperla le dijo:

—No sé si alguien te lo ha dicho ya: la vieja marquesa ha muerto. Vicente se presentó en As Grileiras hace unas horas y después de hablar con ella le pegó un tiro. Luego él mismo se voló la cabeza.

No lo sabía. Lo notó por el leve sobresalto al oír las noticias. Respiró profundo y soltó suavemente el aire antes de hablar.

—Mi suegra era una mujer mayor, tuvo una buena vida y últimamente sufría de una manera espantosa por la artritis... Y Vicente, bueno, él era de esa clase de personas que no saben cuál es su lugar, hace tiempo que me di cuenta, debí prescindir antes de sus servicios.

Manuel negó asombrado, Catarina hablaba con la misma tranquilidad que si su anciana suegra acabase de fallecer plácidamente en su cama y los problemas con su empleado se limitasen a un par de salidas de tono.

—¿Y Álvaro?

Ella volvió a mirarle a los ojos y los cerró un par de segundos como muestra de lo difícil que le resultaba aquello; sin embargo, el sentimiento no se transmitió a su voz.

—No cometeré la torpeza de decirte que lo siento, Manuel, estaría fuera de lugar, pero sí que no entraba en mis planes matar a Álvaro, fue algo precipitado y desagradable que tuve que solucionar sobre la marcha. Si Santiago me lo hubiera contado desde el principio, Álvaro ni siquiera habría llegado a enterarse. Pero el estúpido de mi marido se había enamorado de ese desgraciado, tenía un concepto romántico del chantaje. —Sonrió asombrada—. ¿Te imaginas?, casi parecía que tratase de justificarlo: «Es un pobre chico, su padre murió, su madre le abandonó, vive con su anciana tía enferma». —Negó moviendo suavemente la cabeza, como si hablase de un niño recalcitrante—. Traté de hacerle entender que un chantajista siempre vuelve a por más, ¿cuánto podrían durarle trescientos mil euros a un infeliz como ése? Pero ya era tarde, él había avisado a Álvaro convencido de que su hermano pagaría. Álvaro se presentó aquí y en cuanto llegó comenzó a sospechar que quizá la relación entre Santiago y el chico no era sólo de chantajista y chantajeado. Aquella noche le seguí hasta el aparcamiento del club donde habían acordado hacer la transacción, y oí cómo Álvaro le decía que no iba a pagar, que estaba harto de mentiras y que por él podía hacerse público.

»Santiago se dio la vuelta y se fue a llorar a casa, como hacía siempre. Miré atrás en la furgoneta y vi las lancetas. Cogí una, me bajé del coche, me acerqué. Álvaro se sorprendió un poco al verme, pero no tanto como para no darme un abrazo.

Catarina se encogió de hombros ante la inevitabilidad de lo que venía después.

Manuel negó. El horror se dibujaba en su rostro mientras comenzaba a llorar.

—Cuando Álvaro se fue regresé al pinar que hay junto al aparcamiento y esperé a Toñino, pero no se presentó. Cuando estuve·segura de que no vendría regresé al pazo.

—Y cuando avisaron a Santiago de que Álvaro había muerto, él pensó que Toñino había tenido algo que ver, quedó con él y tú le seguiste.

—Lo del chico no tiene ninguna relación con lo que pasó

con Álvaro; con él fue diferente, ni mucho menos tan difícil... Cuando Santiago se fue estaba tan magullado y aturdido que ni siquiera se resistió. Me acerqué a su coche, llamé a la ventanilla, abrió y se bajó. Ya sabes qué pasó después: le apuñalé.

—Ocho veces —apuntó Manuel.

Ella no pareció inmutarse, y continuó:

—Y lo colgué, me pareció lo propio para una alimaña como él. Santiago no quería darse cuenta, pero yo sabía que aquello nunca iba a acabar. Era una amenaza para nuestra familia.

—No lo era. Santiago tenía razón, era un chico perdido que no pensó en las consecuencias que tendrían sus actos. Álvaro logró disuadirle, por eso no se presentó a la cita en el aparcamiento de La Rosa.

Catarina alzó las cejas. Un segundo. Valorando la información que a todas luces era nueva para ella.

—No tiene más relevancia. ¿Hasta cuándo crees que habría durado la tregua? No era la primera vez que nos robaba. Al cabo de unos meses habría estado de nuevo causando problemas. Tenía que hacerse, pero no pensé que Santiago se lo tomaría tan mal, era tan débil, tan frágil y débil que me provocaba arcadas. Alguien le llamó y le dijo que el chico estaba muerto y montó todo ese numerito del intento de suicidio. Otra contrariedad: antes de que me diese cuenta Herminia había llamado a la ambulancia y con los sanitarios en casa y en su estado fue imposible impedir el traslado a la clínica.

—Como cuando mataste a Fran, y Santiago cayó en una terrible depresión. Le tuviste encerrado en su habitación cuidando de él, alimentándole en la boca hasta convencerle de que aquello era lo mejor, de que habías hecho lo mejor para los dos, lo mejor para todos.

Ella miró sorprendida a Manuel.

—¡Por el amor de Dios, Manuel, no seas tan pueril! Santiago quería lo mismo que yo, ¿sobre qué crees que estaba cimentado nuestro matrimonio? ¿Sobre el amor? Santiago había sido el perro faldero del viejo marqués intentando siempre complacerle y viéndose despreciado y humillado una y otra vez. Jamás le dejó dirigir ni una sola empresa, nunca le permitió tener dinero propio, y cuando Fran aparecía por aquí era patético ver cómo se le caía la baba por su niño bonito. Cuando el viejo enfermó, con Fran ingresado en la clínica de rehabilitación, estuvimos seguros de que nombraría heredero a Santiago, pero murió y lo dejó todo a Álvaro, a su hijo descarriado, a la oveja negra; aun así le prefirió antes que a su hijo bueno y leal.

»Después no resultó ser tan malo: Álvaro no quería tener nada que ver con todo esto, nunca estaba por aquí, pero el título era suyo. Santiago se tenía que conformar con ser el hermano del marqués... y Fran, ¡tú no le viste, Manuel! Cuando murió su padre, comenzó a desbarrar completamente fuera de sí, era un drogadicto y un pusilánime, un desecho de persona, no habría tardado en morir de una sobredosis; pero, además, debido a las indiscreciones de Santiago, empezó a sospechar que algo raro pasaba. Se lo dijo a Santiago y el muy imbécil lo reconoció palabra por palabra. Y después, como siempre, vino a llorarme... «¿Qué voy a hacer? ¡Qué vergüenza! ¡Va a decírselo a todo el mundo, no podré resistirlo!» —dijo aflautando la voz en clara señal de burla.

—Espero que no estés tratando de decirme que Santiago mató a su hermano Fran, tenemos pruebas de que tú compraste la heroína.

—¡Oh! Por supuesto que la compré yo; yo le golpeé contra el banco en el que rezaba arrodillado y se la administré mientras estaba inconsciente. Santiago no hizo más que lloriquear todo el tiempo y casi estropearlo todo moviendo el cuerpo desde el interior de la iglesia hasta la tumba de su padre. Le parecía «indigno» dejarlo en la iglesia, claro que después encontrarse con su amante allí no le parecía tan indigno. Todo podría haber ido bien si mi estúpido marido no hubiera perdido la cabeza por ese desgraciado y si me hubiese dejado solucionarlo, pero Santiago siempre fue así, un histérico, una loca, una reina del drama; según su madre, desde que era pequeño... Pero no te engañes, Manuel, él quería lo mismo que yo, la diferencia es que a él le faltaban redaños y después de hacer las cosas le devoraba la culpabilidad, pero no por demasiado tiempo: después de su fase de arrepentimiento, de llorar mucho y golpearse el pecho, aparecía renacido, como un hombre nuevo listo para disfrutar de lo que yo obtenía para los dos. No conseguirás hacerme sentir culpable, Manuel, no creo en eso. El arrepentimiento de los católicos nunca me ha impresionado. ¿Soy peor que él por no arrepentirme de mis actos? ¿Él era mejor que yo porque después de hacerlo se arrepentía?

Manuel la miró aún asombrado. Era cierto, Catarina sabía como nadie cuál era el lugar que le correspondía y había luchado con todas sus fuerzas para defenderlo. Encarnaba como pocos el espíritu de los príncipes del mundo, capaz, como decía Nogueira, de salir siempre airosa de entre el mayor de los montones de podredumbre. Actriz donde las hubiera, la evocó secándose las lágrimas tras cruzarse con su marido el día en que la saludó por primera vez, o aquel retazo de conversación que había alcanzado a escuchar en el invernadero entre Vicente y ella. Teatro, una actuación magistralmente orquestada para crear el efecto deseado; hasta había tenido el aplomo de hacerle reconocer que la había escuchado. No, no había en ella arrepentimiento, ni pesar; como una reina, mantenía alta la cabeza, los ojos serenos, calmados, sin atisbo de dolor, y volvió a pensar que habría dado cualquier cosa por verla asustada, por encontrar miedo en aquella mirada.

Iba a volverse y a cerrar la puerta cuando una pregunta se formó en su boca.

—Dime, ¿ha valido la pena?

Ella giró levemente la cabeza en un gesto de obviedad.

—Por supuesto. No estaré en la cárcel para siempre y llevo en mi vientre al próximo marqués de Santo Tomé —dijo bajando la mirada hacia la leve curva que dibujaba la camiseta y alzándola de nuevo, orgullosa.

La boca helada y triste de Manuel se contrajo en un gesto similar a un tic nervioso. Ella le miró curiosa y fue cambiando su expresión cuando se dio cuenta de que sonreía.

—Supongo que debió de costarle un gran esfuerzo acostarse contigo...

—Y aun así lo hizo —respondió despectiva.

—No es hijo de Santiago —dijo dirigiendo una mirada hacia el mismo lugar donde antes la había puesto ella.

—Lo es oficialmente.

—Él lo sabía, por eso cuando anunciaste tu embarazo fue a hablar con su madre.

Ella permaneció impasible.

—Y sólo consiguió una vez más que se burlara de él.

Ella volvió a repetir aquel gesto de obviedad.

—Mi suegra sabía establecer prioridades. Era una gran mujer.

Manuel la miró entristecido, si tan sólo mostrase una emoción...

—Santiago deseaba un hijo, lo deseaba de verdad, y que no quedases embarazada llegó a preocuparle mucho, y cuando hace unos meses tuviste un aborto hubo algo que le hizo sospechar, le dio muchas vueltas, comenzó a preocuparle que «trabajases» tanto, las dudas fueron en aumento, tanto que recordó algo que casi había olvidado, algo que su niñera recordó también cuando se lo preguntó. Cuando tenía dieciséis años, Santiago tuvo paperas, una enfermedad infantil que se va agravando en importancia en la medida en que el paciente es más mayor; en los adolescentes puede ir acompañada de fiebres e inflamación testicular que en ocasiones produce esterilidad masculina. Un episodio que quedó olvidado hasta que el embarazo comenzó a resistirse. Cuando quedaste embarazada y sobrevino el aborto, Santiago se sometió a unas pruebas de fertilidad.

Allí estaba, el miedo en sus ojos.

—Mientes —acusó—, yo lo habría sabido.

—Los resultados llegaron al domicilio de la única persona en quien confiaba: su niñera, Herminia.

Cerró la puerta y se volvió una vez más a mirarla; incluso a través del cristal pudo distinguirlo: ahora sí estaba aterrorizada.

VOLVER A CASA

—

El río brillaba allá abajo. Liberó de su abrazo a Samuel y con
el corazón en un puño vigiló su ascenso por la ladera hasta
que alcanzó a su madre. Ella reía de algo que le decía el enólogo. Muchas sonrisas. Pensó que hacían buenas migas aquellos dos. Se sentó junto a Lucas en las *muras* de piedra calientes del sol de mediodía y miró alrededor. Casi oyó de nuevo
las palabras que el enólogo le dijo el día en que le conoció:
«No te lo vas a creer, pero cuando llegué aquí odié este lugar». Tomó aire profundamente y sonrió reprochándose su
ignorancia.

—¿Has pensado ya qué harás con el pazo? —preguntó
Lucas.

—Aún no lo he decidido, pero me gusta la idea de con-
vertirlo en un lugar que pueda visitarse, eso permitiría mantener a todo el personal; Herminia y Damián seguirían viviendo allí y parece que a ellos no les desagrada la idea. De
todas maneras, no haré nada demasiado radical. Al fin y al
cabo, Samuel es el nuevo marqués, quizá algún día le apetezca vivir allí, es la casa de su familia.

—¿Y a ti? ¿Se te ha pasado por la cabeza vivir allí?

—No. —Sonrió—. Ésa nunca fue la casa de Álvaro; con la
excepción del jardín, no creo que jamás se haya sentido cómodo en As Grileiras, y yo tampoco. Necesito algo mucho
más tranquilo y pequeño, donde pueda encerrarme a acabar
mi novela. Nogueira me ha dicho que cerca de su casa venden una villa pequeña, quizá me pase a verla...

—Espera, espera, no cambies de tema, ¿has dicho que estás terminando la novela?

Manuel sonrió asintiendo incrédulo a sus propias palabras.

—Sí, terminando. La verdad es que había oído hablar alguna vez de esas novelas escritas en apenas unas semanas y siempre me había parecido ciencia ficción o algo que algunos escritores se inventaban para alimentar su leyenda, pero así es. Ha sido... —dijo buscando las palabras exactas—, ha sido... como desangrarme —añadió, pensando en el gravamen que acarreaba consigo una palabra.

Quedó silencioso y pensativo. Lucas sintió su melancolía y desvió la conversación hacia lo anterior.

—¡Ver una casa! Entonces, es que estás planteándote en serio en quedarte.

—No sé si para siempre, pero cada vez entiendo mejor qué era lo que atraía a Álvaro de este lugar, y ahora mismo es aquí donde quiero estar —dijo alzando la copa, que dibujó un reflejo rojizo en su rostro.

No quedaba entre las viñas ni rastro de los frutos negros, como nevados, de apenas un mes atrás. La fiesta de hojas que las coronaba se había teñido de rojo oscuro, un color cercano al vino, que producía con la suave brisa la sensación de que la Ribeira Sacra entera ardía con un fuego interno que brotaba de la tierra a través de las ramas oscuras y retorcidas de las viñas, que daban así su último aliento. Hasta la próxima cosecha.

Daniel se acercó llevando en la mano una botella con su distintiva etiqueta blanca y el estaño fundido de la única palabra que llevaba en su nombre, *Heroica*, escrita con la letra valiente y altiva de Álvaro. Los dos hombres alzaron las copas dejando que las llenara de nuevo del vino rojo y festivo y, sin moverse de la cálida *mura* en la que se apoyaban, se volvieron para ver llegar a Nogueira que, junto a sus hijas y su mujer, se habían detenido frente al portón de la bodega a charlar con los hombres que comenzaban a poner la carne en las parrillas. Al ver a la pequeña Antía, *Café* saltó del lugar que había ocupado entre las piernas de su dueño para ir a su encuentro. La niña le recibió gritando y Xulia levantó la mano para saludarlos desde la explanada. Desde la distancia pudieron apreciar que Nogueira y Laura tenían las manos enlazadas.

—Parece que por fin tuvieron esa conversación... —dijo Lucas sonriendo y alzando su copa.

—Sí —contestó Manuel volviéndose a mirarlos de nuevo y chocando su copa con la de Lucas—, yo diría que sí...

Cuando Nogueira los alcanzó ya llevaba en la mano una copa que Daniel se había encargado de llenar por el camino. Se sentó junto a ellos y sacó del bolsillo interior de su cazadora un pequeño paquete envuelto en papel de regalo. Fiel a su habitual estilo dual, desdeñó la atención que los dos hombres habían puesto en el paquete y señaló el barco que se mecía sobre las aguas del río, allá abajo.

—Vas a tener que prestármelo más veces: he descubierto que los cruceros por el río ponen muy romántica a mi mujer.

—Cuando quieras... —contestó Manuel sonriendo y señalando el envoltorio—. ¿Y ahora vas a decirnos qué tienes ahí o permitirás que muramos de curiosidad?

Nogueira le tendió el paquete y Manuel comenzó a despegar los adhesivos mientras iba quitando el papel.

—Es algo que me jode mucho —dijo disfrutando con la expresión de extrañeza de los dos hombres—, me jode mucho reconocer que tenías razón, aunque sea parcialmente...

Manuel había terminado de deshacer el envoltorio y ante él tenía una caja de cartón que apenas mediría un palmo por un palmo. La abrió y en su interior encontró el navegador TomTom que habían echado en falta en el coche de Álvaro.

—Revolví toda la comandancia y conseguí que todo el mundo se pusiera a buscarlo y, como digo, en parte tenías razón: alguien se lo había llevado...

Manuel alzó las cejas sorprendido.

—Pero no un guardia —se apresuró a aclarar—, fue uno

de los conductores de la grúa, un ayudante que apenas estuvo trabajando quince días y al que echaron por robar...

Manuel sonrió.

—Gracias.

—Pero yo tenía razón, no se lo había llevado ningún guardia, ya te dije que los guardias civiles no robamos...

Los tres hombres rieron y desde la explanada Daniel les llamó a comer.

Manuel comenzó a incorporarse, pero Nogueira le detuvo.

—Espera. Lo he tenido cargando toda la noche para que pudieras encenderlo. Ya te dije que con este cacharro podríamos saber adónde se dirigía Álvaro cuando su coche se salió de la carretera...

Manuel miró la pantalla y la emoción oscura de la que había conseguido deshacerse en el último mes volvió a atenazar su corazón con fuerza.

—No sé si...

—Hazlo —dijo con firmeza el guardia.

Manuel apretó el botón de la parte superior que encendía el aparato. Enseguida, ante él aparecieron los iconos con las distintas funciones; tocó suavemente con el dedo el lugar donde ponía últimas rutas y en la pantalla vio el mapa que culminaba con dos palabras: «A casa».

Los ojos de Manuel se nublaron. Sintió unas manos en los hombros que supuso que eran las de Lucas y oyó la voz de Nogueira que le decía:

—Volvía a casa, Manuel, volvía a tu lado. Cuando Álvaro sintió que se moría no pensó en ir a ningún otro lugar en el mundo, volvía contigo.

AGRADECIMIENTOS

—

Agradezco su colaboración a todos los que poniendo su talento y conocimientos a mi servicio han contribuido a conseguir que una historia que durante años vivió en mi cabeza tome cuerpo en la realidad palpable que ahora sostenemos entre las manos. Cualquier error u omisión, que habrá muchos, son enteramente responsabilidad mía.

A Elena Jiménez Forcada, veterinaria de Cintruénigo, Navarra, por su asesoramiento veterinario para los perros y caballos que aparecen en esta novela.

A Jean Larser, porque casi siempre, esas conversaciones que te llenan de energía e ilusión para seguir tienen al otro lado del teléfono a un amigo. Gracias.

A J. Miguel Jiménez Arcos, de Tudela, por su asesoramiento profesional con los efectos de una droga. Lo dejamos ahí y que piensen;-)

A la Guardia Civil y en particular a los guardias del Puesto Principal de la Guardia Civil de O Carballiño en Ourense, y sobre todo, al cabo Javier Rodríguez, por su indispensable ayuda.

A la localidad de Rodeiro en Pontevedra, que por temporadas y desde hace tiempo, viene acogiéndome junto a mi familia.

A las bodegas Vía Romana de la Ribeira Sacra, por servirme de inspiración para mi Heroica.

Al Centro do Viño da Ribeira Sacra en Monforte de Lemos, Lugo, por revelarme y hacerme sentir el orgullo de producir vino como hace dos mil años, y a los guías de los barcos de Belesar por conseguir que me enamorase de un meandro del Miño y de sus siete aldeas bajo el agua.

A mi hermana Esther, la más apasionada valedora de Galicia; nunca te agradeceré bastante que me descubrieras este increíble, poderoso y feroz lugar.

A Nosa señora do Corpiño. Es lo justo.

ÍNDICE

No te pierdas
la Trilogía del Baztán:

Un fenómeno literario protagonizado
por la escritora Dolores Redondo.
Toda su obra ha cautivado
a más de 2.000.000 de lectores.